쾌

젓가락 괴담 경연

쾌

젓가락 괴담 경연

筷怪談競演奇物語

미쓰다 신조、쉐시쓰、예터우쯔、샤오샹선、찬호께이 소설집
이현아 · 김다미 옮김

비채

일러두기

- 이 책은 타이완어판, 일본어판을 저본으로 삼아 출간되었습니다.
- 이 책의 지명 및 인명 등 고유명사는 국립국어원 외래어표기법에 준하여 표기하되, 일부 어휘는 예외적으로 현지 발음을 살려 적거나 의미 전달을 우선시하여 우리말 한자 음독을 살려 적었습니다.
- 본문 내 하단의 주는 옮긴이주입니다.

차례

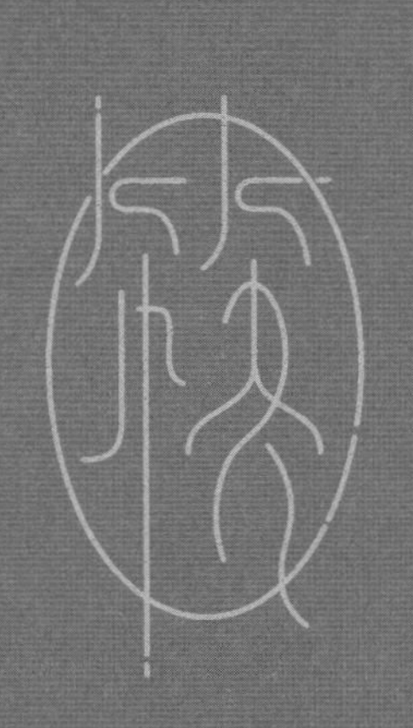

젓가락님

미쓰다 신조
三津田信三

안녕하세요. 아메미야 사토미(雨宮里深)라고 합니다. 여기 야외 파티에는 꽤 늦게 도착했어요. 어쩌다 선생님 괴담 이야기를 듣게 돼서 죽 듣고 있었는데, 생각나는 것들이 좀 있어서 이렇게…….

우선 젓가락으로 두 눈을 찔러 자살한 중학생 유령이 나온다는 폐가 이야기는 제 고향 이야기예요. 아는 사람들 사이에서는 꽤 유명해서, 제가 대학생 때는 도시전설처럼 퍼져 나갔던 게 기억나네요.

그리고 갖고 있으면 속속 불행해진다는 여성용 정장 이야기가 나왔을 때…… 오늘 입은 재킷이랑 색도 모양도 비슷하네…… 그런 생각에 왠지 섬뜩하더라고요.

마지막으로 산책로에 있는 간이 정자에서 비를 피했을 때의 괴담, 그건 제 이름이 '아메미야(雨宮)'다 보니까요, 지나친 의미 부여라고 생각하면서도 이상하게 겹치는 게 많다 싶고…….

그래서 실례인 줄 알면서도 이렇게 말씀을 드리게 됐네요.

……괴담이요? 실은, 젓가락으로 두 눈을 찔렀다는 이야기를 듣고 잊고 있던 기억 하나가 순간적으로 떠오르긴 했는데…….

아니요, 말하기 불편한 건 전혀 아니고요. 그게, 어렸을 때 겪은 일이고, 반쯤은 꿈 이야기라서요. 그런데도 괜찮으실지…….

초등학교 5학년이 됐을 때였어요. 봄방학 중에 간사이 지방에서 전학 온 네코(音湖)라는 남학생하고 같은 반이 됐습니다.

아, 네코요? 선생님 고양이• 좋아하시니까, 궁금하시겠네요. '음악' 할 때 '음(音)'에 '호수' 할 때 '호(湖)'를 쓰고 '네코'라고 읽는, 특이한 성이었어요. 저도 놀랐죠.

아, 이십 몇 년쯤 전이었을 거예요. 선생님, 여성한테 나이가 밝혀지는 질문은……. 그냥 이 정도로 넘어가주세요.

5학년 때 처음 반이 바뀌어서 반에 모르는 아이들도 있긴 했어요. 그래도 1학년 때부터 죽 같은 학교였으니까 얼굴 정도는 다 알았죠. 그런데 네코는 전학 온 직후라 아는 사람이 한 명도 없었어요. 남자애치고 체구가 작은 데다 얼굴이 하얗고 조용해서 여자애들이 다들 아기 고양이 같다고 했죠. 이름이 주는 이미지도 한몫했겠지만요. 그래서인지 남자애들은 애초에 그 애한테 별로 관심이

• 고양이는 일본어로 '네코(猫)'

없었어요.

그런 네코가 제 옆자리에 앉게 돼서 저도 모르게 그 애를 돌보게 됐어요. 동생이 없다 보니 남동생 같은 존재로 생각했는지도 모르겠어요. 보통 그렇게 신경 쓰고 챙겨주면 "좋아하지?" 하고 놀리기도 하잖아요? 그런데 그런 기억이 전혀 없어요. 단순히 주뼛거리는 전학생을 도와주는 거라는 걸 반 애들 모두 알고 있었던 거죠.

네코는 말이 별로 없는, 정말로 조용한 아이였어요. 그렇다고 우울한 느낌은 아니었고 어른스럽다는 표현이 어울린달지, 손이 많이 안 가는 아이라고 하면 이해가 되실까요? 제가 돕는다고 이런저런 참견을 해도 좀 부끄러워하기는 했지만 순순히 따라준 것도 그렇고요.

그러니 남자애들 눈엔 탐탁지 않았을 거예요. 처음에는 귀엽다던 여자애들도 곧 흥미를 잃었는지 더는 신경을 안 썼죠.

지금 와서 생각해보면, 네코는 아이들 모두가 전학생인 자기한테 관심을 끄기를 기다리고 있었는지도 모르겠어요. 네코가 반에 적응했을 때, 그보다 네코가 애들 사이에 섞여들어 누구 하나 그 애를 신경 쓰지 않게 됐을 때, 그 기묘한 행동이 시작됐으니까요. 5월 연휴가 끝나고 얼마 안 됐을 무렵이었어요.

1, 2학년 때는 급식으로 빵이 나왔거든요. 그런데 3, 4학년이 되니 일주일에 한 번 밥이 나왔고, 5학년 때는 매일 밥이 나왔어요. 담임 선생님이 "우리 지역 농부분들의 배려로" 하고 뭐라 말씀하셨던

건 기억나는데 왜 매일 밥이 나오게 된 건지는 잘 모르겠어요. 어쨌든 아이들은 불만이었지요. 물론 메뉴에 따라 다르긴 했어요. 카레라이스 같은 건 역시 인기가 있었으니까요. 그래도 처음에는 다들 투덜거렸죠.

그런데 네코는 다른 애들이랑 달랐어요.

"여긴 급식으로 매일 밥이 나오넹?"

늘 말이 없던 애가 먼저 기분 좋은 얼굴로 말을 걸어온 거예요. 좀 놀랐죠. 그래도 그때는 밥을 좋아하나보다, 그렇게 단순하게 생각했어요. 그래 놓고 밥을 자주 남겨서 그럼 왜 좋아한 건가, 좀 이상하다 생각하면서요.

그러던 어느 날, 급식 당번이 배식을 마치고 담임 선생님이랑 다 같이 "잘 먹겠습니다" 인사했을 때, 저는 네코를 보고 흠칫 놀랐습니다.

네코가 밥그릇에 담긴 밥 한가운데에 젓가락을 똑바로 꽂은 거예요.

네, 맞아요. 쓰야(通夜)• 때 시신 머리맡에 차려놓는 사잣밥처럼요. 네코는 그러고 나서 양손을 모으고 뭔가를 비는 것 같았어요. 깜짝 놀랄밖에요.

• 장례 전날 죽은 이의 곁에서 밤을 지새우는 의식

친척 누구라도 돌아가셨나?

그렇게 생각하긴 했지만 아무리 그래도 학교 급식 때 사잣밥을 하다니, 다른 애들도 놀라지 않았을까 싶어 얼른 주위를 둘러봤어요. 누구 하나 신경을 안 쓰더라고요. 그래서 또 한 번 놀랐죠.

그때 제 친가, 외가 조부모님은 모두 살아계셨거든요. 시골에 사셨는데 제가 놀러 갔을 때 마침 부근에 쓰야나 장례식이 있으면 조부모님은 아무렇지 않게 절 데리고 가셨어요. 그래서 저는 사잣밥이 뭔지 알고 있었죠. 반 아이들은 몰랐는지, 네코가 이상한 짓을 한다고 그냥 웃고 말더라고요.

다들 쓰야나 장례식을 본 적이 없어서 그랬을 수도 있어요. 참석해봤더라도 도시의 장의업체에서 진행하는 약식이라 전통적 의례 같은 건 못 봤을지도 모르죠.

밥그릇의 밥에 젓가락을 똑바로 꽂는다.

반 아이들은 그 행동이 뭘 의미하는지 아마 몰랐을 거예요. 아니, 어떤 의미인지 모르는 건 저도 마찬가지였죠. 좀 더 큰 다음에 외할머니가 사잣밥을 지어 올리는 법을 알려주셨을 때, 그제야 섬뜩했으니까요.

밥그릇 하나 분량의 밥을 짓되, 절대 쌀을 씻어서는 안 된다. 옛날엔 솥이 아니라 냄비를 썼는데 그것도 아궁이에서 짓지 않고 따로 모닥불을 지펴서 지었다. 밥을 짓고 나서는 사용한 도구와 주변을 깨끗이 해야 한다. 아무튼 그냥 짓는 게 아니었어요. 일반적이지 않은 듯한, 그런 절차였죠.

이건 죽은 사람을 위한 음식이다.

새삼 실감이 나면서 선득했습니다. 초등학교 때는 죽은 사람한테 바치는 것이긴 해도 보통 음식하고 다를 게 없다고 생각했거든요. 그러다 그때 비로소 살아있는 인간은 입에 댈 수 없는 밥이라는 걸 알게 된 거죠. 몸이 벌벌 떨렸습니다.

어쨌든 초등학교 때는 사잣밥 만드는 법을 몰랐고, 사잣밥이 죽은 사람을 위한 음식이라는 인식도 없었어요. 시골 장례식에서 죽은 사람한테 바친 젓가락 꽂은 밥을 보고 적잖은 충격을 받았을 뿐이죠. 그래도 밥에 젓가락을 똑바로 꽂는 그 의식에서 무의식적으로 뭔가 불길함을 감지했던 건 확실해요.

장례식장이니 당연하다고 말할 수도 있지만, 시각적인 인상이 강렬했달까요? 집에서 밥 먹을 때는 물론이고 외식할 때도 그렇고 그런 광경을 보는 경우는 절대 없었으니까요.

아, 맞다. 결혼 전에 일하던 회사 근처에 싸고 맛있는 밥집이 있어서 동료들이랑 자주 갔거든요. 그 가게 손님 중에 단골이라 할 만한 백인 남자가 있었는데, 식사하면서 늘 왼손에 신문을 들고 읽었어요.

그 사람이 신문을 넘기려고 오른손에 든 젓가락을 밥에 찔러 넣은 거예요. 말 그대로 뜨악했죠. 동료들이랑 잠시 멍하니 서로를 보기만 했어요.

반찬 그릇이나 된장국 그릇 위에 올려놓으면 될 것을, 왜? 우선 그게 이상했는데, 관찰해보니 좀 예민한 사람이라는 게 보여서, 그래서 그런가 싶었죠. 젓가락에 반찬이 묻거나 뜨거운 김이 닿는 게 싫은 건가 하고요.

네. 아무리 그래도 밥에 꽂으면 되겠다는 생각은 어린애들이 아닌 이상 일본인으로서는 하기 어렵죠. 그래도 그 사람은 외국인이니까, 아무런 거리낌 없이 그렇게 했던 거예요. 젓가락에 밥알이 붙는 건 괜찮았던 거죠.

가게 사람이든 손님이든 누구라도 '그러시면 안 돼요' 하면서 가르쳐줘도 좋았겠지만……. 좀 까다롭게 보이기도 했고, 어찌 됐든 상대를 무안하게 하는 셈이니까요. 누구 하나 말을 안 했죠.

얘기가 딴 데로 새버렸네요.

네코를 보고 놀랐던 건 물론 밥에 젓가락을 꽂아서 그런 것도 있지만, 그게 급식용 나무젓가락이 아니라…… 네, 저희는 플라스틱이 아니라 나무젓가락을 썼어요. 아마 뽕나무였을 거예요. 담임 선생님이 설명해주셨던 게 기억나네요. 아무튼 네코가 그 나무젓가락이 아니라 손수 만든 듯한 대나무 젓가락을 밥에 꽂은 것도 한몫했어요.

대나무를 적당한 길이, 적당한 두께로 잘라서 젓가락 모양으로 직접 만든 것 같았어요. 한눈에 봐도 엉성하기 짝이 없었죠. 그런 물건을 밥에 푹 꽂았으니, 보고 있는 저는 기분이 안 좋더라고요.

다른 나무도 아니고 대나무로 만들었으니 충격이 더 컸죠.

아, 민속풍 소설을 쓰신다더니 역시 알고 계시네요.

네. 외가 쪽 시골에서도 대나무 젓가락은 장례식 때만 사용했어요. 그래서 평소 사용하는 건 절대 금물이었죠. 깜빡하고 썼다간 눈이 망가진다는 얘기도 있었고요.

네? 정월에 대나무 젓가락을 사용하는 지방도 있나요? 저는 조부모님 동네 전통밖에 몰랐는데, 놀랍네요. 일본은 좁은 듯 넓다더니 정말 그 말이 맞네요.

네코는 급식 때마다 같은 행동을 반복했어요. 저는 그 의식 같은 행동이 뭐라 말할 수 없이 신경 쓰여서 어느 날 방과 후에 집에 가는 네코의 뒤를 따라갔어요. 학교에서 꽤 많이 떨어진 곳에서 큰맘 먹고 네코를 불러 세워서는 그 기묘한 의식에 대해 물어봤죠.

"……아무것도 아니야."

처음에는 시치미를 떼더라고요.

"매일 급식 먹을 때 꼭 하잖아. 그렇게 열심히 하는데 아무것도 아니야?"

네코는 말없이 고개를 끄덕였는데 그 자리에서 한시라도 빨리 달아나려고 하는 게 보였어요. 실제로 걸음도 좀 빨라졌고요.

"아무한테도 말 안 할 테니까 살짝 말해줘. 부탁할게."

저는 두 손을 모아 간절히 부탁했고, 네코는 잠시 망설이는 것 같았어요.

웬만하면 말하고 싶지 않지만 아메미야한테는 이런저런 신세를 지고 있기도 하고, 또 다른 사람한텐 말하지 않겠다고 하니 살짝 말해줘도 되지 않을까?

그때 네코는 그런 마음이지 않았을까요.

"진짜 아무한테도 말 안 하낭?"

네코는 한참을 고민하더니 아직 간사이 사투리가 묻어 있는 어투로 그렇게 물었습니다.

"둘만의 비밀로 할게. 약속 꼭 지킬게."

저는 그 즉시 맹세했어요. 손가락을 걸려고 오른손까지 꺼내 들었죠. 그러다 그만둔 건 네코의 얼굴을 봐버렸기 때문이었어요.

지금부터 아주 꺼림칙한 뭔가를 말할 거야.

그렇게 말하기라도 하는 듯한 네코의 표정을 보니 순간적으로 후회가 되더라고요.

아냐 됐어. 안 들을래.

저도 모르게 그런 말이 튀어나올 것 같았지만 참았어요. 무서운 건 더 보고 싶은 심리였을까요? 아니면 더는 호기심을 억누를 수 없었거나, 그도 아니면 반 아이들 가운데 나만 그 애의 비밀을 안다는 우월감을 느끼고 싶었기 때문일까요?

어느 쪽이었든 심장이 쿵쾅쿵쾅 시끄러울 정도로 뛰었어요. 혹시 네코한테 들릴까봐 걱정돼서 얼굴이 빨개질 정도였죠.

그런데 네코가 선심 쓰듯 가르쳐준 중요한 비밀이란 것이, 어떤 반응을 보여야 좋을지 난감해지는 내용이었어요. 그 애가 몇 번이나 말을 멈춰가며 이야기해준 의식의 순서는 잘 정리하면 이렇게 됩니다.

1. 야생 대나무로 직접 만든 젓가락을 하루에 한 번 식사할 때 밥그릇에 담은 밥에 똑바로 꽂는다.
2. 그러고 나서 마음속으로 '젓가락님'에게 자기 소원을 말씀드린다.
3. 소원이 이루어질지 안 이루어질지는 젓가락님이 기별을 주신다. 기별이 없는 경우에는 그 소원은 포기해야 한다.
4. 이것을 팔십사 일 동안 하루도 거르지 말고 계속한다.
5. 단, 그 사이에 젓가락님에게 들키면 무효가 된다.
6. 생선 반찬이 있으면 소원이 더 잘 이루어진다.
7. 만원(滿願)• 하는 팔십사 일째에는 꼭 대나무 젓가락으로 식사한다.
8. 위의 내용을 반드시 지킨다.

이 내용을 철저히 지키면 어떤 소원이든 들어준다는 거였어요. 젓가락님이 인정한 소원이어야 하고, 젓가락님에게 들키지 않아야 한다는 조건이 붙긴 했지만요.

네. 젓가락님이란 대나무 젓가락을 말하는 건가 싶었지만 제가 그런 거냐고 물어봐도 네코는 고개를 저을 뿐이었어요. 그렇게 들

• 기한을 정해 신에게 기원할 때 일수를 모두 채우는 것

은 게 다야, 하면서요.

이런 기묘한 의식을 얘는 도대체 어디서 들은 걸까? 이상해서 물었더니, 네코가 다니던 간사이의 초등학교에서 떠돌던 소문이라는 거예요. 네코네 학교 말고 다른 학교에도 이 젓가락님 의식이 진짜인 것처럼 퍼져 있었다고요.

그런데 실제로 성공한 아이는 네코가 알기로는 단 한 명도 없다고 했어요. 네코네 초등학교는 급식 때 밥이 일주일에 한 번밖에 안 나와서 남은 엿새는 집밥으로 젓가락님을 해야 했는데, 애들 대부분이 곧바로 부모님이나 조부모님한테 주의를 들었다는 거였죠. 그래도 포기하지 않고 두 번째 젓가락님을 감행하면 더 심하게 혼나고…… 계속하기가 너무 힘든 상황이었다는 거예요.

그럼 조부모님이랑 같이 안 살고 부모님도 맞벌이로 늦게 오셔서 저녁을 혼자 먹는 아이라면, 이 의식을 해낼 수 있지 않을까? 저도 그렇게 생각했는데 역시 계속하지 못했던 모양이더군요.

팔십사 일이니까요. 끈기가 필요하죠. 애들이니 일단 믿으면 열심히 한다고는 해도, 또 애들이니 한순간에 싹 식어서 흥미를 잃어버리는 일도 충분히 있을 법하죠.

젓가락님 이야기를 전체적으로 듣고 나서 조금 망설이면서 물었어요.

"네코 너는 소원이 뭐야?"

그랬더니 네코는 입을 꾹 다물더니 휙 돌아서서 가버렸어요. 실패다, 후회했지만 엎질러진 물이었죠.

다음 날 학교에 가서 평소와 다름없이 네코를 대했지만 네코는 왠지 제게 거리를 두더라고요. 젓가락님에 대해 알려준 걸 무척 후회하는 느낌이었달까요.

전날 밤에 이불 속에서 젓가락님 의식의 순서를 다시 떠올려봤는데 이런저런 의문이 들었어요. 젓가락님이 주는 기별이란 건 도대체 뭔가. 젓가락님에게 들킨다는 건 어떤 상황인가. 들켜서 무효가 되면 그다음엔 어떻게 되나.

네코에게 물어보고 싶은 마음이 굴뚝같았지만, 네코의 태도를 보고 포기했죠. 물어보는 건 고사하고 젓가락님 얘기는 절대 안 하려고 조심했어요. 조만간 얘기하더라도 좀 더 시간을 둔 다음에 하는 게 좋겠다, 그렇게 판단한 거죠. 물론 네코랑 한 약속은 지켰어요. 아무한테도 젓가락님 이야기는 안 했습니다.

네코가 젓가락님 의식을 시작하고 한 달 정도 지났을 무렵일까요. 아침에 평소처럼 등교해서 자리에 앉았는데 옆자리에 앉아 있던 네코가 좀 이상했어요. 제 쪽은 쳐다보려고도 안 했지만 뭔가 얘기를 하고 싶어한다는 게 확연히 느껴졌죠.

하굣길에 젓가락님 이야기를 한 뒤부터 저를 피하는 게 훤히 보였는데, 그날 아침엔 그렇질 않았던 거예요.

"그거…… 무슨 일 있었어?"

저는 마음먹고 비밀 이야기를 하듯 물었습니다. 네코는 몸을 움찔하더니 얼굴 가득히 미소를 머금고 말했어요.

"기별이, 왔당."

"젓가락님한테서?"

깜짝 놀라서 되물어도 네코는 말없이 고개를 주억거릴 뿐, 그 뒤에는 뭘 물어도 대답을 안 했어요. 대신 네코와의 관계는 원래대로 돌아갔어요. 그리고 네코의 분위기가 조금 달라졌는데, 전보다 조금 자신감이 붙었다고 할지, 그런 변화가 느껴졌습니다.

이것도 젓가락님하고 상관 있나?

정말 그런 거라면 소원이 이루어지지 않더라도 네코한테 그 의식이 의미하는 바가 큰 거죠.

실제로 그때부터 네코는 부쩍부쩍 달라졌습니다. 그렇다고 해도 네코의 변화를 민감하게 느낄 수 있었던 건 아마도 저뿐이었을 거예요. 표면적으로는 전학 온 직후의 네코와 뭐 하나 달라진 게 없는 것처럼 보였거든요. 그런데 내면이라 할까요? 속은 전과 다르다는 걸 느낄 수 있었어요. 뭐가 어떻게 달라졌다 구체적으로 설명은 못 하지만……. 제가 처음부터 네코랑 가깝게 지냈고, 젓가락님 일도 알고 있어서 감지할 수 있었던 거겠죠.

곧 장마가 왔고, 어떤 날은 습도가 말도 못 하게 높았어요. 내리는 비는 차가운데 찌는 듯이 더웠죠. 밖에 나가자마자 땀이 나면서 옷이 몸에 철썩 달라붙는, 딱 오늘 같은 날씨요. 남녀 할 것 없이 거의 반소매 차림에 남자애들은 우르르 반바지를 입고 다녔죠.

그런데 네코만 좀 달랐어요. 밑은 반바지인데 왜인지 윗옷은 그대로 긴팔이었죠.

네코네 집이 부자가 아니라는 건 대충 짐작하고 있었어요. 전학 첫날이나 그 뒤 얼마 동안은 전혀 몰랐는데, 곧 여자애들이 수군거리기 시작했거든요. 똑같은 옷을 안 빨고 맨날 입는 거 같다고.

네, 그 또래 아이들도 다른 사람 옷에 관심이 많거든요.

그래서 저도 처음에는 반바지는 있는데 반팔이 없나? 하고 좀 딱하게 생각했거든요. 그런데 네코는 아무리 더운 날에도 절대로 소매를 안 걷었어요. 소매를 손목까지 꼭 내리고 있었죠.

아침부터 습도가 어마어마했던 날, 오후에 자리에 앉아 다음 수업이 시작되길 기다리면서 네코랑 이야기를 나눴어요.

"안 더워?"

마침 생각났다는 듯이 네코 소매를 보면서 물어봤는데 네코가 바로 입을 다물더라고요. 괜한 말을 한 것 같아 부끄러워졌어요. 집안 사정 같은 건 애들도 다 아니까요. 친구가 그걸 들추면 얼마나 싫고 괴로울지 알 수 있었어요. 그래서 저는 반성하며 자책을 한 건데, 네코 입에서 뜻밖의 말이 흘러나왔어요.

"이것도 분명 기별인 거라."

저는 흠칫 놀라는 동시에 그 의미를 나름대로 생각해보고 말할 수 없이 흥분했습니다.

당시에 저는 미신이나 심령현상 같은 걸 무척 좋아하는 아이였어요. 그런 내용의 책도 자주 읽어서 '성흔(聖痕)•'에 대해서도 알고 있었죠. 그래서 네코 말을 듣자마자 젓가락님의 기별로 반점 같은 뭔가가 네코 팔에 생겨난 게 아닐까, 그런 기대를 품었어요. 고집스럽게 긴팔을 입고 있는 이유도 그렇다면 설명이 됐죠.

제가 성흔 이야기를 하니까 네코는 흠칫 얼어붙더라고요. 그러면서 아마도 무의식적인 것 같은데, 왼팔을 감싸는 듯한 동작을 해 보였어요.

네코 왼팔 어딘가에 기별이 나타났다.

확신이 들자 보고 싶어서 안달이 났습니다. '보여줘' 하고 부탁할 분위기가 아니었어서 하는 수 없이 포기했지만요.

장마가 계속되고, 수영장이 여는 때가 됐지만 여전히 네코는 긴팔이었어요. 수영장에서도 구경만 하고 절대 물에 들어가려 하질 않았고요. 수영복을 입으면 왼팔을 드러내게 되니 그게 싫었던 거겠죠.

"5학년이면서 수영도 못해?"

남자애들 몇몇이 비아냥거렸어요. 이전의 네코라면 분명 부끄러워하면서 고개를 푹 숙이고 아무 말도 못 했을 텐데 그때의 네코는 달랐죠.

• 종교적인 의미를 갖는다고 여겨지는 몸의 상처나 흔적

"전엔 못 했어도 이젠 쑥쑥 나갈지 몰징."

여전한 간사이 사투리로, 두 손으로 물을 가르는 동작을 해 보이면서 그렇게 말한 거예요.

남자애들은 보통 때 같았으면 '그럼 어디 해보시지!' 하고 어깃장을 놓거나, 상대가 기가 죽는다 싶으면 억지로 옷을 갈아입혀 수영장으로 끌고 갔을 텐데, 누구 하나 꼼짝하지도, 말을 보태지도 않았어요.

네코는 수영을 못하는데 수영을 할 수 있다.

그런 모순을 받아들일 수밖에 없을 만큼, 네코의 태도와 말투에는 자신감이 가득했습니다. 그래서 남자애들도 말없이 그 자리를 서둘러 떠난 거죠.

옆에서 보고 있던 저는 다른 애들은 아무도 알아채지 못한 것을 똑똑히 보고야 말았습니다. 네코가 헤엄치는 동작을 해 보였을 때 오른팔보다 왼팔 쪽이 훨씬 힘 있게 움직인 것을요. 마치 '이 왼팔이 있으니 수영할 수 있다'라고 말하는 듯…….

네코가 반에서 겉돌기 시작했던 게 그 무렵부터였을까요? 그때까지는 절대 화기애애하다고는 못 해도 같은 반 친구라는 느낌은 있었거든요. 모두 별거 없이 말 걸고 같이 놀고. 그런데 네코가 이상한 자신감을 갖게 되면서부터 다들 네코를 피하는 것 같았어요.

정확히 설명하긴 어렵지만 아무래도 애들은 네코한텐 우리랑 다른 뭔가가 느껴진다고 생각했던 것 같아요.

실은 저도 점점 네코한테 신경을 안 쓰게 됐어요. 다른 애들이랑 이유는 달랐지만요.

……눈치채셨네요? 네, 말씀하신 대로 저도 그 얼마 전부터 젓가락님 의식을 하고 있었거든요. 네코보다 한 달 반 정도 늦게 시작한 셈이죠.

저한테는 중학생 오빠가 있었어요. 미숙아로 태어나서 그렇게 오래는 못 산다고 의사가 그랬다나봐요. 그래서 엄마는 최선을 다해 오빠를 길렀고, 그 덕에 오빠는 오래 살게 됐죠. 여전히 또래 아이들에 비하면 몸이 작고 허약했지만요.

초등학교 때는 별일 없었는데, 그 지역 공립 중학교에 진학하자마자 오빠는 따돌림을 당하기 시작했어요. 오빠랑 제가 다닌 초등학교에서는 한 명도 본 적 없는 유의 문제 학생들이 있었거든요. 그 무리한테 잘못 걸려든 거죠.

오빠가 등교를 거부하거나 자포자기하거나 자살을 생각하거나 그런 일은 전혀 없었어요. 그럼 아무런 저항 없이 계속 참았느냐 하면 그건 그렇긴 한데, 그게 전부는 아니었어요.

오빠는 저한테 폭력을 가하면서 분을 풀었어요.

가정 내 폭력이 일어났던 건데, 오빠는 아빠한테도 엄마한테도 언니한테도 전혀 손을 뻗지 않았어요. 딱 저한테만 그랬죠. 얼굴은 피해서 팔뚝이나 등만 때렸어요.

폭력의 이유란 죄다 사소한 것이었어요. 문 닫는 소리가 컸다,

뒤를 지나면서 한숨을 쉬었다, 이유 없이 쳐다봤다 등등. 뭐든 갖다 붙이는 게 이유였죠. 조금이라도 비위가 틀리면 그걸로 끝. 그럼 저는 집 안에서 죽을힘을 다해 도망을 다녀야 했어요.

그런 상황이었지만, 부모님은 형제끼리 싸우는 정도로만 생각하셨는지 한 번도 오빠한테 그만하라 하시질 않았어요. 제가 '폭력에 시달리고 있다' 하고 말을 했더라면 좀 달랐을지 모르겠지만…….

왜 도와달라고 하질 않았던 건지. 이제 와 생각하면 이해할 수 없는데, 역시 어려서 그랬을까요? 어른이 되면 다 잊어버리지만, 어린 시절에는 다들 뭐든 참는 게 착한 건 줄 아는 것 같아요. 의식하든 하지 않든 간에요.

언니요? 오빠가 그러는 걸 물론 알고는 있었어요. 그런데 오빠한테 따지거나 저를 보호하지 않았어요. 둘 사이에 끼어들지도 않았고 아무것도 안 했어요. 언니나 동생이랑 사이좋은 애들이 부러웠어요. 든든하고 착한 오빠가 있는 애는 말할 것도 없고…….

저희 집은 남매도 자매도 서로 남 같았어요. 아니, 남이면 상대방 기분을 조금이라도 신경 쓸 텐데 어설프게 가족인 바람에 그러질 않았어요. 차라리 서로 모르는 척 지내면 좋을 텐데. 저는 오빠가 일방적으로 휘두르는 이해할 수 없는 폭력에 계속 고통받았던 거죠.

더 얘기 안 해도 아시겠지만…… 저는 젓가락님께 오빠의 '처리'를 부탁했습니다.

네. '처리'였어요. '죽음'을 비는 건 아무래도 좀 껄끄러웠거든요. 날마다 '오빠란 놈 죽어버리면 좋겠네' 싶은 생각은 간절했지만 막상 닥치니 무서워져서……. 그래서 '처리'란 표현을 골랐던 거죠. 오빠를 어떻게 처리할지는 젓가락님이 결정하시게 하자, 그렇게 꾀를 부렸던 거예요.

부모님은 맞벌이에다 오빠는 늘 혼자 밥을 먹어서 저녁은 언니랑 둘이 먹었어요. 주말에도 마찬가지였고요. 젓가락님 의식을 비밀리에 거행하기에 저희 집만큼 적당한 집은 아마 없었을 거예요. 가족 전체가 식탁에 모여 앉는 날은 아주 어렸을 때를 제외하곤 몇 년 동안이나 없었으니까요.

집 근처 작은 산의 대숲에서 꺾여 넘어진 대나무를 발견했는데 그걸 젓가락 두께와 길이로 가공하려면 톱이나 손도끼가 필요했어요. 그런데 저희 집에는 없는 데다 빌릴 만한 곳도 없었죠. 문방구에 가서 물어봤더니 연이나 고무동력기 만들 때 쓰는 대나무밖에 없었고요. 이제 어쩌나 싶어 잠시 멍하니 서 있는데 문방구 주인이 왜 그러냐고 묻는 거예요. '이런 대나무가 필요하다' 설명을 하니, 홈센터•에 가면 있을 거라고 하더라고요.

엄마한테 학교에서 쓸 거라고 거짓말했더니 주말에 차로 홈센터

• DIY 및 인테리어 재료, 원예용품, 생활용품 등을 파는 대형 매장

에 데려다주셨어요. 가늘고 긴 대나무 하나를 드디어 손에 넣었죠. "진짜 이걸 수업 때 쓴다고?" 언니는 의심했는데, "언니 때랑 달라" 했더니 일단은 넘어갔습니다.

하지만 얼마 지나지 않아 상황을 눈치챈 언니는 "역시, 수상쩍더라니" 하면서 도둑이라도 잡은 양 뿌듯해했어요. 그러면서도 궁금하기는 했는지, "뭘 비는 건데?" 하고 물어서, "그걸 말하면 효과가 없어져" 하면서 대답을 피했어요.

그때 제가 걱정한 건 언니가 엄마한테 고자질해서 들통나는 거였어요. 아니나 다를까, 며칠 뒤에 엄마가 "지저분하게 그럼 못써" 하고 한마디 하셨죠. 딸이 홈센터에서 사 온 대나무로 젓가락을 만들어 밥에 꽂고 있으니 그런 말을 하는 것도 당연하죠.

만일을 대비해 생각해둔 대로 "깨끗이 씻어서 괜찮아. 친구들도 다 하는 거야" 하고 설명하니 엄마도 그 이상으로는 아무 말씀 안 하셨어요. 언니도 매번 바보 같다는 반응은 보였어도 참견은 안 했고요. '그런 거나 하고 완전 애네' 하는 식이더니 조금 지나니 관심조차 안 보였어요.

조부모님과 같이 살았다면 그렇게 순조롭게 흘러가진 않았을 거예요. 그게 얼마나 다행스럽던지…… 짐작되시죠?

그건 그렇고, 문제의 젓가락님으로 돌아가서, 시작하고 일주일이 돼도 전혀 달라진 게 없었어요. 저녁 먹고 나서나 아침에 일어나서 계속 왼팔을 확인해봤지만 '성흔' 비슷한 건 조금도 나타나질 않았죠. 어쩐지 네코한테 물어보겠다는 생각은 안 들었어요. '이건 내 의식'이란 생각이 엄청나게 강했기 때문일까요? 어쨌든 그 애랑은 상관없다, 그런 기분이었어요.

언제부터 문제의 꿈을 꾸게 된 건지는 사실 잘 기억이 안 납니다. 오늘은 기별이 있을까, 날마다 하염없이 기다렸는데…… 왼팔만 너무 들여다보느라 설마 꿈이라고는 생각도 못 했던 건지…….

꿈속에서 눈을 떠보니 나무 벽으로 둘러싸인 도장 같은 넓은 방이었고, 저는 같은 학년으로 보이는 애들이랑 섞여서 자고 있었습니다. 순간적으로 생각난 건 여름 캠프였죠. 근데 애들 숫자가 너무 적었어요. 게다가 여름 캠프면 남자 여자 따로 잘 텐데 남자애들도 섞여 있었고요. 아니, 그보다 놀라웠던 건 같은 반 친구들이 한 명도 없다는 거였어요.

세어보니 저를 포함해 아홉 명이었어요. 남자 다섯 명, 여자 네 명. 모두 처음 보는 얼굴이었어요. 그런데도 모두 5학년이란 건 어쩐지 알고 있었죠.

애들은 누구지? 그렇게 생각하던 참이었어요.

"어, 일찍 일어났네."

언제 일어난 건지 남학생 하나가 말을 걸어왔습니다. 다섯 명 중에서도 유독 반듯한 얼굴에 공부도 운동도 잘해 보이는 남학생이 제 쪽을 보고 있었어요. 순간 얼굴이 빨개지는 게 느껴져서 조마조마했죠.

……아, 그러네요. 그러고 보니 제가 당시에 좋아했던 다른 반 남자애랑 좀 비슷했던 것 같기도 해요. 역시 꿈이라서일까요?

"저는 학급 회장입니다."

그 애는 이름도 밝히지 않고 그런 식으로만 자기소개를 했는데, 이상하다고 생각하진 않았어요.

"저는 당번입니다."

외려 제 소개를 할 때 그렇게 설명할 수밖에 없는 게 너무 창피해서 몸 둘 바를 모르겠더라고요.

네, 저는 당번인 모양이었어요. 어떻게 알고 있는 건지 그건 모르겠지만, 생각하지 않고 곧장 그렇게 말했어요.

"아, 당번님, 자는 사람들을 모두 깨웁시다."

회장은 그러고 나서 남학생들을 흔들어 깨웠고, 저는 여학생들 머리맡에서 "일어나" 하고 부르면서 남은 일곱 명을 깨웠어요.

역시 누구 하나 자기 이름을 밝히지 않았어요. 자기는 무슨 부장이다, 당연하다는 듯이 설명했죠. 일어난 순서대로 소개하면 다음과 같아요.

부회장, 예쁘게 생겼지만 좀 차가워 보이는 여학생.

도서부장, 성실하고 꼼꼼해 보이는 남학생.

보건부장, 체격이 좋고 건강해 보이는 여학생.

체육부장, 역시 체격이 좋고 건강해 보이는 남학생.

사육부장, 귀엽고 착해 보이는 여학생.

청소부장, 몸집이 작고 어른스러운 분위기의 남학생.

청소부장이라는 아이는 네코랑 이미지가 비슷하다고 생각했어요. 그런데 아이들의 자기소개를 듣다 보니 이 애들은 현실에는 없다는 느낌이 싹트기 시작했습니다. 꿈에 나온 애들이니 당연한 건지도 모르겠지만, 가령 어떤 애가 실제 세상에 존재한다고 해도, 그 애도 역시 꿈을 꾸고 있다고 해야 할지…… 어쨌든 그런 느낌이었어요.

그리고 마지막으로 회장이 아무리 흔들어 깨워도 전혀 일어날 기미가 안 보이는, 살짝 비만으로 보이는 남자아이.

"재, 급식 당번이었지?"

부회장이 묻자 도서부장과 체육부장이 그 즉시 고개를 끄덕였습니다. 꼭 경쟁이라도 하듯 서두르는 걸 보고 놀라던 참이었어요.

"근데 급식 당번, 어제 배식 때 일을 안 하던데."

도서부장이 재빨리 중대한 사실을 지적해 부회장에게 점수를 따자 선수를 빼앗긴 체육부장이 분해하는 것처럼 보였습니다.

"그래서 회장이 재 대신 일했잖아. 역시 회장."

보건부장이 회장을 추켜세우는 것을 듣고 있는데, 문득 '어제의 기억'이 불쑥 되살아나는 듯한 기분 나쁜 느낌이 들더라고요.

이 꿈을 꾼 건 그때가 처음이었고, 그래서 꿈속의 저한테는 그 방에서 눈을 떴을 때부터의 기억 말고는 없었거든요. 그런데 갑자기 꿈속 어제를 떠올리게 된 거니까요. 뭔가 이상했죠.

"급식 당번⋯⋯ 좀 이상한 거 같지 않아?"

사육부장이 혼자 급식 당번을 걱정하고 있었습니다.

"잠깐 확인해볼게."

보건부장이 회장과 교대해 급식 당번의 몸을 흔들었는데⋯⋯.

"⋯⋯안 일어나겠네. 얘, 죽었어."

보건부장 입에서 믿을 수 없는 말이 튀어나오자 공기가 한순간에 바뀌어버렸습니다. 여름 캠프의 분위기는 싹 사라져버렸죠.

"확실해?"

회장이 묻자, 보건부장은 상황에 어울리지 않는 쑥스러운 표정으로 고개를 끄덕였습니다.

"진짜 죽은 거야?"

부회장이 재차 물으며 의심의 눈길을 보냈죠.

"검시(檢屍)하게 좀 도와줄래?"

보건부장은 부회장 말을 무시한 채 회장에게 '검시'에 협조해달라고 요청했습니다.

그러더니 회장과 보건부장은 정말로 급식 당번 옷을 벗기기 시작했어요. 너무 놀랍고 무서웠죠. 자고 있는데 일상복 차림인 건 꿈이어서였을까요?

네. 정말로 검시를 했어요. 보건부장은 초등학교 5학년이었으니 사체 검사 같은 걸 할 수 있을 리가 없는데 문제없이 해냈죠.

"여기서 정식으로 부검하기는 어려우니 정확한 사인은 알기 어렵지만…….”

보건부장은 몇 마디 전제를 깐 뒤에 급식 당번은 죽은 게 틀림없다는 판단을 내렸습니다.

“외상은?”

도서부장의 질문에 보건부장은 고개를 가로저었어요.

“아무 데도 없어. 맞거나, 찔리거나, 목이 졸리거나, 그런 흔적은 하나도 없었어.”

“그럼 병사라는 건가.”

체육부장이 중얼거리자 보건부장은 어깨를 으쓱할 뿐이었죠.

“어쨌든 저 시체는 도코노마•에 안치하는 게 좋지 않을까?”

청소부장의 의견에 전원이 즉시 찬성했습니다. 물론 저는 의견이 달랐지만 특별히 반대하는 건 아니었어요.

도코노마는 널찍한 방의 북쪽에 있었어요. 그리고 벽에는 작고 짤막한 줄사다리 같은 것이 걸려 있었는데 실은 일찌감치 눈치채고 있었어요. 어딘가에서 본 적 있는 듯한 물건이었지만 그게 뭔지 자세히 확인해볼 틈도 없이 자는 아이들을 깨우고, 자기소개 시간을 갖고, 급식 당번이 죽은 걸 발견한 거였죠.

• 일본식 방에서 방바닥을 한 단 높인, 전통 꽃꽂이를 장식하고 벽에 족자를 걸도록 만든 공간

회장과 체육부장이 시체를 옮겼고, 저는 그 뒤를 따라 도코노마로 가서 문제의 묘한 물건을 찬찬히 살펴봤죠. 외할머니가 해준 이야기에 나오는 '고토 젓가락'이랑 똑같네, 그제야 그 생각이 나더라고요.

'고토의 날•'에 대해서는 2월 8일과 12월 8일에 맞는, 절분(節分)•• 비슷한 날이라는 것 말고는 지금도 아는 게 거의 없지만…….

아…… 대충 비슷한가요? 그럼 괜찮겠네요.

옛날에는 고토의 날이면 좌우 두 줄로 늘어뜨린 줄에 가족들이 쓰던 젓가락을 묶어 사다리 모양으로 만든 것을 처마에 매달았다고 할머니가 가르쳐주셨어요. 액막이 역할이었던 거죠.

그런 고토 젓가락이랑 똑같아 보이는 물건이 도코노마 벽에 걸려 있었어요.

젓가락은 전부 여덟 개. 네 명분이었어요. 우리 인원과는 맞지 않았죠. 왜일까 생각하던 중에 꿈에서 깼습니다.

저는 이 꿈이 젓가락님의 기별이라고 생각했어요. 마지막에 고토 젓가락이 나온 것 말고는 별달리 관련이 없는 듯한 내용이었지

• 지역에 따라 날짜와 내용은 다르나 농사 짓는 시기(2월 – 12월)와 정월 전후의 시기(12월 – 2월)를 구분하며 신에게 음식을 공양하고 의식을 치르는 풍습이 있으며, 각 시기의 시작과 끝을 '고토'라고 부름

•• 입춘, 입하, 입추, 입동 등 절기의 전날. 좁은 의미로는 입춘의 전날을 말함

만 곧 다음 꿈을 꾸지 않을까 싶은 예감이 들었거든요. 그런데 얼마간은 꽝이었어요. 꿈을 꿔도 전혀 관계없는 내용뿐, 젓가락님의 기별이라 할 만한 건 전혀 없었죠.

그 꿈도 실은 기별이 아니었던 건가…….

그렇게 포기하려던 무렵, 두 번째 꿈을 꾼 거예요. 눈을 떠보니 전의 그 도장처럼 넓은 방이었고, 저 말고는 모두 일어나 있더라고요.

아니, 아직 자고 있는 애가 한 명 있었어요. 귀엽고 착해 보이는 사육부장 여자아이. 그 애는 아직 이불 속에 있었고, 그 주위로 회장, 부회장, 도서부장, 체육부장, 청소부장, 보건부장이 빙 둘러앉아 있었습니다. 사육부장의 임종을 지키기라도 하듯이. 그 모습을 보고 흠칫했는데…….

"재 죽었어."

보건부장 여자아이가 저를 보고 그렇게 말해서 목에 소름이 좍 돋았죠.

"검시할 거니까 너도 참관해."

부회장이 당연하다는 듯 말했습니다. 저는 당황해서 거절하려고 했지만 여자아이들끼리 검시하려는 거구나 싶어 동의할 수밖에 없었어요. 부회장과 보건부장이 회장을 사이에 두고 대립하고 있다는 건 대충 짐작했던 터라 빠지는 게 더 어려운 상황이었죠.

남자아이 네 명에게 등을 돌리라고 하고 먼저 사육부장의 옷을 벗겼습니다. 그런 뒤에 보건부장이 시체를 구석구석 살폈죠.

"외상이라곤 전혀 없어."

검시 결과 급식 당번 때처럼 사인이 조금도 짐작되지 않는다고, 보건부장이 멍한 얼굴로 말했습니다.

우리는 사육부장에게 다시 옷을 입혔고, 회장, 체육부장이 도코노마에 시체를 안치했습니다. 급식 당번은 어떻게 됐나 싶어 회장에게 조용히 물어보니, 식료품 창고로 옮겼다고 하더라고요. 꿈속 세계에는 도서실, 음악실, 급식실 등 방이 몇 개나 더 있는 것 같았어요. 넓은 방 빼고는 학교랑 거의 비슷했죠.

모두가 시체를 향해 두 손을 모으고 있을 때였어요.

"연쇄살인……이려나."

도서부장이 혼잣말처럼 폭탄 발언을 한 거예요.

"이런 상황에서 생각 없이 말하면 안 되지."

회장이 나무라면서도 모두의 반응을 재빨리 살피는 걸 전 놓치지 않았죠. 회장도 연쇄살인의 가능성을 생각하기 시작한 듯했어요.

도서부장은 반론을 제기하려는 듯했지만 타이밍이 좋지 않다고 판단했는지 다시 시체를 향해 두 손을 모았습니다.

그런 두 사람을 보고 있던 저는 다시 도코노마 쪽을 봤는데 그만 움찔하고 말았습니다. 뭔가를 알아차렸거든요. 혹시나 하고 세어보니 역시나 모자랐습니다.

고토 젓가락에 젓가락이 여덟 개 있어야 했는데 일곱 개밖에 없는 거예요.

다른 사람을 살짝 엿보니 부회장과 보건부장, 두 여자아이는 눈을 감고 있었고, 체육부장, 청소부장은 겁먹은 눈으로 꼼짝도 하지 않고 시체를 바라보고 있었어요. 그러다 모두를 관찰하듯 둘러보던 도서부장이랑 눈이 딱 마주쳤고, 얼른 눈을 피했죠. 앞쪽에 있는 회장을 봤어요. 회장도 도코노마에 시선을 고정하고 있었어요. 혹시 고토 젓가락이 이상한 걸 회장도 알아차린 게 아닐까, 저는 묘하게 두근거렸죠.

젓가락에 대해 눈치챈 건 나랑 회장, 두 사람뿐이다…….

그런 생각이 들자 기쁜 듯 찜찜한 듯, 뿌듯한 듯 부끄러운 듯, 말할 수 없이 복잡한 감정에 휩싸였습니다.

장례식은 그야말로 단출하게 치렀어요. 식을 마치고는 모두 빙 둘러앉아 자연스럽게 대화를 나누기 시작했죠.

"연쇄살인이라면 대책을 세워야겠지."

"맞아."

도서부장의 의견에 먼저 체육부장이 동의했고, 청소부장도 고개를 끄덕였습니다.

"그럼 우리 중에 범인이 있다는 소리야?"

부회장이 반쯤 화난 듯한 투로 말하자 도서부장과 체육부장은 곧 기가 죽어서 대꾸를 못 하더라고요. 두 사람이 부회장에게 호의를 품은 채 서로를 경쟁자로 여기고 있다는 건 대충 짐작하고 있었어요. 그런 둘이 드물게 의견 일치를 봤는데 부회장의 말 한마디에 곧장 꼬리를 내리니, 좀 딱하다는 생각이 들었죠.

"급식 당번, 사육부장. 두 사람한테 외상이 전혀 없던 건 확실해."

보건부장은 확신에 찬 어조로 말했어요.

"……그럼 독살일 가능성이 높은 거 아닌가?"

도서부장이 부회장의 얼굴을 살피면서 타살을 전제로 이야기를 끌고 갔어요.

"뭐야, 회장이 범인이다, 그런 말이라도 하고 싶은 거야?"

보건부장이 그 즉시 들고 일어났죠.

"맞네. 두 날 모두 급식 배식을 한 건 회장이잖아."

부회장도 발끈했는데 회장이 중재하듯 끼어들었습니다.

"두 사람 다 그만해. 날 감싸주는 건 고맙지만 도서부장이 독살 가능성을 의심하는 것도 검시 결과로 볼 때 무리가 아니야. 지효성(遲效性) 독이 든 급식을 먹고 자다가 죽었을지도 모르지."

"바로 그거야."

도서부장은 바로 활기를 되찾았는데 이어지는 회장의 지적에 곧 입을 다물고 말았습니다.

"그럼 독약은 대체 어디에 있을까?"

"좋아. 이왕 이렇게 된 거……."

그때 체육부장이 말도 안 되는 제안을 꺼냈어요.

"전원 신체검사다."

한동안 아무도 말이 없었어요. 부회장과 보건부장은 한눈에 봐도 싫어하는 게 분명했죠. 도서부장도 그걸 알아차렸는지 체육부장의 말에 선뜻 찬성하지 못하는 눈치였어요.

"좋아."

처음 입을 연 건 보건부장. 그런데 그다음 말이 인상적이었죠.

"회장에 대한 의심이 이걸로 해소된다면 난 해도 상관없어."

부회장은 그 말에 울컥한 듯했지만 결국은 검사하는 데 동의했습니다.

"성별 나눠서 다른 교실로 가서 하고, 검사하는 사람 옆에는 꼭 여러 사람이 붙어 있는 걸로 해."

이제 남은 건 회장, 청소부장, 저였는데 '반대'라고는 말하기 어려웠죠. 넓은 방은 여자 세 명이 쓰고, 남자 네 명은 다른 방으로 갔습니다. 신체검사 결과, 아무도 독약을 갖고 있지 않았어요. 방들도 모두 조사했지만 역시나 어디에도 독약은 없었죠.

"혹시 모르니 죽은 두 사람도 살펴보는 게 좋겠지."

회장의 날카로운 지적에 아이들이 술렁였습니다. 확실히 독약을 숨기기 좋으면서 쉽게 떠올리지 못할 장소였으니까요. 하지만 두 사람에게서도 아무것도 발견되지 않았죠.

"역시…… 정말 독약이 사용됐다면 아무리 자고 있다고 해도 독약이 몸에 퍼질 때 조금이라도 움직였을 거야. 아무도 눈치를 못 챘다는 게 좀 이상하지 않아?"

보건부장이 당당한 얼굴로 의견을 냈습니다.

"다들 푹 자느라 몰랐거나, 고통이 그리 심하지 않았다면?"

도서부장이 반박하자 보건부장은 당황하지 않고 말을 이어갔습니다.

"말이 나와서 말인데, 고통스러운 표정이 없는 것도 좀 이상해."

"독약이 아니면 두 사람은 뭐로 살해당한 거지?"

체육부장이 질문을 던졌고, 도서부장이 덧붙였습니다.

"그리고 범인은 대체 누구일까……."

모두가 서로를 쳐다보다 얼른 시선을 피하는 와중에 회장이 한마디 내뱉었습니다.

"동기가 뭘까?"

그 말에 모두 몸이 굳어지는 듯해서 저는 불쑥 위화감이 들었습니다. 모두가 동기에 대해 알고 있으면서 모른 척한다…… 순간 그렇게 보였거든요.

"살해 방법이나 동기보다 범인을 찾는 게 먼저 아냐?"

부회장의 의견에 반대하는 사람이 없었던 건 동기에 대해서는 이야기하고 싶지 않아서가 아닐까, 제 느낌은 그랬습니다.

대체 왜?

갑자기 무서워졌습니다. 꿈속이라고 해도 연쇄살인을 조우했고 충분히 공포스러웠지만 그래도 모두 친구라는 생각이 조금은 있었거든요. 물론 범인은 예외였지만. 그러다 나만 모르는 비밀이 있을

지도 모른다 생각하니 등골이 서늘해지더라고요. 그래서일까요?

"……급식 당번이랑 사육부장, 정말로 살해당한 걸까?"

청소부장이 머뭇머뭇 조그만 소리로 질문을 내뱉는 순간, 뭔가 구원받는 느낌이 들었습니다.

시체에 외상도 없고 독약도 발견되지 않았으니 그냥 병사 아닐까? 두 사람한테 연달아 그런 일이 일어난 게 좀 이상하긴 하지만, 그렇다고 바로 타살이라고 단정지을 수 있을까? 저는 단숨에 의견을 쏟아냈어요.

제 말에 동의한 건 청소부장뿐이었고, 다른 사람들은 비난 가득한 눈으로 일제히 저를 바라봤죠. 회장은 그러지는 않았지만, 대신 '너도 알잖아' 하는 눈빛이었고, 그걸 보자 잊고 있던 사실이 떠올랐습니다.

"말을 안 하고 있었는데 사실 도코노마에 걸린 젓가락 개수가 줄어들었어. 처음에는 아홉 개였는데 급식 당번이 죽고 나니 여덟 개가 됐고, 사육부장이 죽고 난 지금은 일곱 개야."

처음엔 아홉 개였다니. 그걸 듣자 알 수 없는 공포가 밀려들었어요. 고토 젓가락의 개수는 반드시 짝수여야 하니까요. 젓가락이란 본디 두 개가 한 세트이고, '구'라는 숫자는 일반적으로는 절대 생각할 리 없는 홀수잖아요. 거기서 느껴지는 사악한 기운에 몸이 부들부들 떨리기 시작했는데, 딱 잠이 깼어요.

세 번째 꿈을 꾸었을 때는 체육부장이 죽어 있었어요. 급식 당번이 죽었을 땐 꿈도 처음 꾸었던 데다 대화한 사이도 아니어서 솔직히 별로 충격을 받지 않았거든요. 그런데 사육부장, 체육부장…… 충격이 꽤 컸죠. 설상가상 부회장이 말도 안 되는 이야기까지 꺼냈어요.

"전부터 계속 생각한 건데, 우리 중에 한 사람, 좀 다른 사람이 있는 것 같아."

"누구?"

도서부장이 되묻자 부회장은 질문에는 바로 답하지 않고 다시 말을 이었어요.

"나는 부회장, 너는 도서부장이지? 얘는 청소부장, 얘는 보건부장. 그리고 다들 알다시피 회장."

부회장은 그렇게 한 사람 한 사람 얼굴을 보며 말하더니 불쑥 저를 보며 말했어요.

"근데 얘만 무슨 부장이 아니라 당번이야."

부회장은 그렇게 지적하는 이유가 무엇인지 그런 중요한 설명은 일절 없이 저만 다른 애들과 다르다는 사실을 지적하며 은연중에 범인이 아닌가 고발한 거죠.

"……정말 그러네."

도서부장이 놀라면서 다른 사람들의 반응을 대표로 전했고, 모두가 저를 향해 의심의 시선을 보냈습니다.

딱 한 사람, 회장만 빼고요. 회장은 '괜찮아' 하는 듯한 표정으로 저를 보고는 반론을 펼쳤죠.

"당번은 부장과 다르게 매일 교대되기는 해. 그런데 그건 급식 당번도 마찬가지야. 같은 입장인 사람이 둘인데 한 사람만 다르다고 하기엔 무리가 있지."

이 세 번째 꿈에서 처음으로 급식을 먹게 됐어요. 놀라운 점은 급식 당번 대신 회장이 배식을 맡았는데, 누구 하나 회장을 도와주지 않더라고요. 제가 얼른 일어나서 급식실로 따라나서니 회장은 "고마워" 하면서도 조금 놀라는 눈치였어요. 부끄러웠지만 곧 다른 데에 신경을 빼앗겼습니다.

급식실에는 식사가 인원수에 맞게 만들어져 있었는데 아무도 없었어요.

꿈속 세계에는 애초부터 우리 아홉 명밖에 없었던 거다…… 그 사실을 새삼 깨닫자 불쑥 서늘해지더라고요.

"회장이 좀 감싸줬다 그거지."

"갑자기 돕는다고 나서고, 뭐야."

제가 배식을 돕고 있으니 부회장이랑 보건부장이 저를 노려보면서 일부러 들리게 말하더군요.

애초에 아무도 안 도와주는 게 이상하지, 그렇게 되받아치려다 그만 말문이 막히고 말았습니다. 첫 번째, 두 번째 급식 때 내가 회장을 도왔던가? 좀 전에 회장이 깜짝 놀랐던 것만 봐도 제가 전엔 아무것도 안 했다는 게 분명했죠. 그러니 두 아이에게 그렇게 보여도 뭐라 할 말이 없는 거였어요.

그건 그렇다 쳐도 왜 꿈속 세계의 기억은 일부밖에 없는 걸까. 왜 어떤 기억은 사라지는 걸까…….

넓은 방 한가운데 놓인 탁자에 마지막으로 제 급식 쟁반을 놓고 앉으면서 저는 고민에 빠졌습니다. 아니, 다른 아이들도 역시 모든 걸 기억하고 있지는 않은 걸까? 아이들도 나처럼 그런 비밀을 요령껏 숨기고 있는 걸까?

그러고 있는데 회장이 간장과 소스, 소금, 젓가락이 든 통, 물티슈 같은 걸 담은 쟁반을 들고 자리로 돌아와 급식 배식이 일단락됐습니다. 모두가 젓가락을 챙기고 났는데도 젓가락이 많이 남는 걸 보고 저는 왜 이렇게 여분을 많이 챙겼나 하고 의아하게 생각했죠. 그런데 곧 제가 착각했다는 걸 깨달았습니다. 젓가락 통에는 죽은 세 사람의 젓가락까지 들어 있던 거였어요.

꺼림칙한 마음에 팔뚝에 오스스 소름이 돋았습니다. 그리고 다음 순간, 소름은 전신으로 퍼져나가고 말았죠. 두 손을 모아 엄지와 집게손가락 사이에 젓가락을 끼우고 "잘 먹겠습니다" 하고 다 같이 말한 뒤에…… 저를 뺀 다섯 명이 밥그릇에 담긴 밥 한가운데에 젓가락을 똑바로 꽂은 거예요.

급식 때마다 모두가 젓가락님을 하고 있던 거죠.

거기서 다시 잠이 깼는데, 다음 꿈을 꾸는 게 무서워지더라고요. 왜 모두가 젓가락님을 하는 걸까. 혹시 꿈속에서는 밥 한가운데 젓가락을 꽂아도 별 의미가 없는 걸까? 아니, 그럴 리 없어. 분명 무서운 이유가 숨어 있을 거야……. 머릿속이 뒤죽박죽이었어요.

무서운 걸로 말하자면, 꿈을 꿀 때마다 한 사람씩 죽어 나가는 상황도 정말이지 무서웠죠. 거의 한 달 사이에 세 명이나 살해당했으니까요. 젓가락님 의식을 해나가는 게 팔십사 일 동안이니, 석 달 정도 되죠. 우리가 아홉 명이고, 고토 젓가락이 아홉 개니까 한 달에 세 명씩 죽는다고 생각하면 계산이 딱 맞았어요.

설마 젓가락님에게 들킨다는 건 꿈속에서 죽는 것?

퍼뜩 떠올린 생각이 또 다른 공포를 불러일으켰습니다.

나도 이러다 젓가락님에게 들킬 거야…….

그런데 꿈속에서 살해당하면 저는 도대체 어떻게 되는 걸까요? 죽었으니 꿈속에서 눈을 뜨는 일은 없겠죠. 그 꿈을 꾸지 않게 되는 게 제가 죽었다는 증명이자, 젓가락님이 실패했다는 것을 의미하는 게 되는 걸까요?

저는 괴로운 마음으로 하루하루를 보냈어요. 학교에는 빠지지 않고 갔지만 그 무렵의 기억은 꿈속에서 겪은 일에 대한 게 거의 다이고, 현실에서의 일은 기억나는 게 거의 없어요.

네 번째 꿈에서는 청소부장이 죽었습니다. 네코를 닮은 아이였던 만큼 다른 아이들의 죽음을 대할 때보다 훨씬 더 충격을 받았죠. 그런데 그 꿈 내용 중 강렬하게 기억에 남은 것이 몇 가지 있어요. 도서부장이 고토 젓가락에 대해 알고 있는 듯했던 것, 남은 아이들 사이에 '누가 범인인가' 하는 의심이 점점 더 커져간 것, 그리고 회장이 저한테 속삭인 한마디.

"우리가 있는 이 세계가 어떤 건지, 이제야 그 답을 알 것 같아."

하지만 다섯 번째 꿈에서 눈을 떴을 때, 회장에게 매달려 오열하는 부회장의 모습이 미처 대비할 틈도 없이 두 눈으로 파고들었습니다. 게다가 부회장은 아무도 가까이 오지 못하게 했어요. 오로지 자기만이 회장의 유체를 만질 수 있다고 온몸으로 주장하듯이.

"기분은 이해하는데, 그래도 검시는 해야지."

보건부장이 친절하게, 끈기 있게 설득해서 겨우 부회장이 물러났습니다. 보건부장도 부회장만큼이나 회장을 좋아했으니 아마 마음을 굳게 먹고 검시를 했을 거예요.

"앞의 네 명이랑 모든 게 같아."

보건부장은 애써 담담하게 결과를 보고했어요. 하지만 보건부장의 그 말에 저도, 도서부장도, 부회장도 움찔하고 말았습니다. 보건부장 본인도 자기 말에 흠칫한 것처럼 보일 정도였어요.

모두가 회장에게 의지하고 있던 게 분명해요. 도서부장은 아니라고 했을지 모르죠. 살아있었다면 체육부장도. 하지만 그런 그들조차도 회장의 존재감만은 인정하고 있는 느낌이었어요. 그래서인지 이날 꿈은 내내 쓰야를 하는 것 같은 묵직한 분위기가 감돌았죠.

여섯 번째 꿈은 안 꿨으면…….

꿈에서 깨자마자 저는 간절하게 빌었습니다. 하지만 그러려면 젓가락님을 그만둬야만 했죠. 지금까지 힘들게 계속해왔는데 후회 없이 그만둘 수 있을까? 스스로에게 물어봤지만 좀처럼 답을 할 수 없었어요.

젓가락님은 계속하고 싶지만 꿈은 꾸고 싶지 않다.

모순되는 건 알지만 그게 솔직한 심정이었습니다. 그러면 결국 아무것도 달라지지 않죠. 젓가락님은 계속하면서 어떻게든 꿈을 꾸지 않도록 비는 수밖에요.

여름방학이 시작된 지 벌써 한참이었어요. 그런데 여름방학이 시작되기 얼마 전에 담임 선생님이 "네코가 요즘 아무래도 쉬는 날이 많은데, 뭔가 알고 있는 거 없니?" 하고 물으셨던 게 그제야 불쑥 떠오르더라고요.

그 무렵의 제 생활은 완전히 꿈 중심이었거든요. 기억에 남아 있는 거라곤 죄다 누가 죽고 난 뒤의 장면이었죠. 꿈속에서 다른 아이들하고 이야기를 해보니 저랑 애들이 여름 캠프 같은 단체생활을 하는 중인 것 같았는데, 왠지 저한테 죽음 이외의 기억은 거의 없었어요. 그랬는데도 현실 세계가 꿈에 침식당한 듯한 느낌이었죠. 그래서 네코에 대해서도 완전히 잊고 있던 거예요.

그러고 보니 네코가 젓가락님을 시작한 지 팔십사 일이 다 된 것 같은데…….

중요한 사실을 깨닫자 저는 네코를 찾아가보기로 마음먹었어요. 말씀드렸던 대로 제 젓가락님은 네코와는 관계가 없었지만, 그래도 네코의 젓가락님이 어떻게 됐는지 알고 나면 제 젓가락님에도 도움이 될 거라고 제 맘대로 생각한 거였죠.

네코네 집은 강둑 옆에 있었어요. 문화주택이라고 하나요? 시대극에 나오는 나가야(長屋)•처럼 기다란 단층집이 두 줄로 죽 늘어서 있었어요. 남북으로 길게 늘어선 두 줄 가운데 서쪽 줄, 그중 가장 남쪽에 있는 집이 네코네 집이었죠. 집 주변에는 강둑과 잡목림뿐이라 휑한 느낌이었고, 집들은 대부분 비어 있는지 무서울 정도로 조용했어요. 낮에는 너무 뜨거워서 저녁이 될 때까지 기다렸다가 간 건데, 그래서 쇠락한 분위기가 더 강했나봐요.

네코네 집 현관문을 두드려봤는데 아무 소리 없이 조용했어요. "나야, 아메미야" 하면서 다시 문을 두드리고 문에 살짝 힘을 줘보니 힘없이 문이 열리더라고요. 머리만 집어넣고 네코를 불렀는데 역시나 아무 반응이 없었죠. 집 안에 사람 기척이라고는 전혀 없었어요. 비릿한 공기만 꽉 차 있고……. 생선 비린내 같은 냄새가 코를 훅 파고들어서 저도 모르게 얼굴을 찡그릴 정도였어요. 그런데도 돌아 나오지 않은 건 역시 네코의 젓가락님이 어떻게 됐는지 보여주는 뭔가가 있을 것 같아서였을까요?

• 일자로 길게 지어진 집의 내부 공간을 여러 세대로 나누어 각각 출입문을 낸 일본 집합주택의 일종

크게 망설이지 않고 현관으로 들어서서 신발을 벗고 마루로 올라갔어요. 좁은 마루가 왼쪽으로 이어져 있었고, 남쪽에 부엌이 있었어요. 작은 냉장고도 있었고요.

부엌 맞은편의 미닫이 유리문을 "네코야" 하면서 열었더니 여섯 장짜리 다다미방이 나오더라고요. 방에는 아무도 없었고요. 오른쪽 창문 밑에 낮은 장과 식기장, 방 가운데에 사각 탁자, 왼쪽에 서랍장과 텔레비전이 놓여 있었어요. 그 방을 보니 네코는 엄마랑 둘이 사는구나, 어린데도 그런 생각이 들더라고요. 여자 어른의 생활감 말고는 달리 느껴지는 게 없었거든요.

방 안을 지나 장지문을 열었더니 역시 아무도 없는 넉 장 반짜리 다다미방이 나왔어요. 오른쪽의 책상과 왼쪽의 이불 벽장이 보였는데, 다음 순간 제 눈은 방 한가운데에 완전히 고정되어버렸습니다.

다다미 위에 대나무 젓가락이 똑바로 꽂힌 사잣밥이 놓여 있고, 밥그릇 왼쪽과 오른쪽에 기다란 대나무 막대가 하나씩 다다미에 꽂혀 있었어요. 대나무 막대로 보였지만 그게 아주 긴 젓가락이라는 걸 곧바로 알아봤죠.

이것도 젓가락님을 위한 의식일까?

근데 네코가 한 얘기엔 그런 긴 젓가락 같은 건 안 나왔거든요. 네코가 일부러 저한테 말을 안 한 걸까요? 다 가르쳐주는 척하면서 중요한 부분은 빼놓았다면…… 꿈속에서의 기억이 온전치 않았던 게 그래서일지도 몰랐죠.

저는 그 즉시 네코의 책상을 조사해보기로 했어요. 그 애 소지품을 모조리 살펴서 젓가락님의 비밀을 밝혀내자고 생각한 거죠.

그런데 그때 시야 한구석에서 뭔가 움직이는 듯한 느낌이 들더라고요. 반사적으로 쳐다보니 다다미에 박힌 기다란 젓가락 사이에서 뭔가 아물거리는 거예요. 대나무 젓가락 두 개가 딱 밥그릇 폭만큼 서로 떨어져 있었는데 그 사이에서 공기가 일렁거리는 것 같았죠.

반대쪽에 가서 봐도 똑같았어요. 기다란 젓가락 사이에서 마치 아지랑이가 피어오르듯 뭔가 아른거렸습니다.

이제 곧 저기서 뭔가가 나온다.

덜컥 겁이 났죠. 뭘 알아서가 아니라 본능이라고 할까요? 일단 도망쳐야 한다, 그런 마음에 몸이 절로 움직이더라고요.

빨리 다시 현관으로 나가야겠다 싶었는데, 제가 있던 작은 방 북쪽에 난 알루미늄 새시 문이 반쯤 열려 있고, 그 너머로 나무로 된 쪽문이 보이는 거예요. 현관보다 가까운 쪽문 쪽을 고른 건 당연한 선택이었지만, 그게 악몽의 시작이었죠. 정말이지 그때 겪은 일은 너무나 꿈 같아서……. 네코네 집에 찾아간 건 현실이 분명했지만, 그 길고 이상한 대나무 젓가락 사이에서 뭔가 일렁이는 걸 봤을 때부터는 악몽의 세계에 발을 들이고 말았다, 그런 생각을 떨칠 수가 없네요.

알루미늄 새시 너머는 타일로 마감된 공간으로, 세면대랑 세탁기가 있었어요. 왼쪽에 화장실, 오른쪽에 욕실문이 보였고, 세면대랑 세탁기 사이로 쪽문이 나 있었죠. 이건 분명 뒷마당에 빨래를 널려고 만든 문이다, 집을 빠져나가면서 그런 생각을 했는데…….

쪽문을 열고 나가 보니 이상하게도 부엌인 거예요. 네코네 집 북쪽으로 나온 줄 알았는데 남쪽에 있던 부엌으로 와버린 건가…… 도무지 어떻게 된 건지 알 수가 없어서 생각 없이 고개를 돌렸는데…… 있는 힘껏 비명을 지르고 말았죠.

부엌 개수대랑 창문 너머로 흐릿하게 일렁이던 공간이 네코네 쪽문 쪽까지 와 있는 게 보였어요. 그걸 보니 제가 들어온 곳은 네코네 북쪽에 있는 집인 모양이었어요. 그렇게 생각하고 다시 보니 역시 부엌 풍경이 전과 달랐죠.

허둥지둥 현관으로 나가려고 했는데 문이 아무 데도 안 보이는 거예요. 신발 벗는 곳은 있는데 현관문이 어디에도 없더라고요.

……부우우우욱, 수웅.

그때 네코네 집 쪽에서 기분 나쁜 소리가 들려왔어요. 틀림없이 작은 방에서 나는 소리다 싶었죠. 그건 시작일 뿐, 틈을 주지 않고 또 다른 소리가 들려왔습니다.

……바스읏, 바스읏, 바슷.

날카롭고 가는 꼬챙이 같은 것이 다다미에 꽂히는 듯한 소리. 잠시 듣고 있는데 급작스럽게 소리가 달라졌어요.

……트득, 트트트, 트득, 트트트.

같은 물건이 타일 바닥에서, 있는 힘을 다해 이동하고 있는 느낌. 그것도 제가 있는 집 쪽으로…….

그 기다란 젓가락 사이에서 뭔가 나왔다.

그렇게 확신하고 소리 내지 않으려고 애쓰면서 부엌을 지나 여섯 장짜리 다다미방으로 들어가 창문을 열려고 했습니다. 그런데 잠금쇠가 꿈쩍도 안 했죠.

……드걱, 드걱.

등 뒤에서 들려오는 소리로 그것이 이 집 부엌의 나무 바닥까지 들어왔다는 걸 알아차린 순간, 저는 앞쪽의 작은 방으로 달려 들어갔습니다. 창문을 통해 밖으로 나갈 생각으로요. 그런데, 그 방 창문도 열리질 않았어요.

……바슷, 바슷, 바슷.

그것은 여섯 장짜리 다다미방까지 침입해 들어왔고, 저는 미묘하게 달라진 소리로 그것이 다다미에 익숙해진 것을 알아차렸어요. 그래서 재빨리 알루미늄 새시를 열고 다시 쪽문을 통해 나갔는데…… 거기도 역시나 부엌이었죠.

도대체 어떻게 된 거야?

울 것 같은 심정으로 필사적으로 머리를 굴린 끝에 네코네 집에서 북쪽으로 두 번째 집에 들어왔다는 걸 알게 됐어요. 아무도 살지 않는 듯 집 안이 텅 비어 있었죠.

남북으로 늘어선 집들 가운데 몇 집이 왠지 몰라도 서로 연결돼 있다…….

그렇게 생각하지 않으면 이 불가능한 상황을 설명할 수 없었어요. 그런 상태가 된 건 아마도 네코네 작은 방에 모셔진 기다란 젓가락 때문일 테고요. 설상가상 그 젓가락 사이에서 나온 정체 모를 것이 지금 저를 쫓아오고 있었죠.

……트득, 특, 트득, 특.

이웃집 타일 바닥을 지나 이 집으로 오고 있는 그것은 네코네 집 타일 바닥을 지날 때보다 걸음이 훨씬 안정되어 있었습니다.

저건 대체 뭐지?

그것의 모습을 저도 모르게 상상해봄과 동시에 머리털이 곤두서는 듯 공포가 덮쳤습니다.

생각은 나중에. 일단 도망치자.

토끼처럼 쏜살같이 작은 방으로 내달리고, 다시 쪽문을 열고 다음 집 부엌을 향해 뛰어나갔는데…….

어디까지 도망쳐야 안전할까.

불안한 마음에 잠시 멈춰 섰습니다. 두 줄로 늘어선 문화주택은 대부분 빈집이었지만 사람이 사는 집도 있었거든요. 그런데 네코네 집에서 세 번째 집까지 들어오면서 여태 누구 하나 만나질 않았어요. 한 사람도요.

아! 한 줄에 다섯 집이었다!

똑같은 문을 단 집들이 늘어선 것을 봤을 때 무의식적으로 숫자를 셌던가봐요. 서쪽 줄, 동쪽 줄. 두 줄 모두 각각 다섯 집씩 남북으로 늘어서 있던 광경이 생각나더라고요. 그럼 다음 집이 다섯 번째 집이니까, 북쪽으로 더 연결되어 있지 않은 거죠. 그럼 그 집 쪽문까지만 가면 밖으로 나갈 수 있다!

……슷, 슷, 트득, 특.

뒤쪽에서 다가오는 기분 나쁜 기척에 몸을 떨면서도 불쑥 희망이 솟는 듯했습니다. 저는 전속력으로 다섯 번째 집으로 돌진했어요. 그리고 쪽문까지 다다라서 문을 벌컥 열어젖히고 나가면서 이제 밖이다! 하는 순간, 눈앞에 기묘하고 어두컴컴한 복도가 보였습니다.

이럴 리가…….

솜씨 없는 목수가 만든 것 같은 울퉁불퉁한 판자벽 틈으로 저녁노을이 불그스레하게 비쳐들었어요. 복도가 오른쪽으로 크게 구부러지며 뻗어 있었고요. 그쪽으로 가고 싶지는 않았는데, 뒤에서 그것이 오고 있었으니까요. 어쩔 수 없이 천천히 복도를 따라갔죠. 복도는 U자 모양을 그리면서 이어졌고, 복도가 끝나는 곳은 또다시 어떤 집이었습니다. 세면대와 세탁기가 놓인, 바닥에 타일이 깔린 공간이었죠.

제 생각에 그 집은 동쪽 줄에서 가장 북쪽에 있는 집 같았어요. 동쪽에 한 줄, 서쪽에 한 줄, 총 두 줄로 늘어선 문화주택이 U자 모양 복도로 연결되어 있었던 거죠.

이대로 계속 도망치면 결국 네코네 건넛집인 동쪽 줄 가장 남쪽

집 부엌까지 가게 되는 건데, 거기에 현관이 있을지 없을지는 모르는 일이었어요. 아니, 없다고 생각하는 게 나을지도요.

……드걱, 드걱, 드걱, 드걱.

그때 U자 복도에서 달려오는 듯한 소리가 울려 퍼졌습니다. 가늘고 길고 딱딱한 다리 여러 개가 꿈틀대는 모습이 확 떠오르면서 순간적으로 욕지기가 솟았어요.

살려면 뭔가 해야 한다…….

완전히 절망한 상태로 도망치는데…… 드걱, 드걱, 드걱…… 판자 깔린 복도를 따라오는 기분 나쁜 소리. 그것은 분명 가까이 와 있었어요. 소리가 머릿속에 울려 퍼지면서 이러다 곧 정신이 이상해지는 게 아닌가 싶고…… 정말 말도 못 하게 무서웠습니다.

고토 젓가락…….

'가늘고 길고 딱딱한 여러 개의 다리'라는 기분 나쁜 이미지에서 여러 개의 젓가락이 떠올랐던 것인데, 문득 전에 봤던 고토 젓가락이 액막이라는 게 생각난 거예요. 등 뒤의 뭔가로부터 도망치려면 얼른 그걸 만들어야겠다 싶었죠.

동쪽 줄 첫 번째 집 안에서 도망치면서 식기장 서랍에서 젓가락을 몇 개 꺼내 주머니에 넣었는데 그걸로는 부족했어요. 두 번째 집에 들어가서 다시 식기장을 뒤지며 젓가락을 찾는데 등 뒤의 그것과의 거리가 좁혀지는 듯해서 식은땀이 비 오듯이 쏟아지더라고요. 바로 도망치기는 했지만 젓가락은 여전히 모자랐어요.

있는 힘을 다해 세 번째 집으로 들어가 허둥지둥 젓가락을 찾아 냈고, 서랍장을 뒤져서 기다란 끈 두 개와 마침 옆에 있던 압정 통을 챙겼어요.

그런데 갑자기 오른쪽 장딴지가 찢어질 것처럼 아픈 거예요. 뒤를 돌아보니 그것이 제 뒤에 바짝 다가와 있었죠. 숨이 멎어버릴 것 같았습니다.

……그때 제가 본 게 뭐였는지, 실은 잘 기억이 안 나요. 떠올리고 싶지도 않고요. 죄송하지만 이해해주세요.

저는 펄쩍 뛰면서 내달렸어요. 네 번째 집까지 도망쳤지만 그 상태로는 고토 젓가락을 만들기 전에 그것에게 따라잡힐 게 뻔했죠. 거기까지 쫓기고 나서야 저는 뒤쪽의 쪽문부터 잠가야겠다고 생각했어요. 진작에 문을 잠갔더라면 시간을 더 벌 수 있었겠지만 상황상 무리였어요. 도망치는 데 급급해서 거기까진 생각이 못 미쳤던 거죠.

……지직, 지지직.

뭔가가 쪽문을 할퀴는 소리를 들으면서 여섯 장짜리 다다미방에 주저앉아 황급히 고토 젓가락을 만들었습니다.

……탁, 탁, 탁.

할퀴는 소리는 어느 틈엔가 두드리는 소리로 바뀌어 있었어요. 꼭 딱따구리처럼, 뭔가가 나무 문을 계속 두드렸죠. 쪽문이 갈라지는 데까지 그리 오래 걸리지 않을 것 같았어요.

……파짓, 파지직.

불길한 소리가 울려 퍼지는 순간, 저는 다섯 번째 집으로 내달렸어요. 마찬가지로 쪽문을 잠근 뒤에 재빨리 부엌으로 뛰어 들어갔는데, 거기에도 현관은 없었어요. 완전히 독 안에 든 쥐였죠.

거기서 열 몇 개의 젓가락으로 만든 고토 젓가락에 젓가락을 몇 개 더 더했더니 1미터가 좀 넘더라고요.

바로 그때, 엄청난 소리가 나면서 쪽문이 갈라졌어요. 그것이 단숨에 제 쪽으로 다가오는 게 방 두 개를 사이에 두고도 분명히 보였습니다.

저는 허둥지둥 미닫이 유리문을 닫으면서 젓가락을 가로로 한 폭만큼 문틈을 열어뒀어요. 그런 다음 유리문의 상인방(上引枋)에 압정을 꽂아 고토 젓가락을 늘어뜨렸죠. 그러고 나서는 부엌 개수대 앞에 앉았어요. 원래는 왼쪽이든 오른쪽이든 어느 쪽으로든 숨고 싶었거든요. 근데 고토 젓가락을 그것에게 정통으로 뒤집어씌우려면 그 바로 앞에 있어야 했으니까요. 무서워서 숨이 넘어갈 것 같았지만 있는 힘을 다해 참았죠. 두 눈은 반사적으로 꾹 감았지만요.

뭐라고 설명할 수 없는 기분 나쁜 소리를 내면서 그것이 단숨에 달려들었는데…… 갑자기 조용해지면서 눈앞에서 뭔가가 움직이는 기척이 나는 거예요. 채 소리를 지르기도 전에 뭔가가 제게 와서 닿았고, 팟 하고 눈을 뜨면서 소리를 내질렀는데…… 다음 순간 온몸의 기운이 쫙 빠져버렸습니다.

눈앞에 있던 건 걱정 어린 얼굴을 한 할머니셨거든요. "뉘 집 아이지?" 하는 질문을 듣고 그 집에 사는 사람이구나 생각하는 순간, 살았구나 싶었습니다.

"죄송해요. 네코네 집에 왔는데 다른 집에 들어와버린 것 같아요."

그런 이상한 일을 겪고 잘도 둘러댔네, 지금은 그런 생각이 들지만 어쨌든 할머니도 그 말 그대로 받아들이신 듯, "네코네 집은 건넛집이야" 하면서 웃으시고는 차가운 보리차를 한잔 내주셨죠.

그런 무시무시한 체험을 하고 이제는 정말로 젓가락님을 그만두자고 마음먹기는 했는데…… 포기를 못 하고 또 계속하고 말았어요. 그래서 다시 여섯 번째 꿈을 꾸었는데, 그 꿈에서 부회장과 보건부장, 두 사람의 죽음을 맞닥뜨리고 만 거죠. 범인은 도서부장이었던 거예요. 이렇게 된 이상 무슨 수를 써서라도 살아남자, 그렇게 마음먹었어요. 하지만 꿈속에서 계속 도망쳐 다니느라 정작 도서부장은 그 뒤로 한 번도 못 보고 말았네요.

그다음 일곱 번째 꿈에서는 도서부장이 죽어 있었습니다. 범인이 분명한 그 애가 이불 속에 죽은 채로 누워 있는 거예요.

말로 표현할 수 없는 공포에 몸을 덜덜 떨면서 꿈속 세계를 방황했습니다. 뭐 하나 이해되는 게 없었지만 마지막까지 살아남은 건 저였어요. 그건 곧 젓가락님 의식을 무사히 완수했다는 뜻이겠죠. 그래서 꿈속 어딘가 어떤 표식이 있는 게 아닐까 하면서 그걸 찾기 시작했어요.

하지만 그런 건 어디에도 보이지 않았어요. 그런데 그렇게 찾아다니는 동안 기묘한 소리가 들려오는 것을 퍼뜩 알아차렸습니다.

……자박자박.

누군가가 저처럼 꿈속 세계를 헤매고 있는 듯한 소리였어요. 이제 남은 건 저뿐인데, 누군가 조심조심 소리를 죽여가며 걷고 있는 것 같은 기척이 났습니다.

설마…….

믿기는 어려웠지만 소리에 귀를 기울이고 있으니 '나를 찾는 게 아닐까?' 그런 생각이 들더라고요. 온몸에 소름이 돋았죠.

소리가 나는 쪽과 반대 방향으로 필사적으로 도망치면서 생각했어요. "이건 꿈이다. 얼른 깨라!" 그런 말을 주문처럼 계속 외면서 어찌어찌 꿈에서 깼어요. 겨우 살아남은 거죠. 그 즉시 젓가락님을 그만뒀습니다.

네코요? 2학기가 되어도 학교에 안 왔어요. 얼마 후에 전학을 갔다고 들었는데 진짜인지는 모르겠네요.

*

이상으로 아메미야 사토미의 이야기를 다시 정리해보았다. 이제부터 적는 내용은 "이해가 되지 않는 부분이 많아서 어렵겠습니다" 라고 거절했음에도 결국 그녀에게 부탁을 받아 생각해본 내 나름의 해석이다. 이런 정황으로 모든 것을 설명하지는 못하는 점, 미리 양해를 구한다.

먼저 젓가락님의 기간이 팔십사 일인 것과 꿈속에서 아홉 명 중 여덟 명이 죽는 것은 젓가락과 관련이 있는 게 아닐까 싶다. 즉 전자는 '八四(하시)', 후자는 '八死(하시)'•인 것이다. 의식을 위해 지켜야 할 규칙이 총 여덟 개인데, 여덟 번째 내용에 의미가 없는 것을 보더라도 '팔(八)'이라는 글자는 젓가락 자체를 나타내는 듯하다. 그리고 꿈속 세계의 정체는 단도직입으로 말해 '고도쿠(蠱毒)'로 보인다.

'고도쿠'란 항아리 하나에 파충류나 벌레를 여러 종류 집어넣고, 마지막 한 마리가 살아남을 때까지 서로 잡아먹게 한 뒤 최종적으로 살아남은 것을 섬기면 신령한 능력을 얻는다고 믿는 주술이다. 젓가락님의 경우는 살아남은 사람의 소원이 이루어지는 개념이 아니었을지. 단, 그렇게 되면 아메미야 외의 여덟 사람도 현실에 존재하는 것이 된다. 이런 맥락에서 청소부장이 실제로는 네코였던 건가 생각하기도 했다. 그런데 그렇게 보기에는 두 사람이 젓가락님을 했던 기간이 일치하지 않는다. 다른 여덟 사람은 어디까지나 꿈

• 젓가락을 가리키는 일본어 '箸(하시)'와 동음이의어

속 존재로 보고 넘겨야 할까.

하지만 그 여덟 명 가운데 연쇄살인 사건의 '범인'이 있다면, 그건 어떻게 봐야 할까. 역시 모두가 실재한다고 보고 같은 방식으로 젓가락님 의식을 치르고 있었다고 가정하는 게 자연스러울지……. 어느 쪽을 선택해도 모순이 발생해 그 이상의 해석은 불가능했다.

참고로 범인은 회장이 아닐까 생각한다. 부회장과 보건부장의 호의를 이용, 두 사람의 도움을 받아 자신의 죽음을 연출해 '범인은 누구인가' 하는 의심에서 빠져나와 손쉽게 남은 범행을 저지른 것이다. 회장이 죽은 뒤, 부회장과 보건부장 두 사람이 한 번에 살해당한 것은 물론 입막음 차원이었을 터.

최초의 피해자가 급식 당번이었던 것은 회장 자신이 급식 배식을 하기 위해서였다. 그렇게 하면 누군가가 젓가락통을 보기 전에 통에서 젓가락 아홉 개를 꺼내 고토 젓가락을 만들 수 있으니까. 여분이 있었다고는 해도 갑작스럽게 젓가락이 아홉 개나 줄어들면 누군가 알아차릴 수 있으니 그 점에 대비한 셈이다. 회장이 그렇게까지 해서 고토 젓가락을 만든 것은 그것이 흉기였기 때문이 아닐까.

회장은 피해자가 옆으로 누워 자고 있을 때를 노려 고토 젓가락에서 빼낸 젓가락 한 개를 슬쩍 귓구멍에 넣은 다음 장저(掌底)치기, 즉 손바닥 아래쪽 부분을 사용하는 가격 기술을 써 순식간에 귓구멍으로 밀어 넣었다. 안쪽 깊숙이, 흡사 못을 박아 넣듯이. 젓가락을 빼내면 당연히 피가 나겠지만, 옆으로 누워 있었기에 귓속의 피가 흐를 일이 없었고, 아침쯤 되어서는 이미 다 굳어 있었을 것이다. 보건부장이 검시를 한다 해도 귓구멍까지는 확인하지 않으리라는 걸 예상한 범행 수법이다. 사용한 흉기는 씻어서 젓가락통에 다시 꽂아놓는 식으로 해결했다. 한 번에 아홉 개나 늘고 줄면 금방 표가 나지만 한 개씩 늘어나는 건 들통날 가능성이 적다.

아메미야의 꿈속 기억이 일부밖에 없었던 것은 그녀가 정해진 대로 의식을 치르지 않았기 때문일 것이다. 네코는 "야생 대나무로 직접 만든 젓가락"이라고 설명했는데 아메미야는 홈센터에서 파는 대나무를 썼으니까.

이상의 해석을 아메미야는 일단 받아들인 것 같다. 혹시 몰라 '그런 방법으로 사람을 죽이는 게 정말 가능한 것인지는 모른다. 피가 귀에서 뿜어져 나왔을 가능성도 있다' 하고 덧붙였는데 "꿈속 일이니까요" 하며 별로 문제 삼지 않았다. 도리어 "그보다 네코 집에서 겪었던 기묘한 체험도 그런 식으로 설명해주시면 좋겠습니다" 하고 부탁을 해 난감할 따름이었다. 그거야말로 어려운 일이다. 누가 어떻게 말해도 말 그대로 괴이한 일이라고 받아들일 수밖에. 다만 U자 복도로 연결된 두 줄의 문화주택 형태가 핀셋처럼 생긴 일본의 옛 젓가락 모양과 똑같다, 그것 하나는 말해두었다.

그러고 나서 "왼팔에 뭔가 변화가 생기지는 않았습니까?" 하고 죽 신경 쓰였던 것을 아메미야에게 물었고, 그녀가 답했다. "물고기 모양 비슷한 붉은 반점이 생기기 시작하더라고요. 그래서 그만둔 것도 있었죠."

여기까지 이야기를 나누었을 때, 문득 오늘의 야외 파티도 아메미야의 어린 시절 그 무더운 장마 때처럼 유난히 습하고 더웠고, 아메미야는 단 한 번도 재킷을 벗지 않았다는 데 생각이 미쳤다.

아메미야 사토미는 정말로 회장의 속임수에 넘어갔던 것일까. 회장의 죽음에 대해 말할 때 왠지 그녀는 '살해당했다' '사망했다' '죽었다' 같은 단어를 전혀 사용하지 않았다. 다른 피해자들 때에는 아무렇지도 않게 사용했던 말이었는데도…….

그런 생각을 하면서 아메미야의 왼쪽 팔뚝에 시선을 보내니 아메미야는 "여러모로 감사했습니다"라는 인사와 함께 서둘러 자리를 떴다.

이윽고 파티가 마무리되어 모두 집으로 돌아가기 시작했다. 조금 앞쪽에 아메미야가 걸어가는 게 보여 나도 모르게 이름을 불렀다. 그리고 계속 마음에 담고 있던 또 하나의 질문을 꺼내보았다.

"실례지만 그 후에 오빠분은……."

아메미야는 몸을 돌리지 않고 그대로 앞을 본 채 나직이 말했다.

"그해 가을에 젓가락으로 두 눈을 찌르고 죽었어요."

*

주요 참고문헌

무카이 유키코, 하시모토 게이코, 《젓가락-사물과 인간의 문화사 102》(호세 대학출판국, 2001)

사이토 다마, 《젓가락 민속지》(론소샤, 2010)

산호 뼈

쉐시쓰
薛西斯

V

상상한 모습과 다르다.

'위(魚) 선생'을 본 순간 머릿속에 제일 먼저 스친 생각이었다.

지나치게 큰 검은색 티셔츠에 구제 청바지를 입은 그는 학생같이 풋풋한 느낌마저 들어 '도사(道士)'라는 단어와는 잘 연결되지 않았다. 그나마 특이해 보이는 부분이라면 소매 아래로 보이는 눈에 띄는 붉은 반점이었다. 그렇게 뚜렷한 형태를 지닌 모반은 드물다. 팔을 꽉 물고 절대 놔주지 않을 것 같은 물고기 모양으로, 팔뚝 절반을 차지하고 있었다.

"들어오세요."

그의 말이 끝나는 찰나, 복도에 위태롭게 달려 있던 형광등이 번쩍였다. 문득 친구의 경고가 떠올랐다. 그분을 만나러 가려면 양기가 왕성한 대낮에 가는 게 좋다.

방은 크지 않았다. 긴 나무 탁자 하나와 구식 나무 팔걸이의자 한 쌍이 공간을 거의 다 차지하고 있었다. 에어컨은 없었지만 실내는 서늘했다. 등은 흐릿했고, 벽 쪽에는 안이 들여다보이지 않는 검은 유리장이 두 개 있었다.

이곳을 방문하기 전까지는 향 연기가 피어오르고 음산한 제단이 있는 모습을 상상했는데 막상 와서 보니 생각보다 깔끔하고 썰렁한 것이 종교적인 분위기라고는 딱히 느껴지지 않았다.

도사는 팔걸이의자 앞으로 느릿느릿 걸어가 나를 위아래로 훑어보았다. 불쾌하고 음란한 눈빛은 전혀 아니었고, 차갑고 신중한 것이 마치 내가 그에게 위협이라도 되는 듯했다.

"앉으세요, 차 드릴까요?"

"괜찮습니다."

그리 대답했는데도 그는 느긋하게 차를 우렸다. 다시 한 번 정중히 거절하려는데 그가 찻주전자를 살살 흔들더니 자기 찻잔에 차를 따랐다.

"미안합니다. 거의 두 달 동안 잠을 제대로 못 잤더니 뭐라도 좀 마셔야지 그러지 않으면 버틸 수가 없어서요. 평소에도 잠을 잘 못 자는데 요즘 어째 '피크'인지 눈만 붙이면 온갖 잡귀들이 다 달려드네요."

그는 다크서클이 진하게 내려앉은 얼굴로 크게 하품을 하며 내게 물었다.

"성이……?"

실내로 들어설 때부터 그는 아쉬운 건 손님이지 본인은 하나 아쉬울 게 없다는 분위기를 강하게 풍겼다.

"청(程)입니다."

"청 씨."

그는 고개를 끄덕였다.

"나는 하이린쯔(海鱗子)라고 부르면 됩니다. 바다의 하이(海), 물고기 비늘의 린쯔(鱗子)요. 내 도명(道名)입니다."

그는 무심하게 주위를 쓱 훑어보았다.

"여기서는 본명을 밝히지 않는 게 좋습니다. '그들'이 들으면 상상도 못 할 귀찮은 일이 생길 수 있거든요."

나는 연신 고개를 끄덕였다. 이곳은 규칙이 많은 곳임을 익히 들어 알고 있었기 때문이다.

'위 선생'의 존재를 처음 안 것은 지난해 겨울이었다.

처음에는 '위(于) 선생'인 줄 알았는데 물고기의 '위'였다. 도명에 물고기 비늘 린(鱗) 자가 들어가서인지 손에 있는 모반 때문인지는 알 수 없었다.

이런 일을 하는 사람은 보통 고객들의 입소문으로 유명해진다. 나도 친구의 불운 덕분에 운 좋게 그의 존재를 알게 됐다. 친구 집에 무슨 재앙이 덮쳤는지, 가족이 잇달아 병에 걸리고 세상을 떠나 '대사(大師)'라는 사람들을 열 명도 더 찾아갔지만, 상황이 나아지지 않았다.

결론적으로 말하면, 이 '위 선생'을 만나고 사흘도 채 안 돼 재앙이 멈췄다.

친구의 말을 듣고 그 '위 선생'이란 사람이 내가 찾는 사람이라는 걸 바로 알아차렸다.

"그래요, 무슨 일로 오셨습니까?"

"제가 연말에 결혼을 하는데요……."

그의 얼굴에 갑자기 불안이 서렸다.

"사주팔자를 봐달라거나 무슨무슨 날을 잡아달라고 온 건 아니겠지요?"

"네?"

"그러지는 마세요. 그런 건 잘 못합니다."

"……."

"솔직히 말하겠습니다. 제가 제공하는 서비스 가운데 딱 하나만 쓸 만합니다."

그제야 나는 탁자 매트 아래에서 컬러 인쇄된 서비스 가격표를 발견했다. 언뜻 보면 분식점 메뉴판 같았다. 그는 죽 나열된 목록의 제일 아래쪽을 가리키며 손가락으로 톡톡 쳤다.

"바로 이거."

퇴마.

"귀신이 들러붙었다면 내가 깨끗하게 처리해줄 수 있지만, 그걸 제외하면 다 삼류예요."

이렇게나 당당하게 자신을 삼류라고 털어놓는 사람은 난생처음 봤다.

그런데 반대로 말하면 '퇴마' 하나만은 자신 있다는 말 아닌가?

"운수를 점치고 길일을 알고 싶다면 다른 고수를 추천해드리겠습니다."

그는 친절한 표정으로 주머니에서 휴대전화를 꺼냈다. 오색찬란한 화면 속, 앵무새 떼가 열대우림을 날고 있었다. 아는 앵무새였다. 반려동물 모바일게임인 '우주삼림'의 캐릭터로, 얼마 전 두 살짜리 조카가 하면서 노는 걸 본 적 있었다.

"괜찮습니다."

다급하게 그를 제지했다.

"저는…… 인력으로 해결할 수 없는 문제가 생겨서 찾아왔습니다. 결혼도 하니 새로운 가정에까지 가져가고 싶지 않아서요. 최대한 빨리 해결했으면 합니다."

"아."

그는 상당히 놀라는 표정이었다.

"당연합니다. 이해할 수 있어요. 그런 손님 많이 봤거든요. 그런데 청 씨는 조금 특수한 상황 같은데…… 혹시 생각이 너무 많은 게 아닐까요?"

"무슨 뜻이죠?"

"청 씨는 정기(正氣)가 넘쳐서 귀신이 피해갈 텐데요."

"정기가 보이세요?"

"손님의 반경 3척(尺)• 정도까지 양기가 매우 강해 보통 귀신은 무서워서 접근도 못 할 겁니다. 귀신이 붙은 사람은 대부분 양기가 부족해 곧 죽을 것처럼 보이거든요."

그의 짙은 다크서클을 보며 혹시 자기 얘기를 하는 게 아닐까 생각했다.

"많은 분을 찾아다녔는데 대략 절반 정도가 선생님과 같은 말을 했어요."

"절반이나? 업계 수준이 많이 향상됐나보네요!"

그는 신이 나서 말하더니 곧 의심스러운 표정을 지었다.

"그러면 왜 왔습니까? 구태여 이럴 필요가……. 귀신을 믿네 안 믿네 뭐 그런 얘기를 하면 되는 겁니까?"

나는 쓴웃음을 지었다.

"저도 잘 모르겠어요. 어쩌면 선생님이 말해주실 수도요! 어쨌든 이 일로 십오 년 동안 괴로웠으니까요. 당시 저에게 상식으로는 설명할 수 없는 일들이 일어난 건 확실해요. 진실을 분명히 밝히지 못하면 평생 마음을 놓을 수 없을 거예요."

• 길이 단위로 1척은 약 30.3센티미터

"제 서비스에는 혼을 불러오는 초혼(招魂)이나 영혼과 소통하는 관락음(觀落陰)은 포함되지 않습니다."

그래도 내가 꼼짝하지 않자 그는 한숨을 내쉬고 두 손을 내밀며 말했다.

"좋아요! 그러면 내가 도울 수 있을지 한번 들어봅시다. 먼저 말해두지만 난 정말 퇴마밖에 할 줄 모릅니다."

"괜찮아요. 저는 선생님이 저를 도와주실 거라고 믿어요."

나는 다급하게 덧붙였다.

"젓가락과 관련된 일이에요."

"젓가락요?"

뜻밖이었는지 그가 조금 놀란 듯했다.

"내 전문 분야와 관련이 있다고 장담할 수 있습니까?"

"그게 바로 제가 선생님께 여쭙고 싶은 부분이에요."

여기 오기 전에 이야기를 어디서부터 시작해야 좋을지 수도 없이 생각했어요.

도대체 어떤 일이 일어났는지 선생님께 단도직입적으로 말하는 게 편한 방법이긴 할 거예요. 하지만 이왕 말하는 거 저한테 가장 중요한 부분부터 말할게요.

제가 그 애를 알게 된 이야기부터요.

중학교 때 저는 '류량이(六兩一)'라는 이상한 별명이 있었어요.

그런 별명이 생긴 이유는 제 팔자의 무게[•]가 6량(兩) 1첸(錢)[••]이라서였고요.

요즘 중학생 사이에서는 뭐가 유행하는지 모르겠지만 제가 중학교에 다닐 때는 각종 전설이나 미신이 크게 유행했어요. '류량이'라는 별명도 그때 퍼진 거예요. 전교를 통틀어도 팔자의 무게가 저보다 무거운 애가 없어서 재미있는 이야깃거리가 됐지요.

이름으로 치는 점은 별것 아니었고 그보다는 곳쿠리상이나 분신사바 같은 귀신을 부르는 강령(降靈)게임이 훨씬 유행했어요.

제가 다닌 학교는 기독교 학교였어요. 선생님들이 그런 게임을 특히나 싫어해서 발각되면 벌을 갑절로 받았지만, 아이들은 아랑곳하지 않았고 권위에 대항하는 용기쯤으로 생각하기도 했죠.

저도 그중 하나였어요. 하지만 저는 대담하거나 반골은 아니어서 대부분 친구 따라서 하는 정도였어요. 이런 게임은 흔히 여자, 남자 성별을 명확하게 나눠서 했는데 저만 유일하게 남학생들이 찾는 여학생이었어요. 말로는 음기를 보태 균형을 맞춘다느니, 남자만 있으면 재미없다느니, 제가 남자나 다름없다느니 등등 다양한

• 중국 당나라의 풍수지리학자 원천강이 개인의 팔자(八字, 출생 연도·월·일과 시)의 무게를 더해 점을 치던 데에서 유래

•• 중화권 무게 단위로 1량은 50그램, 10첸이 1량

이유를 갖다 붙였지만 진짜 이유는 딱 하나였어요.

제가 '류랑이'였기 때문이에요.

제가 들어오면 게임이 안전하게 끝난다는 말이 돌았거든요. 이게 선생님 '서비스 범위'에 속하는지 잘 모르겠지만, 옛날 같으면 왕후장상이 됐을 팔자라고 했어요.

제가 태어났을 때 점쟁이가 제 팔자를 보고 감탄사를 연발하면서 "돼지가 살쪄야 하는데 개가 살쪘네" 하고 말했대요. 사내아이가 이런 팔자를 타고났으면 대단한 인물이 됐을 거라고요.

이 말을 할 때마다 저는 크게 웃고 싶어져요. 백 년은 뒤떨어진 점쟁이의 젠더 의식 때문이 아니라 개든 돼지든 왕이든 결국 '류랑이'의 사용처는 강령게임의 액막이 문신(門神)이었어서요.

강령게임은 규칙이 많은데 그중 제일 중요한 것은 공경하는 마음이에요. 게임 시작 전 의식을 신을 부른다는 뜻의 '청신(請神)'이라고 하고, 끝날 때 의식을 신을 보낸다 해서 '송신(送神)'이라고 하는데 이 두 단계는 절대 소홀히 해서는 안 돼요.

'신'이라 부르는 게 맞는지 사실 저도 잘 몰라요. 게임 이름이 '곳쿠리상'이나 '분신사바'인 이유•••는 불러오는 게 무엇이든 절대

••• '곳쿠리(狐狗狸)'는 일본어로 여우, 개, 너구리를 뜻하고, '분신사바(分身娑婆)'도 '신(神)'과는 특별히 관계없는 이름

로 진정한 '신령'은 아니라는 것을 완곡하게 일깨워주는 것이라고 생각했거든요.

한번은 반항심으로 일부러 교내 성당에서 곳쿠리상을 했어요.

동전은 우리가 던진 질문에 세 가지 글자 위에서만 맴돌았어요. 그 세 글자는 사람 이름 같았지만 같은 반 친구의 이름이 아니어서 모두 당혹스러워했죠. 그때, 갑자기 뭔가 떠올랐는지 한 아이가 곳쿠리상에게 물었어요.

"곳쿠리상, 곳쿠리상, 이게 당신 이름인가요?"

동전이 처음으로 방향을 바꾸더니 "네"로 이동했어요.

"우리 똑똑하다!" 기뻐하면서 다음 질문을 준비하는데 갑자기 동전이 다시 움직이더니 우리 손을 이끌고 '방(幫, 돕다)'과 '워(我, 나)' 두 글자 위를 미친 듯이 오갔어요. 우리는 이게 무슨 일인가 깜짝 놀라서 "송신! 빨리 송신해!" 하고 계속 외쳤지만 아무리 해도 소용이 없었어요. 손가락을 빼내려고 해도 손가락이 달라붙은 것처럼 꼼짝도 안 했어요. 동전이 점점 더 빠르게 움직여 답안지가 찢어질 정도였어요.

바로 그때, 성당에서 장엄한 노랫소리가 들려왔어요.

매일 오후 6시에 고정적으로 방송되는 성가였죠. 성가가 울려 퍼지는 것과 거의 동시에 동전이 천천히 멈췄어요.

우리는 뻣뻣하게 굳은 채 움직일 수가 없었어요. 아무도 손을 떼지 못했고 소심한 친구는 울음을 터뜨렸어요.

그 순간 저는 고개를 들어 제단을 쳐다봤어요. 유리창으로 석양이 들어와 금색 십자가가 반짝반짝 빛났어요. 신 앞에서 큰 소리로 다른 신령을 외친 죄책감. 지금 생각해도 온몸에 소름이 돋네요.

사실 저는 지금도 누가 일부러 우리를 놀라게 하려고 벌인 일이라 생각하지만, 그 사건을 계기로 반에서 강령게임 열기가 싹 식어버렸어요.

강령게임을 대신해서 이번에는 인터넷에 떠도는 도시전설이 인기를 끌었죠.

중학교 3학년 겨울, 반 여학생들 사이에서 젓가락 교환 마법이 유행하기 시작했어요.

좋아하는 사람과 똑같은 젓가락을 사용하다가 상대의 젓가락 한 짝을 몰래 바꿔치기하는 거예요. 삼 개월 안에 상대에게 들키지 않으면 두 사람이 연결돼 사랑이 이뤄진다는 거였죠.

젓가락이 짝을 이룬다는 것에서 따온 것 같죠? 중학생 시절은 연애에 대한 동경이 가득할 때라 젓가락 마법은 금세 신도들을 끌어모았어요. 좋은 운을 부르는 마법은 단계가 복잡하고 인내심을 시험하지만, 강령게임처럼 위험하지는 않은 게 특징이에요. 위험 대신 귀찮고 어려운 일을 해냄으로써 신에게 성의를 보이는 거죠.

하지만 저는 이 마법이 뭐가 번거롭고 어려운지 알 수 없었어요. 친구들은 대부분 나선무늬가 있는 평범한 쇠젓가락을 사용했고 차이라면 윗부분에 '학부모회 증정'이라고 새겨져 있는지 아닌지뿐이어서 몰래 젓가락을 바꾸는 게 별로 어렵지 않았거든요. 솔직히 말해서 지우개에 글자를 새기고 그 지우개를 다 써야 하는 마법이 이것보다 더 성의 있다고 생각했어요.

그래서 친구들이 진지하게 고민하는 걸 보고 정말 놀랐어요.

"다들 비슷한 젓가락을 사용하는데 몰래 바꾸는 게 뭐가 어려워? 그렇게 해서 사랑이 이뤄진다면 세상에 실연당하는 사람은 한 명도 없겠네."

가볍게 던진 말에 친구들이 떼로 몰려와 공격했어요. 친구들은 제 코끝을 가리키며 화를 내더군요.

"류량! 그렇게 말이 거칠고 성격이 둔하니 연애 한 번 못 하는 거야. 남학생들도 문신 필요할 때나 널 찾잖아."

말하는 김에 덧붙이자면 친구들이 저를 '류량'이라고 한 건 '류량이'를 친근하게 줄여 부른 거예요.

'이' 첸을 떼서 친구들의 우정을 얻었으니 그만한 가치가 있다고 생각했어요.

"무슨, 나는 그냥 조금 이성적일 뿐이야."

"그러면 너도 한번 해볼래?"

"뭐?"

"그렇게 간단하면 너도 해봐!"

"이런 걸 그냥 막 해봐도 돼?"

"성공하든 안 하든 상관없지 않아? 어차피 너는 믿지도 않잖아?"

친구들은 즉시 명단을 가져오더니 누가 이미 정한 남자애는 명단에서 지웠어요. 저는 물론 연애 마법을 믿지 않았지만, 애들이 대충 만든 명단을 본 데다 "제비뽑기로 정하자" 하는 말을 들으니 마음이 흔들리더라고요. 이렇게 말하면 미안하지만, 큼직하고 먹음직스러운 감은 모두 가져가고 남자친구로 삼기에 정말 별로인 아이들만 남아 있었거든요.

이제 와 사과할래도 참 창피하네요.

하지만 그때 성공 확률이 만분의 일이라고 하더라도 최소한 괜찮은 상대였으면 했거든요.

저는 허둥지둥 말했어요.

"잠깐, 제비뽑기하지 마. 내가 고를게."

"하, 무서워?"

"그건 아니고. 이왕 훔치는 거 난이도가 높은 걸 골라야지."

"좋아, 알았어. 난이도 높은 걸로. 누구 고를 건데?"

그 순간 제 머릿속에 퍼뜩 한 사람이 떠올랐어요.

그 애하고는 삼 년 동안 제대로 말 한마디 해본 적이 없었어요. 유일하게 말을 나눈 건 전혀 예상하지 못한 장소에서였죠.

반에서 강령게임이 아직 유행하고 있을 때였어요. 어느 날 수업이 끝나고 저는 '국왕(國王)'이라는 남자애네 무리랑 '동전 뒤집기' 놀이를 했어요.

'동전 뒤집기'는 도박이랑 조금 비슷해요. 먼저 그릇 하나와 동전 세 개를 준비하고 동전 하나에 붉은색을 칠해요. 우리는 색이 잘 벗겨지는 10콰이(塊)짜리 동전을 썼죠.

먼저 사람 얼굴이 있는 면에 풀을 바르고 마르면 붉은색 수채물감을 얇게 바른 다음 말렸다가 다시 풀을 발라요. 이렇게 하면 물감이 떨어지지 않고 나중에 깨끗하게 벗겨지거든요. 번거롭긴 해도 물감을 깨끗이 벗겨내지 않으면 '동전 신'이 계속 따라다닌다는 말이 있어서 주의해야 했어요.

첫 번째 사람이 정해지자 아이들은 시계 방향순으로 동전을 던졌어요. 동전 세 개가 모두 붉은 면이 나온 사람이 동전 신에게 '질문'을 하나 할 수 있었어요. 동전 신은 즉시 대답해주지는 않지만, 그날 집으로 돌아갈 때까지는 반드시 답을 주었죠. 답을 얻으면 동전 신에게 공손하게 고맙다고 말하고 최대한 빨리 동전을 써버려야 해요.

동전과 그릇은 국왕네 무리가 준비했어요. 저는 방어해주러 왔으니 늘 하던 대로 제일 먼저 동전을 던졌고요.

저녁놀이 아찔할 정도로 붉어서 동전의 어느 면에 붉은색을 칠했는지 구분이 안 될 정도였어요. 평소 주의 끄는 걸 좋아했던 저는 제 차례에 동전 세 개가 모두 붉은색이 나왔으면 했어요.

갑자기 '탁' 하는 소리가 들리더니…….

교실 문이 열리고 그 애가 입구에 서 있었어요.

아이들 한 무리가 교단 앞에 쭈그리고 앉아 동전게임을 하고 있었으니 깜짝 놀랐을 거예요. 그 애는 눈을 크게 뜨고 뒤로 두 발 물러섰어요. 저는 그 애 이름을 알고 있었어요. 아주 조용한 아이라는 인상이었는데 말을 해본 적이 한 번도 없었을 거예요. 팀 토론을 할 때도 같은 팀이 된 적이 없었거든요.

한 반에 사십 명은 많다고도 적다고도 할 수 없었지만, 이 집단이 잘 굴러가게 하려고 우리는 히드라처럼 계속 분열했고, 그러면서 각자의 소속을 찾았어요. 어떤 애는 다양한 집단을 유연하게 이동했고 어떤 애는 제자리를 지키고만 있었죠. 어떤 집단에도 속하지 않은 애는 보통 서로 짝이 되었어요. 하지만 그건 진정한 의미의 친구가 된 것이 아니라 그냥 단체 행동일 뿐이었어요. 중학교 교실은 아프리카 초원과도 같아서 혼자 떨어지면 위험했거든요. '임시 파트너'라도 없으면 괴롭힘을 당하기 일쑤였죠.

이런 암묵적인 규칙은 여덟 살에서 열여덟 살까지 통용돼요. 그래서 상대를 보면 어떤 집단에 속했는지 즉시 판단할 수 있는 특수한 능력을 갖추게 돼죠. 그런데 그 애는 어디에 속하는지 기억이 나질 않았어요.

그 애가 순전히 '남학생 집단'에만 속해서 그런 걸까요? 저는 여학생의 세력 판도는 잘 알고 있었거든요. 이런 생각이 스치고 지나가는 순간 갑자기 국왕 무리가 전부 일어났어요.

애들은 아무 말 없이 그 애를 뚫어지게 쳐다봤어요.

그 침묵이 무슨 의미인지 그때는 몰랐어요.

동전 뒤집기 하자며 절 찾아왔던 애가 갑자기 "그만할래" 하고 말했어요.

다른 남학생들이 망설이자 다시 말했어요.

"처음 던진 거 아직 안 치웠으니 시작했다고 할 수 없어."

그러고는 저를 향해 손을 뻗었어요.

"동전 이리 줘. 내가 알아서 처리할게."

저는 조금 화가 났어요. 따돌리는 게 분명했으니까요. 그 애가 국왕 패거리에게 미움을 살 만한 일을 했는지 생각해봤지만 기억나지 않았어요. 사실 게임을 계속하든 안 하든 상관없었지만, 그 애는 온몸이 굳어진 게 무척 불안해 보였어요. 그래서 전 말했어요.

"싫어, 난 계속할 거야."

"뭐라고?"

"신을 청해놓고 이대로 끝내면, 네가 책임질 거야?"

국왕의 얼굴이 일그러졌어요.

"마음대로 해."

국왕은 그러더니 곧장 교실 밖으로 뛰어나갔어요. 저는 국왕의 등에 대고 외쳤죠.

"야! 나 혼자서 어떻게 하라고!"

하지만 애들은 새 떼처럼 흩어져버렸고, 교실에는 저랑 그 애만 덩그러니 남아 서로 쳐다보았어요.

"무책임하긴! 이러고 무슨 국왕이래!"

저는 복도에 대고 소리쳤어요. 그 애는 제 뒤에 서 있었어요. 잠시 후에 그 애의 낮은 목소리가 들렸죠.

"앞으로는 이런 게임 안 하는 게 좋겠어."

저는 고개를 획 돌려 그 애를 노려봤어요.

너무 화가 났어요. 자기 대신 화를 내주었더니 오히려 가르치려 들잖아?

애들은 모두 도망가고 저도 어떻게 해야 할지 몰랐으면서 고집스럽게 말했어요.

"이왕 시작했으니 그만두고 싶어도 못 그만둬."

"어떻게 하는 건데?"

그 애가 물었어요.

저는 돌아가면서 동전을 던지는데 신에게 선택받으면 그 사람이 던진 동전 세 개가 모두 붉은 면이 나온다고 설명해주었죠.

그 애는 잠시 생각하더니 교단 옆에 앉았어요.

"그럼 같이하자."

"뭐라고?"

"이런 게임은 최소 두 사람은 있어야 하는 거 아니야?"

저는 그렇게 엄격한 규칙이 있는지 잘 몰랐어요. 그냥 혼자서 전부 붉은색이 나올 때까지 하면 된다고 생각했거든요. 안 나와도 괜찮았어요. 어쨌든 저는 '류랑이'였으니까요.

"괜찮아, 아무 일도 없을 거야."

꼭 저를 안심시키듯이 부드럽게 말하는 게 기분이 별로였어요.

그 애는 제 손에서 동전을 가져가 그릇 안에 던졌어요.

세 개 모두 검은색. 저는 '애를 끌어들일 필요는 없었는데……' 하고 조금 후회했어요. 그 애가 제 차례라는 것을 알려주려는 듯 고개를 들어 저를 쳐다봤고, 제가 동전을 던지자 전부 붉은색이 나왔어요. 게임 끝이었죠.

그 애는 일어나면서 말했어요.

"이러면 끝난 거지?"

제가 대답하기도 전에 그 애는 책상과 의자 사이를 재빨리 통과해 자기 자리를 살폈어요. 교실에 교과서를 두고 갔나봐요. 문 옆으로 걸어간 그 애는 제 쪽으로 고개를 돌리더니 손을 흔들며 "바이바이"라고 말하고는 재빨리 복도 끝으로 사라졌어요.

이게 몇 학기 만에 그 애랑 처음으로 나눈 말이었어요.

그럴 때는 보통 같이 가겠냐고 묻지 않나요? 가는 방향이 달라도 적어도 교문까지는 같이 갈 수 있잖아요? 저는 섭섭하면서도 그 애가 성격 좋고 국왕 무리보다 훨씬 멋있다고 생각했어요.

제가 그 애를 목표로 젓가락에 도전한다는 소식이 반 여학생들

사이에 순식간에 퍼졌어요. 술렁이는 모습을 보니 그 애가 제 생각처럼 반에서 존재감이 없는 게 아니었구나 싶더라고요.

저는 친구들에게 물었어요.

"걔한테 무슨 문제라도 있어?"

사실 동전 뒤집기를 한 날 이후 저는 그 애가 반 남자애들한테 따돌림당하지 않을까 걱정이 돼서 몰래 그 애를 관찰했거든요. 하지만 별문제 없이 생활해서 제 도움이 전혀 필요 없었어요.

그 애는 수업이 끝나면 늘 제자리에서 조용히 책을 봤고, 점심시간이면 교실에서 나갔고, 수업이 다 끝나면 재빨리 책가방을 챙겨 가버리고…… 반 아이들과 전혀 어울리지 않았어요. 특별히 친한 친구는 없었지만 그렇다고 괴롭힘을 당하지도 않았어요.

그 애와 다른 사람 사이에는 막이 한 겹 있는 것 같았어요. 그 애가 나올 수도, 다른 사람이 들어갈 수도 없는.

친구들은 그날 국왕이 얼굴을 굳히며 도망갔다는 이야기를 듣더니 일제히 입을 다물었어요. 얼마 지났을 때 누가 말했어요.

"당연히 국왕은 그 애랑 게임하고 싶지 않겠지. 무언가 그 애를 따라다닌다고 하던데."

"무언가?"

"걔 우리랑 같은 초등학교 나왔잖아. 예전에 걔네 반 애들이 걔를 '천사'라고 불렀어. 왜 그런 줄 알아?"

나쁜 별명 같지는 않았는데, 애들이 일순 킥킥거리며 웃기 시작했어요.

"어느 날 그 애 엄마가 학교에 찾아와서 무슨 신령이 따라다니면서 개를 빼앗아가려고 하니까 절대 여기저기 다니게 하지 말고 어떤 활동에도 참여시키지 말라고 했대. 그래서 애들이 그 애를 천사라고 불렀어. '신이 너를 하늘로 데려가려고 한다!' 하면서."

"무슨 신?"

"몰라, 근데 우리는 절대 신일 리 없다고 생각했어."

친구가 계속 말했어요.

"걔네 집에서 음산한 뭔가를 모신다고 하던데, 그 애 엄마가 말하는 '신'이라는 게 그걸 가리키는 게 아닐까? 그 애 엄마는 그것을 모시다가 이상한 병까지 걸려서 계속 입원하고 그랬대. 으, 무서워."

애들이 왁자지껄 떠들기 시작했어요. 얘기할수록 소문은 더 불어났죠. 저는 그 애 쪽을 힐끗 쳐다봤어요. 그 애는 여전히 조용히 눈을 내리깐 채 책을 보고 있었어요.

"어떻게 할래, 류량? 정말 개로 할 거야?"

"지금 바꿔도 뭐라고 안 할게."

애들이 눈빛을 반짝이며 제 다음 말을 기다렸어요.

"무서울 게 뭐 있어?"

저는 큰 소리로 말했어요.

"나 류량이잖아!"

전혀 안 무섭다는 건 거짓말이었지만 거기서 물러서면 국왕과 뭐가 다르겠어요?

호언장담했지만 상황은 순조롭지 않았어요. 몰래 그 애 자리를 뒤져 도시락을 찾았지만, 젓가락은 보이지 않았어요. 그 애는 도대체 어떻게 밥을 먹는 걸까? 곰곰이 생각해보니 그 애가 점심 먹는 것을 한 번도 본 적이 없었어요. 점심시간이 되면 흔적도 없이 사라졌거든요.

그렇다고 쉽게 포기할 제가 아니었죠. 생식을 하지 않는 이상 도시락을 데워야겠죠? 저는 전략을 바꿔서 집에서 도시락을 싸 왔어요. 점심시간이 되면 재빨리 식당 안에 있는 도시락 데우는 데로 가서 '잠복'했어요.

'잠복'이라고 하면 조금 이상한데 숨을 필요는 전혀 없었고요. 마침내 어느 날 그 애가 나타났어요. 들어오자마자 어두운 구석에 누가 숨어 있는지 살피는 것처럼 사방을 둘러보더라고요. 순간 저는 나갈 타이밍을 놓쳐버렸어요.

사람이 없다는 것을 확인한 그 애는 소매를 걷고 오븐장갑을 끼고 도시락을 꺼냈어요. 저는 살짝 고개를 내밀었어요.

그 순간 조심성 없이 소리를 내서 거기 있는 걸 들켜버렸죠.

눈이 마주치자 그 애는 깜짝 놀라 벌떡 일어났고, 그 바람에 도시락이 댕그랑 소리를 내며 바닥으로 떨어졌어요. 다행히 도시락통이 튼튼했는지 망가지지는 않았어요. 그 애는 저에게 눈길 한 번 주지 않고 즉시 장갑을 벗고 허둥지둥 물건을 챙겨 품에 안고는 빠른 걸음으로 도망치듯 빠져나갔어요.

저는 다급하게 외쳤죠.

"저기! 잠깐만!"

순간 그 애가 멈칫했어요. 저는 아무것도 못 본 척하며 가볍게 물었어요.

"괜찮아? 물건 안 망가졌어?"

"응……."

"참, 근데 난 어째 네가 교실에서 밥 먹는 걸 본 적이 없지?"

같은 반 친구를 완전히 무시할 수는 없었는지 그 애가 잠시 생각하더니 말했어요.

"밖에서 먹었어. 바람도 불고, 더 편안해서."

"어딘데? 나도 가보고 싶어."

그 애는 매우 곤혹스러운 표정이었어요. 솔직히 저도 난처해 죽을 거 같았지만 이제 와 물러서면 지는 것 같아서 최대한 태연하게 행동했어요. 잠시 뒤 그 애가 마침내 경계심을 조금 풀었어요. 학교 안의 아름다운 풍경을 독점하는 게 마음에 걸렸나봐요.

"옥상, 중정의 벵갈고무나무, 그리고 강당 뒤."

사실 저는 어디든 상관없이 다 좋았어요.

"나도 같이 가도 돼?"

그 애는 잠시 망설이더니 결국 고개를 끄덕였어요. 저는 한시름 놓았어요. 그 애와 같이 있을 수 있는 구실을 찾았으니까요.

강당 뒤에는 나무가 죽 늘어서 있고 그늘을 드리우고 있었어요. 나무 아래 돌탁자와 의자에는 늘 사람들이 앉아 이야기를 나누고 있었죠. 하지만 점심시간이라 그런지 사람이 적었어요. 밥을 먹을 때 나뭇잎이 떨어져서 불편했거든요. 그 애는 별로 신경 쓰지 않는지 빈자리를 찾아 앉았어요. 저도 잽싸게 치마를 정리하고 그 애 옆에 앉았죠. 도시락을 꺼내려던 저는 숟가락과 젓가락을 교실에 놓고 왔다는 게 퍼뜩 떠올랐어요. 그런데 그 애도 빈손인 게 아니겠어요? 설마 얘도 안 가져온 건가?

저는 고개를 들어 그 애를 쳐다봤어요. 그런데 그 애가 갑자기 자기 옷깃에 손을 집어넣는 게 아니겠어요?

정말 기이한 장면이었어요.

그 애는 젓가락을 케이스나 주머니에 넣지 않고 체인에 걸어 자기 목에 걸고 다녔어요.

젓가락을 꺼내면서 그 애는 담담한 눈길로 뭔가를 확인하는 듯 저를 쳐다봤어요.

그 순간, 저는 덫에 걸린 짐승처럼 꼼짝할 수 없었어요. 그 애 눈빛에서 위협에 가까운 악의가 느껴졌거든요. 하지만 그 애는 재빨리 고개를 돌려 도시락을 싼 보라색 삼베 수건으로 젓가락을 세심히 닦았어요.

제가 너무 예민했던 걸까요? 미친 듯이 뛰던 심장이 조금 진정되고 나서야 제 목적이 생각났어요.

저는 조심스럽게 젓가락을 훔쳐봤어요. 젓가락이 아주 아름다웠어요. 선명한 붉은색에, 소용돌이 물결무늬가 젓가락을 감싸고 있었죠. 젓가락 끝은 은으로 상감이 되어 있고 머리 부분에는 은으로 된 뚜껑 같은 게 씌워져 있었어요. 거기에 구멍을 뚫어 체인을 걸었더라고요.

화려한 젓가락과는 달리 그 애 도시락은 너무 빈약했어요. 얼마 안 되는 쌀밥에 물에 데친 채소 세 가지, 작은 토마토 한 개. 달걀 하나 없었어요. 이미 충분히 말랐는데 다이어트를 하는 건 아닐 테고, 저는 속으로 '집이 가난한 건 아니겠지?' 하고 생각했어요.

그 애는 도시락을 들고 밥을 두 숟갈 정도 먹더니 고개를 들었어요. 제가 도시락을 안 먹는 게 이상했나봐요. 혹시나 제가 자기 도시락을 비웃는다고 생각할까봐 다급하게 말했어요.

"젓가락 가져오는 걸 깜빡했어."

"그러면 교실에 가서 먹어."

"안 돼! 배고파서 꼼짝 못 하겠단 말이야."

저는 그 애를 쳐다보며 싱긋 웃었어요.

"너 다 먹고 젓가락 좀 빌려주면 안 돼?"

"미안."

그 애는 생각도 안 해보고 즉시 대답했어요.

"내 젓가락은 못 빌려줘."

"왜?"

그렇게 단호한 거절은 처음이라 정말 놀랐어요. 하지만 저를 더 놀라게 한 건 이어지는 그 애의 말이었죠.

"이건 신령이 깃든 젓가락이거든."

전 깜짝 놀라 멍하니 있었어요. 하지만 그 애는 제가 이해할 기회도 주지 않고 자기 도시락의 토마토를 가리키며 말했어요.

"배 많이 고프면 우선 이거라도 먹을래?"

"그러면…… 내 것도 너 줄게."

"됐어."

"괜찮아! 내가 네 토마토를 먹어버리면 넌 배가 안 부르잖아?"

제 도시락은 전날 집에서 먹고 남은 반찬이긴 했지만 엄청 풍성했어요.

"나 채식해. 육류나 생선은 못 먹어."

"아……."

저는 기세가 확 꺾였어요. 그 애는 제가 실망하는 모습을 못 보겠는지 미소를 지으며 말했죠.

"그러면 이거 나 줘."

그 애는 젓가락을 뻗더니 지뢰가 가득 묻힌 고랑을 건너듯 가지런히 놓인 튀김을 지나 조심스럽게 채소를 집어 들었어요.

그렇게 신중한 모습이라니, 그 애는 고기를 먹는 것보다 젓가락을 더럽히는 게 더 싫은 게 아닐까 하는 생각마저 들었어요.

그날 엄마는 거의 손도 안 댄 도시락을 보고 크게 야단을 치셨어요. 그러면서 내일 도시락은 저더러 알아서 준비하라고 하셨죠. 저는 당연히 징징거렸지만, 그 애의 빈약한 점심을 떠올리자 어쩌면 그것도 괜찮겠다는 생각이 들었어요. 주방을 마음대로 사용할 수 있게 된 저는 냉장고 안에 있던 다양한 채소를 죄다 데치고, 밀폐용기에 담아놓은 잘 깎은 과일도 죄다 쓸어 담아 풍성한 과일·채소 도시락을 준비했어요. 다음 날, 저는 어제 일을 보답하겠다며 그 애를 끌고 나가 점심을 같이 먹었어요

이렇게 도시락이 오가면서 어느덧 그 애랑 같이 점심을 먹는 게 당연해졌어요. 그 애는 4교시가 끝나면 잠시 앉아 있다가 저와 함께 나가 자기만의 비밀 장소로 안내해주었죠.

그 애는 점심을 다 먹으면 곧장 교실로 돌아가지 않고 조용한 곳을 찾아 바람을 쐬었어요. 때로는 책을 들고 가기도 했어요. 교내 군대나 의장대에 참가하는 학생은 오후 휴식 시간에도 연습하러 갔거든요. 그 애 자리가 비어 있어도 그냥 그런 데 갔나보다 생각했지 아무도 그 애가 어디 갔는지 직접 알아보지 않았어요.

말하고 보니 그냥 몰래 빠져나간 거였네요…….

그 애는 쓴웃음을 지으며 말했어요.

"난 낮잠 안 자. 근데 교실에 있으면서 엎드려 자지 않으면 눈에

띄잖아. 애들은 내가 무슨 동아리나 실험반에 참가하는 줄 알지만 나한테 직접 물어본 적은 없어."

언뜻 보면 소심하고 나약해 보였지만 실제로 그 애는 상상을 초월할 정도로 대담했어요.

저도 그 애랑 같이 오후 휴식을 빼먹기 시작했어요. 정말 아무도 신경 쓰지 않더라고요. 선도부나 학생주임만 잘 피하면 됐어요. 한 번은 학생주임이랑 딱 마주쳤거든요? 근데 그 애는 얼굴색 하나 안 변하고 태연하게 말했어요.

"선생님께서 교무실에 가서 수업 자료를 복사해 오라고 하셔서요."

학생주임은 몇 학년 몇 반이냐고 대충 묻고는 그냥 지나갔어요. 보아하니 그 애는 이런 쪽으로 경험이 풍부한 것 같았어요.

소속 집단에 관한 중학생의 민감도는 피에 반응하는 상어와 비슷했어요. 저와 그 애의 관계는 여학생들의 지하 연락망을 타고 쫙 퍼졌죠. 하지만 저와 그 애는 점심때 말고는 접촉이 적었어요. 그 애는 학교 끝나면 동아리 활동이나 자습을 하지 않고 종이 울리자마자 사라졌거든요. 제가 몇 번이나 같이 공부하자고 했지만 다 거절당했어요.

"집에 너무 늦게 가면 어머니께서 화를 내시거든."

그 애 엄마가 이상한 병에 걸려 병원에 입원했고, 무서운 미신을 믿는다고 했던 게 떠올라 저도 모르게 물었어요.

"너네 엄마, 병원에 계신 거 아니야?"

그 애는 제가 그 사실을 알 줄은 몰랐는지 놀란 표정을 지었어요. 가벼운 입을 원망하고 있는데 그 애가 말했어요.

"이 년 전에 퇴원하셨어. 외가에서 외할머니, 외할아버지랑 같이 사는데 두 분은 연세가 많으셔서 어머니 성격을 감당 못 하셔. 그래서 지금은 내가 어머니를 돌봐드리고 있어."

"힘들겠다."

"할 만해. 원래 내가 해야 하는 일인걸."

"좀 괜찮으셔? 무슨 병인 거야?"

"이상한 병은 아니고."

그 애는 미소를 짓고는 다시 말했어요.

"암이야."

제가 무슨 소문을 들었는지 다 안다는 표정이었어요. 그 뒤로 저는 함부로 이 일을 입에 올릴 수가 없었어요.

어쨌든, 그 애와 친해지자 그 애의 젓가락을 관찰할 기회가 확실히 더 많아졌어요.

언제든지 가져올 수 있다고 생각한 나선무늬 쇠젓가락과 달리 그 애의 젓가락은 특별했어요. 윗부분과 아랫부분의 굵기가 비슷하고 일반적인 젓가락보다 조금 짧은 것이 요즘 흔히 볼 수 있는 디자인은 분명 아니었어요. 하지만 최대 난관은 젓가락의 소재 자체였어요.

젓가락은 놀라울 정도로 붉었어요. 위쪽에 세밀하게 아로새겨진 무수한 핏빛 소용돌이는 오래 보고 있으면 빨려들 것 같았어요. 아주 고르게 갈아 광택을 내서 윤이 자르르 흘렀지만, 눈을 자극할 정도는 아니어서 플라스틱이나 금속은 절대 아닐 것이라고 생각했어요. 그렇다고 대나무나 다른 나무가 그렇게 요염한 붉은색을 낼 수 있을 것 같지도 않았어요.

결국엔 못 참고 그 애에게 물었죠.

"그 젓가락 굉장히 특이한데 뭘로 만든 거야?"

"그냥 봐서는 잘 모르겠지만 산호로 만든 거야."

"산호……로도 젓가락을 만들 수 있어?"

"응. 소뼈나 상아로도 만들잖아? 산호도 그거랑 비슷해."

"하지만 그렇게 귀한 것으로 젓가락을 만든다는 말은 거의 못 들어봤는데."

"물론 산호는 젓가락에 적합하지 않지. 크기가 적당한 것을 찾기 어렵거든."

그 애는 젓가락을 가볍게 쓰다듬었어요.

"젓가락을 만들려면 통째로 된 것을 쓰는 게 좋아. 그래서 산호 가지가 적어도 이 정도 길이는 되어야 해."

"이만한 산호는 희귀하지?"

"꼭 그렇지만은 않아. 하지만 이만한 크기라면 젓가락을 만드는 것보다 통째로 파는 게 낫지. 아니면 다른 공예품을 만들거나. 그쪽이 수지가 맞을 거야. 옥도 마찬가지고. 옥으로 만든 젓가락, 별로 본 적 없지?"

그쪽으로는 지식이 별로 없었지만, 아무것도 모르고 봐도 그 애의 젓가락은 정말 아름다웠어요. 그런데, 고개를 들이밀며 산호를 자세히 들여다보다가 이상한 것을 발견했어요.

"이거 각각 다른 산호로 만든 거야?"

"아…… 응."

그 애는 조금 놀라는 눈치였어요.

"대단하다. 차이가 느껴져?"

"잘은 모르겠지만 이쪽 색이 조금 더 진한 거 같아서."

뼛속까지 스며들 것 같아 무섭기까지 한 붉은색. 다시 자세히 보니 무늬도 확실히 달랐어요.

"왜?" 저는 이상한 마음에 손으로 크기를 가늠해봤어요. "이렇게 가는 산호는 드물잖아. 길이까지 맞춰야 하니 한 쌍을 만들기는 어려웠던 거야?"

그 애가 색이 짙은 쪽을 가리키며 말했어요.

"한 짝을 잃어버렸어. 이건 나중에 다시 만든 거야."

"잃어버렸다고?"

그 애는 쓴웃음을 지었어요.

"응. 색이 조금 다르지만 어쩔 수 없어. 이게 최선이야."

"두 짝 다 예뻐."

"그래?"

젓가락을 칭찬했더니 그 애는 기뻐하면서 수줍게 웃었어요.

"새 산호는 내가 찾은 거야."

웃으니까 보기 좋았어요. 그 애를 감싸고 있던 어두운 느낌이 사라진 것 같았죠. 늘 웃고 다니면 틀림없이 여학생들에게 인기가 많을 것 같았어요. 그 순간 심장이 쿵쿵 뛰더니 반 여학생들이 제가 그 애 젓가락을 노리고 있다는 것을 다 알아서 다행이라는 생각만 들었어요.

머릿속에 온통 그런 생각뿐이라 이상하다는 생각은 못 했어요.

중학생이 비싼 산호를 어떻게 구했을까요?

그 애의 젓가락이 산호라는 걸 알게 된 뒤로 저는 그 애 젓가락을 훔치겠다는 계획을 싹 포기했어요. 똑같이 생긴 젓가락을 찾는다는 건 절대 불가능했으니까요. 게다가 젓가락을 목에 걸고 다니며 밥 먹을 때를 제외하고는 거의 몸에서 떼지 않으니 정신을 잃게 만들거나 강도를 계획하지 않는 한 훔칠 기회도 없었어요.

사실 그때 친구들에게 젓가락을 훔치지 못했다고 솔직하게 말하고 미안하다고 했으면 비웃음 한 번 당하는 것으로 끝났을 거예요. 그런데 하필 호승심이 최고로 강할 때였고 젓가락 도전자라는 지위도 버리고 싶지 않았어요. 저는 '정공법이 안 통하면 돌아서 가면 되지' 하고 생각했어요.

우리 학교는 매월 말에 복장 검사를 했어요. 학생주임 선생님이 매우 엄격해서 남녀를 나누어서, 각각 한 시간씩은 걸렸죠. 그날이 되면 아이들은 화장도 안 하고 귀걸이도 빼고 규정에 어긋나는 신발, 양말도 안 신고 매니큐어도 다 지웠어요.

물론 목걸이도 뺐고요.

기독교 학교라 호신용 부적을 걸고 다니는 것까지 야단을 맞았고 압수될 확률이 높았어요. 대부분 복장 검사 날짜를 기억했다가 부적을 빼놓으니 젓가락은 말할 필요도 없었지요. 우리 반 차례가 된 그날, 아이들은 모두 과한 장식 없이 얌전한 차림으로 등교했어요. 그 애는 학생주임 선생님이 들어오자 조용히 목걸이를 풀었죠. 남학생들이 복도로 나가 줄을 서서 검사를 받았는데 가끔 학생주임 선생님이 야단치는 소리가 들렸고, 여자아이들은 창가로 몰려가 구경을 했어요. 저는 그 틈을 타 그 애 자리로 가서 조심스럽게 그 애 책가방을 열었어요.

정말 이렇게까지 해야 하나?

주위의 소음이 전부 사라진 듯 제 심장이 쿵쿵 뛰는 소리만 들리고 손바닥에서 식은땀이 났어요. '실패하면 그냥 미안하다고 하면 돼. 근데 지금 시도하지 않으면 이런 좋은 기회는 한 달 뒤에나 다시 올 거야.' 저는 그렇게 되뇌었어요.

바꿔놓는 방법은 못 찾았지만, 일단 이 젓가락이 안 보이면 어떻게든 새걸 구하겠지? 같은 젓가락을 찾는 건 불가능하니 그냥 훔쳐 없애는 게 나을 거야. 아니면 내가 마음 써주듯이 선물이라며 새것을 내밀어도 되고.

저는 보라색 삼베 수건에 싸인 젓가락을 빼내 겉옷 주머니에 넣고 아무 일도 없다는 듯 제자리로 돌아왔어요. 심장이 미친 듯이 뛰었어요. 주머니 속 젓가락을 살짝 만지니 차가운 은 뚜껑이 피부를 쿡 찔러서 손가락 끝으로 눌러 젓가락을 눕혔어요. 재료 특유의 거친 느낌이 느껴졌어요.

남학생 검사가 끝나고 우리 차례가 됐어요. 보통 여학생이 남학생보다 시간이 더 걸렸죠. 여학생들이 더 다양하고 세밀한 속임수를 구사했거든요. 검사가 끝나자 1교시가 시작되고도 십 분이나 지나 있었어요. 난생처음으로 한 도둑질이라 마음이 좀처럼 가라앉지 않았어요. 계속 그 애를 훔쳐봤지만, 그 애는 아무 일도 없는 것처럼 선생님이 쓰는 공식에 집중했어요.

정신이 나간 상태로 1교시가 끝났어요. 머릿속엔 숨긴 물건을 집으로 가져가겠다는 생각뿐이어서 도통 집중할 수가 없었어요. 수업이 끝나는 종이 울릴 때까지 겨우 참았는데 갑자기 그 애가 제 앞으로 다가왔어요.

평소에는 점심시간 외에 그 애가 먼저 저를 찾아오는 경우는 없었어요.

도둑이 제 발 저린다고, 저는 고개를 들어 그 애를 쳐다보지도 못했어요.

그 애가 차분하게 말했어요.

"젓가락 돌려줄래?"

"뭐……라고?"

"네가 내 젓가락 가져갔잖아. 다 봤어."

제가 반박하려 하자 그 애가 즉시 말했어요.

"계속 교실 보고 있었어."

평생 도둑질이라곤 해본 적이 없으니 잡혔을 때 어떻게 반응해야 할지 몰랐어요. 무섭기도 하고 창피하기도 해서 온몸이 화끈거렸죠.

자연스럽게 미안하다고 말하면 될 줄 알았는데 막상 닥치고 보니 너무 어려웠어요. 그 애의 무표정한 얼굴이 마치 폭풍 전야의 고요한 바다 같았어요. 화가 단단히 난 것 같았어요. 목걸이로 만들어 몸에 지니고 다니고 복장 검사 때에도 마지막까지 꺼내놓지 않을 정도면 얼마나 소중히 여기는 물건인지 진작 알았어야 했는데, 왜 저는 젓가락이 없어지면 그 애가 코를 쓱 비비며 다른 것으로 바꿀 거라고 생각했을까요?

저는 덜덜 떨며 젓가락을 꺼냈어요. 그 애는 한마디도 하지 않고 그저 조용히 손을 뻗었죠. 손가락 끝이 닿는 순간, 미안하다고 말하고 싶어서 입을 뗐지만 모호한 소리만 튀어나왔어요.

눈물이 났어요.

끝났어. 다 끝났어.

계속 그 생각만 났어요. 공공장소에서 울다니 끝장이었죠. 저는 울어본 적이 별로 없어서 눈물 참는 방법을 몰랐어요. 변명하고 싶었지만, 목구멍에선 바람 넣는 펌프처럼 쉭쉭 소리만 났어요.

그 애는 제 모습에 당황했는지 딱딱하게 굳어 있던 표정이 확 무너졌어요.

"괜찮아. 돌려줬으니 됐어."

그 애는 계속 위로해주었지만, 눈물이 그치지 않았어요. 저는 스스로를 통제할 수 없다는 굴욕감에 완전히 지배당했어요. 몇몇 아이가 고개를 돌려 우리를 쳐다보자 그 애는 황급히 저를 끌고 복도로 나갔죠. 미안하다고 하고 싶은데 말이 나오지 않았어요. 그 애도 대충 눈치를 챘는지 있는 힘을 다해 말했어요.

"됐어, 괜찮아."

그러다 결국 포기했는지 다가와 손을 내밀어 제 뒤통수를 가볍게 쓰다듬어줬어요. 처음에는 거리가 조금 있었지만, 천천히 제 머리를 자기 어깨로 끌어당겨놓고는 손가락으로 제 머리칼을 가만히 쓸어주었어요. 그 애의 몸에서는 비누 향과 향냄새가 섞인 깨끗하고도 차분한 향기가 풍겼어요. 가볍고 부드러운 스킨십에 안심이 되었죠.

그 애가 제 눈물이 그친 것을 알았는지 천천히 손을 풀고 일정 거리로 떨어져 고개를 숙여 제 얼굴을 들여다봤어요.

"조금 괜찮아졌어?"

"……."

"미안해. 일부러 놀라게 하려고 그런 건 아니야."

도둑질을 한 건 분명 저인데 왜 그 애가 미안하다고 할까요? 속으로는 미안하고 이럴 순 없다고 생각했지만, 지금도 뭐라고 잘 설명할 수 없게도…… 저는 잔뜩 목이 메서는 띄엄띄엄 말했어요.

"박, 박하사탕……."

"뭐?"

"박하사탕 있어?"

그 애가 몇 초간 멍하니 있다가 고개를 저었어요.

"그러면 돈 있어?"

그 애가 바지 주머니에서 10위안(元)짜리 동전을 몇 개 꺼냈어요. 저는 코맹맹이 소리로 말했어요.

"매점 가자. 박하사탕 먹고 싶어."

그 애는 아무 말 없이 저를 데리고 매점으로 갔어요. 우리는 박하사탕을 한 봉지 샀어요. 투명한 비닐에 싸인 아이스 블루빛 사탕이 한 알 한 알 다 보이는 게 꼭 하늘에 총총히 박힌 별 같았어요. 비닐을 뜯어 사탕 한 알을 입에 넣고 그 애한테 한 알 건넸어요. 그 애는 손을 내저으며 괜찮다고 했어요.

수업 시작을 알리는 종이 울렸지만 눈이 빨갛게 부어서 교실로 돌아가고 싶지 않았어요. 우리는 매점 뒤에 있는 나무 그늘로 가서 벽에 등을 기댄 채 조용히 서 있었어요. 저는 박하사탕을 내리 세

알을 까먹고 나서야 기분이 가라앉았어요.

"미안해."

"됐어."

저는 박하사탕 한 알을 그 애 손에 쥐여주었어요.

"나는 화가 나거나 울고 싶을 때 박하사탕을 먹어. 먹다 보면 화가 가라앉는 것 같거든."

"나 벌써 화 풀렸어."

그 애는 웃으며 말했어요.

"나 뭐 하나만 물어봐도 돼?"

"응?"

"그건 어디서 배운 거야?"

"뭐를?"

"그거 있잖아…… 머리카락 빗질하듯 쓸어주는 거."

저는 조금 떠보듯이 말했어요.

"그런 건 여학생한테 함부로 막 해줄 만한 일은 아니잖아? 꽤 자연스러운 것 같아서."

"네가 생각하는 그런 거 아니야."

그 애는 의외로 허둥대며 말을 이었어요.

"우리 어머니가 건강이 안 좋으시잖아. 아플 때마다 대성통곡을 하시는데 그렇게 해드리면 빨리 안정이 되시더라고."

다른 사람이 이렇게 말했다면 거짓말이라고 생각했겠지만 그 애가 말하니 믿어졌어요.

"그러면 이번에는 내가 물어봐도 될까?"

제가 고개를 끄덕이자 그 애가 말했어요.

"왜 내 젓가락을 훔치려고 한 거야?"

뭐라고 대답해야 할지 몰랐죠. 됐다고 했으니 다시는 추궁하지 않을 줄 알았거든요.

"지난번에 내가 산호로 만들었다고 해서? 이건 팔아도 얼마 안 나갈 텐데……."

"아니야, 그런 거! 나는……."

그 애가 오해하고 있다는 생각에 저는 더듬거리며 바로 부정했어요. 하지만 연애 마법 때문이라고는 말할 수가 없었죠.

그 애는 제가 난처해하는 걸 보더니 물었어요.

"말하기 어려운 이유야?"

"응……."

저는 조심스럽게 그 애를 슬쩍 쳐다봤어요.

"말 안 해도 돼?"

"안 돼."

어물쩍 넘어가보려 했지만 그 애는 전에 없이 강경했어요.

"이 젓가락은 나한테 아주 중요한 물건이야. 이유를 정확히 알지 못하면 마음에 응어리가 남을 것 같아. 난 그러고 싶지 않아. 너를 싫어하고 싶지도 않고."

이렇게까지 말하니 계속 대충 넘기려고 하다가는 어렵게 쌓은 관계도 끝날 것 같았어요. 절교보다는 미신을 믿는다고 유치하다고 놀림 한 번 당하는 게 나았죠.

저는 고개를 푹 숙이고 작은 소리로 말했어요.

"애들하고 내기를 했어."

그 애는 깜짝 놀라더니 조금 슬퍼하는 것 같았어요.

"그런 게 재미있다고 생각한다면……."

"그런 거 아니야!" 저는 다급하게 말했어요. "좋아하는 사람이랑 젓가락 한 짝을 교환하면 사랑이 이뤄진대서……."

그 애는 흠칫하더니 아무 말도 하지 않고 눈만 점점 커다래졌어요.

그 애가 오해했다는 것을 깨달은 저는 정말 난처하기 짝이 없었어요. 지금 뭐라고 지껄인 거야! 진짜 고백도 이렇게 상대를 당황스럽게 하진 않을 거야! 저는 그런 생각으로 소리쳤어요.

"아니야! 오해하지 마. 나 너 안 좋아해!"

"아……."

그 애가 꿈에서 막 깨어난 듯 조금 얼떨떨해하며 말했어요.

"그러면……."

"나는 그런 거 안 믿어서 내기한 거야. 그 연애 마법이 가짜라는 걸 증명하려고."

"그런데 왜 나야?"

"그건……."

그래, 왜 이 애일까?

답을 알 것도 같았지만, 그 애한테 말하고 싶지 않았어요.

"제비뽑기에서 걸렸어."

제 말에 그 애는 묘한 표정을 짓더라고요.

그러고는 곧 한시름 놓은 것처럼 하하 웃었어요.

그 애가 그렇게 웃으니 문득 화가 오르면서 이상하게 초조해졌어요.

"그러니까 네 젓가락 한 짝 좀 빌려주면 안 될까?" 저는 자포자기하는 심정으로 사정했어요. "부탁이야. 절대 안 쓴다고 맹세할게. 그냥 애들한테 한 번 보여주기만 할게. 내가 이기면 다음 학기에 내 심부름 다 해준다고 했단 말이야."

당연히 거짓말이었어요. 수업이 끝나면 매점으로 우르르 몰려가는 게 우리 낙이었거든요. 남자애들이나 이런 시시한 내기를 했죠. 근데 그 애는 반에 남학생 친구도, 여학생 친구도 없었으니 제 거짓말을 곧이곧대로 받아들였어요.

"제비뽑기로 걸렸다고 하니 어쩔 수 없네. 근데…… 미안해. 이 젓가락은 빌려줄 수 없어."

"교환 조건이라도 있으면 말해봐."

"아니." 그 애는 고개를 저었어요. "이건 신령이 깃든 젓가락이라 다른 사람한테 빌려줄 수 없어."

신령?

그 애 젓가락을 처음 봤을 때 그 애가 비슷한 말을 한 것 같았어요. 하지만 그때는 듣고 바로 잊어버렸죠. 너무 황당한 말을 진지하게 해서 비현실적이었거든요.

그 애는 인내심을 갖고 설명해주었어요.

"이 젓가락은 우리 집안 대대로 내려오는 천 년 된 골동품이야. 이 안에 신선이 살고 있는데 우리는 '왕선군(王仙君)'이라고 불러."

왕선군의 본명은 '왕종천(王宗千)'이라고 했어요.

왕종천은 자기가 당나라 때의 부마라고 했대요.

황제는 왕종천을 부마로 뽑아놓고 어느 공주의 부마로 삼을지 결정하지 못해 연회를 베풀고 두 공주에게 창 뒤에 숨어서 살펴보라고 했대요.

연회가 끝나자 황제는 공주들의 생각을 물었어요. 오만한 성격의 첫째 공주는 왕종천이 야심이나 패기가 전혀 없고 관직도 높지 않아 내심 탐탁지 않았어요. 그래서 황제 앞에서 연회에 사용된 비취옥 젓가락을 두 동강 내며 말했어요.

"과거 현종 황제께서는 재상 송회에게 금 젓가락을 하사하시며 그의 강직함을 칭찬했는데 부왕께서는 어째서 유약한 옥 젓가락을 하사하십니까?"

그 말에 황제는 기분이 나빠졌어요. 아비의 불편한 심기를 예리하게 포착한 둘째 공주가 재빨리 분위기를 수습했어요.

“순금은 강하고 곧아서 제련을 두려워하지 않습니다. 반면 옥은 온화하지만 부서지더라도 구차한 모습은 보이지 않지요.”

황제는 크게 기뻐하며 둘째 공주를 왕종천에게 시집보내기로 했어요. 혼수로 옥 젓가락을 주려고 했지만, 마침 옥 젓가락이 부러졌고 옥은 부서져도 구차한 모습을 보이지 않는다고 했던 공주의 말이 떠올라 불길하다는 생각이 들었어요. 그래서 붉은 산호로 젓가락 한 쌍을 만들어 공주의 혼수품으로 하사했죠.

공주는 그 산호 젓가락을 왕종천에게 주면서 말했어요.

“우리는 이것처럼 영원히 헤어지지 말아요.”

과연, 두 사람은 혼인한 뒤 금실이 좋았고 서로를 공경했어요. 부마는 죽은 뒤 왕선군으로 변해 산호 젓가락을 지키며 부부의 인연을 보우하는 신령이 되었대요.

저는 그 애에게 물었어요.

“근데 한 짝은 잃어버렸다고 했잖아? 신령이 지키는 중요한 젓가락을 어떻게 잃어버릴 수가 있어?”

그 애는 망설이다가 말했어요.

“그건 왕선군이 가져간 거야……. 왕선군은 좋은 인연은 보호해주지만, 악연일 경우에는 경고를 해줘. 당시 우리 부모님은 이혼 이야기로 시끄러웠거든. 어머니는 절대 안 한다고 하셨지. 그러던 어느 날 젓가락이 사라졌어. 외할머니는 선군이 어머니에게 경고한 거라고 하셨고, 얼마 뒤 어머니는 이혼 서류에 도장을 찍으셨어."

"젓가락 때문에 이혼을 결정하는 사람이 어디 있어?"

"그 젓가락은 우리 가문에 오래도록 전해 내려온 것이라 가족 모두 매우 공경해. 금기도 많고. 게다가…… 원래가 '그런' 혈통이라 그런지 선군을 직접 본 사람도 있다고 들었어."

"너도 선군을 본 적 있어?"

그 애는 웃으며 고개를 저었어요.

"선군은 여자아이만 볼 수 있대. 나는 목소리도 들어본 적 없어."

"그럼 너는 선군이 진짜 있는지 없는지 어떻게 알아? 누군가 젓가락을 훔쳐 갔을 가능성은 없어?"

제가 반박하자 그 애가 눈을 치켜뜨고 저를 봤어요. 고요한 눈빛에 등골이 오싹했죠. 한참 뒤에야 그 애가 담담하게 웃었어요.

"안 믿을 줄 알았어. 근데, 안 믿어도 괜찮아. 왕선군은 진짜 있으니까. 내가 누구보다 잘 알고 있으니 그것으로 충분해."

"하지만……."

"그리고, 젓가락은 누가 가져갈 수 없어."

그 애는 젓가락을 제 눈앞에 들이댔어요.

"봐."

젓가락에 검붉은 빛이 휘도는 게 선혈이 출렁거리는 듯했어요.

젓가락 양 끝은 은으로 상감이 되어 있었는데, 그 애 말이 산호는 약하고 쉽게 삭는다고, 그래서 아래쪽 끝을 은으로 상감해 음식물과 침이 닿는 부분을 보호하는 거였어요. 머리 부분에는 은으로 된 육각형 뚜껑을 씌우고 동그랗게 작은 구멍을 내 체인을 걸었고요.

가느다란 체인은 남자아이가 걸기에는 지나치게 우아했어요. 길이도 길지 않아 쇄골 바로 아래까지 왔고요. 그 애는 다른 사람에게 감추고 싶었는지 여름, 겨울 할 것 없이 늘 두꺼운 겨울 교복을 입고 제일 위까지 단추를 잠갔어요.

"목걸이로 만든 건 잃어버리지 않기 위해서야. 특히 이 젓가락은 산호로 만들어서 대체품을 찾는 게 쉽지 않거든."

그 애는 목걸이를 쭉 펼치더니 체인을 따라 산호 젓가락을 미끄러뜨렸어요.

보는 제가 다 식은땀이 났어요. 하지만 젓가락은 바닥으로 떨어지지 않고 잠금고리에 걸렸어요.

"목걸이의 잠금고리가 젓가락에 난 구멍보다 아주 조금 더 커. 특별히 맞춤 제작했지. 목걸이에 젓가락을 건 다음에 잠금고리를 달았어. 잃어버릴까 걱정돼서. 목걸이를 부수지 않는 한 젓가락은 절대 못 빼 가."

저는 멍하니 젓가락을 뚫어지게 쳐다봤어요. 제 생각을 읽기라도 한 듯 그 애가 말했어요.

"어떻게 사라졌는지 아무도 모르지만, 일 분도 안 된 사이에 젓가락이 사라졌어. 선군이 가져갔다고 생각할 수밖에. 어머니 말씀이 젓가락이 사라진 뒤로 선군도 나타나지 않았대. 선군은 정말 화가 난 게 틀림없어."

"그렇게 화를 낼 필요가 있을까? 우리 엄마 아빠도 자주 싸우지만 며칠 지나면 괜찮아지는걸."

제 말에 그 애의 눈빛이 어두워졌어요. 그러더니 작은 소리로 말했어요.

"선군이 그렇게 화가 난 건 모두 내 탓이야. 내가 선군께 일러바쳤거든."

왕선군에 대한 최초의 기억은 제단 위에 모셔진 옻칠이 된 검은색 상자야.

어머니는 매일 아침저녁으로 제단 앞에서 절을 올리며 분향했고 이런저런 말을 하면서 상자 구석구석을 정성스럽게 닦았지. 그래서 어릴 때 나는 왕선군이 상자 안에 사는 줄 알았어.

어느 날, 상자의 모양이 보고 싶어 조용히 의자를 가져와 올라갔어. 반질반질하게 윤이 도는 검은색 상자에 연한 금색과 은홍색 석류꽃이 그려져 있었지. 나는 어머니가 하던 대로 향을 몇 개 꺼내 짐짓 폼을 잡고 몇 번 절을 한 다음 그 신비한 상자를 향해 손을 뻗었어.

상자 위에 떨어진 향의 재를 털어내고 놋쇠로 된 자물쇠 고리를 천천히 돌려서 열었어. 왕선군의 진짜 모습은 어떨까? 상자를 열면 볼 수 있을까? 나는 숨을 깊이 들이마시고 조심스럽게 뚜껑을 열면서 상자에 눈을 바짝 갖다 댔어.

아무것도 없었어. 상자 안은 텅 비어 있었어.

그런데 그 순간, 문득 어떤 시선이 느껴졌어.

어두운 구석에서 누군가가 나를 엿보고 있었어. 아니, 나를 관찰하고 있었어. 장난기와 약간의 탐욕이 섞여 있는 듯한 시선으로……. 즉시 상자를 원래대로 돌려놓았어. 거실은 온통 컴컴했고 시선은 사방팔방에서 빽빽하게 포위해 들어왔어. 고개를 돌려 확인하고 싶었지만 몸이 뻣뻣하게 굳어 말을 듣지 않았어. 등줄기에서부터 한기가 쭉 올라오더라. 시선은 점점 범위를 좁혀오더니 내 뒤쪽으로 천천히 다가왔어. 시선이 내 뒤, 몇 걸음 떨어진 곳까지 다가온 것을 알 수 있었어. 목 뒤 그리고 정수리…….

나는 천천히 고개를 들었어.

시뻘건 두 눈과 마주쳤어.

"아……."

"너 지금 뭐 하는 거니?"

어머니의 목소리가 차갑게 울렸어. 어머니가 위에서 나를 내려다보고 있었어. 기도등의 붉은빛이 어머니의 창백한 얼굴에 드리우자 얼굴은 물론 눈동자까지 붉게 변한 것 같았어. 어머니의 까맣고 부드러운 긴 머리칼이 내 얼굴로 떨어져 시선을 가로막았어. 손을 뻗어 치우고 싶었지만 공포로 인해 꼼짝할 수 없었어.

어머니는 아무 말 없이 제단을 쓱 훑어보았어. 나는 다 들켰다고 생각했지. 어머니가 살짝 웃으며 말씀하셨어.

"향을 올렸구나? 네가 올린 게 어떤 거니?"

어머니는 매일 밤 잠들기 전에 향을 피웠어. 향로에는 선향이 빽빽하게 꽂혀 있었지. 어떤 것은 다 탔고 어떤 것은 절반 정도 타다가 꺼져 높이가 제각각이라 언뜻 보면 방금 피운 향이 뭔지 분간이 되지 않았어.

내가 대답하지 않자 어머니가 갑자기 손을 뻗었어.

어머니는 손바닥으로 향들을 한꺼번에 내리눌렀어. 손바닥에 점점이 자국이 남았지만 어머니는 통증이 느껴지지 않는다는 듯이, 마치 맹수와 대치중인 것처럼, 먼저 시선을 돌리는 자가 잡아먹힐 것처럼, 아무것도 없는 제단 앞을 뚫어지게 노려봤어.

얼마 뒤 향이 대충 다 탔고, 어머니는 묵묵히 향로를 깨끗이 정리한 뒤 새 선향에 불을 붙였어.

나는 무슨 대역무도한 악행을 저지른 것처럼 온몸이 덜덜 떨리기 시작했어.

어머니는 벌벌 떠는 나를 가만히 보면서 아무 말도 하지 않았어. 그렇게 한참이 지나서야 어머니는 몸을 숙여 작은 목소리로 물었지.

"왕선군이 궁금했구나?"

나는 맞는 대답이 무엇일지 몰라 함부로 입을 열 수가 없었어. 어머니는 옷깃 속으로 손을 넣더니 목에 건 목걸이를 풀었어. 목걸이에는 붉은색 젓가락 한 쌍이 걸려 있었지. 어머니는 평상시의 온화한 모습을 되찾은 후 이어 말했어.

"이게 바로 왕선군이란다. 제단에 있는 것은 이 젓가락을 넣어두는 상자야."

"왕선군이…… 젓가락이라고요?"

"아니. 왕선군은 예전에 이 젓가락의 주인이었단다. 신령으로 변해 이 젓가락에 깃든 다음, 젓가락의 새 주인을 보우하게 됐지."

어머니는 왕선군과 젓가락에 관한 이야기를 해주었어. 산호 젓가락은 보통 딸에게만 혼수로 물려주었대. 어머니는 젓가락은 쌍을 이루기 때문에 '영원히 헤어지지 않는다'라는 뜻이 있어 이 젓가락을 떼어놓지만 않으면 왕선군이 부부의 인연을 지켜준다고 했어.

"왕선군이 정말로 이 젓가락 속에 살아요?"

"물론이지. 엄마는 한 번 보기도 했어!"

"왕선군은 어떻게 생겼어요?"

어머니는 눈을 깜빡이며 고심하는 모습을 해 보였어.

장난스러운 행동 탓에 어머니의 말이 진짜인지 가짜인지 알 수가 없었지.

"엄마도 몰라. 어둡기도 했고 왕선군은 검은 안개 속에 서 있어서 얼굴을 제대로 볼 수 없었거든. 하지만 왕선군과 이야기를 나누면서 내 부탁 하나만 들어달라고 했어."

"무슨 부탁이요?"

"그 당시에 네 아빠가 친구에게 사기를 당했거든. 엄마는 왕선군께 아빠를 구해달라고 빌었지. 왕선군은 아빠와 그 사람의 인연은 십이 년이고 이제 겨우 삼 년이 지났을 뿐이라고 말했어."

"그러면 어떻게 해요?"

"구 년이나 더 남았다니 너무 길잖아! 엄마는 왕선군께 뭐든 할 테니 네 아빠를 구해달라고 계속 빌었지. 왕선군은 결국 알았다며 방법을 생각해냈고, 남은 구 년을 빼앗아 엄마에게 주었단다."

왕선군의 위력과 아버지를 구해준 법력에 경외심이 들어 나도 모르게 손을 뻗어 젓가락을 만지려고 했어. 그러자 어머니는 살짝 웃으며 젓가락을 도로 가져가셨어.

"지금은 그에게 너무 가까이 가지 않는 게 좋겠다."

"왜요?"

"왕선군이 너를 많이 좋아해서 네 몸에 기름을 발랐거든. 너를 내게서 빼앗아가려는 거지."

어머니는 온화하게 내 손을 어루만지며 다시 말했어.

"하지만 겁먹을 필요 없어. 다른 신령을 찾아 너를 보호하면 되니까. 엄마는 그 누구에게도 절대 너를 빼앗기지 않아."

어릴 때 나는 몸이 매우 약했어. 생명을 위협하는 큰 병에도 몇 번 걸렸지. 어머니는 내 병이 왕선군의 짓이라고 굳게 믿었고 일 년 내내 나를 데리고 크고 작은 사찰을 다니면서 향을 올리고 기도했어.

아버지는 어머니의 이런 행동을 질색해서 한 번도 같이 가지 않았어. 나는 어머니에게 싫다고 할 수 있는 아버지가 몹시 부러웠어. 사찰에 가는 것은 끔찍한 악몽이었거든. 피곤하고 무서웠을 뿐 아니라 사찰만 다녀오면 어머니가 크게 앓았어. 사지 관절이 공처럼 붉게 부풀어 오르고 며칠 밤낮으로 기침을 심하게 했지.

외할머니는 왕선군이 벌을 내려서 그런 것이라고 했어. 왕선군은 우리가 다른 신령을 모시는 것을 싫어하기 때문이라고 말이야. 그는 기도하면 반드시 응해주지만 엄격한 구석이 있어 우리 집은 조상의 위패조차 모실 수 없었어.

하지만 왕선군의 벌이 아무리 가혹해도 어머니는 절대 물러나지 않았어. 어디 신령이 영험하다는 소리를 들으면 아무리 멀어도 나를 데리고 갔지. 어머니가 기침할 때마다 나는 어머니를 괴롭히는 원흉이 왕선군이 아닌 나 같아서 정말 무섭고 괴로웠어.

한번은 외할머니께 어머니는 왜 저렇게 왕선군이 나를 데려갈까봐 두려워하느냐고 물었어.

외할머니는 어머니가 왕선군에게 빚진 것이 있다고 하셨어.

왕선군은 속이 너무 좁다는 생각이 들었어. 신령은 뭐든 쉽게 가질 수 있잖아? 그런데 왜 이렇게 어머니를 괴롭히는 거지?

"저를 꼭 데려가야겠대요? 다른 것으로 돌려주면 안 돼요?"

외할머니가 두렵다는 듯이 말씀하셨어.

"왕선군께는 받은 그대로 돌려드려야 해. 재물을 받았으면 금패와 금신(金身)을 만들어드려야 하고, 명예를 받았으면 탑과 사찰을 만들어드려야 하며, 사랑이 이루어졌으면 그를 더 공경하고 경애해야 해."

"왕선군이 엄마에게 뭘 주었길래 저로 보답하라는 거예요?"

외할머니는 얼굴이 창백해지면서 아무 말도 하지 않으셨어.

몇 년 동안 절을 찾아다니며 향을 올리고 기도를 하자 병치레가 잦았던 나는 정말 몸이 조금씩 좋아졌어. 어머니도 더는 나를 데리고 사찰에 가지 않았어. 어머니는 왕선군이 나를 포기한 거라고 했어. 나는 어머니가 왜 그렇게 확신하는지 알 수 없었고, 나를 포기한 왕선군이 어머니에게 다른 것을 대가로 바란 건 아닌지, 딱히 생각해보지 않았어.

그해 겨울, 어머니의 폐에서 종양이 발견됐어.

그 일로 인해 집안에 대형 폭탄이 떨어졌어. 사실을 알게 된 아버지가 즉시 이혼을 요구했거든.

아버지가 이기적이고 잔인하다고 생각할지도 모르겠지만 그때 두 사람은 이미 감정의 골이 너무 깊이 파인 상태였어. 어머니의 병은 도화선에 불과했지.

아버지는 늘 나에게 어머니와의 결혼은 이상한 꿈 같다고 했고 이제 그 꿈에서 깨어나는 것뿐이라고 말했어.

사실 아버지는 재혼하신 거였어. 아버지가 어머니 앞에서 전처 이야기를 하는 경우는 아주 드물었어. 아버지는 전처를 통해 어머니를 알게 됐대. 전처는 결혼하고 삼 년도 채 안 돼 갑작스레 세상을 떠났고.

아버지는 나한테 전처 이야기를 즐겨했지만, 그분의 죽음에 대해서는 어떤 말도 하지 않았어. 그저 지나가듯 한 번 얘기했을 뿐이야.

여행중에 생긴 사고였대. 산 정상에서 사진을 찍다가 낭떠러지에서 떨어졌다고……. 아버지는 그분이 떨어지는 것을 직접 봤다고 했어. 구름 속으로 들어가려는 것처럼, 그곳이 절벽 끝이고 앞에 길이 없다는 것을 전혀 개의치 않는 사람처럼 보였대. 뒤에서 계속 소리쳤지만 아무것도 들리지 않는 것처럼 전혀 망설이지 않고 발걸음을 내디뎠다고……. 왜 그랬을까? 아버지는 여전히 자기 기억을 확신하지 못하고 이해할 수 없다는 듯 아득한 표정을 지었어.

사고 당시 어머니도 그곳에 있었대. 사건이 발생한 뒤로는 아버지의 상태를 살피며 아버지가 슬픔에 빠져 의기소침해하는 동안 아버지를 도와주고 위로해주셨대. 아마도 그래서 아버지는 죽은 부인에 대한 그리움과 애정을 조금씩 어머니에게 주었는지도 몰라. 하지만 뜨거운 애정이 식자 어머니의 결점을 참을 수 없게 된 거야. 아버지는 종교에 대한 어머니의 맹신을 특히 두려워했어.

이혼은 순조롭지 않았어. 두 분이 이혼을 놓고 여러 차례 격렬하게 충돌해 집안이 편안할 날이 거의 없었지. 어머니는 한사코 이혼을 피했어. 이 결혼은 왕선군이 주신 것이기 때문에 절대 쉽게 포기할 수 없다면서……. 지금 생각해보면 어머니는 자기 병을 알고 지

푸라기라도 꽉 잡고 싶은 심정이 아니었을까 해. 어머니는 껍데기 뿐인 가정이라도 지키고 싶어했거든.

하지만 나는 그런 생활에 정말이지 진절머리가 났어.

아버지는 귀가가 점점 늦어졌어. 아버지가 없는 밤, 어머니와 마주 앉아 있을 때면 가시방석에 앉은 기분이었어. 어머니는 안방에서 밤을 샜는데 그나마 그게 제일 좋은 상황이라 절대 방해하면 안 됐어. 어머니가 방문을 여는 소리는 곧 폭풍이 몰아칠 거란 예고였으니까. 하지만 어머니는 폭풍보다 더 고요하고 질서정연했지. 어머니는 탁자에 놓인 신문을 하나씩 같은 넓이로 찢었어. 다 찢고도 부족하면 옷장을 열어 옷을 색별로 하나씩 잘랐고 찬장을 열어 크기별로 그릇을 하나씩 부쉈어. 나는 저 물건들을 다 부수면 다음 차례는 내가 아닐까 늘 생각했어.

나는 어디로 도망칠 수 있을까? 내 호소를 들어줄 대상은 제단에 놓인 왕선군뿐이었어. 그가 나를 좋아한다고 하니 내 소원도 들어주지 않을까? 그래서 나는 매일 밤 몰래 왕선군께 기도했어.

선군님! 어머니가 하루빨리 포기해서 아버지가 자유를 얻게 해 주세요!

어느 날 밤, 여느 때와 마찬가지로 왕선군에게 기도를 마쳤는데 순간 어떤 시선이 느껴졌어.

누군가가 나를 주시하는 것 같은, 익숙한 느낌이었지. 어릴 때 처음으로 제단에 기어 올라가 옻칠한 상자를 몰래 훔쳐봤을 때도 이런 느낌이었어. 어릴 때는 무섭기만 했는데 그 순간에는 오히려 왕선군이 내 소원을 듣고 현신한 게 아닌가 하는 기대감이 들더라고. 나를 부르는 것 같은 느낌에 나도 모르게 앞으로 다가가 상자를 열었어.

상자 안은 비어 있지 않았어.

등불 아래 상자 속에서 요사한 붉은빛이 흘러나왔어. 어머니의 젓가락이었어.

내가 채 반응하기도 전에 뒤에서 발소리가 들렸어. 고개를 휙 돌려보니 어둠 속에서 어머니의 창백한 얼굴이 나타났어. 어머니는 문 앞에 서서 나를 바라보며 미소를 짓고 있었어.

"요 며칠, 네가 밤마다 왕선군께 기도하는 걸 들었어. 그래서 젓가락을 거기에 넣어두었지."

어머니는 그렇게 말하면서 천천히 내 뒤로 다가와 내 어깨에 턱을 가볍게 올렸어.

"그에게 직접 말해야 들을 수 있을 것 같아서. 말해! 말하라니까? 날마다 말했잖아? 난 알아. 다 들었다고."

집 안이 너무 조용해서 마치 소리가 없는 세상에 있는 것 같았어. 그 세상에서는 어머니만이 유일한 소리였어.

"엄마는 너를 보호하려고 왕선군에게 목숨까지 바쳤는데 너는 나한테 이런 식으로 보답하니?"

나는 차마 입을 열 용기가 없어서 바닥에 꿇어앉아 울면서 계속 잘못했다고만 했어.

통곡하면서 빌어도 어머니는 한마디도 하지 않았어. 한참 뒤에야 담담하게 물으셨지.

"우리가 헤어지면 넌 누구랑 살 거니?"

나는 대답하지 않았어. 하지만 어머니의 슬픈 표정을 보니 어머니는 내 마음을 알아챈 것 같았어.

얼마 뒤에 젓가락이 사라졌어.

한 짝만 외롭게 남은 산호 젓가락은 '영원히 헤어지지 않는다'라는 맹세를 비웃는 것 같았어.

어머니는 이상하게 변하기 시작했어. 하루 종일 한마디도 하지 않고 정신도 흐려졌어. 외할머니가 찾아와 아버지를 이제 놓아주라고 권했어.

"내가 진작에 말했잖니. 왕선군에게 함부로 뭔가를 구하지 말라고. 애초 왕선군이 이 인연은 몇 년짜리인지 말해줬잖아. 인간이 발버둥질한다고 하늘을 이길 수 있을 거 같니? 젓가락이 사라진 건 선군이 네게 경고하는 거야. 네가 더 고집을 부리면 네 아들도 끌고 갈지 몰라."

외할머니가 내 이야기를 하자 온몸이 긴장됐어. 하지만 어머니는 무표정한 얼굴로 문 뒤에 숨어 있는 나를 쳐다보고는 아무 말도 하지 않았지.

그날 저녁, 어머니는 이혼 서류에 사인했어.

양육권은 어머니가 갖게 됐어. 어머니의 건강 상태를 생각하면 아버지가 갖는 게 합리적이었지만……. 아버지가 스스로 포기한 것인지 아니면 다른 이유가 있었는지 나는 몰라.

이혼과 병이라는 이중 타격으로 어머니의 정신 상태는 매우 불안정했어. 어머니는 한 짝이 사라진 젓가락을 서랍 깊은 곳에 넣어두고 이후로는 절대 왕선군을 거론하지 않았어.

이상하게 들릴 수도 있지만, 차라리 완전히 미치는 게 더 나았을 거야. 어머니는 대부분의 시간은 정상처럼 보였어. 예전처럼 일도 하고 치료도 받기 시작했어. 아버지가 집을 완전히 떠났기 때문에 병원에 가지 않는 휴일은 나와 함께 보냈어. 예전에 아버지가 해주었던 것을 어머니가 전부 대신해주었지.

그야말로 좋은 어머니다! 네가 그렇게 생각한다면 나도 반박은 못 해. 하지만 힘겹게 지탱하고 있던 저울은 간혹 한순간에 훅 기울기 마련이야.

어느 해 여름방학이었어. 곤충 관찰 숙제를 하려고 어머니와 산에 갔어.

어머니는 운전을 못해서 버스를 타고 가야 했어. 그래서 아침 일찍 출발했지. 어머니는 챙이 넓은 모자를 쓰고, 거기에 제일 좋아하는 소녀풍의 새하얀 리넨 스커트를 입고 아이보리색 샌들을 신었어. 어머니는 가는 내내 내 손을 꽉 붙잡고 있었어. 산에 도착해 길을 따라 쭉 들어가니 하늘을 가릴 만큼 녹음이 우거지고 매미가 귀청이 떨어질 정도로 울어대서 정수리 위에 매미 그물이 쳐진 게 아닐까 싶을 정도였어. 하늘에서 언제 매미가 떨어져도 이상하지 않을 것 같았지.

계곡물이 모여 못을 이룬 곳에서 어머니는 몸을 숙여 가볍게 물결을 만들었어. 나는 어머니 곁에서 작은 우산을 들고 있었어. 내 행동이 이상했는지 어머니가 물었어.

"왜 그러고 있어?"

어머니는 깨끗한 것을 좋아하는데 매미가 어머니에게 떨어질까 봐 그런다고 나는 말했어. 어머니는 하하 웃으며 내 머리를 쓰다듬어주었어.

"매미가 얼마나 사는 줄 아니?"

내가 고개를 젓자 어머니가 말했어.

"매미는 일생의 대부분을 땅속에서 보내. 땅에서 나와 울땐 삶의 마지막 단계로 살날이 보름 정도밖에 안 남았다는 것을 뜻해."

열흘 정도 뒤면 이렇게 크게 우는 매미들이 죽는다는 게 좀처럼 상상이 안 됐어.

어머니는 담담하게 말했어.

"엄마도 매미처럼 언제 죽을지 몰라."

나뭇가지 사이로 쏟아지는 햇살이 어머니의 눈에 내려앉아 자잘

한 금빛으로 부서졌어.

어머니가 갑자기 내 어깨를 잡고 말했어.

"엄마가 지금 제일 무서운 게 뭔 줄 알아?"

"죽는……거요?"

"죽는 건 무섭지 않아."

내 이마를 쓰다듬는 어머니의 손끝이 호수보다 더 차가웠어. 내 귓가에 대고 숨을 내쉬듯이 어머니가 말했어.

"엄마가 제일 무서운 건 내가 죽으면 너 혼자 남는 거야."

나한테는 아빠도 있는데……. 그리고 외할아버지랑 외할머니도 있는데. 속으로 그렇게 생각했지만 어쩐지 입 밖으로 내뱉을 수가 없었어. 어머니는 나를 꽉 끌어안으며 말했어.

"넌 네 아빠처럼 그러면 안 된다. 너는 영원히 나를 떠나서는 안 돼, 알겠니?"

내가 본능적으로 고개를 끄덕이자 어머니가 웃었어.

어머니는 내 손을 잡고 말했어.

"그러면 엄마랑 같이 가자. 그곳은 안전해."

어머니의 아이보리색 샌들이 진흙 속으로 푹푹 빠졌고, 나와 어머니는 물가에 크고 작은 발자국을 남기며 천천히 물속으로 걸어 들어갔어. 푸른 물이 어머니의 하얀 옷을 삼켰지.

"엄마 소원은 딱 하나야. 바로 너와 영원히 함께 있는 거. 부탁이야. 나를 버리지 마."

발밑으로 느껴지는 축축하고 미끄러운 감촉이 무서웠어. 하지만 어머니는 내 손을 꽉 잡고 물 한가운데로 들어가 자기 어깨 위에 내 손을 놓고 내 허리를 감싸 안았어. 어머니에게 기댄 나는 수면에 반 정도 떠 있어 어머니와 눈높이가 거의 비슷해졌지. 물빛으로 반짝거리는 아름다운 두 눈이 보였어.

어머니는 계속 아래로 내려갔어.

물이 어머니의 어깨까지 오자 어머니는 갑자기 나를 꽉 끌어안더니 내 머리를 물속으로 눌렀어. 비릿한 물이 입으로 훅 들어왔고 나는 눈조차 감지 못했지. 어머니의 몸이 푸른색 안에서 녹아내리는 것 같았어…….

정신을 차려 보니 나는 길가에 있는 긴 의자에 어머니의 무릎을 베고 누워 있었어. 머리 위에는 베이지색 가림막이 있어서 날이 밝은지 어두운지 알 수 없었어. 어머니의 모자가 내 가슴 위에 놓여 있었고 깨끗했던 하얀 옷에는 진흙과 수초가 묻어 있었어. 고개를 숙인 어머니의 얼굴이 그늘져 있었지만 나는 알았어. 어머니가 울고 있다는 것을. 눈물이 비처럼 내 몸으로 떨어졌거든.

"어머니……."

깔깔하고 갈라진 내 목소리를 들으며 어머니의 눈물을 닦아주려고 손을 뻗었어. 손끝이 어머니에게 닿는 순간 어머니는 어린애처럼 큰 소리로 울기 시작했어.

마지막에 무슨 일이 생긴 건지 나도 몰라. 누군가 우리를 끌어냈는지, 아니면 마지막 순간에 어머니가 마음을 바꾼 것인지. 어머니는 나를 데리고 산에서 내려와 상점에서 옷을 사서 갈아입었어. 아무 일도 없었던 것처럼 집으로 돌아왔지. 어머니는 내게 아무 말도 해주지 않았어.

그런 일이 나중에도 몇 번이나 반복됐지만 외할머니나 외할아버지께 말씀드리지 않았어.

그게 어머니에게 필요한 일이라고 생각했거든. 약을 먹어야 하는 것처럼, 정기검진을 받으러 병원에 가야 하는 것처럼. 나에게 그런 일을 하는 게 어머니가 생명을 유지하는 데 필요한 일이라고.

그리고 그날, 산자락에서 나를 안고 통곡하던 어머니의 모습을 잊을 수 없었어.

내가 왕선군에게 함부로 기도하지 않았으면 일이 이렇게 되지 않았을 테니까.

나도 죽는 게 무서웠지만 때로는 이게 신이 내게 내린 속죄의 방식이 아닐까 하는 생각이 들었어.

하지만 얼마 뒤 어머니는 집을 떠나게 됐어.

암세포가 뼈로 전이돼서 의사가 입원 치료를 권했거든.

병원은 집에서 멀지 않았어. 수업이 끝나면 집으로 가서 저녁을 준비해 자전거를 타고 병원으로 가 어머니를 만났지. 집에 있을 때보다 함께 있는 시간은 짧아졌지만 우리는 그 시간을 최대한 활용해 그날 있었던 즐거운 일을 서로에게 말해주었어.

이런 채로도 꽤 행복한 것 같다는 생각이 들 때마다 가슴이 찌르는 듯 아팠어. 내가 무슨 자격으로 이런 생각을 할까? 상황을 이렇게 만든 건 나 아닌가?

지금도 나는 생각해. 그때 왕선군에게 그런 소원을 빌지 않았으면 좋았을 거라고.

나는 긴 이야기를 잠시 멈추고 생각에 빠진 하이린쯔를 보았다.

"선생님, 선생님은 젓가락에 정말 신령이 깃들 수 있다고 생각하세요?"

"그건 신이 아니라 귀신입니다."

"네?"

"영이 깃들었을 가능성은 있어요. 하지만 일단 단어부터 정정하는 게 좋겠습니다. 청 씨가 말한 왕선군은 귀신입니다. 그를 '신'이라고 부르지 않는 게 좋겠습니다. '신'이라는 단어는 사람들에게 일종의 환각 작용을 일으켜 그것이 한 모든 일이 정의나 자비에서 나왔다고 착각하게 하거든요. 사실은 그게 아닌데."

"하지만 만약 왕선군이 정말 신이라면요?"

"아닙니다. '신'은 존재하지 않습니다."

내 표정이 이상했는지 하이린쯔는 그제야 알겠다는 듯 설명했다.

"미안합니다. 혹시 종교 있습니까?"

기독교 학교를 나오긴 했지만 특정한 종교는 없었다.

"가끔 사원에서 참배하는 정도……."

"어쨌든, 기분 나쁘지 않았길 바랍니다. 방금 한 말은 사견에 불과하니까요. 저는 구십구 퍼센트 무신론자거든요."

구십구 퍼센트라고? 이게 무슨 뜻이지?

"괜찮습니다……. 하지만 그 말씀은 선생님이 하는 일과 모순되지 않나요?"

나는 탁자 위에 놓인 '퇴마' 가격표를 보며 말했다.

"아니요, 모순되지 않습니다. 그러면 이렇게 말해볼까요? '신'이라는 단어는 문화마다 의미가 크게 다릅니다. 혼용해서 사용한 결과 오늘날의 '신'은 의미가 모호해졌죠. 나와 고객의 인식이 같지 않으면 나중에 고객들은 무익한 환상을 갖게 돼 오히려 번거로워집니다. 그래서 나는 우선 고객과 공통된 인식을 정립합니다."

하이린쯔는 자세히 설명해주었다.

"나 같은 사람들은 일반인이 말하는 신을 조금 큰 귀신 정도로 생각합니다."

"신이…… 귀신이라고요?"

"망자는 고독한 법이지요."

하이린쯔는 동정 어린 쓴웃음을 짓고 말을 이었다.

"그들을 영원히 기억하는 사람은 없습니다. 그들은 산 사람들에게서 조금씩 잊혀가지요. 어떤 귀신은 인간에게 잊히지 않으려고 자신의 출신을 조작하거나 고귀한 이름을 빌려 신의 신분으로 살아갑니다. 내가 여태까지 본 '신'은 전부 귀신이었습니다."

"하지만…… 그렇다고 신이 존재하지 않는다고 할 수 있을까요?"

"그러면 청 씨는 신을 어떻게 정의합니까? 신이 무엇이라고 생각하죠?"

그 순간 머릿속에 중학교 때 학교에 있던 성당이 떠올랐다. 성상(聖像) 하나 없이 차갑고 날카로운 십자가만 있던. 학창 시절 성경 수업을 열심히 들은 적은 한 번도 없었다. 그런 과목은 늘 시험이 많았다. 삼 년이나 기독교 학교에 다녔어도 신에 대해 아는 게 하나도 없었다.

나는 내 직감에 얼추 부합하는 것을 떠올렸다.

"옥황상제, 염라대왕 같은? 선생님이 본 귀신들은 신을 본 적이 없대요?"

"있지요."

하이린쯔는 갑자기 크게 웃었다.

"예전에 만난 어떤 귀신은 생전에 자기가 효도한 것을 옥황상제가 높이 사 하늘나라에 가게 해주었다면서 나한테 자기가 서천에서 공부하는 동안 매일 풍성한 상을 올리라더군요. 공부를 마치면 태산의 남천문에 올라 옥황상제의 뜻을 받들어 신선이 될 거라고요."

"그래서 어떻게 됐어요?"

"쫓아냈지요."

"왜요?"

"귀신은 애초에 인간이었으니 당연히 거짓말을 할 줄 알아요. 말하는 게 죄다 인간 세상에 있을 때 배운 거더군요. 그를 떠보려고 옥황상제의 이름이 뭐냐, 어떻게 생겼냐, 곁에 어떤 문신과 무신이 있었냐 물었더니 횡설수설하더라고요. 직업 도사에게 그런 허풍을 떨다니 죽음을 자초한 것이지요."

순간 나는 말문이 막혔다.

"만약 신이 있다면 어떤 모습일 거 같으세요?"

"말했듯이 난 신이 있다고 생각하지 않습니다."

"하지만 구십구 퍼센트 무신론자라고 하셨잖아요. 그러면 일 퍼센트는 신이 존재한다고 생각하는 거잖아요. 일 퍼센트로 생각하는 신은 어떤 모습이에요?"

이렇게 훅 들어올 줄은 예상하지 못했는지 하이린쯔는 미소를 거두고 한참 생각한 다음 입을 열었다.

"신은 인간을 사랑하겠죠." 하이린쯔가 말했다. "인간을 구해주고, 인간이 착한 일을 하면 상을 주고 악한 일을 하면 벌을 주는 신. 대충 이런 게 이 세상 사람들이 상상하는 신의 모습입니다. 하지만 실상은 그렇지 않아요. 사랑받고 싶고, 구제받고 싶고, 착한 일을 하면 상을, 악한 일을 하면 벌을 떠올리는 건 인간입니다. 나는 '신'이란 우리의 바람을 반영한 모습이라고 생각해요."

하이린쯔는 자기가 생각하는 일 퍼센트의 신에 대해 끝까지 말하지 않았다.

"그래서, 이렇게 긴 이야기를 해서 도움을 받았으면 하는 일이 뭡니까?"

"그 애가 말한 왕선군이 도대체 뭔지, 선생님이 말씀해주셨으면 해서요. 그게 정말 존재하나요?"

"글쎄요……. 딱 잘라 말하기 어렵습니다. 하지만 이해가 잘 안 되는 게, 왕선군이 존재하든 안 하든, 장난질로 화를 입혔든 어쨌든 상관없지 않나요? 내가 처음에 말했듯이 청 씨는 양기가 강해서 귀신이 접근하기 어려워요."

"제가 신경 쓰는 것은 그게 아니에요. 왕선군의 진짜 모습을 알고 싶어요."

단호한 내 태도에 하이린쯔도 결국 응했다.

"좋아요. 그러면 우리 왕선군의 입장에서 한번 생각해봅시다. 만약 왕선군이 정말로 인간에게 해를 입힌 거라면, 조금 이상하긴 합니다."

나는 집중해서 그를 쳐다보며 다음 말을 기다렸다.

"내가 말했지요. 신은 귀신이고, 귀신은 인간이었다고. 그러니 그것들은 당연히 인간처럼 이익에 따라 행동할 겁니다. 이런 관점에서 생각하면 왕선군의 행동은 이상합니다. 제사를 지내주는 사람이 없는 '신'은 떠도는 외로운 넋과 다를 바 없거든요. '신'은 집안의 공양을 받을 때만 머물 곳이 생깁니다. 집안사람들이 정말 그것이 사라졌다고 믿으면 공양을 하지 않을 텐데, 그것의 입장에선 백해무익한 일 아니겠습니까?"

나는 재빨리 물었다.

"하지만 선군의 농간이 아니라면 젓가락은 대체 왜 사라진 거죠?"

하이린쯔는 잠시 침묵했다.

"귀신이 할 수 있는 일은 인간도 할 수 있습니다. 열 배는 더 잔혹하게 할 수 있죠. 듣다 보니 선군이 신통력을 발휘했다기보다 그의 아버지가 가져갔을 확률이 높아 보이는데, 그의 아버지를 의심해본 적은 없습니까? 이 일의 최대 수혜자는 순조롭게 이혼 도장을 받아낸 아버지잖아요? 그는 젓가락이 부인에게 얼마나 큰 의미를 갖는지, 그게 사라지면 어떤 충격이 일지 잘 알았잖아요."

하이린쯔의 솔직한 말에 나는 적잖이 놀랐다.

"그렇게 생각하실 줄은 몰랐어요……. 귀신이 선생님의 전문 분야이긴 한가 보네요."

"귀신의 존재를 인정하는 건 나름의 신앙이지만 뭐든 귀신에게 갖다 붙이는 것은 미신입니다."

하이린쯔가 조금 언짢은 듯이 말했다.

"당신도 선군인지 뭔지가 농간을 부린 거라고 믿는 겁니까?"

"저는…… 당연히 안 믿지요."

"그렇지요? 그런데 뭐 하러 걱정을 사서 합니까?"

"근데 젓가락은 도대체 어떻게 사라진 걸까요? 이 점이 설명이 안 되는데 정말 왕선군이 존재하지 않는다고 할 수 있을까요?"

"나는 금속 가공품에 대해서는 잘 모릅니다. 젓가락을 연결한 체인의 잠금고리 때문에 젓가락이 안 빠진다고 했지만 적당한 공구가 있고 시간을 조금 들여 신중하게 처리하면 못 할 것도 없지 않겠어요?"

"그러려면 체인을 부숴야 해요."

나는 비슷한 사진을 찾아 그에게 보여주었다. 은줄을 꼬아서 꽈배기 모양으로 만든 가는 체인이었다.

"고리 형태의 체인이었다면 자른 다음 이어 붙일 수 있겠지만, 그 애 목걸이는 이런 은줄이었어요. 자르고 다시 붙이려면 용접을 하는 수밖에 없겠죠."

"금은방 사장님 아무나 붙잡고 부탁하면 깔끔하게 붙여줄 텐데요?"

"하지만 시간이 없잖아요."

그 젓가락은 중요한 의미가 있어서 그 애 어머니는 식사할 때만 젓가락을 풀어 사용하고 거의 스물네 시간 몸에 지니고 다녔다. 그녀의 시선을 피하기란 절대 쉽지 않았다.

선군을 공경했기 때문에 그 애 어머니는 기름과 소금은 건드리지 않았고 고기 요리도 손대지 않았다. 젓가락이 사라진 그날, 그녀는 점심 식사 때 젓가락을 사용한 뒤 설거지를 했다. 그런데 마침 부엌 휴지가 떨어졌고, 젖은 젓가락을 손으로 집기가 불편해 젓가락을 잠시 깨끗한 접시 위에 놓고 거실에서 휴지를 가져왔다.

그리고 돌아와 보니 젓가락 한 짝이 보이지 않았다.

"그녀가 자리를 뜬 건 채 일 분도 안 돼요. 목걸이를 자르고 다시 붙이려면 시간과 도구가 필요하죠. 당시 상황에서는 불가능한 일이에요."

"부순 게 체인이 아니라 젓가락이라면? 어차피 가져갈 젓가락 망가뜨려도 아무 상관 없잖아요."

"젓가락의 은 뚜껑은 무척 두꺼웠어요. 일반적인 가위로는 어림도 없죠. 또 자르려면 너무 큰 위험을 감수해야 했어요. 목걸이에 자국이 심하게 남았을 거고, 소리도 났을 테니까요. 그 애 어머니가 근처에 있었으니 걸리면 그야말로 큰일이죠."

"아예 가짜를 만든다면?"

"산호의 색, 문양, 촉감은 완벽하게 복제하기 어려워요. 저 같은 외부인을 속이는 거라면 가능할 수도 있겠지만 그 젓가락은 어머니가 늘 보던 거였어요."

"정말이지 퍼즐게임 같네요……."

"어때요? 저하고 같이 답을 생각해보실래요?"

"내 영업 범위가 아니긴 한데……." 하이린쯔는 어쩔 수 없다는 듯 말했다. "근데 그게 농간이었다면 또 어때요? 왜 이렇게까지 열심히 그게 사람의 짓이었음을 증명하려는 거죠?"

"저는…… 그 애가 왕선군을 믿지 않게 하고 싶어요."

하이린쯔가 미간을 찌푸렸다.

"왜요? 그가 믿든 안 믿든 무슨 상관입니까? 귀신의 존재를 부정하면 당신이 옳았다는 우월감을 느낄 수 있으니까?"

귀신에 대한 내 태도가 심기를 건드린 것일까? 그의 말투에 날이 섰다.

"아니면 결혼 상대가 그 사람입니까? 그렇다면 이해할 수 있어요. 광신도와의 결혼은 정말 힘든 일이거든요."

"아니에요! 그런 생각은 해본 적 없어요. 그저 그 애가 젓가락이 사라진 게 자기가 왕선군한테 소원을 빌어서 그런 거라고 생각해서……. 그런 생각을 품고 평생을 산다는 게 너무 가엾잖아요."

그 시간 동안 나와 그 애가 제일 많이 이야기한 건 바로 젓가락에 대해서였다.

나는 분명 누가 가져갔을 거라고 했지만, 그 애는 아니라고 했다. 그래서 새로운 생각이 떠오를 때마다 즉시 그 애를 찾아갔다. 나는 젓가락이 사라진 상황을 직접 본 것이 아니었기 때문에 소설 속 안락의자 탐정처럼 이런저런 추리를 했고 그 애에게 평가를 받았다.

왕선군에 대한 환상을 깨뜨리려고 계속 도전했지만 번번이 반박당했다. 그 애는 왕선군의 존재를 굳게 믿고 있었지만 내가 소꿉놀이하듯 탐정게임을 하는 걸 싫어하진 않았다. 그럴듯한 추리를 제시하면 나보다 더 열중하기도 했다. 우리는 기말고사 준비로 스트레스를 받는 상황에서도 다양한 실험을 했고, 그것은 우리에게 가장 좋은 오락거리가 됐다.

그러나 지금 하이린쯔와 나누는 대화처럼 결국 아무 성과도 없었다.

내가 애원하다시피 매달리자 하이린쯔는 길게 한숨을 내쉬었다.

"음…… 당시 젓가락에 뭔가 이상한 부분은 없었습니까?"

"그 애 어머니는 한 짝이 사라진 것을 발견한 뒤 제일 먼저 잠금고리를 풀고 남은 젓가락이 고리에 잘 걸리는지 시험해봤어요. 젓가락은 잠금고리에 잘 걸렸죠."

하이린쯔는 잠시 망설였다.

"참! 온도 변화를 이용했을 수도 있지 않을까요? 잠금고리가 줄어들게 하거나 뚜껑의 구멍을 팽창시키면 빠질 수도 있을 겁니다!"

"잠금고리와 뚜껑의 구멍은 크기가 비슷했어요. 우리도 그런 생각을 해봤지만 안 됐죠. 물건 자체가 작아서 열팽창이나 냉각되는 폭에 한계가 있더라고요. 구멍을 통과할 정도가 되려면 온도 차이가 커서 만졌을 때 바로 알아차렸을 거예요."

"제가 이과 쪽은 약해서……. 물리로 안 된다면 화학을 적용하면 되잖아요? 금속이나 유리를 부식시킨 판화를 본 적이 있어요. 화학용액을 이용해 은 뚜껑을 녹여버리는 겁니다."

"문제는 시간이에요. 그렇게 두꺼운 은 뚜껑을 용해하려면 시간이 필요하니까요."

"정말 많이도 토론했군요."

"중학생이잖아요. 덕분에 과학 성적이 확 올랐답니다."

하이린쯔의 눈에서 처음으로 연민이 느껴졌다.

"그렇다면 정말 농간이겠네요. 포기해야 할 사람은 청 씨인 것 같습니다. 그를 끌어내야 한다는 마음으로 평생을 살면 청 씨도 딱해지지 않겠어요?"

"그러지 말고 다시 한 번 생각해보세요! 포기하면 그 애가 평생 왕선군에게서 벗어날 수 없다는 걸 인정하는 거나 마찬가지라고요!"

"나는 도사지 탐정이 아닙니다."

"귀신이 한 짓은 귀신의 방법으로 처리한다고 들었는데요."

그는 자신에 대한 소문에 놀란 듯했다.

"천재 처리는 기본 서비스지만 인재는 별도의 비용이 붙습니다. 그런데 이야기를 들어보니 천재냐 인재냐 따지는 게 의미가 없겠네요."

하이린쯔는 별수 없다는 듯한 눈빛이었다.

"좋아요! 그러면 우리 그 가설들을 처음부터 끝까지 다시 살펴봅시다. 젓가락은 순식간에 사라졌고, 남은 젓가락을 확인한 것은 그의 어머니뿐이라는 거지요?"

"그런 것 같아요……."

"그의 어머니가 젓가락을 숨기고 거짓말을 했을 수도 있겠네요."

"굳이 왜요?"

"집에 자기 편이 한 명도 없다는 느낌에 궁지에서 벗어날 핑계가 필요했을 수도 있지요."

"그 애 어머니는 젓가락 사건 때문에 큰 충격을 받았어요. 그 애 어머니가 했다고는 생각할 수 없어요."

"그래요? 나는 왜 그 어머니가 진짜 충격을 받은 이유는 아들의 배신 때문이라는 생각이 들까요?"

하이린쯔가 씁쓸하게 웃었다.

"이 버전이 마음에 안 든다면……. 이 이야기에서 거짓말을 할 수 있는 사람이 한 명 더 있어요."

"누구요?"

"그 친구라는 분." 하이린쯔는 어깨를 들썩이며 잔인하게 말했다. "당신에게 깊은 인상을 남기려고 꾸며낸 이야기일 수도 있죠."

"선생님은 그쪽이 더 좋으신가요?"

"인재라고 고집한 건 청 씨잖아요. 청 씨도 이 이야기에서는 외부인일 뿐이고 그가 당신에게 진실을 말할 필요는 없다는 것을 말하려는 겁니다. 그의 죄책감을 덜어주려는 마음은 이해합니다만, 이렇게 하는 게 정말 의미가 있을까요? 설령 나와 청 씨가 그의 아버지가 젓가락을 가져갔다는 것을 증명해도 왕선군이 존재하지 않는다는 것은 증명할 수 없잖아요? 젓가락은 그의 아버지가 훔쳐갔고, 그의 멍청한 기도와 젓가락 실종은 무관하다는 것만 증명하고 싶었다면, 경찰이나 탐정, 아니면 그의 아버지를 찾아가야지 나한테 올 일이 아닙니다. 당신 말만 듣고 무슨 일이 발생했는지, 귀신이 정말 존재하는지 추론할 수 없어요. 심지어 나는 그 젓가락을 보지도 못했는걸요."

다음 순간, 하이린쯔는 청산유수처럼 하던 말을 멈췄다.

"젓가락은 여기 있어요."

나는 가방에서 긴 이빨처럼 생긴 붉은색 젓가락 한 짝을 꺼냈다.

"이제 왕선군이 존재하는지 말해줄 수 있나요?"

이쯤 되니 선생님 머릿속의 왕선군이 어떤 모습일지 궁금하네요.

어쩌면 선생님은 그것의 존재 여부에 이렇게까지 집착하는 제가 진작에 귀찮아졌을지도 모르겠어요. 하지만 저는 왕선군이 정확히 무엇인지 모르겠어서 이러는 거예요. 아직도 저는 제가 도대체 무슨 짓을 한 건지, 제가 한 일이 맞는 건지 틀린 건지 모르겠어요. 이야기가 다 끝나면 저에게 합리적인 답안을 주실 수 있으실까요.

5월 초에 우리는 마지막 모의고사를 봤어요. 학년말 시험이 코앞으로 다가오자 분위기가 어수선했죠. 어렵게 친해졌는데 어느새 졸업이 코앞이었어요.

여전히 젓가락에 대한 해답은 찾지 못한 채로요.

언제부터인지 모르겠지만 그것은 저에게 더는 단순한 탐정 놀이가 아니었어요. 저는 정말로 그 애 마음에서 왕선군이라는 먹구름을 걷어내고 싶었어요. 그 애 아버지가 젓가락을 가져간 게 틀림없다고 생각했죠. 그 애 아버지는 어머니와 똑같이 왕선군을 이용해 자기가 원하는 바를 이뤘어요. 그 애를 인질처럼 혼자 남겨두고요.

너무 비열한 짓이었어요. 그리고 이러한 선입견에 근거한 적대감 때문에 해답을 찾는 가장 간단한 방법을 놓치고 말았죠.

그날 마지막 과목 시험이 끝나자 반에서 제일 성적이 좋은 아이 몇이 복도에서 답을 맞췄고, 저랑 그 애는 교실에 남아 진학 신청표를 적었어요. 시험 때문에 수업이 일찍 끝나서 교실에는 몇 명밖에 없었어요. 우리는 마주 앉아 일사천리로 써내려갔죠. 이따금씩 복도에 울려 퍼지는 울부짖는 소리 빼고는 사각사각 볼펜 소리만 들렸어요. 저도 그 아이도 우선 지원은 남녀공학이 아닌 남학교, 여학교여서 같은 고등학교에 다닐 일은 없었죠. 그해 여름방학이 지나면 점점 멀어질 게 뻔했어요.

거기까지 생각이 미치자 저는 그 애를 살짝 훔쳐봤어요. 시시하고 번잡한 기본 자료일 뿐인데 그 애는 고개를 숙인 채 열심히 쓰고 있었죠. 앞머리가 그 애의 눈을 반쯤 가렸어요. 제 시선은 책상 위에 어지럽게 놓인 녹색 종이 카드 사이를 떠돌다 그 애 자료 카드에 적힌 학부모 이름에서 멈췄어요. 거기에는 낯선 남자 이름이 쓰여 있었어요.

낯설다고 말한 이유는 그 이름의 성이 그 애의 성과 달랐기 때문이에요.

확실히 남자 이름이었어요. 그 애 어머니 이름일 리가 없었죠. 그 애 성은 특이하지도, 흔하지도 않았거든요. 부모란에 적힌 남자의 이름은 그 애와 연결되는 글자가 하나도 없어서 홀로 덩그러니 있는 것 같았고 이상한 소외감마저 느껴졌어요.

첫 번째로 든 생각은 '그 애의 새아빠인가?'였어요.

하지만 외조부모와 함께 살고 있으며 그 애가 어머니를 돌본다고 했으니 어머니가 재혼한 것 같지는 않았어요.

몇 초가 흘렀어요. 문득 다른 생각이 들었죠.

부모님이 이혼했으니 어머니 성씨로 바꾼 게 아닐까?

그 순간 예전에는 한 번도 생각해보지 못한 젓가락 문제를 해결할 제일 간단한 방법이 떠올랐어요.

"혹시 바로 정답을 확인해보고 싶다고 생각한 적 없어?"

"뭐?"

그 애는 복도에 있는 애들을 슬쩍 쳐다보더니 조금 당황한 듯이 말했어요.

"아냐 됐어. 나 이번 시험 망쳤어."

"모의고사 말고! 아빠한테 직접 물어본 적 있냐고. 네 아빠가 젓가락을 가져간 게 맞다면, 어떻게 했냐고 직접 물어보면 되잖아? 그러면 이렇게 고민할 필요도 없고."

그 애는 대수롭지 않다는 듯이 웃었어요.

"아버지가 그런 게 아닌데 뭐 하러 그래?"

"그래도 한번 물어보는 게 낫지!"

"정말 아버지가 그랬다고 해도 말해줄 리가 없잖아."

"네 아빠의 목적이 이혼이었다면 목적을 달성했으니 더 거짓말 할 필요가 없잖아?"

잠깐 침묵이 이어지다가 그 애가 입을 열었어요.

"하지만…… 찾아가고 싶지 않아."

"왜?"

"……나 때문에 귀찮아지는 거, 원치 않을 거야."

"세상에 어느 부모가 자기 자식을 귀찮아해?"

"지금 재혼해서 잘 살고 있어. 남동생이 한 명 있는데 네다섯 살 쯤 됐을 거야."

"연락도 없이 지낸 거야?"

그 애는 멈칫하더니 가볍게 고개를 저었어요.

"연락해도 무슨 말을 해야 할지 몰라서. 그리고 어쩌면…… 우리가 연락하지 않는 게 좋을 것 같기도 하고."

뭐라고 말해야 할지 모르겠다는, 아니, 자기도 어떻게 설명해야 할지 모르겠다는 듯한 그 애의 표정을 보니 갑자기 후회 비슷한 감정이 들었어요.

저는 평범한 중산층 가정에서 세 자녀 중 장녀로 자랐어요. 서로 미친 듯이 싸우긴 했지만 냉전 기간이 일주일로 제한되어 있었어요. 주말이면 부모님은 가족회의를 열어 우리가 속 시원하게 말하도록 하셨고, "됐어! 이번 주 싸움은 이걸로 일단락되었으니 다시 시작!" 하고 끝을 맺고 온 가족이 함께 놀러 갔죠.

저는 그 애가 말하는 '귀찮음'이라는 게 뭔지 전혀 이해할 수 없었어요. 아마 영원히 이해하지 못할 테죠.

저는 그 애와 달랐어요. 이 점을 인정하는 게 정말 내키지 않았지만 이 문제를 해결하려면 그 애의 생존 방식을 바꾸는 수밖에 없었어요. 제가 이해할 수 없는 세계에서 그 애를 빼내는 것. 그때 저는 그런 생각이 얼마나 잔인한 것인지 몰랐어요.

"너 대신 내가 가서 물어볼까?" 저는 신이 나서 말했어요. "정말 네 아빠가 훔쳐 간 거면 젓가락을 본 순간 깜짝 놀랄 거야! 어쩌면 조금 무서워할지도 모르지. 어쨌든 이건 원래 왕선군의 젓가락이잖아? 왕선군이 보내서 왔다고 하면서 네 아빠 표정을 살피는 거야."

"안 돼! 이건 농담할 일이 아니야! 이 젓가락은 네가 생각하는 것보다 훨씬 위험하다고."

그 애가 그렇게 화내는 건 처음이었어요. 너무 놀랐고, 조금 억울하기도 했죠.

"하지만…… 왕선군은 벌써 떠났다면서? 그런데 뭐가 위험하다는 거야?"

그 애는 한숨을 푹 내쉬고 말했어요.

"젓가락이 어떻게 다시 한 쌍이 됐는지 알아?"

어느 날, 병원에 계신 어머니가 갑자기 산호 젓가락에 관해 묻는 거야. 어젯밤에 왕선군을 봤는데 젓가락이 한 짝뿐이라 지내기 불편하다며 어머니에게 다른 한 짝을 만들어 오라고 했다고.

"정말 왕선군이요?"

"그럼!" 어머니는 자신만만하게 말했어. "예전에 그를 직접 봤단다."

"하지만 젓가락은 왕선군이 가져갔잖아요? 그랬으면서 왜 다시 어머니한테 와서 찾아요?"

어머니는 시선을 떨구며 살짝 웃었어.

"그랬니? 왕선군이 가지고 갔어? 나는 몰랐네."

정말 공포스러운 침묵이었어. 아무도 입을 열지 않았고, 누구도 정확한 답을 알고 싶어하지 않았지. 얼마 뒤에 어머니가 다시 미소를 지으면서 왕선군의 요구에 대해 자세히 말해주셨어.

"왕선군 말이, 예전 일은 다 잊기로 했대. 젓가락을 복원해주면 내 소원을 하나 들어준다고 했어."

"또 무슨 소원이 있는데요?"

"음, 뭐가 좋을까? 네 아빠를 돌아오게 해달라고 할까? 그러면 우리 세 식구가 다 모이는 거야!"

어머니는 눈을 반짝반짝 빛냈지만, 그 순간 나는 말로 다 표현할 수 없을 정도로 진절머리가 났어.

"이미 떠난 지 오래됐잖아요. 아버지는 돌아오지 않을 거예요."

"왕선군이 도와주면……."

"남의 가정을 억지로 깨뜨리면 왕선군이 어머니한테 또 얼마나 큰 대가를 치르라고 하겠어요? 이미 겪어놓고 아직 부족하세요?"

'남의 가정'이라는 말에 어머니의 표정이 확 변했어. 그렇게 분노에 찬 표정은 처음 봤어. 어머니는 벌떡 일어나서 내 목을 잡고 마구 흔들며 신경질적으로 소리쳤어.

하지만 나는 예전의 연약한 어린애가 아니었어.

어머니는 오랫동안 병상에 누워 있다 보니 손목이 마른 장작처럼 비쩍 말라 살이 거의 잡히지 않았어. 햇빛을 받지 못한 몸은 창백해지고 쪼그라든 반면, 성장기에 진입한 나는 골격도 커지고 두 팔에 힘이 넘쳤지. 나는 별로 힘을 쓰지 않고도 어머니의 팔을 치웠고, 어머니는 고통스러운지 소리를 질렀어. 내가 조금만 더 힘을 주었으면 어머니의 손목이 부러졌을지도 몰라.

"죄송해요……."

내가 즉시 사과하자 어머니는 아무 말도 하지 않고 조용히 고개를 돌렸어.

그 순간 나는 너무 두렵고 슬펐어. 나를 안고 사찰 돌계단을 하나하나 올라가 나를 위해 향을 올리고 기도하던 그 강인함이 어느

새 사라져버린 거야. 그 뒤로 나는 다시 어머니를 만나러 갈 엄두가 나지 않았어. 어느 날 외할머니가 그러셨어. 어머니가 나를 많이 보고 싶어한다고, 어머니를 불쌍하게 여기고 화내지 말라고.

다시 병원에 가면서 나는 어머니가 선반에 내버려둔 젓가락과 산호 도감을 갖고 갔어.

"이건 뭐야?"

어머니가 고개를 들고 아이처럼 나를 쳐다봤어.

"어머니가 젓가락 한 짝을 다시 만들어야 한다고 하셨잖아요."

나는 어머니에게 목걸이를 걸어드렸어.

"원래 것은 황실에서 쓰는 홍산호였다면서요. 그것보다 못한 대체품을 구하면 선군이 돌아오지 않을 것 같아서요."

사실 병원에 오기 전에 외할머니께 여쭤봤었어. 외할머니는 젓가락을 잃어버렸을 때부터 바로 복원할 생각을 하셨대. 그래서 전문가를 찾아가봤지만 만족할 만한 결과를 얻지 못했다고 하시더라. 이 정도 수준의 색을 가진 산호는 황금보다 비쌀 거라며 비슷한 재질에 염색하는 게 나을 거라고 권했다나.

일반적인 공예품이라면 그래도 됐을 거야. 하지만 그건 신령이 천 년이나 깃들어 있던 영물이라 인연이 없는 것으로 나머지 한 짝을 만들면 오히려 실례일지도 몰랐어.

복원이 어려울 거라고 생각하긴 했지만, 어머니의 생기 없던 눈에 희망이 떠오르는 것을 보니 혹시 하고 싶은 일이 생기면 길고 고통스러운 치료도 참을 수 있지 않을까 하는 생각이 들더라. 그 뒤로 나는 보석 도감과 경매 목록을 들고 가서 어머니께 보여드렸어. 살 형편은 안 됐어도 그냥 보는 것만으로도 즐거웠지.

어머니는 생각해두었던 이상적인 붉은색을 계속 찾았어. 어쩌다 사진이 흐릿하면 나를 혼내기도 했지. 만족스러운 것을 찾으면 나도 그것을 눈여겨보길 바라셨어. 왕선군에게 물어본다고 하시면서.

"앞으로 돈 많이 벌어서 이거 사드릴게요."

아무리 열심히 일해도 살 수 없는 가격이라는 건 나도 알았지만 솔직히 말씀드리면 분명 실망하실 테니까. 그래서 나는 언젠가 반드시 젓가락 한 짝을 복원해 왕선군이 어머니의 소원을 들어주도록 하겠다고 말했어.

그렇게 편안한 시간이 계속되자 어머니를 보러 가는 게 그다지 무섭지 않았어.

하지만 놀이는 끝나기 마련이지.

중학교에 입학한 해에 왕선군이 다시 나타났어.

하지만 이번에는 어머니가 아닌 나를 찾아와 직접 산호가 있는 곳을 알려주었어.

'직접'이라고 하는 건 조금 억지스럽긴 해. 사실 나는 그를 직접 본 적도, 목소리를 들은 적도 없어서 지금까지도 그가 정말 존재하는지 장담할 수 없거든. 심지어 때로는 그날 내가 받은 '지시'는 신의 흔적이라고 포장한 내 환상이 아니었을까 하는 생각이 들기도 해.

하지만 신의 흔적은 고독한 체험이라 공유할 수도, 증명할 수도, 재현할 수도 없어. 그것의 존재 여부를 결정할 수 있는 사람은 신의 흔적을 직접 대면한 사람뿐이야.

나에게 그것은 신의 흔적이었어. 어릴 적 옻칠 상자를 연 순간, 아무것도 보지도 듣지도 못했지만 그의 존재를 강렬하게 느낄 수 있었던 것처럼.

나는 왕선군의 지시대로 그가 원하는 산호를 구했고, 마침내 젓가락은 다시 한 쌍이 되었어.

어느 날 밤, 갑자기 거실에서 대화 소리가 들렸어. 나는 침대에서 내려와 어둠 속을 더듬으며 거실로 갔어. 손을 뻗어도 손가락이 보이지 않는 캄캄한 어둠 속, 제단에 놓인 등에서 기괴한 붉은빛이 흘러나오고 있었어.

젓가락은 검은색 함 속에 있었어. 나는 소리가 상자 안에서 나온다고 확신했어.

나는 제단을 향해 공손하게 인사하며 물었어.

"왕선군입니까?"

웃음소리가 들리더니 조금 뒤에 목소리가 또렷해졌어.

"나는 늘 네가 보고 싶었다. 너를 어딘가로 데려갈 건데 나와 함께 가겠느냐?"

나는 거절할 수 없어서 고개를 끄덕였어. 방으로 돌아가 돈을 챙긴 다음 잠옷을 입은 채로 집을 나섰지. 택시를 타고 바닷바람을 따라 북쪽으로 갔어. 운전기사가 이 시간에 정말 해안에 가는 게 맞냐, 엄마 아빠는 어디 있냐 계속 물었어. 나는 한마디도 하지 않았어. 운전기사는 뭔가 이상하다고 생각했는지 나를 경찰서로 데려다 주었어.

날이 밝자 나는 멍한 상태에서 깨어났고 전날 밤 기억은 전혀 없었어. 경찰서에서 외조부모님께 연락해 두 분이 나를 데리러 오셨어. 하지만 얼마 뒤에 나는 또 그 소리를 들었어.

"지난번에는 거의 다 되었는데 정말 아쉽다. 이번에는 순조로울 테니 가자!"

이번에는 낡은 빌딩 옥상에서 깨어났어. 내가 부서진 옆문으로 들어와 비상용 철제 계단을 올라 옥상까지 갔대. 마침 거기서 음주가무를 즐기던 대학생들이 경찰에 신고는 하지 않고, 거기에서 내가 깨어날 때까지 계속 기다렸다고 했어.

그 뒤로도 비슷한 일이 수없이 반복되었고 나는 점차 그 목소리에 대처하는 방법을 알게 되었어. 최대한 정신을 차리고 있으면 목소리에 쉽게 유혹당하지 않았지. 잠자기 전 방문을 꼭 닫고, 내 이름과 집 전화번호가 적힌 팔찌를 찼어.

하지만 늘 그렇게 순조로웠던 것은 아니야. 한번은 그가 매우 슬픈 목소리로 말했어.

"너는 내가 전혀 보고 싶지 않은 것이냐?"

너무도 부드러운 애원이라 저항하지 않고 따라갔어.

깊은 밤, 아무도 없는 대교에 희미한 가로등이 마치 수백 개의 달처럼 수면을 비추고 있었어.

나는 난간 위로 올라갔고 근처를 순찰하던 경찰이 나를 끌어내렸어.

어디까지가 진실인지는 모르겠지만, 농담 같진 않았어요.

저는 떨리는 목소리로 물었어요.

"어떻게 된 거야? 그전에도 왕선군이 너에게 말을 건 적이 있었어?"

그 애는 고개를 저었어요.

"아니."

머릿속이 뒤죽박죽이었어요. 저는 그 애가 집안의 영향으로 왕선군의 존재를 믿는다고 생각했는데, 그 애가 한 말이 모두 사실이라면 제가 생각한 것보다 상황이 훨씬 심각했으니까요.

왕선군은 왜 갑자기 그 애한테 말하기 시작한 걸까요?

왕선군을 굳게 믿었던 어린 시절에도 목소리를 들은 적은 없다고 했거든요. 이유 없는 변화는 없으니 분명 도화선이 될 만한 사건이 있었을 거라고 생각했어요.

그때 문득 예전에 마약 단속 영상에서 본 내용이 떠올랐어요. 어떤 식물이 환상을 유발하기도 한다는 내용이었죠. 산호는 식물은 아니지만 비슷한 작용을 할 수도 있지 않을까? 특히 젓가락은 입에 직접 닿으니까, 새 산호가 어디서 났는지 알면 도대체 무슨 일이 생긴 것인지 알 수 있지 않을까 싶었어요.

저는 그 애에게 산호의 출처를 캐물었어요.

"왕선군이 알려준 곳에서 가져왔어."

"네 말은, 젓가락을 만들기 전에 왕선군이 너에게 나타났단 말이야?"

뭔가 이상하다는 생각이 계속 들었어요. 그 말은 그 애가 먼저 했던 말과 맞지 않았거든요. 그 애는 분명 왕선군을 본 적도, 그의 목소리를 들은 적도 없다고 했어요.

그 애는 고개를 갸웃하며 어떻게 설명해야 하나 고민하는 듯했어요.

"나타났다……. 아니야, 그건 적절하지 않은 말 같아. 왕선군은 나한테 아무 말도 하지 않았어. 나 혼자 그에게 소원을 빈 거야. 나는 그에게 내가 준비한 산호를 받고 내 소원을 들어주지 않겠냐고 물었고, 그는 동의했어."

"왕선군은 아무 말도 안 했다며. 그가 동의했는지 네가 어떻게 알아?"

"그건……."

"나무패를 던져 점이라도 본 거야? 꿈에 나타나기라도 했어?"

그 애는 조금 초조해하며 말했어요.

"그런 게 아니야. 분명하게 말하기는 어렵지만 그게 그의 대답인 건 틀림없어. 어쨌든 너도 그 상황이었으면 내 말을 분명 이해했을 거야."

"무슨 상황? 네가 말하지 않으면 나는 전혀 알 수가 없어! 그리고 목소리는 차치하더라도, 네 목숨이 위험할지도 모르는데 너네 가족은 널 병원에 데리고 가지도 않았단 말이야?"

그 애는 이해할 수 없다는 눈빛으로 제가 아주 멍청한 말을 한다는 듯이 저를 쳐다봤어요.

"의사가 해결할 수 있는 일이 아니야. 그건 왕선군의 짓이니까."

"그럴 리가 없어. 그건 그냥 젓가락일 뿐이라고!"

"너는 젓가락의 힘을 모르니까 그렇게 말하는 거야."

"정말 그렇다면 왜 그걸 안 버리는 건데?"

"안 돼."

"왜? 무섭지 않아?"

"무서워."

그 애는 고개를 떨구며 말했어요.

"나는…… 못 해."

물론, 산호는 비싼 보석이고 집안 대대로 모셔진 것이니 함부로 버릴 수 없다는 건 어린 저도 이해하는 부분이었어요. 하지만 정말 신의 농간이라면…… 젓가락이 목숨보다 더 중요하단 말인가요?

"한동안은 그런 일이 생기지 않았어."

"다시 안 생긴다는 보장이 없잖아? 너네 집, 정말 아무것도 안 할 작정인 거야?"

"우리가 아무것도 안 한 건 아니야!" 그 애가 큰 소리로 반박했어요. "우리는…… 도사를 많이 찾아다녔어."

"뭐라고?"

"그의 영혼을 저승으로 인도할 수 있길 바랐지만, 도사들은 그가 영원히 이승을 벗어날 수 없을 거라고 했어. 모두 내 잘못이야. 애초에 내가 어머니 소원을 이뤄준다고 젓가락을 다시 쌍으로 만들지만 않았더라면……."

그 순간 저는 머릿속에 남아 있던 마지막 이성의 끈이 툭 끊어지는 걸 느꼈어요.

심각한 환청이 그 애의 목숨까지 위협하는데 그 애 가족들은 그 애를 병원에 데려가기는커녕 미신으로 덮으려는 거였어요.

이제 이 일은 더는 그 애 개인의 문제도, 그 애 머릿속에서 왕선군을 몰아낸다고 해결될 일도 아니었어요. 그 애 가족의 마음속에 깊이 뿌리박힌 병적인 신념에 관한 일이었죠. 그들은 마음속 깊은 곳에서부터 그 모든 것을 굳게 믿고 있었어요.

저는 그 애를 무섭게 노려봤어요.

"그래서 왕선군이 네 소원을 들어줬어? 네가 산호를 갖다줬잖아. 근데 왜 왕선군은 너를 죽이려고 하는 건데?"

그 애는 답을 하지 못하고 당황스러운 표정을 지었어요. 저는 소리쳤어요.

"왕선군 따위는 없기 때문이야. 너네 집안사람들이 날마다 너한테 그런 미신을 주입해서 왕선군에 대한 환각이 생긴 거라고."

"그런 게 아니야. 왕선군은 환각이 아니라고! 애초에 젓가락은 왕선군이 가져간 거야……."

"난 안 믿어. 젓가락은 분명 사람이 가져간 거야! 우리가 계속 파헤치면 진실을 꼭 밝힐 수 있어!"

"어떻게 그렇게 확신해?"

"너는 무슨 근거로 부정하는데? 전부 왕선군 탓으로 돌리면 마음이 조금 편해지니까?"

"뭐……?"

"만약 네 아빠가 젓가락을 가져간 거라면, 아빠가 너희 모자를 떼어내려고 머리 썼다는 게 증명되잖아? 네가 믿고 싶지 않은 건 왕선군의 존재 여부가 아니라 그거 아니야?"

"아……."

그 애는 놀라서 말이 목에 걸렸는지 슬픈 표정으로 나를 쳐다봤어요. 하지만 저는 사실을 폭로한 승리감에 도취된 나머지 제가 얼마나 잔인한 말을 했는지 전혀 인식하지 못했죠.

"예전에는 네가 스스로를 기만하든 남을 속이든 상관없다고 생각했어. 네 상태가 이렇게 심각한 줄 몰랐거든. 왕선군이라는 존재는 없다고 똑똑히 인식하지 않으면 이런 일은 계속될 테고, 언젠가는 네 목숨도 위험할지 몰라."

"우리 집안 상황을 전혀 모르면서 어떻게 그렇게 마음대로 결론을 내릴 수가 있어?"

"그래? 정말 신이나 귀신이 존재한다면 어째서 여태 아무도 증명하지 못했을까?"

"하지만 그들이 존재하지 않는다고 증명할 수 있는 사람도 없잖아!" 그 애는 다급하게 변호했어요. "나는 왕선군을 못 봤지만 우리 어머니는 본 적 있다고 했어! 왕선군이 꿈에 나타나 부탁도 했다고……."

"그건 전부 너네 엄마 망상이잖아? 너도 말했잖아, 이혼한 뒤로 엄마 정신 상태가 계속 불안정했다고. 분명 정신적으로 큰 타격을 받아서 그렇게 변했을 거야."

저는 그 애의 손을 잡았어요.

"부탁이야, 제발 너네 엄마처럼 되지 마. 도대체 무슨 일이 있었길래 목소리가 들린다는 거야? 어려운 일이 있으면 나한테 다 말하라고……."

순간 그 애의 표정이 일그러졌지만 저는 눈치채지 못했어요.

"내가 병원에 같이 가줄게. 그리고 네 젓가락 검사받아보자. 분명 해결 방법을 찾을 수 있을 거야. 그러면 다시는 그런 공포스러운 소리도 안 들릴 거고."

"무슨 근거로 그런 말을 해?"

그 애는 제 손을 확 뿌리쳤어요. 분노로 얼굴이 벌겋게 달아오르더니 온몸을 격렬하게 떨었어요.

"네 잣대로 남의 인생 넘겨짚지 마!"

그 애는 도망치듯 교실에서 뛰어나갔어요. 복도에서 웅성거리는 소리가 들렸고 무슨 일이 생겼나 교실로 들어와보는 애도 있었죠. 하지만 저는 별다른 반응을 하지 못한 채 그저 빨갛게 된 손목을 뚫어지게 쳐다봤어요. 머릿속이 텅 비었지만 한 가지는 명확했어요.

저와 그 애는 전혀 다른 세상에서 살고 있었어요.

일상생활에서는 자유롭게 대화하고 친한 친구가 될 수 있었지만, 그 세계를 마주할 때는 전혀 다른 논리가 작동됐어요. 귀신, 선군, 젓가락, 그 부분에 닿으면 그 애의 세계는 완고하고도 꽉 막힌 성으로 변했어요.

하지만, 빛이 단 한 줄기라도 통하는 틈이 있다면 저는 그 애에게 다가갈 생각이었어요.

정말 제가 오만한 선입견으로 왕선군의 존재를 부정한 걸까요?

그 뒤로 저는 수업이 끝나면 도서관으로 달려갔어요. 왕선군에 대한 자료를 더 많이 찾아보고 싶었거든요. 작은 단서라도 좋으니 왕선군이 도대체 어떤 인물인지 알고 싶었어요. 그 애가 왕선군의 본명은 왕종천이고 당나라의 부마로 공주와 백년해로의 맹세를 했다고 했던 게 떠올랐어요.

그런 사람이 왜 그렇게 탐욕스럽고 잔혹한 신령이 되었을까요?

그에 대해 더 많이 알면 제가 할 수 있는 일을 찾을 수 있을 것 같았어요. 심지어는 왕선군이 약속을 어기고 그 애에게 해를 입힌 이유를 찾아내 왕선군에게 그 애 가족을 놓아달라고 부탁할 수 있을지도 모른다는 정신 나간 기대를 품기도 했죠.

하지만 전부 헛수고였어요.

당나라 역사를 다 뒤지고 공주들의 혼사 기록을 모조리 확인했지만 그런 부마는 존재하지 않았어요.

왕선군에 관한 이야기는 전부 거짓이었어요.

그렇다면 그 애 집안에서 계속 모셔왔던 건 대체 뭐죠?

얼마나 지났을까, 하이린쯔가 마침내 산호에서 시선을 뗐다.

"어떤가요? 젓가락에 정말 뭔가 있나요?"

"아니요. 여기에는 아무것도 없습니다."

"그래요? 역시 왕선군은 존재하지 않는 건가요?"

"그렇게 말할 수는 없습니다. 너무 오래된 일이니까요."

하이린쯔는 비난의 눈빛을 숨기지 않은 채 냉정하게 말했다.

"그보다, 이 젓가락 한 짝을 왜 당신이 갖고 있는지 먼저 말해야 하지 않을까요?"

하이린쯔의 물음에 나는 고개를 숙였다.

"제가 훔쳤으니까요."

"그러니까, 젓가락을 훔칠 수 있는 방법을 진작 알고 있었는데 조금 전까지 추리게임을 하면서 나를 갖고 놀았다는 거네요?"

목소리가 떨리지는 않았지만 화났다는 것은 확실히 느낄 수 있었다. 내가 너무 지나쳤다는 것은 분명했기에 거듭해서 사과했다.

"죄송해요. 하지만 저도 그럴 만한 이유가 있었어요."

하이린쯔는 한숨을 내쉬었다.

"됐어요. 이러나저러나 상관없습니다. 어쨌든 나는 시간당 돈을 받으니까. 하지만 적어도 왜 젓가락을 슬쩍했는지는 말해줘야겠지요? 그의 말이 모두 사실이라면 농간을 부리는 귀신을 곁에 두는 게 무섭지도 않았습니까?"

"그때 제 머릿속에는 그 애를 구해야 한다는 생각뿐이었어요. 특히 왕선군에 대한 자료가 없다는 것을 확인한 후에는 왕선군은 꾸며낸 이야기라고 굳게 믿었죠. 그 애를 도울 수 있는 사람은 나밖에 없다고 생각했어요."

나는 쓴웃음을 지었다.

"선생님은 분명 제가 오만하다고 생각하겠지요? 맞아요. 저는 오만했고, 그 애의 경고를 듣지 않았고, 또…… 그 애의 세계가 어떤 것인지 전혀 고려하지 않았어요."

"젓가락을 훔치는 게 그를 구하는 방법이라고 생각했습니까?"

나는 고개를 끄덕였다.

"젓가락이 모든 문제의 원흉이라고 생각했어요. 처음에는 젓가락 두 짝을 다 훔치거나 망가뜨릴 생각이었지만, 곧 그래 봐야 아무 소용이 없다는 것을 깨달았죠. 분명 그 애는 곧장 저를 의심할 테니까요. 그러지 않더라도 젓가락에 대한 그 애 집안의 이상한 집착을 생각하면 그 애를 미치게 만들기만 할지도 몰랐죠. 하지만 저는 그 젓가락이 눈에 너무 거슬려서 그게 꼭 사라지게 해야 했어요. 그럼 도대체 어떻게 해야 젓가락이 사라져도 아무도 비난을 당하지 않을까……."

"왕선군……."

하이린쯔는 좀 전처럼 골똘히 생각하지 않고 즉시 대답했다.

"모든 걸 왕선군에게 떠넘겼군요?"

"정말 대단하시네요. 그때 저는 꽤 오래 걸렸는데."

"아니요. 그렇지 않습니다. 그런데 아직도 이해가 안 되는군요. 도대체 어떻게 한 겁니까?"

저는 월말까지 힘들게 기다렸어요. 중학교 3학년의 마지막 복장 검사 날을 말이죠.

그날의 검사는 호통 소리와 함께 시작됐어요. 학생주임 선생님이 복도에서 고래고래 소리를 지르며 누군가를 야단치고 있었어요.

"어서 소매 걷지 못해!"

학생들이 전부 창가로 달려갔고 저는 그 틈에 그 애 자리로 다가갔어요. 복장 검사를 하는 중에도 그 애는 누가 젓가락에 손대지 않을까 교실을 주시하고 있을 거였어요. 이미 한 번 호되게 당했죠.

하지만 그것도 그 애가 그럴 틈이 있을 때나 그런 것이지, 자기가 궁지에 몰리면 거기까지 신경 쓸 겨를이 없겠지요.

아무도 저를 신경 쓰지 않는다는 것을 확인한 후, 숨을 깊이 들이마시고 그 애 책가방을 열었어요. 머릿속으로 수도 없이 그려본 순간이었어요.

저는 그 애의 젓가락을 꺼내 펜치로 은줄을 자른 다음 미리 만들어 온 새 줄로 바꿨어요.

용돈을 다 털어서 맞춘 목걸이는 치수가 아주 정확했어요. 탐정놀이를 하면서 젓가락을 샅샅이 살핀 게 아주 큰 도움이 됐죠. 젓가락은 고급 산호로 만들어진 데다가 사람을 홀리는 화려한 색을 띠고 있어 조잡하게 만든 가짜로는 속일 수 없었어요.

하지만 목걸이는 달랐죠.

목걸이는 일반적인 은줄로, 특별한 기법이 들어간 게 아니라 조금 오래된 것처럼 보이게만 하면 쉽게 바꿔치기할 수 있었어요. 새 목걸이의 잠금고리는 원래 것보다 조금 작아서 젓가락 뚜껑 부분의 구멍을 무사히 통과했어요. 잠금고리를 채운 다음 주머니에서 순간접착제를 꺼내 뚜껑 구멍 부분에 얇게 발라 넣었어요. 가까이 보지 않으면 전혀 티가 안 났죠.

설명서에 따르면 접착제는 삼십 초 안에 완전히 마른다고 했어요. 저는 빼낸 젓가락 한 짝과 잘라낸 은줄을 휴지에 싸서 비닐 백에 넣었어요. 바꿔치기한 목걸이의 잠금고리는 원래 것보다 살짝 다른 건 얼핏 봐서는 알아차리기 어려웠어요. 유일한 문제는 그 애가 시험해볼 경우 새 잠금고리가 젓가락 뚜껑의 구멍을 통과한다는 사실을 알아차릴 수 있다는 거였어요.

들키지 않으려면 잠금고리를 뚜껑에 통과시킨 다음 뚜껑 구멍보다 크게 만들어야 했어요.

물론 잠금고리의 크기를 갑자기 키우는 건 불가능해요.

하지만 뚜껑의 구멍을 작게 만드는 건 가능하죠.

이제껏 젓가락 뚜껑 구멍에서 접착제 흔적을 발견하지는 못했지만 제가 한 짓이 들통나지 않는다면 그 애 아버지도 그럴 수 있었을 거예요. 기회도 나보다 훨씬 많았을 거고요. 저는 젓가락을 복도 끝에 있는 정수기 아래 틈에 집어넣었어요. 비싼 산호로 만든 젓가락이라 일이 커지면 심각한 도난 사건이 될 수 있으니 몸에 지니고 있으면 절대 안 됐죠. 지난번 경험에 비추어보면 젓가락이 안 보일 경우 그 애가 어떤 일을 벌일지 알 수 없었거든요.

남학생 복장 검사가 끝나자 그 애가 조금 당황한 모습으로 교실로 들어왔어요. 누군가의 음모로 학생주임에게 혼날 일이 생길 거라고는 아마 생각도 못 했을 거예요.

이어서 여학생 차례가 됐어요. 검사가 시작되기도 전에 교실에서 크게 부딪치는 소리가 들렸어요. 모두 어안이 벙벙해서 창문으로 안쪽을 쳐다봤죠. 그 애가 책상과 서랍을 마구 뒤집고 있었어요. 책가방과 서랍 속에 있던 물건을 모두 쏟아내고 미친 듯이 뭔가를 찾았어요.

복장 검사가 끝나고 교실에 들어가니 그 애가 곧장 제 쪽으로 다가왔어요.

바닥에는 그 애가 어질러놓은 물건들이 그대로 널려 있었어요. 그 애의 눈에 처음 보는 분노가 서려 있었어요.

"젓가락 네가 훔쳐 갔지?"

"젓가락이 왜? 난 몰라. 아무 짓도 안 했다고."

"네가 그런 거 아니야? 젓가락 돌려줘!"

그 애가 신경질적으로 소리치면서 제 옷깃을 잡았어요. 옆에 있던 친구들이 상황이 예사롭지 않다는 것을 깨닫고 달려와 그 애를 붙들었지만 그 애는 우리에서 뛰쳐나온 짐승처럼 통제가 되지 않았어요.

미친 듯이 날뛰는 그 애의 모습이 너무 무서웠지만, 젓가락을 훔친 시간은 정말 짧았으니 본 사람은 없을 거라고 확신했어요. 저는 가까스로 용기를 내서 화가 난 듯 소리쳤어요.

"무슨 말을 하는 거야? 함부로 생사람 잡지 마. 네 젓가락 저기 있……."

저는 한 짝만 남은 젓가락을 가리키며 놀란 듯한 표정을 지어 보였어요.

저는 그 자리에 선 채 한마디도 하지 않았어요. 사실은 너무 무서워서 아무런 말도 나오지 않은 거였어요. 한마디라도 잘못하면

들킬까봐서요.

그 애는 몸을 웅크리더니 온몸을 덜덜 떨었어요.

"왜……."

그 애가 그렇게 약한 모습을 보이는 건 그때 처음 봤어요. 그걸 보니 저는 저도 그 애 아버지랑 똑같이 잔인하다는 생각이 들었어요. 이 일로 그 애랑 그 애 엄마가 상처받을 걸 분명 알고 있었거든요. 젓가락을 도로 가져와서 다 장난이었다고 하며 위로해주고 싶었지만 그때는 잘못을 인정할 용기가 없었어요.

점심시간이 되자 빠르게 뛰던 심장이 조금 가라앉았어요. 그 애는 자기 자리에 멍하니 앉아 있었어요. 저는 의자를 끌어와 그 애 옆에 앉았어요.

"도대체 어떻게 된 일이야?"

그 애는 앞머리가 땀에 젖어 있고 눈가가 붉은 게 평소의 깨끗하고 단정한 모습과는 거리가 멀었어요.

잠시 망설이다 그 애가 천천히 입을 열었어요.

"젓가락이…… 복장 검사 이후로 보이질 않아. 검사 전까지는 분명히 있었는데."

저는 고개를 끄덕이며 이해한다는 표정을 지었어요.

"그래서 들어와서 갑자기 그랬던 거야? 검사할 때 누가 네 자리로 가는 거 못 봤어? 전에 내가 네 젓가락 훔치려다 딱 걸렸잖아."

"학생주임한테 한참 잡혀 있느라……."

저는 짐짓 놀란 표정을 지었어요.

"왜?"

그 애는 주저하다가 이내 말을 삼켰어요.

"학생주임이 나를 좀 오해했어."

"그럼 그때 없어진 게 맞네. 근데 누가 네 자리 근처로 가는 거 못 봤는데? 선생님한테 말씀드리는 게 어때? 붉은 산호로 만든 비싼 거잖아?"

"안 돼……."

갈라진 목소리에 절망이 가득했어요. 그 애가 왜 그렇게 바로 포기하는지는 몰랐지만 솔직히 한시름 놓았어요. 일이 커지면 경찰이 출동할 텐데 그럼 정말 큰일이니까요. 저는 그 애랑 같이 여기저기 물어보고 다녔어요. 당연히 그 애 젓가락을 가져갔다는 사람은 아무도 없었죠. 그런 짓을 해봤자 좋을 게 하나도 없었거든요. 그 애는 이런 결과를 진작 예상했는지 풀이 팍 죽어 있었어요.

수업이 다 끝나고 저는 그 애랑 남아서 반 친구들 자리를 하나하나 다 살펴봤어요.

두 시간 넘게 헛수고를 하고 난 뒤 교단 옆에 앉은 우리는 힘이 다 빠진 상태였어요.

저는 피곤해서, 그 애는 절망해서요.

어느새 어둠이 내려앉았어요. 한여름 태양은 늦게 졌어요. 갑자기 처음 그 애와 이야기를 나눴던 때가 떠올랐어요. 어둡고 추운 겨울, 가장자리가 누런 지평선이 그때랑 똑같았어요.

"야!"

제가 말했어요.

"네 젓가락 나 좀 보여줄 수 있어?"

그 애가 잠깐 망설이더니 젓가락을 꺼냈어요.

석양에 비친 산호는 전보다 더 요사스러운 기운을 내뿜고 있었어요. 처음으로 무서운 마음이 들었어요.

"검사 전에는 젓가락이 있었고, 학생주임한테 잡혔을 때 말고는 계속 교실 안을 살폈다고 했지?"

"응."

"반 아이가 훔쳤다고 해도, 그 짧은 시간에 어떻게 그게 되지?"

"나도 모르겠어……."

"체인도 아무 이상 없고……."

저는 일부러 잠금고리를 풀어 젓가락이 잠금고리에 잘 걸리는 걸 확인시켜주었어요.

"너 놀라게 하려고 하는 말은 아닌데, 이거…… 그때랑 똑같지 않아?"

그 애는 얼굴이 창백해지면서 공포 어린 눈빛으로 저를 쳐다봤어요.

왕선군을 철저하게 부숴버릴 기회는 바로 지금이었어요.

"혹시…… 왕선군이 가져간 게 아닐까?"

"그럴 리 없어."

"네가 어떻게 알아? 어쩌면 왕선군이 너를 버렸을 수도 있잖아. 솔직한 말로 왕선군은 너네 집 산호도 가져갔으면서 왜 또 너를 해치려고 하는 거야?"

"그건……."

"자기가 한 말도 책임지지 않는데 그런 그릇을 가진 자를 신령이라 할 수 있나? 정말 그렇다면 보다 못한 다른 신령이 끼어들었을 것 같은데."

"어떻게 그런 말을……."

"그런 말을 좀 해야겠다! 그쪽은 자기 말을 책임지지도 않는데 너는 왜 아직도 그를 공경해? 네 엄마도 너를 보호하려고 다른 신령을 찾아갔잖아? 그러니까 우리도 이런 일에 개입할 수 있는 신령을 찾아보자고."

말을 끝내고 저는 그 애의 손을 잡아끌었어요.

우리는 복도를 미친 듯이 뛰었어요. 여름 저녁의 끈적한 바람이 얼굴을 스쳤어요. 바람에 따뜻한 기름 냄새가 섞인 것이 근처 주택에서 저녁을 짓는 듯했어요.

그 애는 마치 인형처럼 제가 끌어당기는 대로 따라왔어요. 우리는 교실 건물에서 나와 교정을 지났어요. 석양 아래 운동장은 아주 컴컴했고 빛을 반사하지 않는 육상 트랙은 말라비틀어진 선혈 같았어요.

교문 앞에 서 있는 새하얀 성인(聖人) 조각상은 아직도 누구인지 알 수 없지만, 그 뒤로는 후광을 주기 위한 빛이 연출되어 있었어요. 하지만 그 형광빛이 그의 신성함을 저렴하게 만드는 것 같았어요.

수위 아저씨가 느릿하게 고개를 들어 우리를 보고 말했어요.

"이렇게 늦도록……."

아저씨의 목소리가 바람에 날아갔어요. 계속 뛰자 숨이 턱턱 막히고 심장이 꽉 조여왔어요. 목구멍이 바짝 마르고 조이는 게 날카로운 칼로 베는 것 같았어요. 하지만 멈출 수 없었어요. 여기서 멈추면 제가 부추긴 연약한 감정과 공포가 금세 사라져 그 애가 걸음을 멈추고 "됐어"라고 말할 것 같았거든요.

저는 그 애를 어디로 데리고 가야 할지 몰라 인도를 따라 계속 달렸어요. 고개를 들어 좌우를 살폈어요. 어디든 가까우면 좋았죠.

그 순간 제 눈에 학교 성당 꼭대기에 있는 십자가가 보였어요.

하늘 높이 뻗은 가느다란 금색 십자가가 새빨간 밤하늘을 찌르고 있었어요.

하늘의 계시인 것처럼요. 아니면 어떤 신령이 정말 나와 그 애를 돕고 싶었던 건지도 몰라요.

"여기야!"

후문은 닫혀 있었지만 우리는 어떻게 문을 여는지 알고 있었어요. 난간 틈으로 손을 집어넣어 잠금장치를 당기니 스르륵 문이 열렸죠. 석양은 성당 첨탑에서 긴 그림자를 빚어냈고, 그 그림자는 우리의 그림자를 순식간에 삼켰어요. 어두운 황야에 내버려진 기분이었어요.

성당이 잠겨 있지 않아 우리는 쉽게 안으로 들어갔어요.

스테인드글라스를 통과한 황혼이 벽과 바닥을 비추자 선명한 빛깔의 열대어 수백 마리가 헤엄치는 것 같았어요. 빛이 움직일 때마다 물고기들이 머리와 꼬리를 흔들며 춤을 추는 것 같았어요.

성당 안은 텅 비어 있었고 의자 등받이에는 검은색 커버의 성경이 꽂혀 있었어요. 일주일에 한 번 수녀님이 강의하는 성경 수업 시간 때 말고도 여기 와서 신과 대화하는 사람이 있을지 궁금했어요.

신은 어디에 있지?

알 수 없는 엄숙함이 온몸에 가득 차올라 무릎을 꿇고 신께 청하고 싶었어요. 왕선군이 존재하든 존재하지 않든 다 좋으니, 제발 자비의 손을 내밀어 저를 용서하고 그 애를 구해달라고요.

그 애도 분명 저와 같은 심정이었을 거예요. 그 애는 차가운 손을 계속 떨었어요. 우리는 사랑의 도피를 한 어리석은 연인처럼 신 앞에서 축복을 구했어요. 누가 먼저였는지 모르겠지만 우리 둘의 몸이 동시에 아래로 가라앉았고 무릎이 차갑고 딱딱한 돌바닥에 닿았어요. 장엄한 공기가 머리를 짓눌렀어요.

"신이시여……."

저는 신을 믿지 않았어요.

삼 년 동안 기독교 학교에 다녔고 가족들과는 가끔 절에도 갔지만요.

저는 어떤 신도 진지하게 생각해본 적 없었어요.

하지만 그 순간은 달랐어요. 신이 제 마음에 강림했어요.

제발 그를 도와주세요! 저는 속으로 크게 소리쳤어요. 정말 존재하신다면 제발 이 아이를 도와주세요.

그 애가 왕선군의 존재를 믿지 않게 할 수 없다면 적어도 왕선군이 사라졌다는 것은 믿게 해주세요.

그 애가 차가운 바닥에 머리를 댔어요. 웅크린 등이 살짝 흔들렸어요.

한참 뒤에 그 애의 조용한 음성이 들려왔어요.

"당신이 젓가락을 회수해 갔습니까?"

대답은 없었고 창 너머 둥지로 돌아가는 새들의 울음소리만 들렸어요.

"저는 늘…… 어떻게 해야 할지 몰랐어요." 그 애는 무릎 꿇은 채로 신에게 참회하듯 말했어요. "전부 제 잘못이에요. 죄송합니다. 죄송합니다. 그런 일을 해서는 안 됐어요. 제가 당신을 이승을 벗어나지 못하게 만들었어요. 하지만 저도 충분히 벌을 받았잖아요. 더는 참을 수 없어요. 보세요! 신도 이미 저를 용서했어요, 신이 저한테 손을 내밀어주었다고요……."

어디선가 불어온 바람이 철문을 열어젖혔고 문이 흔들리면서 마귀가 신음하는 듯한 소리가 났어요.

우리가 배워 아는 신은 이런 모습이 아니었어요.

신은 고요했고, 마귀만이 유혹의 소리를 낼 뿐이었어요. 그 애는 비틀거리며 일어나 바람이 부는 쪽으로 걸어갔어요. 바람에 떨리는 유리창이 모두 그 애를 향해 소리를 지르는 것 같았어요.

저는 무서웠어요. 그건 대체 뭐였을까요? 신? 악귀나 여귀(厲鬼)? 아니면 혹시 선군? 하지만 그 애는 그런 것은 문제가 되지 않는지 울면서 말했어요.

"신이시여! 감사합니다. 감사합니다……."

"훔칠 방법은 스스로 생각한 겁니까?"

아득한 회상을 끝맺자 하이린쯔가 매섭게 물었다.

나는 아무 말도 하지 않았다.

"아니면, 결국 '정확한 답'을 찾은 겁니까?"

"그건 비밀로 해도 될까요?"

"왜요?"

"선생님이 알 필요는 없는 것 같아서요."

내 대답에 당황했는지 하이린쯔의 눈에 노기가 조금 서렸다.

"그래요? 그러면 도대체 내가 뭘 더 알아야 합니까?"

싫증을 내는 건지 어처구니없어하는 건지 구분하지 못하고 있는데 그가 초조한 듯이 말했다.

"어차피 그는 당신의 거짓말을 믿었는데 여기에는 왜 온 겁니까? 왕선군이 어쩌고 젓가락이 어쩌고 하는 것은 이미 다 상관이 없어진 것 아닙니까? 나한테 바라는 게 도대체 뭡니까?"

나는 낮은 목소리로 그를 진정시켰습니다.

"조금만 더 들어보세요. 다 끝나가니까."

차가운 대리석 바닥에 얼마나 꿇어앉아 있었을까요? 두 다리가 점점 마비되던 참에 그 애가 낮은 목소리로 이제 가자고 했어요. 우리는 성당에서 나와 어둠이 내려앉은 거리를 걸었어요. 갑자기 그 애가 제 손에 뭔가를 쥐여주었어요. 내려다보니 유리알 같은 박하사탕이었죠.

그 애가 제 얼굴을 가리키기에 손을 들어 얼굴을 만져봤더니 제 얼굴은 바람에 차가워진 눈물로 범벅이 되어 있었어요.

언제부터 울었는지도 모르겠어요. 저는 사탕을 입에 넣고 우물거리며 말했어요.

"어떻게 이런 걸 갖고 다녀?"

"너 대신 준비했어."

순간 제가 아무 반응도 없자 그 애가 살짝 웃었어요.

"네가 언제 갑자기 통곡할지 몰라서 말이야."

"아니거든! 방금 운 게 누구더라? 울보는 너지!"

그 애는 입씨름할 생각이 없다는 듯 눈을 돌리더니 가볍게 물었어요.

"방금 왜 운 거야?"

"나……나도 모르겠어. 기뻐서 그랬나봐."

"기뻐서?"

"기뻐도 울 수 있어!"

저는 느릿느릿 말을 이어갔어요.

"눈물은 감정을 솔직하게 전달하는 중요한 표현방식이야. 그런데 너는 한 번도 울질 않으니 네가 무슨 생각을 하는지 알 수가 없었어. 네가 눈물을 흘리는 것을 보고 너무 좋았어. 네가 마침내 자기 마음속의 어떤 것을 마주 봤구나 싶어서."

그 애는 아무 말도 하지 않고 입가를 달싹거리다 제 손에 사탕을 하나 더 쥐여주며 말했어요.

"그러면 너는 항상 솔직하겠네."

"사실 나도 솔직하지 않을 때가 있어."

"정말? 그게 뭔데?"

"내일 아침에 말해줄게."

건널목 너머로 버스 정류장이 보이는데 그 애가 문득 말했어요.

"우리 바다 갈래?"

"지금?"

"응. 그렇게 멀지 않아. 금방이야."

학교에서 바다는 멀지 않아서 걸어가도 이십 분 정도면 부두에 도착했어요.

저는 고개를 끄덕였어요. 길을 따라 걸어가면서 우리는 아무 말도 하지 않았어요. 제 머릿속은 온통 정수기 아래에 숨겨둔 젓가락 생각뿐이었어요.

바람에 축축한 비린내가 실려 오고, 파도 소리도 들려왔어요. 밤바다는 처음이었는데 영화처럼 낭만적이진 않았고 식당만 많았어요. 저녁 시간이라 불빛도 아주 환했고요.

저는 조용히 그 애한테 물었어요.

"이렇게 늦었는데 집에 안 가도 괜찮아? 엄마가 화 안 내셔?"

"넌 부모님께 야단맞아?"

"난 괜찮아! 근데 너는……."

성당에서의 신성한 고양감이 조금 가시자 그제야 현실적인 일이 떠올랐어요. 젓가락 사건으로 그 애는 속일 수 있었지만, 그 애 가족이라는 난관을 정말 넘을 수 있을까? 불안했지만 그 애는 아무 말도 하지 않고 그냥 조용히 해안의 바위 위로 올라갔어요.

저는 벌벌 떨면서 따라 올라갔어요. 그 애가 제 손을 잡아주었어요. 손이 아주 차가웠어요. 그 애는 체온이 놀랄 만큼 낮았지만 제 체온을 나누어주었다는 생각에 오히려 만족감이 들었죠. 우리는 바위 사이를 민첩하게 뛰어올라 제일 높고, 바다에서 제일 가까운 곳까지 올라갔어요.

"샤오청, 너 산호가 뭔 줄 알아?"

순간 그 애가 무슨 말을 하려고 하는 건지 판단이 서지 않아 입에서 나오는 대로 말했어요.

"보석……."

순간 머릿속에 수천, 수백 개의 생각이 지나갔어요. 내가 값비싼 보석을 훔쳤다는 것을 벌써 알아챘나 싶었죠.

"그렇게 말할 수도 있지만, 산호와 다른 광물 보석의 가장 큰 차이는, 산호가 생명을 지닌 보석이라는 거야."

"뭐라고?"

"산호는 원래 산호충이라는 동물이었어."

저는 고개를 끄덕거렸어요. 생물 시간에 배웠거든요.

"나도 알아. 그렇게 아름다운 것이 동물이었다니, 잘 상상이 안 되지만."

"우리가 채집하는 산호는 산호충의 시체가 아니야." 그 애가 말했어요. "산호충이 살아있는 상태에서 분비한 점액으로 형성된 골격이지."

그 애는 품에서 한 짝만 남은 산호 젓가락을 꺼냈어요.

젓가락이 달빛 아래서 은은하고 아름답게 빛났어요.

"어머니 말씀이 산호는 바다의 뼈이고…… 때가 되면 그것이 왔던 최초의 장소로 돌려보내야 한다고 했어."

그런 다음 그 애는 손을 높이 들었어요.

한 번도 본 적 없는 단호한 힘으로 허공을 향해 팔을 휘두르자…….

남은 젓가락 한 짝이 바다로 날아갔어요.

아무 소리도 들리지 않았고, 작은 물결조차 일지 않았어요. 달빛 아래 그 애는 해탈한 것 같았어요. 그 애 마음속에 있던 뭔가가 그 순간, 산호와 함께 바다로 가라앉은 것 같았어요.

"너……." 너무 놀라서 말도 나오지 않았어요. "괜찮아? 어쩌려고……."

그런데 그 순간, 마음 깊은 곳에서 탐욕스러운 생각이 들었어요. 그 애가 가족에게 어떻게 설명하든 그게 나랑 무슨 상관이야? 그 애가 젓가락을 버렸으니 내가 이긴 거야.

저는 삐져나오려는 말을 삼키고 조용히 그 애의 손을 잡았어요.

그 애가 저한테 물었어요.

"나랑 같이 저녁 먹을래?"

그러면서 처음으로 홀가분한 미소를 지어 보였어요. 저는 아무거나 괜찮다고, 금기가 많은 네가 결정하라고 했고, 그 애는 라면이 먹고 싶다고 했어요.

여름이었지만 저녁 해변은 추웠어요. 그 애는 라면 먹는 사람이 그렇게 부러웠다고 말했어요. 보는 것만으로도 몸이 따뜻해지는 것 같았다고요. 그 애는 몸에 지닌 젓가락으로만 식사해야 했어서 뜨겁고 기름진 국물 음식은 먹을 수가 없었대요.

사소한 일이었지만 저는 아주 행복했어요. 여기서 시작해서 내가 있는 세계로 그 애를 오게 한다. 자신만만하게 그런 생각을 한 순간…….

그 애가 잡고 있던 손을 놓았어요.

그러고는 고개를 들어 신탁을 받는 것처럼 가만히 밤하늘을 응시했어요.

그 애는 손으로 귀를 막은 채 온몸을 부들부들 떨었고, 저는 당황해서 왜 그러느냐고 물었지만 그 애는 대답하지 않고 계속 비명만 질렀어요.

또 무슨 소리를 들은 걸까요?

저는 무서운 생각이 들어 그 애의 팔을 덥석 잡았어요.

하지만 그 애는 상상도 하지 못한 엄청난 힘으로 저를 확 밀쳐냈어요. 저는 휘청거리며 뒤로 몇 걸음 물러나다가 울퉁불퉁한 돌에 오른발이 걸렸어요. 발목에 찌르는 듯한 통증이 느껴져 삐끗할 뻔했어요.

"비켜…… 나한테서 멀리 떨어져."

"왜?"

그 애가 고개를 들었어요. 통증 때문인지 아니면 분노 때문인지 얼굴을 잔뜩 찡그리고 있었어요. 그런 공포스러운 얼굴은 처음이었어요. 그 애는 몸을 돌려 바위 해안 끝을 향해 성큼성큼 걸어갔어요. 바닷바람이 강해져서 파도가 바위에 부딪치는 소리밖에 들리지 않았어요. 저는 서 있는 것도 힘들었지만 간신히 버티면서 있는 힘껏 그 애를 불렀어요.

"돌아와! 위험해!"

저는 바람에 맞서며 필사적으로 그 애를 쫓아가 그 애 소매를 잡았어요. 하지만 그 애의 힘이 엄청나서 붙잡기는커녕 오히려 질질 끌려갔죠. 그렇게 실랑이를 하는데…….

그 애의 몸이 심하게 흔들렸어요.

그 애가 딛고 있던 바위가 갑자기 무너져 내렸고, 그 애는 균형을 잃으면서 몸이 뒤로 확 쏠렸어요. 저는 비명조차 지르지 못했어요. 머리보다 몸이 빨랐죠. 재빨리 달려가 물에 빠진 사람이 물에 뜬 나무를 잡듯 온 힘을 다해 그 애를 잡아당겼어요.

저는 돌 위에 거의 눕다시피 했어요. 단단한 암석에 피부가 긁히고 터져서 피가 나고 아팠지만 그런 것에 신경 쓸 틈이 없었어요. 그 애의 몸이 조금씩 미끄러지고 있었어요. 죽을힘을 다해 잡을 수 있는 게 그 애의 손뿐이었는데, 그 애는 허약해 보이는 외모와 달리 무거워서 저도 같이 아래로 미끄러지는 것 같았어요.

시간이 얼마나 흘렀을까, 손에서 쥐가 나기 시작하자 머리가 멍해지면서 지금 어디서 무엇을 하고 있는지조차 알 수 없었어요. 눈을 드니 끝없이 펼쳐진 차가운 바다가 시야를 시커멓게 가득 채웠어요. 표면만 봤을 뿐인데 물에 빠진 것처럼 온몸에서 오한이 났죠.

안 돼, 나는 절대 이 애를 끌어올릴 수 없어. 이러다간 나도 같이 바다로 떨어질 거야.

계속 이러고 있으면 나도 죽을 거야!

그 순간, 저는 무섭고 이기적인 생각에 휩싸였어요. 그 애를 봤는데 빛을 반사하는 그 애의 젖은 두 눈이 저를 보는 것 같기도, 먼 곳을 바라보는 것 같기도 했어요.

"그러지 마, 나를 버리지 마."

사고가 완전히 멈췄고, 바닷바람에 그 애의 셔츠가 불룩하게 솟구치는 게 신이 그 애에게 날개를 주며 바다를 떠나 드넓은 하늘로 날아오르라고 하는 것 같았어요.

저는 그 애의 손을 놓았어요.

풍덩.

둔중한 물소리에 정신이 번쩍 들었어요. 그 애는 하늘로 날아올라 홀가분해진 게 아니라 바다의 끝없는 암흑 속으로 떨어진 거였어요.

저는 소리치기 시작했어요.

소리치는 것 외에는 할 수 있는 게 아무것도 없었어요. 저는 고장 난 벨처럼 날카롭게 울부짖었어요. 주위에는 아무도 없었고 파도와 이름 모를 새의 울음소리가 제 날카로운 외침과 얽혀 의외의 선율을 만들어냈어요. 그 기묘한 선율 때문에 조금이나마 남아 있던 현실감마저 사라졌어요. 메트로놈 같은 규칙적인 절규에 맞춰 그 애의 몸은 얼마나 깊이 떨어졌을까요? 패닉에 빠진 그 짧은 순간이 영원처럼 길게 느껴졌어요. 그 애는 땅에 떨어지지 못했어요. 깊은 바다를 건너, 지구의 중심을 거쳐, 더 깊고 끝없는 이계로 추락했죠.

실제로는 겨우 몇 분이 지났을 뿐이었어요.

누군가 도와달라고 하는 제 외침을 듣고 황급히 달려왔고, 구조대원이 바다로 뛰어들었어요. 제가 고장 난 비상벨처럼 계속 울부짖는 동안 그 애는 무사히 건져 올려졌어요. 그 애는 사람들에게 둘러싸여 있었고 그들이 저에게 뭐라고 소리쳤지만 아무 소리도 들리지 않았어요. 그들이 그 애의 가슴을 압박하며 숨을 불어넣자 그 애의 몸에서 물이 흘러나왔어요. 저는 마침내 절규를 멈추고 큰 소리로 울었어요. 누군가 다가와 저에게 모포를 덮어주었어요. 따뜻한 모포에 감싸이자 주위가 아득해졌고, 소리가 작았다 커졌다 하면서 웅웅거렸어요.

그 뒤로 무슨 일이 있었는지는 전혀 기억나질 않아요.

기억이 돌아왔을 때는 이미 집이었고 저는 이불에 겹겹이 싸여 있었어요. 뜨거운 여름이었지만 바다에 빠진 게 저였던 것처럼 말도 못 하게 추웠어요. 그 애는 바다에서 구조됐고 저는 바다에 빠진 적도 없었지만, 바닷물의 맛과 온도가 가시질 않았어요.

상태가 조금씩 회복되자 사람들이 도대체 무슨 일이 있었냐고 넌지시 물었죠. 정작 묻고 싶은 사람은 저였어요. 단편적인 기억들이 모호하게 부서졌고 심지어 어떤 기억은 환상이 아닐까 의심마저 들었지만 그래도 말할 수 있는 건 다 말했어요.

딱 한 부분은, 왜 그랬는지 모르겠지만 전부 생략했어요.

저와 그 애가 가까워진 이유요. 산호, 젓가락, 그 애를 바다에 빠지게 한 것.

제가 그 부분을 생략했던 게 그 애를 보호하기 위해서였는지 아니면 저 자신을 보호하기 위해서였는지 모르겠어요. 동물의 생존 본능처럼 저는 그 파편을 모조리 지워버렸어요. 그래도 이야기에는 전혀 영향을 미치지 않았어요. 저와 그 애의 이야기는 그 저주 어린 붉은 산호를 빼고도 여전히 계속됐거든요.

학교에 가니 선생님이 그 애에 대해 대충 이야기해주셨어요. 다행히 제때 구조되어 목숨은 건졌다고요. 하지만 그 애는 휴학을 한 뒤 학교로 돌아오지 않았어요.

친구들은 저를 끌어안고 엉엉 울면서 계속 미안하다고 했어요. 저를 그 애와 엮이게 한 것을 후회하는 것 같았어요. 곁눈질로 힐끗 보니 그 애의 자리는 비어 있었어요. 어쩌면 비어 있었기 때문에 다가가서 그 애를 안아줄 수 있는 사람이 없었는지도 몰라요. 저는 그 애를 꼭 안아주고 싶었어요. 바다, 많이 추웠지?

"전부 다 제 탓이에요!" 나는 더는 참을 수가 없었다. "왕선군은 정말 존재하는 거죠! 제가 멋대로 젓가락을 훔쳐 그의 심기를 건드리는 바람에 그 애가 바다에 빠진 거잖아요!"

"아니요. 절대 그렇게 생각하지 말아요." 하이린쯔가 다급하게 말했다. "당신 말 어디에도 왕선군이 진짜 존재했다는 증거는 없습니다. 그렇게 독실하게 믿은 그조차도 왕선군을 본 적이 없지 않습니까?"

"그 애 어머니가 봤다고요!"

"그의 어머니는 왕선군을 핑계로 자기 행동을 합리화하는 게 습관이 된 사람입니다. 결혼에서부터 아들에 대한 통제까지 전부 다요. 그러니 아들에게 왕선군을 봤다고 거짓말했을 가능성도 있습니다."

"그 애 엄마가 다른 신에게 빌 때마다 왕선군에게 받았다는 벌도 거짓이었단 말이에요?"

"나중에 그의 어머니가 폐암에 걸렸지요. 바꿔 생각하면 그 벌이란 게 암의 초기 증상이 아니었을까요? 정말 왕선군이 한 게 아니라 그들이 모든 일을 왕선군의 현신이라고 그냥 믿은 겁니다. 젓가락에 관한 일만 해도 그래요. 청 씨 스스로 사람이 한 일일 수 있다는 가능성을 증명하지 않았습니까?"

"하지만……. 그 애는 정말 왕선군의 목소리를 들었고 그가 알려주어 산호도 얻었어요."

"아니요. 순서를 헷갈리지 마세요. 목소리를 들은 건 산호를 얻은 후에 발생한 일입니다. 그가 분명히 그렇게 말했지요. 그전까지는 왕선군과 직접 접촉한 적이 없다고요. 내 생각에는 왕선군이 지시했다기보다 산호를 찾고 어떤 상황이 나타나자 왕선군이 동의한 거라고 일방적으로 믿은 거 같아요."

"어떤 상황이요?"

"그건 모릅니다. 그는 산호를 찾은 뒤에 목소리를 듣기 시작했어요. 그런데 그 일이 정말 젓가락 복원과 직접적인 관련이 있을까요? 그의 말에 따르면 그의 어머니는 이 년 전에 퇴원해 돌아와 있었어요. 대충 그가 중학교에 갓 입학했을 때지요. 왕선군이 그에게 젓가락을 복원하라고 지시한 시기가 그때 아닙니까? 혹시 환청이 나타난 이유는 젓가락이 아니라 그런 것 때문이 아니었을까요? 그 나이대의 아이가 중증 환자인 어머니를 돌본다는 것은 아주 큰 부담이니까요. 어쩌면 스트레스로 정신에 문제가 생긴 건지도 모릅니다. 이게 환청의 진실이 아닐까요?"

하이린쯔는 잠시 고민하더니 다시 말했다.

"그의 집안에서 왕선군이라는 전설이 그렇게 오랫동안 이어진 것을 보면 그 집 사람들에게는 쉽게 현혹되는 유전자가 있는 것 같군요."

"하지만 그럼 해변에선 왜……."

"당신 말대로라면 그는 평소 어머니에 대한 죄책감이 강했습니다. 젓가락이 어머니가 그에게 지운 책임과 속박이라면 그가 어떤 마음으로 젓가락을 던졌겠습니까? 어머니의 통제에서 벗어나고 싶은 마음 아니었을까요? 젓가락이 사라지자 한시름 놓으면서도 한편으로는 죄책감이 최고조에 달했을 겁니다. 당신과 밀고 당기는 사이 긴장이 극에 달해 환청이 다시 발생했고 자제력을 잃게 됐을 겁니다."

"그렇게 가차 없이 말씀하시는 건 왕선군의 존재를 지워버리고 싶어서인가요!"

"내가 없애려고 애쓰는 게 아니라 당신이 필사적으로 그것의 존재를 믿으려는 것 같은데요. 애초에 그것이 존재한다는 증거를 못 찾았잖아요."

"그것이 존재하지 않는다는 증거도 없잖아요."

"그렇다면 나는 그것이 존재하지 않는다는 쪽을 선택하겠습니다."

"왜요?"

"말했잖아요, 신은 인간의 바람이라고. 모든 종교와 신앙은 그래서 존재하는 겁니다." 하이린쯔가 큰 소리로 말했다. "내가 왜 의뢰인이 자기가 잘못했다고 믿게 될 쪽을 선택해야 합니까?"

그의 얼굴이 흥분으로 붉어졌다. 나는 고개를 숙였다. 몸에서 천천히 한기가 올라왔다.

"그렇다면……." 나는 일그러진 웃음을 터뜨리며 말했다. "제가 손을 놓아서 그렇게 된 거네요?"

하이린쯔는 순간 멍하더니 표정이 점점 굳어졌다. 내 말뜻을 이해한 것 같았다.

"그때…… 저는 분명히 그 애 손을 잡고 있었어요. 근데 왜 놓았을까요? 제가 어떻게 했는지 전혀 기억나지 않아요. 제가 손을 놓은 걸까요? 아니면 그 애가 제 손을 놓은 걸까요?"

나는 하이린쯔의 눈을 똑바로 볼 수 없었다. 그 순간에 대해 다시 말하는 것보다 더 고통스러운 일은 없었지만 꼭 해야만 했다. 이것 때문에 여기 온 것이니까.

"절대로 내가 손을 놨을 리가 없다고 생각했어요. 하지만 시간이 지나면서 제 기억을 믿을 수가 없었어요. 만약 그 애가 스스로 손을 놓았다면 왜 저한테 자기를 버리지 말라고 했을까요? 도대체 어떤 마음으로 그 애는 그런 말을 했을까요? 저는 늘 생각했어요. 그 순간 그 애가 내 눈에서 뭔가를 본 게 아닐까, 내가 뭘 하려는지 눈치챈 게 아닐까……."

하이린쯔는 내 말을 제지하려고 했지만 내 마음은 급류에 휩쓸린 것처럼 통제되지 않았다.

"선생님이 한 말, 다 생각해봤어요. 그래도 저는 그 순간 우리 둘 다 손을 놓지 않았고 왕선군이 우리를 갈라놓은 거라고 믿고 싶었어요. 하지만 선생님은 왕선군이 존재하지 않는다고 말했지요. 그렇다면 왕선군이 한 게 아닌 거잖아요. 그 애에게 끌려가 같이 떨어질까봐 무서워서, 정신이 들어 간청하는 그 애의 손을 제가 놓은 거잖아요……."

왕선군이 존재한다면, 내가 젓가락을 훔쳐 그의 존재를 없애려 해서 그가 농간을 부린 것이 된다.

그리고 왕선군이 존재하지 않는다면, 내가 공포에 휩싸여 나도 모르게 손을 놓은 것이 된다.

거의 결판난 장기판을 바라보듯 하이린쯔는 입을 꾹 다물고 아무 말도 하지 않았다.

나는 그에게 간청했다.

"부탁이에요. 제발 그날 도대체 무슨 일이 있었던 건지 말해주세요! 도대체 누가 손을 놓은 건지 아시잖아요. 그 일을 매듭짓지 못하면 저는 평생 괴로워하면서 살 거예요."

하이린쯔는 얼굴이 창백해진 채 입을 열지 않았다. 나는 그의 손을 덥석 잡았다.

"젓가락을 훔친 그날, 학생주임 선생님이 왜 그 애를 혼냈는지 아세요? 그 애의 왼팔에서 손등까지 물고기 모양의 붉은 모반이 있었어요. 그 애는 다른 사람에게 안 보이려고 여름에도 늘 긴 교복을 입어 가렸죠. 제가 학생주임 선생님한테 그 애가 팔에 문신을 했다고 거짓말을 했어요."

이 지경이 된 마당에 나는 더는 거리낄 것이 없었다.

"그 애 이름이 뭔 줄 아세요? 그 애 이름은……."

시종일관 냉정을 유지하며 상관없는 일이라는 듯 말하던 그 가면에 마침내 균열이 생겼다. 하이린쯔가 외쳤다.

"말하지 마요! 알 필요 없으니까!"

우리는 둘 다 입을 다물었다.

하이린쯔의 뜻은 분명했다.

십오 년이 지났지만 그해 여름을 잊을 수가 없었다.

그 애를 다시 만난 것으로 충분했다. 하지만 막상 만나자 내가 또 그 애의 삶을 방해하는 게 아닐까 두려웠다.

나는 곧 결혼하는데, 너는?

어떻게 지냈어? 행복하니?

나 보고 싶었어? 그날 대체 내가 무슨 짓을 했든 나를 용서할 수 있겠니?

하이린쯔의 손을 잡고 있던 손에서 조금씩 힘이 빠졌다. 덜덜 떨리는 손을 그의 팔에서 뗐다. 내 얼굴은 어느새 눈물범벅이 되어 있었다.

"제가 최선을 다한 건, 그저 그 애의 삶에서 왕선군을 없애버리고 싶어서였어요. 그게 그 애를 위한 최선이라고 생각했으니까요. 하지만 제가 한 모든 행동이 오히려 그 애를 바다에 빠뜨렸고 심지어 중요한 순간에 저는 그 애의 손을 놓았어요. 십오 년 동안 저는 하루도 그 일을 잊은 적이 없어요. 저는 정말…… 너무 괴로웠어요. 어떤 결말이라도 다 받아들일 수 있으니 이제는 정말 끝내고 싶어요. 이해하실 수 있겠어요?"

하이린쯔는 눈을 감고 길게 한숨을 내쉬었다.

"그런 게 아닙니다. 그건 확실히…… 왕선군과 무관하며 당신이 손을 놓은 것도 아닙니다."

"다 듣고서도 그런 말이 나오세요?"

“아니, 진짜예요. 이 산호 한 짝이 뭔 줄 압니까?”

하이린쯔가 내 앞에 젓가락을 내밀었다. 손이 미세하게 떨렸다.

“이건 사람 뼈입니다.” 하이린쯔는 말했다. “이런 것으로 젓가락을 만들었으니 영혼이 깃들어도 이상하지 않지요.”

나는 현기증이 났다.

“대체 누구의…….”

“그의 진학 자료 학부모 정보에 그와 성이 다른 남자의 이름이 써 있었다고 했지요…….”

하이린쯔는 눈을 내리깔고 담담하게 말을 이었다.

“그의 양육권은 어머니에게 있었습니다. 하지만 그 시점에는 거기 적힌 사람이 그의 ‘학부모’가 되어 있었다는 거지요. 그의 어머니가 아니라.”

무슨 뜻인지 알 수 있었다.

“나는 그가 목소리를 들은 건 확실하다고 생각해요. 하지만 어쩌면 왕선군 목소리가 아니었을 수도 있죠.”

“하지만, 그 애는 분명히 말했어요. 그것은…… 산, 호라고…….”

“그가 당신을 속인 건 아니라고 생각합니다. 그것은 산호였어요. 그저…… 당신이 생각하는 것과 조금 다를 수 있다는 거죠.”

고통을 참는 것처럼 하이린쯔가 갈라진 목소리로 말했다.

“인공 뼈라고 알아요?”

어머니의 암세포 전이 속도는 예상보다 빨랐다.

제일 먼저 뼈로 전이되었다. 암세포가 척추로 전이되어 뼈의 일부를 긁어내야 했다. 긁어낸다. 말만 들어도 등골이 오싹했다. 내가 할 수 있는 일은 많지 않았다. 외할아버지나 외할머니가 나를 데리고 병원에 갔다. 두 분이 서류를 작성하는 동안 나는 차가운 병원 의자에 앉아 기다렸다. 그런 다음 다시 어머니를 뒤로하고 근처에 있는 분식점에서 묵묵히 밥을 먹었다.

어머니는 수술 당일과 그다음 이틀 동안 병실에서 쉬었고 셋째 날이 되어서야 면회가 가능했다. 그때는 제법 좋아진 상태였다. 마취 기운도 다 가셔서 얼굴이 조금 창백한 것 외에는 감기에 걸려 이삼일 입원한 것 같았다. 반드시 병원에서 제공되는 식사만 먹어야 한다는 규정은 없어서 밖에서 맛있는 음식을 사 들고 갔다. 밀폐 용기에 포장된 음식이 새지 않았나 살펴보는데 어머니가 갑자기 물었다.

"젓가락은 어디 있니?"

점심 먹을 젓가락을 말하는 줄 알고 쇼핑백에서 젓가락을 꺼냈더니 어머니가 고개를 저으며 말했다.

"내 젓가락 말이야."

나는 그제야 어머니가 말하는 게 산호 젓가락이라는 것을 알았다. 우리 집에서 그 젓가락은 특별한 의미를 지녔다. 어머니는 한마디 덧붙였다.

"수술할 때 빼놨는데, 어디에 뒀는지 좀 봐줄래?"

나는 침대 옆에 있는 서랍장의 서랍을 하나하나 열었다. 서랍장은 환자용이 아니라 간병인이 사용하도록 설계된 것이었다. 어머니가 벌써 뒤집어보았는지 안이 엉망이었다. 나는 서랍을 빼서 다리 위에 올려놓고 묵묵히 물건을 차례로 꺼냈다. 약봉지, 비닐장갑, 휴지, 물티슈, 머리카락 몇 올이 감긴 빗. 물건의 크기와 넓이, 높이에 따라 하나하나 탁자에 올려놓았다. 서랍장 제일 밑 칸에서 잘 놓여 있는 젓가락을 발견했다.

한 짝뿐인 젓가락은 너무 연약해 보였다. 자칫 잘못하면 어지러운 공간에 삼켜질 것 같았지만 무색의 병실에 있으니 그렇게 공격적으로 보이지 않았다.

나는 어머니에게 젓가락을 건넸다. 어머니는 조심스럽게 젓가락을 쓰다듬었다. 수술받는 동안 누가 또 감쪽같이 훔쳐 갈까봐 걱정했다는 듯이.

고개를 들자 어머니가 젓가락을 내게 건넸다.

"받아." 어머니가 말했다. "너 줄게."

"이건……."

어머니는 내가 무슨 생각을 하는지 다 안다는 듯 웃었다.

"네가 쓰라는 게 아니야. 선군은 이미 떠나서 젓가락은 이제 너한테 뭘 해줄 수 없어. 그냥 엄마를 위해서 잘 보관하고 있으면 돼."

그렇게 말하고 어머니는 다시 물었다.

"너 산호가 뭔지 아니?"

내가 어리둥절하게 고개를 젓자 어머니가 산호의 탄생에 대해 말해주었다.

"산호는 살아있었던 보석이고 바다의 뼈야."

"엄마가 받은 수술은 뼈를 긁어내는 거였잖아. 긁어낸 자리에 인공 재료를 보충해 넣었지. 의사 선생님 말씀이 엄마 몸에 이식한 인공 뼈는 산호를 배양해서 만든 거래. 상상도 못 한 일이지! 산호가 서서히 자라서 엄마의 뼈가 된대……. 수술실에 들어갈 때마다 엄마는 눈을 감고 산호가 되어 바다의 소리를 듣는 상상을 했어. 내 몸을 긁어내는 게 아니라 아름다운 산호를 채집하는 거다. 그렇게 생각하면 그다지 무섭지 않았거든. 엄마는 늘 생각했어. 정말 산호로 변할 수 있으면 좋겠다고. 그러면 내가 다시 젓가락을 만들어 왕선군을 돌아오게 할 수 있지 않을까?"

"왜 꼭 왕선군이 돌아와야 해요?"

"아직 이루고 싶은 소망이 있거든!"

"제가 도와드리면 안 돼요?" 나는 엄마에게 물었다. "제가 아빠를 찾아가볼까요?"

"네 아빠와는 상관없는 일이야." 어머니는 내 머리를 쓰다듬어 주었다. "내 소원은 네가 도와줄 수 없어."

어머니는 도대체 무엇을 바란 것일까? 내가 재차 물어도 어머니는 그저 고개를 저을 뿐 대답해주지 않았다. 어머니에게 나는 그렇게 못 미더운 사람인 걸까? 나는 한 번도 느껴보지 못한 실망감과 분노를 느꼈다. 어머니에 대한 분노, 아버지에 대한 분노, 그리고 왕선군에 대한 분노.

하지만 바로 그 순간, 기괴하고 괘씸한 생각이 퍼뜩 떠올랐다.

나는 어머니 침대 곁에 앉아 속으로 계속 왕선군을 불렀다. 어렸을 때처럼.

'왕선군, 내 말 아직 들려요? 소원을 하나 더 빌어도 돼요?'

대답이 없었다. 당연한 일이었다. 하지만 나는 계속해서 그에게 기도했다. 내 소원을 들어줄 수 있다면 어머니가 계속 내 곁에 머물 수 있게 해달라고. 하지만 나는 어머니의 죽음이 머지않았다는 걸 잘 알았다. 제아무리 왕선군이라도 생사를 바꿀 수는 없을 것이었다. 설령 목숨이 연장된다고 해도 고통만 더할 뿐이었다.

그래서 나는 생각을 바꿨다. 내 소원이 이뤄질 수 없다면, 그렇다면, 어머니의 소원을 이뤄달라고. 그것이 무엇이라도!

그러면 내가 당신에게 가장 아름다운 산호를 주겠노라고.

마지막으로 왕선군에게 기도하고 육 개월도 지나지 않아 어머니가 돌아가셨다.

나는 외아들이라 마지막 가시는 길은 당연히 내가 보내드려야 했다.

처음부터 끝까지, 나는 눈 한 번 깜박하지 않고 어머니가 나무배를 타고 불바다로 떨어지는 것을 배웅했다.

안내원의 지시에 따라 황동으로 만든 가늘고 긴 젓가락으로 뼛조각을 순서대로 하나하나 유골함에 넣었다. 은쟁반에 내 얼굴이 흐릿하게 반사됐다. 왕선군이 있었을 때 어머니는 젓가락을 사용할 때마다 이렇게 엄숙한 표정이었다.

화장을 한 어머니의 유골은 연분홍색이었다. 뼈 대부분은 가루가 되었는데 한 부분만 그대로 남아 있었다. 안내원도 이상하다고 했다.

"생전에 네 어머니는 선량한 분이셨나보다. 그래서 이렇게 예쁘게 나온 거야."

온몸에 전율이 흘렀다. 나는 그것이 왕선군이 나에게 남긴 메시지라는 것을 알 수 있었다.

그가 내 소원을 받아들인 것이었다.

그렇다면 그가 어머니의 소원을 들어준 것일까?

완전한 유골은 너무 길어서 유골함에 넣을 수가 없었다. 안내원이 작은 망치를 가져왔다. 내가 어려서 그랬는지 그는 유감스럽다는 투로 조심스레 말했다.

"큰 것은 부숴야 해."

내가 다급하게 말했다.

"제가 해도 될까요?"

"그건……."

"괜찮아요. 어떻게 해야 하는지 알아요. 죄송하지만 저 혼자 있게 해주실래요?"

유골함에 마지막으로 넣은 건 어머니의 두개골이었다. 두개골 위에 미세하게 갈라진 틈이 보였다. 망치로 가볍게 내리치자 갈라진 틈을 따라 뼈가 하나씩 무너져내렸다. 내가 어머니를 두 번 죽이는 것 같았다.

뼛가루를 전부 유골함에 넣자 안내원이 다가와 금색 천으로 유골함을 싸서 내 가슴 앞에 묶어주었다. 세상을 떠나기 전 어머니는 체중이 많이 빠져서 거의 뼈밖에 남지 않았지만 그래도 이렇게까지 가벼울 수는 없었다. 그렇게 컸던 사람이 어떻게 이렇게 작은 상자에 다 들어가는 한 줌의 재로 남을 수 있을까?

다행히 내가 유골 하나를 몰래 빼낸 것을 아는 사람은 아무도 없었다.

왕선군에게 한 약속을 지키기 위해서만은 아니었다. 충동을 억제하지 못했다고 하는 게 맞았다.

이렇게 하면, 어머니의 일부를 가질 수 있으니까.

마침내 다시 내게 돌아왔다. 내가 잃어버렸던, 내 가장 소중한 보물이.

시야가 물기로 조금씩 흐려지더니 샤오칭의 얼굴과 어머니의 유골이 잘 보이지 않았다.

그는 아무 말도 하지 않고 그냥 그렇게 조용히 눈물을 흘렸다.

나는 그제야 내가 그에게서 무엇을 빼앗았는지 깨달았다.

한참이 지난 뒤 마침내 그가 천천히 입을 열었다.

"이 바다 사람들이 왜 나를 '물고기'라고 부르는지 압니까?"

내가 대답하기 전에 그가 말했다.

"물고기는 영원히 눈을 감지 않기 때문입니다."

"내 어머니는 내가 열두 살 때 돌아가셨어요. 어머니는 병원에서 돌아가셨고 죽기 전에 다시는 집으로 돌아오지 못했지요. 어머니가 돌아가시고 나서야 나는 그 세계와 연결되기 시작했습니다. 유쾌한 일은 아니었어요. 늘 죽은 자의 목소리가 들렸으니까요. 그들은 나를 다른 세계로 데리고 가려고 했어요. 정신이 또렷할 때는 저항할 수 있었지만 잠이 들면 그들이 거침없이 밀고 들어왔고, 심지어 내 몸을 지배하기도 했습니다. 나는 반평생 거의 하루도 편안하게 눈을 붙여본 적이 없어요."

"왜 그렇게 된 거예요……."

"나도 모릅니다."

그가 고개를 저었다.

"생전에 어머니는 늘 나와 떨어지기 싫다고 말했어요. 어쩌면 이런 식으로 소원을 이루었는지도 모르죠! 이런 생활도 하다 보면 습관이 돼요. 하지만 딱 한 번, 한 번도 경험해보지 못한 편안함을 아주 짧게 느낀 적이 있어요. 어머니의 목소리가…… 귓가에서 사라졌지요. 잠깐의 적막이었지만 그때 나는 정말로, 일종의 해방감을 느꼈습니다. 어떤 신령이 나에게 손을 내밀어준 것이라고 믿었어요. 나는 내가 충분히 고통받았다고 생각했습니다. 그러니 어머니를 그만 버리고 새로운 삶을 시작해도 된다고 생각했어요. 하지만 바로 그 순간, 어머니의 목소리가 또 들렸습니다. 어머니는…… 분명 내 생각을 꿰뚫어 본 것이겠지요! 어머니가 내 귀에 대고 계속 말했습니다."

그러지 마, 나를 버리지 마.

"아……." 나는 온몸이 떨려왔다. "그럼 그 말은……."

"그때 나는 깨달았습니다. 그 목소리는 영원히 사라지지 않을 것이고, 그 누구도 나를 구해주지 못할 것이라고요. 나는 평생 음과 양 두 세계의 경계선에서 눈을 감을 수 없는 물고기가 되어야 한다는 것을 말입니다. 나는 정말 피곤했어요……. 눈앞이 흐릿해지고 외부의 소리가 잦아들면서 누군가 천천히 내 의지를 대체하는 것을 느꼈습니다. 나는 그게 누군지 알았어요. 어머니가 나를 데리러 온 거였어요. 그날 해변에서 그 친구가 도대체 무엇을 들었는지, 또 무슨 일이 있었던 건지, 나는 모릅니다. 다만 그가 나와 비슷한 사람이라면 기력이 쇠한 순간 귀신이 그 틈을 타 그를 지배하고 그를 대신해 손을 놓았을 겁니다."

하이린쯔가 눈을 들어 나를 쳐다봤다. 그의 맑고 부드러운 눈길에 그 겨울 오후의 교실이 떠올랐다. 그때도 그는 이런 눈길로 나를 보면서 붉은색이 칠해진 동전을 손에 든 채 "괜찮아, 아무 일도 없을 거야"라고 했다.

그는 그대로였다. 나는 그의 말이 사실인지 거짓인지 영원히 알 수 없을 것이다.

"그러니, 더는 후회하지 말아요."

"그 말…… 다 진짜예요?"

그가 말하려는 순간 갑자기 창밖에서 세찬 바람이 불었다. 어찌나 사납게 부는지 창과 서랍장이 흔들리며 끽끽 소리를 냈다. 누군가의 날카로운 비웃음 같았다.

하이린쯔는 말없이 블라인드를 올리고 열려 있던 창문을 힘껏 닫았다.

"도를 닦은 지 십수 년이 돼서 이제는 그 소리들과 잘 공존하고 있습니다. 필요할 때는 잠깐 졸 수도 있고요. 이제는 그런 것에 내 의지를 빼앗기지 않아요. 그 친구도 분명 방법을 찾아서 잘 지내고 있을 겁니다."

"잘 지낸다면 왜 저한테 연락 한 번 하지 않는 걸까요?"

"우리 같은 사람은 다른 사람과 깊이 엮이지 않는 게 좋습니다."

"외롭지 않을까요?"

"사람은 누구나 저마다의 생존 방식이 있죠. 저는 이대로도 좋습니다."

그는 내게 미소를 지어 보였다.

바로 그 순간, 한 번도 느껴보지 못한 평온함이 나를 감쌌다.

나는 잘 지내. 사실 내가 정말 듣고 싶었던 말은, 그 애가 직접 전하는 이 말 한마디였으리라.

눈물이 시야를 가렸다. 어쩌면 그의 말처럼 그 애는 경계선상의 물고기라 나는 영원히 그 애의 세계에 닿을 수 없을지도 몰랐다. 하지만 그 애가 그곳에 잘 있다는 것만으로도 충분했다. 나는 허리를 깊이 숙이며 말했다.

"고맙습니다. 제가 알고 싶었던 것을 다 알았으니 이제 됐어요. 오늘 상담 비용은 나중에 알려주세요. 이 젓가락은 주인에게 돌려주어야겠지만 그 애가 어디에 있는지 모르니…… 괜찮으시다면 선생님께 드려도 될까요?"

그는 고개를 숙이며 조금 서글픈 듯 말했다.

"결혼을 앞둔 사람이 지닐 만한 물건은 아니니까요. 저에게 주세요. 제가 망자의 집념을 천도해주겠습니다."

"그래 주시면 감사하겠습니다."

그에게 산호 젓가락을 건네는데 조금 허탈했다. 십오 년이 지나 마침내 모든 게 제자리로 돌아갔다. 그리고 그가 말했다.

"잠깐만 기다려 주시겠습니까?"

그가 주머니에서 뭔가를 꺼내 손바닥을 펼쳤다.

아이스 블루빛 박하사탕이었다.

"여기."

"이런 걸…… 갖고 다니세요?"

"네. 울보 친구가 한 명 있거든요. 그 애는 이걸 먹으면 이상하게도 눈물이 멈춘대요."

나는 반사적으로 얼굴을 만졌다. 차갑고 축축했다. 하지만 눈물범벅이 된 건 그도 마찬가지였다.

"어때요, 한번 해볼래요?"

"선생님도 같이 먹으면요."

그는 잠시 멍한 표정을 짓고는 나를 보며 웃었다.

"좋아요."

그가 투명한 비닐을 뜯자 유리 같은 사탕 두 알이 손바닥에서 뱅그르르 돌았다.

각자의 궤도를 돌다 스쳐 지나가는 별처럼.

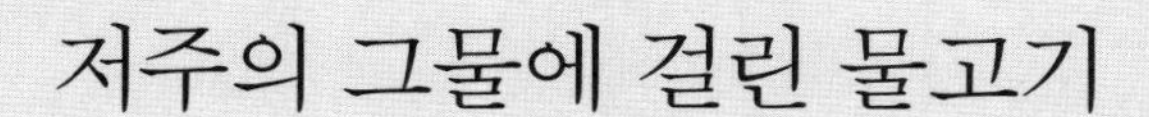

예터우쯔
夜透紫

11

손이 덜덜 떨려 문에 열쇠가 꽂히지 않았다. 간신히 문을 열고 곧장 안으로 뛰어 들어갔다. 그 애는 그곳에 있었다. 안전창이 활짝 열려 있었고, 그 애는 창틀에 앉아 있었다. 이미 몸은 반 이상 밖으로 쏠려 있었고 휴대전화를 쥔 손도 덜덜 떨리고 있었다. 내 마음도 그 애의 몸처럼 허공에 위태롭게 매달려 있었다.

"샤오위(小魚)!"

그 애가 고개를 돌렸다. 앳된 얼굴이 온통 눈물범벅이었다. 바깥바람에 하얀 치마와 긴 생머리가 날렸다. 현실감이 없었다. 행여나 그 애를 자극할까봐 못 박힌 듯 제자리에 서서 선뜻 앞으로 나아가지 못했다. 그 애가 조금만 움직여도 돌이킬 수 없는 일이 벌어질 것 같았다.

왜? 왜? 왜? 머릿속에서 질문이 분수처럼 터져 나와 목구멍으로 솟구쳤지만 형체 없는 말이 될 뿐이었다. 나는 물에서 나와 숨을 헐떡이는 물고기처럼 떠듬떠듬 말하며 애원했다.

"충……충동적으로 그러지 말고, 무슨 일인지 나랑 이야기하자."

그 애는 슬픔에 찬 표정으로 고개를 젓고 텅 빈 눈으로 나를 보며 중얼거렸다.

"귀신 신부가 기다려. 가야 해……."

그리고 눈앞에는 텅 빈 창틀만 남았다.

나는 눈을 깜박거렸다. 순간 의심스러웠다. 이거 다 환상이지? 이 시간, 샤오위는 나와 함께 식당에서 저녁식사를 기다리면서 학교에서 있었던 일에 대해 웃으며 이야기하고 있어야 했다…….

시간이 멈춘 것 같은 적막이 흐른 뒤, 창밖에서 무거운 물체가 떨어지는 둔중한 소리가 들려와 부정하고 싶은 현실을 일깨워주었다. 온몸에 힘이 쭉 빠져 바닥에 주저앉았다. 차갑게 울리는 거대한 소리와 그 애의 무력한 유언이 머릿속을 맴돌았다.

*

수업이 끝난 후, 린리나(林麗娜)는 메이크업 도구들을 챙기며 속으로 수업 내용을 되짚었다.

스물두 살인 리나는 인터넷에서 메이크업 달인을 자처해 완벽한 메이크업으로 인기를 끌며 수많은 '좋아요'를 받고 있었다. 하지만 영상으로 메이크업 테크닉을 선보이는 것과 남의 얼굴에 직접 화장을 해주는 것은 전혀 다른 일이었다. 신은 리나에게 예쁘장한 얼굴을 주었고 화장품은 그녀의 미모에 날개를 달아주었지만, 자기와는 다른 사각형 얼굴과 주름진 피부, 작은 눈과 외꺼풀 앞에선 난감할 따름이었다. 자격증반에 등록한 리나는 여태껏 자기가 메이크업에 대해 수박 겉핥기 식으로만 알았고, 자기 피부 타입에 적합한 화장품에만 익숙했다는 것을 깨달았다.

사람마다 이상적으로 생각하는 얼굴이 있다. 이 점을 간과한다면 유명 연예인과 똑같이 만들어준다고 해도 고객은 만족하지 않는다. 강사의 말이 리나의 뇌리에 깊이 박혔다. 수업 내용은 실용적이긴 했지만 수업료가 무척 비쌌다. 지금 같은 처지가 아니었다면 절대 등록하지 않았을 것이다.

'그 사건' 이후 리나는 의지할 곳을 잃었고, 홀로 살아가야 했다. 이 자격증을 취득해야 전문 메이크업 아티스트가 될 수 있고, 그래야 사람들에게 사진을 찍혀야 하는 내레이터 모델을 겸업하지 않아도 되었으며, 더 나아가 네티즌의 시선에서 벗어날 수 있었다.

"바로 재야. '미운 오리 새끼 나나'의 그 나나."

강의실에서 학생이 소곤거리는 소리가 리나의 귀에 꽂혔다.

리나는 못 들은 척 메이크업 도구를 챙겨 강의실에서 나갈 준비를 했다. 예전에는 낯선 사람이 알아보거나 프로그램 이름을 말해주면 우쭐했지만, 지금은 악어에게 물려 끌려가는 물새처럼 그저 최대한 빨리 도망치고 싶었다.

"어젯밤에 드디어 그 영상 봤잖아. 그게 증거 아니야? 경찰이 왜 쟤를 안 잡아가는지 정말 모르겠다니까?"

소곤거리는 쪽을 쳐다보지도, 눈을 마주치지도 말아야 한다. 어떤 표정을 짓든 더 크게 떠들어댈 테니까. 물건을 다 챙겨 아무 일 없다는 듯 교실을 나가면 됐다. 그러나 리나는 참지 못하고 힐끗 쳐다봤다. 여자아이 둘이 리나를 보면서 목소리를 한껏 낮추고 속닥거리는 모습이 유리창에 반사돼 보였다.

재가 그런 게 분명해.

이건 순전히 내 착각이다. 소리가 들리기엔 거리가 너무 멀었다. 하지만 날카로운 이빨에서 벗어난대도 상처는 피할 수 없다.

리나는 빠른 걸음으로 강의실에서 나왔다.

저녁 8시, 예전 같으면 스튜디오에서 다음 주 촬영 준비 회의를 할 시간이다. 하지만 한 달 전, 인터넷 동영상 채널을 함께 운영하던 남자친구 궁팅충(龔霆聰)이 세상을 떠나면서 스튜디오 활동도 중단됐다. 그 뒤로 리나는 그간의 추억과 이 년 동안 운영한 동영상 채널, 인플루언서 '나나'라는 신분을 내려놓고 다시 시작하려고 했다. 그러나 정신을 차려보니 자신은 살얼음판 위에 서 있었고, 한 발만 잘못 내딛어도 사람들에게 밟힐 상황에 놓여 있었다.

언짢은 기분으로 황급히 건물을 빠져나오니 어느새 땅거미가 지고 거센 바람과 함께 폭우가 쏟아지고 있었다. 리나는 서둘러 버스에 올랐다. 머리칼과 옷이 젖은 채 빈자리를 찾아 가방을 끌어안고 앉았다. 버스 안을 슬쩍 둘러보고 사람들이 모두 고개를 숙인 채 스마트폰만 보고 있는 것을 확인하고 나서야 안심하고 거울과 티슈를 꺼내 얼굴을 정리했다. 워터프루프 화장품이 빅 아이 메이크업을 가까스로 유지해주고 있었다.

리나는 휴대전화를 꺼내 잠시 망설이다가 SNS 앱을 열었다.

다시 시작하려고 했지만, 그러기는커녕 오히려 전에 없던 고약한 습관만 생겼다. 몇몇 익명의 그룹이 SNS에서 한 달 전 비극을 놓고 계속 리나를 물고 늘어졌다. 리나는 그들이 무슨 말을 하는지 몰래 훔쳐보면서 언제쯤 자신을 놓아줄까 생각했다. 아까 그 두 여학생이 자신이 메이크업 수업을 듣는다는 사실을 SNS에 올려 행적이 노출되지는 않을까 걱정됐다.

'내 친구가 이틀 전에 나나가 어떤 잘생긴 연하남하고 단둘이 저녁 먹는 걸 봤대. 사람 죽은 지 겨우 한 달밖에 안 지났는데, 바람설이 정말 근거가 있나봐.'

리나는 댓글을 노려보았다. 모르는 사람이 더 악의적으로 독을 내뿜을 줄은 몰랐다.

'죽기 전부터 그런 건지 죽고 나서 그런 건지 그게 핵심이지.

그 여자 얼굴만 봐도 한 번이 아니라는 게 딱 보이잖아. 전형적인 홍콩 여자야.

바람설, 채택 부탁.'

사람들은 제멋대로 댓글을 남겼다.

지난 한 달 동안 정말 별의별 말을 다 봤다.

그들이 말하는 연하남은 리나의 중학교 동창이었다. 스튜디오에서 가구와 촬영 장비를 옮기는 것을 그가 도와주었고 리나는 감사의 표시로 저녁을 샀다. 그게 잘못된 일인가? 도대체 얼마나 더 자신이 진범을 대신해 희생양이 되어야 하는가?

다 잊힐 거야. 리나는 숨을 깊이 들이마시고 스스로에게 말했다. 이제 한 달이 지났고, 사람들은 쉽게 잊는다. 다른 핫이슈가 터지면 그들은 새로운 목표를 공격할 것이다……. 딩동, SNS 메시지가 왔음을 알리는 휴대전화 알림음이 울렸다.

리나는 메시지 창을 열었다. 모르는 계정이었다. 모르는 사람에게서 온 메시지는 수신 거부로 설정할까 하다가 고객일지 몰라 그대로 두었었다. 어쨌든 수입이 필요하니까.

천월 엔터: 다음 주 일요일 게임 론칭쇼 내레이터 모델, 코스프레 필요. 자사의 신규 무협 모바일게임 홍보. 시간당 300홍콩달러. 관심 있습니까?

동영상으로 인한 수입이 사라져 재정 상태가 빠듯한 상황이라 리나는 시급에 혹했다. 하지만 최근 많은 일을 겪으면서 알게 된 단어가 하나 있었다. 이른바 '노이즈 마케팅'.

나나: 어떤 캐릭터인가요?

천월 엔터: 전통 복장을 한 미녀요. 의상은 저희가 제공합니다.

나나: 사진 보여줄 수 있으세요?

천월 엔터: 노출이 약간 있습니다. 할래요, 말래요?

나나: 사진 먼저 보여주세요.

재차 요구하자 상대가 사진을 보내왔다. 리나도 게임 공식 사이트에 가서 캐릭터를 살펴보았다. 판진롄(潘金蓮)•.

리나는 화가 훅 치밀었다.

나나: 일부러 저한테 이 캐릭터 맡기는 거죠?

천월 엔터: 홍보 수단일 뿐이에요. 그래서 할래요, 말래요?

홍보 수단 같은 소리 한다! 욕을 한바탕 써주고 싶었지만, 억지로 심호흡을 크게 한 다음 답 메시지를 쓰고 위선적인 미소 이모티콘을 덧붙였다.

나나: 죄송해요, 그날은 제가 다른 일이 있습니다.

천월 엔터: 내키지 않아서 그래요? 아니면 금액이 부족합니까? 마케팅 관점에서 보면 당신에게도 좋은 홍보 기회인데요. 유명하면 그냥 유명한 거지, 이유 따질 필요 있습니까? 이거 하면 그날 신문에 난다고 보장합니다.

나나: 그날 시간이 없네요. 그럼 이만!

• 반금련. 《수호지》와 《금병매》에서 바람을 피우고 남편을 죽인 악녀

누가 유명해지고 싶대? 리나는 분노에 차서 메시지 창을 닫았다. 메시지 알림 진동은 한참 울리고 나서야 멈췄다. 한숨 돌리려는데 이번에는 전화벨이 울렸다. 욕이 튀어나오려는 순간 발신자가 '집주인'이라고 뜨자 어깨가 쪼그라들며 받기가 망설여졌다. 지난달, 집주인은 임대료를 독촉하면서 은근히 이사 이야기를 꺼냈다. 완곡한 말투로 소문 때문은 아니라면서도 리나가 살인 사건과 관련됐다는 소문을 들었다고 했다.

최근에 임대료가 많이 올랐다. 그냥 얼굴에 철판을 깔고 본가로 들어갈까? 그건 정말 싫었다. 방금 일을 거절한 게 조금 후회스러웠다. 집주인의 전화는 안 받을 수가 없었다. 벨이 계속 울리자 승객들이 고개를 돌려 쳐다봤다. 리나는 다급하게 벨소리를 무음으로 바꾸고 상대가 포기할 때까지 기다렸다.

리나는 손수건을 꺼내 얼굴을 닦는 척하며 눈가의 수분을 찍어냈다. 강의실에서 품었던 전문 메이크업 아티스트의 꿈이 또 멀어졌다. 아마도 리나는 평생 꼬리표를 떼지 못할 것이다. 살인 용의자라고 쓰인 꼬리표를.

리나를 실은 버스가 휘황찬란한 거리를 통과했다. 홍콩의 밤은 매우 떠들썩했지만, 리나의 마음은 무언가에 갉아 먹힌 듯 텅 비어 있었고 리나는 자기 자신이 간판의 불빛 속을 부유하는 유령처럼 느껴졌다. 버스가 자신을 어디로 데리고 가는지 그것 하나는 알았지만, 앞으로 어떻게 살아야 하는지는 알 수가 없었다. 이제는 누가 대신 생각해줄 수도 없었다.

아마추어 메이크업 아티스트와 전시장 홍보 모델로 얼마나 버틸 수 있을까?

휴대전화 진동이 또 울렸다. 리나는 곧 무너져내릴 것처럼 휴대전화에 이마를 댔다.

제발 제대로 된 일이길, 부탁이다.

휴대전화를 들어 메시지의 닉네임을 얼핏 본 리나는 순간 얼어붙었다가 화가 치밀었다.

'귀신 신부.' 발신자의 닉네임이었다.

귀신 신부는 몇 달 전부터 인터넷상에서 유행하고 있는 도시전설의 주인공으로 리나의 남자친구인 아충(阿聰)•과 관련이 있었다. 지금도 아충의 죽음이 귀신 신부의 저주 때문이라고 하는 사람이 있었다. 이런 닉네임을 사용하다니, 리나에게 상처를 주려는 게 분명했다. 휴대전화를 던져버리고 싶었지만 무기력하게 눈물이 흘러 황급히 닦아야 했다. 휴대전화는 한참 부릉대다 조용해졌다.

분명 정체를 알 수 없는 네티즌 수사대일 것이다. 그들은 자기가 경찰이 발견하지 못한 증거를 찾아냈다며 시도 때도 없이 '네 짓인 걸 다 알고 있다'라고 메시지를 보내왔다. '창녀'나 '천하의 잡년'이

• 중국에서는 이름에 아(阿)를 붙여 애칭을 만드는 문화가 있음

라고 욕을 해대기도 했다. 리나는 때론 이런 악의가 자신을 감옥에 처넣거나 죽이는 것보다 더 무서웠다. 그럴 때마다 터지려는 울음을 겨우 참고 악담과 욕지거리를 농담으로 넘겼다.

맞아, 농담이야. 이런 농담에 무너질 수는 없었다. 심호흡을 몇 번 한 다음 휴대전화를 다시 열어 메시지 창으로 들어갔다.

귀신 신부는 이미 로그아웃하고 없었다.

그러나 메시지는 있었다. 리나는 메시지 창에 떠 있는 이름을 보고 눈을 크게 떴다.

린리나, 린리나, 이제야 찾았네, 린리나.

너는 저주에 걸렸어. 너희 넷 모두 저주에 걸렸어.

궁팅충, 린리나, 리이즈(李一志), 예쓰제(葉思婕), 마침 딱 젓가락 두 쌍이네.

첫 번째는 궁팅충, 너는 두 번째 아니면 세 번째이려나?

마지막까지 살아남는 사람이 범인이야. 물론 너는 아니지.

맞혀봐! 누가 네 눈앞에서 네 남자친구를 죽였을까?

궁팅충, 린리나, 리이즈, 예쓰제. 스튜디오에서 함께 일한 멤버들의 이름이었다.

그들은 낡은 상업용 빌딩의 좁은 사무실을 스튜디오 삼아 인터넷 채널을 운영했고 해산할 때까지 멤버는 네 명뿐이었다. 라이브 토크쇼 '시계태엽 레몬'의 궁팅충, 메이크업 채널의 크리에이터 '나나'(린리나), 게임 생방송을 하는 리이즈, 백오피스에서 광고 섭외와

팬 페이지 관리를 담당하는 편집자 '제시카'(예쓰제).

뉴스에는 그들의 본명이 보도된 적이 없었고, 더군다나 쓰제는 대중 앞에 드러난 적이 한 번도 없었다.

귀신 신부는 어떻게 그들 넷을 다 알고 있는 걸까?

머릿속 깊은 곳에서 플라스틱 그릇이 바닥에 부딪히는 낭랑한 소리가 울리며 지난 일들이 휴대전화 앨범 속 사진처럼 하나씩 눈 앞을 스쳐 지나갔다. 마지막 한 장은 얼굴이 벌겋게 부어오른 채로 카메라 앞으로 쓰러지는 아충의 얼굴일 터였다.

자신의 마지막이 그렇게 추할 것이라고는 상상도 못 한 듯한, 공포와 원한이 가득한 얼굴이었다.

뉴스는 이 사건을 짧게 다루면서 '현재 경찰이 조사중이다'라고 보도했고, 그것으로 주류 매체에서는 잊혔다. 배는 이미 떠났고 흔적은 사라졌다. 한 달이 지났다. 경찰이 범인을 잡았다는 뉴스가 나오지 않는 한 대다수의 사람들은 이 사건을 다시 떠올리지도, 관심을 갖지도 않을 것이다. 하지만 어떤 네티즌은 경찰이 리나를 체포하지 않았다는 사실은 무시하고 그녀가 범인이라고 속단했다. 배는 이미 멀리 떠났는데 발을 헛디뎌 바다에 빠진 리나는 먹잇감을 노리는 상어 떼에 둘러싸인 셈이었다.

이제는 피와 살을 씹어 삼키려는 피라냐 떼까지 더해진 것인가.

리나는 손바닥에 땀이 나는 것을 느끼며 메시지 발신자의 계정으로 들어갔다. 예상대로 새로 개설한 계정으로 게시물이 전혀 없었다. 프로필에는 어둠 속을 유영하는 작은 붉은색 물고기 사진이 걸려 있었는데 꼬리 부분이 신부의 면사포처럼 퍼져 있었다. 계정 정보에도 성별이 여성이라는 것 말고는 정보가 아무것도 없었다. 리나에게 저주의 말을 농담처럼 던지는 사람은 많았다. 죗값을 받을 거라고 악담을 퍼붓는 사람도 적지 않았다. 하지만 스튜디오 사람들의 이름이 거론된 것은 이번이 처음이었다.

비에 젖어서인지 아니면 차 안의 에어컨이 너무 강한 탓인지 리나는 온몸에 한기가 들었다.

구급차에서 아충은 괴로운 듯 리나의 손을 꽉 잡았었다. 괴로워하던 모습이 아직도 눈에 선했다. 죽음은 절대 멀지 않은, 그렇게나 가까운 곳에 있었다. 리나는 이 죽음의 그늘에서 벗어나려고 노력했다. 경찰의 무력함에 대한 분노를 내려놓고 이제는 그냥 자기 삶을 살고 싶었다.

누가 네 눈앞에서 네 남자친구를 죽였을까…….

고개를 들자 내리는 비로 차창 밖 풍경이 흐릿하고 낯설게 변해 마치 다른 나라에 잘못 들어온 것 같았다.

내려야 할 정류장을 지나쳐버렸다.

'신낭탄(新娘潭)의 귀신 신부'는 홍콩에서 유명한 귀신 이야기 중 하나다.

젊은 신부가 시집가는 길에 연못을 지나다 타고 있던 가마가 연못에 빠져 익사했다고 한다. 그때부터 그곳에 귀신 신부의 영혼이 남아 있다는 전설이 생겼고 '신부의 연못'이라는 뜻의 '신냥탄'이라고 불리게 되었다. 옆에 있는 연못은 '자오징탄(照鏡潭)', 귀신 신부가 그곳에서 거울을 보면서 머리를 빗는다고 한다. 이후 근처에 신냥탄이라는 이름의 도로가 생겼고 이 도로에서 교통사고가 자주 발생하자 사람들은 귀신 신부의 장난이라고 했다.

세월이 흐르고 홍콩이 급격하게 도시화되면서 '얼굴 없는 귀신'이나 '여우 신선' 같은 전설은 관련 지역과 건물이 사라짐과 동시에 사람들의 기억에서도 잊혔다. 그러나 신냥탄은 플로버 코브 컨트리 파크(Plover Cove Country Park)에 위치해 개발의 운명을 비껴갔고 전설은 계속됐다. 그저 요즘 사람들에게는 너무 먼 귀신 이야기라 별다른 재미가 없을 뿐이었다.

그러나, 올해 3월 말부터 인터넷을 중심으로 귀신 신부의 저주가 다시 유행하기 시작했다.

대부분 검색 순위를 높이려고 쓸데없는 내용을 모아놓는 콘텐츠 팜 사이트들이었지만 퍼지는 기세는 상상을 초월했다. '쌀밥에 저주 대상의 이름을 쓴 젓가락 한 쌍을 꽂아서 신냥탄에 두면 귀신 신부가 그 사람의 영혼을 저승으로 데려가 자신의 결혼 축하주를 먹인다.' 이런 유의 소문이 빠르게 확산됐고, 익명의 제보가 제법 그럴듯하고 생생하게 올라왔다. 젓가락을 꽂은 밥그릇 뒤에 여자가 어른거리는 심령사진을 올린 사람도 있었다. 그러자 인터넷 매체가 보도하기 시작했고, 신냥탄 근처에서 '저주의 젓가락 밥그릇'을 찾아 사진을 찍어 SNS에 올리면 순식간에 핫이슈로 떠올랐다.

팔자가 나쁜 사람은 혼이 돌아오지 못해 죽고, 양기가 강한 사람은 악몽에 시달리고 병으로 쓰러진다. 동명이인에게 저주가 잘못 걸릴까 걱정되면 다른 한쪽 젓가락에 휴대전화 번호를 쓰면 되고, 제물로 화장품을 놔두면 효과가 훨씬 좋다……. 소문은 점점 부풀었고 심지어 집 근처에서 붉은색 치마저고리 예복을 입은 여인이 나타났다가 흔적도 없이 사라졌다고 하는 사람까지 나타났다.

귀신 신부는 신냥탄에서 농간을 부리는 귀신에서 졸지에 여기저기에서 사람을 해치는 악귀로 변했다. 인플루언서들도 가담해 심령 소재를 대대적으로 활용했고 생방송으로 의식을 진행하면서 구독자와 함께 꽥꽥 소리를 지르기도 했다.

리나가 일하는 스튜디오의 주요 채널인 '시계태엽 레몬'은 이런 유행과는 반대로 두 달 동안 귀신 신부 이야기를 한 번도 거론하지 않았다. 라이브 방송 진행자는 리나의 남자친구 궁팅충. 그는 화려한 언변과 마성의 목소리, 자신감 넘치고 스마트해 보이는 외모, 박학다식함을 무기로 지식형 인플루언서로 등극했다. 그의 채널에서는 후끈 달아오른 도시전설을 다루지 않았다. 5월 말까지는.

"'시계태엽 레몬'이 '귀신 신부' 이야기를 다룹니다."

아충은 입을 열자마자 강력한 폭탄을 던졌다.

"귀신 신부라는 것은 없습니다. 다시 한 번 말하는데요, '귀신 신부의 젓가락 저주'는 없습니다. 거짓말이에요. 전부 거짓말입니다."

아충은 라이브 방송에서 입가가 살짝 올라가는, 리나가 제일 좋아하는 자신감 넘치는 미소를 지으며 폭탄을 터뜨렸다.

"왜냐하면 귀신 신부에 관한 괴담은 제가 만든 것이니까요."

아충은 첫 번째 심령사진을 어떻게 찍었는지, 젓가락 저주의 도구와 의식을 어떻게 설계했는지, 뉴스를 어떻게 이용했는지, 소문을 어떻게 확산했는지, 즉 도시전설의 제작 과정을 자세히 소개했다.

아충은 득의양양한 태도로 조소를 던지며 유행에 편승하는 네티즌을 조롱했다.

"여러분에게 이성적 사고의 중요성을 깨닫게 해주려고 한 일입니다!"

아충은 당당하게 말했다.

그날 이후 아충의 채널은 폭발적인 관심을 받았고 그의 이름은 인기 검색어에 올랐다. 한 달 만에 채널 구독자 수가 몇 배로 늘었다. 지지하는 사람과 비판하는 사람이 비슷하게 많았다. 지난 일 년 동안 침체에 빠졌던 스튜디오가 이 영상 하나로 회복할 수 있었다. 일약 핫채널로 등극하자 광고 관련 문의도 많아져 옹색했던 재정 상황도 개선됐다.

에어컨도 마음 놓고 틀 수 있게 됐다. 아충이 특별히 샴페인을 사 왔다. 잔 네 개가 쨍하고 청량한 소리를 내며 부딪치자 황금색 액체에서 뽀글뽀글 기포가 올라왔다. 계속 솟아오르는 동영상 조회수처럼 아름다웠다.

이후 그들의 행동을 비난하는 댓글이 점점 늘었고 수위도 높아졌으며 그들을 저주하는 사람도 많아졌다. 리나는 무서워하며 아충에게 강도를 조금 낮추라고 권했지만, 그는 귓등으로도 듣지 않았다. 리나는 아충과 초등학교 때부터 친구인 이즈에게 잘 타일러보라고 부탁했다.

"이게 바로 유명세라는 거야."

이즈가 어깨를 들썩거리며 대답했다.

"스튜디오에 온 물건들 때문에 정말 겁먹은 건 아니지? 그건 그냥 시시한 장난일 뿐이야."

"광고가 확실히 늘었어." 애초 이 기획이 탐탁지 않던 쓰제도 말했다. "아충은 사람들의 원망과 분노를 마주할 마음의 준비를 하고 있었어."

리나는 그들의 말로 스스로를 설득하면서 안심하는 척했다. 자신이 너무 나약하다고 느끼면서. 어쨌든 당시 그들은 그렇게 심각한 결과가 있을 거라고는 예상하지 못했다. 인터넷에서의 공방전이 한 달 내내 계속됐다. 6월 말, 아충은 라이브 방송에서 다시 한 번 정면 대응에 나섰다. 라이브 방송 당일, 아충은 블랙과 화이트로 디자인된 채널명을 배경으로 차가운 인더스트리얼 스타일의 탁자와 의자를 배치한 스튜디오에서 무서울 게 전혀 없다는 듯 가슴을 쫙 펴고 사람들 앞에 나섰다.

"여러분이 달아주신 댓글 다 봤습니다. 증거를 다 보여드리고 그게 백 퍼센트 가짜라는 것을 증명했음에도 예상대로 자기가 쉽게 미신에 빠지고 잘 속는다는 것을 부정하는 분들이 있었습니다. 제가 진작 말하지 않았습니까? 그런 사람은 진실을 마주하려고 하지 않는다고요."

아충은 손짓으로 탁자 위에 놓인 소인 찍힌 편지 봉투를 가리켜 구독자의 시선을 집중시켰다. 아충이 봉투를 찢어 거꾸로 들자 포장 안 된 일회용 젓가락이 나왔다.

"여러분은 잘못된 판단을 인정하지 않고 오히려 화를 냈습니다. 여러분, 최근에 제가 이런 젓가락을 많이 받았습니다. 이건 오늘 아침에 배달된 겁니다. 보세요, 역시 제 이름과 휴대전화 번호가 적혀 있네요. 이게 뭡니까? 협박하는 겁니까?"

아충이 냉소를 지으며 젓가락을 흔들었다.

다섯 번째인지 여섯 번째인지 모르겠지만 누군가 스튜디오로 저주의 젓가락을 보내왔다. 아충은 젓가락에 자신의 이름이 쓰여 있는 걸 보고도 살짝 경멸의 표정을 지었을 뿐 태연한 듯 이즈에게 그냥 버리라고 했다. 입가에 냉소를 머금은 채. 아마도 아충은 비난하는 사람들에게 맞설 생각을 전부터 하고 있었던 모양이었다. 그날 아침, 편지를 받은 이즈가 봉투에서 젓가락 모양이 만져진다며 버리려고 했는데 아충이 라이브 방송 때 쓰겠다면서 가져갔다.

"제 휴대전화 번호를 알면 직접 전화를 하시지, 그러지는 못하고 이런 방식으로 위협을 하네요. 제가 말한 겁쟁이가 바로 당신 같은 사람입니다! 설마 귀신 신부가 신비한 힘으로 저에게 복수할 거라고 믿는 건 아니겠지요?"

아충은 한껏 거드름을 피우며 안경을 고쳐 쓰고는 카메라 렌즈를 향해 날카롭고 엄숙하게 말했다.

"정신 차리세요! 머리를 조금만 굴려도 알 수 있는 속임수입니다. 세상에 귀신이나 유령, 저주는 없습니다. 당신들 같은 미신 신봉자와 생각을 거부하는 사람만 있을 뿐."

라이브 방송 화면 아래쪽 댓글 창에 댓글이 폭발하듯 쏟아져 다 읽지 못할 정도였다.

지난번에는 그래도 지지자들과 분노한 이들이 서로 욕하는 분위기였지만 이번에는 거의 일방적으로 비난 일색이었다. 욕설이 홍수처럼 휴대전화 화면을 잠식해 리나는 두 손을 꽉 쥐었다. 남자친구를 향한 공격 하나하나가 마치 자신의 심장에 꽂히는 것 같았다.

그러나 당사자인 아충은 탁자 위에 놓인 태블릿 PC를 힐끔 보더니 입가를 일그러뜨리며 말했다.

"제가 내심 저주에 걸릴까 무서워서 일부러 떠들어댄다고요? 우습네요. 여기에 이름이 쓰였든 숫자가 쓰였든 이건 쓰고 버리는 젓가락이에요. 먹는 데 쓰는 도구일 뿐입니다. 못 믿겠다면 지금 여러분 앞에서 증명해 보일게요. 마침 광고용으로 협찬받은 식품이 하나 있는데 젓가락을 한번 써볼까요? 여러분 삼 분만 기다려주세요. 그 동안 제가 인지심리학의 관점에서 미신에 관해 말씀드리겠습니다."

아충은 렌즈 밖 동료에게 손짓했다. 세 사람 모두 조금 놀랐다. 그 상품 영상은 다음 주에나 내보낼 예정이었다. 하지만 리나는 아충의 짜증스러운 눈길에 망설이는 쓰제를 끌고 다급히 협찬받은 새우탕면을 가지러 갔다. 이어서 '시계태엽 레몬'의 간판 퍼포먼스가 시작됐다. 아충은 원고도 없이 이론과 분석을 청산유수처럼 쏟아냈다. 그런데 라이브 방송을 보는 시청자들이 그런 걸 신경이나 쓰겠는가. 댓글 창은 귀신 신부 논쟁으로 뒤덮였다.

감정이 고조되었는지 아충은 리나가 라면을 끓여와 탁자 위에 놓자 갑자기 리나를 끌어당겨 입을 맞추었다. 리나는 놀라서 뒤로 한 발짝 물러섰다. 카메라 앞에서 가볍게 포옹해 싱글들의 부러움을 산 적은 있었지만 입을 맞춘 적은 없었다. 거절하면 아충이 민망할 것 같아 그냥 내버려두는 수밖에 없었다.

"자, 홍콩에서 생산된 새우탕면입니다. 이 회사는 저한테 정말 고마워해야 합니다. 오늘 방송은 제가 이 채널을 개설한 이후 가장 높은 시청률을 기록할 테니까요."

아충은 자기 이름이 적힌 젓가락을 들어 면에 꽂았다. 리나는 불안했다. 아충은 예민한 체질이라 식기 위생에 매우 예민했는데 어디서 났는지 모를 젓가락을 써도 정말 문제가 없을까 걱정이 앞섰다. 하지만 지고는 못 사는 성격인 아충이 이기기 위해서라면 물불

안 가린다는 것도 잘 알았다.

“보이시죠? 여러분을 두려움에 떨게 만든 저주의 젓가락입니다. 제가 이 젓가락을 신선하고 맛있는 라면에 넣어 먹어보겠습니다. 음, 정말 맛있네요! 광고라서가 아니라 정말입니다. 제가 생각했던 것보다 훨씬 더 맛있네요.”

라면을 먹던 아충이 부러 혀를 내밀어 젓가락을 핥았다.

“이 새우탕면에 대해 조금 설명드리자면, 면을 반죽할 때 새우를 넣는 게 비법입니다. 그래서 끓일 때 조미료를 안 넣고 그냥 물만 넣어도 맛이 끝내줍니다. 완벽한 오리지널의…….”

아마도 그때가 처음이었을 것이다. ‘시계태엽 레몬’에서 아충이 말을 끝맺지 못한 것은.

아충은 표정이 확 변하면서 격렬하게 기침을 하기 시작했다.

구토가 시작됐고 얼굴이 부어올랐다.

리나는 깜짝 놀라 소리를 지르며 뛰어갔다. 이즈가 카메라 뒤에서 뛰어나오다 렌즈에 부딪혀 카메라가 쓰러졌고, 아충이 탁자 위에 있던 라면을 엎어 리나에게 튀었다. 나중에 보니 허벅지가 벌겋게 부어올랐지만, 그때는 몸에 붙은 면만 얼른 떼어내고 아충을 부축하기 바빴다.

아충은 목을 붙잡고 필사적으로 뭔가를 말하려고 했다. 눈을 커다랗게 뜨고 고통에 몸부림치는 얼굴이 화면을 가득 채웠다.

리나는 정지 버튼을 클릭해 영상을 멈췄다. 더 보고 싶지 않았다.

아충이 쓰러져도 댓글 창에는 차가운 조소와 신랄한 풍자가 끊이지 않았다. 혹독한 댓글이 여전히 리나의 일상을 파고들고 있었다. 아충이 세상을 떠나고 얼마 안 됐을 때만 해도 리나는 그의 물건만 봐도 눈물이 쏟아졌다. 아충과 같이 찍은 사진과 기념품을 전부 종이 상자에 넣었지만 차마 버릴 수는 없었다. 귀신 신부가 보내온 메시지는 칼이 되어 봉합해둔 기억을 찢었다.

한 달 내내 악의에 찬 메시지에 시달리면서도 또 귀신에 홀린 듯 자신에 대해 말하는 댓글을 다 찾아보았다. 댓글은 입에 담을 가치도 없는 근거 없는 이야기뿐이어서 찾아본 것을 후회했지만 그러면서도 모르는 사람이 던진 독 든 미끼를 삼켰다. 하지만 귀신 신부가 아는 것은 이 이상이었다. 다시 살펴보고 확인해도 스튜디오에서 일하는 네 사람의 이름은 인터넷이나 뉴스에 나온 적이 없었다.

리나는 불안한 마음에 저녁 내내 다른 일을 전혀 하지 못하고 영상만 계속 돌려봤다.

리나는 이어지는 내용을 똑똑하게 기억했다.

리나가 다급하게 물을 따라 아충에게 건네자 이즈가 아충의 응급 주사를 찾아오라고 버럭 소리를 질렀다. 둘은 아충에게 주사를 놓고 함께 구급차에 올랐다. 병원으로 옮기는 도중 호흡 정지가 왔고 구조에 실패해 아충은 세상을 떠났다. 병원에서 리나는 무너져 내려 목 놓아 울었다.

그렇게 악몽이 시작됐다.

사고가 일어나자마자 이즈가 라이브 방송을 중단했지만 실시간으로 녹화하던 네티즌이 많았다. 영상을 아무리 삭제해도 새로운 영상이 다시 등장했다. 사람들은 사고 내용이 담긴 동영상을 '죽음의 라이브 방송'이라 부르며 끊임없이 말을 만들어냈다.

귀신 신부의 저주일까, 현장에 있던 사람의 범행일까, 불행한 돌발 사고일까?

마치 추리 파티라도 하는 것 같았다.

어쩌면 그들에게는 아무런 부담과 죄책감 없이 사건에 대해 떠들며 느끼는 쾌감이 진실보다 더 중요할지도 몰랐다.

이즈의 게임 채널은 존재감이 없었고 구독자 수도 형편없이 적어 네티즌은 그가 스튜디오의 일원인 것도 기억하지 못할 것이다. 쓰제는 얼굴이 드러나지 않는 백오피스 담당이었고……. 하지만 리나는 인터넷 얼짱에 아충의 연인이었으니 말을 만들기가 제일 쉬웠다.

'그 여자가 라면 갖고 왔잖아. 독 탄 게 분명해. 죽은 사람 여자친구였지? 치정 살인 아냐? 치정 살인이면 제삼자가 있겠네. 제삼자? 그럼 죽은 쪽이 아니라 남은 여자 쪽이 바람피운 거네…….'

네티즌은 상상력을 한껏 발휘해 법관이 판사봉을 휘두르듯 계속 리나를 때렸다.

'걔 모델이잖아, 모델 세계가 얼마나 지저분한데. 이 사진 자세 좀 봐, 남자 홀리는 포즈잖아.'

또 한 명의 '베프'가 나타나 리나의 남자관계가 굉장히 문란하다고 폭로했다.

'청순 무구한 얼굴에 속지 마세요. 순진한 얼굴로 남자 꾀는 데 선수라니까요…….'

아무 근거 없이 그저 나오는 대로 지껄이는 말이었지만 믿는 사람이 있었다. 아니, 어쩌면 믿고 안 믿고의 문제가 아니었다. 사람들은 새로운 소재의 등장으로 살인 사건 관련 토론이 더 흥미진진해지는 것을 즐기는 것 같았다. 아무리 반박해도 소용없었다. 리나는 집 안에 틀어박혀 수없이 많은 밤을 컴퓨터 모니터를 보면서 혼자 울었다. 자살도 생각했지만 죽는 게 무서웠다. 소심한 성격 덕에 실행에 옮기지 못해 뻔뻔스럽지만 꾸역꾸역 살았다.

"린리나, 린리나, 이제야 찾았네, 린리나. 너는 저주에 걸렸어. 너희 넷 모두 저주에 걸렸어……. 그래, 나는 사람들이 건 저주에 걸린 게 분명해."

리나는 원망하듯 귀신 신부가 남긴 메시지를 웅얼거리며 탄식에 빠졌다.

네티즌은 리나가 범인이길 기대했지만 아충의 죽음은 미제 사건으로 남았다. 경찰도 젓가락을 보낸 사람에게 더 혐의를 두었다. 그러나 봉투에는 우체국 소인과 스튜디오 주소뿐, 스튜디오 사람들 것 외의 별다른 지문도 없어 보낸 이를 찾지 못했다. 현상금을 걸어 진범을 잡으려고 해도 아충의 집안은 그럴 만한 돈이 없었다. 누군가가 젓가락을 보낸 사람에 대한 단서를 제공하기를 바라는 것은 범인이 양심의 가책을 느껴 자수하기를 기다리는 것과 다를 바가 없었다. 아충의 삼촌도 알레르기로 돌아가셔서 그의 부모는 운명에 순응하듯 아들의 죽음을 받아들였다. 범인을 못 잡는다고 경찰을 원망해봐야 아충의 죽음이 미제 사건으로 남았다는 현실은 변하지 않았다.

범인은 젓가락을 보낸 사람이다.

리나도 그렇게 믿었다. 그렇게 믿고 싶었다. 하지만…….

사건을 파고들수록 의심스러운 부분이 생겨났다.

경찰은 면, 그릇, 국물, 젓가락 모두에서 알레르기 유발 물질이 검출됐다고 했다.

라면 국물이 엎질러져 리나의 몸에도 묻는 바람에 그녀에게서도 미량이 검출됐다.

하지만 최초의 감염원이 젓가락이라고 어떻게 확신하는가?

아충은 땅콩 알레르기가 매우 심했다. 아충과 사귄 이 년 동안 리나는 땅콩 함유 식품을 철저하게 피했다. 심지어 땅콩 초콜릿을 먹으면 양치질을 하고 나서야 아충을 만났다. 아충은 땅콩을 직접 먹는 건 말할 것도 없고 땅콩에 닿은 식기에도 발작을 일으켜 스튜디오에는 땅콩 제품이 전혀 없었다. 사고가 있던 날 아충은 새우탕면을 먹고 알레르기 반응을 보였다. 하지만 새우탕면 자체에는 땅콩 성분이 일절 포함돼 있지 않았다. 세 멤버의 몸에도, 스튜디오 어디에도 땅콩이라곤 없었다.

이 또한 네티즌이 리나를 의심하는 이유였다. 그날 리나만 그 라면에 손을 댔기 때문이다.

하지만 리나는 범인이 아니었다.

스튜디오 사람들도 범인일 리 없었다.

멍하니 컴퓨터를 보며 생각에 잠겨 있는데 배에서 꼬르륵 소리가 났다. 시계를 힐끗 보니 벌써 10시가 넘었고, 리나는 아직 저녁 식사 전이었다. 리나는 한숨을 내쉬며 부엌 선반에서 라면을, 냉장고 속 밀폐 용기에서 스팸을 꺼냈다. 모두 어제 먹다 남은 것이었지만 돈을 아껴야 했다.

가스를 켜고 물을 끓이다 문득 그날도 자신이 비슷한 일을 했던 게 떠올랐다.

스튜디오의 탕비실은 두 명이 들어가면 꽉 찰 만큼 좁았다. 인덕션은커녕 전자레인지 하나와 전기포트 하나가 전부였다. 아충의 습관대로 리나는 식기를 다시 헹구고 행주로 닦았다. 그날따라 유난히 흥분한 아충이 조급하게 굴었지만 리나는 늘 하던 과정을 거르지 않았다.

리나는 쓰제가 건넨 광고 식품을 받아 포장을 뜯고 면을 꺼내 그릇에 넣었다. 뜨거운 물을 따라 전자레인지에 넣어 가열한 다음 아충에게 주었다. 솔직히 말해 그렇게 끓인 라면이 맛있을 리 없었다. 집이었다면 스팸과 달걀, 파를 썰어 넣었을 테지만, 스튜디오에는 아무것도 없었다.

경찰은 당연히 전기포트의 물도 조사했지만 아무 소득이 없었다. 전기포트에 있던 물은 아침에 수도꼭지에서 받아 끓여놓은 수돗물이었다. 그날 탕비실에는 별다른 점이 없었고 싱크대도 평소처럼 깨끗했다. 물론 세 사람 역시 아충의 엄격한 요구에 따라 몸에 땅콩 제품을 지니고 있지 않았다.

만약 계획적인 살인이라면…….

가장 의심스러운 것은 물론 그날 익명으로 보내온 젓가락이었다.

지난해 리나는 밸런타인데이 데이트 메이크업을 선보이는 영상에서 실수로 남자친구에게 땅콩 알레르기가 있다고 말했다. 아충은 매우 불쾌해하며 리나와 한바탕 말다툼을 벌였고 리나가 잘못을 인정하고 나서야 화해했다. 두 사람의 채널은 구독자층이 달랐지만 아충의 팬이 아충에게 땅콩 알레르기가 있다는 것을 알 수도 있었다. 누군가 젓가락에 땅콩기름을 발라 장난을 쳤다면? 그 장난이 비극을 부른 것일 수 있었다.

계획적인 살인이었다고 하자. 범인은 아충이 그 젓가락을 사용할 것이라고 어떻게 장담할 수 있었을까? 스튜디오로 보낸 이를 알 수 없는 젓가락이 온 게 처음 있는 일도 아니었고 그런 젓가락들은 받는 즉시 버렸었다. 그날 아충이 그 젓가락으로 새우탕면을 먹겠다고 나선 것은 순전히 즉흥적인 결정이었다. 경찰도 같은 생각이었다. 만약 계획적인 범행이라면 범인이 고려해야 할 경우의 수가 너무 많았다. 경찰은 새우탕면의 성분과 공장을 조사했다.

면을 만드는 공장은 홍콩의 한 국숫집 주방 뒤에 있었다. 그리고 그 주방에는 땅콩기름이 있었다. 직원이 땅콩기름이 묻은 손으로 면을 만진 걸까? 땅콩기름이 독약도 아니고 조금 묻었어도 크게 신경 쓰지 않았을 것이다. 그러나 경찰은 확실한 증거를 찾아내지 못했고, 국숫집은 결백한 것으로 판명됐다. 경찰은 결국 "면에서 땅콩 성분이 나온 것은 당시 사망자가 땅콩 성분이 묻은 젓가락을 사용했기 때문이며 따라서 알레르기 유발 원인은 젓가락으로 추정된다. 혐의자는 편지를 보낸 사람으로 경찰은 계속해서 수사하겠지만 체포 가능성은 희박하다"라고 밝혔다.

아충의 죽음은 미제 사건으로 흐지부지됐다.

리나, 쓰제, 이즈는 사건 당사자였기 때문에 경찰 조사의 진행 상황을 대충 알았지만 다른 사람은 그렇지 않았다. 인터넷에 떠도는 동영상만 봐서는 라면을 끓인 과정도, 라면을 먹기로 한 것이 즉흥적인 결정이었다는 것도, 스튜디오의 업무 분담도 알 수가 없었다. 네티즌의 추측에는 누락과 오류가 많을 수밖에 없었다.

귀신 신부는 무슨 근거로 범인을 안다고 말했을까?

리나를 겁주려는 것이다. 다른 네티즌처럼. 더 가증스러웠다.

분명 그럴 것이다. 리나는 그 말 한마디에 생각이 많아져 내내 허튼 생각만 했다. 어서 밥이나 먹고 자자. 리나는 수저통에서 젓가락을 꺼냈다. 젓가락 윗부분에서 붉은 액체가 흘러나왔다. 리나는 깜짝 놀라 소리치면서 뒷걸음하다 냉장고 문에 부딪혔다.

피? 왜 피가……?

아니야……. 리나는 눈을 크게 뜨고 수저통에 있던 것들을 전부 꺼냈다. 포크와 나이프, 젓가락에 온통 붉은 액체가 묻어 있었다. 액체는 선반에서 탁자 위까지 흘러내리고 있었다. 피의 근원을 따라가 마침내 붉은 액체가 흐르는 '물건'을 찾아냈다. 리나는 숨을 참고 덜덜 떨며 그것을 집어 들었다. 병이었다. 식초병에서 샌 '피' 같은 식초에서 신 냄새가 진동했다. 잔뜩 긴장했던 신경이 순간 정상으로 되돌아왔다.

"그냥 식초잖아. 놀랄 것 없어."

리나는 메마른 웃음을 흘리며 준비한 저녁을 들고 컴퓨터 앞으로 갔다.

그때, 알림음이 울리면서 메시지가 떴다.

또 귀신 신부였다.

신경 쓰지 말자. 이건 그냥 장난일 뿐이야.

그러나 알림음이 계속 울렸고, 리나는 그릇과 젓가락을 탁 내려놓으며 메시지 창을 열었다.

귀신 신부: 안녕.

귀신 신부: 정말 어려웠는데 드디어 찾았다.

귀신 신부: 동영상 봤어? 누가 범인인 줄 알겠어?

나나: 누군지 모르겠지만 하나도 재미없거든? 나 갖고 놀려고 이러는 거지? 너 차단할 거야. 다시 연락하지 마!

상대는 족히 일 분 동안이나 말이 없었다. 리나는 다소 우쭐한 기분이 들었다. 이만하면 그만하겠지.

젓가락을 들려는 순간, 다시 메시지가 왔다. 메시지 창에는 짧은 한마디뿐이었다.

무서워?

"나는……."

이렇게 당하고 있을 수만은 없었다. 리나는 이를 악물었다. 뭐라 대꾸하기도 전에 메시지가 한 통 더 왔다. 상대는 마치 예상이라도 한 듯 미리 다 써놓고 붙여넣기만 하는 것처럼 끼어들 여지를 주지 않았다.

귀신 신부: 너는 분명 내가 아무 근거도 없이 제멋대로 추측했을 거라고 생각하겠지? 나만 알고 있는 작은 비밀을 알려줄 테니 잘 들어. 넌 라면을 전자레인지에 돌렸어. 그리고 라면을 끓이는 과정에서 면에 손댄 사람은 아무도 없지.

또 시작이다. 리나는 닭살이 확 일었다. 귀신 신부는 어떻게 다른 사람은 모르는 것을 알고 있을까? 탕비실은 카메라에 잡히지 않으니 라면을 끓이는 과정이 찍혔을 리 없다. 카메라 렌즈 역시 줄곧 아충과 그 앞 탁자에 고정되어 있었고.

귀신 신부의 메시지는 계속됐다.

귀신 신부: 궁팅충의 죽음은 장난도, 우연히 벌어진 일도 아니야. 진범은 생판 남이 아니야.

너네 멤버 중 한 명이 계획한 살인이야.

메시지를 본 순간, 리나는 숨이 턱 막혔다.

귀신 신부: 범인은 모종의 방식으로 순조롭게 일을 처리했어. 너는 이해를 못 했고 경찰은 알아채지 못했지. 지금 네 처지를 똑바로 봐. 사람들은 모두 네가 범인이라고 생각하는데 나만 진범은 스튜디오 안에 있다고 하잖아. 근데 정말 나를 피할 거야? 배후에 감춰진 진실을 알고 싶지 않아? 누가 네 남자친구를 죽였는지 궁금하지 않아? 그에 대한 마음이 그것밖에 안 됐어? 아쉽지 않아? 억울하지 않겠어?

리나는 숨 쉬는 것을 거의 잊었다가 겨우 숨을 들이마셨다. 오랫동안 억눌러온 억울함과 분노가 한꺼번에 터지는 것 같았다. 궁금하지 않냐고? 왜 안 궁금하겠어! 그런데 경찰도 못 잡는 범인을 나 같은 일반인이 어떻게 찾는단 말인가?

하지만 귀신 신부는 '아니면'이라는 말로 화제를 돌리며 경박하게 웃는 이모티콘을 날렸다.

귀신 신부: 아니면, 진실을 밝히고 진범을 잡아도 이미 발생한 일은 되돌릴 수 없다고 생각하는 건가? 물론 남은 네 인생이 더 중요하겠지. 인간은 모두 이기적이니까. 그래서, 그가 죽어서도 눈을 못 감아도 좋다는 거야?

상대는 리나의 상처를 건드리는 법을 아는 것 같았다. 그동안 모니터 너머의 낯선 이들이 자신을 살인 사건의 소재로 삼아 떠드는 것을 참아왔지만 이렇게까지 상처를 헤집는 말은 처음이었다.

리나는 무의식적으로 자판을 두들겨 귀신 신부의 말을 막았다.

나나: 너 기자야?

귀신 신부: 아니.

귀신 신부: 나는 귀신 신부야. 너희가 한 일을 전부 알고 있지.

나나: 나 갖고 놀아? 범인을 알면 누군지 말해. 나한테 말하라고! 사람들한테 말하란 말이야! 왜 이런 식으로 귀신 행세를 하는 거야. 네 계정 이름 하나도 재미없거든?

귀신 신부: 하하.

귀신 신부: 정말 우습군. 너희는 내 이름으로 나쁜 짓을 했잖아. 이제 와서 무슨 낯짝으로 나를 욕하지?

나나: 정말 네가 귀신이라고 말하고 싶은 거야? 언제부터 저승에서도 인터넷이 됐지? 정신병 있으면 병원에나 가봐.

메시지 창이 한참 멈췄다. 상대가 포기했나보다 하는 참에 메시지 창에 다시 메시지가 튀어 올랐다.

귀신 신부: 너는 한곳에 갇혀 아무 데도 갈 수 없고, 편히 잠들지도 못하는 게 어떤 느낌인지 모를 거야.

귀신 신부: 내 이름을 함부로 갖다 쓰고도 내가 화내지 않고 참을 줄 알았나봐.

나나: 네가 정말 귀신이라면 내가 지금 뭐 하고 있는지 말해봐.

이런 반응은 유치했다. 메시지를 보내고 후회하면서도 리나는 저도 모르게 방 안을 둘러보았다. 상대가 넌 지금 집에서 라면을 먹고 있다, 그렇게 말하면 어떻게 하지? 하지만 아충이 말했었다. 그런 건 확률이라고, 혼자 사는 여자가 저녁에 라면을 먹는 건 전혀 예상 밖의 일이 아니라고…….

귀신 신부: 몰라.

뜻밖의 명쾌한 답이었다.

귀신 신부: 지금 있는 곳을 떠날 수 없다고 했잖아. 어쨌든 너는 내가 뭐든 중요하지 않다고 생각하고.

귀신 신부: 원래 우리는 서로 상관없는 사이였는데 너희 넷이 나를 건드렸어. 아, 그런 이상한 아이디어를 낸 건 아충이었지. 하하. 나를 여기저기 다니며 사람을 죽이는 악귀로 만들었어. 나는 아무데나 다니며 사람을 해치지 않았는데 말이야.

상대는 자기가 귀신이라는 것을 증명하는 데 급급하지 않고 내부 사람만 아는 정보를 일부러 언급했다.

나나: 도대체 무슨 꿍꿍이야?

리나를 갖고 놀려는 심산이었다면 이미 충분히 성공한 셈이었다.

귀신 신부: 처음에 말했잖아. 너는 저주에 걸렸다고. 귀신 신부는 젓가락 주술에 걸린 사람을 찾아낸다, 너희가 정한 거 아니야?

나나: 네가 귀신 신부를 대신해 나한테 복수라도 하겠다는 거야?

귀신 신부: 그럴 리가. 그러면 재미없잖아.

귀신 신부: 정말 무서운 건 내가 아니라 산 사람이지. 너 혼자 사는 집 주소, 멤버 둘 다 알고 있지? 요즘 홍콩 치안이 썩 좋지 않던데, 아니야?

리나의 표정이 굳었다. 예전에는 아충이 옆에 있었지만, 지금은 아무도 없다.

나나: 말 돌리지 마. 뭔가를 알고 있으면 나한테 직접 말을 해!

커서가 제자리에서 깜박거렸다. 귀신 신부는 아무 대답이 없었다. 리나는 안절부절못하며 기다렸다. 갑자기 메시지 창에서 웃는 얼굴 이모티콘이 하나씩 하나씩 연달아 줄지어 나타나더니 순식간에 메시지 창 전체를 도배했다.

어두운 연못가에서 귀신 신부가 미친 듯이 웃는 소리가 들리는 듯했다.

메시지는 엔터키를 눌러야 보내졌고, 엔터키를 누를 때마다 새로운 단락으로 끊어졌다. 그런데 어떻게 이 웃는 얼굴은 기관총 총알처럼 계속 이어서 나온단 말인가? 리나는 엔터키를 눌러 끼어들려고 했지만 메시지 창은 반응이 없었다. 시스템 오류인가? 상대가 손을 쓴 건가? 리나는 솜털이 쭈뼛 서는 걸 느끼며 컴퓨터 전원 스위치로 손을 뻗었다.

그 순간, 웃는 얼굴 이모티콘이 멈췄다.

귀신 신부: 미안, 순간 너무 웃겨서 참을 수가 없었어. 왜 내가

너를 도울 거라고 생각하지?

귀신 신부: 내가 그렇게 힌트를 많이 줬는데 아직도 머리가 안 돌아가? 자기 목숨이 달린 문제인데 이렇게 경솔하다니, 범인 손에 죽든지 네티즌한테 욕먹어 죽든지 그냥 쌤통이라고 하고 말까?

귀신 신부: 네가 범인을 찾는 게 먼저일까, 아니면 누가 너한테 복수하는 게 먼저일까? 지금 내가 관심 있는 건 그뿐이야.

귀신 신부가 로그아웃했다.

남의 불행에 대해 즐거운 듯이 떠들어대는 상대의 메시지를 멍하니 보던 리나는 문득 차가운 손이 자신의 목을 부드럽게 어루만지고, 은방울 같은 웃음소리가 스치는 듯한 느낌을 받았다. 귀신 신부가 가상의 괴담에서 실체적인 위협으로 변해 리나의 사생활로 파고들었다. 정말 내키지 않았지만, 리나는 동영상 재생 버튼으로 커서를 옮겼다.

아충이 죽는 영상이 다시 재생됐다.

귀신 신부는 어떻게 다른 사람이 모르는 일을 알고 있을까? 정말 귀신인 걸까?

리나는 세차게 고개를 흔들며 정신을 집중해 화면을 노려봤다.

바로 그때, 휴대전화가 맹렬하게 울려 깜짝 놀라 소리를 질렀다. 하마터면 저녁을 엎을 뻔했다.

천만다행이었다. 전화 발신자는 산 사람이었다.

"이즈? 이렇게 늦은 밤에 무슨 일이야? 놀랐잖아……."

"통화 곤란해?"

"아니, 아니. 무슨 일이야? 요즘 잘 지내?"

아충의 장례 이후 처음 하는 통화였다.

"너하고 쓰제랑 의논할 일이 있어서. 내일 오후에 시간 있어?"

"응, 괜찮아. 그런데 스튜디오는 이제 사용 못 하잖아? 그러면 우리……."

"스튜디오 말고. 내일 정오에 신냥탄 공원에서 보자."

"신냥탄? 거긴 뭐 하러?"

리나는 놀랐다.

"현장에서 말하는 게 나을 것 같아서. 내일 꼭 와줘."

그렇게 말하고 이즈는 전화를 끊었다. 리나는 멍하니 휴대전화 화면을 바라봤다.

정체를 알 수 없는 귀신 신부가 악의적인 메시지를 남기더니 이번에는 한 달 내내 연락 한 번 없던 이즈가 전화를 걸어왔다.

우연의 일치라고 하기에는 너무 불안했다.

*

"바로 이거야! 우리가 도시전설을 만드는 거야!"

아충이 밑도 끝도 없이 툭 뱉은 말에 리나와 쓰제, 이즈는 순간 아무 반응도 하지 못했다.

3월 초, 네 사람은 스튜디오에 모여 앉아 스튜디오를 살릴 대책을 논의했다. 이즈의 아버지가 무료로 빌려주신 스튜디오의 만기 날짜가 곧 돌아오는데 일이 예상처럼 잘 풀리지 않아 운영이 어려웠다. 재정 상태를 따져보니 7월까지 구독자 수와 광고 수입을 늘리지 못하면 스튜디오를 접는 수밖에 없었다.

"도시전설을 만들자고?" 쓰제는 잘 이해가 되지 않는 듯했다. "이즈를 전설적인 이스포츠 선수로 만들자, 뭐 그런 말 하는 거야?"

쓰제와 이즈, 리나는 이즈의 게임 생방송을 어떻게 개선할까에 대해 논의하고 있던 참이었다. 그런데 옆에서 아무 말도 하지 않고 표지에 '빅데이터란 무엇인가'라고 쓰인 책을 읽고 있던 아충이 갑자기 끼어들어 이상한 말을 던진 것이다.

이즈와 아충은 십수 년을 알고 지냈다. 아충은 말을 잘했고 이즈는 과묵했다. 다른 게임 방송들은 온갖 감정을 다 실어서 분위기를 한껏 고조시키는데 이즈의 방송은 조용했다. 리나는 게임을 즐기지는 않았지만 떠들썩한 방송이 훨씬 재미있다고 느꼈다. 하지만 이즈에게 아충과 같은 퍼포먼스를 기대할 수는 없었다. 스타일을 바꾸어 은둔형 외톨이 같은 분위기를 줄이고, 헤어스타일을 한국식으로 바꾸는 것 정도는 할 수 있을 것 같았다.

하지만 이즈가 원하지 않았다. 어쩌면 이즈는 과묵한 게 아니라 그냥 멍청한 건지도 몰랐다.

"이즈 채널 말고. 게임 생방송은 새로운 콘셉트를 만들기 어려워. 내 말은 '시계태엽 레몬' 말이야!" 아충은 쓰제 옆에 있는 무가지를 가리키며 혼자 신나서 말했다. "도시전설을 만드는 거야. 어때? 내 아이디어 정말 죽이지 않아? 분명 화제가 될 거야."

쓰제는 아무 말도 하지 않고 신문을 탁자 한가운데로 가져왔다. 헤드라인은 '신냥탄 공원에서 이상한 교통사고, 오토바이 운전자 올해 제2의 원혼이 되다'였다.

붉은색 서체가 매우 진부해 보였다. 기자는 또다시 신냥탄의 귀신에 관한 전설을 거론했다.

"이런 귀신 이야기 제일 싫어하지 않아?"

리나가 별자리 점을 보는 것조차 아충은 미신이라며 질색했다.

"맞아. 이런 귀신 이야기는 진짜인지 가짜인지 전혀 증명할 수 없어. 증명할 방법이 없으니 믿어도 된다는 사람들의 심리를 이용할 뿐이지. 아무리 논쟁해봐야 사람들은 자신이 미신을 믿는다고 인정하지 않아. 거짓이라고 증명할 증거가 없다고 주장하면서 말이야."

"지난달에 이어 종교 관련 주제 계속할 생각이야?" 쓰제가 걱정스러운 표정으로 말했다. "너무 공격적이지 않았으면 좋겠는데."

"내 채널은 네가 하는 일이랑은 달라. 영상 편집은 네티즌과 클라이언트를 만족시키면 되지만 내 채널은 논쟁을 일으켜야 해. 그게 채널의 '연료'라고."

아충이 반박했다.

쓰제는 육 개월 전 인터넷 창업 강좌에서 알게 돼 같이 일하게 된 멤버로 함께 일한 기간이 짧아 아충의 일하는 방식에 적응하는 중이었다. 늘 민낯에 수수한 셔츠와 긴 바지 차림의 쓰제는 리나와 외모는 물론 주관이 뚜렷한 점도 크게 달랐다. 솔직히 리나는 쓰제의 말에 동의했다. 최근 아충의 채널은 공격성이 다소 강했다. 하지만 멤버들이 다 있는 자리에서 남자친구의 말에 반대할 수는 없었다.

"'외계인 해부'……."

이즈가 중얼거렸다.

"맞아! 과연! 한마디에 딱 알아듣다니!"

"무슨 외계인?"

리나가 영문을 모르겠다는 듯이 물었다.

"옛날에 홍콩의 한 방송국이 외계인 해부 영상이라는 것을 구입해 일주일 내내 대대적으로 보도해서 홍콩 전체가 떠들썩해진 적이 있어. 홍콩 반환 전에. 그 영상 제작자가 지난해 영상이 가짜라고 공개적으로 인정했어."

쓰제는 리나보다 겨우 한 살 더 많았지만 어떤 주제의 이야기에도 막힘없이 참여했다. 영상 편집자다운 면모였다.

"정말? 지금도 볼 수 있어?"

리나가 호기심 어린 말투로 물었다.

"바로 이거야. 그때도 사람들이 우르르 몰려가서 영상을 보고 토론했잖아. 그때나 지금이나 전혀 변한 게 없어. 사람들이 그런 이야기를 좋아하니 우리도 그런 걸 만들어보는 거야."

"네 말은, 네 채널에서 하겠다는 거야? 그 방송 시청률은 폭발적이었지만 질책과 비판도 많이 받았어."

쓰제는 아충의 제안이 좋은 생각이라고 동조하지 않았다.

"비판하는 사람이 있어야 좋은 거야. 노이즈가 있어야 사람들이 무슨 일인가 싶어 찾아오지. 그리고 나는 그렇게 저급하게는 안 속여. 핵심은, 내가 그 거짓말을 까발리겠다는 거지. 다른 미신들은 가짜라는 걸 증명하기 어렵지만 내가 만들어낸 건 백 퍼센트 증명할 수 있잖아. 그러면 그걸 믿었던 사람들은 어떤 변명도 할 수 없게 돼. 이런 걸 바로 충격요법이라고 하지!"

쓰제가 미간을 좁히며 반박하려고 했지만 이즈가 지지하고 나섰다.

"한번 해보는 것도 좋을 것 같아. 근데 이야기를 전부 꾸며내기는 어렵지 않을까?"

아충은 머뭇거리며 시선을 신문의 헤드라인으로 옮겼다. 결과적으로 그들은 귀신 신부 이야기를 기초로 다른 세부 사항을 더해 귀신 신부의 젓가락 저주 이야기를 만들어냈다.

리나는 예전에 유행했던 다양한 괴담과 저주에 관한 자료를 탁자 위에 가득 쌓아놓고 그중 가장 그럴듯한 이야기를 뽑아 귀신 신부에게 새로운 얼굴을 만들어준 것을 떠올렸다. 그랬다. 메이크업처럼, 의심을 사거나 폭로되기 쉬운 약점은 감추고 사람들이 관심을 보이고 돌아볼 만한 요소는 두드러지게 만들었다. 괴담은 복제하기 쉽고, 공포스러워야 하고, 참여할 수 있어야 하고, 그림이 있어야 하고, 영상의 형태로 인터넷에 퍼지기 쉬워야 했다…….

소문을 퍼뜨린 지도 사 개월이 더 지났다.

신냥탄 다리 옆에 선 리나는 그제야 '그림이 있어야 한다'라는 말이 무슨 뜻인지 깨달았다.

옅은 바람이 진녹색 수풀을 스치자 그 안에 가려져 있던 다양한 색과 재질의 밥그릇이 드러났다. 밥그릇에는 흰쌀이 가득했다. 일회용 젓가락이 선향처럼 가지런하게 밥그릇에 꽂혀 있었다. 이쪽에 몇 개, 저쪽에 몇 개. 다리 옆, 수풀이 무성한 곳을 헤치면 젓가락이 꽂힌 밥그릇이 보였다. 슬쩍 봐도 이삼십 개는 되어 보이는 게 마치 무덤의 축소판 같았다.

떠도는 영혼을 위해 제사를 지내거나 신비한 의식을 치르는 것처럼, 이 조용한 곳에서 어떤 힘이 대답해주기를 묵묵히 기다리는 것 같았다.

당시 그들은 타이완의 '각미반(脚尾飯)•'과 일본의 '젓가락님', 홍

• 봉건시대의 풍습 중 하나로 '발끝밥'이라는 뜻. 죽은 사람의 발 옆에 젓가락을 꽂아 두는 밥

콩 현지의 귀신 숭배 집단을 부분부분 참고해 괴담을 설계했기에 정말 어떠한 효과가 있을지는 장담할 수 없었다.

리나는 온몸에 소름이 돋았다.

귀신 신부 괴담이 한창 뜨거웠을 때 이런 풍경을 담은 사진을 많이 봤다. 그때는 전혀 무섭다는 생각이 들지 않았고 오히려 웃으면서 "젓가락에 이름이 쓰인 사람은 반성 좀 해야겠네" 하고 말하기도 했다. 하지만 이곳에 와서 두 눈으로 직접 보니 가슴이 답답해지면서 알 수 없는 공포가 몰려왔다. 여기에 이름이 쓰인 사람은 모두 누군가에게 원한을 산 것이다. 이곳의 젓가락들에는 상대가 불행해지길 바라는 저주가 담겨 있다.

왜 그때는 그냥 재미있다고만 생각했을까?

"왜 아직도 이렇게 많은 거지? 진작에 다 치웠잖아?"

어느덧 8월이었다. 아충이 5월 말에 진상을 밝혔으니 이제는 이곳을 찾는 이가 없어야 했다. 게다가 세 사람이 전에 와서 깨끗이 청소까지 했지 않나.

"어제 문득 아직도 여기 이런 물건을 두는 사람이 있을까 싶어 한번 와봤어. 그리고 이것들을 발견했지."

이즈가 어깨를 으쓱하며 말했다.

"이거 보라고 우리한테 여기로 오라고 한 거야?"

쓰제도 이즈가 불러서 온 모양이었다. 밥그릇들을 본 쓰제는 인상을 찌푸렸다.

"맞아, 너희 의견을 듣고 싶어서. 다 어떻게 해야 할까?"

세 사람이 서 있는 다리 옆은 숲으로 둘러싸인 바비큐장이었다. 다행히 평일이라 관광객이 없었고 공원에 마련된 나무 탁자와 의자, 시멘트로 된 바비큐 그릴이 모두 비어 있었다.

악명 높은 신냥탄 로는 바로 공원 옆에 있었다. 신냥탄 로는 홍콩의 동북 산간지대를 가로지르는 방대한 규모를 가지고 있으며 대자연의 원시적인 모습을 고스란히 간직한 컨트리 파크를 왼쪽과 오른쪽으로 나누는 기준이었다. 동쪽의 산간 지역 전체가 플로버 코브 컨트리 파크였고 신냥탄은 도로 중간 정도의 위치에 있었다. 정부는 이 도로 옆에 바비큐장과 버스 정류장을 설치했다.

신냥탄 로는 도로 양쪽 모두 인적이 드물고 지나는 자동차도 적어 심야에는 불법 자동차 경주가 자주 열리곤 했다. 잘못된 설계 탓에 도로 폭이 좁고 커브가 많아 운전자의 운전 기술을 시험했고, 이런 점이 치명적인 교통사고의 원인이 되기도 했다. 귀신과는 무관하지만 귀신 이야기를 양산하기에는 적합하다고 아충은 말했었다.

"뭘 어떻게 해? 다 버려야지."

"먼저 젓가락에 써진 이름부터 봐."

리나는 떨떠름하게 무릎을 숙여 젓가락을 하나 집어 들었다.

"린리나."

리나는 하마터면 젓가락을 떨어뜨릴 뻔했다. 쓰제 역시 놀란 표정을 지었다.

"여기에 있는 젓가락들, 전부 우리 네 사람 이름이 적혀 있어."

이즈가 가라앉은 목소리로 말했다.

"우리 넷?"

리나는 깜짝 놀라 주변의 밥그릇과 젓가락을 둘러보았다. 젓가락 저주가 한창 유행했을 때도 이렇게 많지는 않았다.

"누가 이런 쓸데없는 짓을!"

"정말 내 이름도 있네……. 언제 갖다둔 거지?"

의심스럽다는 듯 중얼거리는 쓰제의 표정이 차가웠다. 쓰제는 수풀을 열어젖히고 밥그릇과 젓가락 몇 개를 집어 들었다.

"모르겠어. 근데 그릇에 쌓인 먼지를 보면 한참 지난 것 같아."

이즈가 한숨을 내쉬며 말했다.

"스튜디오에 젓가락 보냈던 사람이 한 짓 아니야?"

리나는 뭔가를 알아차린 듯 밥그릇과 젓가락을 내려놓았다. 그들 넷을 저주한 사람은 그들이 죽기를 바랐다.

귀신 신부가 그들 네 명이 저주에 걸렸다고 한 것은 이 젓가락들을 말한 건가?

너는 저주에 걸렸어. 너희 넷 모두 저주에 걸렸어…….

"아충이 죽은 뒤에 어떤 인터넷 매체 보도를 본 적이 있어. 그때는 이런 게 없었으니까 이건 분명 그 뒤에 놔둔 거야." 쓰제가 말했다. "누가 그랬든, 아충이 죽은 걸 안 다음에 갖다놓은 거지."

"나도 당시 보도를 어제 살펴봤어. 그 뒤에 놓인 게 맞아."

이즈가 고개를 끄덕이며 말했다.

"그럼 이 저주들이 무슨 의미가 있어?"

리나의 목소리가 떨렸다.

"안티 팬이 장난하는 거 아니야?" 쓰제가 말했다. "아충의 채널에 분개한 사람들이 정말 많았잖아. 그들은 줄곧 아충을 싫어했으니까 어쩌면 죽었다는 소식을 듣고 신나서 더 그랬을 수도 있지."

그럴 가능성도 있었다. 우물에 빠진 사람에게 돌을 던지는 네티즌의 행태를 리나도 잘 알고 있었다.

이즈가 불쾌한 듯 입을 삐쭉거리며 말했다.

"남의 불행에 신이 나서 그랬다면 이렇게 많이 놔둘 필요가 있을까? 게다가 쓰제 이름은 공개된 적이 없잖아. 누구 보라고 여기 놔둔 거지? 귀신 신부는 존재하지도 않는데."

"경찰에 신고하는 게 낫지 않겠어?"

리나가 불안해하며 제안했다.

"경찰에 신고하자고?" 쓰제가 리나의 어깨를 토닥였다. "네 마음은 알겠는데 경찰한테 뭐라고 할 건데? 누군가 저주를 하려고 해요, 아니면 누가 쓰레기를 함부로 버렸어요?"

"그래도 어쩌면 이 사람이 아충을 해쳤을 수도 있잖아! 경찰이 새로운 단서를 찾을 수도 있고……."

"쓸 만한 건 못 찾을 거야. 이 밥그릇이랑 젓가락들, 얼마나 됐는지 알 수 없잖아. 게다가 지문을 찾는다고 해도 용의자가 없으면 대조할 수가 없어. 이것만으로는 소용없어."

이즈는 내키지 않는다는 표정을 지으며 조금 갈라진 목소리로 말을 이었다.

"아충은 죽었는데 아충을 해친 사람은 아직도 어두운 곳에 숨어 있다니. 경찰 너무 무능해."

경찰이 범인을 잡았다면 네티즌의 공격이 지금까지 이어지지는 않았을 것이다. 이즈의 말에 리나는 새삼 진범의 희생양이 된 게 억울했다.

"그 사람이 우리도 해치려고 하는데 너희는 무섭지 않아?"

리나가 말했다. 억울함 때문인지 목소리가 조금 잠겨서 나왔지만 감정을 감추기에는 이미 늦었다.

쓰제가 리나를 위로했다.

"침착해, 내 생각에 이건 그냥 장난이야. 꼭 아충의 일과 연관됐다고 할 수는 없으니 너무 깊이 생각하지 마."

"너희는 그렇게 쉽게 말할 수 있겠지! 네티즌한테 범인으로 몰린 건 너희가 아니니까!"

리나는 어깨 위 쓰제의 손을 뿌리쳤다. 두 사람은 조금 난처해하면서 동정의 눈빛을 보냈다. 리나는 입을 다물었다. 두 사람 중에 범인이 있다던 귀신 신부의 말이 떠올랐다.

이 밥그릇과 젓가락을 놓은 사람이 그날 젓가락을 보내온 안티팬이라면 그는 아충은 물론 멤버 세 명에게도 악의를 품고 있는 게 분명했다. 그리고 그가 젓가락으로 아충을 살해했다면 귀신 신부는 아무 말이나 지껄이는 호사가일 뿐, 범인에 대해서는 정말 모르는 것이다. 그러나 귀신 신부의 말이 사실이라면? 범인은 이즈나 쓰제일 텐데 그럼 누가 이 밥그릇과 젓가락을 갖다놓은 것일까? 리나에게 문자를 보낸 귀신 신부일까? 그렇다면 귀신 신부는 왜 그들을 위협하는 것일까? 목적이 무엇일까?

리나는 생각할수록 머리가 복잡해졌다.

하지만 여러 가지 가설을 세워봐도 귀신 신부가 스튜디오의 일을 어떻게 알았는지는 설명되지 않았다.

눈앞에 있는 저 두 사람이 누설하지 않고서야…….

"우리가 만든 젓가락 저주에 관한 세부 내용, 다른 사람한테 말한 적 있어?" 리나가 입술을 떨며 두 사람에게 물었다. "누군가 뭔가를 알고 일부러 우리를 겁주는 게 아닐까?"

리나는 씁쓸하고 당혹스러운 얼굴로 자기 팔을 꽉 끌어안았고, 쓰제와 이즈는 커진 눈으로 그런 리나를 쳐다봤다.

쓰제가 먼저 침묵을 깨고 고개를 저었다.

"그때 비밀각서에 사인했잖아? 나는 악플 마케팅 싫어해. 그런 글은 보기만 해도 머리 아프다고. 아충처럼 그런 걸 즐기는 성격도 못 되고. 다른 사람한테 말하면 나한테 화살이 돌아올 텐데 뭐 하러 말해."

"사고가 있고 나서 아버지께 엄청 야단맞았어. 사람이 죽었는데 누가 그 스튜디오에 들어오겠냐고. 말해봐야 아버지 체면만 깎이는데 그러다 맞아 죽지." 이즈가 건조하게 웃으며 말을 이었다. "자세한 부분을 아는 건 우리 셋뿐이야. 젓가락에 관련된 일은 너희하고만 의논했어."

"안티 팬이건 아니건, 난 이것들 더 보기 싫거든. 그냥 치워버리는 게 어때?" 쓰제가 소매를 걷으며 말했다.

우리 셋뿐이라는 이즈의 말에는 우리는 한편이라는 뉘앙스가 깔려 있었지만 리나는 다시금 온몸이 불편해졌다. 두 사람 중에 범인이 있을 수도 있다. 하지만 둘 중 하나가 귀신 신부인 척을 하는 걸 수도 있었다. 한 사람은 진범이고 다른 한 사람은 진상을 밝히려고 귀신 신부인 척하고 있을 가능성은?

진범은 대체 누구일까? 귓가에 귀신 신부가 소곤거리는 소리가 들리는 듯했다.

리나는 입술을 깨물며 팔뚝을 꽉 쥐었다. 빙빙 돌려서 말할 게 아니라 여기서 직접적으로 물어야 한다. 그러나 대답이 부정이든 긍정이든 감당하고 싶지 않았다. 아충의 죽음이 아는 사람의 소행이라는 것을 마주하고 싶지 않듯.

"리나, 리나!"

리나가 정신을 차리자 쓰제가 가볍게 리나의 팔을 끌어당겼다.

리나는 쓰제의 손이 아주 따뜻하다고 생각했다. 어쩌면 자신의 손이 너무 차가운 것인지도 몰랐다.

"쓸데없는 생각 하지 말고 이거나 치우자. 끔찍한 장난이야."

"응."

젓가락에 제 이름이 있었던 것을 떠올리니 마음이 불편했다. 세 사람이 움직이자 밥그릇과 젓가락은 금세 수거되었다. 젓가락을 수거하면서 봐도 쓰인 건 전부 네 사람의 이름이라 소름이 끼쳤다.

"맞다, 연못 쪽에도 있는 거 아니야?"

쓰제가 다른 곳도 생각해냈다.

"내가 어제 봤는데 여기에만 있었어."

몇 미터 남짓한 신낭탄 다리 아래로 연못에서 흘러나온 물이 흐르고 있었다. 진짜 신낭탄과 폭포는 더 상류에 있어 자연 교육 산책로를 따라 위로 십여 분 올라가야 했다. 이곳은 바비큐장 옆이라 접근이 편리해 젓가락 저주가 한창 유행할 때 사람들은 대부분 이곳에 젓가락을 꽂은 밥그릇을 놓았다. 연못까지 가는 사람은 별로 없었다.

"잠깐만. 도자기 그릇은 싸서 버려야지. 깨지면 청소부가 다칠 수도 있어."

그릇을 그냥 쓰레기통에 버리려고 하는 이즈에게 쓰제가 말했다.

"지난번에는 그냥 쓰레기통에 버렸잖아. 어디서 쌀 것을 찾으라고?"

쓰제가 가방에서 무가지를 꺼내 이즈가 들고 있던 그릇을 가져다 쌌다.

"예전보다 더 잔소리가 많아졌다?"

"이건 그냥 공중도덕이거든?"

쓰제가 언짢은 기색으로 대답했다.

리나도 그릇과 젓가락 거두는 것을 도왔다.

예전에 네 사람은 해가 다 질 무렵 이곳에 와 '심령사진'을 찍고, 소문이 퍼져 나가길 바라며 첫 번째 저주 젓가락과 밥그릇을 놓아 두었다. 그때는 장난스러운 마음이 컸다. 리나는 처음엔 조금 무서웠지만 천하에 두려운 것이 없는 아충이 옆에 있으니 조금씩 대담해졌고 심지어 재미를 느끼기도 했다. 넷이 힘을 합쳐 만든 가짜 이야기가 인터넷에서 유명해지고 공유 수가 분 단위로 늘어나자 다들 흥분해서 축하하며 성공의 쾌감을 나눴다. 그때 뜨거웠던 만큼 지금은 가슴이 서늘했다.

"우리가 너무 심했던 거 아닐까?"

리나가 불안해하며 중얼거렸다.

"남의 돈을 사취한 것도 아니고 사람을 해친 것도 아니잖아. 방송국에서도 이런 프로그램이나 리얼리티쇼를 만드는데 뭘. 그렇다고 제작자에게 원한을 품으면 그 사람 정신에 문제가 있는 거지."

이즈의 반응은 아충과 조금 비슷했다. 이즈는 담담하게 말을 이었다.

"따라서 신나게 떠들고 허황된 주장을 늘어놓은 네티즌이 많았잖아. 우리는 그저 시작만 했을 뿐이고, 줏대 없이 남의 장단에 춤추고 2차 창작을 한 건 그 사람들이야. 책임을 추궁하려면 참여한 모두에게 해야지."

리나가 쓰제를 쳐다보자 쓰제가 쓴웃음을 지었다.

"지나간 일이야. 이제 와 다시 생각해봐야 무슨 의미가 있어."

두 사람은 괴담 속 귀신에 대해 아무 생각이 없어 보였다.

그때 리나가 들고 온 종이봉투를 열어 안에 있던 물건을 꺼냈다.

"뭐 하는 거야?"

리나가 꺼낸 것은 종이로 만든 제사용품이었다. 이즈는 놀랐는지 조금 화가 난 듯이 말했다.

"아충이 이런 거 하지 말라고 했잖아!"

"나도 알아……. 이건 아충을 위한 게 아니야."

리나는 묵묵히 화장품과 액세서리도 꺼냈다.

"너희도 알 거야. 내가 누구를 위해서 이걸 준비했는지……."

리나는 손을 멈추고 고개를 들어 쓰제와 이즈의 표정을 천천히 확인한 다음 다시 고개를 숙이고 하던 일을 계속했다.

"귀신 신부한테 제사라도 지내려는 거야?"

쓰제가 의아하다는 표정으로 물었다.

"설마. 너 이제 와서 귀신 이야기를 믿는 거야?"

이즈가 조금 불쾌하다는 듯이 혀를 찼다.

"미신이나 믿는다고 비웃을 테면 비웃어. 그때 여자 귀신 분장하고 사진 찍은 건 너희가 아니니까."

리나는 고집스럽게 향과 종이 제사용품에 불을 붙이고•, 불붙은 제사용품을 시멘트 바비큐 화덕에 던져 넣었다.

"귀신 신부가 정말 존재한다면 우리가 한 행동에 화가 났을지도 몰라. 어쨌든 이왕 왔으니 인사라도 하는 게 낫겠지. 너희도 같이 할래?"

"아충이랑 우리가 그런 일은 한 건 미신을 없애기 위해서였잖아."

이즈는 고개를 저으며 거절했고, 예상외로 쓰제는 제사용품을 받아 든 뒤 합장하고 고개를 숙였다.

"너까지……."

"뭐 어때. 리나가 불안하다는데, 너도 좀 같이해주면 안 돼? 귀신이 없다면 이 도로에서 교통사고로 죽은 사람한테 하는 셈 치면 되잖아."

이즈가 눈썹을 찡그렸다.

"됐어. 사람은 다 각자의 원칙이 있는 거야. 그리고 여기에서 난 교통사고가 우리랑 무슨 상관이 있다고. 도로를 잘못 만든 게 잘못인데 도로를 뜯어 고쳐야지, 이런 제사가 다 무슨 소용이야. 이 길

• 중국 문화권에는 장례나 제사 때 종이로 된 인형, 말, 저택 등을 태우는 풍습이 있음

에서 올해만 벌써 네다섯 명 죽었을걸?"

"그렇게나 많이……?"

리나는 조금 놀랐다. 이즈가 "저번에는 일가족이 다 죽었다더라" 하고 말했을 때는 더 괴로웠다. 진작 알았으면 제사용품을 더 많이 사 왔을 텐데. 이즈는 안 한다고 하더니 혼자 가버리지 않고 옆에 서서 두 사람이 제사용품 태우는 걸 지켜봤다.

리나가 쥔 색지가 검게 타들어갔고, 이윽고 재만 남았다.

"장례식 끝나고 우리 한 달이나 못 만났지? 그동안 어떻게 지냈어?"

리나가 제사용품에 불을 붙이며 아무렇지 않게 근황을 물었다.

"나는 아버지 회사에 출근하고 있어. 요즘은 그냥 직장인이야."

"아버지 제안 거절하지 않았어?"

이즈는 리나의 질문에 대답하지 않고 자조하듯 입가를 씰룩거렸다. 이즈는 오늘 흰색 티셔츠에 긴 바지를 입었다. 적어도 체크무늬 셔츠를 바지 속에 푹 찔러 넣지는 않았다. 리나는 이즈에게서 은둔형 외톨이 분위기가 사라지고 말투도 많이 변한 것이 업무 환경이 바뀌었기 때문일 거라고 생각했다.

"아버지가 사장님이니 그냥 직장인보다는 나은 거 아닌가? 게다가 코스프레 좋아하는 귀여운 애인도 있으니 그 정도면 다 가진 셈이지."

쓰제가 이죽거렸다. 쓰제와 리나는 이즈의 애인을 본 적이 있다.

새해를 맞아 함께 뷔페에 가면서 각자 파트너를 데려오기로 했는데 이즈가 애인이라며 고등학생을 데려와서 리나와 쓰제가 못 믿겠다며 소리를 질렀었다. 아충은 두 사람의 놀라는 반응을 보려고 비밀을 지켰다고 했다.

그런 유쾌한 기억은 이제 다시는 없을 것이다. 리나는 눈시울이 붉어졌다.

이즈가 쓴웃음을 지으며 반박도 하지 않고 쓰제에게 반문했다.

"너는?"

"나한테 장기 휴가를 주고 싶어서 여행 갔다 돌아온 지 얼마 안 됐어."

"어디로 갔었어? 예전에 동생이랑 일본 가고 싶다고 했던 것 같은데?"

"응. 간사이에 가서 보름 동안 있었어. 리나 너는?"

"나는 메이크업 과정 등록했어. 프로 메이크업 아티스트가 되고 싶어서."

"그것도 좋네." 쓰제가 하늘로 피어오르는 연기를 보면서 말했다. "어쨌든 산 사람은 살아야 하니까."

고개를 끄덕이던 리나는 갑자기 귀신 신부의 말이 떠올랐다. 그래, 새로운 삶을 살고 싶은 게 잘못된 일인가?

"그래서, 새 남자친구는 사귀었고?"

쓰제가 미소를 지으며 물었다.

"무슨!"

"그럴 필요 없어. 내가 아는 아충은 죽은 사람 때문에 웅크리고만 있는 건 바보 같다고 생각할 거야."

이즈가 말했다.

리나는 입술을 살짝 내밀었다. 씁쓸한 기분이 들었다. 외모 때문인지 어릴 때부터 이성 쪽은 연이 있었지만, 동성 쪽은 아니었다. 그들은 리나에게 자기 남자친구를 빼앗길세라 방어하기 급급하거나 목적이 있어서 접근했다가 결국 멀어졌다. 아충과 사귀게 된 이후 리나의 세계는 오직 남자친구뿐이었다. 그래서 사람들은 리나를 남자의 보호가 없으면 못 견디는 여자라고 생각했다.

"그러는 너는 아충 생각 안 나? 형제처럼 가까웠잖아. 그리고 그 일을 항상 마음에 두고 있었고……."

리나가 가볍게 반격했다.

"무슨 일?"

이즈가 미간을 찡그렸다.

"그때…… 스튜디오 임대 문제 상의하면서 아충이 네 부모님에 대해 안 좋게 말했잖아. 네가 아충에게 불쾌한 표정을 짓는 건 그때 처음 봤거든."

"오래된 일을 아직도 기억하고 있네. 그때 진짜 화났지. 근데 아충은 열 살 때부터 말본새가 그랬어. 우리가 진짜 싸우는 걸 네가 못 봐서 그래."

"둘이 정말 싸우기도 했어?"

"어릴 때는 당연히 싸웠지. 그래도 쓰제랑 아충이 싸운 거에 비하면 새 발의 피야."

"나? 그건 그냥 공적인 일에 대해 의견을 나눈 건데?"

"너 그때 화나서 뛰쳐나갔잖아. 리나도 기억할걸. 출판사 관련된 일. 그때 누가 먼저 탁자를 쳤더라?"

"회의를 거듭하면서 아충 성격도 익숙해졌어. 나중에는 아충이랑 똑같이 강하게 나가지 않게 됐고."

이즈가 꺼내지 않았다면 리나는 그 일을 잊었을 것이다. 쓰제가 대중과학서 광고를 따 와서 '시계태엽 레몬'에서 소개하자고 했다. 하지만 책을 다 읽은 아충이 자기 채널에서 책의 부족한 부분을 꼬집어 쓰제가 고객에게 할 말이 없게 만들었다. 두 사람은 치열하게 말다툼을 벌이다 결국 한 발씩 물러나 화해했다.

세 사람은 예전의 즐거웠던 일에 대해 이야기를 나눴다. 리나는 저도 모르게 귀신 신부에게 화가 났다. 둘 중 하나가 아충을 죽였다니, 말이 돼? 동고동락한 창업 멤버인데 어떻게 그런 짓을 하겠어? 친구끼리 말다툼 좀 했다고 살인까지 할 리는 없었다.

이야기를 나누면서 제사용품을 전부 태웠다. 리나는 양손이 재투성이였다.

"기다려. 나 화장실 가서 손 좀 씻고 올게."

"먼 데까지 갈 필요 없어, 이리 내."

쓰제가 배낭에서 물병을 꺼내 다 탄 재에 물을 뿌려 불씨를 죽인 다음 리나에게 손을 씻으라고 했다. 휴지도 건네주었다.

"진짜 꼼꼼하다. 네가 아충 여자친구였으면 참 좋았을 텐데."

리나는 진심으로 감탄했다. 아충은 알레르기 때문에 결벽증이다 싶을 정도로 조심해야 했다. 식당에 갈 때도 리나는 메뉴에 땅콩이 없는지 두세 번 확인했고, 아충의 식기를 닦아주면서 자신의 세심함을 보여주었다. 하지만 이따금 귀찮다고 생각되는 것은 어쩔 수 없었다. 지우개 하나를 써도 곧바로 원래 자리에 돌려놓을 만큼 정리정돈과 청결에 타고난 쓰제와는 달랐다.

스튜디오 사람들은 스튜디오 정리와 청소를 쓰제에게 일임했고, 쓰제 덕분에 재난 현장 같던 상태가 수습됐다.

쓰제가 눈을 흘겼다.

"미안하지만 아충은 완전히 내 수비 범위 밖이라서. 아충이 내 남자친구였다면 네 것은 네가 씻으라고 했을 거야."

쓰제와 아충 사이에는 전기가 전혀 통하지 않았다. 리나는 여자의 직감으로 일찌감치 감정싸움의 여지를 배제했다. 제각각 흩어지지 않았으면 쓰제와 더 좋은 친구가 됐을지도 몰랐다. 쓰제의 독립적이고 강한 성격이 리나는 참 편했다.

"밥그릇은 다 처리했고, 제사도 다 지냈고, 이제 가도 되겠지."

이즈가 바비큐장 출구를 가리키며 말했다.

리나는 손을 닦은 휴지를 쓰레기통에 넣고 두 사람을 따라갔다.

문득, 방금 전 동작이 뭔가 의미가 있는 것 같이 느껴졌지만 뭐라고 말하기가 애매했다.

차를 타고 시내로 들어와 지하철로 환승한 다음, 리나는 두 사람과 차례로 헤어져 혼자서 관당선(觀塘線)을 탔다. 리나는 혼란스러웠다. 두 사람을 만나고 나자 아충을 살해한 사람이 멤버라는 걸 더 믿고 싶지 않았다. 범인은 분명 안티 팬일 것이다. 귀신 신부의 메시지, 아까 본 밥그릇과 젓가락은 모두 그의 소행이 분명하다. 하지만 사람이 이미 죽었는데 그러는 이유가 뭘까? 이 모든 것을 엮어서 생각하자 리나는 이름도 모르는 범인이 증오스러웠다.

리나는 역에서 나와 평소 집으로 가던 길을 따라 걸었다. 육교에서 내려올 때였다.

리나는 갑자기 자기 몸이 허공에 떠 있는 것을 발견했다.

계단 스무 개 정도의 높이에서 몸이 중심을 잃고 두 발이 땅에서 떨어졌다.

내가 왜 허공에 떠 있지?

머리가 제대로 돌아가기도 전에, 하늘과 땅이 빙그르르 돌고 행인의 놀란 외침이 귓가에 스쳤다. 리나는 물에 빠진 사람처럼 두 팔을 내밀었다. 놀란 마음을 가라앉히고 정신을 차려 보니 한 손으로 난간을 잡고 미끄러지는 듯한 어색한 자세로 거의 드러눕다시피 아슬아슬하게 계단에 앉아 있었다. 리나는 자기가 어떻게 했는지도 알 수 없었다. 숨을 헐떡거리며 비명을 지르려고 해도 소리가 나오지 않았다.

무서운 생각이 리나를 강타했다.

육교에서 누구랑 부딪쳤나? 행인이 너무 많아서 부딪친 걸까?

심장이 미친 듯이 뛰었다. 방금 상황을 떠올리며 저도 모르게 고개를 돌려 두리번거렸다. 퇴근 시간 전이라 근처에 사람이 많지 않았고 등에는 손바닥 감촉이 남아 있었다…….

"누가……."

목이 꽉 죄어 목소리가 크게 나오지 않았다. 리나는 다시 한 번 육교 위쪽을 쳐다봤지만, 사람은 없었다. 마음속 깊은 곳에서 공포심이 차올라 피부에 닭살이 돋았다. 이어서 분노가 홍수처럼 밀려왔다.

몸을 짚고 일어나려다 통증이 확 몰려와 비명을 지르며 주저앉았다.

"괜찮으세요?"

육교로 올라오던 사람이 친절하게 물었다. 근처 중학교 교복을 입은 여학생이었다. 리나는 다시 한 번 일어나려고 했지만, 발목이 엄청나게 아파 눈물이 다 나왔다.

접질린 발목이 부어올랐다.

"위에 누가 있는지 좀 봐줄래요? 누가 나 민 거 못 봤어요? 좀 봐주세요! 위에 누가 있죠?"

리나가 다급하게 여학생의 옷자락을 잡아끌었다. 여학생은 리나의 표정에 놀라 비틀대면서 위쪽을 훑어보았다.

"아무도 없는데……. 구급차 불러드릴까요?"

리나는 이를 악물었다. 상대를 잡을 기회를 놓쳐버렸다. 다들 고개를 숙이고 휴대전화를 보고 있으니 누가 자신을 밀었는지 본 사람이 있기를 기대하기는 어려웠다. 리나는 학생의 도움을 완곡하게 거절하고 스스로 구급차를 불렀다. 머리를 감싸고 계단에 앉아 구급차를 기다리려니 터지는 눈물을 참을 수가 없었다. 신냥탄에 가느라 운동화로 갈아 신었으니 망정이지, 평소처럼 하이힐을 신었다면 그대로 끝까지 미끄러져 아충 곁으로 갔을 거다!

네가 범인을 찾는 게 먼저일까, 아니면 누가 너한테 복수하는 게 먼저일까?

너 혼자 사는 집 주소, 멤버 둘 다 알고 있지?

리나는 차갑게 언 호수 밑바닥에 빠진 것처럼 덜덜 떨었다. 귀신 신부의 경고가 현실이 되었다. 하지만 이즈와 쓰제가 다른 방향으로 향하는 열차에 타는 걸 직접 보지 않았나. 그들이 범인일 리 없었다. 그래, 귀신 신부의 저주는 가짜다, 절대 현실이 될 수 없다. 분명 다른 사람이다……. 아니, 그렇게 확신할 수는 없다. 귀신 신부가 여러 일을 맞히지 않았나. 귀신 신부의 말이 사실이라면 어떻게 해야 할까. 두 사람이 다음 정류장에서 내려 택시로 갈아탔다면 따라올 수도 있었다. 하지만 무슨 이유로 자기를 죽이려 든단 말인가? 조금 전까지만 해도 다 같이 이야기를 나누었는데……. 아니, 터무니없는 생각이다. 미행을 당한 거다. 신냥탄에 밥그릇이랑 젓가락을 놓은 사람이…….

머릿속이 엉망진창이 되어갈 때 휴대전화에서 음악과 진동이 함께 울렸다. 온몸을 부르르 떨며 휴대전화를 꺼내 발신자를 보니 쓰제였다. 리나는 숨을 돌리며 전화를 받았다. 쓰제가 뭐라고 말하는지 제대로 듣지도 않고 리나는 울음 섞인 목소리로 상대의 말을 끊었다.

"지금 어디야?"

"나? 리나 너 왜 그래? 목소리가……."

"먼저 내 질문에 대답부터 해!"

"나 방금 집에 도착했어. 무슨 일 있어?"

집이라고? 정말? 리나는 귀를 바짝 대고 자세히 들었다. 조용한 게 실내인 것 같았다. 근처 도로나 상점이라면 차 소리와 사람 소리가 들렸을 것이었다.

쓰제는 아니다……. 리나는 마음이 조금 놓이는 것 같았다.

"나…… 방금 계단에서 넘어졌어……. 아니, 응, 누가 밀었어……."

'밀었다'라는 말을 내뱉고 나니 리나는 다음 말이 이어지지 않았다. 쓰제가 숨을 들이마시는 소리가 들렸다.

"괜찮아? 많이 다쳤어?"

"움직이지를 못하겠어……. 아, 구급차 왔다."

눈물로 눈앞이 흐릿해졌어도 구급차의 사이렌 소리는 귀에 똑똑히 들어왔다.

갑자기 어떤 생각 하나가 모든 어지러운 생각을 압도하면서 사이렌처럼 머릿속에 똑똑히 울렸다.

리나는 방금 떠오른 생각을 붙잡아보려고 했지만, 지금 더 중요한 것은 몸의 안위라고 발목의 통증이 일러주었다.

쓰제는 긴장된 목소리로 병원으로 오겠다며 어느 병원으로 가느냐고 물었다. 리나는 초조하고 불안한 마음, 누가 옆에 있어주었으면 하는 마음이 복잡하게 얽혀 망설이며 대답을 못 했다. 그러다 구급대원이 다가왔고 리나는 병원 이름을 재빨리 말하고 다급히 전화를 끊었다.

리나가 응급실에서 엑스레이를 찍고 나오자 쓰제가 도착해 있었다. 걱정스러운 얼굴이었다.

"뼈가 부러지지는 않았고 그냥 접질린 거래. 한동안 하이힐은 못 신는대."

리나는 병원에서 치료를 기다리며 냉정을 되찾았고 통화할 때처럼 놀란 상태는 아니어서 농담 섞인 말로 말문을 열었다.

"놀라 죽는 줄 알았네. 괜찮다니 다행이야."

쓰제가 한숨을 내쉬며 리나의 손을 잡고 낮은 목소리로 말했다.

"정말 누가 널 민 것 같아? 그냥 부딪친 게 아니라……?"

"분명 누가 나를 밀었어."

"누군지 봤어?"

쓰제를 보면서 리나는 그녀의 표정이 진짜인지 가짜인지 알 수 있었으면 좋겠다고 생각했다.

쓰제는 화장도 하지 않았는데, 리나에게는 그 피부 아래에 있을 마음을 꿰뚫어 볼 능력이 없었다.

"못 봤어."

결국 리나는 사실대로 말했다. 쓰제는 다시 한 번 한숨을 내쉬었다. 쓰제는 정말 리나를 걱정하는 것처럼 보였다.

"근데 왜 전화한 거야?"

"지금은 말하기가 적당하지 않은 것 같아……."

"상황이 이렇게까지 됐는데 적당하지 않을 게 뭐가 있어?"

리나가 자기 발을 가리키며 말했다.

입술을 깨문 쓰제의 눈빛이 불안하게 빛났다. 갈등하는 기색이 역력했다.

"집에 가는 길에 문득 생각이 나서 너랑 의논하려고."

쓰제는 말을 잠깐 멈추고 고민하는 듯 고개를 저었다.

"아냐. 그래도 지금 이 말을 하는 건 아닌 거 같아. 처방전 받았어?"

"간호사 말이 의사 기다려야 한대. 아직 못 가."

리나는 쓰제가 자기의 결심을 알아주길 바라는 마음으로 쓰제의 손을 힘껏 잡았다.

"쓰제, 무슨 말이 하고 싶은 거야? 나 지금 발목이 너무 아파. 그러니까 주의를 좀 환기시켜줘."

쓰제는 한참 망설인 끝에 어렵게 입을 열었다.

"리나, 나는 이즈랑 친하지 않지만 너는 두 사람하고 오래 알고 지냈잖아. 네 생각에 이즈가 아충한테 어땠어?"

"이즈가 아충한테?"

"아충한테 불만이 있었을 가능성은 없을까?"

리나는 쓰제가 무슨 꿍꿍이로 물어보는지 몰라 의심스럽게 쳐다보았다.

"아충이 사람들의 관심을 다 가져갔고 모두가 아충 말만 들었잖아. 이즈는 그림자 같았고. 아충이 죽고 이즈가 조금 변한 것 같은데…… 어떻게 말해야 하나, 예전보다 활기차졌다고 해야 하나?"

"난 잘 모르겠어. 그런데 활기찬 게 뭐가 나빠? 정말 불만이 있었다고 해도 그게 또 뭐……."

"내 말 믿기 어렵겠지만……." 쓰제가 리나의 말을 끊고 깊이 숨을 내쉬었다. "오늘 아침 일이 너무 이상해서, 산에 가득했던 밥그릇이……."

"그건 당연히 이상하지. 사고가 있고 그렇게 오랜 시간이 지났는데 다시 밥그릇과 젓가락이 등장했으니. 그런데 그건 사람들이……."

"아니, 그게 아니야. 어제 비 왔잖아."

비.

리나는 당연히 기억했다. 메이크업 교실에서 나와 버스를 타는 짧은 몇 분 동안 상의가 홀딱 젖지 않았는가. 차창 밖 빗소리를 들으며 귀신 신부의 메시지를 반복해서 읽을 때의 그 한기는 더더욱 잊을 수가 없었다.

어젯밤에 비가 왔는데 오늘 그 밥그릇과 젓가락은……. 리나의 입이 벌어지면서 표정이 서서히 변했다.

"내가 검색해봤는데 어젯밤 신제둥(新界東)에도 비가 많이 내렸어. 다부(大埔) 쪽이 주룽(九龍)보다 훨씬 많이 왔대. 그런데 이상하게도 오늘 아침에 본 밥그릇과 젓가락은 모두 말라 있었잖아. 밥그릇에도 물이 없었고 쌀도 흩어지지 않은 상태였어. 젓가락도 다 꼿꼿하게 꽂혀 있었고. 며칠 된 거면 바람이나 비, 들개들 때문에 엎어지지 않았을까?"

젓가락은 정말 너무 가지런했다.

밥그릇과 젓가락에 진흙이 묻어 있었지만, 그건 인위적으로 뿌렸을 수 있다.

"그리고 너희 말고 내 본명을 누가 알아?"

쓰제가 심각하게 리나의 얼굴을 쳐다봤다.

"그 밥그릇과 젓가락은 오늘 아침에 갖다놓은 거야. 그럼 리나 네가 그랬을까, 아니면 이즈가 그랬을까? 왜 나를 갖고 노는 걸까?"

"나는 그런 짓 안 해!"

"응, 난 너 믿어. 그래서 너한테 전화한 거야. 미안해, 조금 전까지는 바로 이유를 설명할 수가 없었어. 집에 가는 동안 이즈가 무슨 의도로 그런 짓을 했을까 계속 생각했거든. 스튜디오도 접었고 각자 제 갈 길 갔잖아. 범인이 안 잡혀서 모두 괴로워하고 있는데 그런 짓을 벌여서 뭐 하겠냐고. 그런데 한 가지가 생각났어. 평소에 누가 편지를 가지러 갔지?"

"아충이랑 이즈가 우편함 열쇠를 갖고 있었잖아. 근데 아충은 늘 제일 늦게 왔으니까. 보통 이즈가 갔지."

쓰제가 긴장한 듯 리나의 손을 잡았다.

"맞아, 이즈였어. 이즈가 독 묻은 젓가락이 담긴 편지를 스튜디오로 보낸 거야."

"잠깐, 잠깐만. 그게 무슨 뜻이야? 이즈가 우편함을 열긴 했지만…… 봉투에 찍힌 소인이랑 건물 CCTV를 봐도 그 편지는 외부에서 온 거였잖아. 누구라도 편지를 보낼 수 있어."

게다가 그 편지는 아충이 방송에서 직접 뜯었다. 그들은 이미 몇 차례 젓가락을 받아봐서 굳이 뜯지 않고 만지기만 해도 안에 일회용 젓가락이 든 걸 알 수 있었다.

"맞아, 편지는 외부에서 온 거야. 근데 젓가락은 꼭 그렇지만은 않아." 쓰제가 설명했다. "만약 이즈가 '우리가 젓가락이 담긴 협박 편지에 익숙해졌다'는 맹점을 이용한 거라면? 일단 며칠 연속으로 입구를 봉하지 않은 빈 편지 봉투를 보내는 거야. 그러다 보면 방송 당일 아침에 도착하는 날도 있겠지. 아충보다 일찍 오기만 하면 제일 먼저 봉투를 만질 수 있으니 그때 땅콩 성분이 묻은 젓가락을 봉투에 넣어 아충한테 건네는 거야. 그렇지 않으면 젓가락이 어떻게 그렇게 딱 맞춰서 방송 당일 아침에 올 수가 있겠어? 우체국에서 편지를 부치면 같은 지역이라도 하루 이틀 차이가 나는데."

확실히 생각하지 못했던 부분이었다.

밥그릇과 젓가락을 갖다놓은 사람이 바로 젓가락을 보낸 사람이다, 오늘 아침 리나도 그렇게 생각했다.

쓰제가 말한 방법이 맞다면…….

"처음부터 그 젓가락들은 이즈가 부친 걸지도 몰라. 우리가 외부에서 보내온 거라고 믿게 만들려고."

"네 말은, 이즈가 아충을 해치려고 계획했다는 말이야? 그렇다고 해도 그날 아충이 라면을 먹고 또 그 젓가락을 쓸 거라는 걸 어떻게 알아……."

"자극했겠지? 아충이 그렇게 하도록 자극한 댓글이 이즈가 미리 손을 쓴 거라면? 이런 가능성이 떠올라서 너랑 이야기하고 싶었어. 이즈의 태도가 예전과 달라진 데는 분명 어떤 이유가 있을 거야. 너는 두 사람을 잘 안다고 할 수 있잖아? 어때? 가능성이 있는 것 같아? 그게 아니면 이즈가 왜 우리를 신냥탄으로 부르고 그런 것들을 놔뒀겠어?"

리나는 망연한 기분이었다.

"나는…… 모르겠어."

평소 집에만 틀어박혀 있는 은둔형 외톨이가 신냥탄까지 가서 밥그릇과 젓가락을 발견했다? 그는 리나와 쓰제에게 "밥그릇과 젓가락이 며칠 된 것 같다"라고 말하며 경찰에 신고하자는 것도 거부했다. 그냥 보여주는 게 목적이었으면 사진을 찍었으면 됐을 텐데 왜 두 사람을 오라고 했을까? 쓰제가 연못까지 올라가자고 했을 때도 이즈는 바로 그럴 필요 없다고 했다…….

쓰제의 말에도 이상한 점은 있었지만 생각할수록 이즈가 수상쩍었다.

정말 이즈가 밥그릇과 젓가락을 놓고 둘을 놀라게 한 거라면 이즈는 귀신 신부와 한패가 아닐까? 아니, 어쩌면 그가 귀신 신부인 건 아닐까? 리나는 귀신 신부가 당연히 여자라고 생각했는데 이즈가 그런 선입견을 이용한 거고 모든 게 그의 소행이라면…….

"너 최근에…… 이상한 메시지 못 받았어?"

리나가 조심스럽게 물었다.

"메시지? 이즈에 관한 거?"

쓰제가 놀란 듯 되물었다.

"아니…… 난 그냥 네티즌이 보낸 악담이 떠올라서."

리나는 너무 직설적으로 물어본 것이 조금 후회되어 다급하게 본래 화제로 돌아왔다.

"경찰이 편지 봉투에서는 뭐가 안 나왔다고 한 걸로 기억하는데……. 젓가락하고 면, 그릇에서만 나왔다고."

그리고 리나는 라면에 데었을 뿐이라는 게 동영상으로 증명됐다.

"나는 그 검사가 얼마나 정확한지 모르겠어. 어쩌면 검사에 안 나왔을지도 몰라."

검사에 안 나왔다고? 그럴 수가 있을까? 경찰이 분명 검사 장비는 믿을 수 있다고 했다. 그리고 그날 병원에서 스튜디오로 돌아온 뒤 밖으로 나간 사람은 없었다. 사고 후 아충을 병원으로 옮길 때까지 세 사람은 같이 있었고, 병원에 도착해서는 경찰 조사를 받느라 증거를 몰래 버릴 기회가 없었다.

"걱정이야."

쓰제가 고개를 숙여 리나의 다친 발목을 쳐다봤다.

계속 참았던 통증이 그 순간 더 심해진 것 같았다.

"아무튼 이즈는 밥그릇과 젓가락을 미리 갖다놓고 우리를 부른 거야. 어쩌면 우리를 떠보려고 한 건지도 몰라."

"떠본다고?"

"텔레비전 같은 거 보면 다들 그러지 않아? 진상을 알아냈는지 떠본 다음……."

두 사람은 아무 말도 하지 않았지만, 리나는 쓰제가 무슨 말을 하려는지 알았다. 너를 민 건 아마 이즈일 거야.

"근데 왜 이제 와서 갑자기 우리를 떠보는 걸까……."

동영상. 리나는 말하는 동시에 놀라서 말을 멈추었다. 어젯밤 리나는 아충의 영상을 다시 보기 위해 스튜디오의 클라우드 서비스 계정에 로그인해 고화질 영상을 다운받았다. 클라우드 계정은 이즈가 관리하는데, 혹시 갑자기 동영상을 봐서 의심을 산 걸까? 그래서 갑자기 전화해 만나자고 한 건가…….

"경찰에 신고할 거야? 증거는 없어도 경찰을 설득하면 일단 사고 접수는 해주지 않을까?"

쓰제가 응급실에 있는 경찰 출장소를 쳐다봤다. 경찰 한 명이 싸우다 다쳐 막 실려 온 남자와 이야기하고 있었다.

리나는 망설이다가 결국 고개를 저었다. 아침에 쓰제가 말하지 않았던가. 증거가 없으면 경찰도 할 수 있는 게 없다고. 육교에는 감시카메라가 없으니 신고한다고 해도 경찰은 접수만 해주고 돌아가 기다리라고만 할 뿐 보호해주거나 하지 않을 것이다. 리나는 경찰의 수사 태도에 실망한 지 오래였다.

"해봐야 소용없어……. 어떻게 설명할지도 모르겠는걸!" 리나는 낙담했다. "어쨌거나 우리한테는 아무 증거가 없잖아."

쓰제가 쓴웃음을 지으며 한숨을 내쉬었다.

"경찰에 신고할 수 없으면 우리 그냥 끝까지 모른 척하자."

"모른 척하자고?"

"이건 뜻밖의 사고야. 이번 사고든 아충 사고든 더 거론하지 말자고. 이즈가 손을 쓴 건 우리가 진상을 알까 두려워서야. 우리가 자기를 귀찮게 할 생각이 없다는 걸 알면 포기하겠지. 더 움직이면 자기도 위험할 테니까."

"너는 우리가 아충의 일을 다시 파지 않으면 이즈가 우리를 가만히 놔둘 거라고 생각해?"

"어쩔 수 없는 경우만 아니면 사람 죽이려는 생각은 안 하지 않을까?" 쓰제가 낮은 목소리로 말했다. "게다가 계속 추적한다고 살인 증거를 찾으리라는 보장도 없잖아. 내 생각에는 일단 피하는 게 좋을 것 같아."

"피한다고? 어떻게?"

"나는 한동안 타이완에 가 있을 거야. 설마 해외까지 따라오지는 않겠지. 너도 여력이 되면 이사해. 과거 일은 잊고 새로운 곳에서 다시 시작하라고. 그러다 안전해지면 돌아와."

모든 것을 버리고 다시 시작한다.

리나도 원래 그럴 생각이었다. 계속 추적해봐야 아충이 다시 살아나는 것도 아니고, 다 소용없었다. 이사 가고, 전화번호를 바꾸고, 직업을 바꿔 과거와의 연결 고리를 끊으면 사람들도, 귀신 신부도 자신을 못 찾을 테고, 그녀 자신도 네티즌의 소문에 더 신경 쓸 필요가 없을 것이다. 리나 같은 보통 여자로서는 도피가 정상적인 반응일 것이다.

"린리나 님, 3호실입니다."

간호사실에서 마침내 방송이 나왔다.

쓰제가 리나의 휠체어를 밀고 진찰실로 들어갔다. 치료가 끝나자 리나를 집까지 데려다주었다. 리나는 쓰제의 호의에 마음이 따뜻해졌다. 혼자서 목발을 짚고 돌아왔다면 힘들었을 것이다. 하지만 동시에 무력감이 강하게 밀려왔다. 리나는 자기 자신이나 다른 누군가를 보호할 수 없었다.

"그럼 나 이만 갈게. 조심해. 무슨 일 있으면 전화하고."

"쓰제……."

쓰제가 문을 나서려는 순간 리나가 그녀를 불러 세웠다.

"귀신 신부가 나를 찾은 거 같아."

"바보, 넌 생각이 너무 많아. 대낮에 무슨 귀신이 있어? 그리고 인간이 귀신보다 더 무섭다?"

문이 닫히고 집 안엔 리나 혼자만 남았다.

리나는 느릿느릿 침대로 걸어가 목발을 놓았다. 그리고 베개에 얼굴을 묻고 엉엉 울었다.

너는 두 번째 아니면 세 번째가 될 거야.

귀신 신부의 말이 귓가에 맴돌았다.

내가 무슨 잘못을 했다고 이런 일을 당해야 해?

아충이 곁에 있을 때는 그가 대신 문제를 해결해주었다. 하지만 지금은 누구를 믿어야 할지 알 수 없었고 쓰제도 가버려 안심하고 의논할 수 있는 상대가 없었다. 네티즌에게 지탄의 대상이 된 상황도 겨우겨우 마주할 뿐이었다. 적어도 인터넷에 접속하지 않으면 보이지 않으니까. 하지만 지금 이 상황을 해결할 수 있는 건 자신뿐이었다. 아무도 믿을 수가 없었다.

너무 무서웠다.

그날부터 리나는 모든 생각을 멈췄다. 생활용품만 조금 챙겨 집을 떠나 저가 여관에 묵으면서 아무와도 말하지 않았다. 리나는 이즈에게 물어볼 수 없었다. 증거도 없었고 그가 했든 안 했든 부정할 게 뻔했다. 세끼 모두 식당에서 해결했다. 이즈가 음식에 독을 타지 않았을까 불안했지만 요 며칠 아무 일도 없었다.

이즈가 자신을 찾지 않는 것을 보니 어쩌면 쓰제의 말이 맞을 수도 있었다.

리나는 침묵으로 평안을 얻었다.

귀신 신부의 말은 사실이었다. 하지만 귀신 신부가 나타나지 않았어도 리나는 모든 것을 잊을 생각이었다. 이기적이라고? 아마도. 하지만 세상에 이기적이지 않은 사람이 어디 있나? 아충을 그만큼 사랑하지 않아서가 아니라 범인을 잡는 것은 경찰의 책임이다. 경찰도 못하는데 일개 평범한 시민이 무엇을 할 수 있겠는가? 그저 구차하게 하루하루 살아갈 수밖에.

이렇게 생각하면 범인이 젓가락을 보낸 사람이든 스튜디오 멤버이든 리나에게는 별 차이가 없었다. 자기 자신조차 보호할 능력이 없는데 어찌 남자친구의 죽음을 밝힌단 말인가?

귀신 신부는 사람일까, 귀신일까? 어떻게 스튜디오 내부 사정을 알고 있을까? 땅콩을 묻힌 젓가락은 정말 이즈가 가져왔을까? 살인 동기가 무엇일까? 이즈가 리나를 계단에서 밀었을까? 귀신 신부는 이 일과 무슨 관련이 있고, 왜 아직 끝이 아니라고, 아충을 살해한 범인이 리나도 죽이려 한다고 예언한 것일까?

리나는 아무것도 생각하지 않기로 했다. 쓰제의 추리는 땅콩 제품을 어떻게 스튜디오로 들여왔는지 설명해주었지만 다른 것은 여전히 오리무중이었다. 하지만 리나는 더 생각하고 싶지 않았고 지금은 그저 멀리 도망치고만 싶었다.

리나가 지금 고민해야 할 것은 어떻게 돈을 마련할까였다.

주택 임대 광고에 적힌 요금을 비교해보면서 리나는 점점 의기소침해졌다. 홍콩의 집세는 하늘을 찔렀다. 리나는 고려 범위를 마카오와 선전까지 넓혔다. 홍콩을 떠나고 싶지 않았지만 그렇게 하면 모든 것을 확실하게 끊어내고 새롭게 시작할 수는 있었다.

리나는 전화번호를 바꾸고 모질게 마음먹은 뒤, 휴대전화에 설치된 SNS 앱을 삭제했다. 일 관련 전화를 못 받아도 할 수 없었다. 메이크업 강좌는 두 번만 더 들으면 끝나니 그냥 다니기로 했다. 무슨 일이 있어도 자격증은 받아야 했다. 두 번만 더 가면 된다…….

'누가 네 맘대로 다시 시작하래?'

귓가에 웃음소리가 들리면서 축축한 손이 리나의 종아리를 잡아 물속으로 끌고 들어갔다. 숨이 멎고 혈관이 얼어붙어 무중력상태인 것처럼 끝없이 추락했다. 그런 다음…… 온몸이 흠뻑 젖은 채 깨어났다.

또 악몽을 꾸었다.

계속 이런 악몽을 꾼다.

여관에 머문 사흘 동안 세 번이나 악몽을 꾸었다. 점심때 잠깐 쪽잠을 잘 때도 마찬가지였다.

비몽사몽인 채 일어나니 메이크업 수업에 갈 시간이 거의 다 되어 있었다. 리나는 거울에 비친 창백한 얼굴을 보면서 서둘러 화장을 하고 나서기로 했다. 하지만 초췌한 얼굴은 화장으로도 가려지지 않았다. 볼터치를 아무리 짙게 해도 얼굴에 생기가 흐르지 않았다. 꿈속에서 봤던 숲에 둘러싸인 검은 연못이 눈앞에 어른거렸다.

퍼뜩 정신을 차린 리나는 거울에 비친 자기 모습을 보고 깜짝 놀랐다.

새하얀 얼굴에 지나치게 붉은 볼과 입술. 꼭 제사 때 쓰는 소년 소녀 인형 같았다. 제 모습에 놀라 울 뻔하다니, 어쩌면 이렇게 멍청할 수가! 리나는 넋이 나간 자신에게 화를 내며 화장을 지우고 민낯으로 집을 나섰다. 목발을 짚고 교실에 들어가니 이미 수업이 시작된 뒤였다.

"오늘은 조를 나눠 연습해보겠습니다. 짝에게 중국식 예복에 어울리는 신부 화장을 해주세요. 너무 촌스럽게 하지는 말고요."

메이크업 아티스트의 최대 고객은 신부로 신부 화장은 기본 중의 기본이었다. 그러나 메이크업 브러시를 든 리나의 손은 떨고 있었다.

안 돼…… 리나는 머릿속으로 행복하고 즐거운 신부의 모습을 떠올렸다.

신부, 신부. 자신을 다독이며 붉은색 아이섀도 케이스를 연 순간, 눈앞의 색이 온통 진홍색으로 뭉개져 보였다.

금색과 은색 실로 수놓은 진홍색 예복을 입고 결혼 축하연 주인공 석에 앉아 있는 붉은 입술의 신부가, 새하얗고 고른 치아를 드러내며 젓가락을 들어 밥을 한 입 먹고…… 웃으며 말했다.

"어머, 린리나, 젓가락에 네 이름이 쓰여 있어……."

그만! 그만 생각해! 지금은 수업 시간이야! 다른 사람은 눈화장이 거의 끝났다고. 리나는 자기에게 어서 파운데이션을 올리라고 지시했다. 하지만 손이 떨려 메이크업 브러시가 바닥에 떨어졌고 당황해 얼른 주웠다. 신부 화장을 어떻게 하더라? 왜 짝의 얼굴을 보는데 여자 귀신의 창백한 얼굴이 떠오르는 걸까? 그래, 리나는 귀신 신부 사진을 찍을 때 신부 화장을 했다. 화장을 하면서 정말 신부가 될 날을 상상했다…….

그때 리나는 아충을 위해 예복을 입은 자신의 모습을 상상했었다. 그러나 그런 날은 맞이하지 못할 것이다. 귀신 신부처럼.

짝이 몇 번 재촉했지만, 리나는 손이 계속 떨렸다. 아이라인은커녕 베이스 메이크업조차 끝내지 못했다. 끝났다. 리나는 순간 깨달았다. 이번 생에 누군가에게 신부 화장을 해주는 일은 없을 것이다. 리나는 진작에 저주에 걸려버렸다.

강사와 학생들이 눈을 동그랗게 뜨고 소리 없이 눈물을 흘리는 리나를 쳐다봤다. 리나는 아무 말 없이 메이크업 도구를 내려놓은 다음 펼쳐놓은 도구들을 묵묵히 가방에 집어넣었다. 그리고 고개를 숙여 미안하다고 말하고 교실에서 나왔다.

끝이다. 어디로 도망가도 소용없다.

리나는 자신이 이기적이라는 것을 인정했다. 그렇기에 이렇게 도망만 칠 순 없었다. 그건 스스로를 위한 일도 아니었으니까. 아충에 대한 그리움, 네티즌에 대한 분노, 친구에 대한 의심, 귀신 신부에 대한 원망, 범인에 대한 두려움. 이 모든 것을 보고도 못 본 척, 듣고도 못 들은 척하는 감옥에 가두고, 모든 게 정상이라고 스스로와 남을 속이는 것일 뿐이었다. 죽은 곳을 떠나지 못하는 귀신 신부처럼 분명 죽었는데 자기가 살아있다고 여기는 것이나 다름이 없었다.

귀신 신부의 저주는 아충이 죽은 그날부터 시작되어 리나에게 닿은 지 오래였다.

리나는 비틀거리며 여관 대신 집으로 향했다. 아충과 함께했던 집으로 돌아가고 싶었다. 진실을 파헤치면 위험해지는 건 물론, 범인을 벌할 수 있다는 보장도 없었다. 하지만 아충이라면 분명 모든 상황을 냉정하게 분석한 다음 진실을 밝힐 것이다. 하지만 이제 어떤 진실이 리나 자신을 구해줄 수 있을까?

리나는 앞으로의 일들이 썩 유쾌한 일은 아닐 거라는, 막연한 느낌이 들었다.

리나는 눈물로 가득한 눈을 감았다. 며칠 전에 들었던 구급차의 웅웅거리는 소리가 들리는 것 같았다.

눈에 보이지는 않아도 들을 수는 있었다. 저 멀리서 들려오는 소리를…….

집으로 돌아온 리나는 컴퓨터를 켜고 눈물을 닦으며 아충이 늘 사용하던 영상 프로그램을 찾았다.

리나는 영상 편집 작업을 아충에게 넘기곤 했다. 아충은 자기가 아무렇게나 해도 리나보다 나을 것이라고 말했다. 그 말은 사실이었다. 리나는 자신이 컴맹이라고 생각했다. 이제야 이어폰을 꽂고 해보려니 아무리 해도 이해가 안 돼 절망스러웠다. 포기하고 싶은 생각이 들자 리나는 네티즌의 조롱과 발목의 통증을 기억하라고 스스로를 다그쳤다. 이 정도 수고가 뭐라고.

다른 사람 손은 빌릴 수 없다.

시간이 한참 지나서야 오디오 트랙이 이해됐다. 조작도 처음보다 어렵지 않았다. 요즘 프로그램은 인터페이스가 아주 잘 되어 있었다. 클릭 한 번으로 말소리가 삭제되는 게 꼭 마법 같았다. 리나는 배경음을 최대한 키우고 라이브 방송 영상을 장면별로 자세히 살폈다. 과연 라면 봉지 뜯는 소리까지 들렸다.

"우리가 돈이 부족했던 게 다행이네."

리나는 혼자서 중얼거렸다.

과거 그들은 돈을 모아 촬영 환경을 꾸렸었다. 아충이 시각적인 게 제일 중요하다고 주장해 배경 디자인과 제작에 돈을 다 쓰는 바람에 마이크는 저렴한 중고 제품을 구매했고. 질이 떨어지는 마이크 덕분에 배경의 잡음도 다 녹음된 모양이었다.

영상은 계속됐다. 아충은 라면이 다 됐다고 손짓한 다음 렌즈 앞에서 일장 연설을 했다.

그때 '띵' 하는 소리가 귀에 들어왔다.

"뭐지?"

리나는 타임라인을 조금 앞으로 되돌리고 한 손으로 이어폰을 눌러가며 소리에 귀를 기울였다.

한 번 또 한 번, 또렷한 소리는 마치 몸속 깊은 곳에서 울리는 것 같았다.

리나는 이어폰을 빼고 어깨를 들썩이며 긴장을 풀었다.

이렇게 쉽게 알아낼 수 있는 거였구나. 미소가 나오려고 했다. 이거였어!

조금 전 소리는 전자레인지에서 난 것이었다.

비슷한 방법을 사용하면 누구라도 이 소리를 찾아낼 수 있을 것이다. 귀신 신부도…….

귀신에게 감시당하고 있다는 스트레스와 불안이 연기처럼 사라졌다.

"……가증스럽게, 어디 귀신 흉내로 사람을 놀라게 해!"

리나는 정신을 바짝 차리고 이어폰을 낀 다음 영상을 다시 돌려 봤다. 놓친 부분이 있을지 몰랐다.

아충이 봉투를 뜯어 젓가락을 꺼내는 부분에 이즈를 가리키는 어떤 단서가 있지 않을까…….

쓰제의 말을 다시 생각하면서 리나는 쓰제와 이야기를 더 나누지 못한 게 후회스러웠다. 편지 봉투로 땅콩 성분이 어디서 왔는지 설명할 수는 있어도 이즈가 어떻게 아충이 라면을 먹을 줄 알았는지는 설명할 방법이 없었다. 게다가, 땅콩 성분이 묻어 있었다면 젓가락을 봉투에 넣기 전에 도대체 어디에 숨겼을까? 어째서 다른 물건에는 묻지 않고, 사무실과 이즈 몸에서도 흔적이 발견되지 않았을까?

풀어야 할 수수께끼, 생각해야 할 일이 아직 많이 남아 있었다.

리나는 계속 동영상을 봤다. 이제 아충이 죽는 부분을 봐도 아무 느낌이 없었다.

너무 많이 본 거야…….

사실 무감각해졌다기보다는 슬픔이 다해가고 있다고 하는 편이 맞았다.

아충은 이제 리나를 도울 수 없고 리나는 자신의 힘으로 문제를 해결하며 살아야 했다.

쏴아, 쏴아아…….

무슨 소리지?

리나가 조리된 라면을 아충에게 건네고 갑작스러운 아충의 입맞춤에 당황하고 있을 때 배경에서 낯설지만 익숙한 소리가 들렸다. 갑작스러운 입맞춤에 대한 기억이 너무 강렬해 주의를 기울이지 못한 소리였다.

돌려서 다시 듣자 같은 소리가 들렸다.

고개를 기울이고 곰곰이 생각해보니 물소리였다.

물소리라면 분명 탕비실에서 난 걸 텐데, 그때 왜 물소리가 났을까? 라이브 방송중에는 잡음을 내면 안 됐는데…….

리나는 다시금 기억의 바다로 침잠했다.

그때 리나가 다 끓인 라면을 탕비실에서 갖고 나와 아충에게 건넸고 싱크대에는 라면 봉지와 행주가 놓여 있었다. 영상이 계속 재생되었고 아충이 알레르기 발작을 일으켜 얼굴을 일그러뜨리는 장면이 나왔다. 이어서 카메라를 담당한 이즈가 달려오는 뒷모습. 리나가 탕비실에서 물컵을 갖고 나왔을 때 쓰제는 전화로 구급차를 부르고 있었다. 사람 목소리는 프로그램에서 삭제해 들리지 않았지만, 리나는 그때 그들이 했던 말을 다 기억했다. "바보같이! 물은 안 돼! 가서 아충 응급 주사 가져와!" 이즈가 리나에게 화를 냈다. 리나는 민망했다. 아충이 발작하는 모습을 보는 건 처음이었다. 일전에 아충이 알려준 응급처치 방법을 떠올리기엔 너무 당황한 상태였다…….

리나는 동영상을 멈췄다. 혼탁했던 연못의 물이 싹 쓸려가고 바닥에 잠겨 있던 답이 드러났다. 수수께끼가 풀리는 순간, 목구멍에서 맹렬하게 구역질이 솟구쳤다.

아충이 발작을 일으켜 물을 가지러 탕비실로 뛰어 들어갔을 때 싱크대는 평소처럼 깔끔했다…….

아니, 단지 가능성일 뿐이지만……. 리나는 온몸에서 힘이 쭉 빠졌다. 믿고 싶지 않았다.

'띵.' 그때 이어폰에서 한 번도 들어보지 못한 소리가 들렸다.

온라인 메시지가 수신되었다는 소리였다. 이어서 메시지 창이 떴다.

하이.

한동안 보이지 않던 방문자였다. 귀신 신부.

컴퓨터를 켜면 메신저에 자동 로그인이 된다는 것을 잊고 있었다. 괜찮아, 리나는 중얼거렸다. 마침 잘 왔어.

리나는 금방이라도 울 것 같은 표정을 지우고 가면을 썼다. 그리고 숨을 깊이 들이마셨다. 상대가 아무리 자극해도 냉정해야 했다.

와봐. 이젠 네가 무섭지 않아. 리나는 두 손을 키보드 위에 올려놓았다.

귀신 신부: 불쌍한 나나, 어째 신냥탄에 다녀간 이후로 숨어버렸네? 난 또 네가 범인한테 살해당한 줄 알았지 뭐야.

나나: 귀신 흉내 내지 마. 네가 어떻게 스튜디오 사람이나 아는

내용을 아는지 알아냈으니까. 예를 들면 전자레인지 같은 거.

귀신 신부: 어떻게?

나나: 카메라에는 안 찍혔어도 소리는 녹음됐으니까. 음량을 조절하면 누구든 발견할 수 있지.

귀신 신부: 그런 방법이 있긴 하군.

리나는 몸속 깊은 곳이 뜨거워졌다.

나나: 이제 정체를 밝히시지? 너 누구야? 인터넷 호사가? 아니면 끝까지 물고 늘어지는 기자? 나랑 멤버들 사이를 이간질하려는 거야?

귀신 신부: 난 그냥 그것도 방법이네, 라고 했을 뿐이지 내가 그 방법으로 알았다고는 하지 않았어. 근데 이렇게 열심인 걸 보니, 진실을 파헤치려고 노력하는 나나에게 상을 좀 줘야겠는걸.

귀신 신부: 나는 너희 스튜디오 멤버가 아니야. 너희를 모를뿐더러 너희 넷의 얼굴을 본 적도 없어. 그리고 나는 한 번도 너한테 거짓말을 한 적이 없어.

나나: 너 공범이지?

귀신 신부: 그럼 내가 뭐 하러 너랑 같이 살인 방법을 생각하고 있겠어? 이 질문은 불합격, 감점이야.

귀신 신부: 더 묻고 싶으면 노력하는 모습을 좀 더 보여봐.

장난하지 마. 리나는 이를 악물었다. 내가 본때를 보여주지.

나나: 어떻게 했는지 이미 알아.

귀신 신부가 한참 말이 없었다. 얼마 지나서 모니터에 "옳지" 두 글자가 떴다. 착각일지도 모르겠지만 주인이 애완동물을 격려하는 말투 같아 화가 치밀었다. 그 순간, 메시지 창에 메시지가 또 하나 떴다.

"어떻게 했는데?"

쓰제의 추리대로라면 이즈는 땅콩 성분이 묻은 젓가락을 먼저 스튜디오에 가져왔고, 빈 편지 봉투에 젓가락을 넣어 아충에게 건넸다. 하지만 이 방법대로라면 이즈의 옷 주머니에서 땅콩 성분이 검출됐을 것이다. 물론 젓가락을 싸 온 종이나 비닐을 몰래 버렸을 수도 있지만 리나의 기억으로는 증거를 몰래 없앨 시간은 없었다. 분명 경찰도 이즈의 몸에서 아무것도 발견하지 못했고.

운 좋게 검사를 피했을 것이라는 게 쓰제의 가설이었다.

그 외에 리나가 세운 가설도 있었다.

리나는 조심스럽게 자신의 가설을 적어 내려갔다. 귀신 신부가 "틀렸어"라고 말하기를 바라면서. 하지만 생각할수록 모든 게 또렷해졌다. 맥이 풀리고 마음이 쓰려 손가락이 덜덜 떨렸다. 메시지를 발송하려는 순간, 다른 생각이 났다.

나나: 이건 불공평해. 너는 아무것도 모르면서 내 답만 기다리는 걸 수도 있잖아.

귀신 신부: 그건 나도 마찬가지야. 너도 나를 떠보면서 힌트를 얻으려는 걸 수도 있지.

아니, 이번에는 네가 답할 차례야.

리나는 두 손을 키보드 위에 놓고 숨죽인 채 귀신 신부의 메시지를 기다렸다.

리나가 마음먹고 반격하고 있다는 걸 알았는지 귀신 신부도 서서히 반응해오기 시작했다.

오래전 일을 반추하는 듯 메시지는 한 문단씩 느리고 안정된 속도로 나타났다.

귀신 신부: 영상에는 사람들이 생각하는 것보다 더 많은 정보가 담겨 있어. 하지만 사람들은 진실을 알아내는 것보다 음란하고 퇴폐적인 정보, 속이 뻥 뚫리는 통쾌하고 단순한 정의를 더 좋아하는 것 같아. 정보는 단순하고 이해하기 쉬울수록 좋지. 너는 먹잇감 삼기 딱 좋은 대상이야. 예쁜 거 좋아하는 멍청한 여학생. 사랑싸움을 하다 잘난 척하는 남자친구를 죽여버린 거지.

귀신 신부: 경찰은 아직도 범인을 못 잡았지? 그들은 라면, 라면 그릇, 젓가락 그리고 네 몸에 묻은 국물에서만 땅콩 성분을 찾았고. 경찰 입장에서 보면 그 젓가락이 아주 의심스럽겠지. 그래서 당연히 젓가락을 보낸 사람이 범인이라고 가설을 세운 건데, 내가 보기에는 상상력이 부족하다 못해 나태한 정도야.

귀신 신부: 몇 번만 동영상을 진지하게 보고, 스튜디오 상황을 고려한다면 이상한 점을 발견할 수 있을 텐데.

아충이 라면을 먹기 전에 라면과 식기에 손을 댄 사람은 리나 말고는 없었다.

리나는 그날 탕비실에 두 번 들어갔다. 처음 들어가서는 라면 그릇을 물에 씻고 행주로 닦은 다음 라면을 넣고 뜨거운 물을 부었다. 두 번째로 들어간 것은 아충이 발작을 일으킨 이후로 상황이 너무 다급해 싱크대에 있던 물병의 물을 그냥 컵에 따라서 나왔다. 보통 때였으면 아충에게 건네기 전에 한 번 더 닦았겠지만 상황이 여의치 않았다. 겨우 눈 깜짝할 만한 사이에 내린 선택이었다. 당시 탕비실은 모든 게 여느 때와 다름없어 보였다.

여느 때와 다름없게 리나가 라면을 끓일 때 사용한 모든 것들이 다 제자리로 돌아가 있었다. 라면 봉지가 치워져 있었고 행주는 펴서 널려 있었다. 그 말은, 리나가 라면을 끓이고 다시 물컵을 가지러 간 사이에 누군가 탕비실을 정리하고 행주를 빨았다는 뜻이다.

라이브 방송에서 들린 물소리는 바로 그때 난 소리였다.

행주를 빠는 것은 전혀 이상한 일이 아니지만 왜 하필 방송중에 빨았을까?

스튜디오는 비좁고 설비도 충분하지 않아 진행자 외의 다른 사람은 잡음이 들어가지 않게 최대한 조용히 해야 했는데…….

귀신 신부: 다시 한 번 물을게.

귀신 신부: 땅콩 성분이 어떻게 라면 그릇에 들어갔지?

리나는 머릿속에 깊이 박힌 영상을 다시 한 번 떠올렸다. 눈으로 본 것, 영상으로 본 것, 둘 다 수없이 재생해보았다. 그러나 당시의 일을 생각하면 아직도 등줄기에 전기가 흐르는 듯 전율이 일었다.

키보드 위에 놓인 손이 떨리기 시작했다.

"나야." 리나가 작은 소리로 고통스럽게 내뱉었다. "내가 아충 앞에 사신을 끌고 왔어."

나나: 범인은 땅콩 성분이 든 것을, 예를 들면 땅콩기름 같은 것을 미리 행주에 묻혀놨어. 스튜디오 사람들은 내가 행주로 식기를 닦은 다음 아충에게 주는 것을 알아. 습관처럼 하는 일이라 그날 내가 행주로 닦은 다음 그릇에 기름 흔적이나 가루가 묻어 있진 않은지, 확인한 기억이 나질 않아. 뭐 어쨌든, 범인은 사건이 터진 뒤 행주를 깨끗이 빨아놓기만 하면 됐지. 그래서 경찰은 아충이 썼던 그릇과 젓가락, 국물 그리고 내 손에서만 알레르기 원인을 발견하고 아무 흔적도 못 찾은 거야…….

귀신 신부: 의외로 간단하지? 범인은 깨끗한 걸 좋아하고 행주 빠는 것만 잊지 않으면 돼. 만약 그 젓가락이 없고 국물을 엎는 의외의 사건이 없었다면, 너는 벌써 범인이 되었을걸.

리나는 비통한 기분이 들었다.

그랬다, 아주 간단했다. 너무 간단해서 경찰이 반복해서 물었던 말도 전혀 기억이 나지 않았다.

그러니까 즉, 만약 그때 자신이 조금 더 주의를 기울였다면…….

나나: 만약 내가 직접 행주를 빨았거나 그릇 안에 이물질이 묻은 걸 발견하고 다시 씻었다면 범인은 실패했을 거야. 게다가 아충에

겐 응급 주사도 있었지. 범인은 왜 이렇게 빙 돌아가는 방법을 택했을까?

귀신 신부: 히히, 맞아. 근데 그래도 상관없어.

귀신 신부: 다시 하면 되니까.

리나는 눈을 크게 뜨고 모니터를 쳐다봤다.

귀신 신부: 네 말대로 실패해도 발각될 일 없고, 살해 계획이라고 의심 살 일은 더더욱 없어. 그냥 다음 기회를 기다리면 돼. 이게 바로 추리소설에서 말하는 확률 살인이야.

리나는 등줄기에서 땀이 쭉 났다. 신낭탄에서 봤던 젓가락, 계단에서 떠밀렸던 일…….

진짜 살의였다. 일시적인 충동이 아니라 한 사람을 죽이려고 온갖 궁리를 다 하는 그런 살의. 여기까지 생각이 미치자 리나는 눈물이 났다. 약해져서는 안 된다고 자신을 다그치며 눈물을 닦고 분노를 발산하듯 키보드를 두들겨 질문을 던졌다.

나나: 범인은 왜 그러는 거야? 우리는 아무 잘못이 없다고!

귀신 신부: 하하.

슬픔과 분노가 복잡하게 교차하는 중에 갑자기 차가운 웃음을 마주하니 어떻게 해야 할지 알 수가 없었다.

귀신 신부: 아무 잘못이 없다고? 확실해?

귀신 신부: 너희 넷 다 유죄야! 너희 넷 모두 죽어 마땅해!

갑작스러운 지적에 리나는 솜털이 곤두섰다.

꿈에 나왔던 신낭탄이 다시 눈앞에 떠올랐다. 피로 물들인 듯한 진홍색 예복을 입은 소녀가 물에 잠긴 채, 죽은 물고기 같은 멍한 눈으로 물 밖의 리나를 쳐다봤다. 소녀는 입을 벌린 채 소리 없이 울부짖고 있었다. 젊은 날의 죽음이 원통하다는 듯…….

나나: 우리가 너한테 무슨 잘못을 했어? 가짜 저주를 만들어 장난친 거?

귀신 신부: 그건 당연하고. 근데 다른 이유가 하나 더 있어. 너희 넷이 나한테서 가장 소중한 것을 빼앗아갔어.

빼앗아갔다…….

아충이 시작한 저주 장난은 인터넷 괴담으로 군중심리를 부추겨 인기를 얻은 리얼리티 쇼일 뿐이었다. 그들은 그것으로 재물을 사취하거나 뭔가를 파괴한 적이 없었다. 이렇게까지 원한을 살 이유가 없었다.

귀신 신부: 네가 궁팅충처럼 아무것도 모르고 죽었으면 얼마나 재미없었겠어. 반성도 가책도 공포도 없이 죽는 거, 너무 쉽잖아? 넌 오늘부터 마음 졸이며 살아야 할 거야. 먹는 거, 마실 거, 화장품, 계단 모퉁이, 버스 정류장……. 어쩌면 문 열고 집에 들어오는 순간에도 죽음이 너를 기다리고 있을지 몰라.

리나는 원한의 이유가 짐작되지 않았다.

메마른 대지에 갑자기 나타난 우물에서 독물이 뿜어져 나오는 것 같았다.

나나: 내가 그렇게 원한 살 만한 일을 했다고? 말해, 정말 내가 뭘 잘못했다면 돌이킬 방법을 찾을 테니까.

귀신 신부: 아니, 넌 못해.

나나: 말을 안 하는데 내가 어떻게 알아!

귀신 신부: 알고 싶어?

나나: 말해!

한참 동안 메시지가 오지 않았다. 리나는 불안한 마음으로 기다렸다.

귀신 신부: 우리의 원한은 딱 너희가 한 짓만큼이야. 누군가 죽기를 바랄 만큼 원한이 깊다면 당연히 죽음과 관련이 있지 않겠어? 범인하고 수법은 다 찾았어? 마지막 퍼즐이 궁금한데 물어볼 사람이 나밖에 없지? 나는 많은 힌트를 줬고 모두 사실이야. 그런데, 찾은 다음에는 어쩔 생각이야? 기꺼이 복수를 받아들이고 죽을 거야? 아니면 평생 죄책감을 안고 살아갈 건가?

귀신 신부는 모습을 보일 듯 말 듯 하며 길 가는 나그네가 길에서 벗어나도록 유혹하는 것 같았다. 리나가 환영을 따라 방향을 알 수 없는 깊은 산으로 들어서기를 기다렸다가 텅 빈 조롱의 웃음만 남기고 휙 사라져, 막막하고 무력한 그녀만 홀로 남겨졌다.

어쩌면 이것이 귀신 신부의 목적일 수도 있었다. 리나를 움직이게, 생각하게 해서 스튜디오 멤버가 자신을 죽이려고 한다는 사실을 깨닫게 하고, 공포에 사로잡혀 살게 하는 것.

리나는 메시지 창에서 반짝거리는 커서를 멍하니 주시했다. 너무 피곤해 울고 싶어도 울어지지 않았다.

하지만 성과는 있었다. 생각해보지 못한 사실을 알게 됐다.

리나는 억지로 정신을 차리고 되는 대로 펜과 종이를 집어 지금 알고 있는 것들을 썼다.

귀신 신부는 사람인가 귀신인가? 스튜디오의 내부 상황을 어떻게 알고 있을까?

확실히 사람이고, 스튜디오 외부 사람이며, 동영상을 통해 세부 사항을 추리했다. 스튜디오 사람들을 본 적은 없다.

땅콩 제품이 묻은 젓가락은 정말 이즈가 가져온 것일까?

살해 수단은 젓가락이 아니라 행주다.

아충의 죽음은 외부인의 소행인가 내부인의 소행인가?

스튜디오 멤버의 소행이다.

리나를 계단에서 민 것도 같은 사람 짓인가?

그럴 것이다.

범인은 왜 이렇게 자신들을 증오하는가?

모른다.

귀신 신부는 이 사건과 무슨 관련이 있을까? 왜 아충을 죽인 범인이 그녀를 죽일 것이라고 예언했을까?

귀신 신부는 스튜디오 사람에게 원한이 있고 진범을 알고 있으며, 예언의 이유는 알 수 없다.

범인의 이름은……. 짚이는 데가 있었지만, 동기는 알 수 없었다.

너희 넷이 나한테서 가장 소중한 것을 빼앗아갔어.

우리의 원한은 딱 너희가 한 짓만큼이야. 누군가 죽기를 바랄 만큼 원한이 깊다면 당연히 죽음과 관련이 있지 않겠어?

이 말이 머릿속에서 떠나지 않았다. 귀신 신부는 무슨 말을 하고 싶은 걸까? 리나는 당연히 사람을 죽인 적이 없었고 아충이 그랬을 리도 없다. 스스로를 귀신 신부라고 칭했으니 사건은 그들이 만든 도시전설과 관련이 있을 것이다.

리나는 휴대전화를 들어 카드 슬롯을 열고 예전에 쓰던 심(SIM) 카드를 넣었다. 여기까지 온 이상 물러설 수도, 도중에 포기할 수도 없었다. 진실을 반드시 알아야 했다.

이즈는 한참이 지나서야 전화를 받았다.

"어떻게 이제야 나한테 전화를 해?" 전화 너머 이즈가 쓴웃음을 지었다. "난 또 네가 세상에서 증발한 줄 알았네."

그동안 이즈는 리나에게 몇 번이나 전화했지만 리나가 받지 않았다.

"홍콩 아니야?"

전화 너머 목소리가 더디게 전달됐다.

"우리 지난번에 만난 다음 날 광저우(廣州)로 출장 왔어. 내일 돌아가."

이즈는 요 며칠 홍콩에 없었다. 리나는 자신의 추측에 확신을 더

했다.

리나는 크게 심호흡하고 단도직입적으로 물었다.

"귀신 신부 연락받았어?"

전화 저쪽의 침묵은 장거리로 인한 느려진 속도 때문만은 아니리라.

"그런 거였구나……."

이즈는 공기가 빵빵하게 든 풍선에서 바람이 빠져나가듯 길게 한숨을 내쉬었다.

"이제 알겠어. 너도 귀신 신부의 메시지를 받았고, 나를 범인으로 생각해서 전화 안 받은 거구나."

리나는 잠시 멈췄다가 쓰제의 이름은 생략하고 쓰제의 추리 내용을 전했다. 신냥탄의 밥그릇과 젓가락, 편지 봉투에 대해서도. 그리고 이어서 차갑게 말했다.

"네가 범인일 수도 있어."

전화 너머에서 이즈가 큰 소리로 웃었다.

"그 가능성은 경찰이 이미 조사했어. 젓가락에는 내 지문이 없었고 편지 봉투에도 알레르기를 유발할 것이 없었다고. 나는 결백해. 게다가 아충이 그 젓가락으로 라면을 먹을 줄 내가 어떻게 알았겠어?"

"지문은 지우면 되잖아? 드라마에서도 그러잖아. 그리고, 확률 살인이라고 들어봤어? 젓가락을 계속 보내오면…… 아님, 네가 결백하다는 다른 증거라도 있어?"

"그러면 넌? 립스틱에 땅콩기름 같은 걸 섞어 바르고 아충하고 입을 맞췄을 수도 있잖아."

"난 아니야. 그리고 그땐 아충이 먼저 입을 맞췄다고!"

"증명할 수 있어? 네가 아충한테 추파를 던져서 입을 맞추게 했을지도 모르잖아. 증명할 수 있어?"

리나는 기가 막혔다. 하지만 맞는 말이었다. 리나는 이즈와 마찬가지로 자신이 그랬을 가능성이 없다는 것을 증명할 수 없었다.

귀신이 존재하지 않는다는 것을 증명할 수 없는 것처럼.

"내가 아충을 죽였다는 건 터무니없는 소리야. 범인이 젓가락을 보낸 사람이 아니고 우리 중 하나라면 너 아니면 쓰제야. 귀신 신부한테 메시지를 받고 너희를 떠보려고 신냥탄에서 만나자고 한 거야. 만나보니 쓰제가 조금 의심스럽더라고."

이즈가 신냥탄에 밥그릇과 젓가락을 갖다놓고 그들을 시험하기로 한 건 리나처럼 전날 밤 귀신 신부에게 메시지를 받았기 때문이었다. 의심이 많은 리나는 이즈가 IT 쪽을 잘 아니 자신이 동영상을 다운받은 것을 알았을 것이라고 짐작했지만 클라우드는 수정 기록만 남지 다운로드 기록은 남지 않았다.

"네가 경찰에 신고하자고 하니까 쓰제가 바로 안 된다고 했잖아. 그때 쓰제는 너무 침착했어. 리나 너는 원래 네티즌한테 범인으로 찍혀 있었고."

"겨우 그런 이유로 날 의심해? 종이돈을 태워 제사를 지내자고 한 게 나잖아."

"다음 주에 돌아가서 다시 조사해보려고 했는데 네가 갑자기 연락이 안 돼서……. 조금 전에야 내일 돌아가는 기차표 구했어. 예정보다 빨리 돌아갈 거야."

리나는 계단에서 밀려 다친 것과 행주에 관한 일을 이즈에게 말해주었다.

이즈는 한참 말이 없다가 반응했다.

"그런 방법이 있었군. 근데 그 추리도 증거가 없기는 마찬가지야. 왜 나를 믿기로 한 거지?"

"젓가락을 이용한 방법은 경찰 조사에 허점이 있어야 가능해. 스튜디오나 몸에 젓가락을 숨기더라도 알레르기 유발 물질을 찾아내지 못할 거라는. 근데 행주는 애초에 경찰이 발견 못 했잖아. 알레르기 유발 물질은 아마 하루 이틀 전에 스튜디오에서 가지고 나갔을 거야. 아니, 어쩌면 스튜디오에 갖고 들어오지 않았을지도 몰라. 제일 중요한 건 그때 굳이 행주를 빨았다는 거지. 방송할 때 불필요한 소리를 내지 않는 게 암묵적인 규칙이었잖아. 그리고 너는 방금 나한테 귀신 신부에 대해 안다고 바로 대답했어. 병원에서 쓰제한테 물어봤는데 내가 무슨 말을 하는지 전혀 모르더라고."

귀신 신부는 리나가 공포에 떠는 모습을 보고 싶다고 했다. 그러나 만약 귀신 신부가 범인에게도 접촉했다면 범인은 경거망동하지 않을 것이고, 그러니 귀신 신부는 아직 범인에게 접촉하지 않았다는 얘기다. 그리고 설명하고 싶지 않은 이유가 또 하나 있었다. 행주가 범행 수단일 것이라는 추론을 인정한 귀신 신부가 진실을 알고 있다는 느낌이 들었다. 동기를 포함해서.

"아충을 살해한 범인은 바로 쓰제야."

이를 악물고 이름을 내뱉으며 리나는 휴대전화를 꽉 쥐었다.

그날 병원에 와서 친절하게 가짜 호의를 베푼 건 리나를 속여 신뢰를 얻으려던 것이 분명했다.

리나가 이즈와 상의하지 못하도록, 사건의 진실을 밝히는 것을 포기하도록!

지금 생각해보니 병원에서 경찰에 신고하라고 한 이유는 리나가 정말 신고할까 걱정스러워서, 증거가 없으면 신고해도 소용없다는 것을 깨우쳐주려고 그런 것이 분명했다.

"물론 네가 나를 믿어주는 게 제일 좋지. 나는 그날 신냥탄에서 돌아와서 여자친구랑 온라인 모임에 참석했어. 증인이 열 명도 넘어. 근데 중요한 건 그게 아냐." 이즈가 말했다. "쓰제가 왜 그랬을까? 우리가 걔한테 뭐 잘못한 것도 아니고, 귀신 신부 일은 걔한테도 책임이 있는데."

"나도 모르겠어……. 귀신 신부의 동기도 모르겠고."

"귀신 신부는 우리 넷에게 원한이 있다고 했으니 쓰제도 증오의 대상이야. 귀신 신부는 우리가 자기의 가장 소중한 것을 빼앗아갔다고 했잖아. 그 소중하다는 것이 아충일 리는 없겠지? 귀신 신부는 우리가 범인이 쓰제라는 것을 알아내고 서로 죽이는 모습을 보고 싶은 게 아닐까?"

리나는 순간 멍했다. 거기까지는 생각하지 못했다.

하지만 귀신 신부가 이즈에게 보낸 메시지와 자기가 받은 메시지가 같은 내용이란 건 알게 됐다.

"우리가 만든 도시전설과 관련이 있겠지."

"아충이 기획 관련 자료를 다 모아놓은 것으로 기억하는데, 아충 컴퓨터 본 적 있어?"

그 말에 리나는 정신이 번쩍 들어 즉시 컴퓨터 앞으로 가 아충이 이번 기획을 위해 만들어놓은 자료 파일을 찾았다. 자료가 일목요연하게 잘 정리되어 있었다.

"나한테도 보내줘. 보면서 생각 좀 해보게."

리나는 대답하지 않았다. 자료 파일을 하나하나 열어보니 양이 상당했다.

"아직 나를 완전히 믿는 게 아니구나?" 이즈가 한숨을 내쉬었다. "어차피 다 인터넷에서 모은 자료들이야. 난 그저 시간을 절약하고 싶을 뿐이라고."

"내가 먼저 좀 보고. 너 홍콩 돌아오면 다시 이야기해."

리나는 모호하게 대답했다. 자신도 아직 보지 않은 자료를 이즈에게 복사해주고 싶지 않았다.

"알았어. 내일이면 돌아가니까. 내 도움이 필요하면 말해."

전화를 끊으려고 하는데 이즈가 다시 말했다.

"나는 네가 머리 쓰는 거 싫어하는 여자애라고만 생각했어. 그런데 내가 틀렸네. 아충이 너를 좋아한 이유가 있었어."

전화를 끊고도 이즈의 말이 머릿속에 계속 맴돌았다. 리나는 자기가 눈물을 못 참고 펑펑 울 거라고 생각했는데, 아니었다. 리나는 마치 아충에게 마지막 작별 인사를 받은 것처럼 개운한 느낌이 들었다.

리나는 밤새 아충이 남긴 자료를 살펴봤다.

그들은 3월 말에 도시전설을 발표했고, 약 한 달 뒤부터 그 괴담이 유행하기 시작해 5월에는 핫이슈가 되었다. 그 시간 동안 젓가락 저주의 영험함과 귀신 신부를 봤다는 소문이 무성하게 퍼지고 생성됐다. 유행에 편승해 눈길을 끌려는 글, 억지로 갖다 붙인 글, 딱 봐도 알 수 있는 낚시글……. 아충이 진상을 밝히자 수많은 네티즌이 창피해하며 관련 글을 삭제했다. 그러나 아충은 인터넷 댓글과 뉴스를 전부 모아 날짜별, 유형별로 정리해놓았다.

리나는 5월 자료 파일을 클릭했다. 안에는 '의심' '사진 첨부' '장난' 등의 하위 문서가 있었다. 리나는 '영험한 이야기' 폴더를 클릭했다. 그중 익명 게시판에서 발췌한 글이 있었다. 젓가락 저주의 대상이 병으로 쓰러졌다, 저주 대상이 여자 귀신을 봤다고 통곡했다, 싫어하는 상사의 손가락을 다치게 했다 등……. 대부분 비슷비슷해

진위를 판단하기 어려웠다.

젓가락 저주로 남편의 애인이 유산했다고 하는 사람도 있었다.

리나는 글을 읽으며 불안해졌다. 우연의 일치일 수도, 허풍일 수도 있었지만, 단어와 행간에 녹아 있는 증오의 마음들이 읽혀 불편했다.

그때 네 사람은 날마다 공유 수가 늘어나고, 대형 플랫폼이나 팬카페에 공유되기를 기대했다. 수많은 바보들이 젓가락 꽂힌 밥그릇을 갖다놓고 유행에 편승해 2차 창작에 나섰다. 기획은 성공했고, 스튜디오는 문을 닫지 않아도 됐다.

리나는 그제야 자신들이 무슨 잘못을 저질렀는지 어렴풋이 깨달았다.

확산된 플랫폼이 너무 많았기에 발견하지 못한 댓글이 더 많을 것이다. 그런데도 아충이 모은 자료들은 다 읽기 힘들 만큼 양이 어마어마했다. 그래서 그때 아충이 그렇게 바빴구나. 리나는 아충이 전리품을 챙기는 마음으로 댓글과 기사를 수집했을 것이라고 짐작했다.

이렇게 대책 없이 무작정 찾는 건 효과적인 방법이 아니었다.

귀신 신부는 사건이 죽음과 관련이 있다고 힌트를 주었다. 리나는 살인 사건 관련 기록과 뉴스를 찾아보았다. 하지만 올여름 홍콩에서는 살인 사건이 없었다. 젓가락 저주와 관련된 보도, 2차 창작, 댓글들에도 죽음을 직접 언급한 것은 생각보다 적었다.

4, 5, 6월 사이에 죽은 사람과 관련이 있다…….

리나는 문득 지난번 신냥탄에서 제사를 지낼 때 이즈가 했던 말이 생각났다.

이 길에서 올해만 벌써 네다섯 명 죽었을걸?

젓가락 저주에 관한 회의를 했을 때 신문에 올해 신냥탄에서 교통사고로 두 번째 사망자가 나왔다는 보도를 읽었다. 그러니까 그 몇 개월 사이에 두세 명이 더 죽었다는 말이었다.

리나는 재빨리 신냥탄에서 발생한 교통사고 관련 자료를 찾았다. 아충의 기록과 인터넷에서 찾은 뉴스의 내용이 똑같았다.

날짜는 올해 5월 12일, 약 두 달 반 전에 일어난 일이었다. 신냥탄에서 난 자가용 사고로 두 명이 죽고 한 명이 중상을 입었다. 사상자는 일가족이었다. 녜(聶) 씨 부부는 현장에서 사망하고 열네 살 딸은 중상으로 의식을 잃고 식물인간이 됐다. 분명 리나는 모르는 가족이었다. 뉴스에서 언급된 이름 가운데 리나가 아는 것은 '세인트 클레어 여학교'뿐이었다. 부상자는 명문 학교의 우등생이었다.

신냥탄에서 발생한 교통사고 사망 사건에 대해 리나는 기억나는 게 아무것도 없었다. 리나는 평소 신문을 즐겨보지 않았다 쳐도 아충은 왜 거론하지 않았을까? 스튜디오에서 토론한 적은 없나?

리나는 휴대전화 사진첩을 열었다. 사진을 보면서 5월의 기억을 되짚어보기 위해서였다. 휴대전화 화면에서 인생의 순간들이 재구성되면서 시간은 과거로 거슬러 올라갔다. 문득 쓰제가 5월에 독감에 걸려 일주일 동안 스튜디오에 나오지 않아 회의가 두 번 취소됐던 게 떠올랐다.

이 두 사건이 무슨 관련이라도 있다는 말인가?

4월 초 사진에는 기획의 성공을 미리 축하하는 소규모 파티의 모습이 담겨 있었다. 더 거슬러 올라가니 신냥탄에서 찍은 우스운 NG 사진이 삭제되지 않고 남아 있었다. 3월 사진에는 스튜디오 존폐 걱정으로 다들 얼굴에 웃음이 적었다. 2월은 밸런타인데이 특집 때문에 바빴고…….

눈가가 점점 붉어지면서 물기가 차올랐다. 리나는 떠난 남자친구를 애도하면서 잃어버린 유쾌한 시간도 같이 애도했다. 앞으로는 이렇게 동료들과 함께 고군분투할 기회가 없을 것이다.

새해 뷔페 사진.

리나의 손가락이 그날의 단체 사진에 머물렀다. 그날 멤버들은 일단 스튜디오에 모인 다음 다 같이 호텔 레스토랑으로 가기로 했다. 이즈는 고등학생 여자친구를 데려왔고, 쓰제는 여동생을 데리고 왔다. 리나는 사진 속에 있는 어린 두 소녀를 보며 그때 했던 대화를 떠올렸다.

"와, 세인트 클레어 다닌다고? 거기 들어가기 엄청 어려운 학교 아니야? 정말 대단하다!"

"아니에요. 간신히 들어간 거예요. 아직 적응하면서 따라가는 정도인걸요……."

리나는 갑자기 벼락을 맞은 것 같았다. 스튜디오와 이 교통사고 뉴스는 정말 교차점이 있었다.

그 애는 세인트 클레어 학교 학생이었다.

교통사고 중상자도 같은 학교 학생이었다.

두 사건을 연결하는 게 학교 이름만이 아니라면……. 젓가락 저주도 연관이 있다면……. 불길한 예감이 껍질을 뚫고 나와 어렴풋하고 흉악한 형태로 변하더니 리나의 심장을 꽉 물었다. 리나는 손을 덜덜 떨면서 검색창에 학교 이름을 입력하면서 해당 기간에 다른 뉴스가 없기를 간절히 기도했다.

찾았다.

교통사고 외에 다른 뉴스.

기꺼이 복수를 받아들이고 죽을 거야? 아니면 평생 죄책감을 안고 살아갈 건가?

귀신 신부의 질문이 머릿속에서 맴돌았다. 마침내 그 말의 뜻이 이해되었다.

리나는 목발을 옆에 놓고 병원 로비에 앉아 기다렸다. 스웨터를 입었는데도 꿈에서 물에 빠졌을 때처럼 뼈를 찌르는 듯한 한기가 느껴졌다. 사실 리나는 요즘 계속 그 꿈속에 있는 것 같았다. 그리고 이 악몽은 영원히 끝나지 않을 것이었다.

먼저 나타난 이즈가 리나를 위아래로 살피더니 별 이상이 없어 보였는지 한숨을 내쉬었다.

"홍콩에 돌아오자마자 병원으로 불러서 난 또 무슨 일 생긴 줄 알았지!"

이즈가 멘 백팩에는 출장용 옷이 가득 들어 있을 터였다. 보아하니 정말 역에서 바로 온 모양이었다.

리나는 자신과 같은 죄를 지은 이즈가 어떤 반응을 보일지 정말 궁금했다.

"너만 부른 거 아니야, 쓰제도 올 거야. 쓰제가 오면……."

리나의 말이 채 끝나기도 전에 이즈 뒤로 창백한 얼굴을 한 쓰제가 나타났다. 이즈는 놀란 표정을 감추지 못하고 리나에게 왜 쓰제도 온다는 걸 말하지 않았냐고 원망의 눈길을 보냈다.

"타이완 간다고 들었는데?"

"여기는 어떻게 알았어?"

쓰제는 웃는 척하지도, 이즈의 조소 섞인 말에 대꾸하지도 않고 곧장 리나에게 물었다. 꽤 긴장한 듯 보였다.

"그 애한테 메시지 보냈더니 병원 이름이랑 병실 호수를 알려주던데."

리나가 솔직하게 대답했다.

쓰제의 눈이 커졌다.

"그럴 리가……!"

"지난번 병원에 있을 때, 아, 다른 병원에서 네가 같이 있어줬을 때 말이야. 그때 나 많이 당황하고 놀란 상태여서 정말 감동받았거든……."

리나는 두 손이 아플 정도로 꽉 쥐었다가 힘을 풀었다.

"계단에서 날 민 거, 너지?"

쓰제가 눈을 가늘게 떴다. 이즈가 싸늘한 눈빛으로 쳐다보는 게 느껴졌다. 세 사람은 동시에 뭔가를 알아차린 듯한 모습이었다.

차가운 바람이 그들 주위를 둘러싸고 있던 짙은 안개를 걷어내자 마침내 주위 풍경이 똑바로 보였다. 하지만 그들이 마주한 건 진실한 얼굴이 아니라 인간 형태를 한 가면이었다.

이제 모두가 알게 되었다.

"집에 도착해서 전화한 거야. 길거리였다면 소음이 들렸겠지."

쓰제가 차갑게 말했다. 두 사람을 믿게 하겠다는 의지가 전혀 없는, 단순한 해명이었다.

"그때는 그렇게 믿었어. 근데 나중에 육교로 이어진 쇼핑몰에 장애인 화장실이 있는 것을 발견했어. 거기에 숨어 있었다면 소리가 대부분 차단됐겠지."

"그럴지도. 근데 증거가 없잖아."

"너는 어떻게 이렇게 냉정할 수가 있어? 나를 죽일 뻔해놓고 어떻게 아무 일도 없었다는 듯이 나랑 이야기할 수 있냐고! 나는 우리가 단짝은 아니어도 최소한 친구는 되는 줄 알았는데……. 너는…… 나를 해칠 정도로 나를 증오한다니……."

리나는 입술을 깨물며 말을 잇지 못했다. 이제 시작일 뿐인데 울어서는 안 된다.

쓰제는 마음을 단단히 먹은 듯했다. 차가운 눈빛으로 두 사람을 쳐다보며 아무 대꾸도 하지 않았다.

다정한 가면을 벗은 얼굴은 처음 보는 듯 낯설었다.

"아충을 죽인 것도 너지?"

이즈는 냉정한 말투로 말했지만 아래로 내린 손은 주먹을 꽉 쥐고 있었다.

"네가 행주에 무슨 짓을 한 거지? 증거가 없다고 우쭐대지 마! 내가 반드시 방법을 찾아낼 테니까."

"방법을 찾으면 뭐? 나한테 복수라도 할 거야?"

쓰제가 냉소를 지으며 이즈의 말을 잘랐다. 인정한 것이나 다름없는 반응이었다.

이즈는 얼굴을 붉히며 벌떡 일어나 쓰제를 붙잡았다.

"죗값을 치르게 하겠어!"

"하, 죗값을 치르게 한다." 쓰제가 비웃으며 같은 말을 되풀이했다. "그래, 우리 모두 죗값을 받는 거야."

리나가 재빨리 목발을 짚고 일어나 쓰제를 한 대 칠 것 같은 이즈를 막았다.

"여기서 싸우지 마. 다 같은 죄인인데 귀신 신부한테 가서 직접 물어보자고."

이즈와 쓰제가 어리둥절한 표정을 지었다.

리나는 몸을 돌려 엘리베이터를 향해 걸어갔다. 첫발을 내딛자 무딘 통증이 다친 발목에서 신경을 따라 척추까지 타고 올라왔다. 물러나면 안 된다.

여기까지 온 이상 귀신 신부의 연회에 참석해야 했다.

병원 복도에서 소독약 냄새가 진동했다. 마침 면회 시간이라 리나는 순조롭게 두 사람을 병실로 데리고 들어갔다.

"귀신 신부 계십니까?"

"들어오세요."

나긋나긋한 목소리가 들리자 리나는 불안감을 감추며 문을 열고 들어갔다.

일 인용 병실. 이름 모를 기계들이 병상을 둘러싸며 공간 대부분을 차지하고 있었다. 십대 소녀가 침대에 기대 상체만 일으킨 채 휴대전화를 만지고 있었다. 청초하면서 앳된 외모에 창백하고 마른, 어깨까지 내려온 검은 머리칼을 새하얀 베개에 늘어뜨린 모습이 유달리 눈에 띄었다.

"드디어 만나네요. 나나, 이즈 그리고 쓰제 언니."

소녀가 살짝 웃었다. 목소리도 외모처럼 연약했지만, 발음은 또렷했다.

쓰제가 눈을 크게 뜨고 마치 세상에 존재해서는 안 되는 것을 본 것처럼 소녀를 주시했다.

"나는 네가 아직……."

"그런 '자의적인 생각'은 좋지 않은데. 증명도 안 된 일을 멋대로 믿으면 안 되지요. 나는 언니가 알 줄 알았는데……."

병상 위의 소녀가 나긋하게 말했다. 쓰제가 질책이라도 당한 것처럼 얼굴을 돌렸다. 울고 싶은데 눈물이 나오지 않는 것 같은 표정이었다.

"이게 도대체 무슨 상황이야? 네가 자칭 귀신 신부야?"

이즈가 물었다.

"자칭은 무슨 자칭, 내가 바로 귀신 신부인데."

미풍에도 쓰러질 것 같은 소녀가 웃으며 이즈를 쳐다봤다. 그 눈길에는 사람을 제압하는 묘한 매력과 나이를 초월하는 조숙한 느낌이 깃들어 있었다.

"너 중학생이지? 네가 5월에 난 그 교통사고 부상자 녜샤오쿠이(聶曉葵)야?"

소녀가 고개를 끄덕였다.

"쓰제랑은 친척 사이야?"

소녀가 고개를 저었다.

"도대체 두 사람 무슨 관계야? 왜 아충을 죽인 거야?"

소녀가 말없이 쓰제를 쳐다보자 쓰제는 정신을 놓은 것처럼 고개를 저으며 뒷걸음질 쳤다. 비틀거리며 뒷걸음질 치는 쓰제는 소녀가 밝히려고 준비한 진실을 거부하려는 것 같았다. 어깨에 놓인 진실의 무게가 감당하기 어렵다는 듯.

"그러면 나를 찾은 나나가 먼저 설명해볼까요?"

소녀의 유쾌한 말투에 리나는 위화감을 느꼈지만 그래도 고개를 끄덕였다.

"조금 전에 쓰제는 행주를 이용해서 아충을 죽였다는 것을 암묵적으로 인정했어. 육교에서 나를 민 것도 쓰제야."

침대 위의 소녀가 목을 빼 리나의 발을 쳐다봤다. 작은 움직임도 힘겨워 보였다.

"그러게, 정말 그랬네."

고개를 까딱하며 말하는 투가 어찌나 가벼운지 '도넛이 땅에 떨어졌네' 따위의 말처럼 들렸다.

"쓰제, 그날 이즈가 함정을 파놓고 우리를 불러냈댔지? 네 말이 맞았어. 근데 너는 나랑 이즈가 각각 귀신 신부에게 경고를 받았다는 건 몰랐을 거야. 우리 중 하나가 아충을 죽였다는……."

쓰제가 순간 정신을 차리고 놀란 표정으로 소녀를 쳐다보았다.

"나랑 이즈는 혼란스러웠어. 귀신 신부가 누구인지, 우리 일을 어떻게 알고 있는지 몰랐으니까. 게다가 난 네 말을 듣고 이즈와 의논할 생각도 못 했지. 하지만 결국 귀신 신부의 힌트로 네 살인 수법을 찾아냈어. 정말 믿을 수가 없었어……."

리나는 잠깐 말을 멈췄다. 그때 받았던 충격과 슬픔, 그때 느꼈던 감정들은 다시 말해봐야 아무 의미가 없었다.

"그래서 용기를 내서 이즈한테 물어봤어. 이즈랑 통화하면서 귀신 신부가 이즈한테도 메시지를 보냈다는 걸 알게 됐지. 기억해? 병원에서 내가 귀신 신부 얘기했을 때 너는 내가 무슨 말을 하는지 전혀 몰랐어. 우리는 네가 범인이고 귀신 신부는 내부 사정을 아는 외부인이라고 단정했어. 그러고 나니 남은 문제는 딱 두 개였어. 두 개의 동기. 너는 왜 살인을 했을까? 귀신 신부는 누구이고 왜 나와 이즈에게 이 사실을 말해줬을까?"

리나는 고개를 돌려 소녀를 쳐다봤다.

"귀신 신부가 말했어. 우리 스튜디오의 네 사람에게 원한이 있다고. 우리 넷이 자신의 소중한 것을 빼앗아갔으니 모두 죽어야 한다고."

소녀가 만족스러운 듯 미소 지으며 고개를 끄덕였다. 그 모습에는 원한이라고는 전혀 없어 보였다.

리나는 위화감을 누르며 계속 말했다.

"도대체 왜? 너랑 귀신 신부는 왜 이렇게 우리를 증오하는 걸까? 그 질문이 머리를 떠나질 않았는데 5월의 교통사고와 우리 스튜디오 사이에 연결점이 있다는 것을 발견했어……. 세인트 클레어 여학교."

"연결점은 신냥탄 아니야?"

이즈가 미간을 찌푸리며 물었다.

"두 사람은 같은 학교에 다녔고 학년도 같았어."

리나는 이즈의 질문에도 아랑곳하지 않고 떨리는 손을 들어 병상을 가리킨 다음 다시 쓰제를 가리켰다.

"이 아이랑…… 쓰제 여동생. 같은 반 친구는 아니어도 서로 알기는 하겠지?"

여동생을 거론했을 뿐인데 쓰제는 지지대를 잃은 것처럼 바닥으로 무너져 내렸다.

"같은 반 친구예요."

소녀가 리나의 추측을 바로 확인해주었다.

"쓰제 여동생?" 이즈가 눈을 깜박거렸다. "맞다, 새해에 쓰제가 스튜디오에 데리고 온! 그랬군, 그 애한테 우리 스튜디오에 대해 들은 거야!"

"샤오위가 인터넷 인플루언서랑 같이 사진 찍었다고 신나서 사진을 보내줬어요. 제 휴대전화에 여러분의 단체 사진이 아직 남아 있죠."

"샤오위는……."

"내 여동생, 예샤오위(葉思妤)."

쓰제가 창백한 얼굴로 말을 받았다.

이름을 말하자 병실에 있던 여자 셋이 자연스럽게 몇 초간 침묵했다. 이즈만 전혀 갈피를 못 잡고 있었다.

"교통사고 부상자하고 쓰제 여동생이 아는 사이였다. 그건 이해했어. 그런데 그게 아충을 살해한 거랑 무슨 관련이 있어?"

"잊어버렸어? 이 저주 놀이에 가장 열중한 집단, 여중생이었잖아!"

리나의 말에 이즈의 미간이 조금 전보다 깊게 파였다.

이즈는 팔짱을 끼고, 차분한 소녀와 곧 폭발할 것 같은 쓰제를 훑어보더니 턱을 문지르며 중얼거렸다.

"그런 거야? 쓰제 여동생이 젓가락 저주로 너를 저주한 뒤에 네가 교통사고를 당했고, 너는 젓가락 저주 때문에 그렇게 됐다고 생각해 저주한 사람에게 복수하려고……. 근데 그렇다면……."

이즈는 말을 잇지 못했다. 말이 되지 않았다. 젓가락 저주는 가짜였는데…….

"교통사고는 그냥 사고였어요. 나는 우리 가족의 불행이 젓가락 저주 때문이라고 생각하지 않아요."

소녀가 새까만 큰 눈을 내리깔며 말했다.

"그럼 누구도 미워할 필요 없잖아……."

"이즈." 리나가 참다못해 이즈의 말을 끊었다. "그런 게 아니야."

"그럼 뭔데?"

"너는 아충이랑 같은 부류라 이해 못 해." 리나가 입술을 깨물었다. "모두가 너희처럼 사실에만 근거해 생각하는 건 아니야."

"우리가 비정상인 것처럼 말하네. 사실에 근거해서 생각하는 게 뭐가 문제인데?"

"기획 회의를 할 때 쓰제가 물었지. 만약 누군가 이게 진짜인 줄 알면 어떻게 하냐고. 근데 너희 둘 다 문제없을 것이라고 했어. 문제가 커져 봐야 공원에 쓰레기가 더 쌓이는 것뿐이고 그건 우리가 청소하면 된다고."

"맞아. 포크든 나이프든 젓가락이든, 이름을 한 개 쓰든 만 개를 쓰든 그게 효과가 있을 리가 없잖아. 그 저주는 가짜니까……."

순간 미친 듯한 웃음소리가 이즈의 말을 잘랐다. 쓰제가 휘청거리며 일어났다.

그 모습은 마치 리나의 상상 속, 신냥탄 옆에서 크게 웃으며 흐느끼는 귀신 신부 같았다.

"사람을 해칠 리가 없다고? 사람을 해칠 리가 없다고! 말 한번 당당하게 잘하네! 그러면 내 동생은 왜 죽었는데!" 쓰제가 목이 쉬도록 외쳤다. "젓가락 저주 때문에 죽어버린 내 동생은 뭔데? 그 애가 뛰어내리는 걸 내 두 눈으로 직접 봤어! 내 앞에서 죽었어! 귀신 신부를 찾으러 가야 한다고 뛰어내렸다고!"

쓰제의 말 한마디 한마디가 따귀를 갈기듯 리나의 뺨을 때렸다. 여학생이 건물에서 뛰어내려 자살했다는 기사를 읽고 마음의 준비를 하고 있었지만, 기사에 현장에 가족이 있었다는 말은 없었다.

동생이 뛰어내리는 것을 쓰제가 직접 봤다.

그랬구나, 그래서 그토록 원한이 깊었구나…….

리나는 잔뜩 흥분한 채 이즈를 보고 있는 쓰제를 주시했다. 쓰제는 자신을 짓누르던 답답한 가면을 벗어던지고 이제야 진짜 얼굴을 보였다. 분노와 후회로 얼룩진, 두 뺨이 붉어지고 눈알이 툭 튀어나온 진짜 얼굴을. 양심의 가책과 동정심이 동시에 강하게 솟구쳤다.

이즈는 표정이 멍한 게 사고가 멈춘 듯했다. 쓰제를 바라보는 눈빛은 마치 그녀를 통과해 먼 곳을 보는 것 같았다.

"잠깐, 잠깐만…… 이게 무슨…… 지금 도대체 누가 누구를 저주했다는 거야? 누가 네 동생을 저주해서 네 동생이 죽었다고 생각하는 거야?" 이즈가 세차게 고개를 흔들며 계속 말했다. "아니야, 그건 불가능해. 젓가락 저주는 가짜야. 그런데 어떻게 사람을 건물에서 뛰어내려 자살하게 할 수가 있어? 그건 불가능해……."

"다시 말해봐!"

쓰제가 날카롭게 소리치며 이즈를 공격하려 했다. 리나는 가까스로 쓰제를 붙잡은 다음 뒤로 물러선 이즈에게 말했다.

"저주를 당한 사람이 죽은 게 아니라 저주를 한 사람이 죽었어! 아직도 이해가 안 돼?"

"젓가락 저주는 진짜였어요."

침대 위의 소녀가 이상하리만큼 냉정한 목소리로 끼어들었다.

소녀는 가볍게 옷소매를 걷어 메마른 팔뚝에 난 기이한 형태의 커다랗고 붉은 상처를 보여주었다. 상처는 마치 소녀의 흰 피부 위를 유영하는 물고기 같았다. 세 사람은 동시에 동작을 멈췄다. 리나에게 잡혀 있던 쓰제도 같이 조용해졌다.

"모반이 참 징그럽게 생겼지요?" 소녀가 모반을 쓰다듬으며 말했다. "근데 이 추한 모반 때문에 중학교에 들어와 가장 좋은 친구를 만나게 됐어요. 그 애는 이 모반이 우리의 연결 고리라고 생각했어요. 나는 그 애가 말한 인연이나 운명을 믿지 않았지만 참 친하게 지냈죠. 그런데 여름방학 전에 우리에게 작은 오해가 생겼어요. 솔직히 말하면 그 애 혼자 오해한 거였지만요. 한참이 지나서야 그 애가 오해했다는 것을 알게 됐어요."

소녀는 가슴을 누르며 숨을 깊이 내쉬었다.

"그 애는 내가 사정을 다 알면서 자기가 몰래 좋아했던 상대랑 사귄다고 오해했어요. 그 애는 두 가지를 오해했어요. 첫째로 나는 샤오위가 그 선생님을 짝사랑하는 것을 전혀 몰랐고, 둘째로 나는 선생님이랑 연애할 생각이 전혀 없었어요. 하지만 그 애는 아마도 사랑 때문에 판단력이 흐려졌던 것 같아요. 나한테 직접 물어보지 않고 혼자서 끙끙대면서 내가 겉으로만 친한 척하고, 자기를 배신했다고 생각했죠. 그 사실을 알고 나서 바로 그 애를 찾아가 설명했어요. 그 애는 울면서 나한테 미안하다고 사과했어요. 내가 너한테 저주를 내렸다고, 이제 어떻게 해야 할지 모르겠다고……. 어이가 없었어요. 젓가락에 이름을 쓰는 걸로 살인을 할 수 있다고 믿다니요. 나는 신경 쓰지 말라고 했어요. 다음 날, 부모님과 함께 친척 결혼식에 가는 길에 마침 신냥탄 로를 지나게 됐어요. 그리고 그 길에서 교통사고가 났고요."

샤오위는 친한 친구가 중상을 입어 혼수상태에 빠졌고 부모는 사망했다는 악몽 같은 뉴스를 보게 됐다.

"그 애 입장에서는 젓가락 저주가 이루어진 거였어요."

십대 소녀가 그런 죄책감과 고통을 어떻게 감당할 수 있겠는가?

리나는 수많은 사람의 젓가락 저주 댓글을 보고 그 마음에 대해 알게 됐다. 그런 악독한 저주가 이루어진다면, 저주한 사람도 마음이 불편하지 않겠는가? 하지만 뒤늦게 후회한다고 뭐가 달라지겠는가?

교통사고 일주일 뒤 같은 학교 학생이 자살했다.

두 뉴스를 하나로 놓자 리나는 '죄책감'이라는 보이지 않는 실이 어렴풋이 보이는 것 같았다.

쓰제는 리나의 손을 뿌리치고는 이즈에게 덤벼드는 대신 두 손으로 머리를 감싸고 대성통곡했다.

"난 스튜디오의 규칙을 지키느라 귀신 신부의 일을 아무한테도 말하지 않았어. 동생이 죽고 나서 동생이 휴대전화에 남긴 유언을 보고서야 알았어. 동생이 자기가 젓가락으로 저주를 걸어서 친한 친구 가족이 죽었다고 생각했다는 걸. 동생은 귀신 신부에게 목숨으로 갚아야 친구가 깨어날 수 있다고 믿었어. 동생은 그 저주와 사진, 그 이야기들이…… 자기 언니와 친구들이 지어낸 것이라는 것을 몰랐다고! 내 책임도 있지. 그래도 동생은 몰랐다고! 동생은 모든 게 진짜라고 믿었어!"

리나는 쓰제를 차마 똑바로 볼 수가 없었다. 동생이 자살한 이유가 자기와 관련이 있다니, 그때 쓰제가 얼마나 가슴이 아팠을지, 얼마나 괴로웠을지 리나는 감히 상상조차 할 수 없었다.

"왜 그때 말 안 했어?"

이즈가 힘겹게 물었다.

"동생이랑 그 교통사고가 관련이 있다는 걸 진작 알았더라면…… 그럼 궁팅충 머리에 총을 겨누는 한이 있어도 귀신 신부 저주는 다 가짜라고 즉시 밝히고 책임을 인정하라고 했을 거야! 하지만 너무 늦게 알았어……."

"그래서…… 아충한테 화풀이한 거야?"

이즈가 믿기 힘들다는 듯 쓰제에게 물었다.

"뭐가 화풀이야? 궁팅충이 원흉이라고! 걔가 이상한 아이디어를 내놓지 않았으면 내 동생은 안 죽었어!"

"그럼 나랑 리나는?"

"너희는 공범이야! 나도 그렇고!"

쓰제가 처참하게 웃었다.

"너희는 봐주려고 했어. 근데 그날 신냥탄에서 만났을 때, 리나는 조금 후회하고 괴로워하는 것 같았지만 너는 아무렇지 않았어! 그래서 리나는 조금 놀라게 하고, 너는 다른 방법을 생각해서…… 죽이려고 했지."

"놀라게 하려고 했다고? 그 높이에서 떨어지면 목이 부러질 수도 있는데!"

리나는 깜짝 놀라 내뱉었다.

"그건 하늘의 뜻이지. 궁팅충처럼. 인과응보야."

한 치의 망설임도 없는 대답에 리나는 가슴이 서늘해졌다. 하지만 모든 것을 알고 나자 상대를 마음 놓고 미워할 수가 없었다.

숨을 깊게 들이마시며 흥분을 가라앉힌 이즈가 쓰제와 소녀에게 또박또박 말했다.

"네 동생 일은 정말 유감이야. 네 교통사고도 마찬가지고. 하지만 모두 사고였어. 사실을 왜곡하지 마. 그 일들은 교묘한 우연의 일치야. 우리 기획 때문이 아니니 우리가 책임져야 할 이유는 없어."

리나는 눈을 동그랗게 뜨고 냉정하게 말하는 이즈를 쳐다봤다. 이성의 가면 아래 도대체 뭐가 있는지 보고 싶었다. 자기 생각이 곧 진리고 항상 정확하다는 이즈의 논리에는 병원의 냉기처럼 한기가 가득했다.

아충과 비슷하게.

"우연의 일치라는 말로 책임을 벗겠다?"

쓰제는 자기 귀를 의심했다.

"아충이 네 동생을 죽인 건 아니잖아. 네 동생은 미신에 사로잡힌 나머지 교통사고와 자기의 행동을 연결지어 어리석은 일을 저질렀어. 네 동생은 교통사고에 책임감을 느낄 필요가 전혀 없었고, 우리가 그 사건들을 책임질 필요는 더더욱 없어."

이즈의 말이 채 끝나기도 전에 쓰제가 달려들어 그를 넘어뜨렸다. 그리고 그의 옷깃을 잡아챘다.

이즈는 쓰제보다 힘이 셌지만 쓰제의 일그러진 표정과 충혈된 두 눈을 보자 반격할 엄두를 내지 못했다.

"너를 먼저 죽였어야 하는데! 이 피도 눈물도 없는 살인자야!"

이즈의 몸에 올라타 귀신이 씐 것처럼 이즈의 목을 누르는 쓰제의 온몸에서 분노와 살기가 뿜어져 나왔다.

"너, 너야말로 진짜…… 살……살인자지!"

이즈가 쓰제의 손을 꽉 잡고 말했다. 차갑고 작은 쓰제의 손은 꼼짝도 하지 않았다. 리나가 당황해 두 사람을 떼어놓으려고 했지만 손쓸 방법이 없었다. 두 사람이 소리 지르고 욕하는 소리는 부드러운 목소리에 의해 잠잠해졌다.

"쓰제 언니, 샤오위는 잘 보내줬어요?"

소녀가 부드러운 목소리로 동생 얘기를 꺼내자 이성을 잃었던 쓰제가 맥이 탁 풀린 것처럼 멈칫했다.

이즈는 그 틈을 타서 쓰제에게서 벗어났다.

동생 이름이 주문이라도 되는지, 귀신에 홀린 것 같았던 쓰제가 정신을 차리고 무너져 내리듯 바닥에 주저앉아 오열했다.

"응, 샤오위 소원대로 유골을 들고 일본에 갔어……."

리나는 무릎을 꿇고 쓰제를 끌어안았다. 자기를 죽이려고 했던 사람을 이렇게 위로하는 게 이상했지만 쓰제가 무너진 모습을 보니 참을 수가 없었다.

"네가 우리를 왜 그렇게 증오했는지, 우리 모두 이해했어. 사죄할 방법이 없다는 것도 알아. 너는 동생을 잃었고 나는 남자친구를 잃었어. 모두 되돌릴 수 없어. 우리 그냥 이렇게 끝내면 안 될까……."

쓰제는 아무 말도 하지 않고 눈물을 흘리며 동생의 이름만 불렀다. 울음소리가 병실에 조용히 울렸다.

이즈는 무슨 말을 하려다 멈췄다. 말을 안 해도 리나는 짐작이 갔다. 분명 이즈는 그렇게 넘어갈 수는 없다고, 죽은 사람에게 불공평하다고, 황당하다고 생각할 것이다. 하지만 곰곰이 생각해보면 증거가 있다고 해도 쓰제를 고발할 수 없었다. 그러려면 젓가락 저주로 중학생이 자살한 사건부터 설명해야 하고, 네 사람 모두 무시무시한 오명을 쓸 게 뻔했다. 반대로 쓰제도 그들에게 손을 쓸 수가 없었다. 그들 중 한 명이 사고를 당하면 나머지 한 명이 목숨을 부지하기 위해 모든 것을 공개할 수밖에 없으니까.

"그러면…… 너는 어떤데? 귀신 신부? 우리 셋을 여기로 불러 모은 이유가 이거였잖아. 우리가 자기 죄를 깨닫는 거."

리나는 쓰제의 떨리는 어깨를 감싸 안으며 고개를 들어 소녀에게 물었다.

"나는……." 소녀가 작은 소리로 중얼거렸다. "의식을 되찾고 보니 부모님은 이미 돌아가신 후였어요. 나는 이곳저곳에 갇혀 어디로도 나갈 수 없었죠. 게다가 제일 친한 친구도 죽고, 남은 건 휴대 전화로 보내온 미안하다는 유언뿐이었어요. 이게 다 무슨 일일까요? 정말 귀신 신부의 저주가 있는 걸까요?"

소녀가 손등에 있는 물고기 모양 모반을 쓰다듬었다. 모습이 마치 그것과 대화하는 것 같았다. 리나는 조금 오싹한 느낌이 들었다.

"그런데 이미 누가 저주의 진실을 발표했더군요. 그냥 홍보용 기획물이었을 뿐이라고. 그럼 이게 뭐예요? 샤오위는 한낱 장난에 목숨을 바친 건가요?"

그 누구도 입을 열지 못했다. 이즈조차 대답하지 못했다.

"당신들 같은 어른들의 무책임한 행동이 역겨웠지만, 복수해야겠다는 생각을 바로 떠올리지는 않았어요. 그런데 이런 일을 처음 벌인 사람이 라이브 방송 중에 죽고 범인은 잡히지 않더라고요. 복수가 너무 자연스럽게 이루어지니 궁금증이 생겼죠."

소녀의 시선이 세 사람에게 머물렀다.

"곧 생각이 났어요. 샤오위가 언니의 스튜디오에 갔던 일이요. 용의자와 동기가 아주 뚜렷하지 않아요? 그렇게 실마리를 따라가다가 진실을 추측하게 됐어요. 근데 그래도 누군가 나 대신 쓰제 언니한테 물어보고 증명해주기를 바랐어요. 정말 복수라면 시작만 하고 중간에 그만두기 아쉽잖아요? 그물을 빠져나간 두 사람은 어쩌고요? 살인으로 복수하는 게 설령 재미없다고 해도요."

리나는 문득 자신이 처음부터 조종당했다는 것을 깨달았다.

"잠깐, 쓰제가 나랑 이즈를 죽이려고 한다고 했던 게 우리를 속이기 위한 거짓말이었다고?"

"두 사람이 의심하고 다시 조사를 시작하면 쓰제 언니도 뭔가 잘못됐다고 느끼고 새삼 살의가 생기지 않겠어요? 나는 좋은 마음으로 두 사람에게 경고해준 거예요. 당신들이 계속 사는 게 더 좋은 처벌이라고 생각하니까요."

이 애 말대로라면 쓰제는 아충이 죽자 복수하겠다는 생각을 접었다. 귀신 신부는 리나와 이즈가 살해당하는 것을 막기 위해 경고한 것이 아니었다. 반대로 일부러 그들을 이용해 쓰제가 다시 행동하게 도발한 것이다!

"이런 말 하면 너는 실망하겠지만……." 이즈가 화가 나서 말했다. "너희 일은 매우 안타깝게 생각해. 근데 그렇다고 내가 죄책감을 느낄 이유는 없어. 내 단짝이 죽었어. 바로 이렇게 살해당했다고. 나는 아무것도 못 받아들여!"

"저주는 그냥 거짓이니까?"

소녀가 가볍게 고개를 기울였다.

"우리는 살인을 교사하지 않았어. 기껏해야 젓가락에 이름을 쓰게 한 것뿐이라고. 그건 아무도 해치지 않아. 그 뒤에 일어난 일은 모두 우연의 일치고. 다들 원해서 한 일일 뿐이야."

이 지경이 됐는데도 책임 소재를 놓고 딱 잘라 선을 긋다니!

쓰제는 고개를 숙이고 있어 머리칼에 가려진 얼굴이 보이지 않았다. 리나는 쓰제의 떨리는 어깨를 안으며 쓰제가 충동적으로 행동하지 않기를 바랐다. 어쨌든 이즈의 사람됨을 알게 됐다. 아충이 살아있었다면 그 역시 이즈처럼 무정하고 책임감 없는 모습을 보였을까? 쓰제는 말할 것도 없겠지만, 리나도 이즈에게 뺨을 날리고 싶다는 생각이었다.

소녀는 이해하지 못하겠다는 듯 눈을 깜박거렸다.

"저주는 가짜일지 몰라도 저주를 건 사람의 악의는 진짜잖아요?"

이즈는 아무 말도 하지 못했다.

"인간의 악의보다 더 무서운 건 없어요, 후후."

소녀의 동공이 커지고 목소리가 낮고 공허하게 변했다. 물 아래서 들려오는 메아리처럼.

"여러분은 저주를 기획할 때 자신들이 인간의 '악의'라는 벌집을 쑤신다는 것을 알아야 했어요. 아무리 간접적이라고 해도 부정적인 일이 생기는 게 당연한 거 아닐까요?"

꿈에서만 존재했던, 질식할 것 같은 무거운 압력이 갑자기 현실이 되어 병실 안을 꽉 채웠다.

리나는 두려움에 가득 차 제자리에서 꼼짝하지 못한 채 밖으로 나갈 문을 찾아 눈길을 돌리는 자신을 발견했다.

도망갈 수 없어……. 환청과도 같은 목소리가 은방울처럼 가슴에 떨어졌다.

온몸이 싸늘하게 식었다. 리나는 고개를 돌려 침대에 있는 소녀에게로 시선을 옮겼다.

"오늘 우리가 나눈 이야기는 전부 증거가 없어요. 여러분의 마음 속 '죄책감'처럼. 있는지 없는지는 자신만이 알겠지요……."

소녀의 얼굴에서 음침한 표정이 싹 사라지고 너그러운 미소가 다시 떠올랐다.

"왜 나만 세상에 남았는지 이해할 수가 없었어요. 이제는 알겠네요. 오늘 이후로 샤오위를 대신해서 여러분을 지켜볼게요. 잘 살아요. 샤오위를 대신해서, 제 곁에서."

천진하고 무해한 미소에 리나는 뼛속까지 한기가 들었다.

병실을 나온 세 사람은 아무 말도 하지 않았다.

이즈와 쓰제는 서로 얼굴조차 보려고 하지 않았고 리나도 마음이 진정되지 않았다.

이제 그들 셋은…… 아니, 넷은 쓰제의 동생과 아충의 죽음을 둘러싼 진실을 함께 묻었다.

그들은 평생 이 비밀에 묶인 채 살아갈 것이다.

이즈는 굳은 얼굴로 자리를 떠나려 했고 쓰제는 가까스로 눈물을 참고 있었다. 리나가 침묵을 깼다.

"다시 보러 와야겠어." 리나가 작은 소리로 혼잣말을 했다. "그 애가 일반 음식을 먹을 수 있는지 모르겠네. 나는 가서 물어볼 테니 너희 먼저 가."

그 순간, 리나는 자신들이 큰 소리로 떠들었는데도 간호사가 한 번도 와보지 않았다는 게 생각났다. 병원 관리가 정말 형편없었다. 리나는 다리를 절뚝거리며 간호사실로 가서 소녀의 몸 상태를 물었다. 그런데 간호사가 어리둥절한 표정을 지었다.

"그 아이요? 그 애가 어떻게 음식을 먹어요! 교통사고 이후 지금까지 한 번도 깨어난 적이 없는데."

"그럴 리가요! 방금 한참 동안 이야기를 나눴는데……."

간호사가 그들을 뒤로하고 재빨리 병실로 들어갔다.

세 사람은 그 틈을 타 문밖에서 병실 안을 들여다보았다. 간호사는 소녀의 침대 옆에 있는 기계들을 살피면서 이런 일을 갖고 농담을 하느냐고 질책하듯 말했다. 몸에 호스를 꽂은 채 침대에 누워 있는 소녀는 두 눈을 꼭 감고 움직이지 않았다.

오랜 잠에 빠져 있는 잠자는 공주처럼.

리나의 휴대전화에서 진동이 울렸다. 메시지가 와 있었다.

아니, 리나뿐 아니라 세 사람의 휴대전화가 모두 부릉거렸다.

귀신 신부: 앞으로 잘 부탁해요.

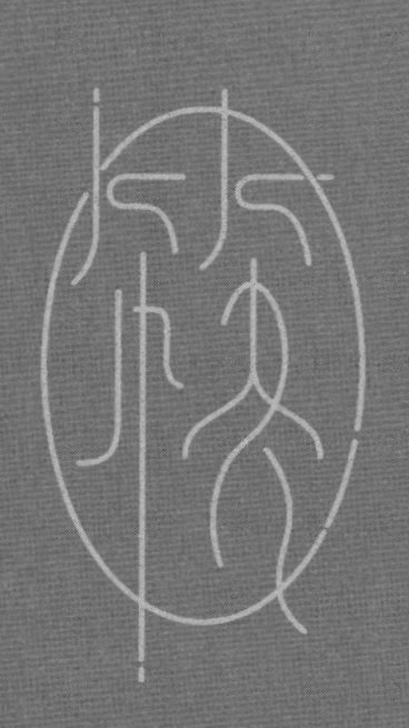

악어 꿈

샤오샹선
瀟湘神

II

1

"내 고향은 악어한테 먹혔어요."

여자가 남자의 귀를 깨물며 말했다. 개미처럼 귓속을 파고들어 간질이던 목소리가 벌꿀처럼 고막에 달라붙어 가장 친밀한 사람만 들을 수 있는 부드러운 소리를 냈다. 소용돌이에 휩싸여 깊은 못으로 빨려 들어가는 듯한 음성이 달팽이관을 맴돌아 하늘과 땅이 뒤집히듯 빙글빙글 도는 것처럼 어지러웠다.

침대 위에는 밍싱 화루수이(明星花露水)• 냄새가 진하게 풍겼다. 남자에게는 익숙하지 않은 향기로, 싸구려 화장품처럼 가벼운 향이었다. 애써 기운을 내지만 힘을 잃은 전구가 눈앞에서 흔들거리고,

• 1940~50년대 타이완에서 유행한 향수 브랜드

나무 침대가 연신 삐거덕거렸다. 언제든 파도에 휩쓸릴 것 같은 조악한 배나 숨통을 조여오는 꿈의 형상이 떠올랐다.

"타이완에 악어가 있어?"

남자가 나른하게 웃었다. 타이완이 아열대 나라라는 것은 알았지만 악어는 야생의 이미지를 가진 동물이라 경제와 도시가 급속하게 발전한 이 나라와 쉽게 연결되지 않았다.

"몰라요. 근데 내 고향을 먹어치운 악어는 보통 악어가 아니에요."

여자가 몸을 일으켜 손으로 남자의 몸을 훑는 게 악어가 사지를 굼뜨게 움직이는 것 같았다.

"그 악어는 산보다 크고, 짙푸른 호수에서 떠올라요. 움직임은 노인보다 느리고 송곳니는 그 무엇보다 날카로워서 무엇을 물든 물린 것은 굴복하고 몸을 바칠 수밖에 없어요. 그것이 호수 기슭으로 올라와 가볍게 입을 벌리자 마을 전체가 배속으로 삼켜졌어요."

말도 안 되는 헛소리라고 생각한 남자가 말했다.

"그런 악어는 존재하지 않아."

"정말 있어요! 내 고향은 정말 그 악어에게 먹혔다니까요?"

남자는 조소를 감추지 않았다.

"그 악어가 그렇게 대단하다면 왜 타이베이(臺北)를 먹지 않았지? 이 도시가 네 고향보다 분명 더 맛있을 텐데."

"배가 불러서 그런가 보지요. 그 악어가 언제 배가 고플지는 아무도 몰라요. 그리고 그것도 못 먹는 게 있어요."

여자는 남자의 비웃음에 아랑곳하지 않고 말했다.

"몸통이 붉은색이고 온몸에서 빛이 나는 물고기가 있어요. 크기는 대략 사람 팔뚝만 해요. 그 물고기는요, 악어의 입이 아무리 커도 먹을 수가 없어요."

"왜 먹을 수가 없지?"

"그건 그냥 그런 물고기니까요."

여자가 당연하다는 듯이 대답했다.

전부 헛소리다. 남자가 여자 옆에 누워 여자의 허벅지에 머리를 묻자 싸구려 화장품 냄새가 머리를 짓눌렀다. 냄새는 여자의 페로몬과 섞여 사람을 마비시키는 알코올처럼 나른하게 머리를 휘저었다. 남자는 이런 헛소리도 아름답게 느껴졌다. 유치하고 멍청한 것이 사랑스럽게 느껴질 때도 있다.

"그 악어도 못 먹는 물고기가 있다……."

남자가 손을 뻗어 여자의 허리를 끌어안았다.

"나는 못 먹는 거, 그런 거 없는데."

여자가 까르르 웃으며 남자의 얼굴을 어루만졌다.

"나도 알아요. 당신 정말 대단해요. 그리고 위대하고요. 이런 헛소리도 들어주다니, 당신 최고예요."

여자의 손가락이 남자의 턱과 쇄골을 지나 점점 아래로 내려가더니 팔뚝 위의 붉은 모반에서 멈췄다. 전등을 등지고 있는 여자의 얼굴에 검은 안개처럼 그늘이 졌고, 표정은 해수면 아래 1만 미터 구덩이로 잠긴 듯했다.

"이 모반을 보니 생각이 났어요. 그 물고기요."

여자의 목소리가 조금 떨렸다.

"아, 이거? 날 때부터 있던 거야. 체육 시간에 옷 갈아입을 때마다 열심히 가렸었지. 근데 이 모반은 물고기를 전혀 안 닮았는데?"

"응, 나도 알아요."

여자가 허리를 굽혀 남자에게 얼굴을 들이댔다. 바닷속 별 같은 촉촉한 눈동자가 금방이라도 눈에서 쏟아질 것 같았다. 여자가 작은 소리로 말했다.

"그냥 물어보는 건데……. 혹시 팔뚝에 붉은색 물고기 모양 모반이 있는 사람, 본 적 있어요?"

여자의 눈에서 쏟아진 별이 은하 전체를 찢으며 남자의 눈으로 들어왔다. 바닷물 특유의 소금기가 느껴졌다.

2

"그래서, 여러분은 왜 젓가락이라고 생각하십니까?"

무대 아래에서 나를 쳐다보는 관객들의 무표정한 얼굴은 마치 가면 같아 집중하는 것인지 딴 데 정신을 팔고 있는 것인지 알 수가 없었다. 여전히 나에게 시선이 집중되는 게 무서웠지만 하던 말을 계속했다.

"젓가락은…… 동아시아 지역에서 가장 익숙한 식기로 식별성이 강해 우리 문화의 특징이라고 할 수 있습니다. '젓가락 사용 가능 여부'를 아시아 문화에 융합된 기준으로 삼는 서양 사람도 있다고 들었습니다. 진짜인지 가짜인지 모르겠지만 서양 사람이 젓가락을 쓴다고 해도 우리는 그를 우리 사람으로 여길 필요는 없지 않을까요? '우호적인 타인' 정도로도 충분하다고 생각합니다. 이런 말을 하는 이유는 주술적 속박성이 젓가락의 첫 번째 특징이기 때문입니다. 젓가락은 '우리'와 '그들'을 나눌 수 있어요. 여러분은 일단 이 말을 기억하시길 바랍니다. 다른 집단을 식별하고 '관계'와 '규칙'을 규정할 수 있는 것, 주술적 속박성에서 흔히 볼 수 있는 특징입니다."

말할수록 불안했다. 나 자신이 아주 보잘것없게 느껴졌지만 아는 척하면서 침착하게 말을 이었다. 어떻게 말해야 하나. 주절주절 주술에 관한 이야기를 늘어놓자니 졸음을 부르는 저주 같고, 심지어는 마을대학(社區大學)•에서도 처음 듣는다고 할 정도였으니 대중

• 타이완의 지역사회 교육기관으로 지역사회의 유지 및 발전, 지방 인재 육성을 목적으로 설립된 학교

오락소설 출판 기념회에서 다룰 주제는 아니었다. 게다가 이 자리는 내 작품만 소개하는 것도 아니고 다른 우수한 작가들을 대표해서 말하는 자리였으니…….

역시 처음부터 말하는 것이 좋겠다. 지난해 나는 타이완, 홍콩, 일본의 작가가 모여 '젓가락과 관련된 괴담'을 주제로 릴레이 소설을 쓰는 다국적 소설 기획에 참여하게 됐다. 초청 작가 중에는 내가 오랫동안 존경해온 분도 있었다. 릴레이 소설의 네 번째 주자인 나는 출판사의 계획에 따라 몇 차례 강연을 약속했는데 이번이 처음이었다. 제목을 논의하면서 내가 젓가락의 주술적 성격에 대해 말했더니 출판사 편집자가 그 즉시 "그 주제로 강연을 합시다!"라고 했다. 편집자는 "괜찮을까요?" "독자들이 재미있어할까요?"라는 내 말은 아랑곳하지 않고 나를 이곳으로 밀어 넣었다. '관객이 책도 내 강연처럼 재미없다고 생각하면…… 그럼 다른 작가들한테 민폐인데……' 하는 생각이 문을 나설 때까지 계속되자 복통이 시작돼 위장약을 삼켜야 했다. 약의 유통기간이 지나지 않았기를 바라면서.

함께 작업한 우수한 작가들에게 폐를 끼칠까 걱정스러웠다. 하지만 어차피 벌어진 일, 그냥 출판사가 나에게 붙여준 '요괴 추리 소설가'라는 이미지에 걸맞게 최대한 요괴와 민속학 쪽으로 접근했다. 재미없게 느껴져도 최소한 내 포지션에는 부합한 것이니 큰 실망은 하지 않으리라.

"젓가락에 관련해서 사람들이 불길하다고 생각하는 것은 '각미반'만이 아니에요. 대부분 죽음과 관련이 있죠. 중국 장쑤(江蘇) 성 바오잉(寶應)에서는 식사할 때 밥그릇에 밥을 풍성하게 담아 위패 앞에 놓고 젓가락도 옆에 놓습니다. 이때 젓가락 위치가 중요한데, 죽은 사람이 생전에 쓰던 위치에 놓아야 해요. 우리도 평소 사용하지 않는 손으로 밥을 먹으려고 하면 어렵잖아요. 오른손잡이가 왼손으로 밥을 먹으려면 힘들지 않겠어요? 이렇듯 죽은 사람에게 밥을 올릴 때는 따라야 할 금기와 규칙이 많아요. 놓는 방식뿐 아니라 치운 다음에도 금기가 있죠. 죽은 자에게 올렸던 것은 바로 식탁에 올려서는 안 되고, 우선 주방으로 갖고 가서 산 사람과 죽은 사람이 먹을 것을 나눠야 해요.

방금 말한 각미반에도 금기가 있어요. 타이완의 어떤 지역에서는 각미반을 실내에서 짓지 않아요. 대낮에 야외에서만 지어야 하죠. 일본에도 비슷한 풍습이 있어요. '이치젠메시(一膳飯)'라고 하는데 마찬가지로 다양한 방법과 규칙이 있습니다.

이게 바로 젓가락 주술이 갖는 힘의 원천이에요. '규칙'이요.

어쩌면 여러분은 주술과 규칙이 무슨 관련이 있냐고 어리둥절해할 수 있지만, 한번 상상해보세요. 규칙 없이 제사상에 산 사람의 식탁과 똑같이 밥그릇과 젓가락을 놓으면 각미반이나 이치젠메시를 구별할 수가 없어집니다. 젓가락을 단순히 식기로만 생각하고 아무렇게나 사용해도 된다면 '그렇게 하면 안 되는데'라고 생각하거나, 금기를 의식하게 될까요? 답은 그렇지 않다, 입니다. 규칙이 없으면 금기도 없으니까요.

여러분은 이런 경험이 있었는지 모르겠네요. 제가 어렸을 때는 흰밥에 젓가락을 꽂으면 어른들께 혼났어요. 각미반을 떠올리게 하고, 심지어는 죽음을 떠올리게 했으니까요. 각미반에 규칙이 필요한 이유는 산 사람의 세계를 분리하기 위해서이고 금기는 규칙 위에 세워진 것입니다. 사실 젓가락과 관련된 규범은 죽은 자에 대한 예의에만 국한된 게 아니에요. 산 사람의 세계에도 젓가락과 관련된 금기는 많죠. 젓가락을 사용할 때 채소와 국물을 식탁에 흘리면 예의가 없다고 하고, 그렇게 못 하게 하는 것처럼요. 젓가락을 교차해서 놓아도 안 됩니다. 음식을 집고 있는 다른 젓가락과 부딪쳐서도 안 되고요. 이쑤시개처럼 고기에 꽂아서도 안 되죠.

왜 이렇게 규칙이 많을까요? 간단합니다. 날마다 쓰는 젓가락에 규칙이 없는 건 사람이 지켜야 할 도리가 없는 것이나 마찬가지 아닙니까? 규칙이라는 것은 인간과 인간 사이의 관계를 규정하고 특히 권력관계를 반영합니다. 무엇을 할 수 있고 없고는 각 관계에 따라 변하죠. 옆에서 보는 사람이 없으면 우리는 젓가락을 사용하고 싶은 대로 사용할 겁니다. 그런 점에서 젓가락은 일종의 은유입니다. 규칙으로 가득한 삶이 우리가 가장 일상적으로 사용하는 젓가락에 반영되어 있지요.

이점을 생각하면 이번 릴레이 소설에서 '젓가락'을 주제로 삼은 것은 매우 절묘하다고 할 수 있습니다. 젓가락은 규칙으로 가득한 삶을 반영하고 삶은 문화를 형성하니까요. 앞에서 말씀드린 것 기억하세요? 젓가락을 사용할 줄 아느냐의 여부가 '우리'와 '그들'을 구분하는 데 쓰인다고 했던 말. 그건 젓가락이 문화권을 반영하기 때문입니다. 만약 릴레이 소설의 주제가 '정류장' 같은 보편적인 것이었다면 문화적 특징이 이렇게 강렬하게 드러나지는 않았을 겁니다.

규칙, 금기, 저주 같은 것은 특정 문화권에서만 효력이 있어요. 젓가락은 바로 이 문화가 만든 저주의 도구입니다. 이런 측면에서 보면 젓가락은 당연히 주술과 관련이 있지요. 이것이 바로 이번 릴레이 소설에서 젓가락이 여러 이상한 일과 밀접하게 엮인 이유입니다."

이어서 몇 가지 예시를 통해 차근차근 결론을 도출해나갔다. 무대 아래에 있는 관객은 무서울 정도로 조용해 식은땀이 다 났다. 사회를 맡은 출판사 편집자가 마무리 코멘트를 하자 관객은 그제야 강연이 끝났다는 것을 깨닫고 드문드문 박수를 보냈다. 이어서 편집자가 "여러분, 궁금한 점 없으십니까?"라는 뻔한 질문을 던졌다.

이 질문을 들을 때마다 하등 쓸데없는 절차라는 생각이 들었다. 객석이 쥐 죽은 듯 고요하면 무대 위에 있는 이는 얼마나 난처하겠는가? 하지만 나는 편집자에게 그런 의례적인 질문을 하지 말라고 할 용기가 없었다. (문화 예술인의 강연조차 공장의 생산 라인처럼 정해진 규칙이 있는 실정이니 장인의 시대는 정말 끝난 셈이다.)

편집자는 기념회가 끝났음을 알리고 사인회 시간으로 넘어갔다. 몇몇 독자가 책을 들고 줄을 섰다. 사인을 하는 동안 관객들은 하나 둘 자리를 떠났다. 사인을 마치고 일어나려는데 육십 세 전후로 보이는 남자가 다가왔다. 격식 있는 차림의 남자는 테가 두꺼운 안경을 쓰고 있었다. 반백의 머리가 매우 눈에 띄었고 날카로운 인상을 주었다. 목소리도 청년처럼 크고 낭랑했다.

"선생님! 선생님과 따로 이야기를 좀 나눌 수 있을까요?"

다소 의외였다. 내 독자는 대학생이나 사회 초년생이 많았고 그와 같은 나이대는 적었기 때문이다. 그가 건넨 명함을 보니 주간지 〈J〉의 기자로 이름은 '장원융(張文勇)'이었다. 숨을 들이마시며 편집자를 쳐다봤다. 편집자가 내 시선을 느끼고 내 쪽을 보았다.

"선생님, 오늘 감사했습니다."

편집자가 걸어오면서 말했다.

"아닙니다. 해야 할 일인데요. 여러분은 먼저 가셔도 됩니다. 이 분이 저랑 할 이야기가 있다고 하시네요. 여러분 시간을 뺏고 싶지는 않습니다."

"알겠습니다. 국제도서전에서 강연회가 한 번 더 있으니 그때도 부탁드리겠습니다."

출판사 사람들이 뒷정리를 시작하자 공용 공간을 계속 차지하고 있어서는 안 된다는 생각이 들었다.

"장 선생님, 다른 데로 가서 이야기 나누실까요?"

"좋습니다. 선생님 편하실 대로 하시지요."

사람이 없는 곳에 가서야 나는 자신을 책망했다. 다짜고짜 따라오라고만 하다니! 상대에게 무슨 일이냐고 먼저 물어봤어야 하지 않은가. 뭐라고 말을 시작해야 할지 머뭇대는데 장원융이 먼저 입을 뗐다.

"정말 멋진 강연이었습니다. 선생님은 주술이 문화권 안에서만 작동한다고 하셨는데, 그렇다면 선생님은 주술이 어떤 객관적인 법칙을 기반으로 하지 않는다고 보시는 것이지요?"

"네, 개인적으론 그렇게 생각합니다. 평생 기독교에 대해 들어보지 못한 사람은 기독교가 말하는 천국에 절대 갈 수 없습니다. 천국은 객관적으로 존재하는 곳이 아니니까요. 사실 동양이든 서양이든 천국과 지옥에 관한 묘사는 시대의 흐름에 따라 변해왔습니다. 지금의 지옥이 맞고 3세기의 지옥은 틀렸다고 말할 수는 없지 않겠어요?"

"일리가 있네요. 제가 호기심이 생긴 부분은 릴레이 소설의 주제인 젓가락 괴담입니다. 선생님은 일본의 '젓가락님'에 대해 들어보셨습니까? 일본어로 '오하시사마'라고 합니다."

"젓가락님이요?"

들어본 기억이 있었다. 아마도 M선생의 트위터에서 보았을 것이다. M선생은 이번 릴레이 소설의 첫 번째 주자였다. 그와 작업하기 전에도 그의 트위터를 팔로우하고 있었다. 사실 그를 팔로우하게 된 건 우연한 계기를 통해서였다. 누가 리트윗한 귀여운 고양이 사진을 봤는데 계정을 보니 어랏? 내가 경애하는 공포 추리 소설가가 아닌가! 그래서 바로 팔로우했다. 이후로도 M선생은 트위터에 고양이 사진을 많이 올려 추리 소설가를 팔로우한다기보다는 고양이 애호가를 팔로우하는 것 같았다.

나는 사실대로 말했다.

"M선생님 트위터에서 본 것 같아요. 어느 괴담회에서 들었다고. 하지만 트위터는 글자수 제한이 있어서 자세하게 기술하진 않으셨던 걸로 기억합니다. 저는 어떤 도시전설일 거라고 추측했는데요, 그쪽은 제가 잘 아는 분야가 아니라 자세히 보지는 않았습니다."

내 전공은 청나라 시기부터 전쟁 전 문헌을 정리하고 문헌상의 민속학 계보를 만드는 것이라 당대 도시전설에는 관심이 적은 편이었다.

"그러니까 선생님은 젓가락님의 자세한 부분은 잘 모른다는 말씀이시지요?"

"네. 잘 모릅니다."

"그렇다면 분명 구미가 당기실 겁니다."

장원융은 확신했다. 그는 내가 대답하기도 전에 젓가락님에 대한 이야기를 줄줄 늘어놓았고 나는 '관심 없다'라는 말조차 할 틈이 없었다.

장원융의 말에 따르면 젓가락님 이야기는 일본 각지에 전해졌다고 한다. 소원이 이뤄지기를 비는 의식으로, 판본은 달라도 형식은 비슷비슷했다. 소원을 비는 사람이 밥을 먹을 때 각미반처럼 밥에 젓가락을 꽂는다. 그렇게 팔십사 일 동안 젓가락님에게 묵묵히 소원을 비는 것이다.

의식이 성공하면 징조가 나타난다. 소원을 빈 사람의 손에 물고기 모양의 붉은 모반이 나타나고, 꿈을 꾸기 시작하는데 꿈에선 늘 어떤 학교에서 초등학교 5학년생인 채로 깨어난다. 그곳엔 아홉 명의 학생이 있고 꿈을 꿀 때마다 한 명씩 죽는데 죽은 자는 꿈에서 깨어나지 못한다. 그리고 꿈에서 마지막까지 살아남은 자의 소원이 이루어진다.

장원융은 휴대전화로 일본의 괴담 사이트를 보여주었다. 그중 '아메미야'라는 사람이 젓가락님에 관한 괴담을 모아둔 글 아래에 '그대로 해봤는데 징조가 전혀 나타나지 않았다. 사기꾼'이나 '내 친구 손에 물고기 모양 붉은 모반이 나타났는데 얼마 뒤 사고로 죽었어요' '정말 소원을 이루었는데 물고기 모양 모반이 사라지지 않아 괴롭다' 등의 댓글이 달려 있었다.

감전된 것처럼 머리 가죽이 저릿했다. 휴대전화 화면을 넘기며 사이트를 살폈다. 사이트에는 진위를 알 수 없는 다양한 소문이 가득했다. 그들 말이 거짓이 아니라면, 이 의식에 참여해 소원을 이루지 못한 사람은 죽거나 갖가지 불행한 일을 당했다. 약하게는 불운한 일을 겪고, 심하게는 건강에 이상이 생겼다. 이유 없이 신경이 괴사하고, 암에 걸리고, 사고로 식물인간이 되고, 죽음에 이른 사람도 있었다.

어떻게 된 일인지 혼란스러워 도대체 어떻게 받아들여야 할지 알 수 없었다. 나는 이 의식을 **알았다**! 젓가락님이라고 부르지는 않았지만 과정은 매우 비슷했다. 아니, 달랐다. 내가 아는 의식은 팔십사 일 동안 해야 한다는 조건이 없었고 모반도 나타나지 않았다. 하지만 그 꿈은…… 분명 내가 아는 의식과 같았다.

"선생님, 일본어 할 줄 아십니까?"

"네…… 조금요. 그런데 이게 정말 일본에서 유행하는 의식이라고요?"

"역시 요괴 추리 소설가시라 민속 분야에 대해 잘 아시는군요. 확실합니다. 타이완에서도 '젓가락 신선'이나 '저선(箸仙)'이라고 불리는 비슷한 의식이 전해지죠."

"잠깐만요. 이건 제가 아는 젓가락 신선과는 달라요."

"네? 그럼 선생님이 아는 젓가락 신선은 어떤 겁니까?"

"종류는 다양하죠. 타이완을 포함한 한자 문화권에서 젓가락은 때로 신을 부를 때 사용됩니다. 예컨대 집안에 누가 병이 나면 젓가락을 물에 세워 귀신을 소환합니다. 젓가락이 넘어지면 실패하는 것이니 젓가락이 설 때까지 계속 시도하지요. 젓가락이 서면 병에 걸리게 한 귀신이 젓가락에 내려왔다는 것을 뜻하고, 이때 칼로 젓가락을 자르면 병이 낫습니다. 이 밖에 접선(碟仙) 같은 것도 있어요. 젓가락을 특정한 형태로 놓고 두 사람이 잡으면 얼마 뒤 젓가락이 움직이죠. '저신(箸神)' 같은 경우는 젓가락을 T자 모양으로 놓으면 가만히 두어도 가로로 놓은 젓가락이 스스로 돕니다."

중국에는 젓가락으로 점을 치는 전설이 있다. 당나라의 이융기(李隆基)는 중종의 황후인 위후(韋后)를 죽이고 군사를 일으키기 전에 점쟁이를 불러 점을 치게 했다. 점을 칠 때 젓가락이 스스로 들렸다가 떨어지기를 세 차례 거듭하면 대길의 징조로 여겼다. 사실 이런 것은 젓가락의 원래 기능과는 동떨어진 것으로, 젓가락에 진짜 신이 내린다기보다는 젓가락 특유의 형태 때문에 신을 소환하는 도구가 되었다고 할 수 있다.

장원융은 내가 열거한 다양한 유형을 듣고 천천히 말했다.

"아, 방금 말씀하신 것들은 모두 젓가락을 이용한 것이라 이름이 비슷한 거지요? 그런데 타이완에는 정말 다른 버전의 젓가락님 의식이 있습니다. 제가 증거를 보여드리지요."

장원융은 휴대전화로 인터넷 사이트 몇 개를 보여주었다. 그의 말대로 사이트에 글을 올린 사람들의 경험은 체계적으로 정리되지 않았을 뿐 젓가락님과 비슷했다.

소름이 쫙 끼쳤다.

만약 이것들이 전부 사실이라면, 이 오래된 의식이 이렇게 많은 사람의 목숨을 앗아갔다는 말인가? 아니, 죽음까지는 이르지 않은 상황도 있었다. 하지만 질병으로 고통받거나 각종 사고를 겪는, 죽느니만 못한 상황도 있었다! 도대체…… 왜?

공포감이 휩싸는 가운데 나는 참지 못하고 물었다.

"장 선생님, 왜 저한테 이런 이야기를 하시는 거죠?"

"관심이 생기지 않으십니까?"

장원융이 다소 의외라는 듯이 물었다. 내가 관심을 보이지 않으면 안 된다는 듯이, 심지어 관심이 없는 게 죄악이라는 듯이 구는 게 곤혹스러워 시선을 피했다.

"그게 아니라…… 저는 그냥 소설가일 뿐입니다."

"아! 죄송합니다. 나도 참."

장원융이 내 말을 끊더니 흥분한 손길로 휴대전화를 만졌다.

"선생님께 제일 중요한 것을 안 보여드렸군요. 어쩐지 관심을 안 보이시더라니. 보세요! 한 일본 사이트에서 젓가락님 의식에 참여했던 사람들의 증언을 바탕으로 꿈속 학교 평면도를 재구성한 겁니다."

그는 내게 평면도를 보여주고서는 자세히 볼 틈도 주지 않고 중얼중얼 말을 이었다.

"이 평면도는 제 모교와 구조가 똑같아요. 그러니까 이건 타이완에 있는 학교일 겁니다! 혹시 B초등학교라고 들어본 적 있으십니까?"

나는 순간 숨을 훅 들이켰다.

"B초등학교요……?!"

놀란 나머지 말을 잇지 못했다. 장 선생이 나를 찾아온 이유를 알 것 같았다. 그가 웃으며 말했다.

"이제 좀 관심이 생기시지요? 예전 인터뷰에서 B초등학교에 관한 이야기를 쓰고 싶다고 하셨잖아요. 좋은 기회라고 생각하지 않으세요? 젓가락 신선의 꿈속 학교 구조가 B초등학교와 같다니, 분명 이유가 있을 겁니다! B초등학교에 관한 이야기를 쓰려면 이보다 더 좋은 소재가 어디에 있겠습니까?"

나는 B초등학교를 잘 알았다.

그 학교는 이제 존재하지 않는다. 이렇게만 말하면 별일이 아니라고 생각할 수 있다. 버려지거나 없어진 초등학교에 관한 이야기는 드문 것도 아니었으니까. 하지만 사라진 학교 중에서도 B초등학교는 가장 특별했다.

B학교는 호수 30미터 아래에 있다. 10층 건물 깊이에 빛 한 점 통과하지 않아 물 위에서는 짙은 녹색만 보였다. 원래 학교가 있었다고는 상상하기 어려웠다.

1980년대, 정부는 타이베이 전 지역의 늘어나는 용수 수요를 맞추기 위해 베이스시(北勢溪) 상류에 댐을 건설했다. 하지만 1985년, 댐이 완공되기도 전에 저수를 시작해 베이스시에서 가까웠던 B초등학교는 '풍덩' 하고 물에 잠겨 반짝이는 호수의 빛에 감싸이게 되었다. 그리고 시간도 멈춰버렸다. 누군가는 낭만적이라고 할 수도 있겠지만 그렇지 않은 사람도 있었다. 하지만 다른 사람이 어떻게 생각하든 내게는 B초등학교에 관한 이야기를 쓰고 싶은 이유가 있었다. 소설가로서 생각하면 장원융의 말은 일리가 있었다.

얼떨떨한 기분으로 그에게 물었다.

"장 선생님, 왜 이 일을 조사하십니까?"

"보도하려고요." 장원융이 말했다. "요즘 젓가락 신선 의식을 조사하고 있습니다. 늦어도 한 달 반 정도 뒤에는 기사로 쓸 예정이고요. 이상하지 않습니까? 어쩌다 이 의식이 이렇게 널리 퍼져 일본과 타이완 두 곳에 다 있게 되었는지. 예전에 홍콩에 '젓가락 저주'라는 유명한 도시전설이 있었는데 젓가락님을 참고했다고 하더군요. 이 이야기를 홍콩에서도 알고 있다는 말이죠. 그 괴담의 진실을 밝힐 열쇠가 타이완에 있다는 것을 알았는데 어떻게 관심이 안 생기겠습니까?"

"하지만 선생님 조사에 저는 필요가 없잖아요? B초등학교를 졸업했으면 저보다 잘 아실 텐데……."

"그건 아주 오래전 일입니다. 게다가 저는 졸업하자마자 이사해서 학교에 무슨 일이 생겼는지도 모르고요. 선생님은 현장 조사를 한 적이 있으시고 그것도 최근 몇 년 전 일이니 당연히 저보다 더 잘 아실 겁니다. 그래서 저는 선생님이 이 미스터리를 밝히는 일에 동참해주셨으면 좋겠습니다."

정말 말도 안 되는 소리였지만 꾹 참고 아무 말도 하지 않았다. 내가 망설이자 장원융은 다급히 말을 덧붙였다.

"여전히 별 관심이 없으시다면 제 취재에 응하신다고 생각하고 B초등학교에 대해 아는 것을 말씀해주실 수 있습니까? 부탁드립니다. 중요한 일이라서요! 요괴 추리 소설가로서의 호기심도 있을 것 아닙니까?"

내가 제일 못하는 게 이렇게 기세등등하게 나오는 사람을 상대하는 일이었다. 장원융의 얼굴이 점점 가까워지면서 침까지 튀었다. 나는 치밀어 오르는 짜증을 간신히 억누른 뒤 한숨을 내쉬었다.

"좋아요. 선생님 조사에 참여하겠습니다. 선생님이 진실을 밝혀내더라도 저는 그냥 가만히 옆에 서 있을 거예요. 저도 받아들이기 어렵거든요."

"정말 잘 생각하셨습니다! 고맙습니다, 선생님."

장원융은 매우 기뻐했다. 내가 예상한 것보다 훨씬 더. 시간이 너무 늦어 그는 나에게 연락처를 주면서 다음에 다시 연락하겠다고 했다. 떠나기 전 그가 말했다.

"참, 선생님. 제가 원고 마감까지 한 달 정도 남았다고 말씀드렸지요. 그래서 남은 기간에 아주 적극적으로 조사할 생각인데 괜찮으시겠죠? 많은 협조 부탁드립니다!"

아주 실례되는 인사였지만 미소를 짜내며 알았다고 하고 작별을 고했다. 장원융의 멀어지는 그림자를 보며 마음이 복잡해졌다. 다른 상황이었으면 분명 거절했을 것이다. 거절뿐인가, 다시는 언급도 말라고 했을 것이다. 하지만 오늘은…….

바깥에 비가 내리기 시작했다.

그의 명함을 집어 들었다. 장원융, 주간지 〈J〉. 말하자니 공포가 밀려왔지만, 운명에 사로잡힌 것 같은 느낌이었다. 거절의 여지가 전혀 없었다.

점점 거세지는 빗소리가 빗소리가 아닌 흐르는 물소리처럼 들렸다. 저 깊은 곳에서 B초등학교와 같이 봉인됐던 시간이 물소리와 함께 다시 세차게 움직였다.

3

"내가 사람을 죽였어요."

여자의 나직한 목소리가 들렸다. 남자는(그전 남자가 아니다. 이 남자는 골격이 비교적 작고 면도를 싫어한다) 여자의 뜬금없는 고백에 순간 긴장했다. 근육이 수축해 반들반들한 피부가 활시위처럼 팽팽해지는 것이 맹수를 만난 초식동물처럼 언제든지 도망갈 준비를 하는 것 같았다.

그 모습에 여자가 웃었다. 웃음에 아첨이 섞인 것도 같았다.

"아 정말, 진짜로 그런 건 아니에요! 정말 그랬으면 진작에 경찰에 잡혀갔게요? 살인을 꼭 직접 해야 하나요? 누군가를 사라지게 해달라고 기도했는데 정말 그 사람이 사라지면 그것도 살인이라고 할 수 있지요!"

여자가 웃으며(웃고 있다는 건 전적으로 여자 혼자만의 생각이지만) 말했다. 그건 대체 무슨 표정일까? 눈앞의 남자를 제외하고는 아무도 알 수 없었다. 남자는 긴장을 풀었다. 눈앞의 여자가 제 손으로 연인을 살해한 슬픈 유령 같아 놀라움과 두려움이 뒤섞인 연민이 불쑥 솟구쳤다.

"그러면 죽인 게 아니지. '아, 저 사람이 죽었으면 좋겠다' 하는 생각 한 번 안 해본 사람이 어디에 있어? 그래도 직접 하지 않았으면 살인이라고 할 수 없지."

"정말요? 직접 하지만 않으면 살인이 아닌 거예요?"

여자의 목소리가 시계 초침보다도 가벼웠다. 남자에게는 당연한 일이 여자에게는 복잡하고 이해할 수 없는 수수께끼인 것 같았다. 남자는 자신의 말을 적극적으로 증명하지 않고 반문했다.

"왜지? 성가신 손님이라도 있나?"

"아니요." 여자가 남자에게 바짝 붙으며 나른하게 말했다. "한 번 죽인 뒤로는 성가신 손님 정도야 참을 수 있겠더라고요."

"그럼 왜 그랬어?"

"아주 오래된 일이에요."

여자가 웃는 것도 같고 아닌 것도 같은 표정을 지었다.

"정말 듣고 싶어요? 이야기나 듣겠다고 온 게 아니잖아요."

"괜찮아, 밤은 기니까……. 처음 온 것도 아니고. 매번 같은 짓만

하는 것도 재미없잖아. 당신 이야기가 듣고 싶어."

여자는 남자의 몸에 기대 웃음소리를 흘렸다.

"좋아요. 그만 듣고 싶으면 언제든 말하세요. 혹시 재미없으면 말이에요. 내가 사람을 죽이고 싶었던 이유는…… 그가 내 아이를 죽였기 때문이에요."

순간 공기가 침을 삼키기 어려울 정도로 얼어붙었다.

"……누가?"

"말하자면 길어요."

여자는 남자의 어깨에 가볍게 머리를 기댔다.

"당신네 나라에도 그런 일이 있는지 모르겠지만 옛날에 타이완에는 '민며느리'라는 게 있었어요. 여자아이가 어렸을 때 시댁으로 시집을 가는 것이지요. 나도 민며느리였어요. 시댁에 처음 갔을 때는 고작 다섯 살이었지요."

"다섯 살! 그 나이에 어떻게 결혼을 하지? 아니…… 아무것도 모르잖아."

"당연히 그렇죠!"

여자가 웃으며 남자를 가볍게 쳤다.

"아직 웃을 일이 더 남았어요. 내가 시댁에 갔는데 남편은 아직 태어나지도 않은 거예요."

"안 태어나? 그런데 어떻게 결혼을 해?"

"그게 타이완의 풍습이에요. 결혼이 중요한 게 아닌 거죠. 과거 여자아이는 '밑지는 물건'이었어요. 여자아이를 시집보내려면 지참금이 필요했는데 일찌감치 민며느리로 보내버리면 돈도 받을 수 있었죠. 요즘 말로 하면 결혼을 빙자한 인신매매예요."

"하지만 그 집에서 계속 아들을 못 낳으면?"

"대충 양녀가 되는 거죠. 다른 집은 모르겠지만 우리 시집은 노동력이 필요했거든요. 그래서 아들이 아직 태어나지 않았을 때에도 나는 쓸모가 있었어요. 게다가 예전에는 민며느리를 얻어 집에 들이면 복이 온다고 믿었거든요. 부인이 기다리고 있으니 하늘이 다음 아이는 반드시 남자아이를 주신다고요."

"정말 근거 없는 미신이군."

"네, 맞아요. 근데 정말 복이 왔어요. 시집간 지 불과 일 년 만에 남편이 태어났거든요. 게다가 이란성 쌍둥이라 겹경사였어요. 사내아이는 남편, 계집아이는 시누이가 됐죠. 아직도 기억나요. 내 눈앞에서 남편이 태어나던 모습이……."

여자가 일어나 앉아 본격적인 자기 이야기를 하기 시작했다. 어떻게 '살인'을 향해 한 발 한 발 나아갔는지에 대해서.

어릴 때부터 운명이 정해진 게 어떤 기분인지 알아요? 기억이 있을 때부터 사람들이 당신한테 당신 미래는 이러이러하다고, 게다가 다른 선택은 없다고 말하는 거예요. 상상이 가요?

'운명에 순응한다'라는 말을 자주 하죠. 다른 선택이 없으니 그저 운명에 순응한다. 그러니까 그건 다른 방법이 없었다는 뜻이에요. 어릴 때는 자각이 없었어요. 남편이 태어나는 것을 직접 봤을 때 엄마가…… 그녀는 당시 자기를 '엄마'라고 부르라고 했어요. 엄마가 내 귓가에 대고 당부했어요.

"이 아이는 네 남편이니 앞으로 네가 잘 보살펴주어야 한다."

그래도 나는 여전히 아무 느낌이 없었어요. 그게 내 신분이고 책임이니 그를 키우는 게 당연하다고 생각했지요.

아직 어린아이였던 나에게 남편은 남동생이나 다름없었어요.

하지만 남편보다 시누이가 더 좋았어요. 시누이는 정말 귀여웠거든요. 성격도 세서 지는 것을 못 참았죠. 자기가 불리한 상황에서도 강경한 말투로 대들었어요. 엄마는 저런 성격으로는 앞으로 '시집 못 간다'라며 야단쳤지만 나는 그래도 상관없다고 생각했어요. 잘못한 게 분명한 상황에서도 눈을 부릅뜬 채 거짓말하는 것도 나름의 대처 방식이잖아요? 시누이는 패배를 인정하기 싫은 거지 누구를 속이려던 건 아니었어요.

내가 만약 아이를 낳으면 시누이 같았으면 좋겠다고 생각한 적도 있어요. 그때는 나도 아직 어려서 그랬지 조금만 더 컸어도 그렇게 생각하지 않았을 거예요. 꼭 남자아이를 낳겠다고 생각했겠죠. 이 세상에 여자아이로 태어나는 건 너무 불행한 일이니까요…….

내가 너무 자기 연민에 빠졌다고 생각해요? 나를 봐요. 내가 행복해 보여요? 물론 내가 모든 여성을 대표할 수 없고, 설령 대표한다고 해도 나 같은 처지의 농촌 출신 여성만 대표할 수 있겠지만요…….

노력하면 운명을 바꿀 수 있다고요? 어쩌면 그럴 수 있을지도 요. 그런데 먼저 어떤 운명인지 봐야겠지요. 옛날에 타이완에서는 여자 아기를 익사시켰어요. 밑지는 물건이니까. 당신이 그 여자 아기라면 저항할 수 있겠어요? 갓 태어난 여자 아기에게 닿은 손, 아기를 물에 빠뜨려 익사시키려는 그 손…… 운 나쁜 여자에게 운명의 힘은 그 손보다 더 강력해요.

지금은 이렇게 말하지만…… 그때 나는 반항하지 않았어요. 아니, 반항해도 된다는 것을 전혀 몰랐죠. 남편은 우리 또래 중 처음으로 태어난 남자아이여서 온 집안의 총애를 받았어요. 곧 남편과 시누이 간의 차이가 두드러졌어요. 남편은 억지 부리고 소란을 피우기 일쑤였고, 저를 때리거나 심지어 함부로 침을 뱉기도 했어요. 그럼에도 엄마는 '그러다 마누라 못 얻는다'라는 말로 주의를 주지 않았어요. 나는 시누이랑 몰래 남편을 욕했어요. 다른 사람은 모두 남편을 총애했는데 시누이만 그러지 않았거든요.

어릴 때는 장난치고 때리고 해도 귀엽게 봐줄 수 있었어요. 하지만 남편이 일고여덟 살이 되어도 나를 계속 때리고 이것저것 지시하자 겁이 나기 시작했어요. 이런 사람과 평생을 살아야 한단 말인가? 하지만 그를 따르는 것 말고 또 어떤 선택지가 있단 말인가?

이해해요? 선택권이 없는 느낌. 아무리 싫어도 다른 가능성을 떠올릴 수 없는 숙명……. 그게 바로 운명에 순응한다는 거예요.

그런 날에도 변화가 찾아왔어요.

어느 해 8월, 마을이 유난히 떠들썩했어요. 어떤 사람이 대학에 합격했기 때문이었어요. 당시에는 대학에 합격하기가 매우 어려웠어요. 하물며 농촌 출신은 더했고요. 그 사람은 어릴 때 부모와 함께 도시로 이사 가서 여름방학과 겨울방학에만 마을로 돌아왔으니 자기가 농촌 사람이 아니라고 생각할지도 모르겠지만요.

미안해요, 이야기가 옆으로 샜네요. 그 사람은 매년 돌아왔지만 나는 그를 볼 기회가 없었어요. 마을 사람들이 온통 그에 관한 이야기를 하던 그해가 되어서야 그에 대해 알게 됐죠. 그런 분위기는 음력 새해까지 이어졌어요. 정월 대보름, 음력 1월 15일이요. 우리 마을에선 정월 대보름이 되면 북 치고 장구 치고 폭죽을 터뜨리며 횃불을 들고 행진을 했거든요. 나는 그날 그 사람을 만났고 그와 이야기를 나누며 대도시에 대해 알게 됐어요.

그때는 그가 내 인생을 바꿀 거라고 상상도 못 했어요. 그 사람의 이름은 원융(文勇)이에요. 문화(文化)라는 뜻의 원, 용맹(勇猛)하다는 뜻의 융. 지금도 나는 생각해요. 그는 문화적 소양이 있는 사람이었고 그것에는 의문을 표할 수 없지만, 그가 이름처럼 정말 용감했다면 내 운명이 달라지지 않았을까, 하고요…….

하지만 이제는 답을 알 기회가 없네요.

4

신간 발표회 당일 저녁, 나는 M선생님에게 이메일을 썼다. 일본어 작문 실력이 부족해 쓰는 데 애를 많이 먹었다. 젓가락님의 세부 사항을 알려달라는 것 외에 젓가락님이 유행한 지역, 버전 차이, 기원 등 더 조사한 게 있냐고 물었다.

아, 정말 불안했다. 같이 작업은 했어도 잘 아는 사이는 아닌데 이런 메일이 실례가 되진 않을까? 하지만 M선생님 말고 누구에게 물어봐야 할지 몰랐기 때문에 그냥 이메일을 보냈다.

다음 날 나는 다른 한 명에게 연락해 스케줄을 잡은 다음 장원융에게 이메일을 썼다. 내용은 이랬다.

장 선생님, 제 강연이 마음에 드셨다니 다행입니다. 그리고 젓가락 신선과 'B초등학교' 관련 조사에 초대해주셔서 감사합니다. 선생님께 젓가락 신선에 관한 이야기를 듣고 떠오른 단서들이 있습니다. 구체적인 부분은 제가 말씀드리는 것보다 관련된 사람에게 직접 들으시는 게 나을 것 같습니다. 제가 신베이(新北) 시 스딩(石碇) 구의 Y초등학교를 퇴직하신 선생님께 연락해놓았습니다. 그 선생님은 일전에 B초등학교에서도 근무하셨습니다. 지금은 팔십 세가 넘었지만, 정정하시니 당시 그분이 겪은 이상한 일을 직접 들어보시는 게 좋겠습니다.

메일의 끝에 시간을 적고 신뎬(新店)에서 만나자고 했다. 그 시간이 괜찮냐고 묻지 않은 것은 다소 실례였지만 장원융도 억지로 나를 끌어들였으니 하나씩 주고받은 셈 쳤다.

이틀 뒤 오후, 장원융은 신뎬 지하철역으로 차를 몰고 왔다. 날이 어둡고 습한 게 언제든 비가 쏟아질 것 같았다. 습기 탓인지 옷이 무거워졌다. 나는 조수석에 앉았다.

"선생님, 먼저 연락주셔서 감사합니다! 마음이 변하셨을까봐 걱정했거든요."

장원융이 웃었다. 흥분했는지 조금 부자연스러웠다. 아니, 흥분했다기보다 긴장했는지 겨우 정신을 차린 것 같다고 하는 편이 나아 보였다.

"솔직히 번복할까도 생각했어요."

공교롭다는 생각을 지울 수 없었다. 하지만 어쩔 수 없는 일이라는 직감이 유령처럼 나를 감쌌고 그 유혹에 저항할 수 없었다.

"그렇게 하지 않으셔서 다행입니다. 저를 믿으세요. 이건 정말 굉장한 소재일 테니까요."

장원융은 완주(臺九) 선을 따라 차를 몰아 스딩 방향으로 향했다.

오른쪽으로 신뎬시(新店溪)가 눈에 들어왔다. 갈수기여서인지 드러난 강변이 세월이라는 폭격을 맞은 폐허처럼 황량했다. 멀리서 보면 강물은 초록빛이었지만 몇 년 전 태풍이 지나간 뒤로 먼지가 잔뜩 낀 비취처럼 영기를 잃은 지 오래였다.

"선생님, 메일에서 단서가 떠올랐다고 하셨죠. 미리 말씀해주실 수 있습니까?"

장원융이 물었다.

"저도 도착하기 전에 대충 말씀드려야 한다고 생각했어요. 장 선생님, 선생님이 언제 B초등학교를 졸업했는지 여쭤도 될까요?"

"네? 잠시만요, 생각을 좀……. 정확히…… 민국 59년입니다."

"그러면 1970년이니까, 장 선생님이 졸업과 동시에 B마을을 떠났다면 그 일을 모르실 수 있겠네요. 장 선생님, 혹시 B초등학교에서 발생한 사건에 대해 아십니까? 1978년, B초등학교 5학년 학생들이 집단 실종됐어요. 그때 선생님은 B마을에 계셨나요?"

"뭐라고요? 집단 실종이요? 그런 일이 있었습니까?"

장원융은 조금 놀라는 눈치였다.

"모르셨어요?"

"그때는 이사한 뒤라서요. 전혀 못 들었습니다. 무슨 일이었습니까?"

나는 머릿속으로 수집한 자료를 정리해 최대한 객관적 정보에만 집중했다.

"1978년 3월에 일어난 일이에요. 어느 날 학교가 끝나고 B초등학교 5학년 학생들이 학교 근처에 있는 주지(九紀) 산에 놀러 간다고 하고 집에 돌아오지 않았어요. 한 아이를 제외하고요……. 딱 한 명만 산에서 생존해 내려왔어요. 그런데 그 아이는 산에 놀러 간 것만 기억하고 산에서 무슨 일이 있었는지 전혀 기억하지 못했어요. 마을 사람들은 마신자(魔神仔)가 아이들을 데려갔다고 했어요."

타이완에서 제일 유명한 귀신이라고 하면 아마도 마신자일 것이다. 과학이 이렇게나 발달한 오늘날에도 산에서 이상한 일이 발생하기만 하면 대부분 마신자를 들먹일 정도이니. 마신자가 산에 온 사람을 끌고 가면 그 사람은 방향 감각을 잃고 환각을 보며 심지어 산에서의 만찬에 초대됐다고 생각한다. 끌려간 사람은 닭다리를 먹는다고 생각하지만, 사실은 닭다리가 아닌 잡초와 진흙, 곤충 아니면 동물의 배설물이고.

B초등학교와 근처의 B마을은 모두 스딩에 있었다. 스딩, 핑시(平溪), 난강(南港), 시즈(汐止) 일대에는 산에 마신자가 있다는 전설이 성행해 이런 소문이 도는 것도 이상한 일이 아니었다. 그러나 마신자 설을 부정하는 사람도 있었다. 마신자에게 끌려갔다면 산을 수색했을 때 정신을 잃은 아이를 발견하지는 못해도 최소한 굶어 죽은 시신이라도 발견했어야 하는데 아무것도 찾지 못했기 때문이다. 물론 아이들의 시체는 사람이 올라갈 수 없는 깊은 산속에 있을 수도 있었다. 그것이 마신자의 능력이니까. 게다가 생존한 아이가 산에서 있었던 일을 전혀 기억하지 못한 것도 마신자에게 끌려간 사례들과 부합했다.

"5학년 학생 중에 겨우 한 명만 남았다고요? 마신자가 도대체 몇 명이나 끌고 갔다는 겁니까!"

"그건 이상한 일이 아닙니다. B초등학교는 지방에 있는 학교라 학년별 학생수가 많지 않았어요. 그해 5학년은 겨우 아홉 명이었죠. 장 선생님, 제가 왜 이 이야기를 선생님께 하는지 아세요? 생각해보세요. 한 학년에 겨우 아홉 명인데 그중 여덟 명이 실종되고 딱 한 명만 생존했어요. 뭐가 연상되지 않나요?"

장원융은 잠시 생각하더니 돌연 숨을 들이켰다.

"그건…… 젓가락 신선의 꿈속 풍경과 같네요! 5학년생 아홉 명, 마지막 한 명이 남을 때까지 꿈을 꿀 때마다 한 명씩 죽는 것도!"

"저도 그렇게 추측했어요. 만약 젓가락 신선의 꿈속 학교 구조가 B초등학교와 같고 사람 수도 5학년 실종 사건과 같다면 선생님이 말씀하신 젓가락 신선과 B초등학교가 정말 모종의 관련이 있을지도 몰라요."

"그런데 여덟 명이나 실종됐으면 심각한 일이잖아요! 어째서 저는 전혀 못 들었을까요? 신문에 안 났습니까?"

"신문에 안 났어요. 이유는, 상상이 가시지요? 선생님도 아실 거라고 생각해요." 나는 차갑게 말했다. "선생님도 아시겠지만, 그때는 계엄 상황이었어요. 그리고 페이추이 댐을 건설하려면 수몰지구 주민을 이전시켜야 했는데 보상이 문제였죠. 당시 조사 인력이 현장을 방문해 농지를 평가했는데 B마을 농가들은 조사원이 열심히 조사하지 않는다고 생각했어요. 농지와 작물의 가치를 제대로 평가하지 않는다고 생각해 양쪽의 관계가 다소 긴장된 상태였죠. 그런 상황에서 5학년 학생들이 실종되자 현지에서는 다른 얘기도 나왔어요. 마신자가 아이들을 끌고 간 게 아니라 조사원의 비밀을 목격해서, 예를 들면 뇌물을 받는 장면 같은 걸 봐서 살해된 거다. 그런데 이 사건이 신문에 나면 소문이 걷잡을 수 없이 커질 테니 정부가 여론을 통제할 수 있을 때 사건을 덮어버린 거다, 그런 얘기였죠."

"조사원을 의심한다……. 근거가 너무 빈약하지 않습니까? 무엇을 보았든 아이 여덟 명을 죽일 정도로 심각했을까요?"

"근거는 없어요. 하지만 정말 그랬다면 사안이 꽤 심각했다는 것이겠지요. 사실, 백색 테러• 시대에는 드문 일도 아니었잖아요. 이 년 뒤 발생한 '린자이 살인 사건(林宅血案)••', 이어진 '천원청 사건(陳文成事件)•••'처럼 진상이 밝혀지지 않은 사건이 수두룩한데 아이 여덟 명 죽은 게 무슨 대수겠어요? 참혹한 시대였고, 무슨 일이든 발생할 수 있었죠."

장원융은 침묵에 빠졌다. 무슨 말을 해야 할지 모르겠는지 잠시

• 계엄령하 타이완의 국민당이 행한 정치 강압

•• 반체제 인사로 수감중이던 린이슝(林義雄)의 가족이 1980년 2월 28일 살해된 사건

••• 타이완의 민주주의를 촉구하는 반체제 성향의 잡지를 지지했다는 이유로 정보기관에 소환돼 조사를 받은 천원청 박사가 다음 날인 1981년 7월 3일 타이완 대학교 도서관 잔디밭에서 숨진 채 발견된 사건

뒤에야 입을 열었다.

"……선생님도 그 사건이 정말 백색 테러와 관련 있다고 생각하는 건 아니시지요?"

"그렇게 생각하지 않아요. 그저 그때 사람들은 그렇게 생각했고, 그들에게는 그럴 이유가 있었다는 거죠. 그 사건이 백색 테러와 관련이 있다면 생존자가 있었을 리 없다고 생각해요."

"마지막 그 아이 말씀입니까? 하지만 그 애도 말하지 말라고 위협을 당했을 수 있지 않을까요?"

"선생님이라면 5학년짜리 아이의 맹세를 믿겠습니까?"

장원융이 다시 침묵했다. 차가 느릿느릿 앞으로 향했다. 정신을 차리자 앞쪽에 황량한 풍경이 펼쳐졌다. 수십 년 전 모습을 유지하고 있는 집도 있었고 사람이 살지 않는 집도 있었다. 들판을 향해 운전해 가자 마치 영원히 변치 않는 시간의 황야로 들어서는 것 같았다. 이곳은 시대의 발전이 전혀 의미가 없어 보였다.

"그러면 우리가 지금 만나러 가는 그 퇴직 교사는…… 그분도 실종 사건의 증인입니까?"

장원융이 물었다.

"네."

"B초등학교가 물에 잠겨서 Y초등학교로 전근하신 겁니까?"

"그렇겠지요. B초등학교에서 Y초등학교로 간 선생님은 한두 명이 아닙니다. B초등학교는 명목상으로는 폐교지만 문서는 전부

Y초등학교로 옮겨졌고 교사 중 일부도 그곳으로 갔습니다. B초등학교를 이해하려면 Y초등학교부터 시작해도 됩니다. 그곳에는 일본식민통치시대부터 시작해서 모든 문서가 보존돼 있으니까요."

"B초등학교가 일본식민통치시대 때부터 있었습니까?"

장원융이 의외라는 듯이 말했다.

"네, 저도 다시 조사하다 알게 됐어요. 애초에 B초등학교는 스딩학교에서 분리된 학교였어요. 스딩 공학교(公學校) 부속이었는데 교실만 다른 곳에 독립적으로 있었죠."

"선생님, 젓가락 신선 전설이 일본에도 있는 게 이런 것과 연관이 있을까요?"

장원융의 목소리가 커지자 나는 조금 불편해졌다.

"왜 그렇게 생각하세요?"

"그냥 제 생각이니 들어보세요. 저는 젓가락님이 일본 전설이고, 일본식민통치시대에 타이완에 전해졌다고 생각합니다. 1978년 실종 사건은 젓가락님 전설에 의해 유발된 거고요!"

"'유발됐다'니…… 근거가 있습니까?"

"그런 건 아니지만, 전혀 불가능해 보입니까?"

"제 전공은 전쟁 전 문헌이라서요. 전쟁 전 문헌에서는 젓가락님 전설을 본 적이 없습니다. 비슷한 것조차 없었어요."

"그렇다면 전쟁 후는요? 전후에 전해진 것이라면……."

"전후에 전해졌다면 전전에 B초등학교가 있었는지는 중요하지 않겠지요? 그리고 젓가락님이 일본에서 전해진 것이라면, 꿈속 학교와 B초등학교가 같은 구조라는 것을 어떻게 설명하실 건가요?"

"일본에도 B초등학교 같은 학교가 있을지도 모르지요! 젓가락님은 그 학교와 관련이 있고, 그 학교와 B초등학교의 구조가 같아서 실종 사건이 일어난 겁니다."

일본과 타이완에 똑같은 구조의 학교가 있다? 본능적으로 황당하다고 생각해 그럴 리 없다고 말하려고 했다. 하지만 장원융은 어쩌면 모종의 배후 세력이 타이완에 일본 학교와 똑같은 구조의 학교를 지었고, 젓가락님 전설로 뭔가 일을 벌여 결국 1978년의 집단 실종 사건을 일으켰다고 생각하는 것인지도 몰랐다.

소설이라면 그런 생각이 흥미로울 수 있겠지만 본질적으로는 음모론이었다. 왜 나이 든 남자들은 하나같이 이런 음모론을 좋아한단 말인가? 나는 고개를 저었다.

"일본식민통치시대에 학교 구조를 결정할 수 있는 사람이라면 분명 멀고 먼 그 시대의 인물이겠지요. 그가 정말 어떤 의도가 있었다면 어째서 1978년에야 일을 냈을까요? 결론부터 말하자면 1978년에는 특별한 일이 없었어요. 그전에도 B초등학교에는 5학년이 아홉 명이었던 적이 있었으니 학생수 때문일 가능성도 없고요."

장원융은 입을 다물었다. 풀 죽은 표정을 보니 조금 후회스러웠다. 내가 정보를 더 많이 알고 있는 상황에서 그가 모르는 정보로 윽박지르는 것은 이겨도 이긴 것이 아니었다.

"장 선생님, 선생님의 가설도 흥미롭지만 그게 성립하려면 전제가 너무 많이 필요해요. 사실이 그렇다고 해도 한 달 안에 그것들을 다 조사할 수 있을까요?"

"맞습니다. 지금은 한 걸음씩 차근차근 가야 합니다."

"네. 장 선생님, 이 앞에서 우회전이요. 맞아요, 경찰서 쪽으로 들어가시면 됩니다."

목적지에 가까워지자 나는 길을 안내했다. 잠시 뒤 우리는 어떤 집 앞에 멈췄다. 장원융은 다른 사람 집 앞에 주차하는 것에 약간 거부감이 있는 것 같았지만 미리 상대방에게 알렸으니 걱정할 필요 없다고 안심시켜주었다.

노선생의 막내따님이 우리의 방문을 미리 알고 집 밖으로 나와 맞아주었다. 얼마 뒤 뵙기로 한 린진리(林金鯉) 선생이 문서를 안고 거실로 나왔다. 린진리 선생은 정정해 보였고 앉자마자 딸에게 차를 내오라고 했다.

"린 선생님, 이분은 제가 말한 장 선생입니다. 그때 그 일에 대해 알고 싶다고 합니다."

"안녕하세요."

"장 선생, 반갑습니다. 작가 선생께선 편하게 하시래도요. 전에도 말했지만, 선생이 궁금해하는 것 중 내가 알고 있는 것은 전부 말했습니다!"

린진리 선생은 발음이 조금 부정확했다. 이 점은 그 나이대에 맞는다는 인상을 주었지만, 정신은 아주 또렷해서 아무리 봐도 팔십 세가 넘었다고 생각되지 않았다.

"린 선생님, 작가님에게 1978년에 발생한 이상한 일에 대해 들었습니다. 당시 선생님이 현장에 계셨다는데, 정말입니까?"

"정말이죠! 사십 년 동안이나 그 일을 말했다니까! 애들이 어떻게 됐는지도 모르고 애들 부모도 대다수는 세상을 떠났어요. 그런 수수께끼 같은 일을 마음에 품고 살았으니…… 정말 슬픈 일이지."

"그때 일을 말씀해주실 수 있으십니까?"

"물론이지. 내가 기억하는 것은 다 말해주리다."

린진리 선생은 나와 장원융이 뭐라고 말하기도 전에 이야기를 시작했다. 내용은 다음과 같다.

민국 67년(1978년), 린진리는 B초등학교 3학년 담임이었다. 사건 발생 당일, 학교가 끝나는 시간에 그는 교문에서 수위와 이야기를 나누고 있었다. 얼마 뒤, 5학년 학생의 가족이 학교로 찾아왔다. 학생을 데리러 온 어린 여자아이였다. 수위가 5학년 학생들은 아직 학교에 있다고 하자 그 여자아이는 자기가 5학년 교실로 찾으러 가겠다고 했다.

B초등학교는 학생이 적어 한 학년에 학급이 하나뿐이라 오래 걸리지 않을 터였다. 린진리도 크게 신경 쓰지 않았다. 하지만 십오 분에서 이십 분 뒤에 그 여자아이가 다시 교문으로 오더니 5학년 교실에 아무도 없다는 것이었다. 아이는 혹시 몰라 다른 교실도 다

찾아봤다고 했다. 수위는 5학년 학생들이 학교에서 나가는 것을 정말 못 봤다고 했다. 린진리도 이상하다 싶어 그들은 함께 5학년 교실로 갔다.

어스름한 교실에서는 생명의 숨결이 전혀 느껴지지 않았다. 교실 안은 환경미화를 하느라 각종 도구로 가득했다. 수납장에 있어야 할 것들도 어지럽게 나와 있었고, 제도용 종이가 벽에 비스듬히 기대어 있었다. 하지만 사람은 보이지 않았다. 린진리는 뭔가 이상한 느낌이 들었다. 지극히 평범하고 익숙하다고 할 수 있는 5학년 교실이 어쩐지 오싹한 느낌이 들었다. 굳이 설명하자면 일종의 '위화감'으로, 물건이 제자리에 놓여 있지 않은 듯한 느낌이었다.

"정말 아무도 없는 것 같네요."

린진리가 말했다.

"다른 교실에도 없었어요."

여자아이가 초조해하며 말했다.

"나가면서 문도 안 잠그다니, 참."

수위가 불평하면서 5학년 교실 문을 잠갔다. 세 사람은 재빨리 다른 교실도 둘러보았다. 아직 학생이 남아 있는 교실도 있었다. 교실마다 환경미화로 바빴으니까. 하지만 아이들은 모두 아무도 안 왔다고 말했다.

5학년 학생들을 본 사람이 아무도 없었다.

이게 어떻게 된 일이지? 세 사람은 잠시 이야기를 나눴고 빠르게 결론이 났다. 5학년 학생들은 교문으로 나가지 않은 것 같았다. 지방에 있는 학교라 담을 대나무로 만들었다 보니 몰래 빠져나가는 것도 어렵지 않았다.

결론이 나자 여자아이는 일단 돌아갔다. 수위는 학생들이 모두 돌아가면 문을 잠그고 가야 한다고 해서 린진리는 먼저 퇴근했다. 하지만 퇴근길에서도 이상하다는 생각만 불어났다. 그래서 귀가가 조금 늦어지더라도 5학년 담임을 찾아가 하교할 때 학생들에게 이상한 점이 없었는지 물어보기로 했다.

"없었어요. 남아서 환경미화를 한다고 했는데, 왜 그러세요?"

"아닙니다. 애들이 교실에 없는데 수위 말이 아이들이 교문으로 나가는 것을 못 봤다고 해서요."

"그럴 리가……. 수위도 계속 주시하지는 못했을 테니까, 그냥 못 본 게 아닐까요?"

"그럴 수도 있지요."

린진리는 말은 그렇게 했지만 뭔가 찜찜했다. 아홉 명이 함께 나갔다면 그렇게 많은 사람을 정말 아무도 못 볼 수가 있을까? 아홉 명이 따로 나갔어도 그중 몇 명은 눈에 띄었을 텐데…….

"걱정할 필요 없을 겁니다! 애들은 학교를 제집 뒷마당처럼 훤히 꿰고 있는걸요."

5학년 담임은 린진리를 안심시키고 현관까지 배웅했다. 인사를 하면서 담임이 말했다.

"선생님이 이상한 점 없었냐고 물으셔서 말인데…… 이상할 것까지는 아닌데 오늘 아이들이 뭔가 계획이 있는 건 분명했어요."

"계획이요?"

"하교하고 뭔가를 할 계획이었는지 아주 기대하는 눈치였어요."

나중에 생각해보니 하교하고 주지 산에 놀러 갈 계획을 말하는 거였나? 하는 생각이 들었다. 하지만 그건 조금 의외였다. 그때는 3월이라 하교하고 한 시간 정도 지나면 날이 어두워졌다. 아이들이 어두운 산길에 익숙하다고 해도, 도대체 무슨 이유로 하교 후에 산에 간 걸까? 산에 사니 산이 위험하다는 것을 잘 알 텐데, 아니면 아이들에게는 위험한 게 오히려 매력적인가?

사람들이 뭔가 잘못됐다는 것을 인식했을 때는 이미 두 시간이 지난 뒤였다.

학생을 데리러 왔다는 여자아이가 집에 돌아갔을 때도 학생은 아직 돌아오지 않은 상태였다. 걱정된 가족이 다른 학생 집에 가서 물어보고 나서야 5학년 학생이 전부 귀가하지 않은 것을 알았다. 이 소식이 일파만파 퍼져 온 마을이 들썩거렸다. 곧 날이 저물었고 사람들은 횃불과 램프, 손전등을 들고 B초등학교 쪽으로 갔다.

린진리도 소식을 듣고 램프를 갖고 나섰다. 길에서 그는 5학년 담임을 만났다. 얼굴이 하얗게 질린 5학년 담임은 책임을 추궁당할까 걱정하고 있는 듯했다. B초등학교에 거의 도착했을 때 앞에서 갑자기 누군가 소리쳤다.

"찾았어요! 찾았어!"

린진리가 숨을 돌리며 괜히 놀랐다고 말하려고 하는데 찾았다는 곳으로 가보니 소녀 한 명뿐, 다른 아이들은 보이지 않았다. 소녀는 B초등학교 5학년 학생이 맞았다. 아이는 얼굴이 창백하고 온몸이 땀범벅이었다. 사람들이 다른 아이들은 어디에 있냐고 앞다퉈 물었지만 아이는 많이 놀랐는지 아무 말도 하지 않다가 겨우 손가락을 들어 주지 산을 가리켰다.

"너희 산에 올라갔니?"

소녀는 대답하지 않았다. 심지어 고개조차 끄덕이지 않고 주지 산으로 향하는 길만 뚫어지게 쳐다보았다. 불빛이 소녀의 얼굴을 비추었지만 소녀의 두 눈은 빛을 반사하지 않을 정도로 까맸다. 린진리는 조금 무서웠다.

성격이 급한 마을 사람 몇이 냉큼 주지 산 쪽으로 뛰어갔다. 소녀의 가족이 소녀를 안고 물었다.

"네 오빠는? 네 오빠 어디에 있어?"

하지만 소녀는 말을 잃은 것처럼 아무리 물어도 입을 꾹 다문 채 아무 말도 하지 않았다. 소녀를 보면서 린진리의 머릿속에 문득 '마신자' 세 글자가 떠올랐다. 린진리는 핑시에서 어떤 아이가 마신자에게 잡혀갔다가 돌아온 뒤로 정신이 나가 말을 잃었다는 소문을 들은 적이 있었다.

어느 정도 시간이 흐른 뒤 주지 산에서 사람이 뛰어왔다.

"산길에서 이런 것을 발견했어요! 이거 아밍(阿明) 필통 아니에요?"

"맞아요. 아밍 할머니가 만들어주신 거예요. 내가 본 적이 있어요."

"그러니까, 아이들이 산에 간 거야? 이런 못된 녀석들 같으니라고……!"

"어서 가서 이 녀석들을 잡아 오자고!"

마을 사람들이 주지 산으로 올라갔다. 그 모습이 전쟁터처럼 혼란스러웠다. 각종 조명이 불뱀처럼 일렬로 늘어섰다. 오후에 학생을 데리러 왔던 여자아이도 그 속에 있었다. 그 아이는 가족에게 "아빠, 엄마, 두 분은 수란(淑蘭)을 데리고 먼저 돌아가세요. 제가 즈슝(志雄)을 찾으러 갈게요. 찾을 때까지 집에 안 갈 거예요" 하고 말했다.

마치 생이별이라도 하는 것 같다고 린진리는 생각했다. 사람들은 금방 아이들을 찾아올 듯한 기세였지만 왠지 린진리는 아이들을 찾을 수 없을 거라는 예감이 들었다. 어쩌면 사람들도 얼마간 그렇게 생각했기 때문에 겉으로 더 호기를 부렸는지도 몰랐다.

하지만 그런 나쁜 예감이 들었다고 해도 그저 '몇 명을 못 찾겠지' 하는 수준이었지 전부 실종될 줄은 누구도 예상치 못했다. 마을 사람들은 며칠 동안 주지 산은 물론 근처 산간 지역까지 샅샅이 뒤졌다.

유일하게 돌아온 소녀는 며칠 동안 병결이었고, 학교 측은 여러 차례 회의를 열어 5학년 담임의 책임 여부를 검토했지만 흐지부지 됐다. 그러는 동안 마을에는 '혹시 마신자에게 잡혀간 게 아닐까?' 하는 말이 돌기 시작했다. 실종자의 부모들은 신에게 제사를 지내고 스딩 가에 있는 사당에 물어보았지만, 신도 못 찾았다는 말만 했다.

소녀는 하루가 지나자 말을 할 수 있게 되었다. 자초지종을 알고 있는 건 그 소녀가 유일했기에 모두가 소녀의 대답을 기대했다. 소녀는 하교 후에 주지 산에서 놀기로 했고 학교에서 벗어난 것만 기억날 뿐 산에서 무슨 일이 있었는지는 전혀 기억이 나지 않는다고 했다.

왜 주지 산에 올라갔을까? 소녀는 '갑자기 그러고 싶어서'라고 대답하면서 특별한 이유는 없다고 말했다. 학교를 어떻게 빠져나갔냐는 질문에 아홉 명이 같이 교문으로 나갔다고 했다. 어째서 수위가 못 봤을까? 소녀는 모르겠다고 하며 학교에서 나갈 때 뭔가 특별한 일은 없었다고 했다.

교실 환경미화를 하기로 해놓고 다 끝나기도 전에 물건을 정리하지도 않고 아홉 명이 갑자기 학교를 떠났다. 그뿐 아니라 소녀는 나가서 놀기로 한 특별한 이유도 대지 못했다. 게다가 아홉 명이 단체로 교문을 나서는 것을 아무도 못 봤다니……. 도통 앞뒤가 안 맞자 아이들이 교실에서 마신자에게 홀린 게 아니냐는 말까지 돌았다.

마신자가 아이들을 데려가려고 산에 가서 놀고 싶은 생각이 들도록 아이들을 현혹했다. 그리고 다른 사람들의 시선을 가려 아홉 명이 학교에서 나간 것을 알아채지 못하게 했다. 무슨 착오가 생겼는지 단 한 명만이 재앙을 피했다…….

장원융은 린진리 선생의 말을 아주 진지하게 들었다. 몸을 앞으로 숙이고 푹 빠져든 게 조금 긴장한 것처럼 보이기도 했다. 린 선생은 고개를 끄덕이며 나에게 문서를 건넸다. 나는 문서를 읽다가 한 페이지에서 멈추고 장원융에게 보여주었다.

"장 선생님, 이게 B초등학교의 역대 졸업생 명단이에요. 1979년을 보세요, 졸업생이 딱 한 명이지요. 가오수란(高淑蘭)……. 그녀가 사라진 5학년 학생 중 유일한 생존자예요."

장원융은 낯빛이 이상할 정도로 흐려지며 숨을 깊이 들이마셨다. 상당히 동요한 듯했다. 제삼자의 반응이라고 하기에는 충격이 너무 커 보였다. 나는 문득 뭔가가 떠올라 그에게 물었다.

"장 선생님, 왜 그러세요? 들어본 적 있는 이름입니까?"

장원융은 대답하지 않고 더듬거리며 물었다.

"이 생존자는 나중에 어떻게 됐습니까?"

"별일 없이 졸업했어요. 다만 그 몇 년 뒤 페이추이 댐 건설이 시작돼 모두 이사를 했죠. 저도 그랬고요. 그 애 집이 이사 간 뒤에 어떻게 됐는지는 나도 잘 몰라요."

장원융이 깊은 생각에 잠겼다가 몇 가지 질문을 더 했다. 나는 그 틈을 타서 B초등학교 졸업생 명단을 계속 살펴보았다. 앞으로 몇 페이지를 넘기니 내가 원하는 답이 나왔다.

린진리 선생은 집을 나서는 우리에게 선물을 건넸다. 거듭 사양했지만 끝내 거절할 수 없어 고맙다고 인사하고 받은 뒤 차에 올랐다. 나는 린 선생에게 다시 찾아뵙겠다고 약속했다. 우리는 차로 왔던 길을 따라 돌아왔다.

"어떠세요, 장 선생님, 도움이 조금 되셨어요?"

내가 물었다.

"모르겠습니다. 솔직히 말해 젓가락 신선과의 연관성이 전혀 없어서요. 만약 실종된 여덟 명이 정말 마신자에게 끌려갔다면……설마 마신자가 젓가락 신선과 관련이 있는 걸까요? 불가능해요! 두 이야기는 차이가 너무 큽니다."

"솔직히 여덟 명이 정말 마신자에게 끌려갔다고 증명할 만한 증거는 없어요."

"그래도 비슷하지 않습니까? 아이들이 산에서 사라져 돌아오지 않았습니다. 상황을 알 만한 유일한 사람은 기억이 없고요! 그리고 마신자가 아니라고 해도 이 이야기는 젓가락 신선과 관련된 요소가 전혀 없어요!"

"린 선생이 그런 요소를 보지 못했을 뿐이에요. 잊지 마세요. 우리가 여기까지 추적한 이유는 젓가락 신선의 꿈속에 나타난 곳이 B초등학교와 구조가 똑같은 학교였기 때문이에요. 마신자를 제외하면 우리는 여덟 명의 학생이 주지 산에서 실종됐다는 사실만 알지, 그들이 왜 산에 갔는지는……. 아직 더 알아봐야겠죠? 젓가락 신선과 관련된 게 그 안에 감춰져 있을지도 모르잖습니까."

"그건 그렇지만, 아이들이 산에 올라간 이유를 어떻게 압니까? 당시 담임선생을 찾아가야 할까요?"

"그건 제가 진작 생각을 했습니다만, 애석하게도 그 아이들 담임 선생님은 십 년 전에 세상을 떠났어요. 교통사고였습니다. 맞은편 차가 들이받았다고 하더군요."

"그러면 방법이 없지 않습니까!"

"이상하네요."

나는 차분하게 장원융을 쳐다봤다.

"선생님은 왜 유일한 생존자인 가오수란에게 물어볼 생각은 하지 않는 거지요? 모든 증거 가운데 그녀가 제일 중요하잖아요. 산에서의 기억이 없다고는 하지만 산에 올라간 이유에 대해 정말 아무것도 모를까요?"

장원융은 뭔가 말하려다 입을 다물더니 잠시 뒤에 입을 뗐다.

"기억을 못 한다니 물어도 소용없다고 생각했습니다. 선생님은요? 그녀에게 물어보셨습니까?"

"안타깝게도 가오수란도 십팔 년 전에 세상을 떠났습니다. 암으로요."

"그래서, 여전히 단서가 전혀 없는 겁니까?"

"어쩌면 정말 없다고는 할 수 없을지도요."

나는 잠깐 멈추며 어떻게 말을 꺼내야 할까 생각했다.

"어쩌면 장 선생님에게서 단서를 찾을 수도 있다고 생각하거든요."

"저한테서요?"

장원융이 의외라는 듯이 되물었다.

"선생님이 거짓말을 하셨으니까요. 선생님은 B초등학교 졸업생이 아니시죠?"

말하자마자 후회가 밀려왔다. 운전중인 사람에게 거짓말을 꿰뚫어 보았다고 했다가 자칫 수치심에 거친 행동을 할지도 몰랐다. 장원융은 즉각 반응하지 않고 전방의 도로만 주시하다 천천히 입을 열었다.

"왜 그렇게 생각하십니까?"

감정이 느껴지지 않는, 심지어 들켜서 낭패라는 느낌도 없는 말투였다.

"여러 가지 이유가 있지만…… 방금 확실해졌어요. 선생의 듣는 태도가 지나치게 제삼자 같았거든요. 만약 선생님이 정말 B초등학교를 졸업하셨다면 '그때 담임선생님은 누구셨고' 같은 회상을 하셨겠죠. B초등학교 풍경을 말씀하실 때도 졸업생이었으면 분명 추억에 젖었을 텐데 선생님은 아무런 반응이 없으셨어요."

"그분 말씀을 끊고 싶지 않아서겠지요. 게다가 사십 년 전 일이니 기억을 못 해도 이상한 게 아니지 않습니까?"

"제가 말씀드렸지요, 여러 가지 이유가 있다고. 예를 들어, 선생님은 1970년에 졸업했다고 하셨는데, 졸업생 명단을 확인해보니 1970년 졸업생 중에 '장원융'이라는 학생은 없었어요. 혹시 몰라서 앞뒤 몇 년을 확인했어요. 장 선생님, 선생님은 B초등학교 졸업생이 아닙니다."

장원융은 부정하지 않았다. 불안한 마음이 들었지만 그래도 계속 말했다.

"이해가 안 되는 부분이 있어요. 선생님은 B초등학교 졸업생이 아닌데 어떻게 B초등학교 같은 지방 학교의 구조를 아시는 거죠? 거짓말은 왜 하신 겁니까? 거짓말한 이유를 말씀해주시면 조사에 큰 진전이 있을지도 모릅니다."

차의 속도가 조금 빨라졌다.

"선생님이 실망하실지 모르겠네요."

장원융이 쓴웃음을 지었다.

"솔직하게 말하지 않은 게 맞습니다만 시시한 이유라 조사에 도움은 안 될 겁니다. 하지만 제 거짓말을 알아채셨다니 외려 안심이 됩니다. 그동안 절망에 빠져서 두서없이 여기저기 찔러보고 다녔거든요. 이제 선생님이 계시니 우리가 정말 진실을 찾아 젓가락 신선의 저주를 깨뜨릴 수 있을 것 같은 느낌이 듭니다."

"저주요? 젓가락 신선이 저주인가요?"

조금 의외였다. 젓가락 신선은 소원을 이뤄주는 의식이 아닌가?

"그렇게 많은 사람을 죽게 만드는 의식이 저주가 아니고 뭐겠습니까? 아홉 명 중에 여덟 명이 피해를 입는데요!"

장원융이 사납게 말했다. 순간 정신이 번쩍 들면서 내 우둔함에 깜짝 놀랐다. 그랬다, 이렇게 변했으니 저주라고 할 수 있었다.

장원융이 계속 말했다.

"선생님은 제가 의심스럽겠지만, 불순한 의도가 있는 건 절대 아닙니다. 제가 기사를 쓴다고 한 이유는 기자의 신분을 이용해 접근하면 선생님이 쉽게 거절하지 않을 것 같아 그런 겁니다. 상황이 절박해서요. 제 아들이 젓가락 신선 의식에 참여했어요. 팔십사 일까지 한 달 반도 채 안 남았고요……. 반드시 그 전에 저주를 깰 방법을 찾아야 합니다."

아들? 나는 고개를 들었다. 장원융의 아들이 저주에 걸렸다고?

순간 깨달았다. 어리석게도 나는 쉽게 벗어날 수 없는 일에 스스로를 밀어 넣은 것이다.

5

"민며느리가 되기 전의 일은 기억이 거의 없어요. 어쨌든 부유한 집은 아니었어요."

여자가 그윽하게 말했다. 이야기는 같았지만 듣는 남자는 달랐다. 이번 남자는 면도를 좋아하지 않았다. 그는 여자의 부드러운 팔에 얼굴을 비비적거렸다.

"시집가서 민며느리가 된 이후에도 내 인생은 온통 밥하고, 닭 잡고, 찻잎 따고, 덖고, 아이 씻기고, 옷 갈아입히는 일로 점철되어 한 번도 마을을 떠나본 적이 없었어요. 당신은 상상하기 어려울 거예요. 내가 원융을 처음 봤을 때의 심정을. 그때 나는 생각했어요. 아, 이 사람은 다른 세상 사람이구나. 그냥 딱 봐도 달랐어요. 피부가 어찌나 뽀얀지 제 시누이보다 더 희었어요. 그는 마을 남자들과는 전혀 다른 생명력을 갖고 있었고, 때묻지 않은 빛 같았어요."

남자가 조금 음란하게 웃었다.

"그가 당신의 첫 남자인가? 그는 당신이 지금 여기서 무슨 일을 하는지 알아?"

"모를걸요. 안다 해도 뭐 어쩌겠어요? 예전에 말했잖아요. 그에게 정말 용기가 있었다면 내 인생이 이렇게 되지 않았을 거라고."

"정말 이상해. 이야기를 들으러 온 게 아닌데, 당신이 그 이야기를 꺼낼 때마다 계속 듣고 있네." 남자가 여자의 가슴을 더듬으며 말했다. "당신, 그건 아니겠지? 페르시아의……《천일야화》 작가."

"《천일야화》요?"

여자가 자신의 가슴에 놓인 남자의 손을 가볍게 쥐었다. 묻기는 했지만 정말 관심이 있는 것 같지는 않았다. 이런 무심함이 그녀에게 신비감을 더했다.

“페르시아 국왕이 걸핏하면 사람을 죽였는데 한 여자가 죽을까 봐 무서워서 매일 밤 그에게 이야기를 들려주었대. 이야기에 흥미를 느낀 왕이 살인을 멈췄고. 다음 이야기가 궁금해서 그녀를 죽이지 않았던 거야. 혹시 당신 그 이야기를 하는 게 잠자리를 피하고 싶어서는 아니겠지?”

여자가 피식 웃었다.

“듣기 싫으면 안 하고요.”

“아니야, 괜찮아. 그 남자가 어땠는지 궁금하니까 계속 얘기해.”

남자가 여자를 재촉했다. 여자는 남자의 모든 것을 받아들일 수 있다는 것처럼 남자의 손을 가볍게 쓰다듬었다. 야릇한 방 안에 여자의 목소리가 흐르는 물처럼, 안개처럼, 가득 차올랐다.

원융과는 정월 대보름에 만났어요. 처음에는 도시 얘기가 궁금해서 그에게 물었어요. 맞다, 그리고 대학교. 도대체 대학교는 어떤 곳일까? 정말 궁금했어요. 그가 말하는 대학교는 텔레비전에서나 나오는 먼 나라 같았어요. 야자수가 쭉 늘어선 교정에 손에 책을 든 학생들이 지나가고, 고상하고 우아한 붉은 벽돌 건물 앞에서 문학과 과학을 토론하고. 타이완에 그렇게 아름다운 곳이 있다고 상상하기 어려웠어요.

맞아요, 정말 대학교를 봤다면 실망했을 수도 있어요. 하지만 마을을 한 번도 떠나본 적 없던 나에게 그곳은 얼마나 멋진 곳이었게요? 그때 나는 겨우 열일곱 살이었고 '나도 대학에 갈 수 있을까?' 묻지 않을 수 없었어요. 근데 나는 고등학교는커녕 중학교도 다니지 못했죠.

그도 나에 대해 궁금해했어요. 나는 대학에 못 가요, 했더니 왜냐고 물었어요. 나는 민며느리라 공부할 필요가 없다고 대답했어요. ……왜요, 이상해요? 근데 아빠도 엄마도 다 그렇게 말했어요. 어릴 때부터 쭉. 내 말에 그는 깜짝 놀라 학교에 안 다니냐고 물었어요. 나는 초등학교만 나오고 중학교에 가지 않았다고 대답했지요. 그는 저 대신 화를 내면서 지금은 구 년 의무교육 시대라 모든 사람이 중학교에 가야 한다고 했어요.

그때야 나는 알았어요. 나한테 부족한 게 무엇인지, 내가 무엇을 빼앗겼는지.

부모님은 내가 자란 뒤에도 집안일만 하면 되는데 공부가 무슨 소용이냐고 생각한 것 같아요. 하지만…… 그건 의무잖아요. 모든 사람이 반드시 그렇게 해야 하는, 동시에 권리이기도 하고요, 그렇지 않나요?

그는 민며느리 제도를 알고서 많이 놀란 듯했어요. 지금은 그런 게 없는 줄 알았대요. 내가 십수 년 전에 민며느리가 되었다고 했더니 더 놀랐어요. 그때 그의 표정이 어찌나 귀엽던지 마음까지 따뜻해졌어요. 그는 그때면 어린아이가 아니었냐고 했고 나는 맞다고 대답했지요. 그때 나는 그게 뭐가 이상한지도 몰랐어요.

그게 내 운명이었으니까요. 애초에 정해진.

원융은 화를 냈어요. 나는 그가 왜 화를 내는지 몰랐어요. 그는 요즘 대학에서는 '여권(女權)'에 대한 토론이 활발하게 이뤄진다고 했어요. 여권이 뭔지 아시죠? 당시 타이완에는 뤼슈롄(呂秀蓮)이라는 사람이 소위 '신여성주의'라는 것을 제시하면서 여성은 남성의 부속품이 아니라고 주장했어요. 그때 그가 한 말 한마디가 뇌리에 깊이 박혔어요.

"인간은 먼저 인간이 되고 그다음에 남자 또는 여자가 된다."

그제야 나는 맞아, 나는 인간이지, 여자이기 전에 인간이었지! 하고 생각했어요. 어머, 웃네요? 그런데 그렇게 당연한 걸 나는 그때 처음 알았어요. 남들에게는 자연스러운 많은 것을 나는 알 기회가 없었어요. 그의 말에 당황스럽고 어지러웠어요. 동시에 조금 기뻤어요. 그는 처음으로 '너는 민며느리만은 아니다'라고 말해준 사람이었거든요.

처음으로 '인간'으로 받아들여진 기분이었어요…….

그런 표정 짓지 말아요! 옛날이야기를 하는 거잖아요. 꿈처럼, 다 말하고 나면 깰 거예요.

정월 대보름이 지나고 얼마 뒤에 그는 여름방학에 다시 온다며 도시로 돌아갔어요. 계산을 해보니 다섯 달이더라고요. 상상이 되세요? 그 다섯 달 동안 하루도 그를 생각하지 않은 날이 없었어요.

분명 남편이 있었지만 내 남편은 열 살짜리 어린 동생에 불과했어요. 게다가 난폭하기까지 한 전혀 귀엽지 않은 동생이요. 그렇게 생각해서는 안 된다는 것을 알았지만 원융과 남편을 비교하지 않을 수가 없었어요. 비교할수록 그 아이가 꼴도 보기 싫었지요.

힘든 기다림 끝에 여름방학이 됐어요. 그가 돌아왔다는 소식을 듣자마자 나는 그를 찾아갔어요. 그가 웃으며 물었어요.

"나를 아직 기억하고 있었네? 몇 달 지나서 잊었을 줄 알았는데."

별생각 없이 한 말이겠지만 그도 몇 개월 동안 나를 마음에 두고 내가 자신을 잊을까 걱정한 게 아닐까 생각했어요.

그래요, 나도 알아요. 원융에게 정월 대보름의 기억은 그야말로 사소한 동정이었을지 몰라요. 손에 음식을 쥐고 있다가 작은 동물을 만나자 저도 모르게 조금 잘라서 던져주는 것처럼요. 그냥 그만큼의 것이었겠죠. 하지만 나에게는 빛이었어요. 너무 따뜻해서 쳐다볼 수밖에 없는, 어둠이 무섭지 않게 바꿔준 빛이요. 당신도 어둠 속에 있다면 빛이 있는 곳으로 뛰어가겠지요? 나도 그랬어요.

그는 나에게 학교에서 있었던 재미있는 이야기와 자기가 배운 것들을 말해주었어요. 예를 들면 영국의 여성 작가가 쓴 소설 같은 것요. 상류사회의 부인이 저녁 파티 때 장식할 꽃을 사려고 런던 거리를 배회하면서 생긴 일들을 짧은 하루 안에 담아낸 것인데, 그 하루는 그녀 인생의 축소판이고, 기억들이 계속 그녀의 삶으로 뛰어

들어와요. 부인은 파티에서 어떤 젊은이가 창밖으로 몸을 던져 자살했다는 이야기를 듣고 한 번도 본 적 없는 젊은이의 죽음에서 뭔가를 깨달아요……. 이 이야기 들어본 적 있어요? 없다고요? 상관없어요. 그때 나는 이 이야기를 전혀 이해하지 못했어요. 하지만 이해를 하든 못 하든 상관없었어요. 중요한 것은 이 이야기를 그가 해주었다는 거예요. 마치 음악처럼 말하는 리듬에 따라 그의 목젖이 오르락내리락했어요. 행복이라는 두 글자를 배운 적도 없었고, 이해하지도 못했지만 지금 생각해보면 그때 벅차오른 감정은 분명 행복이었어요.

깊은 산과 계곡이 나를 가두었지만 그가 내 마음을 전에 없던 풍경 앞으로 데려가주었어요.

반면에 집에서는 편식하며 식탁에 밥을 흘리고, 옷도 제대로 입지 않고 학교에 가고, 공부하라면 어물쩍 화제를 돌려 피하면서 세상에서 자기가 제일 똑똑하다고 생각하는 교활한 남편을 돌봐야 했어요. 남편은 나를 그곳에 묶어놓은 사람이었어요.

나는 원융과 결혼하는 미래를 꿈꿨어요……. 물론 그건 불가능했지요. 하지만 상상할 수밖에 없었어요. 그리고 그런 상상 때문에 남편과 함께해야 하는 인생이 악몽처럼 느껴졌어요. 그가 내 몸 안으로 들어오고, 그의 아이를 낳아야 한다는 생각만으로도 구역질이 났어요.

아니요, 말하지 말아요. 걱정할 필요 없어요. 아직도 남자 몸이 익숙하지 않을까봐요? 당신한테는 구역질 느낀 적 없어요.

가족들이 어떻게 내가 변심한 것을 몰랐냐고요? 좋은 질문이에요. 내 조심성과 잔머리 덕분일 수도 있어요. 하지만 일등공신은 긴장감이 감돌던 마을 분위기예요. 페이추이 댐 아세요? 우리 마을은 깊은 산속에 있어서 댐이 건설되면 수몰될 예정이었어요. 맞아요, 당신 나라에도 그런 일이 있었지요. 조상의 땅이 곧 사라질 판인데 앞으로 어디로 가서 살아야 할지, 보상은 제대로 받을 수 있을지 알 수 없고, 정부에서 파견한 조사원도 상대해야 하니 이런 일만으로도 어른들은 걱정이 많았어요. 집안일만 다하면 내가 남은 시간에 어디를 가든 가족들은 전혀 신경 쓰지 않았죠.

하지만 철저하게 비밀로 한 것은 아니었어요. 집에 공범이 있었거든요. 우리 시누이요. 시누이에게 처음 원융 이야기를 했을 때는 그냥 그가 재미있다고만 생각했지 변심까지는 아니었어요. 하지만 어쨌든 원융은 젊은 남자였으니 시누이한테만 말했죠. 내 말을 들은 시누이도 그가 좋은 사람인 것 같다고 해서 그와 이야기를 나누고 올 때마다 시누이에게 우리가 한 이야기를 들려주었어요.

시누이는 대도시가 궁금했을 테고, 나는 말할 상대가 필요했어요. 나중엔 내 마음을 알았지만 숨기지 않았어요. 사실을 안 시누이가 어떻게 말했는지 맞혀볼래요?

틀렸어요. 시누이는 내가 그를 좋아하는 게 당연하다고 했어요! 자기 오빠를 좋아할 사람은 없기 때문이라나요?

그땐 나도 의외라고 생각했어요. 이렇게 지지해주고 몰래 보호해주기까지 하다니요! 시누이는 여권은 몰랐지만 민며느리라는 내 신분은 너무 불공평하다고 했어요. 원융이 들려준 '인간은 먼저 인간이 되고 그다음에 남자 또는 여자가 된다'라는 말을 해주자 시누이도 맞장구를 치면서 "맞아! 맞아! 나랑 오빠도 분명 동시에 태어났는데 좋은 건 다 오빠 차지야! 앞으로 왕선군을 갖고 출가할 사람은 분명 나인데 말이야!"라고 말했어요.

아, 미안해요. 너무 갑작스럽지요?

'왕선군'은 우리 집안이 모시는 신이에요. 아니, 조상은 아니고요. 타이완 사람들은 집 안에 신을 모시는 제단을 마련해놓아요. 때로는 조상을 모시고 때로는 자기가 믿는 신을 모셔놓지요. 왕선군은 후자예요. 산호 젓가락에 깃들어 있다고 해서 우리 집은 산호 젓가락을 제단에 놓고 날마다 제사를 지냈죠.

산호 젓가락은 딸이 시집갈 때 혼수로 싸서 보내고 딸이 없을 때만 아들에게 물려주었어요. 그러니 그 젓가락은 엄마가 가져온 것이었죠. 시누이는 뭐든 오빠와 비교했는데 그 젓가락이 유일하게 오빠에게는 없고 자기에게만 있는 것이어서 왕선군을 특히 중요하게 생각했어요. 산호 젓가락은 제단에서 날마다 절을 받는 매우 대단한 물건이라고 늘 말했어요.

나요?

나는 그 젓가락은 전혀 신경 쓰지 않았어요. 나중에 시누이가 시집갈 때 가져갈 테고 나와는 무관했어요. 맞아요……. 적어도 그때는 그렇게 생각했어요.

미안해요, 별로 재미없지요?

원융과 만날 수 있는 시간은 겨울방학과 여름방학 때뿐이었어요. 못 보는 시간도 길었고 편지도 쓸 수 없었어요. 그렇게 긴긴 시간 동안 얼마나 많은 남녀가 상대를 잊을까요? 하지만 나는 아니었어요.

그가 알려준 말이 있어요.

"금풍옥로일상봉, 승각인간무수(金風玉露一相逢, 勝卻人間無數)."

가을바람이 불고 이슬이 내릴 때 가진 단 한 번의 만남이 인간 세상의 무수한 만남보다 낫다는 뜻이에요.

"만나는 시간은 짧아도 세상의 수많은 연인보다 낫다." 당신 말대로였죠. 그 말이 얼마나 큰 힘이 되었는지! 나는 마침내 사랑이 무엇인지 알게 되었고, 사랑을 통해 현실이 얼마나 비참하고 추한지 깨달았어요.

지금 당장 죽을 수 있으면 좋겠다는 생각을 한두 번 한 게 아니에요. 원융을 사랑하는 게 너무 행복해서요. 앞으로 어떻게 될지 누가 알겠어요? 이런 마음을 안고 죽을 수 있다니, 아름답지 않아요? 한번은 내일 당장 죽어도 좋다는 마음으로 그와 관계를 가졌어요.

누가 누구를 유혹했는지가 알고 싶은 거지요? 맞혀보세요.

관계 후 그는 나를 매우 자상하게 대해주었지만 우리 두 사람의 미래에 대해서는 한마디도 하지 않았어요. 물론 우리에게는 미래가 없었지요. 극심한 갈증에 앞뒤 안 가리고 독주를 마시는 것처럼 나는 이 열매가 얼마나 더 달콤할 수 있을지만 궁금해하면서, 독을 마시고 죽어도 괜찮다고 생각했어요.

그때는 그 독이 얼마나 무서운지 몰랐거든요.

여름방학이 끝나고 그는 대도시로, 대학 생활로 돌아갔어요. 나는 내 여름방학도 끝났다고 생각했어요. 그와 함께 있을 땐 나도 여름방학을 보내는 것 같은 착각이 들었거든요. 무언가 생겼다는 것을 알았을 때는 이미 두 달이 지난 뒤였어요.

그의 아이였어요.

하하, 아이 아빠는 당연히 내가 남동생이라고 생각하는 사람은 아니었죠. 남편은 겨우 열 살이었으니까요! 임신한 것을 알았을 때 잠시 기뻤던 것도 사실이에요. 하지만 잠시였어요. 꿈에서 깨자 공포가 엄습했죠. 물이 가득 차 바닥이 보이지 않는 페이추이 댐도 그때 내 공포보다 깊지는 않았을 거예요.

내가 어떻게 해야 했을까요?

그에게 연락해야 했을까요? 하지만 어떻게 연락해야 할지 몰랐어요. 그의 할아버지, 할머니에게 물어봐야 했을까요? 그분들은 아직 마을에 살고 있었지만 무슨 이유를 들어 연락할까요? 그와 무슨 관계냐고 물으면 어떻게 하지요?

내가 그 집을 떠날 수도 있지 않았냐고요? 그때 나는 떠난다는 생각은 전혀 하지 못했어요. 내가 어떻게 떠나겠어요? 남편을 사랑하지는 않아도 그들은 내 가족이었고 나를 키워준 사람들이었어요. 나는 그들에게 애정을 느꼈고 그들도 분명 그럴 거였어요.

그렇다면 그들에게 용서받을 수도 있지 않을까? 아이를 낳을 기회가 있을 수도 있지 않을까?

나는 제일 좋은 상황을 상상했어요. 내가 임신한 것을 안 가족들이 내 행동을 용서하고 나 대신 원융의 가족에게 말해서 나는 이 집을 떠나고, 그와 함께 도시에서 사는 거요……. 웃지 마세요. 나도 불가능하다는 건 알았다고요. 하지만 그때는 비현실적인 희망이라도 품지 않으면 살아갈 수 없었어요.

아니다, 살지 말았어야 했어요. 그때 결단을 내려 아무도 모르는 비밀을 품고 죽어 내 죽음을 사고사로 만들었어야 했어요.

그래요, 결국 그리 될 일이었죠. 나쁜 짓은 반드시 발각되는 법이니까요.

임신 사실이 어떻게 발각되었는지 자세한 내용은 말하지 않을래요. 어쨌든 매우 치욕적인 일이었으니까요. 물론 나도 상황이 낙관적이지 않을 거라는 건 알았지만 그렇게까지 치욕적일 줄은 상상 못 했어요. 나는 창고에 갇혔고 몇 시간 뒤 방으로 끌려갔어요. 가족회의에서 내려진 결론이 나를 기다리고 있었어요. 그들은 아이를 없애라고 했어요.

나는 필사적으로 저항했어요. 당신은 내가 왜 저항했는지 이해가 되지 않지요? 네, 맞아요, 낳는다고 해도 키울 능력이 없었죠. 근데 어쩌면 아기를 위해서 맞선 게 아니었는지도 몰라요.

왜 세상은 나에게서 이렇게 많은 것을 빼앗아가는 걸까? 왜 나는 내 미래를 선택할 수 없을까? 왜…… 나는 인간으로 받아들여지지 못하는 걸까? 사랑을 위해 반항한 게 아니었어요. 그가 나타나 나를 구해줄 리도 없었고요. 포기하고 남은 목숨 겨우 부지하며 살다 보면 나와 원융은 희망이 있을 수도 있었지만 그때 나는 온 세상이 나에게서 탐욕스럽게 빼앗아가기만 한다는 생각에 화가 나 있었어요.

가족이 산파를 불러왔어요. 산파는 어떻게 해야 아기가 떨어지는지 알았어요. 산파는 이제 삼 개월 차라 배를 때리면 없앨 수 있다고, 하지만 몸이 상하고 죽을 수도 있다고 했어요. 하지만 아빠는…… 지금도 그때 아빠의 표정을 잊을 수가 없어요. 아빠는 "죽어도 괜찮다"라고 말했어요.

이 일은 집안의 수치라며 외부로 알려져서는 안 된다면서요. 남편과 시누이를 제외하고 온 가족이 달려들어 나를 누르더니 집안에서 제일 건장한 사람에게 나를 때리라고 했어요. 그는 산파가 지시하는 대로 나를 때렸어요. 산파가 가리키는 부분을 가격당하자 너무 아팠어요. 산파가 나에게 무슨 원한이 있는 게 아닐까 하는 생각이 들 정도로요. 정말 너무 아팠어요. 한 대씩 맞을 때마다 주먹이 내 몸속으로 파고들어 근육과 신경을 잡아채 힘껏 비트는 것 같았어요.

그런 표정 짓지 말아요. 아까 말했잖아요. 이야기가 끝나면 꿈에서 깰 거라고. 이건 그냥 이야기일 뿐이에요, 아주아주 오래전 이야기…….

결과요? 그들은 성공했어요. 아이는 떨어져 나왔고 바닥은 피로 흥건했어요. 너무 아파서 허탈하고 무력했어요. 정말 죽는 게 더 나을 것 같았어요. 그런데 아빠 엄마가 뭐라고 했는지 알아요?

"바닥 깨끗하게 청소해놔. 앞으로 그놈 또 만나면 맞아 죽을 줄 알아. 내일 아침까지 청소해놓지 않아도 맞아 죽을 줄 알고."

그들은 제대로 일어서지도 못하고 식은땀을 줄줄 흘리고 있는 나에게 그렇게 말했어요. 게다가 내 손으로 내 아이를 '청소'하라니요? 참 잔인하지요? 하지만 그들 입장에서 그것은 그냥 '처벌'에 불과한 합리적인 지시였어요. 나는 깨달았어요. 소위 '가족'이란 건 이런 거구나. 가장이 가족의 생살여탈권을 쥐고 사람의 운명과 말과 행동, 마음까지 통제하는구나. 그리고 가족은 이런 일을 합리화하는 '조직'이구나.

나는 그곳에 혼자 남았고, 돌봐주는 사람조차 없었어요. 다음 날 그들은 청소되지 않은 아이와 늘어난 시체 한 구를 발견할 수도 있었어요. 사실 그런 마음을 품어보기도 했어요. 그런 일이 벌어지면 그들도 조금 귀찮아질 테니까요. 그것이 내가 그들에게 할 수 있는 복수였어요.

하지만 나는 그렇게 하지 않았어요.

시누이가 가족 몰래 나를 보러 왔어요. 이미 모든 것을 알았는지 수건 같은 것을 가져와 닦아주면서 옷을 내 몸에 덮어주었어요. 하지만 그때 나는 시누이에게 고마워할 수 없었어요. 세상이 너무 원망스러웠거든요. 이 세상은 나에게 저항은 무의미하다, 무엇이든 마음대로 빼앗아갈 수 있다는 것을 증명해 보였어요.

시누이가 작은 소리로 말했어요.

"이건 언니 잘못이 아니야. 언니는 아무 잘못도 하지 않았어. 그렇게 멋진 사람을 사랑하는 건 당연한 거야."

참 따뜻한 말이지요?

하지만 그때 나는 그렇게 생각하지 않았어요. 안전한 곳에 있으니 그런 한가한 소리를 할 수 있는 거야! 그렇게 생각했지요. 시누이는 이 집의 '진짜 딸'이었고 나는 아니었으니까요. 내 안의 분노를 다 쏟아내고 싶었지만, 큰 소리를 내면 가족들이 듣고 달려와 또 때릴까봐 무서웠어요.

그래서 나는 목소리를 한껏 낮춰 말했어요.

"아니, 내 잘못이야. 기회가 있을 거라고, 내가 내 운명을 선택할 수 있을 거라고 생각하지 말았어야 했어!"

"왜 그렇게 생각해? 언니는 당연히 선택할 수 있어……."

"선택할 수 있다고 생각한 결과가 이거야!"

나는 시누이에게 분노를 쏟아냈어요.

"진작 운명을 받아들였어야 했는데. 나 같은 민며느리는 아무 생각하지 말고 순순히 남편을 받아들이고, 순순히 아이를 낳고, 평생 생각 따위는 안 하는 현모양처로 살았어야 했는데!"

돌이켜 생각하니 그때 시누이는 거의 울 것 같은 표정이었어요.

"왜 그렇게 말해? 언니가 말했잖아. 먼저 인간이 되고, 그다음에 남자와 여자가 되는 거라고."

"나는 인간이 아니야! 너는 이런 취급받는 인간 본 적 있어?"

그때 나는 거의 미쳐 있었어요.

"우리 여자들은 모두 인간이 아니야! 너한테는 이런 일이 안 생길 거라고 생각하지 마. 너도 크면 중매쟁이가 찾아올 거야. 부모 말에 네가 반항할 수 있을 것 같아? 네가 할 수 있는 최선은 네 남편이 좋은 사람이기만을 기도하는 것뿐이야!"

그 순간, 눈물이 가득한 시누이의 두 눈에서 빛이 사라졌어요. 흔적도 없이, 불을 끈 것처럼 갑자기. 불안한 마음이 들었지만, 복수의 쾌감이 더 컸어요. 그때 그녀는 깨달은 거였어요. 내가 자기를 나와 같은 위치로 끌어내렸다는 것을 말이에요.

그날 밤, 나는 혼자 아이를 수건에 싸서 반쯤 넋을 놓은 채로 베이스시로 갔어요. 휘영청 밝은 달빛에 저 멀리 있는 산봉우리까지 보였어요. 이렇게 아름다운 풍경을 원융과 함께 보았으면 얼마나 좋았을까 생각했죠.

동시에 차가운 밤바람이 뼛속까지 파고들어 온몸이 찢어지는 것 같았어요. 하지만 그런 고통이 구타당한 통증을 어느 정도 감소시켜주었어요. 나는 벌벌 떨면서 강물 속으로 들어가 수건을 펼쳤어요. 아이를 보내기 전에 깨끗이 씻어주고 싶었거든요.

아이를 그냥 버릴 수가 없었어요. 어차피 버릴 거면 최소한 깨끗하고 예쁘게 보내주고 싶었어요. 제사는커녕 땅에 묻을 수도 없으니 물속으로 보내주려 했죠.

강물의 한기가 발목을 타고 올라왔어요. 나는 점점 깊이 들어갔어요. 가슴, 코, 정수리가 잠길 때까지…….

물론 죽지 않았죠.

사실 그렇게 깊이 들어간 건 아니었어요. 그냥 그곳에 서 있었는데, 영혼이 계속 앞으로 걸어가는 것 같았어요. 내 영혼은 물에 잠겨 영원한 안식을 얻고 육신의 고통과 혼란한 정신이 영원히 사라지기를 바라고 있었어요. 나는 그날 내가 죽었고 그저 육체가 따라가지 못했을 뿐이라고 생각해요.

수건에 싸인 한때 생명이었던 것이, 원래는 생명이 되었을 것이, 움직이는 것 같았어요. 당연히 착각이었지요. 나는 수건에 싸인 아이를 수면 위에서 가볍게 닦아주었어요. 너무 작았어요. 내 손바닥보다 더 작고 연약하고 부드러웠어요. 너무 부드러워서 아직 살아 있는 것 같았어요.

나는 아이를 들어 올렸어요. 달빛 아래서 아이는 정말 아름답고 신비로웠어요! 아이는 인간의 모습을 갖추고 있었어요. 머리도, 코도, 입도, 사지도, 표정도 있었어요. 아주 또렷하게요. 아이는 반짝반짝 빛이 났어요. 피가 잔뜩 묻어 있던 아이가 예술품처럼 변해 있었어요.

그때 아이의 몸에서 깨끗하게 씻기지 않은 부분을 발견했어요. 분명 피를 잘 닦았는데 팔뚝에 핏자국이 남아 있었죠. 다시 강물에 아이를 씻겼는데 나중에야 그것이 피가 아니라 피부에 새겨진 것이라는 걸 알았어요.

아이의 팔뚝엔 붉은색 물고기 같은 형상이 있었어요.

처음엔 그것이 무엇인지 몰랐어요. 맞아요, 모반일 수도 있죠. 하지만 삼 개월 된 태아 몸에 모반이 생길 수 있나요? 그때 나는 그게 모반이라고는 전혀 생각하지 못하고 어떤 징조나 뭔가 의미 있는 것이라고 생각했어요. 그리고 깨달았죠.

이게 너니? 이게 네 진짜 모습이구나. 나는 그 징조에 걸맞은, 아이에게 가장 적합한 이름을 지어주었어요. 위쯔(魚仔)라고.

죽은 위쯔는 물고기가 되어 이 강의 일부가 될 것이었어요. 물고기 같은 그것이 소리 없이 외쳤어요. 나를 강물에 놓아줘! 이게 바로 내 운명이고 당연한 일이야! 내 팔뚝에 있는 문양이 증거야! 하고요.

절규와 함께 힘차게 태동하는 생명의 움직임이 꼭 노랫소리 같았어요. 온 산골짜기와 냇물이 합창하면서 의식을 지켜보는 것 같았죠. 그건 장례식이자 생명의 의식이었어요! 나는 두 손으로 위쯔를 가볍게 받쳐 들었다 물에 놓았어요. 수면에 비친 달빛이 그를 삼켜 아무것도 보이지 않았죠. 물 위의 달빛이 살아서 위쯔를 보호하는 것 같았어요. 나는 손을 놓고 영원한 작별을 고했어요.

그리고 어떻게 되었을까요?

당신은 분명 못 믿겠지만 나는 두 눈으로 똑똑히 봤어요. 강물 아래서 붉은빛이 미끄러지듯 떠나는 것을요.

깊은 밤이라 무척 어두웠지만 붉은빛이 놀라울 정도로 또렷해서 분명하게 보였어요! 붉게 빛나는 물고기. 방금 물에 넣은 위쯔와 같은 크기였어요. 그건 바로 위쯔였어요! 위쯔는 방금 얻은 생명을 마음껏 즐기는 것처럼 놀라운 속도로 눈 깜짝할 사이에 먼 곳으로 헤엄쳐 갔어요.

따라갈 수 없는 나는, 그렇게 남아 있었어요.

그날 밤, 내 아이는 물고기가 되어 강에서 부활했습니다.

6

신덴으로 돌아온 장원융은 나에게 솔직하게 다 말하겠다며 스딩로 옆의 카페로 차를 몰았다. 우리는 카페 2층에 자리를 잡았다. 장원융은 휴대전화에서 사진을 찾아 나에게 보여주었다.

어깨까지 머리를 기른 스무 살 남짓한 청년이 웃음기 없는 표정으로 렌즈를 보고 있었다. 잘생긴 얼굴이었으나 선이 날카로워 차가운 느낌을 주었다. 웃으면 오히려 쌀쌀맞아 보일 수도 있을 것 같았다. 걷어 올린 소매 아래 팔뚝에 붉은색 물고기 모양 모반이 있었다. 젓가락님에 대해 정리해둔 사이트에 올라온 다양한 징조 사진과 비슷했다.

"제 아들입니다. 팔뚝에 모반이 나타났지요? 아들에게 언제 생긴 거냐고 묻고 시간을 계산해보니 한 달 남짓 남았더라고요. 그 전에 젓가락 신선의 저주를 풀 방법을 찾고 싶습니다."

사진을 주시하던 나는 놀라서 순간 아무 말도 못 했다.

"선생님, 왜 그러십니까?"

"아닙니다."

사실 조금 당황스러웠다.

"아드님이 이렇게 어릴 줄은 몰랐습니다. 사회인일 줄 알았거든요."

"아…… 제가 지금 아내와 마흔 살 정도에 결혼해서요. 지금 아내와의 아들입니다."

그랬군. 나는 휴대전화를 그에게 돌려주었다.

"정말 저주 때문에 생긴 모반입니까? 다른 이유 때문은……."

장원융이 내 말을 잘랐다.

"선생님이 말씀하신 부분은 저도 생각했습니다. 그런데 모반은 대부분 태어날 때부터 있거나 늦어도 출생 후 몇 개월 안에 나타납니다. 이렇게 성인이 된 후에 나타나는 경우는 없죠. 물론 저도 무슨 병변이 아닌가 찾아봤는데 모두 아니었습니다. 이건 부자연스럽고 초자연적인 겁니다."

나는 아무 말도 하지 않았다. 그가 나를 오해한 것이 언짢아 잠시 뒤에 말했다.

"장 선생님, 아들을 구하고 싶은 선생님 심정은 이해합니다. 처음부터 솔직하게 말해도 됐을 텐데요. 그리고 여전히 이해가 안 되는 부분이 있습니다. 제가 요괴 추리 소설가라 저주 같은 것을 전혀 모른다고는 할 수 없어도 다 이론적인 것에 불과합니다. 정말 저주를 풀고 싶다면 도사를 찾아가는 게 더 빠르지 않을까요?"

"당연히 해봤습니다. 한 달 동안 제 인맥을 총동원해 스무 명 넘는 대사를 찾아갔어요. 하지만 말이 다 달랐어요! 죄다 그저 그런 무당이었다고요."

장원융은 혐오스럽다는 표정을 지었다.

"진짜 전문가를 못 찾아서 그렇겠지요."

"아마도요. 하지만 상대가 전문가인지 아닌지 구별하는 능력조차 없는데 그런 헛된 일에 시간을 쓸 수는 없었습니다. 실망하던 차에 젓가락님 정리 사이트에서 꿈속 학교의 평면도가 B초등학교와 같다는 사실을 발견했습니다. 아들에게 물어보니 꿈에서 봤던 학교와 같다고 하더군요."

"그 점이 이해가 안 됩니다. 선생님은 B초등학교의 구조를 어떻게 아십니까? 진작에 알고 있었으니 젓가락님 정리 사이트에 올라온 평면도만 보고도 알아채셨겠지요."

"말하자니 조금 묘한데……. 어쩌면 기적 같은 우연의 일치일 수도 있습니다. 제 전처가 B초등학교 졸업생인데 그곳 구조에 대해 말해준 적이 있거든요. 젓가락님 정리 사이트에서 보고 처음에는 약간 의심스러운 정도였는데 참을 수가 있어야지요. 그래서 전처 부모님께 연락해 두 분에게 평면도를 보여드리면서 B초등학교가 맞느냐고 물어보고 확인을 받았습니다. B초등학교가 확실해요."

전처가 말한 학교 구조를 여태 기억했다가 평면도를 보고 딱 떠올렸다고? 장원윰이 말하지 않은 게 더 있다고 생각했지만 모른 척했다.

"그랬군요, 그럼 진작 말씀하시지 않고요. 왜 B초등학교 졸업생인 척하셨어요?"

장원윰은 한참 동안 침묵했다. 표정이 아주 좋지 않았다.

"솔직히 말해 전처와는 사이가 무척 안 좋았습니다. 선생님은 이해 못 하겠지만 전처에 대해 이러쿵저러쿵 말하느니 그냥 제가 B초등학교 졸업생인 척하는 게 나았어요. 이 일에 전처를 끌어들이고 싶지 않았습니다."

"……그렇군요. 하지만 도사도 못하는 일을 제가 무슨 수로 하겠습니까. 처음에 말씀드린 것처럼 저는 소설가일 뿐인데요."

"하지만 선생님은 현재 타이완에서 제일 유명한 요괴 추리 소설가, 요괴 연구자가 아닙니까! 선생님은 충분한 지식과 이성을 갖추고 계십니다. 게다가 선생님은 B초등학교를 조사한 적도 있죠. 어쩌면 선생님은 제가 모르는 비밀을 알고 계시지 않을까요? 제 말이 맞지 않습니까? 아닙니까? 선생님이 없었다면 저는 뉴스에도 나오지 않았던 5학년 집단 실종 사건에 대해 알 수 없었을 겁니다."

"진상 조사를 하시겠다는 건데, 진실을 밝힌다고 해서 반드시 저주를 풀 수 있는 것은 아닙니다. 〈링〉도 그렇지 않습니까? 사다코는 땅에 묻혀 평안을 얻었어도 저주는 풀리지 않았지요."

"역시 소설을 쓰시는 분이라 영화를 예로 드는군요. 저는 현대 과학 교육을 받았고, 제가 받은 교육에 따르면 문제를 해결하려면 원인을 찾아야 합니다. 증상에 따라 처방하는 것이지요. 선생님 말씀이 맞습니다. 진상을 조사한다고 반드시 저주를 풀 수 있는 것은 아닙니다만, 저는 사건의 문제점을 찾아야 해결할 수 있다고 믿습니다. 진실을 알기 전에는 도사를 찾아가봐야 근본적으로 해결할 수 없어요! 저는 선생님을 찾아뵙고 선생님 전공 지식의 도움을 받는 것이 이런 마구잡이 조사가 아닌, 가장 효과적인 해결 방법이라고 생각했습니다."

"그렇게 생각하셨다니 정말 송구스럽네요. 하지만 사람의 목숨이 달린 일을 제가 감당할 수 있을지 모르겠습니다……."

"선생님은 이미 그 목숨을 맡으셨습니다. 선생님은 이 사건과 우리가 이미 진실에 한 걸음 다가갔다는 것, 이렇게 나아가면 진실에

이를 수도 있다는 것을 아십니다. 선생님이 발을 빼시면 제 아들은 물론 젓가락 신선 의식에 참여한 사람들은 다 죽을 겁니다. 선생님은 그들에 대해 책임이 있습니다. 물론 선생님이 적극적으로 조사를 하고도 진실을 밝히지 못한다면 저는 절대로 선생님을 탓하지 않을 겁니다. 하지만 해결할 능력이 있는데도 손을 떼겠다고 하시면 선생님을 원망할 겁니다."

나는 고개를 숙인 채 그를 힐끗 보면서 자아도취도 대단하다! 하고 생각했다. 내가 자기 원망을 마음에 둘 것이라고 생각하다니. 하지만 그는 방금 자기가 한 위협이 썩 마음에 드는지 웃고 있었다.

솔직히 말해서 거절하려고 들면 방법은 많았다. B초등학교를 계속 조사하겠다는 생각을 가볍게 단념시킬 수도 있었다. 젓가락 신선에 관심이 없지는 않았지만, 젓가락 신선과 B초등학교의 관계는 혼자 조사해도 충분했고, 옆에 사람이 있으면 오히려 방해만 될 뿐이었다.

그런데도 나는 망설였다.

내가 언제부터 B초등학교 이야기를 쓰려고 생각했더라? 아주아주 오래전일 것이다. 하지만 바로 쓸 계획은 없었다. 그것은 침잠이 필요한 이야기로, 나는 그 이야기를 내 소설 인생의 종점으로 생각할 정도였으니까.

지금까지 나는 한 가지 결론만 보았다. 그랬다, 이 이야기는 한 가지 가능성만 있을 뿐, 다른 가능성은 없었다. 하지만 눈앞의 이 사람과 함께 조사하면 다른 결론을 찾을 수도 있지 않을까?

그렇다면 나와 이 사람은 이익 공동체다. 이 사건을 풀어내면서 우리 둘 다 이익을 얻을 수 있다.

나는 가볍게 한숨을 내쉬고 장원융에게 설득당한 척했다.

"좋습니다. 이왕 이렇게 되었으니 B초등학교에 직접 가보시죠."

"직접 가본다고요?"

장원융은 다소 의외인 듯했다.

"B초등학교는 페이추이 댐 아래에 잠기지 않았습니까? 그런데 어떻게 현장에 갈 수가 있지요?"

"평소에는 그렇지만 갈수기에는 댐 수위가 낮아져 B초등학교가 수면 위로 나옵니다. 과거에도 이미 몇 차례 기록이 있고요. 기후 변화와 지구온난화로 가라앉았던 비밀이 만천하에 밝혀질 날이 온 것이지요."

"하지만 B초등학교가 수면 위로 올라왔다고 해도 댐에 함부로 들어갈 수는 없을 텐데요?"

"장 선생님, 댐 옆은 산이고, 산은 폐쇄돼 있지 않아요. 물론 보호구역이라 편의에 따라 개발할 수는 없어서 주민들은 매우 불편하지만요. 산길을 따라 가면 B초등학교에 갈 수 있어요. 문제는 수위가 충분히 낮아지느냐예요. 젓가락 신선 꿈에 나오는 학교가 B초등학교라면 당연히 조사할 가치가 있다고 생각하는데, 어떠세요?"

장원융은 잠시 침묵했다.

"……저는 당연히 거절할 이유가 없습니다. 언제 갈까요? 지금이 갈수기입니까?"

"네, 아드님의 젓가락 신선 의식이 끝나기 전에 갈수기가 와 다행입니다. 하지만 갈수기라고 해도 수위가 충분히 낮아진다는 보장은 없어요. 제가 페이추이 댐에 전화해 B초등학교 상황을 물어보고 괜찮으면 선생님께 연락드리겠습니다. 괜찮으시지요?"

"네, 부탁드리겠습니다."

장원융은 나를 신뎬 지하철역까지 데려다주었다. 가는 내내 그는 B초등학교가 댐에 오래 잠겨 있었는데 정말 단서를 찾을 수 있겠냐, 페이추이 댐 수위가 충분히 낮아지지 않으면 어떻게 하느냐 등등 걱정을 늘어놓았다.

나는 장원융에게 이 계획이 마음에 들지 않으면 언제든지 그만두라고 했다. 하지만 그만두어서 저주를 풀지 못하면 그것은 나와 무관하다고도 덧붙였다. 솔직히 장원융이 걱정하는 것은 문제가 되지 않았다. B초등학교에서 뭔가 찾을 수 있을지 없을지는 찾아봐야 아는 일이었다. 수위가 충분히 낮아지지 않아 못 들어가면 잠수복을 준비하면 되지 않나! 돈을 들이면 해결할 수 있는 일이었다.

아니, 결심만 하면 할 수 있는 일이었다.

나는 집에 돌아와 페이추이 댐 관리국에 전화를 걸었고, 담당자에게 한참 설명을 하고 나서야 B초등학교가 모습을 드러내면 먼저 연락을 주겠다는 대답을 받아냈다. 담당자 말이 다행히 최근 강수

량이 적어 지금도 B초등학교의 급수탑이 보인다고 했다.

'다행히'라는 말은 타이베이 지역의 수많은 용수 인구에게는 조금 미안한 말이었지만.

일주일 뒤(그사이에 나는 장원융에게 B초등학교에 갈 때 필요한 것들을 준비하라고 일러두었다. 예를 들면 최악의 상황을 대비한 잠수 장비 같은…….) 페이추이댐 담당자가 B초등학교가 보인다며 연락을 해왔다. 그는 B초등학교 탐방이 불가한 것은 아니지만 자신들도 동행하고 싶다고 했다.

말이 동행이지 사실 감시 아닌가? 나는 상대의 뜻을 정확하게 파악하고 말했다.

"당연히 괜찮지요. 그런데 요 며칠은 제가 일이 있어서 못 가고요, 언제가 편하세요?"

담당자가 시간을 말했고 나는 알았다고 했다.

나는 곧바로 장원융에게 전화해 내일 출발하자고 해서 관리국 담당자를 바람맞혔다. 관리국 사람이 동행하는 것은 당연히 싫었다. 배를 타지 않고 B초등학교까지 가는 게 조금 고생스럽기야 하겠지만 불가능한 일은 아니었다.

구체적인 일정은 빠르게 결정되었다. 다음 날 아침 8시, 장원융이 신뎬 지하철역으로 데리러 오기로 했다. 이번에는 스딩이 아니라 우라이(烏來)로 향할 것이다. 일주일 동안 나는 만반의 준비를 다 했다.

일이 이렇게까지 되니 도리어 긴장이 됐다.

이 이야기에 다른 결말이 있을 수 있을까? 흥분해야 마땅한 일인데 흥분은커녕 조금 무섭기까지 했다. 장원융이 신간 발표회에 찾아왔을 때 운명이라는 예감이 들었다. 이 거대한 소용돌이에서 빠져나오기 힘들 것이라는.

그리고 어제저녁 예감은 확실해졌다.

이 얼마나 무서운 우연의 일치인가? 그렇게 생각할 수밖에 없었다. 어찌나 절묘한지 숙명이라고 말할 수밖에 없을 정도였다! 어쩌면 햄릿이 숙부가 제 아버지를 죽였다는 것을 알고, 유령이 된 부친의 억울한 호소를 홀로 들었을 때 깨달았던 게 바로 이런 숙명이 아니었을까? 나만이 이 어지럽고 잘못된 세상을 바로잡을 수 있다는 것, 아니, 어쩔 수 없이 바로잡아야 한다는 것 말이다.

M선생에게 회신을 받았다. 메일에는 젓가락님 조사 과정과 추론이 자세히 설명되어 있었다. 역시 M선생이었다. 조사 능력이 놀랄 만큼 대단했고, 추론 역시 힘이 있었다.

그는 역사의 상자에서 가장 핵심적인 퍼즐을 꺼내놓았다.

7

이번에도 다른 남자였다. 침대 위 남자는 여자의 뒷모습을 보면서 창백한 얼굴로 절반 정도 핀 담배를 비벼 껐다. 그는 이런 이야기를 듣고도 냉정을 유지할 수 있는 사람이 아니었다. 강한 남자인 척했지만 속마음은 여린 면이 있었다.

"그다음에는? 아이를 없앤 다음에 사람들은 아무렇지 않게 당신을 대했나?"

"당연히 그랬을 리 없지요."

여자는 손가락으로 머리칼을 정리했다. 군살 없이 매끈한 아름다운 등이 흐릿한 불빛에 반질반질 빛났다.

"우리 집 사람들 말고는 아무도 그 일을 몰랐어요. 집안의 수치이니 처음부터 그 누구도 알면 안 되었지요. 산파는 돈을 받았어요. 아주 많이요. 외부 사람이 보기에는 아무 변화가 없는 듯했지만 집안에서 제 자리는 사라졌어요."

그 일 이후 나는 하인보다 못한 신세가 되었어요. 같은 식탁에서 밥을 먹을 수 없었고, 집안일도 훨씬 많아졌어요. 불평할 처지가 못 됐어요. 그 집에서 쫓겨나면 살 방법이 없었으니까요. 말을 안 들으면 맞아 죽었을 거고요.

낙태의 충격이 너무 컸어요. '산 채로 맞아 죽는다'라는 게 정말 가능하다는 것을 체득했죠. 살아생전 다시는 하고 싶지 않은 경험이었어요. 그래서 나는 차마 원융의 집에 갈 수 없었어요. 발각되면 그 결과는 상상할 수도 없었거든요.

남편은 어려서 무슨 일이 생겼는지 잘 몰랐지만, 사람들이 나를 경멸하는 태도는 금방 알아채고 배웠어요. 원래도 걸핏하면 트집을 잡았는데 그 이후에는 더 악랄해졌죠. 아빠 엄마가 나에게 자기 공부를 봐주라고 했다는 것을 잘 알면서도 대놓고 "너는 나를 가르칠 자격이 없어"라며 저를 난감하게 만들었어요. 집안사람들은 다 알면서도 그냥 웃기만 할 뿐 내 처지에 관심을 갖지 않았어요. 당연한 일이었어요. 나도 그렇게 생각했고요. 하지만 시누이까지 의도적으로 나를 피하자 상처가 되긴 했어요.

그렇지만 시누이에게 지나친 말을 한 건 나였기 때문에 어쩔 수 없었어요.

몇 달이 지나 연말을 앞둔 때였어요.

우리 타이완 사람한테는 설 전후가 일 년 중 제일 바쁜 시기예요. 우선 조왕신을 하늘로 보내드려야 해요. 조왕신이 옥황상제에게 인간의 선악을 보고한다고 믿었거든요. 조왕신에게 바치는 제사를 위해 각종 제사용품을 준비하고, 집 안팎을 청소하고, 식재료를 구입하고, 섣달그믐날 저녁에 온 식구가 같이 먹는 녠예판(年夜飯)도 준비해야 했지요. 음식 준비만으로도 아침부터 온종일 바빴어요.

그해 설은 내 인생에서 가장 힘겨운 설 명절이었어요. 그 전해 설에는 바쁘기는 했지만 서로 도와가며 일해서 그래도 즐거웠거든요. 하지만 그해는 도움의 손길을 내미는 사람이 한 명도 없고 모두가 계속 일을 던져주기만 했어요. 쉴 틈이 없었어요. 섣달그믐날 밤, 까치설을 쇨 때도 차가운 구석에 밀려나 있었죠. 다들 둘러앉아 게임을 즐기는 웃음소리가 벽을 타고 들려왔지만 나는 영원히 끝나지 않을 것 같은 집안일에 파묻혀 있었어요.

하지만 희망이 있었어요. 설이 지나면 원융이 돌아올 거였거든요. 하룻밤이면 충분했어요. 단 하룻밤만 현실을 잊고 내 전부를 그에게 걸리라 다짐했죠. 만약 그가 받아주지 않으면, 그냥 자살하겠다고 결심했어요.

그런데 새해 첫날부터 정말 너무 바빠서 시간을 낼 수가 없었어요. 겨우 일을 끝내고 나면 그의 집까지 갈 힘이 남아 있지 않았죠. 나는 초조해졌어요. 원융이 그렇게 빨리 고향을 떠나진 않겠지만 그래도 기회를 놓칠까 걱정이 됐던 거죠. 초나흘이 되는 날, 시누이가 갑자기 먼저 나에게 말을 걸었어요.

"언니, 내가 원융한테 가서 언니 상황을 전해줄까? 언니가 몰래 갔다가 발각되면 분명 맞아 죽을 거야."

시누이의 태도는 예전으로 돌아간 것 같았어요. 나는 당연히 좋다고 했지요! 시누이에게 원융의 집 위치를 알려주고 기대에 차서 기다렸어요. 하지만 그날 밤, 마침내 쉴 수 있는 깊은 밤, 시누이가 가져온 소식은 나를 지옥으로 처넣었어요.

원융네 집안사람들도 이미 나와 그의 관계를 알고 있었어요. 그래서 그해는 원융과 그의 부모가 오지 않았던 거예요.

강제로 낙태를 당하면서도 나는 절대 아이 아빠가 누구인지 말하지 않았어요. 나와 시누이는 가족을 속였다고 생각했지만, 집안

사람들이 상대가 누군지 알아내 그의 할아버지 할머니와 말을 맞춘 것 같았어요. 그쪽 입장에서 보면 나 같은 다른 집 민며느리와 엮이는 것 자체가 추문이니까요. 원융의 가족들은 그에게 나에 대해 아주 안 좋게 말했어요. 걔가 마을 사내들과 자주 놀아나서 집안 망신을 다 시키고 있다, 이래저래 그 집 사람들이 가엾다, 걔는 예전부터 부도덕하고 문란했다…….

더는 말 안 할게요. 입에 올리기도 민망하거든요. 하지만 당시에 시누이가 전부 말해주었어요. 시누이는 그가 없다는 말을 듣고 그냥 돌아오려고 했는데 그쪽 반응이 조금 이상해서 돌아가는 척하고 옆에 숨어서 몰래 들었대요. 그의 할아버지 할머니가 "그 집 사람이 왜 온 거지? 우리가 한 게 충분치 않았나?" 하고 말하는 것을 듣고서야 상황이 파악됐다고요.

그때 나는 너무 화가 나서 아무 말도 나오지 않았어요. 원융에게 내가 어떤 모습이었을지 생각하니 만 번은 죽고 싶을 만큼 수치스러웠어요. 말을 다 전한 시누이는 어떻게 위로해야 할지 모르겠는지 그저 "미안해, 나도 일이 이렇게까지 될 줄은 몰랐어"라고 말했어요.

나는 "이건 네 잘못이 아니야"라고 말했어요.

하지만 나는 완전히 절망했어요. 그와의 관계만이 아니라 내 가족이 나에게 그렇게까지 한다는 것에……. 미래에 대한 희망은 조금도 없었지만 그렇게 죽고 싶지는 않았어요. 정말 죽으려면 가족들과 다 같이 죽어야 했어요.

그래요, 처음에 말한 대로예요. 나는 저주를 했어요. 내 아이를 빼앗아간 사람들을 다 저주했어요……. 그들은 내 아이만이 아니라 인간으로서의 내 존엄과 모든 것을 앗아갔으니까.

타이완의 설 명절은 짧아도 정월 대보름까지 이어져요. 애초에 원융을 만날 수 있었던 것도 정월 대보름에 열리는 떠들썩한 행사 덕분이었죠. 하지만 그해 정월 대보름에는 집 안에 갇혀 있었고 저녁식사 후에는 나 혼자만 남겨졌어요.

온 세상의 냉대를 받는 것에는 차츰 익숙해졌지만 이내 분노와 증오가 끓어올랐어요. 특히 그와 정월 대보름에 만났던 것을 생각하니 너무 외로워서 온몸이 덜덜 떨릴 정도였어요. 왜 나는 민며느리가 되었을까? 왜 나는 이 집에 팔려 왔을까? 겨우 다섯 살이었던 나에게는 선택권이 전혀 없었다!

나는 그 집을 증오하고, 나를 팔아넘긴 친부모도 증오했어요. 제단을 지나다 조상 위패 앞에 놓인 왕선군이 보였고 문득 어릴 때 일이 떠올랐어요. 정월 대보름에 우리는 '저신'이라는 놀이를 했어요. 젓가락에 신을 불러오는 놀이였지요. 그 집에 온 뒤로는 정월 대보름에 저신 놀이 대신 '의자고(椅仔姑)' 놀이를 했어요. 의자고는 결혼을 안 한 여자아이들이 하는 놀이예요. 평소 사용하는 연지, 가위, 자, 거울을 준비한 뒤 두 사람이 주문을 외면서 대나무 의자의 다리를 잡으면 얼마 뒤 대나무 의자가 움직이기 시작하는데 그때 의자고에게 질문을 해서 미래를 점치는 거죠.

무섭다고요? 하지만 정월 대보름에 항상 이 놀이를 했는걸요. 추석 때도 가끔 했고요. 아, 나도 같이했어요. 민며느리였지만 합방은 하지 않았기 때문에 참여할 수 있었죠. 내가 가족들에게 배제되었을 시간에 어쩌면 시누이는 의자고 놀이를 하면서 자신의 미래를 점쳤을지도 몰라요.

그날 저녁, 혼자 있어서 그랬는지 고향에 있을 때 했던 저신 놀이가 떠올랐어요. 한 가족으로 인정해주지 않으니 나도 나 혼자만의 놀이나 하자 생각했지요. 그래서 제단으로 가 그 집의 역대 조상들 앞에서 왕선군을 꺼냈어요.

저신 놀이 방법을 설명해줄게요. 우선 쌀독을 가져다 젓가락 하나를 꽂고 다른 젓가락을 그 위에 가로로 놓아 T자 형태로 만들어요. 맞아요, 도라에몽의 대나무 헬리콥터처럼요. 그리고 쌀독 옆에 향을 피우고 주문을 외어요. 위에 놓인 젓가락이 움직이면 '저신'이 왔다는 뜻이에요.

그날 나는 그렇게 했어요. 왕선군을 사용한 것은 일종의 복수였겠지요? 너희가 그렇게 소중하게 보관하는 물건을, 제단 위에 모셔놓고 제사를 올리는 산호 젓가락을 나는 저신 놀이 도구로 사용한다…….

그때 나는 신이 깃든 젓가락으로 다른 신을 부르면 어떤 일이 생길지 전혀 생각하지 않았어요. 그저 향에 불을 붙이고 쌀독을 찾아와 젓가락을 위치대로 놓고 주문을 외면서 멍하니 산호 젓가락을 쳐다봤죠.

주문은 간단했어요. 몰래 하느라 목소리를 낮추었는데, 얼마 안 돼서 어렴풋하게 뭔가 느껴지는 거예요. 실패한 줄 알고 멈추려는 순간, 젓가락이 천천히 움직였어요. 성공이었어요.

마치 다섯 살 이전으로 돌아간 것 같았어요.

하지만 성공해서 기쁜 순간, 무엇을 물어볼지 정하지 않았다는 게 떠올랐어요. 네, 의자고처럼 저신도 점을 치는 것이니 질문을 해야 했어요.

그런데 내가 무엇을 물어볼 수 있겠어요?

미래가 없는 사람이 도대체 무엇을 물어볼 수 있을까요? 나는 말없이 돌아가는 젓가락을 쳐다봤어요. 그렇게 보고 있으면 답이 나올 것처럼요. 갑자기 머릿속에 어떤 생각이 스치고 지나갔어요. 정말 하늘 밖에서 날아온 것처럼, 뜬금없는 생각이었어요! 하지만 영감이란, 이렇듯 쥐도 새도 모르게 떠올라 채 인식하기도 전에 핵심을 찌르잖아요.

"……위쯔니?"

젓가락이 갑자기 오른쪽으로 돌았어요. 그것은 '그렇다'라는 뜻이에요.

맞아요, 위쯔였어요. 죽은 내 아이. 그 애의 영혼이 내 소환을 듣고 산호 젓가락으로 온 거였어요! 말하자니 조금 우습지만 그때는 눈물이 줄줄 흘렀어요……. 내가 원한 건 그런 게 아니었어요. 성질 부리고 복수하려고 왕선군으로 저신 놀이를 한 것이었죠. 울 생각도 없었어요. 계속 잘 참았으니까요. 하지만 한때 간절히 품었던 희망이 생각지도 못한 방식으로 당신 앞에 나타난다면, 당신은 참을 수 있겠어요?

나는 참지 못했어요. 눈물을 흘리며 위쯔에게 비통한 내 심정을 토로했어요. 말할 수 있는 것, 말할 수 없는 것, 전부 다요. 나는 그 애에게 내가 얼마나 너를 낳고 싶었는지 아느냐고, 다 같이 죽어버리면 좋겠다고 생각할 만큼 이 집안을 증오한다고, 다 말했어요. 위쯔는 내 이야기를 진지하게 듣는 것처럼 조용히 돌기만 했어요.

나도 알아요. 당신은 그것이 그냥 물리 현상이라고 생각하지요? 향을 피워서 생긴 온도 차로 기류가 생겨 젓가락이 회전했다고요. 하지만 젓가락은 너무나 안정적으로, 한참을 회전했어요. 게다가 내가 말할 때는 속도도 변하지 않는 것이 나에게 안심하라고, 자기가 여기에 있다고, 나를 두고 떠나지 않았다고 말하는 것 같았어요.

나는 무슨 힘을 얻은 것처럼 점점 악독하게 말했어요. 사실 그때 집안사람들을 다 죽일 방법은 있었어요. 결심만 하면 실행에 옮길 수도 있었고요.

못 믿겠지요?

그래요, 나같이 약한 여자가 그렇게 많은 사람을 한꺼번에 죽일 순 없죠. 하지만 당시 집안일은 대부분 내가 하고 있었어요. 밥 짓는 것을 포함해서요. 그러니 독을 넣을 기회는 많았어요. 무슨 독을 써야 하는지도 알았고요.

우리 마을에는 산지인(山地人)이라고 불리는 사람들이 있었어요. 산지인이라고 알아요? 우리가 타이완에 오기 전부터 이곳에 살았던 토착민으로 우리보다 피부가 조금 까맣고 술을 좋아해요. 산지인이 왜 마을에 살게 되었는지는 나도 몰라요. 아니, 그곳은 원래 타이야 족(泰雅族)의 사냥터였으니 그들 내력에 의문을 표할 자격은 없죠.

타이야 족 사냥꾼이 '위텅(魚藤)'이라고 부르는 식물을 본 적이 있어요. 돌로 몇 번 쳐서 강물에 넣으면 위텅 즙이 물에 퍼져 얼마 뒤 물고기들이 기절하는데 이런 방법으로 물고기를 잡는 거예요. 현지 사람 중에도 아는 사람이 많아 딱히 비밀이 아니었어요.

타이야 족 아저씨에게 독으로 물고기를 잡는 법을 물어본 적이 있었거든요. 아저씨는 위텅을 보여주면서 조심해서 다뤄야 한다고 했어요. 먹으면 보통 속이 불편한 정도로 끝나지만 까딱하면 죽는다고, 예전에 어떤 멍청이가 먹어도 되는 풀인 줄 알고 뜯어다가 국을 끓여 먹고 결국 호흡곤란으로 죽었다면서요.

위텅을 구하는 것은 어렵지 않았어요.

어머…… 지금 앞에 있는 사람이 살인범일까봐 무서운 거예요? 내가 정말 살인범이면 어떻게 할 건데요?

걱정하지 말아요. 안 죽였어요. 그냥 저주를 했을 뿐이에요. 나는 위쯔에게 살인 계획을 이야기하고 결국 울음을 터뜨렸어요. 하려고만 들면 어렵지 않겠지만 시누이를 죽이고 싶지 않았거든요. 시누이는 무고한데 어떻게 죽일 수가 있겠어요? 나는 같은 상에서 밥을 먹지 않으니 일단 독을 타버리면 시누이를 보호할 수가 없죠.

그리고 가족이 모두 죽고 시누이 혼자만 살아남으면 시누이는 나보다 훨씬 참혹한 일을 겪을지도 모르잖아요. 시누이는 겨우 열 살이었어요. 의지할 곳 없는 여자아이였죠! 그래서 나는 울면서 위쯔에게 미안하다고 사과했어요. 그 아이를 위해 복수할 방법이 없었어요. 할 수 있다면 정말로 시누이를 빼고 가족과 함께 죽고 싶었어요. 바로 그때, 밖에서 소리가 들렸어요. 누가 있는 것처럼요.

얼마나 무서웠을지 당신도 짐작이 가지요? 방금 한 말을 누가 들었으면…… 전 죽은 목숨이었어요. 즉시 튀어 나가 누군지 확인해야 했지만 너무 무서워서 그냥 그 자리에 웅크린 채 꼼짝하지 못했어요.

얼마나 지났을까, 밖이 조용했어요. 바람이나 동물일지도 모른다고 스스로를 위로하면서 왕선군을 재빨리 제단에 돌려놓고 쌀독도 제자리에 가져다놓는 것으로 의식을 끝냈어요.

그게 내 저주였냐고요?

맞아요.

나는 그 집안을 증오했고 그 사람들이 전부 지옥으로 떨어지기를 바랐어요. 이런 내 소원을 위쯔에게 다 말했어요. 저주보다 더 진실한 것은 없을 거예요. 그날 밤 내가 한 말들, 내 영혼, 내 증오는 모두 가장 순수하고 적나라한 것이었어요.

저주가 실현됐냐 하면…….

저주는 다른 형태로 실현되었어요.

내 남편이 산에서 실종되었어요. 그뿐만이 아니라 남편과 같은 학년 학생들도 다 같이 실종되고 시누이만 살아서 돌아왔죠. 남편의 실종은 아빠 엄마에게 더할 나위 없는 고통을 안겨주었고, 그 집안에 무시할 수 없고, 봉합되지 않는, 영원히 지워지지 않는 상처를 남겼어요. 내 증오만 놓고 말한다면, 만족스러운 결말이었죠…….

아니요, 사실 나는 후회했어요.

왜냐고요? 내 저주가 다른 무고한 사람을 끌어들였거든요!

그건 저주가 아니라고 생각한다고요? 아니요, 저주가 맞아요. 내가 만약 그날 왕선군 앞에서 그런 말을 하지 않았으면 그런 일은 절대 일어나지 않았을 거예요. 맞아요, 증명할 수는 없어도, 분명 내 저주 때문이었어요.

그 집안이 나중에 어떻게 되었냐…….

얼마 뒤 우리는 이사를 했어요. 페이추이 댐이 곧 완공될 예정이었고 완공 전부터 저수가 시작돼서 사람이 살 수 없게 되었거든요. 얼마 뒤 내 남편이 다녔던 초등학교도 물에 잠겼어요……. 남편은 돌아오지 않았어요. 그가 어디로 갔는지 무슨 일이 생겼는지 아무도 몰랐어요.

모든 것이 물속으로 가라앉았어요. 아이들이 실종된 산도 예외가 아니었죠. 마을은 물에 잠긴 외딴섬이 되어 아무도 찾지 않았어요.

남편을 잃은 나는 그 집에 남을 이유가 없었어요. 아빠 엄마도 나를 남게 할 핑계가 없었고요. 그래서 나는 그 집을 떠나 대도시로 왔어요. 대도시에서 살려고 했지만, 초등학교만 나와 일자리를 찾기 쉽지 않았고, 결국 이곳으로 오게 되었어요.

아니요, 나 때문에 마음 아파하지 말아요.

동정받으려고 이야기를 한 게 아니니까요. 이야기는 이야기일 뿐이에요. 안 그래요? 당신은 이 이야기가 진짜인지 가짜인지도 모르잖아요.

떠난 뒤 나는 그 집 일이 전혀 궁금하지 않았어요. 한 가지만 빼고요. 시누이가 결혼하면서 나에게 편지를 보내왔거든요. 결혼식에 참석해달라는 건 아니었어요. 편지에서 시누이는 사회생활을 시작한 뒤 원융을 만났고 그를 사랑하게 되어 결혼한다고 했어요. 나에게는 미안하지만, 결혼식에 오지 않았으면 한다고요. 시누이는 자기가 내 사랑을 가로챘다고 생각하지 않았으면 좋겠다고 했어요. 내가 자기에게 어떤 것은 스스로 쟁취해야 한다는 것을 일깨워주었다면서요.

아니요, 원망하지 않았어요. 나는 시누이를 정말 사랑했고 진심으로 축하했어요. 저주한 것이 너무나 후회스러웠고 더는 원융을 생각하지도 않았거든요. 그가 내 시누이와 함께해서 행복하다면 좋은 일이었어요.

나중에 시누이가 아이를 낳았다며 사진을 보내주었어요. 잠깐만요, 보여줄게요. 여기, 사진 속 이 사람이 바로 내 시누이고, 품에 있는 아기가 시누이 아들이에요. 시누이가 목에 걸고 있는 게 왕선군이냐고요? 맞아요. 그녀는 왕선군을 체인으로 연결해서 항상 걸고 다녔어요.

하지만 내가 보여주려고 하는 건 그게 아니에요.

보이죠? 시누이의 아이……. 아이 팔에 물고기 모양 모반이 있지 않나요? 맞아요. 그 달밤에 위쯔 손에서 봤던 붉은색 형상과 같아요. 똑같아요, 완전히.

그래서 나는 증오하지 않아요. 봐요, 가장 아름다운 결말 아니에요? 나의 위쯔가 환생했고, 게다가 원융의 아들로 태어났어요. 이보다 나은 결말은 없을 거예요…….

8

B초등학교에 가는 날이 다가왔다. 날은 맑은 편이었다. 최소한 비가 올 조짐은 없었으니 좋은 징조였다. 장원융이 차를 몰고 신톈역으로 왔다. 차에는 장원융의 아들도 있었다. B초등학교로 가는 길이 좋지 않아 체력이 좋은 사람이 앞에서 길을 열어주어야 할지

도 모른다고 했더니 그가 아들을 데리고 오겠다고 했다.

"선생님, 만나 뵙게 되어서 정말 기뻐요! 저 선생님 소설 읽었는데, 이렇게 뵙게 될 줄은 몰랐어요. 선생님과 모험을 떠나다니 영광입니다."

솔직 담백한 태도가 인상적이었다. 내가 뒷좌석에 앉자 장원융이 아들 이름은 '장핀천(張品辰)'이라고 알려주었다. 아버지의 소개를 받은 핀천이 고개를 돌리며 물었다.

"선생님, 아침 드셨어요?"

"먹었어요. 갈 길이 먼데 먹을거리 준비했어요?"

"네, 배낭에 있어요."

핀천이 다리맡에 놓인 배낭을 들어 보였다. 그러고는 몸을 돌려 옆에 있던 비닐봉지에서 샌드위치를 꺼내 장원융에게 건넸다.

"아빠, 아침이요."

정말 예상 밖이었다.

이번 여행은 핀천을 구하기 위한 것인데, 막상 당사자는 죽음의 공포는 전혀 찾아볼 수 없이 침착한 게 꼭 남의 일을 대하는 듯했다.

"핀천, 이라고 불러도 될까?"

"물론이죠."

핀천이 미소를 지었다. 그러나 내가 생각한 것처럼 핀천의 웃는 얼굴은 따뜻하지 않았다.

"고마워. 물어보고 싶은 게 하나 있는데, 젓가락 신선 의식을 그만둘 생각은 없니? 아무것도 안 하면 화를 피할 수 있을지도 모르잖아."

사실 젓가락 신선을 해보지 않은 나에게는 이게 가장 큰 의문이었다.

무엇을 원하든 젓가락 신선의 꿈에서 살아남지 못하면 결과는 매우 처참하고 심지어 인생을 날리고 만다. 그런데 왜 도중에 그만두는 사람이 없는 것일까? 물론, 그만둘 수 없을 수도 있다. 징조가 나타나면 끝까지 그 꿈과 함께 해야 할지도. 하지만 중단하려고 한 사람이 한 명은 있을 터였다.

"선생님, 젓가락님을 정리해놓은 일본 사이트 다 안 보셨나봐요? 의식을 중단해도 꿈은 계속 꿔요."

그랬군. 하지만 나는 다시 물었다.

"너는 시도해보지 않았잖아? 너는 다른 사람과 달리 꿈을 안 꿀 수도 있지. 그러면 우리도 거기까지 안 가도 되고……."

"그럴 필요 없어요. 선생님, 저는 꼭 이루고 싶은 소원이 있어서 젓가락 신선 의식을 시작한 거예요. 위험하다는 것을 다 알고 시작했기 때문에 포기할 생각이 없어요. 그리고 꿈에서 끝까지 살아남을 자신도 있고요. 오늘은 아버지가 걱정하셔서 같이 온 거예요."

솔직한 대답이 조금 의외여서 흥미로웠다. 장원융이 이해가 안 된다는 듯 말했다.

"이 아이가 무슨 생각을 하는지 도통 모르겠습니다. 홍콩 여행을 다녀오더니 사람이 확 변한 것 같아요. 이번 일도 그렇습니다. 제가 아무리 물어도 젓가락 신선을 꼭 해야 하는 이유를 말하지 않네요."

"아빠, 제가 말씀드렸잖아요. 저를 포기시키려고만 하신다면 제가 설명하는 게 아무 의미 없다고요. 저는 포기 안 해요."

"하지만 네가 끝까지 살아남을 자신이 있다는 건 꿈속에서 누군가 너 대신 죽는다는 말 아니야? 네 소원을 이루려고 여덟 명을 불행하게 하는 건데, 그건 상관없어?"

"그럼요, 선생님 말씀이 맞습니다!"

장원융이 내 말에 장단을 맞췄다.

핀천이 창밖을 보면서 천천히 말했다.

"선생님, 질문이 너무 재미가 없네요."

"핀천, 선생님께 그게 무슨 말버릇이냐!"

장원융이 아들을 나무랐지만 나는 그를 말렸다.

"괜찮아요, 무슨 뜻인지 알았어요. 제가 생각해도 질문이 재미없는걸요. 핀천이 '죄송합니다. 다른 사람을 희생시켜서는 안 되는데' 라고 대답해야 하는 건 아니지요. 일단 위험을 무릅쓰고 의식을 진행하는 거잖아요. 다른 사람들도 마찬가지고요. 우리는 그들이 서로 죽이겠다는 결심을 존중해주어야 합니다."

"하지만 선생님, 인간이 이렇게 서로를 죽이다니요! 어떻게 그럴 수가 있습니까!"

"장 선생님, 버튼이 하나 있다고 가정해봅시다. 버튼을 누르면 소원을 이룰 수 있지만, 모르는 사람이 죽습니다. 버튼을 누르시겠어요?"

"당연히 안 누르지요!"

"선생님은 그게 '살인'이라고 생각하기 때문이지요? 모르는 사람이고 그냥 랜덤 살인일 뿐인데도요. 그러면 문제를 바꿔서, 만약 선생님 자신과 선생님이 아는 사람이 죽는다면요?"

"그러면 더더욱 못 누르지요! 내가 아는 사람을 위험에 빠지게 할 수는 없어요."

"일리가 있네요. 그런데 선생님이 아는 사람은 절대로 죽지 않는다면요? 가족이나 친구가 아니라 자기 자신만을 거는 거라면……. 방금 전 질문에서 선생님은 선생님이 버튼을 눌러 모르는 사람이 죽는 경우도 비도덕적인 일이라고 생각하신 거죠? 하지만 선생님이 자기 목숨을 걸고 버튼을 누르는 거라면? 잊지 마세요, 어떤 소원도 다 이루어집니다!"

장원융은 난감한 듯 혀를 차다가 말했다.

"……아니요, 저는 안 누를 겁니다. 그건 랜덤 살인이 자살로 바뀌는 것에 불과해요."

"버튼을 눌러 핀천을 구할 수 있다면요?"

"선생님, 질문이 너무 비열합니다. 하지만 그래도 저는 안 누를 겁니다. 내 목숨만으로 핀천을 구한다면 당연히 그렇게 하겠지만, 어떻게 다른 사람의 목숨으로 그럴 수 있겠습니까? 확률상 제가 걸린다고 해도 마찬가지입니다. 다른 사람이 걸릴 확률이 제로라면 그때 누르겠습니다."

장원융의 대답은 도덕과 윤리에 부합했다. 장원융이 정말 그렇게 도덕적이든 아니든 나는 고개를 끄덕이며 말을 이었다.

"그렇군요. 그러면 질문을 바꿔보지요. 버튼을 가진 사람이 아홉 명이고 버튼을 누르느냐 마느냐는 각자의 자유의지에 달려 있다고 가정합시다. 누르면 자기 목숨을 담보로 소원을 이루고 싶다는 뜻이고, 안 누르면 목숨이 소원보다 더 소중하다는 뜻입니다. 당신은 우연히 그들 중 한 사람의 소원이 세상을 멸망시키는 것이라는 것을 알게 됩니다. 버튼을 누르는 사람이 적을수록 세상이 멸망할 확률이 커지는 거죠! 세상이 멸망하면 당신뿐 아니라 당신이 사랑하는 사람들도 모두 죽겠죠. 하지만 모두가 버튼을 누르겠다고 결심하면 세상이 멸망할 확률이 낮아집니다. 여덟 명이 죽겠지만 세상이 무사할 확률은 구분의 팔이 되는 거죠. 그러면 선생님은 버튼을 누르겠습니까?"

장원융은 숨을 들이켜고 무슨 말을 하려고 했지만 선뜻 입을 떼지 못했다. 한동안 고민하던 장원융이 내키지 않는 듯 말했다.

"말씀하신 상황은 너무 극단적입니다!"

"네, 맞아요. 하지만 그런 상황에서 서로 죽이는 것은 도덕적으로 절대적인 잘못은 아닙니다. 그러니 그들을 비난할 필요는 없죠. 의식에 참여한 사람 모두가 핀천처럼 소원이 자기 목숨보다 더 가치 있다고 여겨서 자기 인생을 걸겠다는 겁니다. 그런데 우리가 무슨 근거로 그들을 비난할 수 있을까요?"

장원융은 아무 말도 못 했고, 핀천은 유쾌한 듯 웃었다.

"역시 선생님이시네요! 선생님은 그렇게 재미없는 말을 할 사람 같지 않았단 말이죠. 솔직히 말해 그건 서로 죽이는 게 아니에요. 아홉 명이 자유의지로 사망률이 구분의 팔인 버튼을 눌러서 구분의 일의 행운을 쟁취하는 거죠."

"만약 그게 간단한 수학 문제라면 맞아, 네 말대로야. 운명의 신이 죽인 것이니 의식에 참여한 사람은 책임질 필요가 없지."

나는 의미심장하게 핀천을 쳐다봤다.

정말 주사위를 던져 희생자를 결정하는 거라면 나는 핀천의 말에 동의한다. 하지만 핀천은 자신의 승리를 확신하고 있다. 이건 완전히 다른 문제였다.

핀천이 대답하기도 전에 장원융이 깊이 한숨을 내쉬었다.

"아, 말로는 정말 두 사람을 당할 수가 없네요. 그 문제에 대한 얘기는 그만합시다. 선생님, B초등학교에 갈 때 주의해야 할 것은 없습니까?"

"해야 할 말은 전화로 다 했고요. 설령 말하지 않은 게 있다 해도 지금 해봐야 늦었습니다."

이번 여행에는 위험이 따랐다.

B초등학교는 주지 산 근처에 있었다. 페이추이 댐 건설 전까지

주지 산은 접근이 어려운 곳이 아니었고 사람들이 많이 다니는 등산로 옆이었다. 그러나 페이추이 댐이 저수를 시작한 이후 주지 산은 저수지의 외딴섬이 되어 육지와 단절됐다.

십수 년 전에 어느 등산객이 그런 주지 산에 오르는 방법을 발견했다. 주지 산은 갈수기가 되면 육지와 연결되는데, 지금은 구이산(桂山) 발전소 근처의 좁은 길을 가다가 쓰칸수이(四崁水)를 통과해 훠사오장(火燒樟) 산의 버려진 산업용 도로를 따라서 가야 했다. 그 길을 이용하는 등산객도 가끔 있었지만 난이도가 제법 높았다. 길 양옆으로 키가 큰 풀이 빽빽하게 자라 있고 곳곳에 거미줄이 있으며 수풀 사이로 뱀이 지나가는 소리도 들렸다. 산세가 험하고 인가도 적은 데다 안전시설이 부족해 산에 익숙하지 않은 사람에게는 퍽 힘든 코스였다.

길 상황을 감안하지 않더라도 B초등학교까지 가려면 꼬박 세 시간은 걸어야 했다! 학교의 일부가 아직 물에 잠겨 있을 것에 대비해 챙긴 경량 잠수 장비, 음식과 물 등을 넣은 무거운 배낭을 메고서. 돌아오는 길은 포함하지 않은 시간이었다. 전날 푹 쉬고 체력을 잘 유지하지 않으면 고난의 산행이 될 것이었다.

충분히 쉬었다고 생각했지만 그래도 힘에 부쳤다.

산업도로로 진입하기 전 한 시간 동안은 그래도 웃으며 이야기를 나누었지만 한 시간 뒤에는 모두 숨을 헉헉거렸다. 부자간의 대화도 줄었다. 앞에서 길을 내면서 가던 장원융은 귀신에 홀린 것처럼 뒤쪽 상황은 전혀 고려하지 않고 돌진해 너무 빨리 가지 말라고 몇 번을 불러야 멈춰 기다렸다.

핀천은 내 부담을 덜어주려 내 짐의 일부를 대신 들며 내가 낙오되지 않도록 뒤에서 도와주었다. 이렇게까지 도움을 받는다는 게 조금 부끄러웠다.

"선생님." 가는 도중 핀천이 갑자기 나를 불렀다. "아버지 도와주셔서 정말 감사합니다."

"너무 예의 차릴 필요 없어. 나도 관심 있어서 응한 거니까. 그런데 정말 걱정 안 돼? 네 저주를 푸는 걸 도와줘서 고맙다고 하는 게 아니라 네 아버지를 도와줘서 고맙다고 하네."

"말씀드렸잖아요, 그만둘 생각 없다고. 그런데 아버지가 저렇게 공포에 떠는 것을 보니 마음이 편치 않아서요." 핀천이 말했다. "아버지가 젓가락 신선의 저주를 푸는 데 집착하는 이유는 그렇게 단순하지 않아요."

"무슨 말이야?"

"아버지한테는 전처가 있었어요. 두 분이 이혼한 건 아버지 전처분이 미신에 사로잡혔기 때문이에요. 그때 아버지한테는 아들이 있었거든요. 저한테는 형인 셈이죠. 형은 태어날 때 팔뚝에 물고기 모양 모반이 있었대요. 그 전처분은 물고기 모반을 신이 남긴 표식이라고 생각했고 언젠가 신이 형을 데려갈 거라고 믿었대요. 그러면서 여기저기 용하다는 곳을 찾아 기도하러 다녀서 아버지가 질색하신 거죠. 생각해보세요. 저렇게 과학적이고 이성적인 분이 제 팔뚝에 형과 똑같은 물고기 모양 모반이 나타난 걸 보고 어떻게 생각했겠어요?"

핀천이 나에게 이런 말을 할 줄은 생각하지 못했다. 지극히 개인적인 일이 아닌가?

하지만 나는 장원융의 마음을 짐작할 수 있었다. 이 일은 과학으로 설명할 수 없는 것이었다. 게다가 벗어났다고 생각한 악몽이 다시 시작된 것이었다. 눈앞에 보이는 괴현상을 부정하면 과거 미신을 부정했던 자신의 체면은 지킬 수 있을지도 몰랐다. 하지만 아들이 해를 당할지 모른다는 공포가 너무 큰 나머지 그는 굴복했고, 한 발 더 나아가 도사와 명리학 대가를 찾아가 도움을 청하기도 했다.

하지만 마지막에 요괴 추리 소설가인 나를 찾아온 것은 완전히 굴복했다는 뜻은 아니지 않을까?

"그래, 네 아버지는 분명 무서웠을 거야. 물고기 모양 모반뿐 아니라 젓가락 신선의 꿈속 학교가 전처가 다닌 학교와 구조가 같으니……. 정말 우연의 일치일지, 아니면 전처와 무슨 관련이라도 있는 걸지 무서울 거야. 게다가 이젠 미신이 아닌 어떤 불가사의한 힘이 그를 휘감았으니 이렇게까지 의심하는 것도 의외는 아냐."

"맞아요. 아버지는 이 일이 아직 전처의 나쁜 영향이 사라지지 않아서 벌어진 거라고 생각하세요. 아버지가 다급하게 젓가락 신선의 저주를 풀려는 이유는 저를 구하려는 것도 있지만, 전처에 대한 공포에서 벗어나려는 것도 있어요. 그런 생각에 사로잡혀 있는 아버지를 보면 딱하다 싶어요. 선생님이 도와주시지 않았으면 아직도 공포에 사로잡혀 있었을 거예요."

"내 영향력이 그렇게까지 크다고는 생각지 않는데……."

나는 불쑥 핀천의 팔뚝을 잡고 물고기 모양 모반을 문질렀다.

"안 지워지네. 문신 같은 건 아니지?"

"선생님!"

핀천이 깜짝 놀라 눈을 동그랗게 뜨면서 어이없다는 표정을 지었다.

"제가 거짓말하고 있다고 생각하세요?"

"원망 마. 젓가락님 정리 사이트가 있으니 모반을 모방하는 것도 불가능한 일은 아니잖아. 난 신중한 거야. 하지만 네 몸에 일어난 일이 속임수라고 해도 젓가락님 사이트에 있는 학교와 B초등학교가 똑같은 구조인 것은 사실이니 이번 여행이 전혀 가치 없다고는 할 수 없어."

"정말 대단하시네요!"

핀천이 만족스러운 듯 웃었다.

"걱정 마세요. 숨기는 게 있긴 하지만 거짓말한 건 없어요."

"그래, 믿을게."

나는 미소를 보였다. 핀천에게는 확실히 사람을 기분 좋게 하는 구석이 있었다.

B초등학교에 도착하니 이미 정오였다. 지난번 방문은 아주 오래 전 일이라 인상이 거의 남아 있지 않았는데 다시 보고 깜짝 놀랐다.

아름다운 햇살이 수면을 비추는 것이 마치 황금빛 꽃밭이 바람에 춤을 추는 것 같았다. B초등학교는 물속에 서 있었다. 20센티미터 정도 물이 남아 있어 자세히 보면 물고기가 사이사이를 헤엄쳐 다니고 있었다. B초등학교 건물은 온전하게 남아 있었다. 사람들이 떠나면서 가옥이 많이 철거됐으니 B초등학교도 그런 운명을 피하지 못하고 터만 남아 있을 줄 알았는데 의외였다. 철거되지 않고 물속에 잠긴 집들은 대다수가 물 바닥을 흐르는 암류에 무너진 상태였는데 B초등학교는 온전히 그대로 남아 있었다! 외벽에 엉겨붙은 진흙이 내리쬐는 햇볕에 황토빛으로 말라붙은 것 말고는 변한 것이 없었다. 국기게양대까지 그대로 남아 있었다.

그때부터 지금까지 쭉 이런 상태였다는 것에 소름이 돋았다.

"이게 그 B초등학교군요. 저는 폐허일 줄 알았습니다."

장원융도 기분이 남다른 것 같았다. 어쨌든 그도 힘겹게 이곳에 도착했던 것이다. 핀천도 눈을 동그랗게 뜨고 흥분해서 말했다.

"틀림없어요! 이건 젓가락 신선의 꿈속 학교예요. 구조가 완전히 똑같아요!"

핀천은 속도를 내더니 장화를 신고 학교 안으로 들어갔다.

"꿈속에서 깨어났을 때 본 숙소가 바로 여기예요! 그리고 저기, 시체를 옮겨놓은 식재료 창고고요."

"시체를 식재료 창고에 옮겨놓다니, 너무한데!"

장원융이 소리쳤다.

"안심하세요. 예전에는 식재료 창고가 아니라 그냥 일반 창고였어요."

나는 겉으로는 평온했지만 사실 끓어오르는 흥분을 누르고 있었다. B초등학교는 물에 잠긴 채로 도대체 얼마나 기다린 것일까? 이렇듯 온전한 모습으로, 진실이 밝혀지지 않는 무서운 꿈에 갇혀 가벼운 숨조차 쉬지 못한 건 아닐까? 진실이 밝혀지지 않으면 앞으로도 수많은 세월을 마냥 기다려야 하는 건 아닐까?

핀천은 먼지를 씻어내려는 듯 손으로 물을 퍼 담아 건물 벽에 뿌렸다. 멀리서 보니 물장난하는 아이 같았다.

"장 선생님." 나는 짐을 내려놓고 마음을 다잡으며 말했다. "이곳에 오니 어떠세요? 젓가락 신선 주술을 푸는 데 도움이 되는 것 같으세요?"

"음…… 아직 잘 모르겠습니다."

갑자기 핵심을 찌르자 장원융의 얼굴에 먹구름이 낀 것 같았다. B초등학교에 도착했지만 여기가 종점은 아니었다. 열쇠 구멍이 있는지 살펴보는 정도였지. 장원융이 교실을 가리키며 말했다.

"우선 교실과 건물을 다 둘러봅시다! 수확이 없으면 주지 산을 둘러볼 생각입니다."

"정말 그러시려고요? 주지 산을 조사하는 것은 큰일이에요. 해가 지기 전에…… 아니, 내일 다시 와도 안 끝날지 몰라요."

"앉아서 죽음을 기다리는 것보다는 낫지요."

장원융은 그렇게 말하고 핀천을 향해 큰 소리로 물었다.

"핀천! 어때? 꿈속과 다른 부분이 있어?"

"다른 점을 꼽으라면 많지요." 핀천이 교실에서 나오며 말했다. "꿈에서 잤던 곳은 나무 바닥이었는데 여긴 아니네요."

"거긴 5학년 교실이야."

내가 큰 소리로 말했다.

"뭐라고요?" 장원융의 얼굴색이 약간 변했다. "그러니까, 꿈의 시작 지점이 5학년 교실이라는 거지요……. 선생님, 우리도 가봅시다! 먼저 교실들을 조사하고 다음 계획을 정합시다. 이건 선생님께도 좋은 소재지요?"

장원융은 그렇게 말하면서 학교 쪽으로 걸음을 내디뎠다.

"잠시만요." 나는 장원융을 불러 세웠다. "먼저 물어볼 게 있습니다."

"무슨 일이십니까?"

장원융이 고개를 돌리며 물었다. 아무 근심 걱정 없는 그의 모습에 나도 모르게 조금 화가 났다. 나는 숨을 들이마시고 천천히 입을 열었다.

"단도직입적으로 말하겠습니다. 선생님께 직접 확인하고 싶은 게 있습니다. 장 선생님, 선생님 전처가 가오수란이지요? B초등학교 5학년 집단 실종 사건의 유일한 생존자. 맞지요?"

내 질문이 너무 갑작스러워서 그랬을까, 장원융은 놀라 입을 다 물지 못했다.

"……어, 어떻게……."

"오는 길에 아드님이 선생님 전처 이야기를 해주었거든요. 형 팔에도 물고기 모양 모반이 있다면서요."

마음이 복잡해 설명하는 게 피곤했지만 그래도 정신을 차렸다.

"선생님 전처 이야기를 듣고 문제 하나가 풀렸어요. 전처가 B초등학교 구조를 말해줬다고 하셨잖아요. 핀천의 나이를 생각하면 적어도 이십 년 전의 일일 텐데, 아직도 그렇게 자세하게 기억할 수 있다고는 생각되지 않아요. 선생님은 학교 구조를 보고 B초등학교를 떠올린 게 아니라, 물고기 모양 모반을 보고 가오수란을 먼저 떠올린 거지요? 먼저 화살을 쏘고 그다음 과녁을 그린 거예요. 가오수란이 젓가락 신선과 관련이 있다고 의심한 다음 젓가락님 사이트에서 평면도를 보고 예전에 그녀가 말했던 B초등학교의 구조가 떠오른 것이지요. 선생님은 B초등학교를 잘 모르니 가오수란의 부모를 찾아간 거고요. 제 말이 맞지요?"

장원융의 얼굴이 점점 일그러졌다. 그는 대답하고 싶지 않은 듯 했지만 이내 고개를 끄덕거렸다.

"맞습니다. 핀천이 그런 말을 했을 줄은 몰랐네요."

"제가 5학년 집단 실종 사건을 거론했을 때 분명 놀라셨지요?

가오수란이 유일한 생존자라고 말씀드렸을 때도요. 그런데 왜 가오수란이 전처였다는 것을 숨기셨어요? 단서를 숨기면 추리에 허점이 생긴다는 것은 생각 안 해보셨습니까?"

장원융은 입을 꾹 다문 채 맥없이 주저앉아 자기 짐에 천천히 기댔다. 나는 그에게 동정심이 느껴지지 않아 차갑게 그를 쏘아보았다. 얼마 뒤, 그는 내 시선을 견디지 못하고 입을 열었다.

"그건 설명하기가 어렵습니다. 핀천이 제 전처가 미신에 빠졌었다고 이야기했습니까? 그때 나는 정말이지 분노가 극에 달해 전처를 죽여버리고 싶을 정도였습니다! 그런데 핀천 팔에 모반이 나타났고, 그러니 그게 미신이 아니었단 말인가? 하는 생각이 들었습니다. 선생님은 아마 모르실 겁니다. 제 전처는 왕선군이라는 신을 믿었고 그가 산호 젓가락에 깃들어 있다고 믿었습니다. 보세요, 또 젓가락입니다! 젓가락 신선은 왕선군의 저주가 아닐까! 이제는 그런 생각이 들지만, 그때는 전혀 믿지 않았습니다. 전처의 모든 것이 싫어서 심지어 아들까지 버렸다고요……."

"과거에 자기가 틀린 것 같아서 거론하기 싫었다는 말입니까?"

나는 그의 말을 잘랐다.

장원융은 내 시선을 피하며 천천히 고개를 끄덕였다.

"장 선생님, 선생님이 저를 찾아온 이유는 진실을 밝혀서 저주를 풀 방법을 찾기 위해서였습니다. 저는 우리가 함께 진실을 향해 다가가고 있다고 생각했는데 지금 보니 선생님은 그저 저를 이용할 계획이었네요."

"그런 게 아닙니다!"

장원융이 재빨리 말을 받았다.

"아니요, 그렇습니다. 선생님은 본인만 알고 있는 정보를 숨겼어요. 젓가락 신선과 관계된 중요한 사실을요! 그 때문에 제가 잘못 판단할 수 있다는 생각은 안 하셨습니까? 아니면, 제 잘못된 추리를 비웃으면서 제가 내놓은 단서와 추리를 훔쳐 혼자서 몰래 진실에 다가가려고 했습니까?"

"아닙니다……."

"뭐 그렇다 쳐요." 나는 신랄하게 말을 이었다. "과거를 말하기가 정말 부끄러웠다면, 좋습니다. 하지만 그건 진실을 알기 위한 각오가 부족하다는 뜻입니다. 선생님한테는 본인 체면이 아들 목숨보다 더 중요한 거니까요."

내가 신랄하게 비판하자 장원융은 얼굴이 벌게졌다. 하지만 자기 행동을 반성하는 건 아니었다.

"선생님, 저는 선생님을 지식인으로 존중합니다만, 선생님에게 저를 비난할 자격은 없습니다!"

사실 진짜 화가 난 건 아니었다. 그저 그가 전처를 이렇게까지 부정하는 게 마음에 들지 않았을 뿐. 솔직하게 인정했으면 그냥 넘어갔겠지만 오히려 성을 내니 냉소로 대응할 수밖에 없었다. 그때 핀천의 목소리가 들렸다.

"아빠! 선생님! 이리 좀 와보세요!"

장원융은 아들의 목소리에 나를 한번 보더니 아무 말 없이 몸을 돌려 핀천 쪽으로 걸어갔다. 그가 물속으로 발을 내딛자 장화가 수면에 묵직한 파문을 일으켰다. 핀천은 창고 앞에 서 있었다. 꿈에서 그들이 시체를 놓은 곳이었다.

나는 끓어오르는 감정을 누르면서 천천히 다가갔다.

"이런 걸 찾았어요."

핀천은 상반신이 다 젖은 채로 책가방을 하나 들고 있었다. 책가방도 흠뻑 젖은 것을 보니 물에서 건져 올린 모양이었다. 장원융이 의외라는 듯이 말했다.

"이게 뭐지? 예전 학생이 남겨놓은 건가?"

"책가방을 창고에 놔두는 건 일반적인 일은 아니지 않나요?"

내가 퉁명스럽게 말했다.

"핀천, 어디서 발견한 거야?"

"창고 바닥 밑에 공간이 있어요. 예전에는 덮개 같은 것으로 덮어놓았던 것 같은데, 물속에서 썩었나봐요. 안이 꽤 깊어서 손전등으로 비춰보다가 이걸 발견했어요."

"책가방이 있는 게 이상한 일은 아니지. 창고였으니 안 쓰는 책가방을 놔뒀을 수도 있고."

"저도 관련이 있는지 없는지 잘 모르겠어요. 그런데……." 핀천이 책가방의 무게를 가늠하며 말했다. "안에 뭐가 들어 있어요. 그리고 책가방도 더 있어요. 총 여덟 개요."

핀천이 진지한 표정으로 우리를 쳐다봤다.

"책가방이 여덟 개라고?"

장원융은 순간 이해하지 못한 얼굴이었다가 눈이 커졌다.

"잠깐만, 5학년 실종자도 여덟 명이었는데, 설마……."

"남은 책가방도 꺼내자."

내가 제안했다. 장원융 부자가 창고로 들어가 나머지 일곱 개를 하나하나 꺼냈다. 핀천은 물속에서 꺼내 올리고 장원융이 받아 마른 곳에 놓았다. 두 사람은 금세 온몸이 축축하게 젖었다. 저수지 아래에 삼십여 년 동안 잠겨 있던 책가방들이 마른 바닥에 줄지어 놓여 다시 햇빛을 보게 되었다.

정오의 햇살이 이곳에 가득 고인 불길한 기운을 몰아내려는 듯 뜨겁게 내리쬐었다. 책가방에서 물이 흘러내려 표면이 아름답게 반짝거렸다. 언뜻 보면 신비하다기보다 음산하고 무서운 느낌이 더 강했다. 장원융이 긴장한 얼굴로 물었다.

"선생님, 어떻게 생각하십니까? 이게 그 실종자들의 것일까요?"

"핀천 말이 안에 뭐가 있는 것 같다고 했으니 열어봅시다."

"제가 할게요."

핀천이 그중 하나를 열어 손에 잡히는 것을 꺼냈다. 핀천은 손에 잡힌 물건이 의외라는 듯 눈썹을 치켜올렸다.

"옷인데……?"

흰색 옷 위에 수초가 자라 있었고 군데군데 거뭇했다. 펼쳐보니 초등학교 남학생 교복이었다. '퍽' 하는 소리와 함께 펼쳐진 교복에서 뭔가가 떨어졌다. 장원융이 다가가 확인하니 남자아이의 속옷이었다.

"이게 뭐야!"

장원융도 책가방에서 뭔가를 꺼냈다. 이번에는 남학생의 교복 바지였다.

우리는 서로의 얼굴을 쳐다보았다. 왜 책가방에 옷을 넣어둔 것이지?

부자는 책가방을 다 살펴보았다. 모든 책가방에 초등학교 교복과 속옷이 들어 있었다. 교복에는 주인을 알 만한 이름이나 정보가 없었다. 옷 외에 잡다한 것들이 많았는데 오랫동안 물에 잠겨 부패된 상태였다. 특히 종이류는 전부 뭉쳐 있었고 철제로 된 것은 당연히 녹슬어 있었다. 핀천은 물건을 꺼내 하나하나 햇볕에 널었다.

밝은 태양 아래 황토색 모래언덕이 얼어버릴 것 같은 한기를 내뿜었다. 만약 이 책가방이 정말 실종자들의 것이라면 누구든 이런 추론을 제시할 수 있을 것이다. '그들은 전라 상태로 실종됐을 가능성이 크다.'

상상하기가 쉽진 않지만 실종자들은 왜 전라 상태였을까? 부자가 서로 얼굴을 쳐다보았다. 핀천의 표정이 특히 심각했다.

"이것들을 보니 떠오르는 생각이 있어요." 핀천이 낮은 소리로 말했다. "실종자들은 살해된 걸지도 몰라요."

나는 웃었다. 역시 핀천이었다. 얼마나 합리적인 추론인가! 장원융도 같은 생각을 하는 것 같았다. 당시 마을 사람들은 마신자가 실종자들을 데려갔다고 생각했다. 마신자가 그들을 데려간 뒤에 옷을 다 벗겨 책가방에 넣고 다시 책가방을 창고에 넣어두었다?

당연히 불가능했다. 분명 그들에게는 다른 일이 있었던 것이다.

"산에 갔다는 수란의 말이 거짓이었단 말입니까?"

장원융은 이마에 식은땀이 맺히고 얼굴이 새파랗게 질렸다.

"수란이 친구들을 죽이고 친구들의 책가방과 옷을 이곳에 두었다고요?"

"저는 그렇게 생각하지 않습니다. 초등학교 5학년짜리가 친구 여덟 명을 죽이고 시체까지 처리하기엔 무리가 있죠. 자, 창고에는 시체가 없었어요. 그러니 시체는 분명 밖에서 처리한 거죠. 하교 후부터 가오수란이 발견되기까지 길어야 두 시간, 환경미화 때문에 다른 학년 학생들이 교실에 남아 있었습니다. 그 짧은 시간에 다른 학생들의 눈과 귀를 피해 시체를 처리하는 건 불가능해요. 다른 학년 학생들이 학교에 남은 시간을 삼십 분 정도라고 가정해도 한 시간 반밖에 안 남으니까요. 그 시간 동안 가오수란이 나머지 일을 다 처리할 수는 없었을 겁니다."

"그러면 왜 거짓말을 한 걸까요! 그 아이들이 정말 산에 올라갔고, 누군가 그 애들 옷을 책가방에 넣어서 갖고 돌아왔을 리는 없잖습니까! 정말 소문처럼 정부 사람이 애들을 죽이고 입을 막은 것일까요?"

"만약 그랬다면 가오수란도 살아서 돌아오지 못했을 거라고 제가 말했는데요."

"아, 알았습니다!" 장원융이 손뼉을 치며 말했다. "린진리도 공범일 가능성은요? 예를 들어, 그가 거짓말을 한 겁니다, 전부 다요. 학교에서 사고가 발생해 여덟 명이 죽고 수란만 살아남은 거예요. 학교 전체가 똘똘 뭉쳐서 사건의 진상을 감춘 것이지요. 전 교원이 같이 시체를 처리하면 어렵지 않잖아요!"

"사건 관계자가 그렇게 많았다면 책가방을 창고에 두지 않았겠지요."

"무슨 뜻입니까?"

"여덟 개는 너무 많아요. 그동안 발견되지 않은 건 그저 운이 좋았을 뿐이죠. 책가방을 창고에 놓았다는 것은 범인이 물건을 숨길 곳이 없었다는 뜻입니다. 만약 이 일에 공범이 많았다면 물건을 분산해 각각 다른 곳에 숨겼을 테죠."

눈썹을 찌푸리는 게 장원융은 다른 가능성을 생각하는 것 같았다. 나는 두 사람의 주의를 환기했다.

"여러분이 두 가지 사항을 기억했으면 좋겠습니다. 첫째, 실종자는 살해당했을 가능성이 큽니다. 이건 의미 있는 발견이 분명하지만, 우리의 목적은 젓가락 신선과 관련된 단서라는 것을 잊지 마세요. 둘째, 당시 실종자의 책가방이 발견되지 않았고, 지금 우리가 책가방 여덟 개를 발견했으니, 이건 그들의 것일 가능성이 커요. 하지만 논리적으로 봤을 때 전혀 관련 없는 사건일 가능성도 있습니다."

"이게 5학년 집단 실종 사건과 무관하다는 말입니까? 말도 안 돼요! 어렵게 찾았는데!" 장원융이 소리 높여 버럭 화를 냈다. "게다가 창고에서 찾았어요. 젓가락 신선 꿈에서 마지막에 시체를 여기에 놓지 않습니까? 이게 힌트가 아니고 뭡니까? 두 사건은 분명 연관이 있어요!"

"저는 두 사건의 연관 가능성을 부정하는 게 아니라 증거가 필요하다는 겁니다."

그랬다, 과거 이 초등학교에서 어떤 일이 발생했다. 그때 감식 기술이 발달하고 경찰이 개입해 제대로 다뤘다면 진실은 이미 밝혀졌을지도 모른다. 하지만 갖가지 우연이 얽히고설켜 제대로 처리되지 않았고 페이추이 댐 저수로 영원한 비밀이 되었다…….

비밀을 밝히기까지 딱 한 걸음이 남았지만 여전히 부족했다. 실종자 여덟 명이 정말 살해됐다면, 그들의 원혼이 심연에서 소리치고 있을 것이다! 하지만 그들이 살해당했다는 증거를 찾지 못한다면 우리 멋대로 살해당했다고 결론을 내린 셈이니 그 역시 찝찝할 것이다. 증명하지 못해 수수께끼로 남은 일은 그들이 무슨 일을 당했는지 알 수 없게 만들었다. 하지만 불필요한 오해가 생기는 것 역시 경계해야 했다.

진실은 밝혀져야 한다! 지옥에서 온 고백을 바로 세우는 것이 추리의 가치다. 그래서 이 사건은 소홀히 넘길 수가 없다. '으레 그러려니' 하고 지나가서는 안 됐다.

핀천이 갑자기 말했다.

"선생님, 실종자들의 이름을 아세요?"

"알아." 나는 숨을 들이마셨다. "이름 나왔어?"

"종이가 대부분 뭉쳐졌기는 하지만, 이것 좀 보세요."

핀천이 바닥에 쪼그리고 앉아 조심스럽게 교복을 펼쳤다.

"이건 분명 숙제 노트일 거예요. 교복을 숙제 노트 위에 눌러 넣었는데 노트 겉표지가 물에 젖어 종이가 떨어져 나온 것 같아요. 근데 책가방이 너무 꽉 끼어 교복에 눌려서 탁본처럼 옷에 박힌 거죠. 보세요, 이 숙제 노트의 주인은……."

핀천은 나에게 이름을 보여주었다. 글씨체가 삐뚤빼뚤하고 반대로 찍혀 있었지만 또렷이 보였다. '가오즈슝.'

나는 숨을 훅 들이마셨다. 제일 먼저 밝혀진 이름이 이것이라니! 나는 비틀거렸고 핀천이 달라진 내 표정을 보고 재빨리 부축해주었다.

"실종자 여덟 명 중 하나가 맞지요?"

"맞아."

나는 충격으로 열 살은 늙은 것 같았다.

"게다가 가오수란의 쌍둥이 오빠야. 이제 증명됐네. 실종된 사람의 물건이 같이 실종되지 않고 모처에 보존되어 있었다는 것이. 사람들이 열심히 찾는 동안 누군가는 비밀을 간직하고 있었던 거야. 맞아, 그들은 살해당했고, 비밀을 지킨 자가 바로 범인이야."

"수란에게 오빠가 있었다는 말입니까?" 장원융이 의외라는 듯이 물었다. "어떻게 나는 한 번도 못 들어봤을까요?"

"그녀는 오빠를 싫어했으니까요." 나는 쓴웃음을 지었다. "가오즈슝이 실종되고 그녀는 오빠가 존재한 적 없는 것처럼 행동했어요. 일절 언급도 않는 건 의외였죠."

핀천이 갑자기 손을 뗐다.

핀천을 쳐다보니 놀란 얼굴에 경계심이 퍼져 있었다.

"선생님이 어떻게 가오수란과 그녀의 가족 관계를 아세요? 선생님은 최근에야 B초등학교에 관한 일을 조사하신 거 아니에요? 제가 알기로 가오수란은 십팔 년 전에 세상을 떠났어요. 그 전에 가오수란과 접촉하지 않았으면 알 수 없는 부분이에요."

장원융은 핀천이 왜 갑자기 태도를 바꾸었는지 이해하지 못하는 눈치였다.

"무슨 말을 하는 거냐? 그게 왜 불가능하지? 선생님이 수란의 부모에게 물어봤을 수도 있잖아."

"저는 '동생이 오빠를 싫어해서'라고 말하는 부모는 없다고 생각해요. 보통은 사실과 달라도 '오빠를 생각하면 괴로워서 말하지 않았다'처럼 적어도 상황을 부드럽게 바꿔서 말하지요. 선생님도 다른 사람한테 들었을 리가 없어요. 가오수란과 결혼했던 아빠도 몰랐으니 다른 사람은 더더욱 몰랐을 겁니다."

모든 게 핀천의 말대로였다. 하지만 장원융의 표정을 보니 그는 아직도 이게 왜 중요하다는 것인지 모르는 것 같았다. 나는 한숨을 쉬며 씁쓸히 웃었다.

"나중에 이야기해줄게. 하지만 먼저 확인해야 할 일이 있어. 이미 답을 알고 있지만……. 장 선생님, 타이완 대학교 졸업하셨지요?"

"그렇습니다. 저에 대해 조사하셨어요?"

나는 고개를 저었다.

"선생님 이름은 장원융이고, 성을 바꾼 적은 없지요?"

"당연히 없지요. 왜 성을 바꾸겠습니까?"

"예전에 이 마을에 '좡원융(莊文勇)'이라는 사람이 있었어요. 그는 타이완 대학교에 합격해 온 마을의 유명인사가 되었었죠. 선생님은 그 사람이 아니지요?"

"당연히 아니지요! 저는 이 마을 출신도 아닌걸요."

장원융은 영문을 모르겠다는 표정이었지만 그의 대답은 내 생각대로였다. 가히 만족스럽다고 할 수 있었다.

"대충 이해가 가네요." 나는 감회에 젖었다. "젓가락 신선 의식은 어쩌면 범인의 죄책감이 변형된 것인지도 모르겠어요. 상황이 도대체 왜 이렇게 되었는지는 범인도 아마 잘 모를 겁니다. 하지만 오늘 이곳에서 발생한 일은 젓가락 신선이 기대한 결과입니다. 그때 일과 관련이 없는 사람이 이곳에 와서 그때 그들이 산에서 실종된 것이 아니라 살해됐다는 것을 알아내는 것이요."

장원융 부자는 멍한 표정을 지었다. 핀천이 먼저 깨달았다.

"선생님, 그 말씀은…… 젓가락 신선 의식 참여자가 B초등학교에서 깨어나는 게 그때 B초등학교의 집단 실종이 단순한 실종이 아니라는 것을 알리기 위해서라는 건가요?"

"그렇게 단순하지만은 않지만, 대략적인 방향은 맞아. 핀천, 그 꿈을 꾸었을 때 꿈속에서 사람들이 계속 죽는 게 살해라는 암시는 없었어? 그게 바로 꿈속 장면이 전달하려는 정보야. 생존자 한 명을 제외한 남은 여덟 명은 사고를 당한 게 아니라 살해된 것이라는 정보."

"잠깐, 잠깐만요!" 장원융이 놀라 끼어들었다. "이 의식이 그렇게 많은 사람을 죽이는 게 당시의 살인 사건을 고발하기 위해서라고요? 그렇다면 왜 일본까지 전해진 겁니까?"

"그 점에 관해 조사한 사람이 있습니다."

나는 휴대전화를 꺼내 M선생이 보내온 메일을 열었다.

"일본어 할 줄 아세요?"

장원융은 대답하지 않았고 핀천이 말했다.

"대충 읽을 줄 알아요. 자신은 없지만."

"그러면 제가 번역해서 들려드릴게요. 그게 나을 것 같네요."

나는 M선생의 회신을 번역해 들려주었다.

선생님 메일을 받고 어떻게 회신해야 할지 망설였습니다…….
오해하지 마세요, 회신을 안 하고 싶었다는 것이 아니라 선생님의 메일을 받았을 때 마침 조사에 큰 진전이 있었거든요. 하지만 이 진전을 어떻게 해석해야 할지 몰라 망설였습니다. 선생님께서도 다 들으시면 이해하실 수 있을 겁니다. 어쨌든 선생님의 질문에 신중하게 대답하겠습니다.

선생님이 질문하신 젓가락님 의식은 몇 개월 전에 한 괴담회에서 들었습니다. 말하는 분이 먼 과거의 일이라고 해서 지금은 전해지지 않는 줄 알았고, 오히려 고도쿠와 관련된 일인 줄 알았습니다. 그러나 제 생각과는 달리 의식은 지금까지 계속 전해질 뿐 아니라 각종 체험기를 정리해놓은 사이트까지 있었습니다. 솔직히 이런 위험을 동반하고 소원을 들어주는 의식은 흔합니다. 하지만 젓가락님은 제가 상상한 유행과는 거리가 멀어서 그것의 기원에 대해 관심이 생겨 조사를 시작했죠. 다음은 제가 조사한 과정과 결론입니다.

현재 제가 찾을 수 있는 최초의 문헌은 1980년대 말 지방지입니다. 칼럼에서 작가가 타이완에서 이상한 의식 이야기를 들었다고 했는데 그게 바로 젓가락님입니다. 하지만 당시에는 젓가락님이라는 이름은 없었고 그냥 '이상한 의식'이라고만 했습니다.

기록이 이것 하나뿐이라면 젓가락님 의식은 그렇게 유행하지 않았을 것입니다. 즉 이것은 기원이 아닌 거죠. 그래서 저는 신문, 잡지, 논문 등 각종 기록을 찾았습니다. 흥미로운 점은 1990년대 초반에는 '이것은 타이완에서 들은 의식이다'라는 말이 많다가 1990년대 후반부터 의식 자체의 기록만 남았고, '내 친구가 이 의식을 하고 어떠어떠한 결과가 생겼다' 하는 서술이 많아지면서 전형적인 도시전설의 형태를 띠었다는 것입니다.

젓가락님이 왜 이렇게 널리 퍼졌을까요? 저는 징조가 나타나는 '증거성' 때문이라고 생각합니다. 비슷한 의식은 많지만 젓가락님의 특징은 피부에 붉은색 물고기 모양의 흔적이 남는 것입니다. 어떤 의미에서 이것은 의식 자체보다 더 화제성이 있습니다. 많은 사람이 의식에 참여하지 않아도 피부에 생긴 붉은색 물고기 모양 사진 몇 장이면 훨씬 많은 사람에게 이 의식을 알릴 수 있지요.

그러면 젓가락님은 도대체 어디서 기원했을까요? 어째서 1980년대 말부터 1990년대 초까지 일본의 다양한 지역에서 '타이완에서 들었다'는 사람이 많이 나타난 것일까요? 마침 그런 말을 했던 사람 중 한 명이 예전에 일 관계로 연락했던 사람이었습니다. 다른 핑계를 대고 만나 타이완 어디에서 젓가락님 전설을 들었는지 물었습니다.

바로 이 조사 결과 때문에 나는 선생님에게 진지하게 회신해야 한다고 생각했습니다.

결론부터 말씀드리면 젓가락님 의식은 주로 타이완의 사창가에서 전해졌습니다. 저는 그 사람 외에 다른 사람들도 만나봤습니다. 장소는 달라도 대부분 사창가와 관련이 있었습니다. 1980년대에 타이완을 방문한 일본 관광객은 남성이 압도적으로 많았습니다. 그 가운데 일을 핑계로 타이완에서 매춘하는 사람도 많았고, 관광중에 사창가에 가는 사람도 있었습니다.

이런 이야기를 어떻게 꺼내야 할지 몰라 최대한 학술적인 태도로 말씀드리겠습니다. 저는 젓가락님 의식이 최초로 퍼진 곳은 타이완의 사창가였을 것이고, 매춘을 위해 그곳을 찾은 일본 손님이 듣고 일본에 전했고, 화제성이 커서 일본에서도 유행한 것이라고 추측합니다.

물론 그 가운데는 밝혀지지 않은 수수께끼도 있습니다. 예를 들어, 이 의식이 정말 타이완의 사창가에서 전해졌다고 해도, 죽음이나 불행을 수반하는 의식이 그렇게 널리 퍼질 수 있었을까? 치사율이 높은 바이러스처럼 숙주가 너무 쉽게 죽어서 오히려 전파되기 어렵지 않나? 또 죽을 수도 있다는 것을 알면 의식을 안 하는 게 맞지 않나? 하지만 또 비극적인 가설이 떠올랐습니다. 만약 타이완의 사창가가 안전하지 않아 사고와 사망 같은 나쁜 일이 흔했다면, 젓가락님 의식으로 불행한 일이 많이 생겨도 주의를 끌지 않았을 것입니다. 그리고 특수한 업종에 종사하는 여성이라면 몸에 난 물고기 모양의 흔적을 최대한 가리려고 했을 테니 젓가락님으로 인한 불행의 흔적을 발견하는 사람도 없었을 겁니다. 사실 초기에 일본에 전해진 전설에는 물고기 모양의 모반이나 '불행을 가져온다' 같은 말은 없었습니다. 그 이유는 간단합니다. 그때는 정보의 흐름이 지금처럼 빠르지 않았기 때문이지요. 요즘 인터넷 사용자들이 물고기 모양 모반에 주의를 기울이고 심지어 꿈속 학교의 평면도를 비교하는 것은 사건 관련자가 빠르게 자료를 정리하고 비교할 수 있게 됐기 때문입니다.

그러니까 초기 젓가락님 전설에 불행의 요소가 없었던 이유는 그 의식이 불행을 가져오지 않아서가 아니라 그 불행을 젓가락님과 연결하지 못했기 때문이라는 겁니다. 사창가는 구성원과의 관계가 비교적 긴밀하고 갖가지 불행이 산재해 젓가락님의 위험성이 드러나지 않은 것이지요. 이상이 제 추론입니다.

주목할 만한 점은 제가 인터뷰한 사람 중 한 명이 타이완에서 성매매 종사자에게 젓가락님 의식은 아니지만, '물고기 모양의 모반' 이야기를 들은 적이 있다는 것입니다. 그 성매매 종사자는 아주 비장하고 참담한 이야기를 들려주었는데, 그 이야기 속에 '젓가락'이 등장합니다.

과거에 그 여성은 아이를 잃었는데 아이 손에 물고기 모양의 모반이 있었다고 합니다. 나중에 그녀는 타이완의 어떤 강령 의식(선생님이 저보다 더 잘 아시겠지요)을 통해 아이의 영혼을 젓가락으로 소환했고 자신의 아이를 해친 사람을 저주했는데 도중에 그녀는 어떤 소리를 듣게 됐고, 들킬까 무서워 재빨리 젓가락을 원래 위치에 돌려놓았다고요. 이 이야기에는 물고기 모양 모반과 젓가락이 동시에 나타납니다. 우연의 일치일까요? 우연이 아니라면 이 성매매 종사자가 젓가락님 수수께끼의 핵심 인물이 아닐까요……?

만약 그 성매매 종사자의 이야기가 사실이고 그녀가 젓가락님의 핵심 인물이라고 해도 그녀가 이런 공포스러운 의식을 만들어냈을 것이라고는 생각하기 어렵습니다. 그래서 저는 다음과 같이 추측했습니다. 일본에도 '곳쿠리상'이라고 하는 강령게임이 있습니다. 서양의 위저보드(Ouija board)처럼 어떤 매개를 통해 귀신을 불러오는데, 끝나면 반드시 귀신을 보내야 합니다. 타이완의 '접선'도 마찬가지라고 들었습니다. 그 여성이 젓가락으로 강령 의식을 할 때 무슨 소리를 들어 재빨리 젓가락을 제자리에 두었다고 했으니 불러온 귀신을 보내는 송신을 할 시간이 없었을 겁니다. 만약 귀신에게 생전에 붉은색 물고기 모양의 모반이 있었다면, 귀신을 배웅하지 않았으니 귀신이 계속 젓가락에 남아 젓가락님을 파생시킨 게 아닐까요? 그래서 젓가락님에서 '물고기 모양의 모반'이 징조가 된 것이고요.

그러니 그 젓가락과 여성을 찾아 송신을 해서 의식을 완성하면 젓가락님으로 인한 갖가지 불행을 멈출 수 있지 않을까요? 하지만 지금은 그 젓가락을 찾기가 어려울 것 같습니다.

마지막으로 한 가지 더 말씀드리겠습니다. 젓가락님과는 무관하지만 인터뷰 과정에서 아주 인상 깊었던 일이 있었습니다.

앞에서 말씀드렸던 물고기 모양의 모반에 관한 전설을 들었다는 사람에게 타이완의 사창가에서 다른 이야기를 더 들은 게 없냐고 물었더니 그는 이제 사창가에 가지 않는다고 했습니다. 타이완뿐만 아니라 일본에서도요.

안정적으로 교제하는 상대가 생긴 것이냐고 물었더니 그게 아니라 그 여성의 이야기가 너무 무서웠다고 했습니다. 공포스러운 강령 의식 때문이 아니라 그제야 성매매 종사자도 인간이라는 것을 인식했다고요.

그는 이렇게 말했습니다.

"그게 무슨 쓸데없는 말이냐고, 당연한 거 아니냐고 말할지도 모릅니다. 하지만 나는 돈을 주고 여자를 살 때 상대를 인간이라고 생각하지 않고 그저 성욕을 발산하는 도구로만 여겼습니다. 그것이 그녀의 일이지만 그런 일을 한다고 그녀의 인간 자격까지 박탈할 수 있을까요? 그녀의 이야기를 듣고 나서야 그녀도 보통 사람과 마찬가지로 과거가 있고 고통이 있으며 희망이 있고 행복을 추구한다는 것을 깨달았습니다. 나한테는 재미에 불과한 것이 그녀에게는 악몽이 될 수도 있다는 걸요……. 그 이후로 저는 여자를 성욕의 도구로만 볼 수 없게 되었습니다."

그의 말이 제 머릿속에서 지워지지 않았습니다. 그러던 차에 선생님에게 메일을 받았습니다. 젓가락님이 일본으로 전해진 과정, 1980, 90년대 타이완과 일본의 복잡한 관계 때문에 어떻게 말해야 할지 계속 난처한 느낌이 들었습니다. 하지만 그 사람의 말을 듣고 저는 그 시절의 그런 관계가 한 가지 면만 있는 게 아니라고 생각했고, 그래서 이 일을 선생님에게 말씀드리는 것입니다.

또 물을 것이 있으면 연락주세요.

"장 선생님."

메일을 다 읽은 나는 장원융을 똑바로 보면서 그에게 깊이 생각할 시간을 주지 않았다.

"선생님의 목적은 젓가락 신선의 저주를 푸는 것이지요? M선생의 추론에 따르면 방법은 명확합니다. 젓가락을 찾으면 아들을 구할 수 있어요. 그래서 묻습니다. 그때 선생님이 가오수란에게서 몰래 훔쳐 간 왕선군의 일부를 아직 갖고 있습니까?"

장원융의 낯빛이 확 변했다.

"당신……당신이 어떻게 알았지?!"

"추측하기 어렵지 않지요. 왕선군의 일부가 사라진 것은…… 그 시점에서 이익을 보는 건 선생님뿐이니까요. 선생님에게는 동기도, 기회도 있었죠."

"아니! 나는 그때 상황을 어떻게 아느냐고 묻는 겁니다. 그때…… 그 상황은 분명…… 우리 몇 명만 아는데…… 수란의 부모님께 물어본 겁니까?"

너무 질겁해 조금 우습기까지 한 모습에 나는 실소를 금할 수 없었다. 씁쓸함이 담긴 미소였다.

"내가 어떻게 모르겠어요? 가오수란은 내 시누이고, 내 남편의 여동생이니 그녀의 결혼에 내가 관심을 갖는 것은 당연하지요. 내가 당신을 보는 걸 그녀가 바라지 않아서 당신 앞에 모습을 드러내지 않은 것뿐이에요……."

9

정월 대보름이 지나고 며칠 뒤에 당황스러운 일이 생겼습니다. 숨겨둔 위텅이 감쪽같이 사라졌거든요.

없어진 것을 발견하자 정신이 혼미해지고 온갖 불길한 생각이 다 들었습니다. 집안사람이 발견한 건가? 왜 이런 것을 갖고 있냐고 물으면 어떻게 하지? 분명 맞아 죽을 텐데! 아빠 엄마가 갑자기 위텅을 들이밀며 꿇어 앉힐까봐 전전긍긍했지요. 그런데 며칠이 지나도 잠잠해 그제야 조심스럽게 숨을 돌렸습니다.

하지만 의문은 사라지지 않았습니다. 위텅이 어디로 사라졌을까? 답은 며칠 뒤에 알게 됐습니다.

그날 청소하다가 시누이의 책상 옆에서 위텅 잎을 발견했거든요. 시누이가 위텅을 가져간 거야? 하지만…… 왜? 동시에 불길한 징조를 발견했습니다. 시누이가 취사도구를 몰래 사용한 흔적을 발견했거든요. 왜 나 몰래 불을 사용했을까?

생각할수록 불안해 시누이가 돌아올 때까지 기다릴 수가 없었습니다. 그래서 최대한 빨리 집안일을 끝내고 엄마에게 학교가 끝날 시간에 맞춰가서 남편을 데려오겠다고 말했지요. 아직 화가 풀리지 않은 집 식구들이 이것도 안 했네, 저것도 안 했네, 온갖 지적을 했습니다. 하지만 그런 것에 허비할 시간이 없었어요. 그래서 한 번에 통과하려고 지적한 부분을 필사적으로 다 해놓았습니다.

집에서 학교까지는 삼십 분이 걸렸습니다. 집안일을 다 마치고 집을 나섰을 때는 이미 하교 시간에 가까웠지요. 길에서 시누이와 남편을 만날 수도 있지 않을까? 나는 길이 어긋날까 걱정하면서 학교로 향했습니다.

가는 길에 마주친 사람 중 익숙한 얼굴은 하나도 없었습니다. 교문에 도착해 수위 아저씨에게 물으니 5학년 학생은 아직 나오지 않았다고 했습니다. 그제야 안심이 되었지요. 길에서 엇갈리지 않아서 다행이라고 생각했습니다. 하지만 5학년 교실에 도착했을 때, 평생 잊지 못할 장면이 눈앞에 펼쳐져 있었습니다.

바닥에는 교실 환경미화에 사용하는 용품이 여기저기 널려 있고, 그 사이에 여덟 명의 아이가 바닥에 널브러져 꼼짝하지 않았습니다. 가오수란은 무표정한 얼굴로 교실 중간에 앉아 있었지요. 마치 다른 아이들이 오체투지로 시누이에게 신하의 절을 올리고 시누이는 당연한 듯이 신하들의 큰절을 받는 것 같았습니다.

"수란? 이게 어떻게 된 일이야?"

아직도 그 말을 하면서 떨렸던 느낌이 기억납니다. 수란은 나를 보며 명랑하게 웃었어요.

"잘됐다, 언니. 이제 언니는 우리 집에서 해방이야."

시누이는 발로 자기 오빠의 머리를 툭툭 쳤습니다. 나는 넋이 나간 채로 다가가 열 살 난 아이의 머리를 잡아 들었습니다. 남편은 아직 따뜻했지만 이미 호흡은 없었고 맥박도 뛰지 않았습니다. 내가 집에서 조금만 일찍 나왔다면, 이런 상황이 되기 전에 도착했을까? 장담할 수 없었습니다.

"……왜?"

나는 쪼그려 앉은 채 숨을 몰아쉬고 입술을 떨며 시누이를 쳐다봤습니다.

"뭐가 왜야?"

시누이가 이해하지 못하겠다는 투로 말했습니다.

"왜 오빠를 죽였어?"

"언니가 죽이고 싶다고 했잖아?"

순간 이해가 되지 않았지만, 시누이의 다음 말에 머리를 세게 한 대 맞은 것 같았습니다.

"그날 밤, 언니가 왕선군에게 한 말, 전부 다 들었어."

피까지 얼어붙는 것 같았습니다. 너였구나! 네가 내 살의, 내 살인 동기를 다 들었구나! 그래서 위텅을 가져가 독차를 만들어 사람들을 죽였구나! 그래서 시누이는 나한테 해방됐다고 말한 것이었어요.

"원래도 오빠의 존재는 참 이상했어. 언니도 그렇게 생각했지? 언니가 오빠보다 나이도 많은데 버르장머리 없이 굴고 말이야. 왜? 오빠가 '남편'이라서? 분명히 동시에 태어났는데 오빠는 나보다 귀한 대접을 받고 좋은 것을 다 가졌어. 왜? 남자라서? 그러면 우리는 언제까지 남자들한테 지배당해야 하지? 오늘부터 우리는 선택을 하는 거야, 어떤 삶을 살지 선택하는 거라고. 그 누구도 우리 것을 빼앗아갈 수 없어!"

그다지 큰 소리가 아니었음에도 시누이의 말이 천둥처럼 내 귀를 뚫고 들어와 가슴에서 폭발하는 것 같았습니다. 비통한 눈물이 나오려고 했어요. 아, 내가 업어 키운 아이들인데! 수란이 남편을 죽이다니. 아니, 남편은 나 때문에 죽은 거예요. 내가 그를 죽이고 싶다고 생각했기 때문에, 위텅을 준비하고 살인 계획을 입에 담았기 때문에……!

살인을 실행하는 사람이 시누이가 될 줄은 상상도 하지 못했습니다. 겨우 열 살 난 아이였어요! 모두 내 잘못이었습니다. 내가 왕선군을 통해 위쯔에게 저주의 말을 해서……. 시누이는 내 살의를 이어받은 것에 불과했습니다. 나는 나 자신은 막았지만, 저주는 계속 유효했어요.

모두 내 잘못이었습니다.

"다른 사람은 왜 죽였어? 저 애들이 무슨 잘못을 했길래?"

"어쩔 수 없었어. 오빠한테만 독약을 먹일 방법이 없었으니까. 내가 선생님이 주신 구하기 어려운 음료고 몸에 좋다고 했거든. 오빠 성격에 그렇게 좋다고 하지 않으면 마실 리가 없잖아! 위텅차 안에 설탕도 아주아주 많이 넣었어, 오빠가 안 마실까봐. 그런데 그렇게 말하니 다른 애들도 마시고 싶다고 하잖아. 어떻게 안 된다고 해?"

겨우 그런 이유로?

아이들은 유혹을 못 참아 죽음의 길로 향한 거야? 어떻게 이럴 수가…… 이런 일을 하면서 전혀 망설이지 않았단 말이야? 이건…… 살인이잖아!

"이제 어떻게 할 생각이야?" 내가 물었습니다. "네가 이 애들을 죽였고, 곧 발각될 거야. 그러면 너는 경찰에 잡혀갈 거라고!"

"걱정하지 마."

시누이가 책가방에서 천천히 젓가락 한 쌍을 꺼냈습니다. 왕선군이었어요.

"이거 전부 다 왕선군이 시켜서 한 거야. 왕선군이 나를 보호해 줄 거야. 나한테는 아무 일도 일어나지 않을 거라고."

눈앞이 핑 도는 것 같았습니다.

어떻게 저런 말을 할 수가 있지? 하지만 시누이는 진지했습니다. 정말로 젓가락에 신이 깃들어 있고 내 저주가 진짜라고 여겼습니다. 게다가 빙그레 웃는 모습이 후회하는 기색이라곤 전혀 없었지요. 그녀는 진심으로 자기가 말한 모든 것을 믿고 있었습니다.

하지만 왕선군은 그녀를 보호해줄 수 없었습니다.

그냥 못 본 척 놔둔다면 시누이는 경찰에 잡혀갈 게 분명했습니다. 총살당할지 어떨지는 모르겠지만 내가 어떻게 시누이를 감옥에 보내겠습니까? 이 사건의 주모자는 나인데요! 내가 아니었다면 이런 사건이 발생하지 않았을 테니 내가 책임을 져야 했습니다.

나는 천천히 일어났습니다.

"알았어. 수란, 사실 왕선군이 나한테도 지시한 게 있어. 내 말대로만 하면 경찰에 잡혀가지 않을 거야."

"정말?" 시누이가 기뻐하며 말했습니다. "정말 잘 됐다! 언니도 왕선군 목소리를 들을 줄 알았다니까!"

억지로 미소를 지었지만, 사실은 전혀 자신이 없었습니다. 내가 정말 시누이를 지킬 수 있을까? 우리는 같은 배 앞에 서 있었습니다. 올라타지 않는 쪽을 선택할 수도 있지만 그렇게 하고 싶지 않았습니다. 시누이가 나 대신 속죄하게 할 수는 없었거든요.

"우선 다른 사람한테 들키지 않게 아이들을 잘 숨겨놓자."

우리는 교실의 사각지대를 이용했습니다. 수납장은 물건으로 차 있었지만 상관없었어요. 일단 다 꺼냈습니다. 바닥은 이미 엉망이었으니까요. 우리는 아이들을 빈 장에 넣고, 몇몇은 벽 쪽에 잔뜩 쌓아놓은 종이 더미 밑에 숨겼습니다. 몇몇은 교탁 아래에 숨겼고요. 간신히 아이들을 전부 숨겼습니다.

"수란, 너도 잘 숨어 있어. 절대 나오지 마. 한 시간 정도 뒤에 학교에 사람이 한 명도 없는 것을 확인한 다음 교실에서 나와야 해. 교실 문 절대 잠그지 말고. 그런 다음 교문 앞에 앉아 있어. 누가 너를 발견하고 다른 애들은 어디에 있냐고 물으면 그냥 주지 산을 가리켜. 어떤 질문을 해도 절대 대답하면 안 되고, 말을 해서도 안 돼. 오늘 하루 종일 너는 벙어리가 되는 거야."

시누이는 천진하게 나를 쳐다봤습니다.

"왕선군이 그렇게 말했어?"

"응, 왕선군이 애들을 주지 산에서 실종되게 했어. 안심해. 내일이면 친구들 몸도 사라질 거야. 왕선군이 신기한 법력으로 그렇게 할 거야."

"알았어."

시누이는 웃으며 교탁 아래로 숨었습니다.

나는 5학년 교실에서 나와 다른 교실의 상황을 재빨리 살핀 다음 교문으로 걸어가 수위 아저씨와 선생님에게 교실에 아무도 없다고 했습니다. 그런 뒤에 두 사람과 다시 5학년 교실로 갔지요. 너무 긴장됐습니다. 수위 아저씨나 선생님이 교실로 들어가 검사하면 모든 게 끝장이었거든요! 시누이는 감옥에 가고 나도 유죄가 될 수 있었습니다.

그땐 정말 왕선군이 존재해 우리가 이 난관을 헤쳐나갈 수 있게 해달라고 기도하는 수밖에 없었습니다.

수위 아저씨는 교실에 들어가지 않고 문을 닫고 자물쇠를 채웠습니다. 나는 한숨을 내쉬었습니다. 이렇게 되면 '5학년 학생들이 언제 학교를 떠났는지 모른다'라는 걸 증명해줄 사람이 생긴 거였거든요.

집으로 돌아가는 척하면서 그길로 주지 산으로 달려가 조금 전 한 학생의 책가방에서 꺼낸 물건을 눈에 띄는 곳에 놓아두었습니다. 그리고 아무 일도 없는 척 집으로 돌아와, 학교에서 남편과 시누이를 못 만났고 두 사람이 이미 돌아온 줄 알았다면서 밖에서 찾아다니느라 늦게 왔다고 둘러댔습니다.

아빠 엄마는 아이들 걱정에 다른 5학년 학생 집에 찾아가 물었습니다. 다른 집 아이들도 돌아오지 않았다고 했고, 학부모들은 걱정하기 시작했습니다.

미안해서…… 가슴에서 피가 흐르는 것 같았습니다. 아이들은 돌아오지 못할 테니까요. 아이들 몸은 아직 따뜻할 테지만 심장은 멈춘 지 오래였죠.

이어서 소동이 일어났습니다. 나는 사람들과 함께 학교로 갔고 교문 앞에서 시누이를 발견했습니다. 아빠 엄마는 시누이가 재난의 생존자인 줄 알고 격하게 끌어안으며 오빠는 어디에 있냐고 물었습니다. 시누이는 대답하지 않았고, 누군가 다른 아이들은 어디에 있냐고 묻자 주지 산을 가리켰습니다.

얼마 뒤, 누군가 주지 산에서 내가 사람들의 시선을 돌리기 위해 두고 온 단서를 찾아냈고 사람들은 주지 산으로 달려갔습니다. 나는 아빠 엄마에게 일단 시누이를 데리고 집으로 돌아가라고 하면서, "제가 즈숭을 찾으러 갈게요. 찾을 때까지 집에 안 갈 거예요" 하고 말했습니다.

이후 산에 가는 척하면서 몰래 학교로 돌아왔습니다. 그때는 이미 날이 저물었고 시누이가 교실에서 나오면서 문을 열어놓아서 쉽게 들어갈 수 있었습니다. 나는 조심스럽게 시체를 물가로 옮겼습니다. 아이 한 명에 대략 20킬로그램 정도 나갔는데 집안일을 전담했던 터라 아이들을 옮기는 일은 별로 어렵지 않았습니다. 나는 아이 여덟 명을 일렬로 늘어놓았습니다.

문제는 이제 어떻게 하느냐였습니다. 그냥 물에 밀어 넣으면 며칠도 안 지나 발견되겠죠. 시체는 물에 뜨니까요. 예전에 상류에서 떠내려온 시체를 본 적이 있는데 처참한 모습이 차마 눈 뜨고 못 봐줄 정도였습니다. 시체가 발견되면 시누이가 독을 쓴 사실을 들키지 않을까?

알 수 없었어요. 하지만 사람들에게 시신이 발견되지 않는 쪽이 절대적으로 안전하다는 건 알았지요. 도대체 어떻게 해야 시체가 떠오르지 않을까? 몸에 돌을 달까? 그랬다가 물속에서 줄이 끊어지면? 줄의 한쪽이 물 위에 뜨고 한쪽이 가라앉으면, 아무리 생각해도 언젠가는 끊어질 것 같았어요. 아니, 묶어놓은 쪽이 끊어질 수도 있었습니다. 묶었던 손이 물속에서 부패해 몸에서 잘려 나가면 몸통이 떠오르겠지요.

기도하듯 간절히 생각했습니다. 무게를 늘리면서도 줄이 끊어지지 않는 방법이 없을까? 그때 번쩍하면서 〈늑대와 일곱 마리 양〉이라는 동화가 생각났습니다. 동화에서 엄마 양과 아기 양이 늑대의 배에 돌을 가득 채워 넣어 늑대가 물에 잠겨 죽게 했다는.

나 역시 그 초등학교 졸업생이었습니다. 어디에 칼이 있고 실과 바늘이 있는지 알고 있었어요. 아이들을 얕은 냇가로 옮기고 거기서 배를 가르면 피가 여기저기 튀지 않을 것이고, 닭과 돼지를 잡아 본 경험에 비춰보면 지금은 절개해도 피가 많이 흐르지 않을 터였습니다.

시체는 물에 가라앉는다고 해도 물속에서 옷이 찢어져 떠오르면 어쩌지? 그런 가능성조차 제거해야 했습니다. 그래서 아이들의 옷을 벗긴 다음 책가방에 쑤셔 넣었어요. 옷에 피가 묻지 않도록 나도 옷을 벗고 냇가로 들어갔습니다.

그날 밤, 모두가 주지 산에 정신이 팔려 있어서 물가 옆에 있는 학교로 돌아올 사람은 없었습니다.

나와 죽은 아이들 모두 나체였습니다. 달빛이 골짜기를 부드럽게 비추었습니다. 위쯔를 보낸 날과 마찬가지로 아름다웠지만 이가 덜덜 떨릴 정도로 추웠습니다. 칼로 배를 가르는 것은 돼지를 잡는 것과 똑같았습니다. 어려웠지만 기술로 보완할 수 있었지요. 다만 나와 똑같이 생긴 생명체의 배를 가르자니 거부감이 앞섰습니다.

하지만 퇴로는 없었어요.

배 속의 내장을 꺼내 물에 넣었습니다. 이렇게 하면 물속에 있는 생물이 먹겠지, 하고 생각했습니다. 이렇게 하면 발견되지 않을 거라고 생각했습니다. 냇가에는 돌도 많았습니다. 나는 여자아이의 배에 돌을 가득 넣고 꿰맸습니다. 이렇게 첫 번째 작업이 끝났습니다.

익숙해지자 속도가 점점 빨라졌습니다. 그래도 일곱 번째 시신의 배를 꿰매고 나니 새벽이 다 되었더군요. 새벽이 다 되도록 주지산에 횃불이 보일 거라고는 생각 못 했습니다. 사람들은 그때까지 아이들을 찾고 있었던 거지요.

속으로 미안하다는 말만 되풀이했습니다.

마지막 아이는 가오즈숭이었습니다. 얼굴을 쓰다듬으니 이미 차갑게 식어 있었어요. 그 애의 몸 위로 냇물이 흐르자 어릴 때 목욕시키던 일이 떠올랐습니다. 밉살스러운 아이가 분명했지만 왠지 모르게 눈물이 났습니다.

과거의 내가 완전히 죽어 나의 죽음을 애도하는 기분이었어요.

수심이 깊은 곳으로 아이들을 끌고 가 그들이 가라앉는 것을 봤습니다. 아이들의 표정은 모두 평안했습니다. 시체를 처리하면서 찡그리고 있던 아이들의 얼굴을 최대한 펴주었거든요. 그 순간, 어디서 나왔는지 빛을 내뿜는 물고기가 나타났습니다. 부드러운 붉은 빛을 내뿜는 그것은 마치 물에 잠긴 차가운 불꽃처럼 가장 깊은 곳도 붉게 비추었습니다.

그것은 가라앉는 아이들을 지켜주듯 유유히 헤엄쳤습니다. 얼마 뒤 붉은빛이 사라지고 아이들도 보이지 않았습니다.

그 순간 직감했습니다. 앞으로 그 누구도 이 아이들을 찾지 못할 거라고.

아이들의 책가방을 창고의 지하 공간에 숨겼습니다. 원래 식품을 보관하는 곳이었는데 나중에는 식품을 두지 않고 평소에 잘 사용하지 않는 물건들을 놓아두었지요.

누군가 이 책가방을 발견한다면, 운명을 받아들일 수밖에 없다고 생각했습니다. 집에는 이런 물건을 숨겨둘 공간이 없었거든요. 버려도 발견될 가능성이 있었고, 집에서는 자유롭지 않았기 때문에 그날 밤밖에 시간이 없었습니다. 누가 들춰보지 않을 지하 창고에 숨기는 수밖에요.

5학년 교실 문을 잠그고 집으로 돌아와 몰래 시누이를 깨워 어른들이 오늘 무슨 질문을 했냐고 물었습니다. 그리고 어른들의 질문에 어떻게 대답해야 하는지 알려주었습니다.

나는 모든 것을 학교가 아닌 주지 산으로 향하게 했습니다.

이어진 모든 일은 생각대로 진행됐습니다. 너무 순조로워서 왕선군이 정말 존재하는 게 아닐까 하는 생각이 들 정도였습니다. 어른들은 마신자가 아이들을 데려갔다고 믿기 시작했고 나와 시누이를 의심하는 사람은 아무도 없었습니다. 페이추이 댐이 모습을 드러내면서 이사 압력도 점점 커져 마을 사람들도 실종된 아이들에게 신경 쓸 여력이 없었습니다. 고통은 아이를 잃어버린 부모의 몫으로 고스란히 남겨졌습니다.

하지만 무서운 일이 생겼습니다.

그날 이후 시누이가 변했습니다. 시누이는 왕선군의 목소리가 들린다고 했습니다. 어른들은 시누이가 장난친다고 생각했지만, 시누이가 집안의 변화를 정확하게 예언하자 결국 시누이 말을 믿을 수밖에 없었지요. 시누이는 어른들에게 산호 젓가락에 체인을 걸어 자기가 지니고 다니게 해달라고 요구했고, 왕선군이 싫어한다며 앞으로는 조상에게 제사를 지내지 말라고도 했습니다.

무리한 요구였지만 어른들은 받아들였습니다. 시누이는 어린 나이에 집안의 진정한 주인이 되었습니다. 나는 자연스럽게 시누이와 멀어졌습니다. 이상하게 변한 그녀를 최대한 피하고 싶었거든요. 시간이 흐르자 시누이도 더는 나를 향해 웃지 않았습니다.

페이추이 댐이 완공되자 고향은 물에 잠겼고 나도 그 집을 떠났습니다. 페이추이 댐이 저수를 시작한 이후 산과 계곡의 형태가 변해 과거 내가 살았던 곳은 멀리서 보면 꼭 악어 같아 '악어 섬'이라고 불렸습니다. 그 후 나는 고향이 악어에게 잡아먹히는 꿈을 계속 꾸었습니다. 악어는 집들뿐 아니라 비밀도 삼켜버렸고, 드러났어야 하는 진실은 전부 수면 아래에 봉인되었습니다.

하지만 꿈속에서 고향이 악어에게 잡아먹히는데도 물고기 한 마리만은 잡아먹히지 않았습니다. 악어 앞에서 유유히 헤엄치며 잡아먹힐 기미라고는 전혀 보이지 않았지요.

그 물고기는 내 죄책감이자 희망이었습니다.

몇 년 뒤, 갈 곳이 없어 곤궁해진 나는 어쩔 수 없이 웃음을 팔아 생계를 유지하게 됐습니다. 일본 손님을 받기 위해 일본어를 공부했지요. 내 인생은 망가진 녹음테이프처럼 날마다 어제를 반복할 뿐 미래의 희망 따위 보이지 않았습니다.

그러던 어느 날, 우연히 아는 사람을 만났습니다. 실종된 아이의 아버지였습니다. 그는 아이가 아직 살아있다고 믿었고 여전히 찾고 있다고 했습니다. 순간, 이 사람만 그렇게 생각하는 게 아닐 거라는 생각이 들었습니다. 그들은 아이의 시체를 못 봤으니 희망의 끈을 놓지 못하는 것이었습니다.

그러니 아이에게 제사도 지내지 않을 것이었죠.

아이들은 이미 죽고, 영혼도 저승에 갔을 텐데 그 아이들을 위해 제사를 지내는 사람이 없었습니다. 게다가 타이완의 풍습에 따르면 미혼 여성은 제사도 받을 수 없었습니다. 그래서 영혼결혼식이 있던 거죠. 여성은 반드시 시집을 가야 제사도 받을 수 있으니까. 하지만 죽은 여자아이들은 영혼결혼식을 할 기회조차 없었습니다.

아이들은 모두 외롭게 떠도는 넋이 된 거죠.

방법이 없었습니다. 시체는 은폐됐고 댐이 완성되면서 시체는 영원히 발견되지 않을 것이었으니까요. 그렇다면, 내가 어떻게 해야 할까요? 내가 무엇을 할 수 있을까요? 아이들의 죽음을 배웅했던, 그들이 음과 양 두 세계 사이를 배회하게 했던, 살 수도 죽을 수도 없는 내가 그 애들을 위해 무엇을 할 수 있을까요?

최소한 그 애들을 위해 제사는 지내야 했습니다.

하지만 내가 그들에게 제사를 지낼 자격이 있을까요? 그들이 내가 올린 음식을 먹을까요? 아니, 역시 자격이 문제였습니다! 나는 제사를 지내 그들에게 용서받기를 기대하는 것일까요? 나도 나 자신을 용서할 수가 없는데?

순간 기발한 생각이 떠올랐습니다. 의식을 만들어내 그 의식을 통해 그 아이들에게 슬쩍 제사를 지낸다면? 나 대신 다른 사람에게 제사를 지내게 하는 것입니다. 다른 사람이 올린 밥이라면 그들도 먹지 않을까요?

기존의 제사와는 다른 의식이어야 했습니다. 귀신이 아닌 것에 제사를 지내게 하려면 진짜 영험해 보여야 했죠. 그러니 전혀 새로운 의식이어야 했습니다. 맞아요, 소원을 실현해줄 수 있는 의식이요. 소원을 이루고 싶은 사람은 많았으니까요. 특히 우리 같은 매춘부는 불행한 일이 많았기 때문에 분명 이루고 싶은 소원이 많을 것이었습니다. 소원이 이 의식을 전파할 것이었어요.

의식의 형식은 각미반에서 차용했습니다. 각미반은 죽은 사람을 추모하는 의미니까요. 하지만 어떻게 해야 그 아이들에게 제사가 가닿게 할 수 있을까요? 다른 귀신이 와서 빼앗아가진 않을까요?

적어도 의식의 내용은 그 일과 연관성이 있어야겠지요? 맞아요. 아홉 명 중에 여덟 명이 죽는 꿈…… 같은 것은 어떨까요? 이 꿈을 꾸었다면 의식이 성공한 것이라고 말하는 겁니다. 그러면 최소한 그런 꿈을 꾸기 전까지는 의식을 계속할 것이고, 나 대신 죽은 아이들에게 제사를 지내겠지요…….

10

이것이 지옥에서 온 내 고백이었다.

내 이야기를 다 들은 장원융 부자는 너무 의외였는지 아무 말도 하지 못했다. 나는 천천히 입을 열었다.

"사실 젓가락 신선은 자기 위안에서 시작된 것으로, 민속학적 측면에서 보면 아무 의미도 없습니다. 저도 나중에 체계화된 민속 이론을 접하고 나서야 알았지만요. 하지만 생각지도 못한 일이 일어났어요. 운명에 무슨 불가사의한 힘이 있는지 사람들이 정말 그런 꿈을 꾸기 시작했고 물고기 모양의 모반이 나타났습니다. 어쩌면 M선생이 말한 것처럼 신을 청하고 보내지 않아서 그런 것일 수도 있죠. 원래 저신에는 이런 위험성은 없습니다. 의자고 놀이가 의자고를 소환하듯 저신이 소환하는 것은 저신이기 때문이죠. 그런데 저는 '위쯔니?'라고 물었고, 그 순간 이 강령 의식은 어긋나 저신 의식이 아니게 된 겁니다."

"당신이……."

장원융은 거의 말을 잇지 못했다.

"당신은 M선생이 메일에서 거론한 그 매춘부……? 하지만 당신은 작가가 아닙니까? 지금은 작가잖아요!"

그게 무슨 문제가 되나? 웃음이 나왔다.

"다행히 저는 운이 좋아 작가가 되었습니다. 아니었으면 나를 위해 목소리를 내는 것조차 하지 못했겠죠. 천수이볜(陳水扁)•이 공창을 없애 일자리를 잃었지만 그동안 열심히 공부한 일본어가 쓸모가 있었어요. 학력은 부족하지만 이야기하는 능력이 좋았거든요. 원융도, 아니 당신 말고요, 그 사람도 그렇게 말했지요. 그래서 일본어를 더 열심히 공부해 번역 일을 하다 타이완에 들어오지 않은 일본 추리 소설을 읽기 시작했고, 마침내 첫 작품을 썼어요……. 맞아요, 운이 아주아주 좋았죠."

"이해가 잘 안 되는 부분이 있어요." 핀천이 말했다. "선생님이 젓가락 신선을 만들었다면, 의식이 왜 이런 식으로 변한 거지요? 왜 아홉 명이 참가하고 여덟 명이 반드시 죽어야 하는 거죠? 꿈속 장면은 왜 이런 회귀의 방식으로 과거 살인 사건을 폭로하는 거죠?

• 타이완의 10대-11대 총통(대통령)

또 왜 팔십사 일이죠?”

“솔직히 나도 잘 몰라.” 나는 차분하게 말을 이었다. “하지만 이상한 일도 아니야. 세상이 원래 그렇거든. 인간이 창조한 것 중 대부분은 결국 인간의 손에서 벗어나 괴물이 되고 심지어 인간의 행복을 파괴하지. 네가 한 질문 가운데 왜 팔십사 일이냐는 것만 짚이는 데가 있어.”

“뭔데요?”

“팔십사 일은 내 아이가 수태되어 낙태되기까지의 날수야.”

그랬다, 그것은 계산할 수 있었다. 나와 원융이 관계를 맺은 날부터 위쯔를 잃은 날까지 많지도 모자라지도 않은 딱 팔십사 일이었다.

이렇게 말하면 위쯔가 변한 젓가락 신선이 ‘갓난아기 영혼’ 같은 존재가 아니냐고 생각할 수도 있지만 그렇지 않다.

갓난아기 영혼은 비교적 최근 개념으로, 우생보건법 시행 이후에 등장했다. 낙태 합법화를 혐오하는 보수주의자들은 여성들을 위협해 낙태를 못 하게 만들기 위한 ‘영(靈)’을 창조했다. 즉 ‘사회의 악의(惡意)’인 셈이다. 내가 위쯔를 잃은 것은 우생보건법이 시행되기 전의 일이었다.

하지만 어쩌면 이것은 젓가락 신선과 갓난아기 영혼의 비슷한 점일 수도 있다. 갓난아기 영혼은 사회의 악의에서 파생된 것이고, 젓가락 신선은 사회규범의 부정적인 면이 연쇄작용을 일으켜 형성

된 저주로 살인 사건으로 이어졌다가, 죽은 자에 대한 제사 의식을 통해 부활한 것이니까.

"아니, 그건 중요하지 않습니다!" 장원융이 갑자기 고성을 질렀다. "선생님, 왕선군을 돌려드리면 핀천을 구할 수 있다는 말이지요?"

"보장할 순 없지만 M선생의 추측이 정확하다면 그럴 겁니다. 장 선생님, 왕선군의 반쪽은 선생님 큰아들이 갖고 있지요?"

"그걸 어떻게 아십니까?"

"가오수란이 죽으면 왕선군은 수란의 아들만이 상속받을 수 있습니다. 그가 왕선군을 갖고 있지 않으면 저도 속수무책이에요. 방울을 풀려면 방울을 묶은 사람이 필요하지만, 방울이 없으면 방울을 묶은 사람도 어쩔 수 없어요."

"잠시만요. 선생님, 아빠, 제안드릴 게 있어요." 핀천이 황급히 말했다. "송신을 잠시 늦출 수 있을까요? 제가 말씀드렸잖아요, 꼭 이뤄야 할 소원이 있다고. 마지막 꿈을 꾸기 전까지 젓가락 신선 의식을 그만두지 않을 거예요."

"이런 나쁜 자식!"

장원융은 아들이 이렇게 말할 줄은 상상도 못 했는지 버럭 소리쳤다.

"네 목숨을 갖고 농담하는 거냐? 너는 내 자식이야! 헛수고하게 만들 작정이야?"

정말 참을 수가 없었다.

핀천이 이렇게 바르게 성장할 수 있었던 것은 어머니의 가르침 덕분인 게 분명했다. 키워준 은혜가 중요하지 않다는 것이 아니라 그것을 아이에게 강요하면 아이는 부모의 꼭두각시가 될 뿐 자아가 없어진다. 나는 침착하게 그에게 권했다.

"조급해하지 마세요, 장 선생님. 어차피 송신은 핀천이 마지막 꿈을 꾸기 전에 하기 어려워요."

"왜요?"

장원융이 이상하다는 듯 나를 쳐다보았다.

"이런 강령 의식은 보통 정월 대보름이나 추석에 하거든요. 아직 설도 안 지났고 정월 대보름까지 계산하면 팔십사 일이 끝나기 전에는 할 수가 없어요."

"……그러면 제가 한 모든 게 헛수고였단 말입니까?"

"아들을 믿어보세요. 핀천이 꿈속에서 살아남을 자신이 있다고 하지 않았나요? 그리고 핀천을 구할 수 없다면 왕선군을 내놓지 않을 겁니까? 잊지 마세요. 왕선군은 당신 손에 이십 년이나 갇혀 있었어요. 선생님은 그 자리가 왕선군이 마땅히 있어야 할 자리라고 생각합니까? 잘못된 자리는 새로운 저주를 만듭니다. 그런 일이 절대 발생하지 않을 것이라고 자신할 수 있으세요?"

장원융이 쓴웃음을 지었다.

"이번 여행에서 제가 거둔 가장 큰 수확은 설교 같네요. 왕선군은 선생님께 주면 되는 겁니까?"

"아니요. 송신하는 날에 선생님도 와야 합니다."

"왜요?"

장원융이 깜짝 놀랐다. 그는 자기가 이 이야기에서 이미 퇴장한 것으로 생각하는 것 같았다. 입가가 슬며시 올라갔다.

"당신이 저주에 걸렸기 때문입니다."

"누가요? 누가 나를 저주했습니까?"

"저요."

내가 말했다.

11

정월 대보름은 음력 연말연시 기간 중 제일 떠들썩한 날이다. 하지만 21세기 들어 그 열기가 점차 사라지고 양력 새해가 그것을 대신했다. 젊은이들에게는 전세계적인 이벤트가 더 친근했다.

사회는 확실히 변했다.

그날 저녁, 장원융은 차를 몰고 나를 데리러 왔다. 이번에는 스딩으로 향했다. 차에는 그 말고도 다른 사람이 더 있었다. 차에 오르자마자 장원융에게 물었다.

"핀천은 어때요?"

"아직 살아있습니다."

팔십사 일이 지났는데 핀천이 살아있다는 것은 그가 소원을 비는 미친 의식의 최후의 생존자라는 의미였다. 핀천은 소원을 이뤘지만 아무도 기뻐하는 사람이 없었다. 어쨌든 누군가 대가를 치렀다는 뜻이었기 때문이다.

"안녕하세요."

차 안에 있던 사람이 먼저 인사했다. 조수석에 앉아 있던 그 사람이 고개를 약간 돌려 나를 쳐다봤다. 그와 시선을 마주치며 천천히, 깊게 숨을 들이마셨다.

그는 삼십여 세의 청년이었고 수면 부족에 시달리는 듯했다. 나는 그를 알았다. 위(魚) 도사, 가오수란과 장원융의 아들이었다. 이제껏 그가 위쯔의 환생이라고 생각했지만, 그랬다면 젓가락 신선은 지금까지 이어지지 않았을 것이다. 그의 팔에 있는 모반은 가오수란이 왕선군을 통해 어떤 저주를 내린 데 대한 대가라고 상상할 뿐.

하지만 오랜 시간 나는 혼자서 그를 내 아들로 여기고 있었다. 한 번도 그 앞에 모습을 드러낸 적은 없었지만.

"이 사람 말이……." 위 도사가 장원융을 가리키며 말했다. "당신이 내 어머니가 사람을 죽였다고 주장했다는데, 그건 당신의 일방적인 주장이고, 살인은 당신이 한 것 같은데요."

보자마자 이런 말을 할 줄은 생각하지 못했는데…… 쓴웃음이 나왔지만 이런 것은 아무것도 아니었다.

"일방적인 주장이지만 뒷받침할 수 있는 근거가 적지 않아요. 실종된 아이들은 하교할 때까지는 살아있었기 때문에 내가 손쓸 수 있는 시간은 학교에 도착하고 난 뒤 삼십 분 정도뿐이에요. 수란이 마지막까지 살아있었던 것을 고려하면, 주범은 아니래도 적어도 내 공범은 되겠지요. 주범에서 공범으로 바뀌었으니 만족해요?"

위 도사는 아무 말도 하지 않았다.

"괜찮아요, 그냥 나를 범인으로 생각해요. 오랫동안 나는 내가 범인이라고 생각하고 살았으니까."

위 도사가 콧방귀를 뀌었다.

"뭡니까? 그러면 당할 수가 없잖아요."

"정말 당할 수가 없으면 좋고."

위 도사는 잠시 말이 없다가 나에게 물었다.

"당신과 내 어머니는 도대체 무슨 관계입니까?"

순간 멍해지면서 온갖 생각이 다 들었다. 오십 년이 넘는 기억이 한꺼번에 쏟아지는 것 같았다. 설명하기에 너무 어려운 질문이었다.

"어쩌면…… 우리는 정말 주범과 공범의 관계일지도요. 그런데 나는 우리가 그냥 거대한 저주의 희생양이라고 생각해요. 마지막에는 우리가 저주를 실행했지만, 전체적으로 보면 저주의 필연적인 결과에 불과하다고."

"그렇습니까? 그러면 어쩔 수 없네요."

위 도사가 말했다.

무슨 말인지 이해가 안 됐다.

"저주라고 하니 말인데요." 장원융이 말했다. "왜 제가 선생님의 저주에 걸렸다고 하신 겁니까?"

"저주의 종류는 많습니다. 새벽 1시 45분경에 볏짚 인형에 못을 박아 다른 사람을 저주한다는 일본의 저주 이야기 들어보셨어요? 누군가를 증오하면 직접 죽이지 왜 볏짚 인형에 못을 박는 것일까요? 직접 죽일 수가 없기 때문입니다. 살인을 생각할 정도로 증오하지만 죽이지는 못하니까 저주하는 거지요. 저주는 출구 없는 감정이고, 그런 감정은 결국 대체물을 찾게 됩니다. 볏짚 인형처럼요. 장 선생님, 당신이 바로 내 저주의 대체물입니다."

"그게 무슨 뜻입니까?"

"옛날에 제가…… 어떤 사람을 좋아했습니다."

나는 장원융에게, 그리고 이 자리에 없는 누군가에게 고백하듯 말했다.

"그는 당신처럼 타이완 대학교 학생으로 열정적이고 친절했어요. 나 같은 농촌 여성에게 그는 너무 눈이 부신 존재였지요. 그래서 나는 그를 아름다움의 기준으로 삼고, 그런 이미지를 수란에게도 전해주었어요. 그때 나는 기쁨에 취한 탓에 내 연인에 대해 말할 때 수란의 눈에 떠오른 광채가 순전히 나를 위해 기뻐하는 것만이 아니라는 것을, 수란도 내 연인을 이상적인 남자의 기준으로 삼았다는 것을 몰랐습니다. 그 남자의 이름은 '좡원융'입니다. 내가 그를 '원융'이라 불러서 수란은 그의 성까지는 몰랐죠. 나중에 수란이 '원융'과 결혼한다고 했는데 그게 당신이었어요. 하지만 당신은 그 사람이 아니었지요. 왜 이런 오해가 생겼냐고요? 나도 몰라요. 하지만 결과적으로 당신은 부지불식간에 장원융의 대체품이 되었습니다. 내가 말하지 않은 감정이 어떤 형태로 수란에게 전이되었고, 수란은 대체물을 찾은 것이지요……."

장원융의 표정이 굳었다. 반대편 차선에서 오는 차량의 불빛이 얼굴을 비추자 낯빛이 더욱 안 좋아 보였다.

"그게 사실이라면 정말 무서운 저주네요. 수란과의 결혼은 악몽 같았거든요……. 미안하다. 전에 이미 말했잖니."

그는 위 도사를 쳐다보았다.

"됐어요. 이제 와 아버지로서의 의무를 요구할 일은 없으니까."

"미안하다. 아, 어쨌든, 그 악몽을 선생님이 만든 것이라면…… 지금이라도 손해배상을 청구하면 너무 늦었을까요?"

웃음이 나왔다. 아들이 무사해지자 유머 감각이 도로 생긴 걸지도 몰랐다.

"이십 년도 더 전의 일이니 아마 늦었을 거예요. 어쨌든 오늘 송신은 그때 마무리하지 못했던 일을 끝내고, 잘못된 자리에 있었던 것을 정확한 곳으로 돌려놓기 위한 겁니다. 당신도 잘못된 자리에 있었기 때문에 와야 했지요."

우리의 목적지는 스딩에 있는 산 전망대였다. 근처가 다원이라

차 농가가 많아 저녁에도 그렇게 어둡지는 않았다. 저만치에 내 고향을 삼킨 거대한 악어가 정면으로 보였다. 달빛 아래 꼬리를 흔들고 있는 그것은 정말 추악했지만 삼십 년도 더 지나서인지 조금 지쳐 보였다.

위 도사가 산호 젓가락 하나를 꺼냈다.

"왕선군 여기 있습니다. 오랫동안 제 곁에 없었다가 마침 얼마 전에 누가 돌려줬어요. 돌려준 사람이 여기에 귀신이 있냐고 물었고 나는 없다고 대답했습니다. 진실이 아니었지요. 작가님, 이제 이것을 작가님에게 드리겠습니다."

그가 나에게 산호 젓가락을 건넸다.

"그리고 이거……."

장원융이 다른 한 짝을 나에게 건넸다.

내 손에 왕선군이 다시 한 번 온전하게 놓였다! 젓가락은 여자가 시집갈 때 해가는 혼수로 '빨리 아들을 낳아라' '짝을 이뤄라' 하는 의미가 있었다. 오늘날 젓가락은 두 짝이 다시 모이면 영원히 헤어지지 않고, 후손이 번창한다는 의미를 갖는다. 상서로운 말이면서 동시에 악몽 같은 속박이다. 좋음과 나쁨은 늘 동전의 양면과 같다.

"나도 있어야 한다고 했으니…… 이제 내가 뭘 해야 합니까?"

장원융이 물었다.

"아무것도 할 필요 없어요. 그냥 여기 있으면 됩니다. 맞다, 그리고 거짓말하지 마시고요. 내가 무엇을 묻든 사실대로 답하면 됩니다."

나는 미소를 지으며 준비해 간 쌀독과 향을 꺼냈다.

달빛 아래서 젓가락 하나를 쌀독에 꽂고 다른 하나를 그 위에 올려 T자를 만들었다. 그리고 쌀독 옆에 쪼그리고 앉아 향에 불을 붙였다. 향에서 나는 은은한 붉은빛이 마치 반딧불이 같았다. 가늘게 피어오른 향기가 바람에 날렸다. 장원융과 위 도사가 옆에서 지켜보는 가운데 향을 땅에 꽂았다.

그리고 주문을 외었다.

사십 년 전 이 주문을 욀 때와는 전혀 다른 마음이었다. 그래도 젊은 시절의 모습이 조금씩 겹쳐졌다. 아, 그때 내가 이렇게 슬퍼하고, 이렇게 증오했나? 바람에 눈물이 차갑게 식었다. 사그라진 재 같은 사랑, 꺼진 사랑의 회한 같은 마음이었다.

젓가락이 움직였다.

"젓가락이 움직입니다!"

장원융이 긴장해서 말했다.

"저신아, 저신아, 위쯔니?"

눈물을 참으며 부드럽게 물었다. 젓가락이 빙글빙글 도는 게 왠지 망설이는 것 같았다. 하지만 곧 오른쪽으로 돌아 내 질문에 긍정했다.

"내가 누군지 알아?"

긍정.

"아는구나……. 그럼…… 나를 원망하니?"

부정.

"그러면 네 아빠는 원망해?"

내가 천천히 장원융을 가리키자 장원융이 화들짝 놀랐다.

"뭐라고요?!"

"긴장하지 마세요. 진실을 말하면 되니까."

"나는 네 아빠가 아니야!"

장원융이 다급하게 말했다.

나는 통쾌한 듯 약간 웃었다.

"맞아, 이 사람은 이 사건과 전혀 무관한, 그냥 지나가는 사람일 뿐이야."

"아니, 나는 어떤 빌어먹을 소설가의 저주에 걸린 무고한 행인이란다."

"갑자기 그런 말을 하다니! 그때 나는 소설가도 아니었거든요?"

우리는 이렇게 한가롭게 일상적인 이야기를 나누기 시작했다.

위쯔는 안정적으로 움직이는 게 우리 대화를 듣고 있는 것 같았다. 때로는 조금 빨리 돌아 감정을 표현하는 것 같기도 했다. 그럴 때면 나는 잠시 멈추고 그와 소통했다. 위 도사도 우리의 대화에 가담했다. 나는 그에게 수란의 어린 시절에 대해 말해주었다. 장원융도 모르는 이야기인지 경청했다. 나도 위 도사의 최근 근황을 알게 되었다.

위 도사는 전문가답게 내 의도를 바로 파악했다. 강령 의식으로 위쯔를 불러왔지만, 점을 보려는 게 아니라 그냥 마음을 털어놓는 것뿐이었다. 그랬다. 지금 하는 것은 사십 년 전과 별 차이가 없었지만, 잘못된 자리에 놓인 것을 원래 자리로 돌려놓는 데 필요한 것은 이렇듯 입장도, 원한도 벗어놓고, 대등한 위치에서 평범하기 짝이 없는 일상적인 대화를 나누는 것이 전부였다.

오랜 시간을 들여 깨달은 사실이었다.

저녁 바람 속에서 우리는 기분 좋게 웃었고 위쯔도 우리의 대화에 참여했다. 나중에는 장원융도 젓가락의 움직임을 읽게 돼 "보세요, 이 속도는 기분이 좋다는 거죠?" 하고 말했다. 이 송신 의식에는 과장된 특수효과도, 대단한 도술도, 아귀다툼도, 힘겨루기도 없었다. 주문으로 소환하는 기적도 없었으며, 호령도 없었다.

그저 웃음만 있었다.

"위쯔야, 떠나고 싶니?"

마지막으로 내가 물었다. 위쯔는 좌우로 흔들거리며 망설였다. 나는 재촉하지 않았다. 우리 모두 재촉하지 않았다. 얼마 뒤 위쯔는 긍정의 대답을 내놓았다.

"알았어. 안녕, 위쯔. 고마워."

'팍' 하는 소리와 함께 위에 있던 젓가락이 떨어졌다. 마치 매미가 허물을 벗는 것처럼.

"끝났습니까?"

장원융의 물음에 쓸쓸함이 약간 묻어났다. 위 도사가 산호 젓가락을 들고 천천히 눈을 감았다.

"……끝났습니다. 이제 이 젓가락에는 신도, 귀신도 없습니다."

위 도사가 산호 젓가락을 거둬들였다. 이것은 원래 그의 어머니 유품이었으니 그에게 가는 게 맞았다.

고개를 돌려 악어를 쳐다봤다. 내 상상 속 악어는 못 먹는 게 있었다. 붉은색 물고기. 정부의 권력이 아무리 크고 저수 구역에 저수된 물이 아무리 난폭해도 소멸시킬 수 없는 것이었다.

그것이 좋은 것이든, 나쁜 것이든.

돌아오는 차 안에서 모든 것의 종결을 음미했다. 이게 바로 이야기의 종점인가? 소설의 경우 마침표를 찍으면 그것을 반복해서 음미하게 된다. 금빛 찬란한 가로등 옆으로 가랑비가 금실처럼 내려앉고, 무리를 이뤄 둘러싼 불나방의 날갯짓에 조각난 빛의 파편이 수면 위에서 반짝이며 적막을 만들어냈다. 마침표는 그 안에 가라앉았다. 확실히 내가 예상하지 못한 결말이었다.

하지만 이 결말이 내가 바라던 것일까?

아니, 내가 바라던 결말은 아마도 살아있는 동안에는 이룰 수 없을 것이다. 창밖의 야경을 보는데 문득 허무하고 쓸쓸했다. 끝없는 황야처럼 증오에도 메아리가 없었다. 운전중인 장원융에게 말했다.

"장 선생님, 신간 발표회에서 제가 '왜 젓가락이냐' 하고 물었던 거 기억하세요?"

"네? 아아…… 기억합니다."

"사실 그때 답을 다 말하지 않았어요."

나는 고개를 숙인 채 감정을 털어놓듯 유유히 말했다.

"예전에 저주에 관해 말했지만, 도대체 저주가 뭘까요? 사람의 사람에 대한 원한일까요, 아니면 초자연적인 신령이 금기에 저촉한 자에게 내리는 처벌일까요? 다 틀린 말은 아니지만, 저주의 본질에는 가닿지 못해요……. 저주는 '개인적'인 게 아니라 시스템적인 것입니다. 시스템에 속하지 않으면 저주에 걸리지 않아요. 우리 아시아인은 젓가락을 밥에 꽂으면 재수가 없다고 말하지만, 서양 사람은 아무런 영향을 받지 않습니다.

그러니까 이 사회 자체가 거대한 저주의 장치인 겁니다. 아시는지 모르겠지만, 타이완 전통에는 여자와 임산부를 대상으로 한 금기가 아주 많아요. 금기를 어기면 배척을 당하지요. 하지만 그게 여성만의 문제일까요? 다른 문화 시스템에서는 같은 행동을 해도 여성이 비난을 당하지 않아요. 금기는 사회에 속한 것이지 성별에 속한 것이 아닙니다. 그래서 타이완의 전통사회 자체가 여성을 겨냥한 저주라고 말할 수 있어요.

그렇다면 우리는 이 저주를 어떻게 풀어야 할까요……? 솔직히 저는 방법이 없다고 생각해요. 이 시스템에서 떠나는 수밖에요. 그럼 사회 시스템을 떠날 방법이 없는 사람은요? 타이야 족에게는 '마조(魔鳥)'라는 저주 전설이 있어요. 마조를 키운다고 의심받으면 온 가족이 전부 살해를 당해요. 증거는 필요 없고, 그냥 '사회규범에 부합하지 않는다'라고 하면 돼요. 그때 나도 그랬어요. 전통사회는 자주적인 여성을 필요로 하지 않아요. 이 사회에서는 여성이 자의식을 갖고 주도적으로 타인을 사랑하는 것은 이질적인 거예요. 그래서 저주가 발동하는 것이죠."

예전에 그런 일들이 없었다면 어떤 인생을 살았을까, 그런 생각을 한 게 한두 번이 아니었다. 하지만 생각할수록 우리가 왜 이런 억압을 받아야만 하는지 이해할 수가 없었다. 나는 분명 다른 선택을 할 기회가 있었다. 사회의 기대에 부합하는 선택을……. 하지만 왜 그렇게 해야만 잘 살 수 있는 것일까? 타고난 대로 사랑하고 기뻐하는 것이 왜 죄가 될까?

내가 기대한 결말이 있다면, 그것은 분명 통속적인 해피엔드일 것이다. 여성이 이런 고통을 받을 필요가 없는 결말.

"그 집을 떠나 대도시에 가서 내 짝을 찾았다면 상황이 달라졌을까요? 모르겠어요. 그저 사회에 받아들여지고 시스템 안에 남고 싶었는데. 결국 저주를 이어가고 새로운 저주를 만들기까지 했네요. 맞아요. 이어서 발생한 일들은 다 저주예요. 저주는 나에게 고통을 안겨주어 몰래 위텅을 모으게 했고, 수란은 불만이 쌓여 뭐든 제 손에 넣으려고 하다가 끝내는 왕선군을 통해 그 집을 통제했어요. 저주는 사회의 무능이에요."

고통은 결국 물고기가 되었다.

장원융은 묵묵히 차를 몰았다. 어쩌면 내가 왜 갑자기 이런 이야기를 늘어놓는지 이해하지 못할 수도 있었다. 실은 나도 이유는 없었다. 그냥 어떤 예감이 들었다. 얼마 뒤 그가 머뭇머뭇 말했다.

"하지만 당신은 지금 성공했잖아요. 그런 불행을 겪었지만, 당신은 성공했어요. 이 사회는 당신에게 그렇게 불공평하지 않았어요."

그의 반응은 내 예상대로였다. 나는 살짝 쓴웃음을 지었다.

"뭐가 공평이고 뭐가 불공평인가요? 이건 공평과 불공평의 문제가 아니에요. 우리는 그런 고통을 당할 필요가 전혀 없었어요. 여성이니까 당연하고, 며느리니까 당연하고, 매춘부니까 당연하다는 말에는 신분만 있을 뿐 인간은 없고, 인간의 행복이라는 시각도 없어요."

"당신은 이 사회가 틀렸다고 생각합니까?"

"그렇게 말하지 않았어요. 누가 맞고 틀렸는지만 따지는 건 사건을 단순화시키는 것에 불과해요. 좋고 나쁨은 동전의 양면 같죠. 사회가 없으면 인간은 생존할 수 없어요. 그건 사실이에요. 하지만 사회에 어두운 면이 있다는 것을 직시하지 않으면 저주는 끝나지 않을 거예요."

그래서 나는 후회하지 않는다……. '인간'이 된 것을.

비록 저주에 부서졌지만 결국 그 시스템에서 벗어났고 저주가 상처 입히기 어려운 곳까지 왔다. 하지만 그날 밤을 후회하지 않을 수 없다. 내가 저주의 실행자, 저주의 공범이 된, 달빛이 유난히 밝왔던 그날 밤을.

그날 밤 나는 내가 행복할 자격이 없다고 생각했다. B초등학교 이야기를 쓰고 싶다고 인터뷰한 이유는 이만큼 나이를 먹었으니 인생을 정리해야 할 필요성을 느꼈기 때문이다. 감추고 싶은 동시에 밝히고 싶은 욕망도 점점 커졌다. 내 인생의 부서진 시간을 맞추다 보면 늘 그날 밤이 툭 튀어나왔다. 여전히 차가운 냇물 속에서 작고 섬세한 몸뚱이를 바늘로 꿰매고 있는 것 같은 느낌이었다. 어둠으로 보내지는 소년 소녀들이 눈을 뜨려고 하는 것 같았다. 죽기 전에 이 모든 것을 바로잡아야 했다.

그래서 소설을 통해 자백하기로 했다. 소설 속 성매매 종사자인 '내'가 다양한 남자에게 자기 이야기를 한다. 대부분 허구지만. 공창은 한 타임에 십오 분으로 한 번에 이야기 전체를 다 말할 수도 없고 손님 대부분은 별 관심이 없다. 그러나 십오 분 단위의 윤회 속에서 진행되는 소소하지만 진지한 삶의 고백은 분명 선의에서 나온 것이고, 나는 그것을 소설로 쓸 권리가 있다. 이 고백을 신의 격노로 만들어 시체를 숨긴 나를 불태우고 추한 잿더미를 파헤쳐 탄화된 동기를 까발릴 것이다. 하지만 그렇게 해도 그 어떤 것도 돌이킬 수 없다. 그저 자기만족인 정의를 완수할 뿐이다. 이것이 당시 내가 생각한 유일한 결론이었다.

그렇게 하면 저주가 다시 강림하겠지? 누군가에게 벌을 받기 위한 것이 아니라고 해도(최소한 이 사회에는 아니다) 언론과 대중은 내 과거를 열심히 파헤쳐 흥미로운 부분만 단편적으로 부각하고 진실한 나는 한쪽에 내던져버릴 것이다. 내가 여성이기 때문에, 민며느리이기 때문에, 성매매 종사자이기 때문에. 엽기적인 귓속말이 들리는 듯하다.

그러나 이 결말은 젓가락 신선에 의해 다시 쓰였다.

이제 상황이 정말 끝났기 때문이다. 그렇지 않나? 장장 삼십 년 동안 계속된 저주가 끝났고, 위쯔는 자유로워졌으며, 산호 젓가락은 원래 주인에게 돌아가 모든 게 제자리로 돌아갔다. 해피엔드는 아니지만 맞는 결말이기는 하다. 격노는 헛되지 않았고 최소한 나는 만족을 얻었다. 복수의 여신 네메시스는 처벌의 긴 창을 던졌지만, 손에 아무것도 없다는 것을 발견한다……. 그냥 그랬을 뿐이다.

작가로서의 내 삶은 아직 끝나지 않았다.

낮게 울리는 엔진 소리 속에서 밤은 모든 이의 심장에 무심하게 스며들었다. 갑자기 원융의 얼굴이 떠올랐다. 마치 시간이라는 창이 깨진 것처럼 청춘의 빛이 세차게 쏟아져 내렸다. 원융은 차나무 옆에서 차는 어떻게 만드느냐고 물었고, 나는 찻잎을 따 문질러 향기를 내며 대답했다.

"이게 바로 차 맛이에요."

그 틈을 타 내 손을 잡은 그의 웃는 얼굴이 반짝반짝 빛났다. 빛바랜 기억에 조명을 비춘 듯 흩어지는 시간이 찬란하게 빛나다 이내 흐르는 눈물방울로 변했다.

이 얼마나 사랑스러운가.

그래, 그는 책임감 있는 남자는 아니었지만 그를 만난 것을 후회하지 않는다. 사랑의 가장 큰 의미는 사랑 자체에 있는 게 아니라 사랑이 우리를 어떤 인간으로 만들어주었는지에 있으므로.

나는 그 사람 때문에 나 자신이 되었다.

오늘부터 악어 꿈을 꾸지 않으리라는 예감이 들었다.

*

작가 노트

이야기 속 B초등학교는 실재하지만, 평면도 등 세부 사항은 소설을 위해 만들어낸 허구로 사실이 아닙니다. '저신'은 정월 대보름과 추석에 하는 놀이가 맞지만 점을 치는 기능이 있다는 문헌 증거는 없고, 강령게임은 점치는 용도로 사용하는 경우가 많아 이 둘을 차용해 상상을 덧붙였습니다.

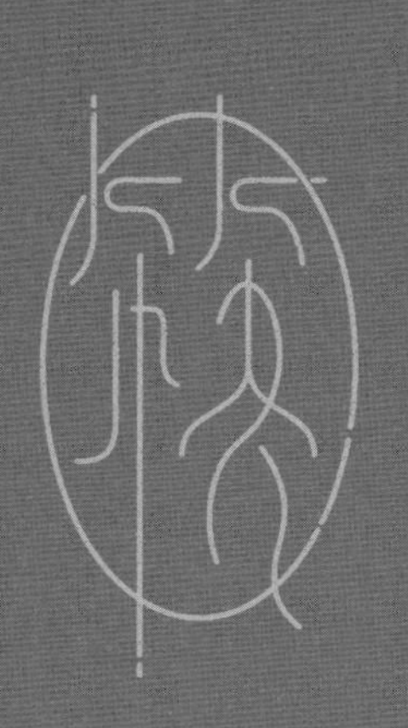

해시노어

찬호께이
陳浩基

V

0

그것이 점점 다가온다. 나와의 거리 불과 2미터.

그것은 인간의 형태를 띠고 있으나 나는 그것이 인간이 아니라고 확신한다. 그것은 진흙이 잔뜩 묻은, 짚을 엮어 만든 것 같은 도롱이를 걸치고 머리에 대나무로 만든 낡은 삿갓을 썼다. 나는 그것의 얼굴을 볼 수 없다. 삿갓 아래 깔린 짙은 어둠은 마치 이계로 통하는 무저동(無底洞) 같다. 도롱이와 삿갓은 본질을 숨기려고 몸에 걸친 위장일 뿐이다.

—뜨드득, 뜨득, 뜨득.

도롱이가 움직일 때마다 진흙물이 뚝뚝 떨어져 그것이 지나가는 바닥에 거무스름하고 불규칙한 궤적이 남는다. 나는 그것의 위협에서 벗어나고 싶다. 그러나, 도망갈 곳이 없다.

이제 그것은 내 코앞까지 다가왔다.

그것은 도롱이에서 팔 같은 물체를 뻗었다. 검은 혈관이 그물처럼 퍼진 가늘고 긴 두 손가락으로 내 옷섶을 누르더니 천천히 내 가슴을 찔렀다.

놀람과 공포로 가득한 눈에 비친 수십 센티미터 길이의 손가락 두 개. 마치 마디가 있는 한 쌍의 대나무 젓가락처럼 보인다.

나는, 그것의 접시 위에 놓인 먹이였다.

1

나는 배낭을 메고 홍콩 공항 입국장을 빠져나와 4번 주차장으로 발걸음을 재촉했다. 수하물 찾는 시간을 줄이려고 배낭 하나만 메고 출입구에 가까운 좌석을 선택했건만, 다른 항공기에서 대규모 단체관광객이 내려 입국 수속만 족히 사십오 분이 걸렸다. 어렵게 통과해 나오자 이번에는 서두르는 내 행동을 이상하게 여긴 세관 직원에게 붙잡혀 배낭을 샅샅이 검사당하고 거의 삼십 분이 지나서야 공항을 빠져나올 수 있었다.

"핀천, 이런 걸 '얀파이닥만(因快得慢)'이라고 해. 아, 광둥어 모르나? 표준어로 하면 '서두르다가 망한다'라는 뜻이야."

아원(阿文)이 허둥지둥하는 나를 보면서 턱수염을 쓰다듬으며 히죽거렸다.

"팔십사 일을 잘 넘기고, 내가 이 주 더 기다리라고 한 것도 잘 참았으면서 그깟 두세 시간이 뭐라고?"

"너무 오래 기다렸으니 그렇지. 고지를 코앞에 두고 늦어지는 게 싫어서." 나는 아원을 째려봤다. "너희 세관, 타이완 사람 무시하는 거 아니야? 내가 홍콩 사람이었다면 트집을 잡았겠어?"

"나한테 묻지 마. 그리고 나는 홍콩 사람이 아니라 주룽 사람이라고."

아원은 곁눈질하면서 익살맞은 표정을 지었다.

나는 아원의 썰렁한 말을 무시하고 엘리베이터 문이 열리자마자 튀어 나갔다.

야오(姚) 선배의 말대로 청색 혼다 재즈는 4층 엘리베이터 출구에 주차돼 있어 쉽게 찾을 수 있었다. 어제 타이베이에서 야오 선배에게 받은 스마트 키로 차 문을 열어 아원과 같이 탔다.

"홍콩은 운전석이 오른쪽인데, 괜찮겠어?"

운전석에 앉아 허둥대는 나를 보고 아원이 웃으며 말했다.

"그러면 면허증도 없는 너한테 맡길까?"

나는 툴툴거리며 "어쨌든 난 국제면허증도 있다고"라고 말했다.

솔직히 말하면 타이완이 아닌 곳에서 운전하는 것은 처음이라 조금 걱정이 됐다. 서두르다가 망한다는 아원의 말이 어쩌면 맞을지도 몰랐다. 이런 때일수록 냉정을 유지해야 했다.

'젓가락 신선' 의식에서 살아남았으니 내 소원은 분명 이루어졌을 텐데 그녀를 다시 만나기 전에 교통사고를 내면 그야말로 바보 같은 짓이다, 그렇게 계속 되뇌었다. 아버지는 왜 그런 저주게임을 계속하느냐고 추궁했고, 그만두지 않으면 부자 관계를 끊겠다는 말이 나오기 직전까지 갔지만 아버지에게 진짜 이유를 말하고 싶지 않았다.

한 목숨을 구하려면 당연히 목숨을 걸어야 한다.

지난해 1월 초, 대학에서 진행하는 교류단에 참여해 홍콩에 삼주 동안 머물렀는데 일정이 여유로워 자유 시간이 많았다. 학교 측은 '학생들에게 자아 발견과 다른 지역 사람과의 교류 기회를 더 많이 주기 위해서'라고 했지만 사실 핑계일 뿐, 선생님들도 적당히 게으름을 피우며 홍콩에서 즐기고 싶은 것이었다. 나는 특별한 계획 없이 발길 닿는 대로 관광이나 할 생각이었다. 출발 전에 라인(Line) 메신저로 야오 선배와 대화하다 홍콩에 간다고 했더니 그가 가이드를 자청했다.

나보다 일곱 살 위인 야오 선배는 홍콩 미남으로 타이완에서 고등학교와 대학교를 나왔다. 타이완에서 살던 곳이 우리 집 근처라 나와 자주 놀아주며 나를 챙겼다. 선배는 대학 졸업 후 홍콩으로 돌아가 교사가 되었고, 가끔 타이완에 오면 함께 옛날 일을 추억했다. 나이 차이가 꽤 났지만 야오 선배는 그런 것에 신경 쓰지 않아 우리는 또래 친구처럼 잘 지냈다. 나는 그에게 타이완어를 가르쳐주고 그는 나에게 광둥어를 가르쳐주었다. 몇 년 뒤 그는 타이완의 전통

극 〈가자희(歌仔戲)〉를 거뜬히 알아들을 수 있게 됐지만, 내 광둥어 실력은 '초급' 수준에 머물렀다. 선배를 동경했던 나는 고등학교 졸업 후 T대학 역사학과에 진학해 정식으로 그의 후배가 되었다.

타이완을 떠나 홍콩으로 향하며 그가 재미있고 알찬 일정을 준비했을 것이라고 기대했다. 선배 때문에 깊은 번뇌에 빠질 줄은 생각지도 못했다.

사랑의 번뇌에.

일본 중세사에 관심이 많던 나에게 야오 선배는 마침 H대 미술박물관에서 '일본 예술 속 전통 종교'라는 전시회가 열리고 있다며 토요일에 함께 가보자고 했다. 그는 자기 학생 중에 전시회에 관심 있다는 학생이 있는데 같이 가도 되겠냐고 물었고, 나는 거절할 이유가 없었다. H대 버스 정류장에서 지각한 야오 선배를 만나고 나서야 정류장 한쪽에서 고개를 숙인 채 모리 오가이(森鷗外)의 《무희》를 읽고 있는 청초한 소녀가 바로 선배가 말한 그 학생이라는 것을 알게 되었다. 너무 당황해서 그녀와 어떻게 인사를 나누었는지도 잘 기억나지 않는다. 선배를 기다리면서 힐끔힐끔 그녀를 쳐다봤기 때문이다. 하늘에 맹세컨대 처음에는 순수하게 그녀가 읽고 있는 책이 궁금해서 쳐다봤다. 그러다 그녀의 분위기에 이끌려 시선이 그녀 손에 들린 책에서 그녀에게로 옮겨졌을 뿐이다.

"이쪽은 녜샤오쿠이(聶曉葵), 우리는 샤오쿠이(小葵)라고 불러."

선배가 정식으로 소개해주었다.

주말이었지만 H대 미술박물관에는 관람객이 적어 편안하게 전시를 둘러볼 수 있었다. 야오 선배와 나는 작품의 역사적 배경을 두고 다른 의견을 내놓을 때가 많았다. 의외로 샤오쿠이도 우리의 토론에 이따금 참여했다. 특히 신도교(神道教)와 불교가 합쳐진 일본 역사에 관해서는 나보다 훨씬 잘 알았다. 그러나 박물관을 둘러보았던 세 시간 동안 가장 기억에 남는 장면은 일본 신사 도리이를 그린 대형 유화를 감상하고 있는 샤오쿠이의 뒷모습이었다. 흰 상의에 붉은 치마를 입은 뒷모습이 마치 속세를 초월한 고아한 무녀가 도리이 아래에 서서 신명을 받들고 있는 것 같았다.

"왜 그러세요?"

샤오쿠이가 커다랗고 새까만 눈망울을 빛내며 완전히 매혹된 나에게 물었다.

"아, 아무것도 아니야. 아름답네……. 아, 내 말은, 이 사진이 아름답다고."

"이거 유화인데요."

샤오쿠이가 생긋 웃었다.

그때까지는 '첫눈에 반한다' 하는 건 다 거짓말이라고 생각했다.

오후 2시에 점심을 먹고 샤오쿠이는 친구와 약속이 있다며 먼저 갔다. 무척 실망스러웠지만 야오 선배 앞이라 마음을 감추었다. 야오 선배는 홍콩 구경을 시켜준다며 빅토리아 피크(Victoria Peak)로 나를 데려갔다. 저녁을 먹으며 이야기를 나누던 중 야오 선배가 무심코 던진 한마디에 내 마음은 나락으로 떨어졌다.

"샤오쿠이는 학업 성적도 좋고 품행도 단정해. 선생에게 그런 학생은 정말 복이지. 언행이 반듯하고 일 처리도 성숙하니 누가 샤오쿠이를 열네 살로 보겠어."

열, 네, 살?

맙소사, 중학생이라고?

내가 재차 되묻자 야오 선배는 휴대전화를 꺼내 교내 역사 동아리에서 찍은 사진을 보여주었다. 야오 선배는 고학년 담임을 맡고 있어 당연히 샤오쿠이가 고2나 고3일 거라고 생각했는데…… 그가 지도하는 동아리 부원일 줄이야(홍콩의 중학교는 육 년제로 중학교와 고등학교가 합쳐져 있다).

저녁식사 내내 아무 맛도 느끼지 못하고 모순된 감정에 빠져 허우적거렸다. 오래된 영화 〈굿 윌 헌팅〉에 등장하는 심리학 교수가 '운명의 여인을 만나면 내 모든 것을 버리는 한이 있어도 그녀와 함께하고 싶다'고 말했지만, 이성적으로 생각하면 이것은 뛰어넘을 수 없는 금기였다. 상대는 이제 겨우 열네 살이었다.

내가 나보코프의 《롤리타》 속 주인공과 같은 상황에 놓일 줄은 상상도 못 했다. 그래, 어쩌면 그보다는 괜찮은 상황이라고 할 수도 있다. 하지만 열두 살이나 열네 살이나, 사람들 눈에는 별 차이가 없을 것이다.

희망 없는 감정의 불씨를 끄기 위해 관심을 딴 곳으로 돌리려 무던히도 애썼고 그 매혹적인 뒷모습을 겨우 잊어가고 있었다. 그러나 하늘은 내게 무슨 억하심정이 있는지 홍콩을 떠나기 전날 야오 선배와 송별회를 하러 식당에 갔다가 샤오쿠이와 마주치고 말았다. 게다가 그녀는 부모님과 함께 있었다. 샤오쿠이의 부모님은 무척 호의적이었다. 그들은 야오 선배를 알고 있었고 샤오쿠이에게 내 말을 들었는지(미술관에서 이상한 짓을 하지 않아 다행이었다) 우리에게 식사를 대접하겠다고 나서는 바람에 다섯이서 동석하게 되었다.

식사가 끝나고 헤어지려는 순간 샤오쿠이가 먼저 내 연락처를 물으며 타이완 학교에 진학하는 문제로 상담하고 싶다고 말했다. 우리는 그녀의 부모님 앞에서 라인 연락처를 교환했다. 허둥거리며 휴대전화 뒷면 렌즈의 지문 인식 잠금장치를 풀려고 했지만 잘 되지 않았다. 당황한 나머지 큰 소리로 "이게 왜 안 되지!" 하고 말해 부모님이 웃음을 터뜨렸다. 진땀이 다 났지만, 다들 내가 왜 긴장했는지 몰랐다. 사실 내 주머니에는 내 이메일 주소가 적힌 냅킨이 있었다. 정신은 온통 부모님 몰래 샤오쿠이에게 그걸 전달하는 데에 쏠려 있었고.

타이완에 돌아와서도 우리는 연락을 유지했다. 자주는 아니었지만 며칠에 한 번씩 짧게 대화를 나누었고 때로는 저녁 내내 대화하기도 했다. 사적인 이야기는 별로 하지 않았어도 서로를 조금씩 알아가고 있다는 느낌이었다. 가령 그녀가 좋아하는 음식, 좋아하는 작가, 친한 친구 같은. 나도 그녀에게 내 가족 이야기, 학업 고민, 미래 계획 같은 것을 말했다. 그녀와 문자로 이야기를 나누다 보면 그녀가 나보다 예닐곱 살 어린 중학생이라는 게 느껴지지 않았다. 오히려 때로는 그 어떤 선배보다 더 믿음직스러웠다.

야오 선배는 우리의 관계를 금세 눈치챈 것 같았다. 솔직히 말해 '관계'라고 할 것도 없이 '한 번 본 해외에 있는 메신저 친구'에 지나지 않았지만, 야오 선배는 내 속마음을 잘 아는 것 같았다. 어쨌든 우리는 형제처럼 허물없는 사이였기 때문이다. 의외로 야오 선배는 나에게 그만두라고 경고하지 않고 계속 잘 지내보라고 격려해 주었다.

"샤오쿠이는 친구가 별로 없어."

선배가 라인 메시지로 말했다.

"그리고 여학생 뒤꽁무니나 쫓아다니면서 나쁜 생각이나 하는 남학생들보다야 타이완에 있는 네가 더 안전하지 않겠어? 하하하."

3월 어느 날, 야오 선배가 작은 과자 상자를 보내와 거실에 두었다. 그러다 저녁이 되어서야 샤오쿠이가 나에게 주라고 야오 선배에게 부탁한 수제 쿠키라는 것을 알게 되었다. 다급하게 방에서 뛰어나가 쿠키를 막 입에 넣으려고 하는 아버지를 제지하고 상자째 챙겨 방으로 들어왔다. 흥분한 나머지 상자 안에 있던 메모도 나중에야 읽었다. 메모에는 '새 오븐을 사서 테스트 겸 만든 쿠키'라고 쓰여 있었다. 솔직히 쿠키를 좋아하지는 않지만 샤오쿠이의 쿠키는 내가 엄마 배에서 나온 뒤로 먹어본 것 중에 제일 맛있는 디저트였다고 장담할 수 있다. 답례로 야오 선배에게 보내는 소포에 샤오쿠이가 좋아하는 소설의 절판본과 쑹옌 문예창작단지(松菸文創園區)에서 산 모자를 넣어 그녀에게 전해달라고 했다. 샤오쿠이에게 보내는 물건이 선배 것보다 훨씬 많았다.

그 석 달은 무척 즐거운 시간이었다. 그러다 아주 큰 행운과 인생 최대의 악운이 동시에 찾아왔다.

대학 근처 상점에서 진행한 홍보 이벤트에 응모했다가 3등에 당첨되어 홍콩 왕복 항공권을 부상으로 받은 것이다. 유효기간이 있는 상품이라 쇠뿔도 단김에 빼다는 마음으로 5월에 3박 4일 자유여행을 가기로 했다. 한껏 마음을 졸이며 이 소식을 샤오쿠이에게 전했고, 다른 박물관에 같이 갔으면 좋겠다고 덧붙였다. 그녀는 삼초도 안 돼 흔쾌히 대답했고 그날 일정을 잘 짜놓겠다고 덧붙였다.

매우 기쁜 일이었지만 샤오쿠이의 반응 속도에 마음이 씁쓸했다. 아마도 그녀에게 나는 그냥 선생님의 후배나 관광객에 불과한 모양이었다. 열정적인 태도가 마치 민박집 사장이 손님을 대하는 태도 같았다…….

맞다, 모자.

약속 당일 내가 보내준 모자를 쓰고 나오면 나에게 호감이 있다는 표시가 아닐까?

하지만 내 기대는 산산조각 났다.

보라색 원피스를 입고 나온 샤오쿠이는 매력적이고 성숙하게 보였다. 그러나 그녀의 머리 위는 텅 비어 있었다.

지금 입은 옷에 내가 보내준 연보라색 모자가 잘 어울릴 텐데, 그녀는 쓰고 나오지 않았다. 모자 쓰는 걸 좋아하지 않나? 맞다, 인터넷에 보니 여학생에게 옷이나 액세서리를 선물할 때는 주의사항이 많다고 한 것 같은데? 하지만 그녀는 선물을 받고 고맙다는 메시지를 길게 보내오지 않았는가? 다 예의상 하는 말이었을까?

내 마음은 그날 날씨처럼 맑았다, 비가 내렸다, 밝았다, 어두웠다, 오락가락했다.

말은 이렇게 해도 그녀와 만난 것만으로도 걱정이 싹 사라질 만큼 즐거웠다. 오랜만에 만난 친구처럼 우리는 많은 이야기를 나누었다. 샤오쿠이는 예전 두 차례 만났을 때보다 훨씬 자주 웃으며 활발한 면을 보여주었다. 어떤 소설가에 대해 말하면서는 스스럼없이 비아냥거리기도 했다. 흥미롭게도 그녀는《무희》의 주인공이 너무 우유부단해 싫다고 했다. H대학 박물관에 갔던 날 아침에는 기분이 울적했는데 다행히 전시가 흥미로웠고 나와 선배의 토론도 재미있어서 기분이 나아졌다고 했다. 샤오쿠이는 고민도 털어놓았다. 최근 친한 친구가 자기를 멀리한다며 자기가 무슨 잘못을 했는지 모르겠다고 했다. 여자의 마음을 잘 아는 세심한 남자가 아니었던 터라 "직접 물어봐"라거나 "진정한 우정은 작은 일로 쉽게 깨지지 않아" 같은 상투적인 말을 두루뭉술하게 해주었다. 나중에 생각해보니 그때는 멋있어 보이고 싶은 마음에 멍청하기 짝이 없는 말을 지껄였던 것 같다.

선배의 신뢰를 저버리지 않으려고 저녁을 먹고 8시도 안 되어 샤오쿠이를 집에 데려다주었다. 집 앞에서 샤오쿠이는 고맙다고 하면서 "내일은 우연히 만날 수 있을지 보겠다"고 웃으며 말했다.

"내일 부모님하고 우자오텅(烏蛟騰) 촌에서 열리는 결혼식에 가요."

저녁을 먹을 때 샤오쿠이가 말했었다.

"우자오텅 촌?"

"네, 친척이 그곳에 있는 한 마을의 촌장이거든요. 결혼 피로연을 그 마을에서 하기로 했대요."

"신제(新界)에 있는 마을? 홍콩에도 그런 피로연이 있는 줄 몰랐네."

나는 갑자기 생각이 바뀌어 다시 물었다.

"우자오텅 촌이 정확히 어디였더라?"

"플로버 코브 컨트리 파크 옆인데……. 신냥탄에서 가까워요. 신냥탄 알아요?"

"아, 알아! 내일 마침 신냥탄에 가려고 했는데, 사진을 좀 찍으려고……."

사실 홍콩에 그런 지명이 있다는 것만 어렴풋이 기억날 뿐, 아는 것이 전혀 없었다.

"어쩌면 우연히 만날 수도 있겠네요."

나는 호텔로 돌아오자마자 인터넷에서 신냥탄과 우자오텅 촌으로 가는 노선을 검색했고, 다음 날 일찍 신제로 향했다. 버스와 마을버스를 몇 번이나 갈아탄 끝에 마침내 신냥탄에 도착했는데, 그제야 주도면밀하지 못한 스스로에게 놀라고 말았다. 무작정 마을로 가서 샤오쿠이와 우연히 만난 척할 수는 없었다! 그런 짓을 하는 건 변태적인 스토커와 다를 바가 없으니까. 하지만 샤오쿠이네 가족은 결혼식에 갈 때 자가용을 타고 신냥탄을 지날 테니 중간에 차에서 내릴 일이 없었다. 도대체 나는 여기에 왜 왔단 말인가?

스스로의 멍청함을 깨달았지만 기분을 가라앉히고 거짓말을 사실로 만드는 수밖에 없었다. 신냥탄 자연 교육 산책로를 따라 걸으면서 사진을 찍었다. 날씨는 아주 좋았고, 폭포와 풍경도 무척 아름다웠다. 그런데 길가에 이따금씩 젓가락이 꽂힌 각미반이 보였다. 귀신에게 제사라도 올리나? 중원절(中元節)•까지는 아직 석 달이나 남았는데?

오후 2시쯤 녹색 마을버스를 타고 신냥탄을 떠났다. 아침에 급하게 나오느라 배낭에 물 한 병밖에 없어서 배를 채울 식당을 찾아야 했다. 몸집이 좋은 운전기사가 구불구불 이어진 좁은 산길을 쏜

• 음력 7월 15일을 전후로 한 중국 문화권 민속 명절. 혼령을 위로하기 위해 음식을 바치고 종이돈을 태우며 제사를 지냄

살같이 내달려 마음이 조마조마했다. 코너에서 버스가 갑자기 멈추더니 엔진이 꺼졌다. 운전기사가 시동을 몇 번을 걸어도 걸리지 않았다.

"고장입니다."

운전기사는 전화로 도움을 요청했으니 곧 다른 버스가 올 것이라고 승객들에게 말했다. 나는 배가 너무 고파 휴대전화로 근처를 검색하기 시작했다. 다행히 십여 분 정도 걸어가면 식당이 있는 팅자오(汀角) 로가 나왔다. 나는 기사에게 걸어가겠다고 말했다.

날씨가 그다지 덥지 않았고 길도 험하지 않아 다행이었다.

"펀천!"

길을 따라 오 분 정도 걸었을까, 갑자기 뒤에서 부르는 소리가 들렸다. 뒤돌아보니 아침저녁으로 그리워한 얼굴이 있었다. 샤오쿠이가 도로변에 세운 차에서 머리를 쏙 내밀고 손을 흔들고 있었다.

하늘이 주신 선물이다. 그때 나는 그렇게 생각했다.

조금 전에 반대편 차선으로 지나간 빨간색 승용차가 샤오쿠이 아버지의 차일 줄이야. 눈썰미 좋은 샤오쿠이가 걸어가는 나를 발견하고 재빨리 차를 세운 것이었다. 나는 샤오쿠이네 가족에게 타고 있던 버스가 고장이 났고 배가 고파 식당을 찾아 걸어가는 중이라고 했다. 샤오쿠이 아버지가 웃으며 뜻밖의 제안을 해왔다.

"우리와 같이 결혼식에 가는 게 어때요? 신랑 아버지가 내 외사촌이고 신부도 타이완 사람이니 타이완 친구가 한 명 더 가도 개의

치 않을 겁니다."

너무 염치없는 게 아닌가 싶었지만 샤오쿠이를 보니 반대하는 것 같지 않았다. 쉽게 오지 않는 기회였다. 욕망은 이성보다 강했고 나는 차에 올라탔다. 샤오쿠이 가족은 결혼식에 참석한다고 잘 차려입었는데 나는 후줄근한 등산복에 빈손으로 가게 생겼으니 타이완 사람 체면이 말이 아니었다. 하지만 샤오쿠이의 어머니는 웃으며 신경 쓰지 말라고 했다. 샤오쿠이가 기분이 좋아 보여 이유를 물으니 어제저녁 집에 돌아가 내 충고대로 친구와 오해를 풀었다고 했다. 두 사람은 다시 친해졌고 다음 주 주말에 같이 아이쇼핑을 하기로 했다고. 무척 잘된 일이었다.

나는 그날이 내 생에 가장 완벽하고 운 좋은 날이라고 생각했다. 그러나 이 모든 것이 불행의 시작이었다.

"여쭤보고 싶은 게 있는데요, 홍콩에서는 신냥탄이 제사 성지로 유명한가요?"

차가 신냥탄으로 들어서길래 문득 생각나 물었다.

"아닌데, 왜요?"

조수석에 앉아 있던 샤오쿠이 어머니가 돌아보며 반문했다.

"좀 전에 신냥탄에 있는 폭포랑 바비큐장을 산책했는데, 길옆에 각미반이 놓여 있어서요."

"각미반이요?"

샤오쿠이가 물었다.

"홍콩에서는 '각미반'이라고 하지 않나? 밥그릇에 젓가락 한 쌍을 꽂고 조상에게 제사를 올리는. 방금 저쪽에서 봤는데."

내가 왼쪽을 가리키자 샤오쿠이 아버지도 왼쪽으로 고개를 돌렸다. 그 순간 차가 갑자기 휘청하더니 난간을 들이받았다. 차가 무엇을 들이받은 건지 아니면 차에 뭐가 부딪힌 건지 모르겠지만 강한 충격과 함께 하늘과 땅이 거꾸로 돌면서 눈앞이 캄캄해졌다. 안전벨트를 매지 않았던 나는 차 밖으로 튕겨 나가 산비탈을 굴렀다. 정신을 잃었다가 가까스로 깨어보니 사고 지점에서 상당히 멀리 떨어진 산 아래였다. 지나가던 아원이 나를 발견하지 못했으면 구조되지 못하고 죽었을지도 몰랐다.

아원은 특이한 청년이었다. 키가 크고 말랐으며 스무 살에서 서른 살 정도 되어 보였지만 실제 나이는 그보다 더 많을 수도 있었다. 그는 낡은 갈색 바람막이를 입고 수염을 짧게 기르고 있었는데 이런 차림새가 자기 신분에 어울린다고 했다. 아원은 자기를 주룽 제일의 탐정, 이 도시 지하의 수호자라고 칭했다. 자기가 미신을 과학적으로 파헤치고 불가사의한 현상을 전문적으로 연구해 사람들의 재앙을 막아주었다고. 그날 아원은 신냥탄에서 신비한 각미반에 관한 도시전설을 조사하고 있었다고 했다.

그날의 사고는 내 아버지와 이름이 비슷한(많이 비슷한 건 아니지만) 아원과 깊은 인연을 맺게 된 계기가 됐다.

의식이 돌아오자마자 내 상처보다 샤오쿠이가 먼저 떠올랐다.

샤오쿠이는 어디에 있지? 어떻게 됐을까? 괜찮은 걸까?

하늘은 공평했다. 나에게 행운을 선사한 다음 꼭 그만큼의 불행을 주셨으니.

심지어 내 불행이 무고한 사람에게까지 영향을 미치고 말았다.

샤오쿠이는 중상을 입었다. 목숨은 건졌지만 혼수상태였고, 그녀의 부모님은 차에 불이 나 현장에서 사망했다. 경찰은 차량이 갑자기 길가에서 튀어나온 멧돼지를 들이받았고 놀란 운전자가 자동차를 제어하지 못한 것 같다고 했다. 경찰 역시 차량 속도가 높지 않았는데 어떻게 이렇게 심각한 사고로 이어졌는지 이해가 안 된다고 했지만, 어쨌든 결과는 이랬다. 아이러니하게도 부딪친 멧돼지는 살았다고 했다.

일련의 사실을 듣고 그 자리에 털썩 주저앉았다. 병원에서 온몸에 붕대를 감고 호스를 꽂고 있는 샤오쿠이의 모습을 보자 하염없이 눈물이 흘렀다.

내가 신냥탄에 가지 않았다면 샤오쿠이의 부모님이 차를 세워 나를 태우지 않았을 것이고, 시간을 지체하지 않았을 것이며, 차에서 무슨 각미반 타령을 해서 샤오쿠이 아버지의 주의력이 분산되지도 않았을 것이다. 그럼 멧돼지를 들이받지도 않았을 것이고, 샤오쿠이도 다치지 않았을 것이며, 친절한 샤오쿠이의 부모님도 사망에 이르지 않았을 것이다.

나 때문이었다.

모두 다 나 때문이었다.

항공권을 변경하고 홍콩에서 일주일 더 머물렀다. 하지만 내가 샤오쿠이에게 해줄 수 있는 게 아무것도 없다는 것을 깨닫고 상갓집 개처럼 풀이 죽어 타이완으로 돌아왔다. 야오 선배는 샤오쿠이의 교통사고를 매우 안타까워했다. 나도 현장에 있었다는 말은 하지 않았다. 말한다고 해도 샤오쿠이에게 전혀 도움이 안 됐기 때문이다. 타이완으로 돌아가는 날, 공항까지 데려다주겠다고 한 선배가 갑자기 약속을 깼다. 나중에 들으니 선배 학교의 어떤 학생이 건물에서 뛰어내려 사후 수습을 하고 학부모들과 학생들을 안정시키느라 바빴다고 했다.

"자살한 여학생이 샤오쿠이의 친한 친구였어. 아…… 내가 조금 더 신경 썼어야 했는데……."

인터넷 전화로 이야기하던 선배가 탄식했다.

사고 전 샤오쿠이가 친구와 화해했다며 웃었을 때 얼굴에 나타난 보조개가 떠올라 순간 정신이 아득해졌다.

목숨은 건졌지만 이후 수개월 동안 거의 넋을 놓고 지냈다. 기말고사는 엉망이었고, 여름방학 때도 축 처진 채 집에 틀어박혀 있었다. 아무도 만나고 싶지 않았다. 모아둔 돈이 다시 홍콩에 다녀올 만큼은 됐지만 깊은 잠에 빠져 있는 샤오쿠이에게 갈 염치가 없었다. 날마다 후회하고 마음 졸이며 내 이기심 때문에 좋아하는 여자애가 집과 가족을 잃고 불행해졌다고 자책했다.

잘못을 만회할 방법이 없었다.

"방법이 있어." 지난해 10월, 아원이 말했다. "게다가 아주 간단해. 홍콩에 가지 않아도 되고. 다만 위험도가 조금 높아."

"위험하다고?"

"목숨을 건 게임이고 승률이 구분의 일밖에 안 돼."

아원은 내가 홍콩에서 봤던 그 기괴한 각미반을 둘러싼 '신냥탄 젓가락 저주'에 대해 연구하다가 복잡한 스토리를 발견했다고 했다. '젓가락 저주'는 홍콩의 모 라이브 방송 BJ가 만든 허구의 괴담으로 이론상으로는 저주의 힘이 전혀 없었지만, 어찌 된 일인지 정말 효과가 나타나 저주당한 사람에게 크고 작은 불행이 닥쳤다고.

"그런 건 다 미신이라고 하지 않았어?"

나는 물었다.

"'저주당한 사람에게 불행한 일이 생긴다고 믿는 것'은 미신이지만, 저주한 사람이 목표 대상에게 품은 악의는 확실히 존재해. 이 세상에는 인과법칙이라는 게 있어. 인과는 나비효과처럼 우리가 보지 못하는 현실 뒤에서 작용하지. 만약 어떤 사람이나 힘이 이 법칙에 개입하면 인과가 비틀어져서 원래는 연결될 수 없는 인과의 선이 서로에게 영향을 주게 돼. '카르마'라는 단어 들어봤어? 보통은 '업보'라고 번역하는데 그건 오역이야. '업보'는 선과 악만 생각한 거니까. 나는 '업'이라는 중성적인 번역에 찬성하는 편이야. 인간이 행하는 모든 결정과 행동이 업의 일부가 되지. 내 생각에 젓가락 저주 이면에는 업을 교란하는 힘이 존재하는 것 같아.”

이런 주제가 나오면 아원은 늘 일장 연설을 했다.

“그건 유사 과학이잖아?”

내가 반격했다.

“백 년 전에는 양자역학도 유사 과학이었고, 오백 년 전에는 태양이 지구를 돌았어. 삼천 년 전에는 지구가 평평했고.”

아원은 홍콩의 젓가락 저주는 일본의 ‘젓가락님’이라는 소원을 비는 의식과 관련이 있고, 괴담을 만든 BJ가 원전을 각색해 만든 것이라고 했다. 젓가락님은 타이완에서 전해지는 젓가락 신선의 방법과 거의 비슷해 젓가락 저주 뒤에 있는 힘과 젓가락님, 젓가락 신선이 관련이 있을 것이라면서 말이다. 아원이 조사한 바에 따르면 젓가락 신선을 이용해 소원을 이룬 사람이 정말 있었다. 하지만 팔십사 일의 의식을 하다가 불가사의하게 실종되거나 사고로 사망하는 사람도 많았다. 소문에는 소원을 빈 아홉 명 가운데 단 한 명 만이 젓가락 신선의 선택을 받고 나머지는 목숨을 내놓아야 했다.

“내가 지금 실험할 사람을 찾고 있는데……. 그 친구를 살릴 수 있는 확률이 백분의 십일이고, 꿈속에서 급사할 확률이 백분의 팔십구 정도로 위험한데, 그래도 도박 한번 해볼래?”

나는 한 치의 망설임 없이 즉시 하겠다고 대답했다. 샤오쿠이가 깨어날 수만 있다면 기꺼이 목숨도 내놓을 수 있었다.

처음 이상한 초등학교에 있는 꿈을 꾼 뒤 젓가락 신선이 내 자격을 인정했다는 것을 알았다. 하지만 그땐 아원이 내가 목숨을 잃지 않도록 사전 조치를 해놓았다는 것은 몰랐다.

"이런 걸 시스템 해킹이라고 하지. 어떤 시스템이든 빈틈이 있기 마련이거든." 아원이 말했다. "너는 무조건 살아남을 수 있어."

"하지만…… 그러면 다른 여덟 명에게 불공평한 거 아냐?"

"꿈에서 만난 여덟 명이 늘 같은 사람인지 아닌지 넌 전혀 모르잖아? 이게 아홉 명이 접속해서 하는 PvP 배틀 로얄 게임이라도 되는 줄 알아? MMORPG일 수도 있잖아. 던전을 깨러 오는 아홉 캐릭터의 유저가 매번 다른."

아원의 주장에 반박할 말을 찾지 못했다.

하루에 한 번 의식을 행하는 것을 가족에게 들키지 않기 위해 학교에서 대나무 젓가락을 밥에 꽂고 소원을 빌었다. 솔직히 말해 의식은 어려운 점이 많았다. 일단 요즘 같은 세상에 야생 대나무를 찾기도 쉽지 않았고, 식당에서 대놓고 각미반을 먹을 수도 없었다. 그래서 늘 밥그릇을 갖고 다녔다. 점심시간이 되면 도시락을 사서 조용한 곳으로 가 밥그릇에 밥을 담고 젓가락을 꽂아 의식을 진행했다. 밥그릇과 젓가락을 갖고 다니는 것을 이상하게 여기는 친구들에게는 환경보호를 위해서라고 대충 둘러댔다. 하지만 날마다 숨어서 밥을 먹자 친구들은 나를 이상하게 보기 시작했다. 나쁜 짓은 반드시 발각된다고, 12월의 어느 날 오후, 누군가 소원을 비는 내 모습을 휴대전화 카메라로 촬영했다. 그 친구는 찍은 영상을 인터넷에 올리지 않고 그의 아버지를 통해 내 아버지에게 전달했다. 그의 아버지는 내 아버지의 옛 친구였는데 친구 아들이 무슨 이상한 일을 저지른 뒤 날마다 죽은 자에게 제사를 지내며 속죄라도 하나 싶었단다.

아버지는 휴대전화 속 영상을 나에게 들이밀었고 나는 소원을 이루는 게임을 하고 있다고 솔직하게 말했다. 인터넷에서 관련 자료를 찾아본 아버지는 젓가락님이 목숨을 담보로 하는 게임이라는 것을 알게 되었다. 그 뒤로 아버지는 나를 여기저기 끌고 다니면서 스무 명이 넘는 대사를 만났다. 뜻밖에도 아버지가 마지막으로 찾아낸 사람은 무슨 도사나 스님이 아니라 유명 작가였다. 나는 그 작가의 소설을 꽤 좋아했다. 알고 보니 작가는 젓가락 신선 의식의 창시자로, 사건에 관련된 인물이었다. 우리는 B초등학교에서 그녀의 고백을 들었고 하늘의 교묘한 안배에 전율했다.

"그건 나도 생각 못 했네. 수수께끼의 진실이 그럴 줄은." 진실을 알게 된 아원이 놀란 표정으로 말했다. "타이완에 오길 잘했네. 단번에 이렇게 많은 단서를 파악하다니……. 꽤 오래 찾아다녔는데 이렇게 쉽게 찾게 될 줄은 몰랐어."

"이건 뭐야?"

"그 산호 젓가락."

아원은 자신이 처리했던 사건들은 모두 세 가지 요소에서 벗어나지 않는다고 했다. 바로 인(人), 사(事), 물(物). '인'은 사건을 발생하게 한 인물로 젓가락 신선 사건에서는 당연히 작가 선생과 내 아버지의 전처였다. '사'는 사건의 원인이나 숨겨진 이야기로 작가 선생이 젊었을 때 저신 의식으로 혼을 불러 점을 친 것과 B초등학교에서 발생한 실종 사건이 그에 해당된다. '물'은 사건을 일으킨 핵심 물건으로 귀신 소동에서의 저주받은 인형, 살인 사건의 흉기 같은 것이다. 젓가락 신선에서는 왕선군이 깃들어 있었다던 산호 젓가락이 사건을 일으킨 핵심 물건이다.

"생각해봐. 단순한 그리움이 이렇게 방대한 사건을 일으키고, 현실 너머에 우주같이 광활하게 펼쳐져 있는 '인과의 그물'을 건드릴 수 있을까?"

아원은 마치 학자가 논문을 발표하듯 논리를 펴나갔다.

"아니. 죽임당한 그 태아가 손오공이나 나타마냥 환생한 것도 아니고, 인간의 악의나 원념만으로 삼사십 년 동안 의식을 진행한 모든 사람이 똑같은 꿈을 꾸게 할 수는 없어. 사람을 급사시킨다는 건 더더욱 불가능하고. 원망을 무한대로 증폭시키고 인과법칙의 작용을 교란한 건 그 특수한 젓가락이야. 4G 신호탑처럼 원래는 지역에 한정된 신호를 넓게 확산시키는 거지."

아원은 대나무 젓가락을 스마트폰에 비유해 의식이 어떻게 '이용자'를 연결하고 B초등학교라는 '온라인 서버'에 '로그인'하게 하는지에 대해 장황하게 설명했다. 분명히 다 알아들었는데, 종합해서 생각하려니 컴퓨터 언어를 듣는 것처럼 머릿속이 꼬이는 느낌이었다.

작가 선생의 계획에 따라 정월 대보름에 신을 보내는 송신 의식을 하기로 했다. 어쨌든 내 소원 빌기가 끝나고 난 뒤라 이견이 없었다. 나와 아원은 사적으로 나의 이복형을 찾아가서야 선생의 계획에 심각한 구멍이 있다는 것을 발견했다.

"얼마 전에 옛 친구한테 젓가락을 돌려받았어. 하지만 이건 원래의 산호 젓가락이 아니라 내 어머니의 유골이야."

형은 그러면서 붉은색 젓가락을 우리 앞에 꺼내놓았다. 십오 년 전 어머니의 유골로 만든 젓가락이 사라지자 형은 운명에 저항하겠다 결심한 뒤 남은 산호 젓가락을 바다에 버렸다고.

아원은 송신 의식이 끝나고 작가 선생이 아빠에게 받은 산호 젓가락을 형에게 돌려주면 형에게서 그것을 양도받을 계획이었다. 그런데 젓가락은 한 짝뿐이었고, 더 골치 아픈 것은 작가 선생이 예전에 신을 부른 청신 때와 젓가락이 달라 송신이 반드시 성공한다는 보장이 없다는 것이었다.

"아니, 한 짝만 있어도 괜찮아." 아원이 나와 형에게 말했다. "도사 선생, 송신할 때 선생의 어머니 유골이 위로 올라가지 않게, 즉 아래쪽의 지지대 역할을 하게 만들면 돼."

"그래도 돼?"

내가 끼어들며 물었다.

"저신 의식은 젓가락 하나를 지지대로 삼아 쌀독에 꽂고 다른 하나를 지지대 위에 놓아 신명의 지시를 받는 거야. 즉 진짜 힘을 발휘하는 건 위에 올라가는 젓가락이지. 내가 산호 젓가락은 증폭기라고 했지? '신이 깃들었네' '혼이 흩어지지 않았네' 하는 건 다 허튼소리야. 작가 선생이 의심하지 않으면 그녀의 그리움이 젓가락을 통해 요절한 아이에게 닿아 송신 의식이 완성될 거야. 이론적으로는 그래. 실제로는 확신할 순 없지만. 지금은 그저 끝까지 최선을 다하고 행운을 빌 수밖에. 모든 게 순조롭기를 말이지."

팔십사 일의 의식을 마친 나는 아원의 말대로 살아남았다. 그러나 야오 선배에게 물어봐도 좋은 소식은 들려오지 않았다. 샤오쿠이는 여전히 혼수상태에서 깨어나지 못했다. 내 젓가락 신선 의식에 무슨 오류라도 있는 것인지, 아니면 아원의 시스템 해킹이라는 부정행위가 젓가락님에게 들켜 소원이 무효가 되었는지, 그것도 아니면 예전에 우리가 B초등학교를 조사한 것과 무슨 관련이 있는 것인지 도무지 알 수가 없었다. 아원은 불안해하는 나를 안심시켰다.

"이 주 후에 송신이 완료된 뒤 젓가락을 받아 홍콩으로 돌아가 확인하자고."

너무 초조했지만 다른 선택지가 없었기 때문에 받아들일 수밖에 없었다.

정월 대보름 이후 우리는 다시 형을 찾아갔다. 그는 송신 의식이 매우 순조로웠고 젓가락 두 짝도 순조롭게 회수했다고 했다. 약속대로 그는 자기 어머니의 유골로 만든 젓가락만 남기고 왕선군이 깃들어 있던 산호 젓가락을 아원에게 주었다.

이틀 뒤 나와 아원은 홍콩으로 향하는 비행기에 몸을 실었다. 야오 선배는 마침 학생들을 인솔해 타이완에서 열리는 행사에 참가해야 했다. 선배는 내가 홍콩에 간다는 것을 알고 자신의 청색 혼다 재즈를 홍콩 공항에 주차해놓고 타이베이에서 내게 차 키를 넘겼다. 숙박비를 아끼라며 자기가 사는 집도 쓰게 해주었다.

"날씨 참 좋다." 홍콩 8호 간선도로를 달리는 차 안에서 아원이 눈앞의 파란 하늘을 보며 말했다. "이 일도 끝을 향해 가는구나……."

액셀을 밟으며 휴대전화 내비게이션이 안내하는 대로 샤오쿠이가 입원한 병원으로 향했다. 젓가락 신이든 신선이든, 샤오쿠이가 깨어날 수만 있다면 신을 죽이든 귀신을 부르든 목숨을 담보로 하든 지옥으로 쳐들어가야 하든 전혀 두렵지 않았다.

산호 젓가락 한 짝을 받은 날 저녁, 아원은 나에게 말했다.

"모든 게 준비됐으니 이제 상황을 끝내자고."

"샤오쿠이를 소생시키는 거야?"

그가 무슨 생각을 하는지 도통 알 수 없었다.

"뭐, 그것도 포함해서."

아원이 오묘한 미소를 지었다.

2

병원 주차장에 차를 세우고 여섯 달 전의 기억을 더듬어 샤오쿠이가 있는 병동으로 걸어갔다.

“여기서 잠깐 기다려.”

아원이 이 한마디를 남기고 건물 입구로 사라졌다가 이 분 뒤에 돌아와 말했다.

“됐어.”

왜 기다리라고 했는지 몰랐지만 물어볼 여유가 없었다. 젓가락 신선의 효력이 다해 샤오쿠이가 소생하지 못할까 걱정이 되었던 것이다. 괜히 의식을 진행해서 샤오쿠이를 이런 기이한 일에 끌어들이고, 내 부정행위에 대한 대가로 젓가락 신선이 그녀더러 목숨을 내놓으라고 하는 것은 아닌지 더럭 겁이 났다.

무거운 발걸음으로 엘리베이터에서 내려 일 인실로 들어가자 샤오쿠이의 청초한 얼굴이 보였다. 기계가 그녀는 아직 살아있다고 알려주어 조금 안심이 되었다. 그러나 그녀는 여전히 내 기억 속 모습대로 몸에 이런저런 호스를 꽂고, 깊은 잠에 빠진 것처럼 눈을 감은 채 침대에 누워 있었다. 그 모습이 너무 가슴 아팠다.

“좋아, 이제 이 소녀를 깨우는 마지막 의식을 진행하자고.”

아원이 말했다.

“역시 의식이 하나 더 있었군! 그 젓가락으로 뭔가 하려고?”

"아니, 나 말고."

아원이 두 손을 바지 주머니에 꽂고 창가에 있는 의자에 앉아 다리를 꼬았다.

"뭘 해야 하는 건 너야."

"나?"

"공주를 깨우려면 왕자의 입맞춤이 필요하지."

아원이 입가를 끌어올리며 음흉한 말을 던졌다.

"지금 농담이 나와?"

살짝 화가 났다.

"누가 농담이래? 내 판단에 의하면 네 소원은 이미 이루어졌어. 얘가 아직도 안 깨어나는 이유는 딱 하나야. 깨어나기 싫은 거지. 너라면 부모님은 돌아가시고 친한 친구는 자살했는데 이 개똥 같은 현실로 돌아오고 싶겠어? 얘를 깨우려면 누군가 자신을 걱정하고 아끼고 있다는 것을 알려줘서 세상에 미련을 갖게 해야 해."

"그래도 입맞춤을 할 필요는 없잖아?"

"넌 《백설 공주》《잠자는 숲속의 미녀》《신데렐라》도 안 봤냐?"

"《신데렐라》에는 그런 장면 없거든!"

"알았어, 알았다고. 내가 틀렸다. 정 그렇다면 알겠어. 설명해줄게. 인간의 호흡은 단순히 산소와 이산화탄소를 교환하는 행위가 아니야. '기(氣)'는 화학과 생물학 외의 다른 범주에서 의미가 있어."

아원이 또 설교를 시작했다.

"네 도사 형이 이 자리에 있었으면 내 말에 동의했을 거야. 도가에 내단술(內丹術)이라는 게 있는데 호흡으로 체내 음양을 조절하고 도를 닦는 거야. '연정화기(煉精化氣)•, 연기화신(煉氣化神)••'은 도가 신도라면 다 아는 기본 상식이지. 춘추전국시대 문헌 〈행기명(行氣銘)〉에는 '호흡이 깊어지면 쌓이고, 쌓이면 뻗어나가며, 뻗어나가면 아래로 내려가고, 아래로 내려가면 안정되며, 안정되면 굳어지고, 굳어지면 싹이 트며, 싹이 트면 자라고, 자라면 쇠퇴하며, 쇠퇴하면 하늘로 돌아간다. 천기는 위로 향하며 지기는 아래로 향한다. 순행하면 살고 역행하면 죽는다'라고 되어 있어. 이렇듯 호흡은 생명의 근원이야. 젓가락 신선이 도술과 관련이 있다면 도가의 법으로 소원을 완성하는 게 도리에 맞지 않겠어?"

"하, 하지만…… 샤오쿠이는 겨우 열네 살이라고!"

다급한 나머지 가장 하고 싶지 않았던 말을 내뱉었다.

"하, 그거 때문이었구나?"

아원이 이를 드러내며 웃었다.

"아니, 생일 지나서 이제 열다섯 살이야."

"열다섯이나 열넷이나 뭐가 달라! 미성년인 건 마찬가지인데!"

• 정신을 수련해 기로 변화함

•• 기를 수련해 신으로 변화함

"그러니까, 얘가 성인이었다면 했을 거라는 말이지? 쯧쯧, 이 위선자."

"그게 아니라 샤오쿠이가 위험한 상황에 놓인 틈을 이용하고 싶지 않아서 그래."

"얘 구하고 싶지 않아? 목숨도 안 아깝다면서 세속적인 관념에 사로잡혀 있네?" 아원이 웃음기를 거두고 담담하게 물었다. "솔직히 말해. 나중에 얘가 알고 싫어할까봐 그러지?"

아원의 말은 징을 울리듯 나를 일깨웠다. 나는 좋아하는 여자애가 어려운 상황에 놓인 틈을 이용하고 싶지 않았다. 그렇게 하면 그녀에게 상처를 줄 것 같았다. 하지만 이성적으로 생각해보면 이것은 내 이기적인 마음으로, 그녀보다 나 자신을 더 신경 쓰고 있는 것이었다. 헛된 욕심이 없다면 왜 이런 것에 신경 쓰겠는가? 샤오쿠이가 회복할 수만 있다면 어떤 대가라도 치르겠다고 입버릇처럼 말하지 않았는가? 어쩌면 나는 샤오쿠이의 행복보다 그녀에게 보이는 내 이미지를 더 신경 쓰고 있던 것은 아닐까?

샤오쿠이가 깨어날 수만 있다면 변태라고 욕을 먹어도 묵묵히 받아들여야 하지 않을까? 그날의 교통사고는 내 책임이니까…….

나는 한 걸음 다가가 샤오쿠이의 침대 곁에 섰다.

"먼저 코에 꽂혀 있는 호스부터 빼. 그런 이상한 걸 꽂고 있으면 나 같아도 깨어나고 싶지 않을 거야."

아원의 말투가 다시 가벼워졌다.

아원의 지시대로 샤오쿠이의 왼쪽 코의 호스를 뺐다. 혼수상태에서 이런 호스를 통해 유동식을 먹는 그녀가 안타까웠다. 가까이 다가가서 본 순간 그제야 샤오쿠이가 많이 야위었다고 느꼈다. 함께 식사했을 때 복스럽게 먹던 모습이 생각나 마음이 아팠다.

그래, 입을 맞춰야 한다면 맞추자. 아원이 실없기는 해도 중요한 순간에 나를 속이지는 않으니까.

내 목숨을 구해준 은인이기도 하고.

오른손으로 침대를 잡고 허리를 굽혀 샤오쿠이의 얼굴에 입술을 가져다댔다. 심장이 100미터 달리기를 한 것보다 더 빨리 뛰었다. 샤오쿠이의 체취가 느껴졌다. 고개를 조금만 더 낮추면 저 분홍색 입술에…….

"핀천……?"

나는 깜짝 놀라 뒤로 펄쩍 물러났다. 입술이 마주치려는 찰나 샤오쿠이가 갑자기 눈을 뜨고 내 이름을 불렀다.

"아, 아니, 오해하지 마. 나, 나 안 했어……. 그게 아니라……."

강력하게 부인하면서 고개를 돌려 아원을 쳐다봤다. 아원은 배꼽을 잡고 웃고 있었다.

이런 망할 자식.

"핀천, 저 사람은 누구예요?"

샤오쿠이가 아원을 쳐다보며 물었다.

"저 사람? 샤, 샤오쿠이 너……."

조금 전 충격에서 회복되지 않아 지금 상황이 이해가 안 됐다. 혼수상태에서 갓 깨어난 사람이 '여기가 어디예요?' '부모님은 어디 계세요?' '나한테 무슨 일이 생긴 거죠?' 같은 말도 아니고 '방금 나한테 무슨 짓을 하려고 했죠?'도 아닌, "저 사람 누구예요?"라니.

"나는 아원이라고 해. 편하게 불러, 샤오쿠이." 아원이 의자에서 일어나 침착하게 말했다. "핀천과 나는 실과 바늘처럼 아주 친한 사이야. 이런 방법으로 깨워서 미안해. 뭔가를 하지 않으면 젓가락 신선이 와도 깨울 수 없을 것 같아서 말이야, '귀신 신부' 아가씨."

귀신 신부? 무슨 뜻이지? 샤오쿠이에게 물어보려고 쳐다보니 잔뜩 굳은 얼굴에 이제껏 본 적 없는 분노가 서려 있었다.

"당신 도대체 뭐 하는 사람이에요?" 샤오쿠이가 차가운 말투로 아원에게 물었다. "귀신 신부 이야기는 어디서 들었어요?"

"나는 탐정이야. 불가사의하고 신비한 사건을 전문적으로 파헤치지." 아원이 가벼운 말투를 유지하며 말했다. "나는 그 라이브 방송 사건의 진실을 알고 있어. 벌을 받아 마땅한 그 세 사람이 모종의 방법을 통해 신비한 문자를 받았다는 것도. 귀신과 관련된 기이한 사건이 내 전문이거든. 오답을 제외하다 보면 기이한 진실도 추려지지. 미리 강조하는데 간섭할 생각은 없어. 네 방법을 찬성하는 쪽이라."

"도대체 무슨 말을 하는 거야? 라이브 방송 사건은 뭐고, 벌을 받아 마땅한 사람은 또 뭐야? 아원, 왜 샤오쿠이가……."

"별거 아니야. 샤오쿠이가 혼수상태에서 꿈을 좀 꿨대."

아원은 샤오쿠이 앞에서 노골적으로 아는 척을 했다. 의외로 샤오쿠이도 분노를 거두고 아원의 말을 받아들이는 것 같았다.

"샤오쿠이, 아저씨와 아주머니는……."

이해할 수 없는 일은 더 깊이 따지지 않고 미리 준비한 참회의 말을 하며 그동안 일어난 심각한 일들을 말해주려고 했다.

"알아요……."

"어……?"

"엄마 아빠는 교통사고로 돌아가셨고, 샤오위는 건물에서 떨어져 자살했고……."

어떻게 알았지? 혼수상태에서도 다른 사람이 하는 대화가 들리나? 직접 물어보고 싶었지만 샤오쿠이의 애통한 눈빛에 지금은 질문할 타이밍이 아니라는 생각이 들었다.

"맞다, 샤오쿠이, 너 깨어났으니 의사 선생님 부를게. 검사받아야지……."

잠시라도 부모님과 친구에게 일어난 참극을 잊게 해주려고 화제를 돌리며 호출 벨을 누르려고 했다.

"잠깐." 아원이 나를 제지했다. "먼저 샤오쿠이에게 물어보자고."

"뭘?"

내가 이상해서 물었다.

"샤오쿠이, 지금 네 앞에는 두 가지 길이 있어."

아원은 나는 아랑곳하지 않고 샤오쿠이 옆에서 손가락 두 개를 세워 보였다.

"정상적인 길은 의사를 불러 검사를 받고 잘 회복하는 거야. 그러면 얼마 뒤 다시 학교에 다니게 되고 일상으로 돌아가겠지. 하지만 네가 꿈에서 보았던 그 세 사람이 네 상태를 알면 어떻게 될까? 네가 혼수상태였을 때는 그들도 너를 어떻게 할 수 없었지만 네가 깨어나면 게임은 공평해질 거고, 네가 내린 처벌은 효과가 지속되지 않을 거야. 나머지 하나는 조금 미친 건데, 나와 핀천이 어떤 일을 조사하면서 물건 하나를 찾고 있거든? 너에게 발생한 교통사고와도 아주 약간 관련이 있는 일이지. 어차피 너도 이 사건에 연루됐으니 괜찮다면 우리와 함께해도 돼."

"아원, 지금 무슨 헛소리를 하는 거야? 샤오쿠이와 젓가락 신선이 무슨 상관이 있다고? 아홉 달 동안이나 혼수상태에 있었으니 당연히 병원에서 요양을……."

"뭐가 저와 관련 있다는 거죠?"

샤오쿠이가 창백한 얼굴로 물었다.

"'귀신 신부의 젓가락 저주'는 그 청년이 지어낸 거야. 그들은 젓가락님이라는 주술 의식을 참고했지. 나는 그들이 거짓으로 만든 게 진짜가 됐다고 생각해."

"그 말은, 내가 교통사고를 당한 게 정말 저주 때문이란 건가요?"

샤오쿠이는 아원의 말을 받아들일 수 없다는 듯이 매섭게 노려봤다.

"아니, 너한테 일어난 재앙이 저주 때문이라는 게 아니야. 내 말은, 어떤 인위적인 힘의 개입으로 악의가 인과법칙의 질서를 유린해 비극이 초래됐다는 거야. 젓가락 저주가 성공해 원수가 불행한 일을 당했다는 인터넷상의 이야기들이 전부 우연이라고 할 수는 없어."

"아원, 그만……."

"같이 갈래요."

샤오쿠이는 조금도 망설이지 않고 말을 얹었다. 그러면서 침대를 짚으며 상반신을 일으키려 했지만 성공하지 못했다.

"샤오쿠이! 너 지금 상태가……."

"핀천, 아원의 말이 사실이라면 저는 진실을 알아야겠어요." 샤오쿠이가 진지한 표정으로 내 두 눈을 바라봤다. "엄마 아빠와 샤오위에게 진실을 알려줄 수는 없어도 최소한 우리가 왜 이런 불행한 일을 당했는지는 알아야겠어요."

그날 내가 흑심을 품어 일부러 신냥탄에 가지 않았다면 너는 그런 불행한 일을 당하지 않았을 거야. 그 말을 하고 싶었지만 용기가 나지 않았다.

"좋아, 그러면 지체하지 말고 떠나자고."

아원이 병실 문 앞으로 걸어가 복도 좌우를 살폈다.

"나가자고?"

"내가 망을 볼 테니 너는 저 휠체어로 샤오쿠이를 옮겨."

아원이 병실 옆에 접혀 있는 휠체어를 가리켰다.

"잠깐, 잠깐만! 지금 몰래……."

"병원에서 애를 퇴원시켜줄 것 같아? 너도 얘가 미성년자라는 거 알지? 얘가 스스로 퇴원 여부 결정 못 해. 법정 보호자가 친척인지 정부 보호기관인지도 모른다고."

"이건 미성년자를 납치하는 거잖아?"

소리를 지를 뻔했지만, 병실 밖 간병인들이 들으면 일이 복잡해질 것 같아 소리를 죽였다.

"인질이 이렇게 적극적인데 납치범이 잘 모시지 않으면 쓰나."

아원은 턱짓을 하며 웃었다. 고개를 돌려 보니 샤오쿠이가 오른팔에 꽂힌 수액 바늘을 뽑으려 하고 있었다. 하지만 왼손 손가락을 들어 올릴 힘이 없어 테이프를 뜯어내지 못한 채 주삿바늘을 잡고 있었다.

깜짝 놀랐지만 샤오쿠이의 표정에서 이미 결심이 섰다는 것을 알 수 있었다. 말릴 수 없다면 끝까지 도울 수밖에. 다가가 샤오쿠이를 거들었다. 하지만 내 손가락도 굼뜨긴 마찬가지였고, 결국 침대 옆에 휠체어를 갖다 대고 침대 옆에 있던 수액까지 분리한 다음에야 샤오쿠이에게 "실례할게" 하고 말하고 그녀를 안아 휠체어에 앉힐 수 있었다. 그제야 연결된 수액 주머니가 침대 아래에 하나 더 있는 것을 발견했다. 다급하게 떼어내 샤오쿠이의 허벅지에 올려놓자 그녀는 미간을 살짝 좁히며 얼굴을 붉혔다. 침대에서 이불을 가져다 그녀의 몸에 덮어주고, 휠체어를 병실 문 앞으로 끌고 가서야 샤오쿠이가 민망해한 이유를 깨닫고 내 미련함에 혀를 찼다. 아홉 달 동안 혼수상태에 있었으니 침대 아래에 있던 그것은 수액이 아니라 요도와 연결된 소변 주머니일 터였다.

아원의 지시하에 무사히 주차장에 도착했다. 샤오쿠이를 안아 차에 비스듬히 앉히고 아원과 차에 올라 재빨리 병원을 벗어났다.

하지만 차가 고속도로에 오르자마자 후회스러웠다.

"우리가 이렇게 환자를 납치한 걸 간호사가 발견하면 경찰을 부를 거야……."

"그럴 리 없어." 조수석에 앉은 아원이 여전히 경박한 표정으로 말했다. "병원에 들어가기 전에 내가 왜 너더러 기다리라고 했겠어?"

홱 고개를 돌려 아원을 쳐다보았다. 그러나 운전중이라 곧장 고개를 다시 돌려 전방을 주시했다. 비극적인 교통사고가 또 일어나면 안 됐다.

"병원 이동 기록을 위조했지. 당직 간호사와 의사가 이상하다고 생각해도 컴퓨터에 샤오쿠이가 오늘 아침 다른 사설 병원으로 이동한다는 메모가 있으니 어쩔 수 없을 거야. 요즘 홍콩에서 의료 인력을 찾기란 화성에서 생물을 찾는 것보다 어렵거든. 세부 사항을 챙길 겨를이 없을걸?"

아원이 얼렁뚱땅 말했다.

"컴퓨터에 손을 썼단 말이야?"

무슨 말인가 싶어 물었다.

"응, 복도, 엘리베이터, 주차장 CCTV도 다 껐어. 간병인이 나중에 이상한 점을 느껴도 조사 못 해."

이 망할 자식. 우리가 건물에 들어가기 전에 이미 준비를 다 해 놓은 것이 분명했다. 아원은 샤오쿠이가 제안을 받아들일 것과 내가 동참할 것을 예측하고 샤오쿠이를 납치할 준비를 미리 마친 것이었다.

백미러로 뒷좌석을 보았다. 이불을 덮고 무릎을 구부린 채 앉아 있던 샤오쿠이와 눈이 마주쳤다. 그녀의 표정을 읽을 수가 없었다. 자신의 처지를 슬퍼하는지, 우리와 함께 도망친 경솔함을 후회하는지 알 수 없었다.

묻고 싶은 것이 많았다. 병실에서 아원이 그녀에게 한 말은 무슨 뜻일까? '벌 받아 마땅한 자들' '저주'는 또 무엇일까? 누군가 그녀를 저주해 해치려고 했나? 그리고 샤오쿠이는 혼수상태였을 때도 외부 세계의 상황을 분명히 알고 있었던 것 같은데, 어떻게 그럴 수가 있지? 왜 그녀는…….

"핀천, 계속 그렇게 음흉한 눈빛으로 쳐다볼 거야?"

아원이 웃으며 말했다.

"내가 언제!"

화들짝 놀라며 시선을 거두었다.

"샤오쿠이." 아원이 뒤쪽으로 몸을 돌려 오른손을 의자 등받이에 대고 지껄였다. "핀천은 얼굴에 감정이 다 드러나. 지금은 혼수상태였던 네가 어떻게 주변에서 일어난 일을 다 아는지 궁금해하고 있어. 설명 시간을 줄이려면 네 그것을 보여줘야겠는데."

뒤에서 숨을 내뱉는 소리가 들려왔다. 다시 한 번 백미러를 보았다. 샤오쿠이가 놀랐는지 아원을 똑바로 바라보고 있었다. '그것'이 뭐지? 나는 방금 아원이 가리킨 것을 보지 못했다. 두 사람만 아는 암호인지도 몰랐다.

"그걸 어떻게 알죠?"

샤오쿠이의 목소리가 가늘게 떨렸다.

"병실에서 우연히 봤어. 하지만 너도 그중 하나일 거라 추측은 했어. 조금 전에는 내 추론이 틀리지 않았다는 것을 확인했고."

"두 사람 도대체 무슨 말을 하는 거야?"

계속 없는 사람 취급을 받자 약간 화가 났다.

"핀천, 먼저 네 소매를 걷어 재한테 보여줘. 그러면 설명이 쉬워질 거야."

아원이 도대체 무슨 꿍꿍이인지는 몰라도 소매를 거론하는 순간, 자연스럽게 내 왼팔을 가리킨다는 것을 알았다. 핸들을 왼손으로 바꿔 잡고 오른손으로 왼쪽 소매를 걷은 다음 왼팔을 뒤로 쭉 뻗었다.

"아!"

처음엔 내 팔뚝에 난 괴이한 붉은색 물고기 문양에 샤오쿠이가 놀란 건 줄 알았다.

하지만 샤오쿠이의 반응은 내 예상만 못했고 그녀의 놀란 표정은 순식간에 의혹으로 바뀌었다. 그녀는 이불 아래서 왼손을 꺼내 환자복 소매를 천천히 걷었다.

내 것과 똑같이 생긴 물고기 문양이었다.

"엇?"

너무 놀라 급브레이크를 밟을 뻔했지만 가까스로 마음을 진정시키고 말했다.

"샤오쿠이 너도 젓가락 신선한테 소원 빌었어? 아니, 너는 젓가락님이라고 부르나?"

"젓가락님?"

샤오쿠이가 고개를 갸웃하며 반문했다.

"짝을 이뤘으니 좋지 뭘." 아원이 장난스럽게 말했다.

"근데 핀천, 네 것은 샤오쿠이 것과는 달라. 이쪽은 귀족 혈통이고 네 작위는 돈 주고 산 거라 할 수 있지."

"알아듣게 좀 말할래?"

"정말 유머 감각이라고는 쥐꼬리만큼도 없군. 핀천 네 물고기 문양은 후천적인 거고, 샤오쿠이 것은 선천적인 거라고."

"맞아요, 핀천. 지난번 봤을 때는 팔뚝에 이런 거 없었던 걸로 기억해요…….”

샤오쿠이가 내 팔뚝에서 눈을 떼지 않아 팔을 거두어들이지 못했다.

“샤오쿠이, 내가 설명을 좀 할게.”

아원의 말투가 다소 진지해졌다.

“너는 팔뚝에 난 게 보기 싫은 모반이라고만 생각하겠지만 사실 그것은 기원이 있어. 그것은 네가 ‘하늘이 선택한 사람’이라는 뜻이야. 엄복(嚴復)의 《천연론》•에 ‘하늘의 선택’이라는 단어가 나오거든? 그것에 비유해서 설명할게. 원래 의미와는 조금 다르지만 말이야. 인류 역사상 모반에는 늘 특별한 의미가 부여됐어. 고대 몽골인은 모반이 있는 사람은 무녀와 의사가 될 자격이 있다고 생각했고, 에티오피아 정교회에서는 모반은 성모 마리아가 남긴 키스의 흔적이라고 했지. 이 세상에는 남다른 능력을 지닌 사람이 많은데, 몸에 심상치 않은 각인이 있는 경우가 많아. 그 물고기 문양도 그중 하나고. 핀천의 이복형은 샤오쿠이와 마찬가지로 날 때부터 왼쪽 손목에 그 물고기 모양 모반이 있었지. 지금 그는 귀신과 영혼을 처리하는 도사가 됐어. 너희는 모두 ‘하늘이 선택한 사람’이야.”

“그래서 내가 혼수상태에서도…….”

• 토마스 헉슬리 《진화와 윤리》의 번역서

"맞아. 다른 말로는 유체 이탈 현상이야. 일본에서는 생령(生靈)이라고 하지. 네 능력은 거기에 그치지 않아. 휴대전화 메시지까지 보냈으니 원령(怨靈)에 필적하지."

샤오쿠이도 형이랑 같다고 하면 설명 가능한 일이 많았다. 둘은 영화처럼 하늘을 날고 땅속으로 들어가는 초능력은 없어도 보통 사람과 다른 것은 분명했다. 아원과 형이 만났을 때 두 사람은 심안(心眼)이니, 오감 외의 특수한 감각이니 하는 말을 했다. 이것이 샤오쿠이 몸에도 있다면 조금 전 깨어났을 때의 반응도 이해가 됐다.

아원이 내 팔뚝을 툭툭 쳤다.

"핀천의 이 물고기 문양은 후천적인 거야. 젓가락 신선 의식에 참여해서 생긴 거지. 의식에 참여하면 참가자에게 이런 표식이 생겨. '하늘이 선택한 사람'이라고 인위적인 표시를 해주는 거지. 태어날 때부터 이걸 가진 이들이 특별한 능력이 있는 것과는 달리 핀천의 것은 그 의식을 주재하는 신비한 힘이 만들어준 것이라 말하자면 파티 참가자 손등에 찍어주는 도장이나 마찬가지야."

"젓가락 신선 의식이 도대체 뭔데요?"

아원에게 너무 많은 것을 말하지 말라고 눈짓을 보냈다. 그녀를 위해 목숨을 담보로 한 주술에 참여했다는 사실을 알리고 싶지 않았다.

"그건 말하자면 조금 길어서……."

아원이 입담이 좋고 적당한 선을 알아서 다행이었다.

"자세한 건 도착해서 설명해줄게. 우리가 할 조사하고 관련이 있으니까."

몇 분 뒤, 우리는 주룽 만에 위치한 야오 선배의 집에 도착했다. 샤오쿠이는 혼자 걸을 수 있다고 했지만, 병원에서 너무 다급하게 나오느라 신발도 챙기지 않았다. 샤오쿠이를 맨발로 걷게 할 수 없어 내가 업고 건물로 올라갔다. 선배의 집은 주차장까지 엘리베이터가 연결되어 있어 다행이었다. 아니었으면 관리인을 피하는 것도 큰일이 될 뻔했다.

선배 집은 십사 평은 족히 되어 보였다. 홍콩에서 혼자 사는 집이 이 정도 크기면 아주 괜찮은 편이었다. 예전에 몇 번 와본 적이 있어 비교적 익숙했다. 하지만 내가 자기 학생을 납치해 자기 집을 아지트로 썼다는 것을 안다면…… 선배가 어떤 반응을 보일지 알 수 없었다.

"펀천, 저 물 좀 주세요."

선배의 침대에 몸을 누인 샤오쿠이가 말했다. 혼수상태에서 방금 깨어난 환자에게 어떤 음료를 주어야 할지 몰라서 그냥 보통 환자에게 하듯 따뜻한 물과 스포츠음료를 갖다준 뒤 주방에서 미음을 끓였다. 영양을 고려해 달걀을 풀어 넣고 소금도 약간 뿌렸다. 이렇게 하면 맛이 좀 나아질 터였다.

음식을 먹어서인지 샤오쿠이의 얼굴에 혈색이 돌았다. 그녀는 상반신을 일으켜 침대맡에 기댄 채 스스로 컵을 들어 물을 마실 수 있게 되었다.

"맞다, 너희 집에 들러서 갈아입을 옷을 좀 가져와야 하지 않을까?"

갑자기 생각이 나서 물었다.

"열쇠가 없어요."

샤오쿠이가 쓴웃음을 지었다.

"이런! 병실에서 개인 물품 챙겨 온다는 걸 깜박했네……."

"멍청한 소리 좀 하지 마." 거실 소파에 앉아 책을 보던 아원이 끼어들었다. "지갑, 신분증, 집 열쇠 같은 게 병실에 있겠어? 얘는 혼수상태였으니 다 보호자가 갖고 있겠지."

"아, 그러면 내가 갈아입을 옷을 좀 사 올게. 여기 아래층이 상가야."

그제야 얇은 환자복밖에 안 입었는데 우리가 계속 쳐다봐서 그녀가 불편했겠다는 생각이 들었다.

"샤오쿠이, 이 자식은 패션 감각이 형편없으니 직접 고르는 게 나을 거라고 봐."

아원이 침실로 들어와 내 휴대전화를 샤오쿠이에게 건넸다.

"온라인몰에서 고른 뒤 아래 상가 매장에서 찾아오면 돼. 여기 매장에 재고가 있는 옷으로 고르고 인터넷으로 결제하면 핀천이 찾아올 거야."

"야, 나 그 정도로 나쁘지 않거든."

문득 샤오쿠이에게 선물했던 모자가 생각났다. 여학생 눈에는 그 모자가 너무 촌스러웠나?

"펀천……. 돈은 나중에 줄게요."

샤오쿠이는 난처한 미소를 지으며 휴대전화를 받아들었다.

빠지직, 자신감에 금 가는 소리가 들렸다.

"여자 심리를 좀 더 공부하라고."

우리는 방에서 나왔고 아원은 소파로 돌아가 야오 선배의 책장에서 꺼낸 역사 소설을 계속 읽었다.

삼십 분 뒤 매장에 가서 주문번호를 대고 물건을 찾았다. 쇼핑백은 내가 생각한 것보다 작았다. 내 감각이 도대체 얼마나 떨어지는지 확인할 겸 매장에서 나오자마자 쇼핑백을 열어보았다. 그제야 아원의 말이 무슨 뜻인지 이해했다.

샤오쿠이는 긴 팔 티셔츠 두 장, 보온용 외투 하나, 치마 하나, 집에서 입는 실내복 한 벌, 양말 두 켤레, 운동화 한 켤레를 샀고 모두 단순한 디자인이었다. 문제는 티셔츠와 치마 아래로 언뜻 속옷이 보였다는 것이다.

이런 바보 멍청이, 샤오쿠이가 어떻게 나한테 속옷을 사 오라고 부탁하겠어? 아원이 내 패션 감각 운운한 이유가 다 있었다. 자연스럽게 난처한 상황을 모면하게 해준 것이다.

나는 모른 척하기로 했다. 맹세코 자세히 보지 않았다. 속옷 같은 보라색 무언가가 보이자마자 쇼핑백을 닫았으니까. 쇼핑백을 스

티커로 다시 여미고 선배 집으로 돌아왔다. 쇼핑백을 받아 든 샤오쿠이는 다시 한 번 고맙다고 인사했다. 말을 많이 하면 탄로 날까 봐 체력이 되면 갈아입으라고만 했다. 우리는 거실에 있을 테니 필요하면 부르라고 하고 방문을 가볍게 닫았다. 그러다 쓰레기통에서 수액과 소변 주머니를 발견했다. 샤오쿠이는 내가 집을 나간 사이에 몸에 있던 호스들을 다 처리한 것 같았다.

밤이 되자 샤오쿠이는 침대에서 내려와 조금씩 걸었다. 갓 태어난 사슴처럼 비틀거렸지만 우리가 잡아주자 침실과 거실을 순조롭게 오갈 수 있었다. 이렇게 빨리 회복하는 게 그녀가 '하늘이 선택한 사람'이어서인지 아니면 젓가락님 덕인지 모르겠지만 그녀가 무사하고 건강한 모습을 보는 것만으로도 충분했다.

"그러니까 이 산호 젓가락이 원흉이라는 거예요?"

저녁식사가 끝나자(샤오쿠이는 당연히 미음을 먹었다) 아원이 산호 젓가락을 꺼내놓고 샤오쿠이에게 자신의 조사 성과와 이론, B초등학교 사건에 대해 말해주었다. 아원은 내가 젓가락 신선에 참여한 진짜 이유는 감추고 내 가족이 왕선군과 복잡하게 얽혀 있다고만 했다. 아원의 도움으로 나는 걱정 없이 의식에 몸소 참여했고, 내 아버지는 오랫동안 피해왔던 일을 직시하고 처리해 이 산호 젓가락이 다시 빛을 보게 됐다고. 틀린 말은 아니었다. 원인과 결과를 조금 바꾸었을 뿐.

"원흉이라고는 할 수 없어도 핵심적인 물건이긴 해. 진짜 원흉은 뒤에서 이 물건을 이용한 사람이지."

"이용? 그 작가 선생님 말하는 거예요? 하지만 그분도 무심결에……."

"아니, 내가 말한 건 다른 일이야. 먼저 질문, 도박장에서 도박할 때 필승 전략이 뭔 줄 알아?"

"도박에 필승 전략이 어디 있어? 혹시 블랙잭에서 패를 계산하는 기술 말하는 거야?"

아원이 주제에서 벗어난 이야기를 하는 의도를 알 수 없었지만 그래도 호응해주었다.

"아니, 그런 거 말고. 요즘 도박장에서는 그런 거 금지야. 발각되면 쫓겨난다고." 아원이 교활하게 웃었다. "내가 말하는 것은 진정한 필승 전략이야."

"그런 게 어디 있어."

"아!" 샤오쿠이가 갑자기 외쳤다. "있어요!"

"있다고?"

"도박장을 차린 주인이요. 플레이어가 블랙잭을 깨는 방법을 찾아내면 도박장은 그걸 즉시 금지하잖아요. 이게 필승 전략 아닌가요?"

"딩동댕!" 아원이 고개를 끄덕였다. "플레이어는 질 때도 이길 때도 있지만 도박장 주인은 절대 지지 않아. 방금 내가 말한 젓가락 신선이나 젓가락님은 1대 8의 게임이야. 이기는 사람은 딱 한 명이고 지는 사람은 여덟 명이지. 어떤 게임이라도 이건 아주 불공평한 비율이야. 이익과 손해 면에서 아주 불공평하단 말이지. 그래서 나는 '주인'이 배후에서 폭리를 취하고 있다고 생각해."

"하지만 내 이복형은 아버지 전처가 왕선군을 쭉 갖고 있었다고 했어. 그분이 '주인'이었으면 병으로 일찍 세상을 떠났을 리가 없잖아?"

"그때 일을 말하는 게 아니야."

아원이 산호 젓가락을 집어 지시봉처럼 허공에 휘둘렀다.

"우리는 작가 선생이 젓가락 신선, 젓가락님을 죽은 자에게 제사 지내는 수단으로 썼다는 걸 알아. 이삼십 년 전에 그것에 관한 전설이 있었지. 하지만 그건 '내가 친구의 친구에게 들었는데' 정도야. 간단히 말해 전혀 근거가 없는 뜬소문으로 전형적인 도시전설의 형태였지. 하지만 최근 십 년 사이에 인터넷상에 연구 사이트가 많이 나타났어. 그중에는 사람 목숨까지 관련된 사례도 있었지. 내가 조사해본 결과 대부분 사실이었고, 교통사고나 질병 등이 많았어. 얼핏 보면 우연이라고도 할 수 있겠지만 젓가락 신선 의식에 참여한 사람 수와 일반적인 교통사고나 질병 사례를 고려하면 우연이라고 하기에는 통계학적으로 무리가 있어. 산호 젓가락 한 쌍 중 한 짝은 핀천 아버지가 계속 갖고 있었고, 내가 살펴보니 이상한 점은 없었어. 문제는 십오 년 전 바다에 버린 다른 한 짝의 행방이 묘연하다는 거야. 그 한 짝을 '주인'이 이용한 것 같아."

"그게 사실이라면 그 '주인'이 얻은 폭리는 뭔데?"

내가 물었다.

"하늘이 알겠지. 근데 핀천 너도 젓가락 신선의 위력을 잘 알잖아. 만화 《드래곤볼》처럼 권력과 부, 심지어 불로장생도 손에 넣을 수 있어."

아원이 또 이상한 비유를 들었다.

"비약이 너무 심한 거 아니야?" 내가 반박했다. "네 말은, 누군가 그 젓가락 한 짝을 주웠고, 우연히 그것에 신비한 힘이 있다는 것을 알게 됐다, 그래서 그것이 가진 저주 기능에 편승해 의식에 참여한 사람들에게 해를 입히고 자기는 아무 위험부담 없이 사욕을 채웠다, 그런 거야? 아버지와 형은 그렇게 오랫동안 젓가락을 갖고 있었어도 덕을 본 게 하나도 없는데? 그 젓가락은 문지르면 요정이 나와서 소원을 들어주는 알라딘 램프가 아니라고."

"추측이긴 한데, 만약 젓가락이 가진 신력을 알았다면? 그래도 우연일까?"

아원이 들고 있던 산호 젓가락을 탁자에 놓았다.

"두 사람 이 젓가락을 집중해서 봐봐."

우리는 아원의 지시대로 탁자에 놓인 붉은색 젓가락을 응시했다. 처음에는 이게 무슨 짓인가 의아했는데, 십 초 뒤에 이상한 일이 벌어졌다. 젓가락에서 붉은빛이 나오더니 젓가락의 소용돌이 같은 문양이 움직이는 것 같았다. 깜짝 놀라 시선을 살짝 옮기자 붉은

빛이 사라졌다.

"이건 마치……."

"붉은빛이 나오는 것 같죠?"

샤오쿠이가 내 말에 뒤이어 말했다. 샤오쿠이도 나와 같은 장면을 본 것 같았다.

아원이 우리의 팔뚝을 가리켰다.

"선천적이든 후천적이든 물고기 문양 보유자는 이 산호 젓가락과 통하게 돼 있어. 어떤 '하늘이 선택한 사람'이 행방불명된 산호 젓가락을 발견하고 이상한 현상을 보았다면 이 물건의 유래를 조사했을 거야. 그리고 '주인'이 되는 방법을 찾았겠지. 펀천, 내가 초자연적인 사건도 결국 '인, 사, 물' 3대 요소에서 벗어날 수 없다고 말한 적이 있지? 내가 말한 '주인'은 바로 '인'에 해당이 돼. 이걸 좀 봐."

아원이 주머니에서 신문을 한 장 꺼냈다. 이 년 전 발행된 신문 문화면으로 인물 인터뷰가 실려 있었다. '사십 년 경력의 홍콩 골동품 전문가, 한눈에 진품 감정'이라는 제목 아래 네모난 얼굴에 수염을 기른 남자가 도자기 화병을 들고 웃고 있는 사진이 있었다.

"린위안(林淵)이라는 사람이야. 할리우드 로드에 있는 '위안취안탕(淵泉堂)'이라는 골동품점의 사장."

"이 인터뷰에 무슨 특별한 점이라도 있어?"

"인터뷰에는 없고 사진에는 있어."

아원이 페이지 하단에 있는 사진을 가리켰다. 사진 속 린 사장은 검은 머리로 젊어 보였고 옆에는 비슷한 연령대로 보이는 양복 차림의 서양인이 서 있었다. 사진 설명에 '린위안(왼쪽 두 번째), 영국 런던 해먼드 경매와 고정 협력관계 체결. 홍콩 경매업계에서는 드문 사례(사진 제공 인터뷰이)'라고 돼 있었다.

"이 경매 회사에 무슨 이상한 점이라도 있어?"

"그 외국인 말고 배경."

"아!"

샤오쿠이가 낮게 탄식하면서 사진 왼쪽 탁자를 가리켰다. 탁자에는 골동품이 잔뜩 놓여 있고 맨 앞 검은 천 위에 붉은색 젓가락이 놓여 있었다. 젓가락 위와 아래가 은으로 상감이 돼 있는 것이 우리 눈앞에 있는 것과 똑같았다.

"지난달에 우연히 이 옛날 인터뷰를 발견했어." 아원이 쓴웃음을 지으며 말했다. "열심히 찾을 때는 어디에도 없더니 이렇게 쉽게 나타날 줄이야. 찾겠다고 애쓸 때는 단서도 안 나왔는데 신문에서 이 젓가락을 보게 될 줄은 몰랐지 뭐야. 비슷한 물건일 가능성도 생각해봤어. 하지만 네 형이 십수 년 전에 한 짝을 바다에 던졌고, 네 아버지는 한 짝만 갖고 있다고 하니 이 사진 속 젓가락은 네 형이 바다에 던진 것일 가능성이 있지. 린 사장은 눈썰미가 좋아서 이 산호 젓가락이 오래되고 값이 나간다는 것을 한눈에 알아봤을 거야. 그러니 한 짝뿐인데도 매장에 전시해놓았지. 인터뷰에서 십수 년 전에 타이완에서 살았다고 했으니 시간대도 맞아."

"젓가락 팔렸는지 연락해봤어?"

내가 초조한 듯 물었다.

"날짜를 보니 십 년 전 사진이더라고. 일단 네 형한테 한 짝 받고 이쪽을 처리하려고 했지."

아원이 앞에 놓인 산호 젓가락을 들었다.

"이게 바로 내가 홍콩에 돌아와 매듭지으려던 일이야."

"린위안이라는 사람이 '주인' 아닐까요?"

샤오쿠이가 물었다.

"아직 몰라. 내일 만나보면 알겠지."

아원이 어깨를 으쓱했다.

"위안취안탕은 아직 영업중이니 우리 둘이 내일 가서 물어볼게."

"저도 갈래요."

"샤오쿠이, 넌 아직 더 회복해야지. 내일은 여기서 쉬는 게 좋을 것 같아."

"혼수상태로 있은 지 아홉 달이 다 되어가요. 더는 방 안에 갇혀 있고 싶지 않아요." 샤오쿠이가 단호하게 말했다. "그리고 나는 이 린위안이라는 사람이 배후 조종자인지 아닌지 알아야겠어요."

"하지만……."

"펀천, 너는 설득 못 해. 샤오쿠이는 너보다 강하다고!" 아원이 웃으며 말했다. "오늘 밤은 푹 쉬고 내일 정오에 출발하자. 샤오쿠이는 방에서 자고 나는 소파에서 잘 테니 핀천은 바닥에서 자면 되겠다."

"이봐! 아원, 넌 여기 있을 필요 없잖아!"

"아이고, 내가 어떻게 너 같은 음흉한 자식이랑 샤오쿠이를 한집에 놔둘 수가 있겠어? 당연히 내가 옆에서 잘 감시해야지. 행여라도 한밤중에 아까 병실에서 못 한 일을 하려고 들면…… 그건 범죄야."

아원이 한쪽 눈썹을 치켜뜨며 경멸의 눈빛을 보냈다.

"나, 난 그럴 생각 없어! 그리고 그건 네가 시킨 거잖아!"

"저 먼저 방에 들어갈게요."

샤오쿠이가 벽을 짚고 방으로 사라졌다. 내가 다가가 도와주려 하니 거절했다. 얼굴이 새빨개져 있었다.

"아원! 너 이 자식!"

"고마워할 필요 없어."

"내가 너한테 뭘 고마워해야 하는데?"

"네가 '내가 네 부모님을 돌아가시게 했어' 같은 멍청한 소리를 지껄일 기회를 안 준 거."

아원은 나직이 말하고는 소파에 누운 채 보던 책을 계속 읽었다.

나는 멍하니 서 있었다. 아원이 맞았다. 아원이 익살을 떨지 않았으면 나는 샤오쿠이에게 사죄했을 것이다. 그가 시끄럽게 허튼소리를 하는 바람에 샤오쿠이에게 사과하겠다는 것을 까맣게 잊었던 거니까.

“너 말이야, 정말로 여자 심리 좀 공부해라.”

아원이 내 쪽으로 눈길도 주지 않으면서 툭 내뱉듯이 말했다.

“……샤오쿠이의 상처를 건드려 더 아프게 하지 말라는 거야?”

바닥에 앉은 채로 아원에게 고개를 돌리며 물었다.

“절반은.” 아원이 곁눈질로 나를 보면서 불량하게 웃었다. “나머지 절반은 재미있는 일이 일어날 것 같아서.”

저 자식을 어떻게 할 방법이 없었다. 저 자식과 샤오쿠이를 괜히 만나게 했나? 그게 내 뜻대로 되는 일은 아니지만.

3

다음 날 오후 1시 반, 우리는 할리우드 로드에 있는 골동품점 위안취안탕 앞에 도착했다. 샤오쿠이는 완전히 회복하지는 않았지만, 우리의 부축 없이도 걸을 수 있었다. 나는 아원 충고대로 성숙해 보이기 위해 야오 선배의 양복을 입었다.

“우리는 린 사장이 왕선군을 이용해 이익을 꾀하는 사람인지 아닌지 아직 몰라. 그러니 명심해, 정보를 너무 많이 흘려선 안 돼.” 출발하기 전 아원이 우리에게 당부했다. “하지만, 진정한 사기꾼은 구십 퍼센트의 진실과 십 퍼센트의 거짓을 적절하게 섞어 말하지.

적당히 사실을 섞어서 말하면 상대가 조사한다고 해도 탄로 날 일이 없어. 핀천, 너는 좀 성숙해 보이게 입어. 그 산호 젓가락에 대해 알고 싶어서 타이완에서 왔다고 말하는 거야. 그것이 집안의 가보이고 십여 년 전에 한 짝을 잃어버려 열심히 찾아다녔는데 못 찾았다고. 그러던 어느 날 네 아버지가 우연히 신문 인터뷰를 보다가 사진을 발견한 거지. 하지만 몸이 불편하셔서 아들인 네가 왔고. 상대가 먼저 젓가락을 내보이지 않는 한 우리가 다른 한 짝을 갖고 있다는 것을 알려서는 안 돼."

"왜 핀천더러 만나라고 하는 거예요? 아원은 탐정이니 말도 더 잘할 거잖아요."

아, 나에 대한 샤오쿠이의 평가가 크게 추락했구나…….

"핀천은 타이완 사람이잖아. 골동품점 주인은 홍콩 사람보다 외지에서 온 관광객한테 경계심이 덜하겠지. 그러면 적은 노력으로 많은 걸 얻을 수 있어."

아원이 내 어깨를 두드렸다. 그 말에 샤오쿠이가 고개를 끄덕였다. 아원이 아무렇게나 지껄인 말이라고 생각했지만 샤오쿠이에게 믿음직스러운 모습을 보여줄 기회가 생겼으니 기꺼이 이 일을 감당하기로 했다.

양복에 넥타이까지 매니 나이가 대여섯 살은 더 들어 보였다. 헤어스타일까지 정돈하자 대기업에서 일하는 여피 같았다. 아원은 나를 보고 홍콩 오기 전에 이발하기 잘했다며, 어깨까지 내려온 헤어스타일로는 아무리 꾸며도 풋내 나는 대학생 분위기를 털어낼 수 없었을 것이라며 웃었다. 샤오쿠이도 그제야 눈치를 챘는지 왜 이발을 했냐고 물었다. 나는 "그냥 〈도쿄 타워〉의 오다기리 죠 스타일에서 〈중쇄를 찍자〉의 오다기리 죠 스타일로 바꾼 것뿐이야"라고 핑계를 댔다. 헤어스타일을 바꾼 이유는 기분 전환 때문도 있었지만, 지난번 만났을 때 샤오쿠이가 '옛날 타이완 〈꽃보다 남자〉보다 일본의 속편 〈꽃보다 맑음〉을 더 좋아한다'고 말한 것과도 연관이 있었다. 하지만 은근슬쩍 내 헤어스타일이 촌스럽다고 지적한 게 아닌가 싶어서 바꿨다고 솔직히 말할 순 없었다.

나는 위안취안탕의 문을 열고 들어갔다. 문에 걸린 청동 방울에서 '딩동' 하고 청량한 소리가 났다. 매장은 그다지 넓지 않았지만 각종 도자기와 목조 동상과 비단 상자, 옥불이 양쪽 목조 진열대에 가지런히 진열돼 있었고, 벽에는 유래를 알 수 없는 서화와 수묵화가 잔뜩 걸려 있었다. 매장 안쪽에 계산대 비슷한 허리 높이의 유리 진열장이 있었고, 진열장 뒤에 육십 세가 넘어 보이는 노인이 앉아 붓처럼 생긴 털로 50센티미터 높이의 도자기 관음상을 털고 있었다. 그는 고개를 들어 나를 보고는 광둥어로 "어서 오세요" 하고 말했다. 반달 모양의 돋보기를 쓰고 있기는 했지만 인터뷰 속 린위안이 맞았다.

"말씀 좀 묻겠습니다. 린위안 선생님이신가요?"

나는 표준어로 물었다. 아원과 샤오쿠이가 내 오른쪽과 왼쪽에서 있었다.

“누구신지?”

린위안이 안경을 벗고 의자에서 일어났다.

“미스터 장이라고 합니다.”

손을 내밀어 그와 악수했다.

“타이완에서 린 선생님의 기사를 보고 마침 홍콩에 올 일이 있어서 일부러 방문했습니다.”

“아, 고맙습니다.” 린위안의 말투에서 기쁨이 묻어났다. “그럼 두 분은 타이완 분이십니까?”

“아니요, 저만 타이완 사람입니다.”

미소를 지으며 대답했다. 샤오쿠이를 힐끔 보니 눈빛에서 불쾌함이 살짝 묻어났다. 린위안의 질문은 샤오쿠이를 돈을 낼 수 있는 고객이 아니라고 판단해 반기지 않는 듯한 인상을 풍겼을 것이다.

“저는 주룽의…….”

아원의 정강이를 가볍게 차 그의 썰렁한 농담을 차단했다.

“찾으시는 물건이 있습니까? 우리 위안취안탕에는 다양한 골동품이 있습니다. 선생이 원하는 것은 다 있을 겁니다.”

인터뷰가 실린 신문을 꺼내 진열대 위에 펼쳤다.

린위안은 주머니에서 돋보기를 꺼내 신문을 보더니 활짝 웃었다.

“아, 이건 이 년 전 인터뷰가 아닙니까? 이게 타이완 신문에까지 났는지 몰랐습니다. 하하, 감회가 새롭군요. 여기서 구입하고 싶은 물건이라도 보셨습니까?"

페이지 하단의 사진을 가리키며 물었다.

"이 산호 젓가락이 팔렸는지 모르겠네요."

"이것은…… 아, 그 산호 젓가락! 보는 눈이 있으십니다! 저는 이 걸 딱 본 순간 역사가 있는 물건이겠구나 싶었는데 동료들은 값이 안 나간다고 했지요. 특히나 한 짝뿐이라서요. 젓가락은 쌍이 아니면 안 팔리거든요."

"그래서 아직 갖고 계십니까?"

기쁨을 감추지 못하고 바로 물었다.

"아, 팔리지는 않았는데, 잃어버렸습니다."

"잃어버렸다고요?"

"네. 젓가락에 관심이 있으시다면 명나라 때의 옥 젓가락이 있는데 보여드릴까요?"

"아니요, 저는 이 산호 젓가락을 구입하고 싶습니다."

린위안의 말을 자르고 진실 반 거짓 반인 이유에 대해 설명했다.

"사실 이 산호 젓가락은 저희 집안 가보입니다. 십수 년 전에 한 짝을 잃어버려 아버지께서 전전긍긍하시다가 우연히 귀 점포에서 비슷한 것을 발견하고 홍콩에 오는 김에 확인차 들른 겁니다."

"그랬군요……. 이 젓가락은 타이완의 한 시장에서 샀습니다. 말을 들어보니 아버님이 갖고 계시던 게 맞는 것 같네요. 빌려 온 물건을 온전하게 돌려줄 수 있다면 가격을 비싸게 부르지 않을 텐데,

지금 제가 갖고 있지 않으니 빈말밖에 안 되겠네요."

"어쩌다 분실하셨는지 여쭤봐도 되겠습니까?"

"그게 말입니다……." 린위안은 안경을 벗고 생각에 잠겼다. "'잃어버렸다'기 보다 '사라졌다'라고 하는 게 낫겠네요."

"사라졌다고요?"

불현듯 형이 말했던 과거가 떠올랐다.

"거의 십 년은 됐지요. 어느 날 물건을 정리하다가 젓가락이 사라진 것을 발견했어요. 솔직히 말해서 언제부터 안 보였는지 모르겠습니다."

"누가 훔쳐 간 건 아닐까요?"

"아니요, 도난당했을 리는 없습니다."

린위안은 그렇게 말하고 진열대 뒤에 있는 단말기 한쪽에 놓인 길이 30센티미터, 폭 50센티미터 정도의 회색 패드를 가리켰다.

"단골 중에 방범 용품을 취급하는 분이 있습니다. 몇 년 전 그분의 제안을 받아들여 상품에 도난 방지 라벨을 붙여놓았지요."

린위안은 진열대에 있는 작은 나무 불상을 들어 밑면의 동전만 한 크기의 플라스틱 조각을 보여주었다.

"그 젓가락은 길고 가늘어서 라벨을 붙일 수 없었어요. 그래서 젓가락 머리 부분에 있는 뚜껑 구멍에 라벨을 끈으로 만들어 연결했지요. 저 패드에 놓고 라벨을 제거하지 않으면 매장 문을 나설 때 소리가 울립니다."

우리 셋은 약속이나 한 듯이 문 쪽을 쳐다봤다. 문 입구 양쪽에 사람 키 높이만 한 도난 방지 장치가 있었다.

"가위로 라벨이 달린 끈을 잘랐을 수도 있잖습니까?"

내가 물었다.

"그랬다면 도둑이 자른 끈과 라벨이 남아 있겠지요? 매장에 그런 건 없었습니다."

아원이 도난 방지 장치와 문 사이에 빈틈이 있는지 살폈다.

"어쩌면 내가 매장 어딘가에 놓고 잊어버렸을 수도 있어요. 그때 골동품이 많이 들어와서 매대 정리하느라 매장이 혼잡했거든요. 그 뒤로 그 산호 젓가락을 못 봤습니다."

"의외의 사건이 생겼을 줄은 몰랐네. 도난 사건을 조사해봐야겠어." 아원이 우리 곁으로 돌아와 가볍게 웃었다. "젓가락이 이유 없이 사라지지는 않았을 거야."

"언제부터 안 보였는지 기억하세요?"

내가 물었다.

"십 년 전 일인데 어떻게 기억하겠습니까."

린위안이 쓴웃음을 지었다.

"린 선생님, 잘 좀 생각해보십시오. 제 아버지가 정말 신경을 많이 쓰셔서요. 고령이신 아버지 생전에 젓가락을 되찾아 마음의 짐을 덜어드리고 싶습니다."

나는 곤혹스러운 표정을 지어 보였다. 아버지가 귀가 가려우실 것 같았다.

"그게, 아무리 생각을 해봐도…… 음……."

린위안은 잠시 생각하더니 말했다.

"아, 그러고 보니…… 맞아요, 젓가락이 안 보인다고 생각한 날, 월드컵 축구 경기가 있었습니다."

"어떤 경기요?"

"남아프리카 월드컵, 독일과 아르헨티나의 8강전이었어요. 독일이 4대 0으로 대승을 거뒀지요. 다음 날 손님과 경기 이야기를 해서 기억해요. 그 손님이 오기 전에 젓가락이 안 보이는 것을 발견했는데 손님이 와서 찾는 걸 멈췄지요."

린위안은 축구 팬인 듯했다.

"경기가 있던 날에는 젓가락이 매장에 있었던 게 확실합니까?"

"확실해요. 그날 물건이 들어왔다고 했잖아요? 물건 중에 아주 정교하고 아름다운 코담배 병이 있었거든요. 마침 단골손님 세 분이 수집가여서 그날 일찍 문을 닫고 그 손님들을 맞았지요. 먼저 감상하고 구매하시라고. 그 젓가락은 물어보는 사람이 없어서 나도 존재를 거의 잊고 있다가 새 물건을 넣으려고 진열대에서 꺼냈어요. 손님 중 한 분이 그 외톨이 산호 젓가락에 대해 물어보길래 거의 반값에 주고 털어버리려고 했는데 그 손님들은 결국 코담배 병만 샀지요."

"그 사람들 이름을 알려줄 수 있습니까?"

"죄송합니다. 고객 개인정보라 알려드릴 수가 없네요."

린위안이 미소를 지으며 고개를 저었다.

"그 손님들이 훔쳐 갔다고 생각하는 건 아니지요? 모두 명망 있는 분들입니다. 내 이름을 걸고 장담하지요. 그분들은 도둑질 같은 걸 할 리가 없습니다."

아원의 생각이 궁금해 고개를 돌려 아원을 쳐다봤다. 아원은 무슨 생각을 하는지 턱수염을 쓰다듬고 있었다.

"내가 오늘 다시 살펴보지요. 매장 안에 있는데 어디 눈에 안 띄는 곳에 놓고 못 찾고 있을지도 모르니까요. 연락처 남겨주시겠어요? 찾으면 연락드리겠습니다."

나는 휴대전화 번호를 써서 건넸다. 린위안이 다른 골동품을 추천하자 아원이 문을 가리켰다. 이제 철수하자는 신호였다.

우리는 린위안에게 인사하고 위안취안탕을 나와 걸었다. 아원이 갑자기 발걸음을 멈췄다.

"너희 먼저 차로 돌아가 있어. 나는 다시 매장에 가서 주인과 이야기 좀 나누고 갈게."

나와 샤오쿠이는 멀지 않은 곳에 세워둔 차로 갔다. 오 분쯤 뒤에 아원이 천천히 다가와 뒷좌석에 앉았다.

"출발해."

아원이 말했다.

"빨리 돌아왔네요. 뭔가 알아냈어요?"

차가 할리우드 로드를 벗어나자 샤오쿠이가 고개를 돌려 물었다.

"아니, 아무것도. 못에 가서 물고기를 탐내기만 하는 것보다 일단 그물을 치는 게 나을 것 같아서."

아원이 웃으며 가게 주인 '린위안'과 발음이 같은 '못에 가서'라는 뜻의 '린위안(臨淵)'으로 말장난을 하면서 품에서 A5 크기의, 붉은색 선이 둘린 검은 가죽 노트를 꺼냈다.

"뭐가 있나 좀 볼까?"

"그건……."

불길한 예감이 들었다.

"위안취안탕의 장부야. 꼼꼼하게 적어놓은 게 가게 주인 정말 마음에 드네. 연도별로 정리를 잘해놓아서 '빌려 보기' 정말 편하지 뭐야."

"이 도둑놈아!"

홧김에 욕을 했다. 탐정들은 다 이렇게 행동하나?

"그냥 빌려 온 거야, 나중에 돌려줄 거라고."

"어떻게 '빌려' 온 거예요?"

샤오쿠이가 호기심 어린 얼굴로 물어봤다.

"내가 좀 신출귀몰하잖아. 성동격서 전술을 이용해 린 사장의 시선을 분산시키면 장부는 물론 2미터짜리 동상도 훔칠 수…… 아, '빌릴' 수 있지."

"누군가 젓가락을 훔쳐 갔다고 생각해요?"

"분명 그럴 거야." 아원이 장부를 살피며 말했다. "내가 말한 적 있지, 젓가락 신선 의식의 최근 십 년 통계 수치가 비정상적이라고. 누군가 배후에서 타인의 카르마를 '가불'받아 이익을 챙기고 있어. 분명 누군가의 손에 들어갔을 거야."

"그럼 가게 주인은 용의자가 아니에요? 말은 없어졌다고 하면서 실제로는 원흉일 수도 있잖아요."

샤오쿠이가 물었다.

"아니, 그가 범인이라면 핀천에게 나머지 한 짝을 물어보면서 자기가 사겠다고 했겠지. 배후 조종자는 산호 젓가락의 힘을 잘 알고 있어. 네가 그라면, 젓가락 한 짝만으로도 큰 이익을 얻었는데 한 쌍이 되면 호랑이가 날개를 단 격이라고 생각하지 않겠어?"

아원의 말도 일리가 있었다.

"샤오쿠이, 핀천 휴대전화로 2010년 남아프리카 월드컵 독일과 아르헨티나 경기 날짜 좀 찾아줘."

아원이 상사가 부하에게 지시하듯 고개를 숙인 채 장부를 보면서 말하는데도 샤오쿠이는 토를 달지 않았다. 오히려 도울 수 있어서 기쁜 것 같았다.

"음…… 7월 3일이네요. 홍콩시간으로는 저녁 10시에 시작했어요."

"찾았다, 7월 3일."

아원이 장부의 페이지를 펼쳤다.

"청나라 말기 용문 코담배 병, 비취 유리 화문 코담배 병……. 열 개 넘게 사 갔네. 제일 비싼 건 2만 홍콩달러, 제일 싼 건 4천 달러. 아, 이분들 진짜 손 크시군."

"구매자 이름도 있어?"

내가 물었다.

"있어."

"진짜요?"

샤오쿠이가 의외라는 듯이 물었다.

"린 사장은 업계 베테랑이야. 골동품 수집가에겐 소장품도 일종의 투자인 셈이지. 예를 들어 당시 누군가 그 산호 젓가락을 사 갔다면, 오늘 핀천이 문의를 했으니 린 사장이 중개인 역할을 담당해 소장자에게 연락을 취할 거야. 그러면 파는 사람도 이익을 보고, 린 사장은 중개 수수료를 챙길 수 있는 좋은 가격을 부를 수 있지. 뜨내기손님이 아니라면 린 사장 같은 강호의 노장은 당연히 정보를 남겼을 거야."

"하지만 이름만으로는 찾기 어려울 텐데요?"

샤오쿠이가 다시 물었다.

"그건 운에 맡겨야겠지만 성공 확률이 높아."

아원이 장부를 앞뒤로 넘기며 말했다.

"크기가 큰 골동품이라면 배송지 주소와 전화번호를 기록해놓았을 거야. 그리고 세 명 다 단골이라고 했으니 다른 물건도 배송받

왔을 가능성이 커."

"코담배 병만 수집하는 사람이 있을까 걱정이다."

"그건 괜찮아. 딱 한 명만 찾으면 계속 조사할 수 있어. 방금 내가 골동품 수집가는 사고파는 걸 즐긴다고 했잖아? 그들이 위안취안탕의 단골이라면 서로 알 확률이 높아. 공통된 취미가 있으니까."

아원의 말은 얼핏 들어도 억지스러운 점 없이 일리가 있었다.

"세 사람 이름이 뭐야?"

고개를 돌리지 않고 운전에 집중하며 물었다.

"위칭판(余慶汎), 루장(魯江), 하이더런(海德仁). 코담배 병을 각각 세 개, 다섯 개, 여덟 개씩 샀어. 하이 씨는 돈이 많은가봐? 개당 단가가 1만 5천 홍콩달러가 넘는 것만 샀네."

"잠깐만, '위칭판'? '판' 자가 혹시 '핑판(平凡)'의 '판'에 삼수변을 더한 '판'이야?"

내가 끼어들었다.

"맞아. 아는 사람이야?"

"H대학 역사학과 교수야. 작년에 교류단에 참가해 홍콩에 왔을 때 강연 들은 적 있어."

"그래? 역사학과 교수와 골동품이라, H대학은 할리우드 로드와도 가까우니 동일 인물일 가능성이 크네……. 잘됐다, 핀천 너 역사학과 학생이니 네가 연락해서 적당히 둘러대고 약속 잡아. 우리는 그가 젓가락을 가졌는지 살필 테니까."

우리는 천천히 신중하게 논의하기로 했다. 샤오쿠이의 체력이 완전히 회복된 게 아니라 일단 선배네 집으로 돌아왔다. 아원은 계속 장부를 살피며 단서를 찾았다. 일은 생각보다 훨씬 순조로웠다. 세 사람 모두 이름 외에 다른 자료도 있었다. 루장은 의사였고 2010년 4월 18일에 흑유 화병 두 점을 구매해 그의 병원으로 배송받았다. 인터넷으로 찾아보니 아직도 같은 곳에서 병원을 운영하고 있었다. 하이더런의 배송지는 두 곳이었다. 하나는 주룽탕(九龍塘) 다즈(達之) 로의 '청고래 과학기술공사'였다. 마찬가지로 인터넷으로 검색해 그가 이 회사의 대표이사라는 것을 확인했다. 다부 구싼먼쯔(三門仔)의 호화 주택 주소는 그의 집인 듯했다. 그는 다른 사람보다 씀씀이가 컸다. 매월 골동품점을 방문해 코담배 병 외에도 그림, 도자기, 옥기, 불상, 관음상 같은 것을 샀다. 장부 기록에 따르면 그는 한 번에 코담배 병 여덟 개를 사고 불과 며칠 뒤에 서화 두 점을 더 샀다. 위칭판은 해마다 다섯 차례 정도 방문해 주로 코담배 병을 샀으며, 옛날 동전, 청동 장식품, 옥 장식품 등 작은 것도 샀지만 배송 기록은 없었다. 기록된 전화번호는 H대학 역사학과 연구실 전화번호였다.

"이 세 사람 외에 다른 의심스러운 사람은 없어요?"

샤오쿠이가 물었다.

"이 사람들이 그날 마지막 손님이었고 린 사장은 문을 닫고 이들을 상대했다고 했어. 그러니 이 세 사람이 가장 의심스럽지."

"밤에 누군가 매장에 몰래 들어왔을 가능성은?"

내가 물었다.

"그럴 가능성도 배제할 수는 없어. 하지만 주인이 자물쇠가 이상한 것을 못 느꼈고 매장의 다른 물건도 그대로라고 했어. 그래서 나는 이 셋 중 한 명이 도둑이라고 생각해."

아원이 수염을 쓰다듬으며 말했다.

나는 아원의 지시에 따라 위 교수에게 전화를 걸었다. "지난해 교류 강좌에서 교수님의 수업을 들었고, 궁금한 게 있어 만나고 싶다"고 했다. 교수는 매우 반가워하며 "내일 오전에 시간이 있으니 오전 11시에 H대학 연구실에서 만나자"고 했다.

"아원, 애초에 장부 훔치려고 골동품점에 간 거죠?"

나와 아원이 장부에 있는 다른 자료를 살피며 의심스러운 사람이 더 있나 보고 있을 때 샤오쿠이가 불쑥 물었다.

"왜 그렇게 생각했지?"

아원이 하던 일을 멈추고 궁금하다는 표정으로 몸을 돌려 샤오쿠이를 쳐다보았다.

"린위안이 범인이면 핀천이 젓가락을 거론할 때 바로 질문을 해올 거라고 했잖아요. 이건 시험해보면 바로 알 수 있죠. 그런데 어제 '하늘이 선택한 사람'은 산호 젓가락의 이상한 기운을 볼 수 있다고 말했잖아요. 그렇다면, 지난 십여 년 동안 '하늘이 선택한 사람'이 우연히 매장을 둘러보다가 젓가락에서 나는 빛을 자기만 볼 수 있다는 것을 알았다면, 슬쩍 젓가락을 구매할 기회가 많았을 거예요. 즉, 아원은 처음부터 젓가락이 매장에 없을 거라고 예상한 거예요. 젓가락이 팔린 게 아니라 도둑맞았을 줄은 몰랐을 뿐. 그래서 일부러 핀천에게 사장과 이야기하라고 시킨 거예요. 그래야 고객장부를 훔칠 틈이 생기니까요. 스스로 성동격서에 능하다고 했으니 핀천은 시선을 돌리는 방편 중 하나였겠죠."

"와! 핀천, 샤오쿠이가 너보다 몇 배는 똑똑하네."

나는 아원을 향해 입을 삐죽거렸다. 아원의 말에 불쾌하지는 않았다. 샤오쿠이는 원래 똑똑한 아이였고 나보다 똑똑하다는 것도 완전히 동의했다.

"그렇다면, 범인을 잡는 방법은 아주 간단해요."

샤오쿠이는 무슨 꿍꿍이가 있는 듯 희미하게 웃었다.

"간단하다고?"

내가 물었다.

"세 사람의 왼쪽 팔에 물고기 모양의 모반이 있는지 확인하면 돼요."

그래, 그런 방법이 있었다.

"아니." 예상외로 아원이 고개를 저었다. "그걸 찾는 게 제일 좋기는 한데, 물고기 문양이 없다고 해도 결백한 건 아니야."

"왜요?"

"첫째, '하늘이 선택한 사람'의 물고기 모양 모반이 반드시 왼쪽 팔에 있다는 보장이 없어. 엉덩이에 있으면 볼 수가 없잖아. 둘째, 범인이 그 힘을 이용해 물고기 문양을 바꿀 수 있을지도 모르고. 후천적으로 물고기 문양이 생긴 경우가 있으니 반대로 후천적으로 문양을 제거하는 경우도 있을 수 있어. 셋째, 나는 세 사람의 몸에 물고기 문양이 없을 확률이 대충 칠팔십 퍼센트 정도 된다고 봐."

"어? 없다고? 그러면 그들은 범인이 아니야?"

내가 이상해서 물었다.

"모르지. 난 가능성을 말했을 뿐이야. 봐야 알지. 아까 말한 건 다 추측일 뿐이고. 샤오쿠이 말대로 내일 위 교수가 소매를 쓱 걷어 올렸을 때 물고기 문양이 있으면 범인을 찾은 거지."

아원이 웃으며 샤오쿠이에게 말했다.

"내 제자 할 생각 없나? 탐정이 될 자질이 충분한 거 같은데."

"이봐 아원, 괜히 남의 앞길 막지 마."

샤오쿠이가 이런 녀석에게 나쁜 것을 배우는 꼴은 보고 싶지 않았다.

"앞길이 보여야 말이죠……."

탄식하는 듯한 그 말에 실의에 빠진 샤오쿠이의 마음이 느껴졌다. 강한 척하고 있지만 모든 것을 잃었다는 현실은 변하지 않았다. 원래의 일상은 교통사고가 난 날 갑자기 끝나버렸고, 샤오쿠이는 정상 궤도로 돌아갈 수 있는 병원에 남는 선택지를 포기하고 진실을 찾기 위해 우리와 같이하기를 택했다.

샤오쿠이의 말에 책임감이 느껴졌다. 아무 도움이 안 되겠지만 그녀에게 사죄해야만 했다.

"샤오쿠이, 내가……."

아원이 나를 흘겨보면서 입 모양으로 말하지 말라고 했다.

어째서 아원은 계속 나를 말릴까? 미안하다고 사과하지 않으면 마음이 편치 않은데…….

아…….

어쩌면 아원이 맞을지도 모른다는 생각이 문득 들었다. 내가 사과에 급급한 이유는 나 자신을 위해서였다. 샤오쿠이에게 용서를 받아 마음이 편해지겠다는 기대 때문에. 샤오쿠이가 산호 젓가락의 행방을 찾는 우리를 열심히 돕는 건 진실을 알아야겠다는 마음 때문이기도 하겠지만, 마음을 정리하는 과정일지도 몰랐다. 내가 고집을 부리는 것은 죄책감을 털어내려는 것에 불과했다. 이 일이 다 해결되고 샤오쿠이도 부모님이 세상을 떠났다는 현실을 직시할 때 말하자, 그렇게 결심했다. 용서를 바라서가 아니라 내 참회가 샤오쿠이가 앞으로 나아가는 동력 중 하나가 되기를 바라서였다.

"핀천, 무슨 말 하려고 했어요?"

"아, 나는…… 그래서, 왜 젓가락이야?"

무슨 말을 해야 할지 몰라 그냥 나오는 대로 지껄였다.

"'왜 젓가락이야'라니?"

"산호 젓가락은 작가 선생과 죽은 아이 여덟 명의 한이 저주로 변하게 한 핵심적인 물건이라고 했잖아. 주술이 왜 젓가락과 연결된 거야?"

정말 궁금한 문제는 아니었지만 작은 의문 중 하나였다.

"핀천, 젓가락이라는 단어의 유래를 알아?"

아원이 들고 있던 장부를 내려놓으며 반문했다. 나는 고개를 저었다.

"고대에는 젓가락이라는 뜻의 '쾌자(筷子)'라는 단어가 없고 '저(箸)'라는 글자만 있었어. 오늘날에도 '음식을 먹는다'는 말을 '하저(下箸)'라고 하는데 이건 '젓가락을 들다'라는 뜻의 '기쾌(起筷)'라는 말과 짝을 이루지. 일본어에서는 여전히 '저'라는 한자를 써. '하시'라고 읽지만." 아원이 손가락으로 허공에 글자를 써 보이며 설명했다. "'저'라는 글자는 전형적인 상형문자로, 고대에는 '자(者)' 자와 '자식(煮食)'의 '자' 자 모두 음식을 익힌다는 뜻으로 썼고, 익은 음식에 대나무 두 개(竹)를 꽂으면 음식을 집는 '젓가락(箸)'이 됐어. 옛날부터 화샤(華夏) 민족에게는 요리된 가축에 젓가락을 꽂아 신에게 바치는 풍습이 있었는데 이것 또한 '저'라는 글자의 상형적 의미를 나타내는 거야. 젓가락은 원래부터 제사에 쓰는 도구의 특징을 함께 갖고 있었어. 각미반의 유래는 수천 년 전까지 거슬러 올라가."

"그렇게나?"

"물론 수천 년 전에도 각미반처럼 쌀밥에 젓가락 한 쌍 꽂고 삶은 오리알을 더했다는 건 아냐. 변화도 많았어. 그래도 변화에는 맥락이 있어. '저'가 '쾌'로 변한 것처럼."

"'저'는 어떻게 '쾌'로 변했어요?"

샤오쿠이가 물었다.

"몇 가지 설이 있는데 제일 믿을 만한 것은 고대 뱃사공 설이야. 뱃사공은 '멈추다'라는 뜻인 '주(住)'와 같은 발음인 '저(箸)'를 기피했어. 표준어로 '주'와 '저' 모두 '주'로 발음이 되거든. 홍콩 사람이 빈집이라는 뜻의 '공옥(空屋)'을 '길옥(吉屋)'이라고 하는 것처럼, 뱃사공은 배를 멈추고 싶지 않은 마음으로 '저'를 빠르다는 뜻의 '쾌(快)'라고 바꿔 불렀지. 나중에 그 위에 대나무 죽(竹) 자가 붙은 '쾌(筷)'로 원래의 '저'를 대신하게 된 거야. 이것은 또 영어의 촙스틱스(Chopsticks)의 유래기도 해."

"영어와도 관계가 있어요?"

"영어의 촙(Chop)은 칼이나 도끼로 빠르게 내리친다는 뜻이야. 18, 19세기에 광둥 사람들과 통상을 하던 서양인들이 노동자와 뱃사공이 '쾌쾌(快快)'라고 하는 소리를 듣고 '촙촙(Chop-chop)'이라는 새로운 말을 탄생시켰어. 둘 다 '빨리빨리' 하라는 뜻이지. '쾌자'도 이런 변형을 거쳐 '촙스틱스'가 된 거야."

"와! 아원은 이런 유래를 많이 아는군요." 샤오쿠이가 감탄스럽다는 듯이 말했다. "저는 젓가락을 누가 발명했는지 정도만 알았는데."

"강자아(姜子牙) 말이야?"

아원이 물었다.

"강자아? 곧은 낚싯바늘로 낚시한 강태공? 주나라의 개국 군사(軍師)? 그가 젓가락을 발명했다고?"

나는 고전소설《봉신방(封神榜)》의 내용만 대충 알 뿐 거기에 젓가락과 관련된 이야기가 있는 줄은 몰랐다.

"강자아 부인이 남편을 독살하려고 했다는 전설이 있는데 말이야……." 아원은 뜸을 들이면서 샤오쿠이에게 의미심장한 미소를 지어 보이고는 계속 말했다. "강자아가 음식을 먹으려고 손을 뻗었는데 작은 새 한 마리가 날아와 막았어. 그는 새를 따라 대나무숲으로 갔지. 대나무숲에서 새가 강자아에게 대나무로 고기를 집으라고 말해주었어. 강자아는 새가 한 말 대로 대나무로 가는 막대기 두 개를 만들어 집으로 돌아가 고기를 집어 들었어. 그런데 고기에 닿자마자 젓가락에서 연기가 나는 거야. 부인은 실패했다는 것을 깨닫고 그 뒤로 다시는 독을 넣지 않았지. 그런데 강자아는 계속 대나무 막대기로 밥을 먹었고 그 모습을 본 다른 사람들도 따라 해 널리 전파됐다는 거야."

"아!"

나는 아원의 말에 고개를 끄덕거렸다.

"아니요. 그 전설에는 잘못된 부분이 있어요." 샤오쿠이가 말했다. "제 기억에는 전국시대의 고서에 '주위상저이기자포(紂為象箸而箕子怖)'라는 말이 있어요. 상나라 주왕이 상아로 젓가락을 만들자 그의 숙부인 기자가 걱정했다는 뜻인데, 이를 통해 기자의 선지자적 면모를 부각하죠. 이것은 강태공 이전에 젓가락이라는 도구가 있었다는 말이에요."

"그러면 샤오쿠이가 들은 젓가락의 유래는 뭐야?"

"제가 본 책에서는 젓가락은 대우(大禹)•가 발명했다고 돼 있었어요. 우는 순(舜)임금의 명령으로 치수 작업을 하던 중 계속되는 작업으로 쉴 시간이 없어 식사 시간을 절약하려고 나뭇가지나 얇은 대나무로 뜨거운 국물에서 고기를 집어 먹었다고 해요. 사람들이 그것을 보고 따라 했고요."

"아! 그래?"

내가 말했다. 아원을 쳐다보자 그는 입이 찢어져라 웃으며 고개를 절레절레 저었다.

"하, 그 전설은 너무 터무니없어. 작업이 아무리 바빠도 밥 먹을 시간까지 아낄 리는 없잖아."

"하지만 새가 말을 하고 대나무 가지가 독에 닿아 연기가 났다는 것보다는 그럴듯하잖아요? 이렇게 생활과 밀접한 설이 더 현실적이라고요."

샤오쿠이가 반격했다.

• 고대 하(夏)나라의 개국 황제 우(禹)임금을 높여 부른 것

"하나라 우임금의 치수에 관한 전설은 많아. 하지만 하나라의 다른 전설과 마찬가지로 모두 허구야. 《한서·무제기(漢書 · 武帝紀)》에 주를 단 안사고(顔師古)가 인용한 《회남자(淮南子)》에 따르면, 우임금이 치수를 위해 큰 곰으로 변해 돌을 파고 있었는데 임신한 그의 아내가 밥을 갖고 오다가 그 모습을 보고 깜짝 놀라 돌로 변했다고 해. 우의 아들 계(啟)는 그 돌을 깨고 나왔다고. 이건 황당하지 않고? 그래, '현실에 밀접하게' 생각해보자. 치수는 대규모 수리 공사라 혼자 힘으로는 못 해. 대규모 수리 공사를 주관하는 우임금이 '직접 수로를 팠다'라거나 '밥 먹을 시간이 없다'라는 것도 마찬가지로 말이 안 되지. 지도자가 침식을 전폐할 정도로 바쁘고 세부 사항까지 직접 처리한다면 그건 책임감이 강하다기보다 무능하고, 부하를 못 믿고, 효율성도 떨어져 지도자감이 안 된다는 거야."

"옛날 사람은 그런 생각이 없지 않았을까요? 그 시대는 단순했을 거예요. 요(堯)임금은 순이 마음에 들어 선양했고, 순은 우를 높이 사서 왕위를 물려주었다고 하잖아요? 현대인의 복잡한 논리를 고대 사회에 그대로 적용하는 것은 무리라고 봐요."

"현대인은 복잡하고, 고대인은 단순하다? 문명의 발전을 너무 높이 평가하지 마. 사실 인류는 수천 년 동안 별로 진보하지 않았어." 아원이 조소를 날렸다. "선양이니 하는 말은 모두 승자의 거짓말이라고 한 학자가 있었지. 모든 게 정치적인 조작일 뿐이라고."

"정치적인 조작?"

내가 물었다.

"샤오쿠이, 요·순·우의 업적을 아는 대로 말해볼래?"

아원이 내 질문에는 대답하지 않고 샤오쿠이에게 물었다.

"요임금은 형에게 제위를 선양받았고 만민이 우러러보았으며 말년에 곤(鯀)에게 홍수를 다스리라고 했어요. 동시에 후계자를 물색했는데 순이 효도로 이름이 높아 그를 중용해 아황(娥皇)과 여영(女英) 두 딸을 그에게 시집보내고 제위를 물려주었어요. 곤이 구 년 동안 치수에 실패하자 순은 그를 처형하고 곤의 아들 우에게 치수 작업을 계속하게 했어요. 아버지 곤이 제방을 쌓아 홍수를 막았던 것과는 달리 우는 물길을 터주는 방법을 택했어요. 결과적으로 치수에 성공해 순임금은 우에게 제위를 물려주었어요. 순임금이 죽자 그의 두 아내는 샹(湘) 강에 투신해 샹 강의 신이 되었어요……. 아, 그건 신화구나."

"'현실에 밀접하게' 따져보면, 마지막에 말한 두 여신을 제외한 앞의 내용도 너무 비상식적이야. 홍수 방지 작업을 맡은 네 전임 상사가 실패해 문책을 받았다고 하자. 그런데 후임자인 네가 그를 죽인다면 사람들이 너를 따를까? 만 보 물러나 만약 그가 뇌물을 받고, 법을 어기고, 공직을 이용해 사리사욕을 채웠다고 하자. 그러면 법에 따라 처벌해야지, 난데없이 처형한 이의 아들에게 그 일을 이어받으라고 하는 건 또 무슨 경우야? 아버지가 해내지 못한 일을 아들이라고 성공할 수 있겠어? 도대체 일을 성사시키겠다는 거야,

망치겠다는 거야? 시대를 막론하고 이런 건 다 권력 다툼이야. 요는 순에게 제위를 빼앗겼고, 순은 죽일 핑계를 찾아 자신의 적수인 곤을 위협하고 그 씨족 후계자인 우를 힘든 자리로 내몰아 권력의 핵심에서 밀어냈지. 그런데 우가 순이 쓴 방식을 그대로 사용해 지도자의 자리를 탈환한 거야. 역사는 승리자의 기록이고 먼 역사일수록 전달하는 사람이 변경하기 쉬워. 그 산호 젓가락도 그랬잖아. 핀천 아버지의 전처는 그 안에 왕선군이 깃들어 있다고 굳게 믿었지만, 당나라 역사 어디에도 왕종천이라는 부마는 없었어. 만약 오늘 3차 세계대전이 발발해 역사를 기록한 문헌이 다 파괴됐다고 가정해보자고. 수십 세대가 흐른 뒤 누군가 구전으로 전해 들었다며 당나라 때 정말 왕씨 성을 가진 부마가 있었다고 주장하고, 심지어 그와 관련 없는 엉뚱한 사건을 이 '역사적 인물'에 연결할 수도 있어."

"그래서?"

아원이 도대체 무슨 말이 하고 싶어서 이렇게 장황하게 떠드는지 알 수 없었다.

"그래서, '강자아가 젓가락을 발명했다'라는 말이 반드시 거짓은 아니라는 거야."

지금까지 돌고 돌아 장광설을 늘어놓은 이유가 자기 말이 꼭 틀린 것은 아니라는 것을 설명하기 위해서였나? 정말 지는 것을 죽어도 인정하기 싫어하는 수다쟁이다.

다시 화제를 돌려서, 도대체 왕선군이라는 이름은 어디에서 온 것일까? 순전히 가오수란의 집안이 만들어낸 망상일까?

4

"위 교수님 안녕하세요? 어제 전화했던 장핀천입니다."

H대학 역사학과 건물 5층, 오십삼 세의 위칭판 교수가 연구실에서 우리를 맞았다. 위 교수는 지난해 강의를 들었을 때와 외모에 변화가 거의 없었다. 남색 와이셔츠에 검은색 긴 바지, 가슴에 달린 주머니에 볼펜 두 개를 꽂은 모습이 딱 학자의 전형이었다.

"아, 기억나네. 타이완 T대학 마이(麥) 교수의 학생, 맞지?"

위 교수는 우리에게 소파에 앉으라고 권하고 자기는 자기 의자를 끌어와 우리 맞은편에 앉았다.

"네 맞습니다. 마이 교수님이 교수님의 연구를 자주 언급하세요." 거짓말은 아니었다. "바쁘실 텐데 시간 내주셔서 감사합니다. 당혹스러운 일이 생겼는데 마침 위 교수님이 이쪽 분야에 조예가 깊으시다고 들어 친구들과 함께 찾아뵙게 됐습니다."

"괜찮아요, 마침 시간도 있으니."

아원이 위 교수를 향해 고개를 끄덕이며 인사했지만, 위 교수는 대답 대신 샤오쿠이에게로 시선을 옮겼다. 그녀의 신분이 의심스러운 듯했다. 아무리 많게 봐도 고등학생 정도로 보이는 학생이 왜 학교에 안 가고 해외에서 온 대학생과 나를 찾아왔나, 지금은 방학도 아닌데, 하고 생각하는 것 같았다.

"우선 이 신문을 좀 봐주시겠습니까?"

그의 추궁을 피하고자 린위안의 인터뷰 기사를 꺼냈다.

"위안취안탕? 린 사장과 잘 아는 사이지……. 학생, 학술적인 문제로 물어볼 게 있다고 하지 않았나?"

"사실 사적인 문제인데 학술적인 것과도 관계가 있습니다."

어젯밤 우리는 세 사람을 떠보기 위한 전략을 마련했고, 이제는 잘 풀리기만을 바랄 뿐이었다.

"그게 무슨 말이지?"

"위 교수님은 당나라 궁정 연구에 일가견이 있으시지요. 제 가문에 대대로 내려오는 물건이 하나 있는데 당나라 황실과 관련이 있다고 들었습니다. 하지만 저는 증거를 찾을 수가 없어 이렇게 교수님께 도움을 청하러 왔습니다."

"대대로 내려오는 물건?"

"이겁니다."

나는 신문에 난 사진 속 젓가락을 가리켰다.

위 교수는 몇 초 동안 그것을 뚫어지게 쳐다보더니 놀란 표정을 지으며 활짝 웃었다.

"사진이 있었군! 린 사장이 몇 년 전부터 젓가락이 안 보인다고, 기록도 없다고 했거든. 사진이 남아 있었다니 아주 잘 됐어." 위 교수가 고개를 들어 나를 보며 말했다. "잠깐, 이 젓가락이 자네 집안에서 대대로 내려오는 물건이라고?"

우리는 교수가 왜 이렇게 흥분하는지 몰랐지만 그 질문에 대한 답은 이미 준비해둔 상태였다.

나는 반은 진실이고 반은 거짓인 이야기를 들려주었다. 젓가락은 대대로 내려오는 집안의 가보로 조상들은 당나라 부마 왕종천의 물건이라고 했다, 황제가 하사한 혼수품인데 왕종천이 세상을 떠날 때 왕선군으로 변해 부부의 인연을 지켜주는 신명이 되었다, 십여 년 전에 어떤 사정으로 한 짝을 잃어버렸는데 최근 홍콩에 있다는 이 인터뷰 기사를 발견했고 아버지의 심부름으로 홍콩에 와서 찾아보게 되었다, 라고.

"위안취안탕 사장님이 젓가락이 사라졌다고 해서 빈손으로 돌아갈까 걱정이었습니다. 사실 저는 이 젓가락에 관한 이야기가 허구라고 의심하고 있었거든요. 제가 찾아보니 당나라 때는 왕종천이라는 부마가 없더라고요. 왕선군이 전설일 뿐이라는 게 증명되면 제 아버지도 젓가락 찾는 일에 집착하지 않을 것 같아서요."

"다른 한 짝은 자네가 갖고 있나?"

위 교수가 긴장한 듯이 물었다. 그의 반응을 보니 그가 젓가락을 훔친 게 아닐까 하는 생각이 들었다.

"네. 그런데 홍콩에는 가지고 오지 않았습니다. 집안의 가보라서요."

위 교수는 실망한 표정을 지었다.

"스(史) 박사를 깜짝 놀라게 할 수 있을까 했는데."

위 교수가 한숨을 내쉬었다.

"스 박사요?"

"나와 같은 과의 스칭한(史清瀚) 박사라고 옛 물건 전문가지. 유명한 감정사이기도 하고." 위 교수가 문밖을 가리키며 말했다. "하지만 괜찮네. 사진이 약간 흐릿하기는 하지만 스 박사한테 평가해 달라고 할 수는 있겠어."

위 교수는 책상에서 돋보기를 가져다 산호 젓가락이 있는 사진을 집중해서 보았다. 아원이 팔꿈치로 나를 툭툭 치면서 내 휴대전화를 향해 눈짓했다. 계획의 두 번째 단계를 시행하라는 신호였다.

"교수님, 저한테 잘 찍어놓은 사진이 있습니다."

휴대전화를 열어 여러 각도에서 찍은 산호 젓가락 사진을 보여주었다. 실물을 함부로 보여줄 수 없어 어젯밤에 찍은 사진이었다. 사진을 보여주면 다른 한 짝이 우리에게 있다는 것을 증명할 수 있었다.

위 교수는 흥분해서 휴대전화를 받아 들고 손가락으로 화면을 키워 보았다. 기뻐 눈물이라도 흘릴 기세였다. 왜 이렇게까지 좋아하는 걸까. 그가 범인이고, 젓가락이 한 쌍으로 맞춰지면 더 큰 힘을 얻을 수 있다는 것을 알지 않는 이상…….

"아, 학생, 지금 스 박사에게 같이 가서 이야기를 좀 나눌 수 있겠나? 내가 자네의 질문에 확실한 답을 줄 수는 없지만 어쩌면 우리가 이 젓가락에 관한 다른 이야기를 해줄 수 있을 것 같은데."

거절할 이유가 없어서 우리는 그의 연구실에서 나와 한 층 위인 6층에 도착했다.

"여, 칭판, 점심 같이하자고 왔나? 방금 룽징차 우렸는데 마실래?"

남성적인 이름을 가진 스 박사의 외모는 다소 의외였다. 눈가의 주름으로 마흔이 넘었다는 것을 알 수 있었지만 스 박사의 미모는 연예인이나 모델에 뒤지지 않았다. 얼굴의 오관이 균형을 이루고 자태가 우아했다.

"찾았어! 내 말이 헛소리가 아니었다는 것을 증명할 수 있게 됐다고!"

위 교수가 스 박사의 방에 들어가며 아이처럼 흥분해 외쳤다.

"뭘 찾았다는 거야? 이분들은 누구고?"

스 박사가 위 교수 뒤에 서 있는 우리를 보며 물었다.

"T대학 마이 교수의 학생이야. 이 학생이 중요한 사진을 보여줄 거야."

위 교수가 몸을 돌려 나에게 손을 내밀었고 나는 휴대전화를 건넸다. 휴대전화를 받아 든 스 박사는 처음에는 약간 당황하더니 얼굴이 점점 밝아졌다.

"이건, 진짜 산호네!"

"이제야 내 억울함을 풀 수 있겠군."

위 교수가 이를 드러내며 웃었다. 그는 흥분한 나머지 스 박사를 끌어안으려고 하다가 문득 부끄러워졌는지 허공에서 두 손을 허우적거렸다.

"죄송하지만 무슨 일인지 설명을 좀 해주시겠습니까?"

내가 손을 살짝 들어 수업 시간에 학생이 질문하듯 말했다. 그제야 명망 높은 두 학자가 진정하고 우리에게 앉으라고 권했다.

스 박사가 선반에서 작은 청자 찻잔 세 개를 내와 우리에게 차를 따라주었다. 위 교수가 웃으며 스 박사는 차 전문가이고 찻잎도 귀한 것이라고 설명해주었다. 하지만 나는 차는 문외한이라 한 모금 마셔봐도 도대체 뭐가 좋다는 것인지 알 수 없었다. 하지만 찻잔은 딱 봐도 귀해 보였다.

"스 박사는 옛 물건 감정 전문가야. 우리 H대학 미술박물관의 자문 중 한 명이지."

위 교수가 스 박사에게 린위안의 인터뷰와 우리의 그 진실과 거짓이 뒤섞인 이야기, 그리고 이곳에 온 이유를 설명한 다음 우리에게 말했다.

"십여 년 전, 고고학자 하나가 툰먼싸오관후(屯門掃管笏) 유적지에서 여러 왕조의 유적과 유물을 발굴했어. 멀게는 신석기시대부터 가깝게는 청나라 말기까지 다 있었지. 그중 한(漢)나라 말기에서 위진남북조 시대의 고분에서 흥미로운 부장품이 많이 발견됐어."

"이십여 점의 부장품 중에서 젓가락 여덟 쌍을 찾았지요."

스 박사가 책장에서 문서 파일을 하나 가져와 사진 몇 장을 꺼내 탁자 위에 올려놓았다. 그것을 본 순간 나는 멍해졌다. 사진 속 젓가락의 형태와 길이가 산호 젓가락과 거의 비슷했기 때문이다. 젓가락 위아래의 굵기가 비슷하고 일반 젓가락보다 약간 짧았다. 심지어 비슷한 소용돌이 문양이 새겨져 있었고 그중 한쪽은 은 같은 금속으로 싸여 있었다. 세월에 은박이 부식되고 떨어져 나가 길이가 다를 뿐이었다. 하지만 사진 속 젓가락들은 붉은색이 아니었다. 옥을 조각해 만들었는지 녹옥(綠玉)의 천연 돌무늬가 있었다.

"똑같네. 재질만 다르고." 아원이 턱수염을 문지르며 말했다.

"확실히 저희 집안 것과 닮았네요……." 내가 말했다. "교수님, 제 산호 젓가락이 당나라 이전에 제작됐고, 우리가 알고 있는 것보다 역사가 더 오래됐다는 겁니까?"

"아니, 단순히 제작만이 아니에요." 스 박사가 끼어들었다. "학생 집안의 젓가락은 이 옥 젓가락의 원형일 가능성이 있어요."

"그냥 비슷할 뿐 꼭 관련이 있는 건 아닐 수도 있잖습니까?" 스 박사가 왜 이렇게 비약해서 생각하는지 이해할 수가 없었다.

"우리는 고분 유적에서 문자가 새겨진 정방형 석각을 발견했어요. 문자는 대부분 마모됐지만, 마지막 한 면은 잘 남아 있어서 읽을 수 있죠."

스 박사는 파일에서 사진을 한 장 꺼냈다. 사진에는 흑회색 암석이 있었다. 오른쪽 반은 반들반들했고 왼쪽엔 각문이 보였다. 제일 왼쪽에 문장 한 줄이 보였다. 이 돌 표면에 전부 글자가 있었는데 시간의 흐름을 이기지 못하고 일부만 남았다고 했다. 옛 글자체였지만 내용은 알아볼 수 있었다.

자수산호저여공저라문색자공삽혈이선군지수원(子授珊瑚箸予公箸螺紋色赭公啑血而仙君至遂願)

"산호저?"

나는 이 세 글자를 보고 놀라면서도 의아했다. 아원도 목을 빼고 사진을 쳐다보았지만 샤오쿠이는 평온하게 찻잔을 들어 차를 마실 뿐이었다.

"위진시대에는 비석을 세우는 것을 금지해서 평민들은 죽은 사람의 생애를 석각 형태로 만들어 무덤에 넣었어요. 게다가 이 예서는 우리가 찾은 위진시대 문물의 글씨체와 같아요. 위치나 글씨체로 이 시기의 물건이라고 추론할 수 있지요."

스 박사는 그렇게 설명하고 문자를 가리키며 읽어 내려갔다.

"'자수산호저여공, 저라문색자, 공삽혈이선군지, 수원'. 부장품 규모로 봤을 때 이 무덤 주인은 사회적으로 지위가 있는 사람, 심지어는 정부 관리였을지도 모릅니다. 각문에 이 인물이 산호 젓가락을 받았고, 젓가락에는 소용돌이 문양이 있으며 진홍색이고, 이 사람이 삽혈을 통해 '선군'을 소환하여 소원을 이뤘다고 쓰여 있어요."

"아, 선군!" 나는 그제야 이 두 글자의 의미에 관심이 갔다.

"맞아, 자네 가문에서 전해지는 이야기 속 왕선군."

위 교수가 차를 한 모금 마시며 말을 이었다.

"자네가 당나라 때 '왕종천'이라는 부마를 못 찾은 건 당연해. 이 젓가락은 그 시대의 것이 아니니까. 당나라는 기원후 7세기에 개국해서 10세기에 멸망했고 위진은 3세기에서 5세기까지 이어졌으니 이백 년 정도의 차이가 있지. 가보의 유래는 보통 구전으로 전해져. 예를 들면 명나라 사람에게는 진나라나 당나라나 모두 팔백 년에서 천 년도 전의 먼 옛날에 있었던 나라야. 누군가 여기에 그럴듯한 이야기를 덧붙여 조상의 이름을 더 빛나게 하는 거지. 황제가 하사한 물건이다, 하고. 이런 과장은 충분히 이해할 수 있어. 현대인의 시각에서 보면 당송명청 다 같은 옛날이라 와전된 내용이 전해지는 것이지."

"그러니까 '산호 젓가락에 신선이 깃들어 있다'라는 말이 전혀 근거가 없는 소리는 아니라는 말씀인가요?"

내가 물었다.

"출처는 있다는 거죠. 단지 젓가락에 정말 귀신이 붙어 있다는 게 아닐 뿐." 스 박사가 말했다. "고대 사람들은 '신(蜃)'이라는 무명조개가 도시의 환상을 보게 하는 기운을 내뿜는다고 생각했어요.

그래서 '신기루'라는 단어가 생겼지요. 하지만 우리는 그것이 빛의 굴절로 생기는 물리 현상이지 전설 속 생물과는 무관하다는 것을 알아요. 산호 젓가락 주인이 젓가락으로 '선군'을 소환했다고 생각하면 그렇게 전해질 수 있지요. 학생 집안의 이야기를 들으니 무덤 주인이 이 젓가락을 후손에게 물려주었고 대대로 전해진 것 같네요. 그가 이 젓가락을 너무 아껴서 그 또는 그의 후손이 똑같은 모양의 옥 젓가락을 주문 제작해 부장품으로 넣은 것 같아요."

"좀 전에 교수님이 그렇게 흥분한 이유는 저희 집안 젓가락이 스 박사님의 발견에 부합하기 때문인가요?"

내가 위 교수에게 물었다.

두 학자가 서로 얼굴을 쳐다보더니 위 교수가 쓴웃음을 지으며 말했다.

"작은 일이기는 하지만 족히 십 년은 억울했지."

"억울하다는 말은 좀 심하다. 나는 당신을 늘 정중하게 대했다고."

스 박사가 조금 면구스러운 듯이 웃었다.

"이 유물들에 관한 스 박사의 연구 발표를 듣다가 문득 예전에 위안취안탕에서 봤던 그 젓가락과 비슷하다는 생각이 들었어. 형태와 색이 완벽하게 일치했지. 기쁜 마음에 스 박사에게 말했고 스 박사도 기대에 가득 찼어. 그래서 린 사장한테 물었더니 젓가락이 보이지 않는다고 하는 거야. 내가 스 박사에게 거짓말을 해서 괜히 들뜨게 한 셈이 되어버렸지."

"교수님이 린위안 선생에게 가서 직접 물어보셨어요?"

나는 조금 의외였다.

"친구들과 함께 코담배 병을 보러 갔다가 그 젓가락을 처음 봤어. 원래는 관심이 없었는데 같이 간 친구가 관심을 보였지. 그런데 린 사장이 개시가를 2천 달러나 불러서 말이야. 내가 한 쌍도 아닌 젓가락을 버젓이 팔려고 한다고, 린 사장 너무 돈을 밝히는 거 아니냐고 농담 삼아 말했던 기억이 나. 그리고 한 달 뒤 다시 물어봤더니 젓가락이 사라졌다면서 어디다 잃어버렸는지 모르겠다고 하는 거야. 진작 알았으면 돈을 좀 들여서라도 구매할걸. 스 박사는 내 기억이 잘못된 게 아니냐고 계속 따져 물었어. 일단 말은 했는데 나중에 알고 보니 위안취안탕에서 본 그 산호 젓가락이 연구 대상과 관련이 없자 민망해서 린 사장과 짜고 젓가락이 갑자기 사라졌다고 한 것 아니냐고 말이지."

"이제 당신이 잘못 본 게 아니라는 게 증명됐으니 내가 사과해야겠네."

"이런, 스 박사, 뭘 또 그렇게 심각하게 반응하나. 교직원 식당에서 밥 한 끼 사면 돼."

"하, 그렇게 간단하게? 프랑스 요리는 아니지?"

"저, 질문이 있는데요." 샤오쿠이가 두 사람의 대화를 끊고 물었다. "여기서 '자(子)'는 누구예요?"

샤오쿠이가 각문의 첫 번째 글자를 가리켰다.

"아무렴 공자나 맹자는 아니겠지."

아원이 익살을 부렸다.

"글쎄요." 스 박사가 고개를 저었다. "이 글자 앞에 무슨 글이 있었는지 몰라서 이 '자' 자 하나만으로는 신분을 확인할 수 없어요. 그 시대의 학식 있는 인물일 가능성은 있지만."

"이제 산호 젓가락이 진짜 존재한다는 것이 증명되었으니 어쩌면 루 선생의 말이 일리가 있을 수도 있겠네."

위 교수가 불쑥 말했다.

"루 선생이요? 루장 선생님 말씀이세요?"

"어? 자네 그를 아나?"

이런, 실수로 말이 헛나갔다.

"아니요, 모릅니다. 제 아버지께 신문에 난 린위안 선생의 인터뷰를 보라고 하신 분이 골동품 애호가였는데, 그분이 홍콩에도 골동품 수집을 좋아하는 루장이라는 의사가 있다고 말씀하셨거든요. 그분과 루 선생님이 서로 아는 사이인지 아니면 건너서 아는 사이인지 모르지만, 우연히 그 이름이 생각났습니다."

다급하니 그럴듯한 핑계가 떠올랐다. 아원이나 샤오쿠이도 뾰족한 수는 없을 듯하여 둘러댄 건데 다행히 이상하지는 않았다.

"그분은 타이완 사람인가? 아니면 홍콩 사람? 위안취안탕의 고객? 우리도 아는 분이실까?"

"그분은 타이완에 사십니다." 위 교수의 추궁을 피하려고 재빨리 화제를 돌렸다. "루 선생님이 하셨다는 말씀은 뭡니까?"

"아, 그는 '자'가 '포박자(抱朴子)'일 거라고 했어."

"갈홍(葛洪) 말인가……."

아원이 끼어들었다.

"갈홍?"

내가 무의식적으로 되물었다.

"맞아, 포박자 갈홍. 사람들은 '갈선옹(葛仙翁)'이라고들 불렀지. '포박자'는 그의 호야."

위 교수가 강의하듯 우리에게 설명했다.

"그는 진나라의 유명한 도교 신자로 스무 살 이후 광둥 성 뤄푸(羅浮) 산, 지금의 후이저우(惠州) 근처에서 은거했지. 시대와 장소가 비슷하니 무덤 주인과 갈홍이 알았을 수도 있어. 갈선옹은 명망 높은 인사였어. 동진(東晉)의 권신 왕도(王導)에게 발탁됐으나 도술과 연단(煉丹)에 심취해 관직에서 물러났고, 뤄푸 산으로 돌아와 은거하며 도를 수련했지."

"'자' 자가 갈홍일 가능성이 없진 않지만 증명할 수 있는 증거가 없어요. 학술계에서는 갈홍의 생졸년도 아직 밝혀내지 못하고 있거든요. 우리 같은 사학자들은 학술적 측면에서 저주와 기도를 연구할 순 있지만, 불가사의한 힘을 진짜라고 말하는 건 연구자의 자세에 걸맞지 않은 감이 있어요."

스 박사가 말했다.

“루 선생님이 말씀하신 불가사의한 힘이 뭔데요? 단순히 무덤 주인과 갈홍이 안면 있는 사이였다고 가정하면 말이 되잖아요?”

내가 물었다.

“스 박사와 루 선생은 마지막 두 글자에 대한 견해가 달라.” 위 교수가 설명했다. “스 박사는 무덤 주인이 도술에 빠진 관료였다고 생각해. 그가 신선을 만나고 싶어 도술 스승에게 간청했고 스승이 그에게 젓가락 한 쌍을 줬다고. 그런 다음 그가 젓가락에 피를 바르니 환각이 일어나 신선을 보게 됐고, 소원이 이루어지자 미련 없이 세상을 떠났다는 거야.”

“‘삽혈(唼血)’은 ‘삽혈로 동맹을 맺다’의 ‘삽혈(歃血)’과 같은 뜻으로, 입가에 피를 바르는 의식을 말해요. 나는 그 젓가락에 어떤 약물이 묻어 있었고, 그가 젓가락으로 피를 찍어 입에 바를 때 자연스럽게 흡입해 환각을 본 거라고 생각해요.” 스 박사가 말했다. “도가의 연단은 수은과 납을 많이 사용하고, 중금속 중독은 정신을 흐리지요.”

“하지만 루 선생은 다른 견해를 갖고 있어. 한번은 모임에서 석각과 젓가락 이야기가 나왔는데, 그는 ‘삽혈’은 의식의 한 형식으로 그 관료가 자기 피를 젓가락에 묻혀 신선을 소환했고, 신선이 그 사람의 소원을 이뤄주었다고 해석했어.”

“그건 서양의 악령 소환 의식이 아니야?” 스 박사가 비아냥거렸다. "루 선생은 도가 제자라 신앙적인 면으로 편향돼 있지만 우리는 연구자잖아. 검증을 해야지."

아원을 힐끗 보았다. 표정에 변화가 없었지만 우리가 같은 생각을 하고 있다는 것을 알았다. 황당하기는 하지만 루 선생의 말이 사실에 더 가까웠다. 우리는 젓가락님이라는 목숨을 건 소원 빌기 의식이 존재한다는 것을 알았기 때문에 '선군'이 가짜라고 해도 상관없었다. 어쨌든 소원이 이뤄진다는 건 확실하니까.

"저, 제가 루 선생님을 찾아가 그분의 생각을 여쭤봐도 될까요?"

말이 나온 김에 내가 물었다.

"반대는 않습니다." 스 박사가 미소를 지으며 말했다. "학생은 역사학과에 재학중이지요? 우리가 역사를 연구하는 목적은 과거의 진실을 찾고 인류의 정신문명을 이해하기 위해서예요. 그러니 신중하게, 객관적으로 받아들여야 합니다. 과거는 미래 행동의 근거가 되니까요. '과거를 거울삼으면 흥망성쇠를 알 수 있다'고, 역사가 묻히고 왜곡되면 과거의 잘못이 되풀이될 뿐이에요."

위 교수와 스 박사와 헤어질 때 두 사람은 '산호 젓가락을 연구하고 싶으니 아버지를 설득해달라'고 강조했다. 젓가락은 아원에게 있었지만 그 자리에서는 알았다고 할 수밖에 없었다. 위 교수는 자기 이름을 대고 루 선생을 만나도 좋다고 했다. 미덥지 않은 핑계를 안 대도 돼서 다행이었다.

"위 교수가 훔친 건 아닌 것 같지?" 차로 돌아와 아원에게 물었다. "특이한 반응을 보이긴 했지만 그럴 이유가 있었잖아."

"나도 그렇게 생각해." 뒷좌석에 앉은 아원이 웃으며 말했다. "그가 산호 젓가락의 힘을 빌려 기원했다면 벌써 스 박사와 이루어졌겠지."

"두 사람 그런 사이일까요?"

샤오쿠이는 눈치채지 못했는지 아원에게 고개를 돌리며 물었다.

"두 사람 다 결혼반지를 끼고 있지 않았어. 여자는 말이나 행동이 허물이 없었고, 남자는 상대의 직함을 부르며 거리를 유지했지만, 상대에게 보여질 자기 이미지를 아주 신경 쓰고. 십 년 전의 작은 오해를 풀었다고 저렇게 좋아하는 걸 봐서 스 박사와의 관계를 아주 중요하게 생각한다는 것을 알 수 있지. 물론 그냥 역사 덕후여서 그런 걸 수도 있지만 정말 그렇다면 젓가락으로 '선군을 소환'해 세속적인 이익을 취할 가능성은 더더욱 없어. 그가 바라는 건 그 이상이니까."

"참, 피를 묻혀 신선을 소환한다는 말은 사실이겠지?"

내가 물었다.

"아마도. 나도 잘 모르지만 사실이라고 해도 그다지 놀랄 일은 아니야. 퍼즐들이 모두 그 답을 가리키고 있으니까."

"무슨 퍼즐?"

"예를 들어 '젓가락에 비린내 나는 음식을 묻혀서는 안 된다'라는 규칙은 '피를 묻히면 선군이 오니 젓가락에 피가 닿지 않도록 조심해라'라는 말이 바뀐 거지. 내가 산호 젓가락에 귀신이 깃들어 있는 게 아니라 그게 연결 도구라고 말했지? 그 작가 선생이 죽은 아이와 접촉하는 데 사용한 것도 선군을 소환한다는 개념과 방법은 달라도 효과는 같아. 그런데 범인은 젓가락으로 기원하고 이익을 얻는 방법을 어떻게 알았을까? 정말 '선군'이 강림했다면 어렵지 않아. 말하다 보니 핀천이 한 말이 맞는 것 같네. 젓가락이 알라딘의 램프 같아."

"난 그냥 아무 말이나 한 건데. 중동 이야기에 비유하기는 좀 그렇잖아."

"중동? 알라딘의 램프는 중국 이야기야."

"중국?"

샤오쿠이와 내가 동시에 외쳤다.

"그래, 중국."

"알라딘은 《천일야화》에 나오는 이야기 아니야?"

내가 이상해서 물었다.

"맞아, 하지만 원본은 그것과 조금 달라."

아원이 손을 내밀어 으쓱하면서 희극 배우처럼 이상한 표정을 지었다.

"'알라딘의 램프'는 18세기에 어떤 프랑스인이 유럽인을 위해 쓴 버전에 추가된 이야기야. 캐릭터들은 모두 아랍 이름에 이슬람교를 믿고 황제 대신 술탄이 등장하지만, 분명히 '중국의 어떤 도시에 가난한 재봉사가 살았는데 그에게는 알라딘이라는 아들이 있었다'라고 시작돼. 당시 유럽인은 동양에 대한 개념이 모호했으니 그럴 법도 했지. 근데 물건으로 사람의 소원을 이뤄주는 정령을 불러내는 민간 전설의 근원이 무엇인지에 대해서는 정설이 없어."

"루 선생이 젓가락을 훔쳐 간 범인 아닐까요?" 샤오쿠이가 주제로 돌아와 물었다. "도교 신자라고 했으니 강령과 신선에 대한 배경지식이 있을 거예요. 그러니 제일 의심스럽지 않나요?"

샤오쿠이의 말대로였다.

"의심스럽지. 근데 증거가 없는 상태에서 함부로 결론을 내려서는 안 돼. 핀천의 형도 도사지만 젓가락으로 나쁜 일을 하려고 하지 않았어."

아원의 말도 일리가 있었다. 아, 정말 모르겠다!

"맞다, 옛날에 홍콩에도 마을이 있었어? 진나라 때의 무덤이 있을 줄은 몰랐어."

마침 생각난 김에 물었다.

"1950년대에 발견된 이정옥(李鄭屋) 고분은 그보다 오래된 한나라 때 묘실인데?" 아원이 웃으며 말했다. "이 도시는 변화가 너무 빨라서 이십 년만 지나도 풍경이 확 달라져. 하물며 이천 년이야……."

루장 선생의 병원은 완쯔(灣仔) 구의 비즈니스 빌딩 2층에 있었다. 예전 홍콩 드라마나 영화 속 이미지와는 다른 서양식 병원이라 조금 의외였다. 대기실에 골동품이 조금 많이 장식된 것 외에는 일반 병원의 대기실과 비슷했다. 접수창구 옆에 1미터 정도 높이의 검고 커다란 화병이 두 개 놓여 있었다. 위안취안탕 장부에 쓰여 있던 그것인 듯했다.

접수 담당 직원에게 방문 목적을 밝히자 창구 안쪽으로 사라지더니 삼십 초도 안 되어 돌아와 우리를 진료실로 안내했다. 진료실에는 바깥보다 골동품과 장식품이 더 많았지만 깔끔하게 잘 정리되어 있어 위안취안탕처럼 정신이 없지는 않았다.

"방금 위 교수에게 전화받았습니다. 장핀천 학생 맞지요? 마침 접수 환자가 없어서 삼십 분 정도 시간이 있습니다. 앉으세요."

자기소개를 하기도 전에 책상 너머에 앉은 루장 선생이 말했다. 그의 외모는 더 놀라웠다. 트렌디한 핏의 검은 양복에 분홍색 와이셔츠, 남색 사선 무늬 넥타이를 매고 있었다. 머리숱이 없긴 했지만 세련되고 신사적인 분위기가 언뜻 의사로 보이지 않았고, 도를 수련하는 사람으로는 더더욱 보이지 않았다. 나이는 위 교수보다 조금 많은 듯했다. 머리숱이 없는 탓인지도 몰랐다.

방문 이유를 대충 설명하고 산호 젓가락에 대한 견해를 듣고 싶다고 하자 그는 예상 밖의 이야기를 꺼냈다.

"당신은…… 보통 사람이 아니군요."

루 선생은 그렇게 말하더니 샤오쿠이에게 시선을 옮겼다.

"저분도요."

"루 선생님, 그게 무슨 뜻입니까?"

나는 무심코 내 왼팔을 쳐다보면서 물고기 문양이 소매 밖으로 노출되었는지 확인했다.

"두 사람의 기운이 보통 사람과 다르네요."

루 선생이 잠시 멈추고 표정을 가라앉힌 뒤 다시 말했다.

"진료받으러 온 환자에게는 이런 말 안 하니 미신이라고 오해하지 말아요. 그렇지만 나는 어려서부터 타인의 기운을 느낄 수 있었습니다. 이것도 내가 도술에 흥미를 느낀 이유지요."

그렇다면 그도 우리처럼 산호 젓가락에서 빛이 나는 것을 볼 수 있지 않을까?

슬쩍 아원을 쳐다봤다. 아원은 무표정한 얼굴로 루 선생을 가늠하고 있었다.

"선생님도 저희 가문의 젓가락을 보셨습니까?"

떠보듯 슬쩍 물었다.

"봤습니다. 하지만 특별한 인상은 없었습니다. 위 교수가 모임에서 거론하지 않았으면 잊었을 거예요." 루 선생이 한숨을 쉬고 말했다. "그 젓가락의 기원을 알았으면 그때 샀을 겁니다. 놓친 물고기가 제일 크다더니."

"선생님도 저희 가문 젓가락에 관심이 있으십니까?"

"물론입니다. 갈선옹의 물건이라는 게 석각으로 증명됐는데, 2천 달러가 아니라 2만 달러라도 값을 치를 의사가 있지요."

“석문의 ‘자’ 자가 ‘포박자’라고 어떻게 확신하세요?”

“학생, 갈선옹 시대를 이해할 필요가 있겠어요. 광저우에는 뤄양(洛陽), 창안(長安)과는 달리 번화한 도시가 없었어요. 문화중심도 아니었고요. 갈선옹이 뤄푸 산에 도교 사원을 창건하고서야 도교 성지가 되었죠. 북송 소동파가 후이저우로 좌천됐을 때도 부임지보다 갈선옹이 연단했던 뤄푸 산 유적에 먼저 들러 참배했다고 하니 포박자의 위치가 어느 정도였는지 알 수 있겠죠? 당시 광둥 성 일대에서 ‘자’라고 칭할 수 있는 사람은 그 한 명뿐이었을 겁니다. 게다가 석각 내용이 도가와 관계가 있으니 다른 사람일 수가 없어요.”

“그래서 선생님은 그가 젓가락의 원래 주인이라고 생각하시는 건가요?”

“나는 그가 젓가락을 만들었다고 생각합니다.”

루 선생이 가볍게 말했다.

“그가 만들었다고요?”

“갈선옹의 직업이 뭔 줄 압니까?”

“도를 수련한 도사 아닙니까?”

되물으며 슬쩍 아원을 쳐다봤다. 아원이 분명 답을 알고 있을 거라고 생각했다. 하지만 지금은 루 선생 말이 훨씬 중요했다. 그가 하는 말을 들으면 그가 범인인지 아닌지 판단할 수 있을 것 같았다.

“갈선옹은 화학자이자 생물학자, 의사였어요. 장군에 봉해지고 군대의 참모를 지냈지만 관직에 뜻이 없었죠. 은거하면서 수련하고 사물의 진리를 탐구하고 싶어했어요. 학생은 도사가 뭐 하는 사람이라고 생각해요?"

"선을 지향하고, 악을 쫓아내며, 귀신을 다스리는, 종교 제사장 같은 것 아닌가요?"

"아닙니다. 도교는 제세구민의 신앙적인 면도 갖고 있지만 실은 만물의 근원을 탐구하는 학문입니다.《주후구졸방(肘後救卒方)》은 구급 책자로 백성들이 응급 상황에서 간단히 처치할 수 있는 치료법과 손쉽게 구할 수 있는 약초를 적어둔 책이에요. 또 도사의 연단은 화학 실험의 원형으로 서양의 연금술처럼 지식을 확대하는 연구입니다."

루 선생은 일어나 책상에서 지도책을 꺼내 펼쳤다.

"뤄푸 산은 오늘날의 후이저우와 둥관(東莞) 사이에 있어요. 남동쪽으로 수십 킬로미터 가면 해변이 나와 내륙의 충산 준령(崇山峻嶺)과는 달리 산호를 쉽게 구할 수 있었죠. 갈선옹이 은거하던 시기에 문하생이 많았으니 문하생이 그에게 산호를 구해다주고, 그가 그것으로 연단했을 가능성도 있습니다. 갈선옹이 산호 젓가락의 제작자라고 단언할 수는 없지만, 그에게는 제조할 능력과 조건이 다 갖춰져 있었습니다."

"갈홍한테는 제자가 몇 명이나 있었습니까?"

"많았어요. 삼백 명 정도였다고 합니다." 루 선생이 잠시 멈추고 몇 초 동안 침묵했다가 말했다. "……아까 학생 집안에서 왕선군의 전설이 전해진다고 했지요?"

"네, 왜 그러세요?"

"왕선군이 누구를 가리키는지 알 것 같습니다."

"네?"

"광둥어에서 '황(黃)'과 '왕(王)'은 동음이에요. 학생의 조상이 잘못 전했다면, 원래 '황선군'이었다면요, 갈선옹의 제자 중에 도를 닦아 신선이 되어 사람들에게 지금도 공양받고 있는 인물이 있어요. 그의 이름은 '황초평(黃初平)'으로 '적송 황대선(赤松黃大仙)'이라고 부릅니다."

"홍콩의 그 황대선이요? 지하철역의……?"

나는 깜짝 놀랐다. 아는 게 많지 않았지만, 그 지명은 알았다.

"맞아요. 물론, 젓가락이 소환한 선군이 황대선이라는 말은 아닙니다. 무덤 주인이 소환한 것은 다른 신선이었는데 후세 사람이 '선군'이라는 두 글자를 기록했고 여러 대에 걸쳐 전해지다보니 '황대선'과 섞여서 '황선군'이 되었다가 더 시간이 흐른 뒤에는 '왕선군'이라고 잘못 전해진 것이지요. 거기에 부마 이야기가 더해져 학생이 말한 최종 버전이 된 겁니다."

"하지만……" 샤오쿠이가 끼어들었다. "갈 선생이 산호 젓가락을 만들었다면, '피를 젓가락에 묻혀 선군을 소환해 소원을 이룬다'라는 건 어떻게 된 일일까요?"

"그건 검증할 방법이 없습니다." 루 선생이 고개를 저었다. "하지만 도가의 '방선도(方仙道)'에서는 '육체에서 벗어나 신과 같은 능력을 갖는다'라고 말합니다. 옛날에는 평범한 사람이 신선과 접촉했다는 전설이 많았어요. 현대인은 신선이라고 하면 웃을 수도 있지만, 내가 인간의 기운을 볼 수 있는 것처럼 이 세상은 우리의 오감으로 접촉할 수 있는 측면만 있는 게 아니에요. 그 위와 아래, 심지어 그 안에도 보통 사람은 볼 수 없고 닿을 수 없는 이계가 있습니다. 나는 그곳이 신선과 귀신이 머무는 곳이라고 생각해요."

"선생님 말씀은 갈홍…… 선생이 귀신을 소환하는 방법을 찾았고 실제로 응용할 수 있는 신물(神物)을 만들었다는 건가요? 그 무덤 주인이 그 방법으로 신을 청했고 소환된 신이 그의 소원을 이뤄주었고요?"

내가 물었다. 루 선생이 갈홍에게 매우 공손한 태도를 보이니 나도 그냥 이름만 칭하기가 멋쩍어 슬그머니 '선생'이라는 두 글자를 덧붙였다.

"내 생각에는 그렇습니다."

"궁금한 게 있는데요. 갈홍 선생은 왜 그런 신물을 무덤 주인에게 주었을까요? 그건 알라딘의 램프를 주는 것이나 다름없는데 상대가 그것으로 무슨 짓을 할 줄 알고요?"

나도 모르게 방금 차에서 우리가 말했던 예를 들었다. 말을 하고 나서야 조금 유치하다는 생각이 들었다.

"이유는 나도 모르지요. 하지만 갈선옹이 그렇게 한 데는 분명 이유가 있었을 것이라고 생각합니다. '도는 만물을 낳고, 덕은 만물을 기른다. 그래서 만물은 모두 도를 존중하고 덕을 귀하게 여긴다.' 노자의 《도덕경》에 이런 말이 있지요. 도와 덕은 본시 하나여서 만약 그 무덤 주인이 덕을 잃고 잘못된 길로 빠져 젓가락으로 나쁜 짓을 하면 그 죗값을 받을 것입니다."

루 선생이 미소를 지었다.

선생의 말이 사실이라면 갈홍은 여덟 명의 목숨을 앗아간 잔인한 가오수란의 손에 젓가락이 들어갈 줄은 상상도 하지 못했을 것이다……. 하지만 자업자득인지 그녀도 비극적인 결말을 피하지 못했다. 왕선군이 그녀의 소원을 얼마나 들어주었든 그녀는 고통과 걱정 속에서 세상을 떠났으니까.

"루 선생님, 그때 젓가락을 안 산 것을 후회한다고 하셨는데, 그것으로 선군을 소환하시게요?"

샤오쿠이가 단도직입적으로 물었다.

"아니요." 루 선생이 웃으며 고개를 저었다. "아까 말한 것처럼 도와 덕은 본시 하나예요. 나쁜 마음을 품고 선군에게 소원을 빌면 대가가 따릅니다. 내가 사고 싶었던 이유는 그게 갈선옹의 물건일 수도 있기 때문이에요. 솔직히 말해 나는 도를 공부하고 있지만, 일개 평범한 사람에 지나지 않아요. 내 방에 가득한 골동품을 보면 내가 세속적인 흥미를 아직 떨쳐내지 못했다는 것을 알 수 있을 겁니다. 하지만 지금 나는 만족해요. 그날 젓가락을 샀으면 지금은 오히려 손해를 봤을 거니까요."

"손해를 본다고요?"

내가 물었다.

"그 젓가락이 학생 집안의 가보라면서요. 그렇다면 학생은 갈선옹 제자의 후손이라는 건데, 학생이 잃어버린 물건을 찾겠다고 하면 나는 당연히 거절할 수 없겠지요. 그게 2천 달러를 손해 보는 게 아니고 뭡니까?"

루 선생이 이를 드러내며 웃었다. 그의 진실한 모습에 겸연쩍었다. 혈연으로 따지면 젓가락의 진정한 계승자는 내 형이었기 때문이다.

접수 담당 직원이 예약 환자가 일찍 도착했다고 해서 우리는 대화를 끝내야 했다. 내 직감상 루 선생은 범인 같지 않았다. 그는 인사하고 헤어지면서 앞으로 타이완에 갈 기회가 있으면 우리 집에 있는 그 산호 젓가락을 꼭 한번 보고 싶다고 했다. 아원은 골동품이 놓인 선반 옆에서 벽에 걸린 액자와 사진을 응시하고 있었다.

"이거."

아원이 턱짓하며 작은 소리로 나를 불렀다. 나는 아원이 가리키는 방향을 봤다. 노천 찻집에서 찍은 사진으로 남자 세 명이 탁자 옆에 앉아 자연스러운 자세로 렌즈를 보며 웃고 있었다. 왼쪽에 앉은 사람이 루 선생, 오른쪽에 커피잔을 든 사람이 위 교수였다. 두 사람 모두 지금보다 젊어 보였다. 루 선생의 머리칼도 지금보다는 풍성했다.

"이분이 위 교수님인가요?"

내가 물었다.

"아, 맞아요. 골동품 애호가들이 몇 개월에 한 번씩 모이거든요. 그러고 보니 그 회식 자리에서 위 교수가 고분의 석각 이야기를 했네요."

사진을 응시하는 루 선생은 과거를 회상하는 듯했다.

"이분은?"

나는 중간에 앉은, 루 선생과 위 교수보다 나이가 많아 보이는 남자를 가리켰다. 그가 누구인지는 이미 알고 있었지만 루 선생이 직접 말하는 것을 듣고 싶었다.

"하이 사장이라고, 그도 위안취안탕의 고객이에요. 우리가 안 지도 벌써 이십 년이 다 됐네요……."

루 선생이 잠시 생각에 잠겼다가 말했다.

"하지만 최근에는 하이 사장이 모임에 잘 안 나왔어요. 나랑 위 교수도 통 못 봤고요. 일이 너무 바빠서 그럴 겁니다. 하이 사장의 청고래 과학기술이 최근에 큰돈을 벌고 사업도 확장해 기존의 로컬 기업에서 다국적 기업으로 변신했거든요."

병원에서 나온 우리는 주차장에 세워둔 차로 돌아와 다음 단계를 계획했다.

"루 선생은 범인 아닌 것 같지?"

내가 말했다.

"응, 아니야." 뒷좌석에 앉은 아원이 단호하게 말했다. "하지만 그는 몇 가지 기본적인 오류를 범했어."

"오류?"

"젓가락은 갈홍이 만든 게 아니야."

"그걸 어떻게 알아요?"

"광둥 연안에는 붉은 산호 서식지가 없거든." 아원이 웃으며 말했다. "붉은 산호는 섭씨 10도 내외의 저온 수역에서 서식해. 광둥 일대는 너무 뜨거워서 해저 150미터 아래로 내려가야 찾을 수 있을걸? 그런데 그 시대에는 그런 첨단 잠수 기술이 없었을 테고. 그리고 옛날에 붉은 산호는 황금보다 더 진귀한 보석이었어. 갈홍의 제자가 아무리 정성스럽다고 해도 그렇게 귀한 물건을 갈홍에게 주었을 리 없고, 갈홍이 받았다고 해도 그것으로 연단을 하지 않고 귀신을 소환하는 젓가락을 만들었을 리 없어. 알아둬. 도사한테는 부적이나 푸지(扶乩)• 같이 신을 부를 방법이 많아. 서양의 흑마술 같은 이상한 걸 만들 필요가 없지."

"그러니 '삽혈로 신을 청한다'라는 건 가짜다?"

• 나무로 된 틀에 목필을 매달고, 그 아래 모래판을 두고 두 사람이 틀 양쪽을 잡아, 신이 내려 목필이 움직이면 모래판 위 글자나 기호를 읽어 길흉을 점치는 것

내가 물었다.

"그건 또 아니야. 내가 알고 있는 바에 따르면 그건 사실일 거야. 이런 추측을 해볼 수는 있어. 만약 그 '자'가 정말 포박자라면 그는 우연히 이 젓가락을 얻고, 젓가락에 선군을 소환하는 힘이 있다는 것을 발견했을 수 있어. 그는 실험광이었으니까……. 아까 루 선생이 말한《주후구졸방》에 광견병 치료법이 있거든? 사람을 문 개를 죽여서 그것의 뇌수를 감염자의 상처에 바르는 거야."

"너무 괴상해! 그걸로 정말 치료가 됐어?"

"합리적인 방법이라고도 할 수 있지. 천오백 년 뒤에 프랑스의 생화학자 파스퇴르가 광견병 백신을 발명하는데 그때 이용한 것도 감염된 동물의 뇌 조직을 배양한 거야."

이야기를 들으니 갈선옹이 신성한 건 모르겠지만 대단한 사람 같긴 했다.

"루 선생도 '하늘이 선택한 사람' 아니에요? 나랑 핀천의 기운을 알아봤잖아요."

"그건 가짜야." 아원이 말했다. "가짜라고 하는 것도 정확한 말은 아니네. 어쨌든 그는 진짜라고 믿고 있으니까. 하지만 기운이 보인다고 하는 건 그의 착각일 뿐이야."

"확실해?"

"백 퍼센트 확실해." 아원이 나와 샤오쿠이 사이로 머리를 쑥 들이밀며 말했다. "내가 그에게서 기운을 못 느꼈거든."

"아! 아원도 참……."

"아원, 샤오쿠이 놀리지 마."

아원이 입가를 살짝 들썩이더니 뒷좌석으로 돌아갔다.

"이제는 하이 사장에게 가는 거야?"

내가 물었다.

"응." 아원이 고개를 끄덕였다. "계획대로 진행하자."

애초에 우리 계획은 접촉이 제일 쉬운 위 교수부터 조사하는 것이었다. 그가 범인이 맞으면 남은 용의자를 찾아갈 필요가 없었다. 하이더런은 상장기업의 대표이사라 만나기가 쉽지 않았지만 위 교수와 루 선생이 젓가락을 훔친 범인이 아닌 것 같으니 마지막 계획을 진행해야 했다.

어제 인터넷으로 세 사람의 배경을 조사하면서 하이더런에 관한 자료도 찾았다. 그는 올해 육십팔 세로 삼십여 년 전에 청고래 과학기술을 창립했다. 처음에는 인쇄 회로 기판 연구 개발 및 생산을 하다가 나중에는 전자 보안 및 방범으로 핵심 사업을 바꿨다. 나는 린위안에게 도난 방지 태그를 사용하라고 권한 단골이 하이 사장이라고 생각했다. 청고래 과학기술은 최근 육칠 년 동안 사업이 번창해 홍콩 주식시장에 상장하고 미국과 일본에도 자회사를 설립했으며 현지 직원이 백 명이 넘었다. 어떻게 하이더런을 만날지 고민스러웠다. 다행히 아원이 삼 년 전 하이더런이 T대학 건물 개축에 기부금을 냈다는 뉴스를 발견했다. 우리는 이 점을 파고들기로 했다.

우리는 일단 집으로 돌아가 청고래 과학기술에 전화를 걸었다. 나는 T대학의 학보사 기자라고 하면서 덕망 높은 하이 대표이사를 취재하고 싶다고 했다. 상대는 나중에 회신하겠다며 전화번호를 남겨달라고 했다. 나는 홍콩에 오래 머물지 않으니 최대한 빨리 연락을 달라고 부탁했다. 하루는 지나야 회신이 올 줄 알았는데 세 시간 뒤에 연락이 왔고, 내일 오후 5시 30분에 회사로 방문하라고 했다.

"도대체 그 '선군'은 뭘까요?"

다음 날 계획을 정한 후, 소파에 앉아 쉬고 있던 샤오쿠이가 물었다.

"뭐라고 생각하는데, 샤오쿠이?"

아원이 반문했다. 나는 이 문제는 전문가가 답하도록 두었다.

"소원을 이루어줄 정도로 강한 신선? 아니면 핀천 말대로 램프의 요정 같은 존재?"

"보통 사람은 '신(神)'과 '선(仙)'의 개념을 혼동하는데 둘은 달라. '신'은 원래부터 그냥 '신'이지만 '선'은 인간이 변한 거지. 고대에는 '선'이라는 글자가 없었고 '선(僊)'이라는 글자를 썼어."

아원이 종이를 가져와 글자를 썼다.

"인간이 산속으로 '옮겨가서(遷)' 늙지 않고 죽지 않으면 '선(僊)'이 돼. 이게 원뜻이고 나중에 한자가 단순화되어 '선(仙)'이라는 글자로 대체된 거야."

"잠깐만, 고대에는 인간이 신으로 변한 예가 있잖아? 예를 들어 어제 네가 말한 강자아는《봉신방》에서…….”

“《봉신방》, 즉《봉신연의(封神演義)》는 소설이잖아. 게다가 고대로부터 이천오백 년 후인 명나라 때의 작품이고. 신으로 봉해지는 봉신 어쩌고 하는 것은 다 억지야. 네가 진시황은 사실 현대인이고 시공을 초월해 과거로 가서 모험한 거라고 소설을 쓰는 거랑 다를 바가 없어.

내가 말한 건 '신선'의 원래 개념이야. 춘추전국시대 중원에서는 철학과 종교 사상이 싹튼 계몽시대가 시작됐어. '신선'은 사회학과 인류학이 만든 개념이고 인간이 '봉신'되고 죽은 사람이 신선이 된다는 '성선(成仙)' 역시 여기서 파생된 거야. 생각해봐. 원래 늙지 않고 죽지 않아야 '선(仙)'이라고 부를 수 있어. 가오수란 집안의 산호 젓가락 이야기는 부마가 죽은 뒤에 왕선군이 됐다고 전해지는데, 그건 굉장한 모순이 아닌가? '성선'이라는 말 앞에는 도를 깨달았다는 '득도(得道)'가 붙어야지, 세상을 떠났다는 '서세(逝世)'가 아니라.”

“그렇다면 젓가락을 훔친 범인이 소환한 '선군'은 신이에요, 선이에요?”

“그건 이계의 물체.”

아원이 웃음을 거두고 진지한 표정으로 샤오쿠이를 봤다.

“이계의 물체요?”

“'생물'이라는 단어는 쓰고 싶지 않아. '생물'은 인간이 정의한 거잖아. 다른 차원에서 온 '의식체'라고 할 수 있겠네. 인간의 시각에서 이 '물체'를 이해하는 것은 불가능해. 그건 소설 캐릭터에게 독자와 작가, 편집자의 존재를 이해하라고 하는 것처럼 당황스러운 일이지. 하지만 이 이계의 물체가 이 세계의 인과율에 간여해 카르마의 흐름을 변화시킬 수 있다는 건 알 수 있어. 원흉이 그것을 이용하고 있는 것도."

"어째 공포 영화 같은데?"

분위기를 전환할 겸 나는 빈정거리는 투로 말했다.

"맞아, 이 세계가 한 편의 공포 영화야. 무지한 인간은 미지에 둘러싸여, 허공에 떠 있는 파란 구체의 표면에서 생활하면서 허공 밖에 뭐가 있는지 모르고, 구체 안에 뭐가 있는지는 더더욱 모르지. 문명을 건설했지만, 인간의 마음은 취약하기 짝이 없어. 수천수만 년이 흘렀는데도 여전히 본능에 지배당하고 욕망에 굴복해 이 작은 세계를 혼란과 모순으로 가득하게 했지. 자신들이 차원 사이에 있는 아주 작은 티끌에 불과하고, 이계의 어떤 존재에게 조종당하고 있다는 것은 더더욱 몰라. 어린아이는 개미를 갖고 놀다가 기분이 좋으면 설탕을 뿌려주고 기분이 나쁘면 개미굴에 물을 부어 개미의 운명을 바꾸잖아? '이계의 물체'에게 인간 세상의 인과응보나 개미의 행동 유형은 똑같이 미미해. 아무 의미가 없어."

"하지만 '원흉'은 이계의 물체를 통제한 거고? 웃기는 상황 아니야? 개미가 인간을 지배한 거나 다름없잖아."

"광견병 바이러스도 감염된 숙주를 지배해 인간이 마음대로 할 수 없게 만들어."

아원이 차가운 표정을 지우고 미소를 머금었다.

"충분한 조건이 마련되면 가능해. 그 물체를 '왕선군' '젓가락님' '젓가락 신선' '이계의 물체'라고 부르든 다른 뭐로 부르든, 원흉의 손에 있으면 성가신 일이 계속되고 재난이 초래될 것은 확실해. 젓가락을 되찾는 게 원흉을 저지할 유일한 방법이야. 내일도 파이팅하자고."

젓가락님의 힘인지 외부 활동을 해서 그런 것인지 잘 모르겠지만, 오늘 샤오쿠이는 어제보다 상태가 많이 좋아진 것 같았다. 저녁에는 식욕이 도는지 근처 음식점에서 사 온 도시락도 맛있게 먹었다. 식사가 끝나고 우리는 연일 긴장했던 마음을 풀기 위해 인터넷에서 할리우드 영화를 찾아 감상했다. 세 명이 소파에 끼어 앉아 영화 속 슈퍼 히어로와 함께 모험을 떠났다. 간간이 보이는 샤오쿠이의 웃는 얼굴에 감회가 새로웠다. 샤오쿠이와 한집에서 사는 것이 일 년 전 내 바람이었는데 그때는 그 대가가 이렇게 무거울 줄 몰랐다. 우리는 샤오쿠이에게 일어난 비극을 되돌릴 수 없고, 그녀가 함께 조사에 참여하는 것은 마음의 진통제에 불과했다.

아원이 말한 그 '원흉'과 산호 젓가락의 행방을 못 찾는다면…… 눈 감고 귀 막고 소위 진실이라는 것을 계속 찾으며 그간의 불행을 다 잊을 수 있지 않을까 생각했다.

현실 도피에 불과하다는 것을 알지만 샤오쿠이에게 자신의 참혹한 운명을 직시하라고 할 수 없었다. 샤오쿠이와 함께하며 응원하고 싶었지만, 그녀의 미래는 상상하기 어려웠다.

너라면 부모님은 돌아가시고 친한 친구는 자살했는데 이 개똥같은 현실로 돌아오고 싶겠어?

아원의 말이 떠올랐다.

젓가락님에게 소원을 빌어 샤오쿠이를 깨어나게 한 것이 정말 잘한 일일까?

5

"안녕하세요. 5시 30분에 대표님과 뵙기로 약속한 장핀천입니다."

"T대학의 장핀천 학생이지요?"

"네."

"죄송하지만 접견실에서 잠시 기다리시겠어요? 이쪽입니다."

프런트 직원은 우리를 긴 소파가 두 개 놓인 접견실로 안내해주고 문을 닫고 나갔다. 청고래 과학기술 사무실은 주룽탕의 비즈니스 빌딩 28층과 29층에 있었다. 이곳은 본사이고 젠사쥐(尖沙咀)에 있는 계열사에서 다양한 업무를 처리한다고 했다. 접견실은 프런트

와 마찬가지로 인테리어가 세심하게 되어 있었다. 각진 탁자와 의자, 청회색 벽지는 모던한 느낌을 강하게 풍기면서도 우아했고, 벽 모서리의 관엽식물은 공간에 편안하고 자연스러운 분위기를 더해 주었다.

그러나 소파에 앉은 나는 가슴이 쿵쾅쿵쾅 뛰었다.

출발 전, 아원은 우리에게 어젯밤 밤새워 조사한 내용을 알려주었다. 청고래가 최근 빠르게 성장한 것이 아주 이상하다고 했다.

"청고래 과학기술이 매년 거둔 성과만 보면 수상한 건 없어 보여. 회사는 확장을 거듭했고 해마다 좋은 협력 기회를 얻었어. 육년 전 정부 사업의 입찰을 따냈고 다음 해에는 한국의 휴대전화 생산업체와 계약했어. 미국의 유명 클라우드 운영사와 인터넷 방범 시스템을 공동 운영했고. 첫 번째 사업이 성공해 이름이 알려져 대기업과 협력했다고 이해할 수 있지만, 내가 시간을 들여 청고래와 같은 업종인 다른 기업의 재무제표를 살펴봤잖아? 그 결과 이상한 우연을 발견했어."

경쟁사에 사고가 나 청고래가 어부지리로 정부나 대기업과 계약하게 된 경우가 많다는 것이었다. 경쟁 입찰 기간에 경쟁사에 화재가 발생해 입찰서류에서 약속한 계획을 이행할 수 없어 청고래가 대신 들어갔거나, 경쟁사 사장이 급사해 가족이 유산을 놓고 싸우느라 회사가 분열돼 청고래와 경쟁할 수 없거나. 가장 황당했던 건 대형 투자기업 직원이 상사 몰래 실적을 위조해 실제 적자액을 기업의 총자산보다 높게 만들었다가 위조 사실이 드러나 회사가 파산하고 고객의 재산 대부분이 증발한 경우였다. 피해 고객 중에는 청고래와 사업 분야가 비슷한 기업 사장이 세 명이나 포함돼 있었다. 사장 개인의 일이 기업에까지 영향을 미치지는 않았겠지만, 기업가의 사기를 꺾거나 기존의 사업 계획을 잠정 중단하게 해서 청고래가 치고 나갈 기회를 주기에 충분했다.

"아원, 네 말은 하이 대표가 젓가락으로 소원을 빌어서 경쟁사를 제압해 청고래가 이익을 봤다는 거지?"

"비슷해. 하늘에서 돈다발이 떨어지는 것보다 이런 게 주의도 끌지 않고 사람들이 부러워하는 성공 사례가 되어 〈포브스〉 표지 모델이 되기도 쉽거든."

그렇다면 오늘 우리는 목표를 위해 수단 방법 가리지 않는 교활한 작자를 만나게 될 것이다.

사실 용의자 세 명 중에 하이더런이 젓가락을 훔쳤을 가능성이 가장 컸다. 그는 도난 방지 기술 회사의 사장이다. 위안취안탕의 도난 방지 태그 장치를 직접 제공하지 않았다고 해도 작동 원리는 잘 알고 있을 것이다. 또 휴대용 태그 제거기만 있으면 손쉽게 린 사장을 속여 젓가락을 빼낼 수 있다.

굳은 얼굴로 오 분 정도 기다렸을까, '딸칵' 하는 소리와 함께 문이 열렸다. 그러나 들어온 사람은 기대한 인물이 아니었다.

"T대학의 장핀천 학생입니까?"

보통 체격에 회색 양복을 입고 2대 8 가르마를 탄 서른 살 정도의 남자가 내게 물었다.

내가 고개를 끄덕이며 그렇다고 하자 상대가 명함을 건네며 우호적인 미소를 지었다.

"미스터 옌입니다. 잘 부탁드립니다."

명함에 적힌 이름은 '옌짜이산(嚴在山)'이었고 이름 옆에 '상무이사'라고 직함이 적혀 있었다.

"하이 대표님은……."

"대표님이 갑자기 일이 생겨서 인터뷰를 하실 수 없게 됐습니다. 세 분 헛걸음하게 해서 정말 죄송합니다."

옌 선생이 우리에게 깊이 고개를 숙였다.

"괜찮으실지 모르겠지만 제가 대표이사님을 대신해 회사를 좀 소개해드릴까요?"

"어, 그게…… 죄송합니다. 인물에 관한 인터뷰라 대표님이 아니면 인터뷰 질문을 다시 작성해야 해서……."

의외의 상황에 당황해 겨우 둘러댔다. 우리는 하이더런에게 젓가락에 관련된 일을 정탐하려는 것이지 회사 사업 같은 것에는 관심이 없었다. 게다가 관련 질문을 충분히 준비하지도 못해 자칫 잘못하면 탄로 날 수 있었다.

"그렇다면 비서에게 다른 시간으로 스케줄을 다시 잡으라고 하겠습니다."

미스터 옌이 사무적인 미소를 지어 보였다.

"그런데 우리 직원 말이 홍콩에 머무는 기간이 짧다면서요?"

"네, 그렇습니다." 나는 고개를 끄덕였다. 물론 거짓말이었다. "내일이나 모레 괜찮으실지요……."

"그건…… 잠시만 기다리세요."

미스터 옌은 접견실 한쪽 탁자에 놓인 전화를 들고 버튼을 눌러 통화했다. 대표이사 비서와 시간을 잡는 것 같았다. 절반 정도 말하다 갑자기 태도가 공손하게 바뀌는 게 수화기 너머의 상대가 바뀐 것 같았다. 대화 내용은 안 들렸지만, 그의 표정은 아주 진지했다.

"학생, 오늘 저녁에 시간 있습니까?" 미스터 옌이 전화기를 약간 내리고 고개를 돌려 나에게 물었다. "대표님이 오늘 저녁에 한 시간 정도 시간이 있다고 하셔서요. 괜찮다면 대표님 댁으로 오시랍니다."

"그래도 됩니까? 오늘 저녁에 시간이 있긴 합니다."

운 좋게 적진을 바로 공격할 기회가 생길 거라고는 생각도 하지 못했다. 적진에 들어가는 것은 위험하지만 호랑이 굴에 들어가야 호랑이를 잡을 수 있다는 이치 정도는 알고 있었다.

미스터 옌은 상대와 몇 마디 더 하더니 전화를 끊었다.

"대표님께서 오늘 밤 8시부터 9시까지 시간이 있다고 합니다. 댁 주소를 적어드릴 테니 괜찮으시면 먼저 가 계셔도 됩니다. 도착하면 고용인이 맞아줄 겁니다."

"알겠습니다, 감사합니다."

미스터 옌이 메모지에 위안취안탕 장부에서 본 저택 주소를 적어 웃는 얼굴로 내게 건네주었다.

"길이 낯설 텐데, 어느 버스 타는지 알아요?"

"운전해서 왔습니다." 메모지를 받아 들며 말했다. "친구 차를 빌렸거든요."

"그럼 잘됐네요."

미스터 옌은 만남의 끝을 알리듯 나에게 악수를 청했다.

"감사합니다. 상무님께서 이런 작은 일까지 직접 처리해주시다니 업무에 방해가 된 건 아닌지 걱정이네요. 죄송합니다."

내가 아는 게 맞다면 상무이사는 대표이사 다음일 텐데, 그러면 그는 청고래의 서열 2위라는 소리였다.

"아닙니다. 대표님이 잘 응대하라고 하셨습니다. 대표님이 T대학을 중요하게 생각하시니 당연히 최선을 다해야지요." 미스터 옌이 웃으며 말했다. "저는 제가 오래 근무해 이 회사를 나름 잘 알고 있다고 생각해서 제안드렸는데 멋도 모르고 인터뷰를 자청한 꼴이니 부끄럽습니다."

"옌 상무님은 이 회사에 근무하신 지 오래되셨습니까? 아주 젊어 보이시는데요."

아원이 끼어들어 물었다.

"하하, 제가 좀 동안입니다. 입사할 때는 더 젊었지요. 사원에서부터 시작해 한 단계씩 거쳐서 이 자리까지 왔습니다. 물론 다 대표님 덕분입니다. 대표님이 안 계셨다면 회사가 이렇게 순조롭게 발전하지 못했을 겁니다. 직원 열 명 남짓한 작은 회사에서 지금의 규모로 키웠으니까요."

"하이더런 대표님을 어떻게 생각하시는지 여쭤봐도 될까요?"

아원이 주머니에서 녹음 볼펜 같은 것을 꺼내 기자가 인터뷰를 녹음하듯 미스터 옌 얼굴에 가까이 댔다.

"상무님 말씀을 인용해 토막 기사를 쓸 수도 있어서요."

"아, 당연히 괜찮지요." 미스터 옌이 허리를 쭉 펴며 말했다.

"대표님은 능력 있는 비즈니스맨입니다. 독보적인 안목과 통찰력으로 과학기술을 이용한 방범과 관련 산업의 잠재력을 정확하게 파악해 청고래를 업계 선두 자리에 올려놓으셨지요. 대표님은 또한 인정 많은 기업가로 사회에 관심이 많으십니다. 특히 교육 분야에는 힘을 아끼지 않으시지요. 기금을 마련해 다양한 학교에 기부하고 인재를 양성합니다. 저는 대표님을 아주 존경합니다. 몇 대에 걸쳐 쌓은 복으로 제가 대표님을 모실 기회가 생긴 거라고 생각합니다."

"하이 대표님은 사적으로 어떤 분이십니까? 특별히 좋아하는 게 있으신가요? 예를 들어 운동이나 예술 같은."

아원이 물었다. 나는 그 질문에 담긴 다른 의도를 알았다.

"대표님은 친절하신 분입니다. 모든 사람을 격의 없이 대하시지요. 대표님과 십 년 넘게 일하는 동안 대표님이 화내시는 것을 본 적이 없습니다. 좋아하는 것이라면…… 대표님은 골동품 수집과 골프를 좋아하십니다. 하지만 최근에는 허리가 안 좋아 골프 횟수를 줄이셨지요. 아, 이건 쓰지 말아주세요. 대표님의 사생활에 해당하니까요."

"네. 당연히 언급하지 않을 겁니다."

내가 말했다.

"이런 것은 대표님께 직접 여쭤보는 것이 좋겠습니다. 대표님은 젊은이와의 대화를 즐기시거든요. 재밌는 인터뷰가 될 것이라 보장합니다."

우리는 미스터 엔과 헤어져 주차장으로 나온 뒤 차에 올라타 출발 준비를 했다.

"다부 싼먼쯔……. 장부 주소하고 같지? 아원?"

나는 휴대전화에서 내비게이션 앱을 찾아 주소를 입력했다. 뒷좌석에 앉은 아원은 대답 없이 턱수염만 만지며 심각한 표정을 짓고 있었다.

"아원?"

나와 샤오쿠이가 고개를 돌려 그를 쳐다봤다.

"뭔가 이상해." 아원이 고개를 들며 말했다. "샤오쿠이, 먼저 돌아가고 나와 펀천만 가는 게 어떨까?"

"어, 왜? 너무 위험해서?"

내가 이상해서 물었다.

"핀천, 아까 그 미스터 옌이라는 사람 말 못 들었어?"

"무슨 말?"

그 순간 나는 아원의 말뜻을 알아차렸다. 너무 당연해서 전혀 신경 쓰지 못한 부분이었다.

"두 사람 무슨 말을 하는 거예요?"

샤오쿠이가 미간을 좁히며 물었다.

"샤오쿠이, 아원 말이 맞아. 너는 집에 돌아가 있는 게 좋겠어."

내가 말했다.

"두 사람 도대체 뭘 알아차린 건데요?"

"이번 조사에서 우리의 최대 장점은 용의자들이 우리의 정체를 모른다는 거야." 아원이 말했다. "하지만 지금은 범인이 우리가 온 이유를 알고 있다고 생각해. 젓가락의 나머지 한 짝이 우리에게 있다는 것을 알면 상대는 수단과 방법을 가리지 않고 빼앗으려 할 거야. 아직 내 정체는 노출되지 않았겠지만 학보사 기자로 위장한 핀천은 구십 퍼센트 노출됐다고 봐. 상대는 우리의 계획을 역이용해서 우리를 함정에 빠뜨리려는 거야."

"함정요? 얼마나 위험한데요?"

"목숨이 우려되는 정도."

아원은 분위기를 가볍게 하고자 일부러 문학적으로 표현했지만, 역효과를 낸 것 같았다.

"두 사람이 해를 당하면 나 혼자만 남을 텐데, 그때 그들이 나머지 화근을 없애려 들면 그게 더 나쁜 상황 아닌가요?"

나는 샤오쿠이가 동행을 위한 전략을 구사하고 있다는 것을 알았다. 이렇게 말하면 우리로서는 그녀를 데리고 갈 수밖에 없으니까. 하지만 사실 샤오쿠이의 말이 맞았다. 나와 아원은 눈을 마주쳤다. 함께하는 수밖에 없었다. 지난 일 년 동안 샤오쿠이와 나는 죽음의 신이 스쳐 가는 경험을 했다. 앞으로 다가올 일이 무엇이든 최악은 아닐 터였다.

우리는 스쯔(獅子) 산 터널과 사톈(沙田) 로를 지나 다부 로와 투루강(吐露港) 로로 들어섰다. 날이 조금 어두워졌지만 휴대전화 내비게이션을 따라 계속 운전했다. 신제의 풍경은 홍콩과 주룽의 도시적인 모습과는 달랐다. 도로는 타이완보다 좁았지만 고향 생각이 났다. 마천루가 사라지자 한 채 한 채 떨어진 타운 하우스가 보였고 언덕에는 나무가 빽빽했다. 가는 길 내내 우리는 침묵을 유지했다. 목적지에서 우리를 기다리고 있는 게 무엇인지, '원흉'이 무슨 속셈인지 몰랐지만 우리는 진실을 밝히기 위해 용감하게 전진할 수밖에 없었다.

"계속 직진입니다."

내비게이션에서 나오는 말이 꼭 내 다짐 같았다.

"우회전입니다."

나는 액셀을 밟아 계속 전진했다. 그런데 주변 풍경이 조금 이상했다. 교외로 빠지고 있는 것 같았다. 하이더런의 집은 해안가에 있는 호화 주택이고 열 채가 넘는 건물로 이루어져 있다고 한 걸로 기억하는데 눈앞의 도로는 주택가가 아닌 산으로 향하는 것 같았다.

"핀천, 길을 지나친 것 같아."

아원이 앞으로 몸을 빼며 말했다.

"내비게이션은 아직 오 킬로미터 더 남았다고 하는데?"

내가 휴대전화를 가리켰다.

"아니, 길이 틀린 게 분명해. 방금 무슨 주소 입력했어?"

"네가 확인해준 거기. 샤오쿠이, 네가 다시 확인해줄래?"

나는 샤오쿠이에게 도로 표지판에 아는 지명이 있는지 보고 우리가 길을 잃은 게 아닌지 확인을 부탁하려 했다. 그러나 그녀는 귀신이라도 본 것처럼 얼굴이 파랗게 질려서 앞을 뚫어지게 쳐다보고 있었다.

"샤오쿠이? 괜찮아? 왜 그래?"

"여, 여기는 신냥탄 로예요……."

도로 양쪽을 쳐다보았다. 어쩐지 길이 익숙하다고 생각했다. 지난번에는 낮에 왔었지만……. 우리는 정말 목적지를 지나쳐 팅자오로를 따라 신냥탄을 거쳐 북쪽으로 향하고 있었다.

샤오쿠이의 부모님이 사고를 당한 곳으로.

"왜 이러지? 휴대전화가……."

내 말이 채 끝나기도 전에 휴대전화는 "배터리가 부족합니다"라는 경고 메시지와 함께 '띠' 하며 자동으로 꺼졌다.

"핀천, 차 돌려."

아원이 말했다.

"여기서는 유턴 안 돼! 앞에 차 세우는 곳이 있을 거야, 거기 가서 해!"

"아니, 지금 해."

아원이 명령에 가까운 어조로 말했다.

"여기서 유턴하면 교통법규 위반이라 위험하다고!"

"아직도 모르겠어!" 아원이 소리쳤다. "이미 함정에 빠졌다고!"

뭐라고?

고개를 약간만 돌려 아원을 보려고 했지만 모든 게 너무 늦어버렸다.

망설이는 순간 차가 무엇을 들이박았는지 아니면 무엇에 부딪혔는지 알 수 없었다.

있는 힘껏 핸들을 잡았지만 차는 제어가 안 되었고 왼쪽 난간을 향해 돌진했다.

안 돼, 샤오쿠이를 보호해야 해…….

의식을 잃기 전, 나는 그 생각만 들었다.

아홉 달 전 같은 지점에서 발생한 교통사고 때 했던 생각과 같은 생각을 했다…….

6

"……펀천…… 펀천……."

몽롱한 의식 사이로 샤오쿠이의 목소리가 들리는 것 같았다. 정신을 차리고 두 눈을 번쩍 떴다. 그러나 눈앞의 상황이 파악되지 않았다.

사지가 움직이지 않아 차에 갇혀 있나보다 생각했지만, 눈앞에는 예상 밖의 풍경이 펼쳐져 있었다. 우리는 다 허물어진 폐가에 있었다. 공기엔 곰팡냄새가 가득하고 앞쪽 시멘트 바닥엔 흐릿한 랜턴이 놓여 있었다. 랜턴은 내 앞 몇 미터까지만 비추었고, 나머지 공간은 어둠에 덮여 있었다. 주위는 적막했다. 몇 초 전의 브레이크 소리, 차체와 난간이 부딪치며 내던 거대한 소리가 비현실적으로 느껴졌다. 어둠침침한 앞쪽에 칠판 같은 것이 걸려 있는 것이 시골 폐교의 교실 같았다.

이 이상한 환경에 깜짝 놀랐고, 이어진 상황에는 더 놀랐다. 두 팔과 두 다리가 테이프로 의자에 묶여 움직일 수 없었기 때문이었다. 상반신은 의자 등받이에, 두 다리는 의자 다리에 묶여 있었다. 왼쪽 어깨와 광대뼈가 타들어가는 것처럼 아팠고, 입에서 피비린내가 나는 게 입술이 터진 것인지 뺨에 난 상처에서 피가 입가로 흐른 것인지 알 수 없었다.

"펀천!"

오른쪽으로 고개를 돌려 보니 샤오쿠이가 마찬가지로 낡은 나무 의자에 묶여 2미터도 채 안 되는 곳에 떨어져 있었다. 머리칼이 헝클어지고 옷에 오물이 잔뜩 묻은 샤오쿠이를 본 순간 꿈인가 싶었다. 젓가락 신선 의식을 할 때 본 꿈속의 그 기괴한 B초등학교와 똑같았다. 하지만 샤오쿠이의 목소리와 온몸에서 전해지는 통증이 현실이라고 일깨워주었다.

"샤오쿠이, 다친 데 없어?"

샤오쿠이는 고개를 저었다. 보아하니 그녀도 방금 깨어나 상황 파악이 안 된 것 같았다. 그래서 내가 옆에 있는 것을 발견하고는 계속 부른 듯했다.

"여기가 어디예요?"

"나도 몰라……. 차가 충돌한 순간만 기억나……."

부딪친 충격에 아직도 어질어질했다.

"저도요……."

샤오쿠이가 말하면서 주위를 둘러보았다.

"누군가 우리를 이곳으로 잡아 왔나봐요."

"아원 말이 맞았어. 이건 정말 함정이었어……. 범인이 우리에게 차 사고를 내고 여기로 끌고 오라고 '선군'에게 소원을 빈 게 분명해……."

"아원은요?"

주위를 둘러봐도 아원이 보이지 않았다. 교통사고 때 죽기라도 했단 말인가? 아니면 범인에게 당했나?

아니, 그럴 리가 없다. 불길한 생각을 떨쳐냈다. 아원은 그렇게 당할 사람이 아니었다. 아원이 숨어서 우리를 구할 계획을 세우고 있을 것이라고 믿었다.

"아원은 무사할 거야." 나는 대답하면서 벗어나려고 몸을 움직였다. "범인이 나타나기 전에 바닥에 테이프를 자를 만한 유리 조각 같은 거 있나 살펴봐……."

"내가 없다고 누가 그래?"

방 한쪽에서 차가운 목소리가 들렸다. 우리는 동시에 목소리가 나는 쪽으로 고개를 돌렸다. 그러나 상대는 어둠 속에 몸을 숨겨 제대로 보이지 않았다. 샤오쿠이가 차가운 눈빛으로 그곳을 노려보았다. 두려운 기색 하나 없이 눈빛에서 한기가 쏟아져 나왔다. 샤오쿠이는 정말 특별한 여자아이였다. 이런 상황에 놓이면 대부분 당황해서 허둥지둥할 텐데……. 보통의 열다섯 살 소녀라면 큰 소리로 엉엉 울지는 않더라도 최소한 이는 덜덜 떨었을 것이다.

"누구야?"

허공에 대고 소리쳤다.

나는 몸을 조금 앞으로 숙여 넘어질 수 있는지 살폈다. 앞으로 넘어져 랜턴을 부수면 사방이 온통 암흑이 될 것이고 그러면 시간도 조금 벌고 어쩌면 상대를 제압할 수 있을지도 몰랐다.

"멍청한 짓 하지 마. 네가 등을 꺼도 뜻대로 안 될 테니까."

상대의 말이 끝나자 눈을 찌를 듯한 빛이 우리에게 내리꽂혔다. 상대는 손전등을 들고 있는 것 같았고, 내 의도도 알아챈 듯했다.

"너희 둘만 놔두면 무슨 정보라도 흘릴 줄 알았는데 그냥 직접적인 방법을 쓰는 게 낫겠어."

그가 어둠 속에서 몇 걸음 걸어 나와 불이 비추는 범위로 들어왔다. 그가 모습을 드러내자 나는 내 판단이 틀리지 않았음을 확신했다. 손전등을 든 사람은 오후에 만난 옌짜이산 상무였다.

"우리를 잡아다 뭐 하게?"

다시 외쳤다.

"먼저 너희가 뭘 하려고 했는지 묻는 게 낫겠는데?"

옌짜이산이 품에서 뭔가를 꺼냈다. 자세히 보니 우리가 찾아다닌 산호 젓가락이었다.

"그게…… 그게 뭐지?"

내가 모른 척하자 샤오쿠이도 잠자코 있었다.

"장핀천 학생, 지금은 시치미 뗄 때가 아닌데. 이건 너무 모욕적인 행동이야."

옌짜이산이 사무실에서와 전혀 다른 태도로 거만하게 웃었다.

"네가 청고래에 전화를 걸어 '인터뷰'를 요청하기 전부터 나는 너를 눈여겨보고 있었지."

"뭐라고?"

"이건 하늘의 뜻이야. 최근에 우리 대표가 위안취안탕에 관음상을 예약했거든. 그저께 배송 문제로 대신 연락을 했더니 어떤 타이완 사람이 집안의 가보라며 산호 젓가락을 찾고 있다고 하더군."

린 사장 앞에 있던 도자기 관음상이 퍼뜩 떠올랐다.

"린 사장은 내 이름도 모르고 내가 T대학 학생이라는 것도 모르는데 어떻게 인터뷰를 요청한 게 나라고……."

"하하, 잊었어?" 옌짜이산이 웃음을 터뜨렸다. "전화번호를 남겼잖아, 이 바보야."

얼이 빠져 우두커니 있었다. 그제야 기초적인 실수를 저질렀다는 것을 깨달았다. 맞다, 내가 린위안에게 내 휴대전화 번호를 남겼지. 그리고 청고래 직원에게도 연락처를 남겼고. 전화번호만 비교해봐도 '학보사 기자'가 '위안취안탕에서 가보인 산호 젓가락을 찾는 효자'라는 것을 금방 확인할 수 있었을 것이다.

"린 사장은 참 잘 속아. 아버지 대신 집안 대대로 내려오는 가보를 찾는다는 네 말을 철석같이 믿고 있더라고. 그런 사람이 어떻게 여태 가게를 운영했나 몰라."

옌짜이산이 젓가락을 내 앞에 대고 흔들다가 외투 속주머니에 도로 넣었다.

"거짓말 아니……."

퍽!

말 끝낼 새도 없이 옌짜이산이 손전등으로 내 왼뺨을 갈겼다. 뺨에서 극심한 통증이 느껴졌다.

"날 모욕하지 말라니까." 옌짜이산이 야수같이 눈을 번뜩이더니 곧바로 미소를 지었다. "내가 방금 검사해봤거든. 난 너희 정체를 알아. 어떻게 알았냐고? 나도 그렇거든."

옌짜이산이 왼팔 셔츠의 소매를 걷자 붉은색 물고기 모양의 모반이 드러났다. 놀란 샤오쿠이가 나지막한 비명을 흘렸고, 나는 숨을 멈춘 채 익숙한 각인을 뚫어지게 보았다.

"너희 팔뚝에 있는 모반이 너희의 동기를 잘 말해주지. 너희는 이 젓가락을 빼앗아 요괴를 소환할 힘을 얻으려는 거지? 우리 같은 '고등 인종'만이 이 보물의 힘을 느낄 수 있으니까."

"고등 인종?"

"아직도 모른 척할 거야? 너희가 어떤 경로로 산호 젓가락에 대해 알았는지 모르겠지만, 이 모반이 있으면 요괴와 소통하고 '법기'를 통해 그것을 소환해 부릴 수 있다는 거 알잖아."

옌짜이산의 말투에 불쾌한 기색이 묻어나 그가 또 손전등으로 때리려는 줄 알았다.

"말해, 어디서 이 젓가락에 관한 얘기를 들었지?"

"무슨 말 하는지 모르겠는데."

퍽! 또 한 대 날아왔다. 이번에는 더 세게 쳐서 입안에서 피비린내가 느껴졌다. 이가 부러진 건 아닌가 싶었다.

"그래도 고집을 부리네."

옌짜이산이 갑자기 샤오쿠이를 바라봤다.

"얘를 건드려야 말할 생각이 좀 들려나?"

"머리카락 하나라도 건드리면 가만 안 둘 거야!"

분노에 차서 소리 질렀지만 샤오쿠이는 전혀 동요하지 않고 눈을 부릅뜬 채 미스터 옌인지 뭔지 하는 개자식을 노려봤다.

"핀천, 이 개자식한테 휘둘리지 말아요." 샤오쿠이가 차갑게 말했다. "우리를 죽이면 손해 보는 건 너야."

"어째서 내가 손해를 보지?"

옌짜이산이 차갑게 웃었다.

"그러면 나머지 반쪽을 얻을 수 없으니까."

샤오쿠이의 말에 상대가 크게 동요했다.

"너희가 다른 한 짝을 가졌을 리가 없어."

옌짜이산이 웃음을 거두고 가늘게 뜬 눈으로 우리를 훑었다.

"그럼 없는 거라고 쳐."

"허풍 떠는 게 분명해!" 옌짜이산이 소리쳤다. "젓가락을 갖고 있다면 요괴를 소환할 수 있을 테고, 나에게 잡히지도 않았을 거야……. 아니…… 설마 너희 방법을 모르는 거야? 하지만 젓가락을 조사하고 있었잖아……. 혹시 이 젓가락이 한 쌍이 되면 내가 모르는 힘이 더 생기는 건가?"

"그건 귀하의 상상에 맡기겠어."

샤오쿠이가 거만하게 웃으며 말했다. 그녀의 기세가 상대를 압도해 상황이 역전되어 손발이 묶인 게 저 자식인 것 같았다.

“……너희와 같이 있던 그 남자는 어디에 있지?”

몇 초간 말이 없던 옌짜이산이 물었다.

“하늘이 알겠지. 우릴 여기로 잡아 온 건 너잖아.”

내가 말했다. 됐다. 그가 우리를 잡았을 때 아원을 못 봤다는 건 내 예상이 틀리지 않았다는 소리였다.

“젓가락은…… 그 녀석이 갖고 있지?”

눈치 하나는 끝내주게 빠른 자식이었다.

“난 너 같은 잔챙이랑 얘기 안 해.” 나는 피가 섞인 침을 뱉었다. “젓가락의 행방을 알고 싶으면 하이 대표더러 직접 오라고 해.”

옌짜이산이 황당하다는 표정을 짓더니 낭랑하게 웃었다.

“이봐, 뭔가 잘못 짚은 거 아니야? 내가 왜 대표를 데려와야 하지?”

“넌 일개 졸병에 불과하니까. 담판을 지으려면 형님을 찾아야 하지 않겠어?”

“내가 하이더런의 명령에 따라 일한다고 생각하는 거야?” 옌짜이산이 경멸스럽다는 듯 내 두 눈을 똑바로 바라봤다. “죽지도 않는 그 늙은이, 이용 가치가 없었으면 진작에 보내버렸을 거야. 내 앞길을 방해한 자들처럼.”

“하이더런이 위안취안탕에서 젓가락을 훔친 범인 아니야?”

나는 놀라서 물었다.

“왜 그런 멍청한 생각을 했지? 그는 대표이사고 나는 상무이사라? 내가 그를 위해 일하고 있다고 생각한 거야? 정말 우습군. 청고래가 오늘날 이렇게까지 발전할 수 있었던 건 모두 내 덕이야. 아까 내가 하이더런은 능력 있는 사업가라고 한 건 다 거짓말이라고."

"경쟁사에 불을 내고, 경쟁자를 급사하게 한 것도 모두 네 짓이라고?"

옌짜이산이 눈을 부릅떴다.

"나에 대해 많은 것을 알고 있군. 맞아. 전부 다 내가 회사를 위해 애쓴 거지. 내가 그런 더러운 일을 하지 않았으면 회사가 어떻게 이렇게 발전했겠어? 전 직원이 나한테 감사해야 해! 그들이 처자식을 부양하고 풍족하게 사는 것도 다 내 덕이라고! 하이 대표인지 뭔지 하는 자는 무슨 사업상의 도의네, 어쩌네, 떠들기만 한다니까? 내가 경쟁사인 '러훠궈지(樂活國際)' '프루스트'를 어렵게 무너뜨렸더니만 경쟁사의 고객을 가로채지 말라는 둥, 우물에 빠진 사람에게 돌을 던지면 안 된다는 둥 헛소리만 해대질 않나. 제기랄, 그렇게 답답하게 경영했으니 창업 이십 년이 넘도록 그 모양 그 꼴이었지. 더는 그 잔소리가 듣기 싫어 권력을 하나둘 빼앗고 그에게 요통을 동반한 간암을 선사했지."

"간암이라고?"

"맞아, 죽을 날 얼마 안 남았어. 신상과 불상을 사들여 목숨을 연명해달라고 빌기만 한다고. 멍청하게!" 옌짜이산이 큰 소리로 웃었다. "그는 대국적 견지에서 대표이사 자리를 나에게 '선양'할 거야.

우리 회사에서 제일 능력 있고 인맥이 넓은 간부는 나니까. 청고래는 내 디딤돌이고 앞으로 내 과학기술 왕국의 초석이 될 거야. 젓가락만 있으면 적을 싹 쓸어버리고 앞날을 탄탄하게 다질 수 있어. 그 누구도 내가 작은 회사 사장의 수행원이라고 얕보지 못해……."

"그래서 젓가락을 훔쳤군. 십 년 전 수행원이었을 때 하이더런을 모시고 간 위안취안탕에서 빛을 내뿜는 젓가락을 보고 탐욕이 생긴 거야."

"탐욕? 그건 탐욕이 아니야! 그 젓가락이 나를 불렀어! 내 팔뚝에 각인이 있어서, 그래서 그것이 나를 부른 거라고! 위 교수와 루 선생이 그 붉은빛을 못 봤다는 건 내가 특별하다는 뜻이야!"

"휴대용 태그 제거기를 갖고 있다는 것 자체가 네가 그 가게에서 물건을 훔칠 생각이었다는 거잖아. 지금은 상무지만 원래는 좀도둑이었네?"

"태그 제거기? 하하, 겨우 그런 방법밖에 생각 못 해? 장핀천, 이게 나와 너의 차이야. 젓가락이 있든 없든 관계없이 내가 너보다 백배는 똑똑해. 젓가락을 훔치는 데에 특수한 도구는 필요하지 않았어."

"헛소리하지 마."

"어떻게 했는지 말해줄까? 아주 간단해. 다른 사람이 안 보는 틈을 타서 젓가락을 서화 두루마리를 넣는 비단 상자의 틈새에 끼워 넣었어. 그 상자는 안쪽에 솜과 벨벳을 덧댔거든. 천이 이어진 곳에 젓가락을 집어넣는 건 아주 쉬워. 가게를 떠나기 전에 하이더런한테 서화 몇 점이 아주 좋다고 은근슬쩍 말하고, 나와서는 그 작품을 남겨두라고 린위안에게 전화하라고 부추겼지. 그런 뒤에 내가 하이더런 대신 결제하고 물건을 받아 왔어. 린위안이 서화와 비단 상자를 같이 태그 제거기에 올려놓게 하면 감쪽같이 그것을 훔칠 수가 있지."

나는 장부의 기록을 떠올렸다. 하이더런은 코담배 병을 구입하고 며칠 뒤에 서화 두 점을 더 구매했다. 그러나 그가 직접 오지 않았을 줄은 생각하지 못했다. 더 우스운 점은 젓가락이 '사라진' 뒤에도 젓가락은 여전히 골동품점에 있었는데 린위안이 알아채지 못했다는 것이다. 옌짜이산 이 사람은 하이더런 곁에서 늘 준비하고 있었던 거다. 위 교수와 루 선생, 하이더런이 모임을 할 때 옆에 있다가 무덤의 석각에 관한 일을 알게 되었고, 처음에는 단순히 기이한 현상을 보고 젓가락을 훔쳤다가 나중에 '삽혈하면 선군이 온다'라는 소원 의식을 듣고 젓가락의 특별한 힘을 발견한 것이다.

정말 얼떨떨했다. 조금 전만 해도 하이더런이 젓가락을 훔쳤고 옌짜이산은 그저 천하를 호령하려는 하이더런의 나쁜 짓을 돕는 공범인 줄 알았는데.

"과거사는 충분히 말했고……."

옌짜이산이 우리를 위협했던 손전등을 내려놓고 다시 한 번 산호 젓가락을 꺼냈다.

"내가 원래 요괴에게 한 지시는 '네 차에 사고를 내고 차 안에 있는 사람을 여기로 옮기라'는 것이었어. 너희 속셈을 파악해 그물에서 빠져나간 물고기가 앞으로 내 일을 망치지 못하게 예방하려고 말이야. 하지만 너희가 정말 나머지 젓가락 한 짝을 갖고 있다면 더는 '에너지'를 아낄 필요가 없겠네. 요괴더러 너를 직접 통제하라고 해서 내 꼭두각시로 만들고 그자에게 가서 젓가락을 빼앗아 오라고 하면 되겠어."

"통제? 꼭두각시?"

젓가락이 그런 것까지 할 수 있을 줄은 몰랐다.

"그 요괴는 정말 만능이라니까? 내가 타깃과 마주친 적만 있으면 그것은 상대의 운명을 바꿀 수 있어. 병에 걸리든, 교통사고든, 사망이든, 뭐든 다 할 수 있어. 그런데 살인은 에너지가 많이 소모돼. 요괴 말이 젓가락님 게임에 참여하는 사람들을 '먹어치워야' 보충이 된다더라고. 그래서 아껴서 사용해야 했지." 옌짜이산이 섬뜩하게 웃으며 말했다. "자아를 제거해 꼭두각시로 만드는 게 죽이는 것보다 에너지가 더 많이 소모돼서 딱 두 번만 해봤거든. 하지만 장핀천, 너는 그렇게 할 만한 가치가 있는 것 같네."

"날 우습게 보지 마! 내가 너한테 통제당할 것 같아?"

"그건 두고 보면 알 테고."

옌짜이산이 고개를 돌려 샤오쿠이를 보며 의기양양한 표정을 지었다.

"여자애는 원래 계획대로 처리하면 되겠어. 쓸모가 없으니 약을 먹여 투루강에 던져버릴 거야."

"옌짜이산!"

뜨거운 피가 머리로 확 솟구쳤다. 결박을 풀기 위해 온 힘을 다해 몸부림쳤다.

"그 애에게 손대면 내가 맹세코……."

"장핀천, 힘 아껴. 조금 이따가 나 대신 이 아가씨를 옮겨야 할 테니까."

나는 놀라서 샤오쿠이를 쳐다봤다. 하지만 그녀는 여전히 두려운 기색 하나 없이 서릿발 같은 싸늘한 표정으로 눈으로 분노를 내뿜고 있었다.

"젓가락님, 젓가락님, 나타나세요."

옌짜이산이 젓가락을 들어 올렸다. 그의 부름에 산호 젓가락에서 붉은빛이 나와 어두운 실내를 비추었다. 젓가락에 있는 소용돌이 문양이 천천히 움직이더니 첼로 소리 같은 낮은 소리가 울렸다.

젓가락에서 무슨 변화가 또 생기나보다 하는 순간, 다른 곳에서 이상한 광경이 나타났다. 옌짜이산 몸에서 갈색 연기가 나오더니 가슴에서 갑자기 흑회색 손바닥이 쑥 나왔다. 그 손바닥은 마치 무형의 물체처럼 옷감을 찢지도 않고 통과해, 손목과 팔뚝으로 천천히 연결되면서 명치를 뚫고 나왔다. 손바닥에 이어 팔이 나오려는 순간, 볏짚 같은 것이 옌짜이산의 몸 여기저기에서 돋아났고 흑회색 팔뚝 위는 진흙색 건초가 덮이더니 조금씩 인간의 형태로 변했다. 옌짜이산의 어깨에서는 원반 모양의 이상한 물체가 나왔다. 그리고 이는 내가 당황한 사이에 끝이 터진 삿갓 모양으로 변해 인간 형태를 갖춘 '그것'의 머리를 덮었다.

그 '이계의 물체'가 부르르 떨더니 옌짜이산의 몸에서 벗어나 샤오쿠이 앞에 섰다. 불과 몇 미터도 안 되는 거리였다. 옌짜이산의 옷은 전혀 상하지 않았다. 그의 몸이 마치 이계를 연결하는 문처럼 느껴졌다.

"젓가락님, 젓가락님, 장핀천의 의식을 빼앗아 내 명령에 복종하게 해주세요."

옌짜이산이 차분한 어조로 사악한 소원을 빌었다.

"……받든다……."

젓가락님이 낮게 으르렁대는 야수와 같은 소리로 대답했다. 건초 같은 도롱이를 걸친 그것이 거대한 몸을 흔들거리며 나를 향해 한 발 한 발 다가왔다. 건초와 진흙물을 질질 흘리며 '뜨득, 뜨득' 이상한 소리를 내며 다가왔다.

벗어나려고 몸부림쳤고 샤오쿠이도 계속 몸을 움직였다. 그녀는 저 괴물에게서 도망치려는 것이 아니라 내 옆으로 이동해 나와 함께 괴물의 공격을 막으려는 것이었다.

하지만, 이 모든 것이 소용없는 짓이었다.

도롱이를 입은 젓가락님이 나를 향해 천천히 손을 뻗었다. 그의 손가락 두 개가 대나무 젓가락처럼 기이하게 길어지더니 내 가슴을 찔렀다.

"안 돼!"

샤오쿠이가 소리쳤지만, 그것을 저지하지는 못했다. 이상한 형태의 물체가 내 옷을 뚫고 피부와 근육을 통과해 몸속으로 조금씩 파고들었다……. 옌짜이산의 옷이 찢어지지 않은 것처럼, 한 쌍의 '젓가락'이 내 피부를 찢지 않고 마치 환영처럼 내 갈비뼈 사이를 파고들었다. 타는 듯한 느낌과 함께 한기가 전해졌다. 아무리 저항해도 벗어날 수 없었다.

제기랄, 시야가 점점 아득해지고 청각도 사라지면서 샤오쿠이의 외침도 멀어졌다…….

"이 순간만을 기다렸지."

끝없는 암흑으로 떨어지려는 찰나 아원의 목소리가 나를 현실로 잡아끌었다. 시각과 청각이 정상으로 돌아왔다. 옌짜이산도 아원의 말을 들었는지 주위를 경계했고 젓가락님의 손가락도 더 이상 내 몸을 파고들지 않았다.

"당장 나와!"

옌짜이산이 외쳤다.

"하, 안 그래도 나갈 거야."

아원이 태연하게 말했다.

"……끽……."

이계의 물체가 갑자기 괴상한 소리를 내면서 내 가슴에 꽂았던 손가락을 뽑았다. 그것의 손가락은 손바닥에 꽉 잡힌 상태였다.

내 가슴에서 튀어나온 손바닥에.

내 예상대로 아원은 적을 제압할 기회를 잡으려고 처음부터 숨어 있었다. 젓가락님이 옌짜이산 몸에 붙어 있을 수 있다면, 나의 '선군'도 내 몸속에 숨어 있을 수 있었다. 옌짜이산은 갈색 바람막이를 입고 얼굴에 온통 수염을 기른 아원이 내 가슴에서 튀어나오는 것을 보고 눈만 크게 뜬 채 아무 말도 하지 못했다. 샤오쿠이도 이런 상황은 생각하지 못했는지 눈가가 빨개지면서(아마 내가 걱정돼서 그런 것이리라) 믿을 수 없다는 표정을 지었다.

"너, 너는 무슨 요, 요괴냐?"

옌짜이산이 젓가락을 든 채 더듬거렸다.

"네 젓가락님과 같은 종류야."

아원은 태연한 표정으로 젓가락님의 손가락을 힘껏 잡고 놓지 않았다.

"왜? 신선은 죄다 저렇게 구질구질한 모습일 줄 알았어? 트렌드는 너희 인간만 추구하는 줄 알아? 나도 시대의 흐름을 따라 옷을 좀 바꿔 입었다. 왜?"

아원을 불러야겠다고 생각한 순간, 내 몸을 묶고 있던 테이프가 이미 끊어져 있는 것을 발견했다. 젓가락님을 막으려고 내 몸에서 빠져나오면서도 나를 풀어줄 여력이 있었나보다. 재빨리 의자에서 일어나 샤오쿠이에게 달려간 후 결박을 풀어주었다.

"핀, 핀천, 아원은……."

샤오쿠이가 믿을 수 없다는 얼굴로 대치중인 아원과 젓가락님을 쳐다봤다. 상반신을 결박했던 테이프를 끊어주었는데도 샤오쿠이는 놀라서 움직이지 못했다.

"나중에 설명해줄게. 어쨌든 인간은 아니야."

이렇게 말하며 샤오쿠이의 두 발을 묶은 테이프도 마저 뜯어냈다.

샤오쿠이는 지난해 그녀의 가족을 죽음으로 몬 교통사고에서 나도 거의 목숨을 잃을 뻔했다는 것을 몰랐다.

차 밖으로 튕겨 나가 산에서 굴러떨어지면서 나는 복부가 관통되는 중상을 입었다. 의식이 점점 멀어지는 순간 하얀빛이 스쳐 지나갔다. 눈을 찌를 듯한 빛의 터널에서 갑자기 어떤 목소리가 내 의식을 깨웠다.

"이루지 못한 소원이 있나?"

목소리가 물었다.

"샤오쿠이, 샤오쿠이는 어디 있죠? 그녀를 구해주세요……."

"누구?"

"샤오쿠이…… 저하고 같이 있던 여자애…… 차 안에……."

"음……." 목소리가 잠시 멈췄다가 말했다. "세 사람이 모두 같은 마음이니 그 여자아이의 목숨을 살려주겠다."

"고맙습니다……."

그때는 '세 사람'이 무슨 뜻인지 알 수 없었고, 의식이 아득해지는 느낌만 들었다. 하얀빛이 다시 강렬해졌다.

"너는 그 애 가족도, 친구도 아닌데 왜 그런 소원을 빌지? 넌 살고 싶지 않아?"

목소리가 물었다.

"그 애는 친구랑 화해한 지 얼마 안 돼서……."

"그게 뭐?"

"다음 주에 쇼핑가기로 했다고…… 기대 많이 하는데……."

목소리가 침묵했다.

"그 정도로 그 애를 좋아하나?"

한참 뒤에 목소리가 다시 물었다.

"……네."

"하! 제 목숨보다 중요하다니, 정말 재미있는 녀석이구만. 너는 나와 인연이 있으니 오늘은 인심 크게 써서 네 목숨을 살려주지."

목소리가 경박한 말투로 바뀌었다. 깜짝 놀라는 사이, 눈앞의 하얀빛이 훅 사라지면서 온몸에 통증이 엄습했다. 너무 아파 소리치면서 벌떡 일어나자 낡은 바람막이를 입은, 온 얼굴이 짧은 수염으로 덮인 남자가 내 옆에 서 있었다.

그때는 그가 인간인 줄 알았는데 그가 내 앞에서 힘을 드러냈을 때야 나는 '신선'을 만났다는 것을 깨달았다. 그의 말대로라면 '이계의 물체'를 만난 거다.

그는 나를 죽음 언저리에서 인간 세상으로 돌아오게 했다. 그러나, 그는 나를 부활시키는 데에는 대가가 따른다고 했다.

"그 어린 여자친구를 살리느라 힘을 다 써서 네 인과를 바꿀 수는 없었어. 그래서 다른 방법으로 너를 살렸지."

"무슨 방법이요?"

"〈울트라맨〉 봤어?"

아원은 내 목숨을 자기에게 연결했다고 했다. 그는 늙지도 죽지도 않는 이계의 물체라 그와 연결되면 그와 생명을 공유할 수 있다고. 〈울트라맨〉의 주인공처럼 앞으로 그와 운명을 같이하며 그림자처럼 함께해야 한다고. 신선이 일본의 특수촬영물을 들어 설명할 줄은 생각도 하지 못했는데 말이다.

"인간 세상에서 수천 년을 살았지만 배움은 끝이 없더라고. 자연스럽게 요즘 것도 배웠지."

나중에 샤오쿠이가 혼수상태에 빠져 깨어나지 못했을 때가 돼서야 그는 '신선은 만능이 아니다'라고 말해주었다. 힘이 부족했던 그는 샤오쿠이의 목숨만 유지하게 할 수 있었고, 나는 받아들일 수밖에 없었다.

어쨌든 나와 샤오쿠이가 지금까지 살아있을 수 있는 것은 다 아원 덕분이었다.

하지만 지금은 상황이 좋지 않았다. 아원은 젓가락님보다 힘이 부족한지 조금 전과 달리 표정에 여유가 없었다. 한 손으로 상대의 대나무 젓가락 같은 손가락을 잡고 손가락 씨름을 하는 것 같았다.

"헤이, 꺽다리, 수백 년 만에 만났는데 여전히 기력이 넘치는군."

아원은 힘든 표정이면서도 말투는 여전했다. 젓가락님은 반응하지 않았고 둘은 계속 대치했다.

"젓가락님! 뭐 하는 거야, 어서 저자를 처치하라고!"

옌짜이산이 잔뜩 긴장해서 외쳤다.

"옌 상무, 내가 충고하는데 그를 부추기지 마." 아원이 살짝 몸을 틀며 말했다. "우리가 정말 한판 붙으면 너희 같은 평범한 인간은 감당할 수 없는 일이 벌어져."

"그게 무슨 상관이야! 젓가락님, 젓가락님, 눈앞의 저 남자를 없애라고 명령한다!"

"……받들지 않는다……. 그는 불멸의 몸…… 나는 그를 멸할 수 없다……."

젓가락님의 삿갓 속에서 낮은 목소리가 흘러나왔다.

"그럼 둘이 같이 죽어!"

옌짜이산이 미친 사람처럼 젓가락을 들어 올리며 나와 샤오쿠이를 가리켰다.

"그리고 저 둘! 다 죽여버려! 위험한 것들은 하나도 남겨서는 안 돼! 저 둘은……."

젓가락님의 삿갓이 살짝 움직이는 게 우리를 향해 오려는 것 같았다. 그러나 아원이 손을 놓지 않아 두 사람은 계속 그 자리에 있었다. 손전등의 희미한 불빛 아래 옌짜이산이 얼굴을 일그러뜨리더니, 젓가락으로 나를 가리키며 "어서 죽여!" 따위의 말을 신경질적으로 쏟아냈다. 영화 〈해리포터〉 속 볼드모트라도 되는 양 산호 젓가락을 마법 지팡이처럼 휘둘렀다.

아, 맞다, 나 왜 이렇게 멍청할까?

"저것들을……."

……탁.

나는 잽싸게 앞으로 치고 나가 오른손을 뻗어 내 얼굴 앞에서 흔들거리는 젓가락을 확 잡아챘다.

"아!"

옌짜이산은 내 행동을 전혀 예상하지 못했는지 이게 뭐지? 하는 표정으로 텅 빈 오른손을 허공에 대고 계속 흔들었다.

"너, 너, 너…… 빼앗아가도 소용없어! 네가 젓가락을 가져가도 젓가락님은 내 명령을 들을 테니까!"

"나도 알아."

나는 입가에 흐르는 피를 찍어 산호 젓가락에 묻혔다. 젓가락에 피가 묻자 붉은빛이 퍼져 나오면서 귀청이 떨어질 것 같은 쿵 소리가 났다. 시동이 걸리는 중인 오토바이 엔진을 붙잡고 있는 듯했다.

"젓가락님, 젓가락님, 제가 젓가락님과 삽혈로 동맹을 맺었으니 왕림하여 제 소원을 들어주세요!"

내 고함에 산호 젓가락이 평정을 되찾았다.

"……받든다……."

젓가락님이 나에게 말했다. 아원은 손을 놓았고, 젓가락님은 그 자리에 서서 꼼짝도 하지 않았다.

다행히 선군 소환 의식에는 특별한 주문이 필요하지 않았다. 이렇게 되자 상황이 역전돼 옌짜이산에게는 전혀 승산이 없었다. 그는 아연한 표정으로 제자리에 서 있었고 아원이 내 앞을 막아서며 상대가 같은 수법으로 젓가락을 빼앗는 것을 차단했다.

"나이스! 핀천, 머리가 좀 돌아가는군. 조금 늦은 감은 있지만! 처음부터 이런 생각을 했어야지."

아원이 나를 뒤에 두고 고개를 까닥하며 웃었다.

"쳇, 이걸 진작 생각하고 있었다는 말투네."

내가 투덜거렸다.

"난 진작에 생각했지만 너한테 말할 수 없었어. 말하면 상대가 대비할 테니까."

"말이나 못하면! 내 몸에 숨어 있을 때 왜 힌트도 안 줬어? 간 떨어질 뻔했잖아."

"그렇게 안 했으면 저 꺽다리를 끌어낼 수 있었겠어? 게다가 네 연기력으로 저 악당을 속일 수 있었겠냐고."

네 사람이, 정확하게 말해 두 인간과 두 '비(非) 인간'이, 옌짜이산 앞에 섰다. 그의 등 뒤는 튼튼한 벽이라 도망칠 곳이 없었다.

"너, 너희…… 이제 나를 어쩔 셈이지? 경찰에 넘겨도 증거가 없을 텐데? 경찰이 젓가락님 같은 헛소리를 믿어줄까?"

옌짜이산은 아직도 상황 파악이 안 되는지 뒤로 두 걸음 물러서며 말했다.

"이런 쓰레기는 죽어 마땅하죠?"

샤오쿠이가 차갑게 말했다. 평소에는 친절하고 상냥했지만, 악당에게는 서릿발처럼 차갑고 인정사정없었다.

나는 젓가락을 꽉 붙잡고, 젓가락님을 시켜 옌짜이산이 자신이 저지른 악행에 대한 벌을 받도록 해야 할지 고민했다. 인과응보는 불변의 진리지만, 이런 식의 복수로 내 마음의 응어리가 풀어지지는 않을 터였다.

"펀천, 이 자식 내가 처리해도 될까?"

아원이 물었고, 나는 고개를 끄덕였다.

아원이 젓가락님에게 작은 소리로 몇 마디 했다. 그들의 대화 소리가 너무 작은 것인지 아니면 내가 그들의 언어를 이해하지 못하는 것인지, 무슨 말을 하는지 도무지 알 수가 없었다. 젓가락님이 옌짜이산에게 다가가 왼손을 뻗었다. 손가락 두 개가 길어지면서 옌짜이산의 가슴을 찌르고 들어갔다.

옌짜이산은 놀란 나머지 오줌을 지리며 바닥에 주저앉았다. 그러나 도마에 올려진 고기처럼 꼼짝하지 못하고 멍하니 상대의 손에 몸을 맡길 뿐이었다. 젓가락님은 일 초도 안 돼서 대나무 젓가락 같은 손가락을 뽑더니 팔을 도롱이 아래로 감췄다.

"너, 너희…… 무슨 짓을 한 거야?"

옌짜이산이 더듬더듬 물었다. 그는 장기라도 빼갈까 무서웠는지 두 손으로 자기 가슴을 미친 듯이 더듬었다.

"옌 상무, 여러 해 동안 이자를 이용했으니 잘 알겠지. 그는 다른 사람의 에너지를 '먹어' 저장해야 너 대신 더러운 일을 할 수 있다는 걸. 우리 같은 신선이 먹는 에너지가 뭔 줄 알아?"

아원이 실실 웃으며 물었다.

"생, 생명력? 아, 아니면 수, 수명?"

옌짜이산이 겁먹은 표정으로 되물었다.

"아니, '스칸다(Skandha)'야. 흔히 '온(蘊)'이라고 하지. 불경에서 자주 언급되는 '오온(五蘊)'의 그 '온'."

"온?"

샤오쿠이가 끼어들며 물었다.

"오온이란, 색(色), 수(受), 상(想), 행(行), 식(識). 간단히 말해서 인간의 생리와 심리를 구성하는 요소로, 정신과 추상적인 자아의 존재까지를 포함해. 가령 어떤 사람의 상온과 식온을 빼앗아가면 그는 꼭두각시가 되고, 수온을 빼앗아가면 오감을 잃은 식물인간이 돼. 이 가운데 행온은 인간의 행동과 욕망과 관련돼서 행온을 일부 가져가면 어떤 행위에 대한 욕망이 사라지지. 감옥에서 성범죄자에게 화학적 거세를 하는 것과 마찬가지야."

"너, 너희가 내 야심을 앗아간다고 해도 난 절대 변하지 않아!"

"아니, 우리는 네 온을 가져가지 않았어."

아원이 쪼그리고 앉아 옌짜이산의 두 눈을 똑바로 바라보았다.

"방금 저자는 네 온을 먹은 게 아니라 새로운 행온을 주입했어."

"뭐라고?"

"행온은 선악 개념을 반영하는 원소이기도 해. 방금 네 몸에 '양심'이라는 것을 넣었어. 지금부터 너는 지난 십 년 동안 네가 저지른 수많은 악행을 깨닫게 될 거야. 그리고 네가 한 일을 두고두고 후회할 거야. 앞으로 좋은 일을 아무리 많이 해도 마음은 편해지지 않고 남은 인생 내내 양심의 가책에 시달릴 거야. 자살하고 싶을 정도로 괴롭겠지만 자살로 자신의 죄를 씻을 수는 없다는 것을 알기에 양심을 저버리고 이기적으로 생을 마감할 수도 없겠지. 네 인생에서 즐거움은 사라지고 죄책감만 남는 건 그 어떤 감옥에 들어가는 것보다, 그 어떤 혹독한 벌보다 더 괴롭고 무서울 거야. 이게 바로 내가 너에게 내리는 판결이자 벌이야."

아원의 말에 아랑곳하지 않던 옌짜이산은 순식간에 표정이 변하더니 미간을 확 찌푸리면서 두 팔을 끌어안고 온몸을 덜덜 떨었다. 그는 훌쩍거리다가 울음소리가 점점 커지면서 마치 부모님께 벌을 받은 아이처럼 통곡했다. 보는 나조차 그가 가슴 깊이 비통해하는 것을 느낄 수 있을 정도였다. 하지만 나는 그를 불쌍히 여기지 않을 것이다.

이것은 그가 마땅히 받아야 할 고통이었다.

우리는 바닥에 쪼그리고 앉아 머리를 감싸고 통곡하는 옌짜이산을 두고 폐가에서 나왔다. 얼굴에 상처가 가득했지만, 인생사 새옹지마라고, 샤오쿠이가 내 얼굴의 상처를 닦아주었다. 얼굴을 가까이 마주한 채로 눈물을 뚝뚝 흘리며 가슴 아파하는 샤오쿠이를 보니 옌짜이산에게 맞았던 화가 싹 사라지면서 맞기를 잘했다는 생각이 들 뻔했다. 우리는 옌짜이산의 손전등을 들고 산길을 따라 삼십 분쯤 걸어 사고로 여기저기 찌그러진 청색 혼다 재즈로 돌아왔다.

"맙소사, 벌써 9시가 넘었네." 나는 차에 떨어진 휴대전화를 꺼내 시간을 확인했다. "어째 이 시간이 되도록 교통사고를 발견한 사람이 하나도 없지?"

"당연히 이 자식이 한 짓이지."

아원이 우리 뒤를 따라온 젓가락님을 가리키며 말했다.

"인과를 비틀어 잠시 이곳에 아무도 지나가지 않게 만든 거야. 옌짜이산은 너희를 천천히 처리하려고 했으니 당연히 이런 지시를 내렸겠지."

"아원, 너 젓가락님을 알아? 아까 몇백 년 만에 봤다고 했잖아. 그건 서로 구면이라는 뜻?"

내가 물었다. 우리는 위 교수와 스 박사를 만나고 나서야 젓가락으로 선군을 소환할 수 있다는 것을 알았다. 그때 나는 그 이계의 물체가 아원과 관계가 있지 않을까 생각했지만, 같은 부류일 줄은 몰랐다.

"아, 이거 정말 쑥스러운데……."

아원이 차 문에 기대 쓴웃음을 지으면서 가로등 아래에 서 있는 젓가락님을 가리켰다.

"안 그래도 모습 드러내는 걸 보고 깜짝 놀랐다니까……. 이 꺽다리는, 명목상으로는 내…… 아버지야."

"잠깐만, 아버지라고? 그러면……."

뜻밖의 말에 깜짝 놀라 말없이 서 있는 젓가락님을 쳐다보았다.

"맞아, 바로 그야."

아원이 어깨를 으쓱하며 말했다.

"두 사람 지금 무슨 말을 하는 거예요?"

샤오쿠이가 이상하다는 듯이 물었다.

"샤오쿠이, 내 소개를 하는 것을 계속 잊고 있었네." 아원이 살짝 허리를 숙여 예를 표했다. "내 성은 사(姒), 혈통은 하후(夏后)고, 이름은 문명(文命)이야."

"사문명…… 어?" 샤오쿠이가 눈을 동그랗게 뜨고 큰 소리로 말했다. "당신이 하우(夏禹)? 치수를 한 그 대우라고요?"

"네, 그게 바로 접니다. 그리고 저기 꺽다리는 '치수에 실패한' 숭백곤(崇伯鯀)이고요."

아원이 웃으며 말했다.

"그러니까 당신들이 신화시대의 인물이라고요?"

샤오쿠이는 이 놀라운 사실을 납득할 수 없다는 표정이었다. 나도 아원에게 처음 이 이야기를 들었을 때는 마찬가지 반응을 보였고, 며칠이 지나서야 받아들일 수 있었다.

"그런 셈이지. 하지만 우리는 인간이 아니야. 헌원(軒轅)•, 염제(炎帝)••, 소호(少昊)•••, 제요(帝堯)•••• 등 너희가 아는 상고시대의 전설적인 인물들 모두 인간이 아니지. 우리는 너희 차원보다 더 높은 이계에서 왔어. 인간이 이해하기 쉬운 말로 한다면 '다른 차원의 같은 종족인 생물'이랄까. 하지만 우리 세계에는 부자지간이니, 형제지간이니 부부지간이니 하는 번식이나 윤리 관계가 없어. 그런 건 전부 너희 인간이 만들어낸 의미지. 나와 이 꺽다리는 한 번도 부자 관계인 적이 없었고 심지어 우리는 성별도 없어."

"하지만 지금 모습은……."

"네가 보는 모습은 위장이야. 우리 같은 신명은 원래 특정한 형태가 없어. 나는 그냥 이 지역의 문화를 따랐을 뿐이야. 이봐, 꺽다

• 중국 상고시대 화하(화샤) 민족의 공동 임금으로 이름은 황제(黃帝), 염제 신농씨와 더불어 중국인의 조상으로 인식됨

•• 중국 상고시대 강씨 부족의 수령으로 신농씨라고도 부르며, 황제와 더불어 중국인의 조상으로 인식됨

••• 중국 상고시대 화하(화샤) 부족 연맹의 수령

•••• 중국 상고시대 부족 연맹의 수령으로 요임금이라고도 부름

리, 구역질 나는 모습 좀 바꾸면 안 돼? 인간 얼굴로 좀 바꿔봐."

젓가락님이 고개를 살짝 들자 삿갓 아래로 검은 그림자가 보였다. 하지만 일 초도 안 돼 어둠 속에서 하얀 수염을 기른 중년 남성이 나타났다. 얼핏 보면 아원과 조금 닮은 것 같기도 했다.

"……어떠한가?"

젓가락님, 아니, 곤이 말했다.

"옷도 갈아입으라고 하고 싶은데, 됐다. 명나라 만력(萬曆)●●●●● 때 만났을 때도 다 떨어진 도롱이를 입고 훈고학을 모르면 알아듣지도 못하는 사어(死語)를 쓰더라고. 어이고!"

아원이 익살스러운 표정을 지으며 샤오쿠이에게 말했다.

"이 자식이 고집스럽고 돌머리라 순한테 당한 거야."

"순에게 당한 거라면…… 아원이 말한 그 전설이 정치적 조작이었다는 말이에요? 그러면 진실은……."

아원은 대답하지 않고 고개를 돌려 길 한쪽을 쳐다봤다.

"가면서 말하는 게 낫겠어. 차는 고장이 났고 여기서 저수지까지 한 시간 정도면 가니까."

"저수지? 거기까지 가서 뭐 하게?"

내가 물었다.

●●●●● 중국 명나라 신종의 연호(1573-1619)

"송신."

아원이 웃으며 대답했다.

7

지난해 나는 샤오쿠이와 '우연히' 만나기 위해 신냥탄 일대를 조사했다. 1960년대, 홍콩은 담수 자원이 부족했고 정부는 물 부족을 해결하기 위해 대대적인 프로젝트를 시행했다. 플로버 코브 남서쪽에 2킬로미터 길이의 만을 감싸는 댐을 건설해 기존에 있던 바닷물을 뽑아 말린 다음, 홍콩에서 제일 큰 저수지를 만들어 플로버 코브 저수지라는 이름을 붙였다. 저수지는 신냥탄과 인접한 신냥탄 로의 남동쪽에 있다.

"상고시대의 신명은 다 이계에서 온 거야." 산길을 앞장서 가며 아원이 말했다. "우리에게 종족이란 개념은 없어도 분류는 가능해. 그리고 각 개체의 생각과 행동도 다 달라서 분쟁을 피할 수가 없지. 때로 분쟁을 거쳐야만 합의에 이르기도 하고. 헌원 영감과 염제 자식처럼. 하지만 치우(蚩尤)•처럼 성질이 불같은 강경파도 있지. 그의

• 중국 상고시대 구려족의 수령

사전에 타협이란 단어는 없었어. 그러니 의견 일치가 안 되었고, 패배하자 다른 먼 곳으로 갈 수밖에 없었지."

"치우는 헌원 황제에게 죽은 거 아니야?"

"우리는 더 높은 차원에서 온 물체라 시간의 제약을 받지 않아. 그래서 너희 인간이 생각하는 '죽음'이란 게 우리한테는 없어." 아원이 웃으며 말했다. "치우는 서양으로 가서 자포자기한 심정으로 커다란 미궁에 은거했어. 후대 사람이 여기에 말을 보태서 그가 그 나라의 왕후와 수소의 간통으로 태어난 사생아고, 영웅이 그를 죽였다고 하더라고? 정말 우습다니까!"

그리스의 미노타우로스 전설이 아닌가?

"우리는 인간에게 지식을 전해주는 존귀한 신명으로 받들어졌지만 사실 우리는 그렇게 고귀하지 않아."

아원이 한숨을 쉬었다.

"우리는 이계에서 온 난민일 뿐이야."

"난민이요?"

샤오쿠이가 놀란 듯 물었다.

"맞아, 난민. 알 수 없는 이유로 우리는 차원이 다른 세계로 떨어졌어. 바로 너희 인간 세계로. 그리고 이 세계의 물리법칙의 제한을 받아 벗어날 수도 없어. 우리는 무인도로 떠밀려 온 로빈슨 크루소나 영화 〈캐스트 어웨이(Cast Away)〉에 나오는 톰 행크스, 너희 인간은 로빈슨의 토착민 포로 '프라이데이'나 톰 행크스 곁에 있던 배구

공 '윌슨'인 거야……. 우리 같은 이계 난민 가운데 일부는 너희 인간을 도구로만 보지만 일부는 너희를 동료로 보기도 해. 후자는 소수이긴 하지만."

"아원은 후자예요?"

"응." 아원이 말했다. "우리 같은 난민은 목표가 딱 하나야. 로빈슨처럼 집으로 돌아가는 것. 하지만 이 목표를 이루기 전에 먼저 가장 절박한 문제를 해결해야 해. 바로 로빈슨처럼 '생존하는 것'."

"아까는 안 죽는다고 했잖아요."

"안 죽지. 근데 죽는 것보다 더 심각하게 성가신 일이 있어. 우리는 이계에서 이 세계로 떨어졌어도 고차원 생물의 특징은 갖고 있어. 너희 인간의 인과에 간섭하거나 지금도 너희는 이해하지 못하는 입자 분야의 역학 원리 같은 것을 조종할 수 있지. 하지만 우리는 계속 '에너지'를 흡수해 물질 상태를 유지해야 해. '에너지'를 다 소모해서 형태를 잃어버리면 고차원에서 멀어지고 '에너지'를 흡수하기가 더 어려워지니까. 죽지 않는 우리에게 너희의 이 '3.5차원'의 우주가 영원한 감옥이 되는 거지."

아원은 나에게 인간은 '3차원'이 아니라 '3.5차원'에서 살고 있다고 했다. 입체 공간의 X, Y, Z 축 외에 시간 축이 더 있는데, 인간은 시간 축을 자유롭게 이동할 수 없어 '3.5 차원'이라는 것이다.

"여러분이 필요한 '에너지'가 바로 '온'인 거예요?"

"하, 샤오쿠이. 너랑 대화하는 거 정말 재미있어. 내가 펀천한테도 설명을 했거든. 그런데 이 녀석은 듣고 한참이 지나도 이해를 못해서 그냥 포기했어."

"나는 이과생이 아니라고."

내가 항의했다.

"샤오쿠이도 아니거든?"

아원이 나를 놀릴 기회를 놓칠 리 없었다.

"맞아, 우리가 '먹는' 것은 인간의 온이야. 온은 인간 존재를 구성하는 요소지. 너희가 음식을 먹는 것처럼, 너희가 소와 양, 닭과 오리를 골라 죽여 그 고기를 먹거나, 그들 목숨은 해치지 않고 달걀과 우유를 채취해 마시는 것처럼, 우리 같은 이계의 물체도 인간의 온을 먹어 그를 폐인으로 만들거나, 죽게 하거나, 심지어 인과의 그물에서 완전히 제거해 그의 존재 자체를 지워버릴 수 있어. 반대로 아주 조금만 취할 수도 있지. 예를 들어 상온은 인간의 '그리움'을 식량으로 삼는 정도야. 물론 후자보다는 전자 쪽이 훨씬 효율이 좋지. 우유를 아주 많이 마셔야 스테이크 한 접시 열량하고 비슷한 것처럼."

"예전에 요와 순에 관한 전설이 모두 정치 조작이라고 했잖아요. 그럼 그들에게 다른 생각이 있었다는 거예요?"

"비슷해……. 어쩌면 지금 말하는 게 낫겠다. 너무 미안한 일이라 미처 말하지 못했는데 진실을 알려주려면 말하는 게 좋겠어."

"뭔데?"

내가 물었다. 지난해 아원은 내가 꿈에도 상상하지 못한 일들에 대해 말해주었다. 하지만 나도 그가 그들 일족에 관해서 알려주지 않은 게 더 많다는 것은 짐작하고 있었다.

"너희는 너희 팔에 왜 물고기 문양의 각인이 있는 줄 알아?"

"'하늘이 선택한 사람'이기 때문이라며?"

"내 말은, 왜 '하늘이 선택한 사람'은 몸에 이런 모반이 나타날까?"

"아!"

샤오쿠이가 갑자기 큰 소리로 외치더니 멈춰 서서 복잡한 표정을 지었다.

"왜 그래?"

우리도 멈춰 섰다.

"이 각인은……."

"맞아."

아원이 고개를 끄덕이며 유감이라는 표정을 지었다.

"이 각인이 뭔데?"

내가 물었다.

"……농장의 가축이라는 표시."

샤오쿠이가 말했다.

뒤이어 그 말뜻을 깨달은 나는 소름이 쫙 끼쳤다.

"상고시대 각 파벌의 신명은 '식량'을 관리하기 위해 다양한 방식으로 '이것은 우리에게 속한 가축'이라고 표시했어. 우리가 이곳에서 사용하는 것은 팔뚝의 각인이야."

아원이 걸으면서 얘기하자는 듯 길 앞쪽을 가리켰다.

"헌원부터 시작해 우리는 '죽이지 말자'고 주장했어. 한 사람의 온을 다 빼 먹어 그를 사라지게 하는 것보다 살려두고 오랫동안 에너지를 제공하도록 하는 게 낫다고. 낙농이나 달걀 농가처럼. 하지만, 같은 방법이라도 정도의 차이는 있어. 너희 인간은 하등한 가축이라고만 생각하는 파벌도 있었고, 나처럼 우리는 이계에서 온 손님일 뿐이고 이 세계의 주인은 인간이니 우리 자신을 너무 높게 보지 말아야 한다는 목소리도 있었지. 이런 이견이 각 파벌 간 권력 다툼의 원인이 됐어."

"순은 그런 이유로 곤을 죽인 거야?"

나는 옆에 있는 곤을 가리켰다.

"우리는 죽지 않는다고 했잖아. 죽은 건 아니야. 하지만 개념적으로는 비슷해. 꺽다리는 실권을 잃었고 휘하의 인간들을 몰수당했으니까. 내가 말했지. 우리는 이 3.5차원의 이상한 곳에서 하루라도 빨리 벗어나고 싶어한다고. 통치자가 되면 번호표를 뽑고 기다릴 필요가 없지."

아원이 잠깐 멈췄다가 다시 말했다.

"이제는 우리가 왜 치수를 했는지 알겠지?"

"아, 홍수가 나서 사상자가 많아지면 집으로 돌아갈 만큼 충분한 온을 구하기 어렵기 때문이군요?"

샤오쿠이가 대답했다.

"그렇지. 게다가 우리의 기본적인 '생존'도 위협을 받으니까." 아원이 고개를 끄덕이며 말했다. "사실 통치라는 게 그래. 내 생각에는 헌원 노인도 자기가 한 일이 이 민족의 수천 년 운명에 영향을 미칠 거라고는 생각하지 못했을 거야. 나는 인간이 아닌 가장 마지막 지도자야. 이후부터는 인간이었지."

"무슨 뜻이야?"

내가 물었다.

"전설 속에서 내 후계자가 누군지 기억해?"

"백익(伯益)에게 선양했다가 나중에 제후들이 대우의 아들인 계(啟)를 천자로 올려서 백익은 퇴위했어요. 그러면서 하나라가 시작됐고……."

샤오쿠이가 말했다. 나보다 더 역사학과 학생 같았다.

"계는 인간이야." 아원이 한숨을 쉬었다. "내가 여기저기 치수하러 다니다가 버려진 갓난아이를 만났거든. 야생동물의 먹이가 되도록 놔둘 수 없어서 내 아들로 삼았지. 그런데 인간들은 그 애가 돌에서 나왔다고 헛소리를 하잖아. 내 생각에 그게 모든 오류의 시작인 것 같아. 상고시대 천자가 선양을 한 이유는 우리에게는 가족이라는 개념이 전혀 없었기 때문이야. 우리는 그저 우리를 집으로 돌아가게 해줄 효과적인 방법을 아는 자가 필요했어. 그런데 자초지종을 모르는 인간이 여기에 자신들이 가진 혈족 번식 개념을 덧칠한 거야. 그리고 이런저런 봉건제도를 시행하면서 '왕은 하늘이 내린 것'이라는 명분을 내세워 자기의 지위를 합리화했어. 그건 재난이었지. 우리 같은 이계의 물체 눈에 인간 황제는 우쭐거리는 돼지같이 보였어. 자기도 돼지면서 다른 돼지들을 관리하겠다고 우리를 흉내 내는 꼴이나, 관리당하는 걸 당연하게 수용하는 꼴이나 다 어리석게 보였지. 그런데 이런 극단적인 개성이 그 민족의 혈관에 스며들었어. 비천하기 짝이 없는 자가 황제를 꿈꾸며 자기 생각을 다른 사람에게 강요하려고 하고, 재능이 출중한 자도 기꺼이 노예가 되어 권위에 복종하게 됐지. 수천 년이 지나도 이런 왜곡된 생각에서 벗어나지를 못하네."

"요임금과 순임금은 퇴위 후에 어떻게 됐어요?" 샤오쿠이가 물었다. "당신들의 목적은 이계로 돌아가는 것이라고 했잖아요. 그러면 그들은 죽은 게 아니라 집으로 돌아간 거예요?"

"맞아."

"그럼 아원은 왜 아직 여기에 있어요?"

"그거야 분명하지. 나는 여기를 못 떠난 게 아니고 '죽은' 거야."

"'에너지'로 물질 상태를 유지하고 '사망'은 에너지를 다 써서 형태를 잃은 것이라고 했잖아요? 그런데 지금 잘 있잖아요?"

샤오쿠이가 물었다.

"내가 형태를 잃지 않았다는 착각은 언제부터 한 거야?"

아원이 쓴웃음을 지었다.

"네? 하지만……."

"보통 사람은 아원을 못 봐."

내가 말했다.

샤오쿠이는 눈을 동그랗게 뜨고 아무 말도 하지 못했다. 조금 전 가축 낙인을 알았을 때보다 더 놀란 것 같았다.

아원에게 구조된 나는 그가 벽을 통과해 다니고 옆 사람이 그의 존재를 느끼지 못하는 것을 보고서야 그의 말이 거짓이 아니라는 것을 알았다. 나를 따라 타이완으로 돌아가 여섯 달 동안 집에 틀어박혀 있었는데도 아빠는 이상한 점을 느끼지 못했다. 작가 선생과 B초등학교로 조사하러 갔을 때도 작가 선생은 아원이 우리 곁에 있다는 것을 느끼지 못했다. B초등학교 창고에서 책가방을 찾은 것도 내가 아니라 아원이었다. 그의 존재를 숨기기 위해 내가 발견한 것처럼 했던 것이었다.

"낙인이 찍힌 사람만 형태를 잃은 신명을 볼 수 있어." 아원이 샤오쿠이에게 말했다. "우리 같은 이계 난민 중 갈 것은 가고, 죽을 것은 죽은 이후, 인간에게서 낙인은 점점 사라졌지. 하지만 어떤 인간은 핏줄 깊은 곳에 있던 상고시대 인자의 영향으로 모반과 남다른 재주를 갖고 태어나지. 물론 후천적으로 낙인이 생긴 사람도 있어. 젓가락님이 온을 필요로 해서 그들에게 물고기 문양이 생긴 거야."

솔직히 처음엔 아원이 자기가 우임금이라고 하는 것이 의심스러웠다. 확인할 수 없으니까. 그런데 형을 만났을 때 그가 나 대신 확인해주었다. 아원을 본 형의 놀란 표정이 아직도 기억난다. 놀랄 사람은 나였다. 형이 내 옆에 있는 이 바람막이를 입은 별종을 볼 수 있을 줄은 몰랐으니까. 더 우스웠던 것은 형이 아원을 몇 초 동안 보더니 갑자기 군대에 들어간 신병이 교관을 만난 것처럼 가슴을 쫙 펴고 똑바로 서는 게 아닌가. 전에는 몰랐는데 우임금은 도교에서 모시는 신 중 하나였고, 삼관대제(三官大帝)• 가운데 수관대제(水官大帝)로 지위가 높았다.

"신명이라고 자칭하는 떠돌이 넋은 많이 봤어도 자기를 탐정이라고 하는 신명은 처음 봐."

헤어질 때 형이 나에게 한 말이다. 아원은 형의 '직속 상사'였기 때문에 우리가 젓가락을 달라고 하자 형은 거절하지 못했다.

나는 형 팔에 물고기 문양이 있어 아원을 볼 수 있다는 것을 몰랐고 샤오쿠이에게 문양이 있을 줄은 더더욱 몰랐다. 그래서 그녀가 병실에서 아원이 누구냐고 물었을 때 화들짝 놀란 것이었다.

"아, 그래서 옌짜이산이 범인이라는 걸 진작 알았던 거구나!"

샤오쿠이가 다 알았다는 듯 격앙되어 말했다.

나는 옌짜이산을 만나고 나서야 아원이 무슨 꿍꿍이인지 알았

• 하늘(天), 땅(地), 물(水)을 관장하는 신들의 감독관

다. 상대가 주모자인지 공범인지는 알 수 없었지만, 젓가락에서 나오는 이상한 빛을 볼 수 있는 사람은 쉽게 알아낼 수 있었다. 린위안은 나와 샤오쿠이만 봤다. 그때 샤오쿠이는 자기가 어려서 상대가 자기를 무시했다고 오해하는 것 같았다. 위 교수와 스 박사도 아원을 보지 못했다. 스 박사는 나와 샤오쿠이, 위 교수에게만 차를 주었고, 루 선생도 아원의 행동에 전혀 반응하지 않았다. 그러나 옌짜이산은 우리와 만났을 때 "세 분 헛걸음하게 해서 정말 죄송합니다"라고 말했고 아원과 대화도 나누었다. 너무 자연스러워서 그때는 미처 이상하다고 생각하지 못한 것이었다.

"만나자마자 딱 알았지." 아원이 웃으며 말했다. "그런데, 핀천 너는 어떻게 하이더런이 주모자라는 멍청한 생각을 할 수가 있지?"

"그 추리가 뭐 어때서?"

내가 반박했다.

"시작부터 나는 위, 루, 하이 세 사람은 범인이 아니라는 걸 딱 알았는데."

"일이 끝나고 난 다음에는 무슨 말을 못 해? 지금은 아무 말이나 다 할 수 있지."

아원은 신명이라고 해도 잘난 척하는 성격은 한결같았다.

"처음부터 나는 그들 셋이 아니라 그들의 조수를 의심했다고."

아원이 태연하게 말했다.

"어째서요?"

"그들이 젓가락의 이상한 현상을 볼 수 있었다면 훔칠 필요가 없지!" 아원이 큰 소리로 웃었다. "수천, 수만 달러짜리 코담배 병도 사는 사람들인데. '이 젓가락 정말 흥미롭네요, 린 사장 조금 싸게 해줘요!'라고만 하면 2천 달러를 다 안 주고도 살 수 있었을 거야. 그러니까 도둑은 그들과 그곳에 같이 있었던 가난한 사람이겠지. 교수의 조교나 의사의 제자, 아니면 사장의 수행원. 앞의 두 경우는 사장의 개인 수행원이나 비서보다 함께 있을 기회가 적어. 대학교수와 의사가 물건 사는데 조수를 데리고 오지는 않을 테니까. 그래서 핀천더러 그 둘을 먼저 만나보라고 한 거야. 용의자를 제외하려고."

아원의 설명을 듣고 나서야 그런 맹점이 있었다는 것을 알았다.

"하지만, '그들이 코담배 병을 구매할 때 누군가를 데리고 왔다'라는 것 자체가 추측이잖아?"

"루 선생 진료실에서 본 사진 기억해?"

아원이 물었다.

"그게 왜?"

"세 사람이 같이 찍었다는 건 그걸 찍어준 제4의 인물이 그 자리에 있었다는 뜻이야."

"그건…… 식당 직원이나 모르는 사람이 찍어줬을 수도 있잖아?"

"직원이 찍어줬다면 한데 모여서 찍겠지? 대화를 나누다가 갑자기 카메라를 들이대서 미소를 지은 것처럼 자연스럽게 컵을 들고 있지는 않았을걸?"

"좋아, 모든 게 네 말대로라고 하자. 조수나 수행원이 보물을 손에 넣은 다음 사장과 공모했을 가능성은?"

나는 계속 패배를 인정하지 않았다. 형편없는 딴지라는 것을 알면서도.

"청고래는 최근 육칠 년 동안 큰돈을 벌었어. 젓가락은 십 년 전에 사라졌는데 말이야. 이게 설명해주잖아?"

"뭘 설명해?"

"아, 알았다!"

샤오쿠이가 뭔가 깨달았는지 끼어들었다.

"젓가락을 손에 넣은 범인이 처음 삼사 년 동안은 자기가 회사에서 두각을 나타내는 데 쓴 거예요. 만약 하이더런이 범인이라면 청고래는 십 년 전부터 확장을 시작했겠지요."

"맞아." 아원이 웃으며 말했다. "정말 내 제자로 들어올 생각 없어? 진지하게 생각해보라고. 핀천보다 네가 머리가 훨씬 좋아."

이야기하면서 걷다보니 아원이 생각하는 지점에 도착한 것 같았다. 그는 산길을 벗어나 가파른 오솔길을 따라 저수지로 걸어 내려갔다. 나는 미끄러질까봐 가는 내내 샤오쿠이의 손을 잡고 걸었다. 좋아, 아원. 이건 너에게 빚진 셈 치지.

우리는 저수지에 도착했다. 밤 10시가 넘은 저수지는 고요했고 하늘에는 무수한 별이 박혀 있었다. 날이 조금 쌀쌀했지만 고요한 분위기가 상처가 주는 통증을 잊게 해주었다. 마치 대지의 어머니 품으로 돌아온 것 같았다. 샤오쿠이가 재채기를 해서 겉옷을 벗어 걸쳐주었다. 그녀가 입고 있는 겉옷이 조금 얇긴 했다.

"고마워요, 핀천."

"핀천, 너 그거 알아? 육십 년 전에 이곳은 만(灣)이었고, 만을 따라 여섯 개의 마을이 있었어. 정부는 저수지를 만들려고 천여 명이 넘는 주민을 이전시켰지. 물이 빠지면 버려진 마을의 유적을 볼 수 있어. 계단과 시멘트 길이 아직도 잘 남아 있을 테니. 이 일이 물에 잠긴 마을과 이렇게 또 연결될 줄은 몰랐네. 타이완에서 갔던 페이추이 댐도 그렇고 여기도 그렇고. 그런데 솔직히 꼭 여기가 아니더라도 하구 같은 곳이면 돼……."

"아원, 우리 뭐 하러 저수지에 온 거야? 송신한다고?"

내가 아원의 말을 자르고 물었다.

"응." 아원이 나를 향해 손을 뻗었다. "조금 전 옌짜이산의 젓가락은?"

나는 몸을 더듬다가 깜짝 놀랐다. 젓가락이 없어졌다. 놀라서 손전등을 비추며 주위를 돌면서 바닥을 살피자 샤오쿠이가 피식 웃었다.

"여기에 있어요."

샤오쿠이가 내 겉옷 주머니에서 젓가락을 꺼냈다.

"핀천, 넌 무조건 똑똑한 아내를 만나야겠다. 아니면 양말도 못 찾아 신겠어!"

아원이 웃으며 젓가락을 받아 들고 자기가 갖고 있던 한 짝을 꺼냈다. 사실 늘 생각한 건데, 아원의 저 바람막이는 도라에몽의 4차원 주머니가 아닐까 싶었다. 조금 전에는 젓가락과 함께 내 몸에 숨어 있었고, 위안취안탕에서는 린 사장의 장부도 넣어 왔으니. 타이완의 마신자 전설이나 '행방불명'이라는 뜻의 일본의 가미카쿠시 등은 모두 아원과 같은 부류가 비슷한 방법을 써서 사라지게 한 게 아닐까 추측했다.

"무슨 저신 의식 같은 거 하려고? 그런데 여기엔 쌀독이 없는데……."

"핀천, 너희는 아주 기본적인 것을 놓치고 있었어."

"뭐?"

"이건 젓가락이 아니야."

아원이 이 말을 하고 산호 젓가락을 호수에 힘껏 던졌다. 물에 빠지고 얼마 뒤 거대한 소리가 나면서 호수 중심에서 두 개의 붉은 빛이 번쩍했다. 붉은빛은 수백 미터 밖으로 이동해 수십 미터 높이의 직선으로 변한 다음 잔잔한 호수 위에서 좌우 양쪽에 하나씩 우뚝 섰다. 그 사이에서 안개가 유유히 흔들리는 것처럼 공기에서 파문이 일었다.

"이건……."

"'문'이야." 아원이 말했다. 그리고 곤 쪽으로 몸을 돌리며 말했다. "꺽다리, 돌아가고 싶지? 요 몇 년 온을 충분히 흡수했으니 형태 회복할 수 있잖아. 자, 내가 너를 위해 문을 열었어."

"……고맙다……."

곤이 왼손을 뻗자 손가락이 길어지며 아원의 가슴에 닿았다.

"……남은 온은 너에게 준다. 착하다."

곤은 말이 끝나자 손가락을 거두고 물속으로 뚜벅뚜벅 걸어 들어갔다. 얼마 뒤에는 머리도 보이지 않았다. 그러나 붉은빛이 비치는 물 아래에서 푸른색 그림자가 앞으로 나아가는 것이 보였다. 꼭 커다란 물고기 같았다.

"남조(南朝)의 《옥편(玉篇)》 왈, 곤은 큰 물고기다."

아원은 감회가 새로운 듯했다.

"이 세상에 수천 년이나 묶여 있더니 마침내 무사히 돌아갔군."

"젓가락은…… 전송 장치?"

내가 놀라서 물었다.

"맞아. 원래는 우리를 집으로 돌려 보내주는 도구였어. 수천 년 동안 잃어버려서 동료들이 돌아갈 수가 없게 됐지. 내 생각에 포박자 갈홍이 젓가락에 피를 묻히면 선군이 소환된다는 것을 발견한 것 같은데, 사실 그건 집으로 돌아가고 싶어하는 이계의 물체를 부르는 방법이야. 인간이 선군에게 소원 하나를 빌고 선군은 그것을 들어주고 젓가락을 이용해 집으로 돌아가는 공평한 거래지. 하지만

이 방법은 제대로 전해지지 않았고, 옌짜이산은 젓가락이 하나뿐이었으니 소환된 꺽다리는 젓가락의 위력에 제약을 받아 어쩔 수 없이 그 개자식의 명령을 들어줄 수밖에 없었던 거야. 젓가락님이나 젓가락 신선 게임도 이 힘에 의지해서 탄생한 부산품이야. 원래는 인간의 마음을 위로하는 데서 출발한 제사 의식이었는데 꺽다리의 유일한 식량원이 되어버렸지. 참여한 사람 손에 물고기 문양 각인이 생기는 것도 그래서야."

"아원, 그런데…… '배고프지' 않아요?"

샤오쿠이가 물었다.

"물론 고프지. 근데 꺽다리처럼 비참할 정도로는 아니야. 내가 상온도 우리에게 에너지를 줄 수 있다고 했잖아? 인간이 품은 그리움과 바람도 기도의 대상에게 약간의 온을 전달해줘. 다행히 나는 수관대제고, 사당도 있잖아. 수천 년 동안 많은 사람이 나를 생각해주어 나는 실체가 없어도 계속 활동할 수 있었지. 반면 치수에 실패해 죄인이 된 꺽다리는 굶주린 채로 동면할 수밖에 없었어. 사람들이 젓가락님 게임에 참여해 목숨을 잃은 건 꺽다리 잘못이 아니야. 첫째, 그는 옌짜이산의 명령에 복종해야 했고, 그 자식의 요구를 들어주려면 최대한 많이 먹어야 했어. 둘째, 핀천이 예전에 말한 것처럼 목숨을 건 게임에 참가한 사람은 자신이 원하지 않으면 꺽다리가 함부로 목숨을 빼앗지 않는다는 것을 알았지."

파악!

그때 커다란 푸른 물고기 그림자가 수면을 뚫고 하늘로 솟아오르면서 눈을 찌를 듯한 빛을 내뿜으며 상상도 못 한 형태로 변했다.

푸른 용이었다.

용이 하늘에서 곤두박질치자 푸른색 비늘과 날카로운 발톱이 달빛에 번쩍거리며 숨 막힐 듯한 장관을 연출했다. 이어서 거대한 뱀 같은 몸통이 붉은빛을 내뿜는 두 개의 기둥 사이로 넘어가 허공으로 사라졌다. 마치 환각 같았다.

"아!" 샤오쿠이가 날카롭게 외쳤다. "문이구나!"

"뭐라고?"

내가 물었다.

"문이요! 용문! '우착용문(禹鑿龍門)[•]'의 용문이요!"

나는 아원을 돌아보았다. 그는 오랜 동료를 배웅하는 것처럼 수면을 바라보고 있었다. 똑똑하지는 않아도 '리약용문(鯉躍龍門)'이라는 전설은 알았다. 잉어가 용문을 뛰어넘으면 용이 된다는 말로 예부터 잉어는 상서로운 것이었다. 용문은 우임금이 치수했을 때 남겨진 것이라는 전설이 있다.

"겨우 하나를 보냈군. 남은 녀석들은 또 어디에 있는 건지……."

아원이 한숨을 내쉬었다.

• 고대 중국 신화로 우임금이 치수를 위해 용문산을 팠다는 전설

"남은 동료들이 아직 많아요?"

"많아서 다 셀 수도 없어. 이백 년 전에 여기서 동료 여덟 명하고 같이 있었는데 지금은 어디로 사라졌는지 몰라."

아원은 그러더니 빙긋 웃으며 나에게 말했다.

"내가 늘 말했잖아? 나는 주룽 제일의 탐정이라고. 그 여덟 명은 나보다 똑똑하지 않단 말이야."

놀라야 하는지 비아냥거려야 하는지 알 수가 없었다. 아원의 썰렁한 농담은 정말 참을 수가 없었다. 내가 말하려는 순간 수면에 있던 두 개의 붉은빛이 사라지고 '슉' 하는 소리와 함께 산호 젓가락이 우리 옆으로 날아와 진흙땅에 꽂혔다.

아원이 허리를 숙여 젓가락을 집어 들었다.

"임무 완료, 돌아가자."

"잠깐만요. 아원은 안 돌아가요? 용문을 되찾았으니……."

"나는 다른 동료를 찾아야 해. 그들을 찾으려면 불가사의하고 이상한 일을 계속 조사해야 하지. 초자연현상의 구십 퍼센트는 그들 소행이니까."

아원이 뭔가 생각하는지 잠시 멈췄다.

"샤오쿠이, 아까 요와 순의 퇴위에 관해 물었지? 순 그 개자식은 이러지도 저러지도 못할 악연을 만든 나쁜 놈이야. 그는 꺽다리를 '죽이지'는 않았어도 그가 형태를 유지할 수 없게 만들어버리고 그것도 모자라 집으로 돌아가는 줄의 맨 뒤로 뻥 차버렸지. 그리고 떠나기 전 나를 놀리려고 장난을 쳐서 나와 남은 동료들이 돌아가지 못하게 만들었어."

"장난?"

"이 '젓가락' 이름이 뭔 줄 알아?"

"왕선군?"

"아니. 각각 이름이 있어." 아원이 젓가락을 하나씩 들며 말했다. "이건 아황이고, 이건 여영이야."

아황, 여영?

"아황과 여영, 순의 부인?"

나와 샤오쿠이가 동시에 외쳤다.

"맞아. 그때 요는 인간 여성 두 명에게 이 젓가락을 하나씩 관리하도록 했어. 그리고 퇴위하고 집으로 돌아가기 전에 젓가락을 순에게 주었지. 인간이 이것을 딸을 시집보낼 때 젓가락을 물려준다는 말로 잘못 전달한 거야. 순은 에너지를 충분히 저장해 돌아갈 수 있게 되자 자신을 따르던 인간 부하에게 이 젓가락을 감추라고 명령했어. 분명 내가 안달복달하는 꼴을 보고 싶어서였겠지. 드디어 찾았네."

"그러니까, 아왕과 여영이 물에 빠져 죽었다는 전설은 사실……. 강에 문을 열어 동료들을 집으로 돌려보낸 것이었던 거예요?"

샤오쿠이가 물었다.

"맞아. 다른 전설과 마찬가지로 인간은 잘못된 정보를 계속 후대에 전해주었지."

"하지만…… 순의 장난으로 너와 동료들은 수천 년 동안 여기에 잡혀 있었잖아! 곤이 돌아가서 그와 결판을 내지 않을까?"

"너희에게 수천 년은 긴 시간이지만 돌아간 그 차원의 우리에게 시간은 의미가 없어. 그들 사이는 딱히 걱정 안 해."

아원이 아황과 여영을 바람막이에 집어넣었다.

"시간이 늦었네. 돌아가자고! 나는 추워도 괜찮지만, 너희는 찬 바람 계속 맞고 있다가 내일 감기나 폐렴이라도 걸릴지 모르니까. 그럼 골치 아파. 샤오쿠이, 또 입원하고 싶지는 않겠지?"

아원의 말에 정신이 번쩍 들었다. 상황은 종료됐지만 샤오쿠이에게 해야 할 말이 있었다.

"샤오쿠이, 잠깐만 기다려. 할 말이 있어."

"네?"

샤오쿠이가 고개를 돌려 나를 쳐다봤다.

"교통사고가 나던 날……."

"핀천! 이런 상황에서 그 말을 꼭 해야겠어?"

아원이 내 말을 잘랐다.

"왜 자꾸 막는 거야?"

미간을 찌푸리며 아원에게 말했다. 샤오쿠이는 무슨 말인가 싶은 표정으로 우리를 쳐다봤다.

"아…… 알았어." 아원이 샤오쿠이를 향해 말했다. "핀천 이 멍청이는 자기 때문에 너와 네 가족에게 교통사고가 난 거라고 자책하고 있어. 네가 보고 싶어서 신냥탄에 간 바람에 그렇게 됐다고 말이야. 자기가 거기에 안 갔으면 교통사고가 안 났을 거라나!"

"아원! 그건 내가 직접 해야 하는 말이야!"

부끄럽고 화가 났다. 당사자가 본인 입으로 하지 않은 사과가 무슨 의미가 있단 말인가?

"잠깐만요, 왜……."

샤오쿠이가 무슨 말을 하려다 멈췄다.

"그리고, 샤오위가 자살한 이유는 잘 알고 있지? 샤오위는 자기가 저주해서 너와 네 부모님이 불행한 일을 당했다고 자책했어."

샤오위? 샤오쿠이의 친구 말인가? 그 애가 무슨 저주를 했지?

"그런데 너희 둘 다 틀렸어. 너희에게 교통사고가 나게 한 것은 옌짜이산도, 꺽다리도, 핀천 아버지의 전처 등등, 다 아니야. 사고를 일으킨 장본인은, 나야."

나와 샤오쿠이는 이해가 안 되어 기가 푹 죽은 아원을 쳐다봤다.

"아원이 왜……?"

"그날 네 아빠하고 부딪친 건 멧돼지가 아니라 나야."

"뭐라고?"

내가 외쳤다.

"하……." 아원이 깊이 한숨을 내쉬었다. "그날 나는 신냥탄 젓가락 저주에 대한 괴담을 조사하려고 숲을 돌아다녔어. 그러다가 새끼를 데리고 있는 멧돼지와 마주쳤지. 동물은 인간보다 더 예민해서 형태가 없는 이계의 물체를 볼 수 있어. 나를 본 멧돼지들이 내 본질을 알아채고는 놀라서 사방으로 흩어졌어. 그중 어미 멧돼지가 도로로 튀어 나갔어. 나는 차가 다가오는 것을 발견하고 있는 힘을 다해 멧돼지를 끌어안았지. 원래는 차가 나를 통과해 지나가는 게 정상인데 그곳에 있던 원념과 악의에 찬 각미반이 온을 오염시켰는지 힘이 제어되지 않고 차에 부딪혔어."

나와 샤오쿠이는 멍하니 아원을 쳐다봤다. 무슨 말을 해야 할지 알 수가 없었다.

"책임을 논하자면 내 책임이 제일 커. 그래서 인간사에 잘 간섭하지 않지만 온 힘을 다해서 너희를 구하기로 한 거야."

아원이 계속 말했다.

"샤오쿠이, 네 부모님을 구할 만큼 힘이 충분하지 않아서 미안해. 그때 네 부모님은 나한테 자신들의 목숨보다 네가 사는 게 더 중요하다고 했어."

"……엄마 아빠와 이야기를 나눴어요?"

샤오쿠이는 놀란 듯했다.

아원은 오른손을 펼치더니 뭔가를 하려는 듯 다시 샤오쿠이에게 물었다.

"나 믿어?"

샤오쿠이는 조금 망설이면서 나를 슬쩍 쳐다봤다. 나는 잠깐 생각한 뒤 샤오쿠이에게 긍정의 눈빛을 보냈다. 여섯 달 동안 같이 지내본 결과 아원은 나쁜 존재가 아니었다.

그가 신명이든 이계의 물체든 상관없이.

그는 모든 생명을 존중했고 무턱대고 타인을 해치지 않았다.

샤오쿠이가 아원을 보며 고개를 끄덕이자 아원의 오른손 집게손가락과 가운뎃손가락이 조금씩 길어지면서 젓가락님처럼 무서운 대나무 젓가락 모양으로 변했다.

"나는 요순과 달리 인간과 교류하는 것을 좋아했어. 너희 인간은 재미있거든. 인간에게 우리 일족이 온을 먹고 목숨을 유지한다고 말하기도 했어. 그랬더니 자기 온을 나눠주는 사람도 있더라고? 요즘의 헌혈처럼 말이야. 나는 그걸 '손가락'으로 집어 왔어……."

아원이 손가락을 샤오쿠이의 가슴에 찔러 넣었다.

"인간들이 그것을 보고 흥미로웠는지 나를 따라서 대나무로 물건 집는 도구를 만들었고, 그것이 익은 음식을 집는 젓가락으로 발전한 거야."

젓가락은 우가 발명한 것이 확실하군…….

"꺽다리가 옌짜이산에게 한 것처럼 우리는 인간의 온을 뽑을 수도 있지만 넣을 수도 있어. 네 부모님이 세상을 떠나는 순간 상온과 식온을 남겼어. 그것을 너에게 줄게. 그들은 이 세상에 없지만 그들의 생각과 바람, 너에 대한 그리움은 남아 있어. 네가 바로 그들이 남긴 유언이야."

아원이 손가락을 거뒀다. 망연하게 서 있던 샤오쿠이의 표정이 점점 바뀌었다. 의연했던 눈빛이 점점 녹아들더니 눈가가 붉어지면서 뺨을 따라 눈물이 주르륵 흘러내렸다. 샤오쿠이가 중심을 잃고 휘청거려서 재빨리 다가가 그녀를 부축했다. 훌쩍이며 엄마 아빠를 외치는 게 내가 보지 못하는 공간에서 돌아가신 부모님과 대화하는 것 같았다. 슬프게 울더니 어느 순간 웃음을 지었다. 얼굴은 눈물투성이가 됐지만 웃으며 연신 고개를 끄덕이는 게 부모님이 그녀에게 무엇인가 당부를 하는 것 같았다.

"저 괜찮아요."

오 분 정도가 흐르자 샤오쿠이가 눈물을 닦으며 원래 표정으로 돌아왔다.

"고맙습니다."

"고맙긴. 이건 내가 할 수 있는 작은 보상이야." 아원이 말했다.

"내가 신명이라고는 하지만 이 차원의 '업'의 그물에서 벗어날 수 없어 이런 기괴한 인과율에 말려들었어. 그 교통사고가 나지 않았으면 나는 핀천을 못 만났을 테고 꺽다리를 다시 만날 수도 없었을 거고 아황과 여영을 되찾지도 못했을 거야. 인간 세상의 업은 참 묘해. 어쩌면 내가 이곳에 너무 오래 있어서 점점 너희 인간에게 동화되고 있는 것 같기도 하네……."

*

"샤오쿠이 혼자 가도 정말 괜찮겠어?"

"네, 핀천. 두 사람은 차에서 기다리면 돼요."

젓가락님을 배웅한 지 사흘이 지났다. 야오 선배가 내일 홍콩으로 돌아와서 어쩔 수 없이 나도 상황을 정리해야 했다. 그날 저녁에 견인차를 불러 자동차를 정비소에 맡겼다. 다행히 심하게 망가지지 않아 이틀이면 고칠 수 있다고 했다. 야오 선배에게 혼날 걱정은 하지 않아도 됐다. 물론 오랫동안 모은 저축이 바닥나 타이완으로 돌아가면 학교 다니면서 돈을 벌어야겠지만.

상황이 다 끝났으니 샤오쿠이는 운명을 마주하고 혈혈단신으로 살아가야 했다.

하지만 아원이 생각하지도 못했던 제안을 했다.

"꺽다리가 나한테 주고 간 남은 힘으로 인과를 바꿀 수 있어. 내 생각인데, 네가 다른 신분으로 인생을 다시 시작하고 싶다면 그렇게 해줄 수 있어. 지금 상태에 미련이 없다면 말이야. 너에 대한 다른 사람의 기억도 깨끗이 지워줄 수 있고. 어때?"

아원이 샤오쿠이에게 물었다.

사실 샤오쿠이에게 나와 함께 살자고 말하고 싶었다. 아원이 인과를 바꿀 수 있다면 호적 같은 것은 쉽게 바꿀 수 있을 것이었다. 그저, 나의 제안이 너무 지나친 게 아닌가 하는 생각이 들 뿐이었다. 교제하는 사이도 아닌데 청혼하는 것 같았기 때문이다.

"맞아, 게다가 상대는 미성년자고. 솔직히 좀 변태 같아."

아원이 또 내 마음을 읽었다. 아원은 독심술 능력을 계속 부인했지만 어째 나를 속이고 있는 것 같다는 느낌이 강하게 들었다.

아원은 능력을 이용해 샤오쿠이의 후견인을 맡은 복지사의 신분을 알아내고 그의 사무실에 몰래 들어가 집 열쇠를 비롯한 샤오쿠이의 개인 물품을 챙겨 나왔다. 샤오쿠이는 곧장 집으로 돌아가지 않고 자동차 수리가 끝나면 그때 집에 가서 물건을 가져오겠다고 했다.

샤오쿠이는 아원에게 자신의 인과를 바꿔달라고 할 생각일까?

"너, 왜 네가 그 애를 위해 소원 빌었다는 말은 안 해?"

샤오쿠이가 사는 건물 아래에 차를 대고 기다리면서 아원이 나에게 물었다.

"그 애가 너와 함께하기를 바라면 네가 그 애를 위해 한 일을 말하면 될 텐데. 너는 죽기 직전에도 자기보다 그 애를 살려달라고 했고, 내가 젓가락 신선 게임 이야기를 꺼냈을 때도 두말하지 않고 네 목숨을 걸고 그 애가 회복하기만을 기원했잖아. '보답을 바라지 않는 사랑' 같은 닭살 돋는 말이라면 집어치워. 너는 그런 데엔 소질 없으니까."

"내가 그렇게 말하면 내가 자기에게 은혜를 베풀었다고 오해할 거야." 나는 한숨을 내쉬었다. "내가 그런 게 아니라고 해도 샤오쿠이는 부담을 느끼고 나랑 사귀겠다고 대답할 거야. 그건 아니잖아. 나는 샤오쿠이가 진심으로 나를 좋아해서 나와 함께했으면 좋겠어."

"정말 낭만의 끝판왕이군." 아원이 웃으며 말했다. "하지만 뭐, 난 이런 동료도 괜찮아."

목숨을 걸고 젓가락 신선 게임에 참여했을 때 나는 정말 아원이 다 준비해놓았을 줄은 몰랐다. 아원이 말한 시스템 해킹은 그가 직접 내 인과에 끼어들어 간섭하는 것이었다. 내가 처음으로 B초등학교 꿈을 꾸었을 때 아원은 으쓱대며 내 꿈속으로 들어와 꿈속을 조사했다. 온라인게임을 하면서 치트키를 사용하는 것이나 마찬가지였다. 젓가락님이 나를 발견하고 나에게 목숨을 요구했다면 아원은 조금 더 일찍 그를 만날 수 있었을 것이다. 내가 운이 좋은 것인지 아원이 운이 나쁜 것인지 팔십사 일 동안 이상한 일이 생기지 않았고, 나는 얼떨결에 살아남아 승리자가 되었다.

"맞다, 그날 왜 강자아가 젓가락을 발명했다고 했어?"

나는 심심한 김에 물었다.

"그가 발명한 게 맞으니까. 독이 있는 걸 확인했다는 이야기는 잘못 전해진 거지만."

"젓가락은 네가 발명한 거라며."

"내가 너한테 아주 중요한 말을 해줄게."

아원이 기지개를 켰다. 입으로는 '아주 중요하다'라고 하면서 전혀 중요하지 않은 표정이었다.

"너 지금 네 상태에 대해 생각해본 적 있어?"

"무슨 상태?"

"넌 지금 반은 신이야. 영어로 하면 반신반인이라는 뜻의 '데미갓(Demigod)'이지."

"무슨 말이야?"

"나는 영원히 죽지 않는 이계의 물체고, 내 생명의 절반을 너에게 주었어. 그러니 너도 죽지 않지. 네가 먼저 포기하지 않는 한 나는 너를 죽게 할 수 없어. 나는 너희 인간의 삶에 적응했고 심지어 만족할 때도 있지만 어쨌든 나는 너와 달라. 언젠가 네가 사랑하는 사람이 늙어 세상을 떠나면 너는 아주 괴로울 거야. 그래서 하는 말인데, 넌 언제 죽을지 분명히 결정해놓는 게 좋아. 나는 너 같은 동료도 괜찮지만, 어느 날 네가 죽는 것보다 못한 삶을 살게 했다고 원망하는 모습을 보고 싶진 않아."

"아…… 그래, 이해했어. 근데 걱정 마. 나는 죽을 때 웃으면서 죽을 거야. 작년에도 샤오쿠이를 위해 조금도 망설이지 않고 그 빛의 터널로 들어갔다는 거 잊지 말라고." 나는 핸들에 팔을 얹으며 말했다. "근데 왜 지금 이런 이야기를 하는 거야?"

"넌 내가 붙어 다닌 첫 번째 인간이 아니거든."

"뭐?"

"삼천 년 전에 사고로 죽어가는 젊은이에게 내 목숨의 반을 주었어. 성은 강(姜)이고 이름은 상(尙)이야."

"……어? 강자아?"

아원 때문에 또 한 번 놀랐다. 도대체 그에게는 아직 말하지 않은, 내 역사 개념을 뒤엎을 만한 이야기가 얼마나 더 있을까?

"그가 어떻게 주 문왕의 참모가 됐는지 이제 알겠지? 그리고 왜 그에게 봉신의 전설이 있는지도?"

"그럼…… 그때는 봉신이란 게 사실은 송신이었다? 근데 그때는 아황과 여영을 잃어버렸을 때잖아?"

"그건 또 말하자면 길어. 시간 있을 때 다시 말해줄게." 아원이 어깨를 으쓱했다. "강자아가 젓가락을 발명했다는 설에도 그만한 이유가 있다는 걸 말하고 싶었을 뿐이야. 어떤 부분은 전해지면서 다른 뜻이 생겨 변한 거고."

문득 아원이 졸업논문에 쓸 역사 자료를 제공해줄 수 있을지도 모른다고 생각했다. 하지만 선생님들은 엉망으로 썼다고 생각할지도…….

"덧붙이자면, 강상은 백삼십 살이 넘어서야 세상을 떠나겠다고 결정했어. 그냥 참고하라고. 너무 긴 감이 있지만, 뭐, 일흔 살에 참모가 됐으니 그 나이를 중년이라고 치고 백삼십 살에 퇴직하는 것도 말이 되긴 해. 하, 이건 꼭 퇴직 연령 연장에 찬성하는 양심 없는 정치인이나 악덕 사장 같네."

"그건 나중에 얘기하자."

일 년 동안 각종 경험으로 생사를 달관했다고 하지만 지금은 내 삶을 마감할 시간에 대해 생각하고 싶지 않았다.

"알았어, 알았어. 그러면 다른 이야기를 하지. 예를 들면, 너 언제 샤오쿠이한테 고백할 건데? 나도 눈치가 있으니 둘만의 시간은 방해하지 않을게."

아원이 능글맞은 표정을 지었다.

"이런 개자식……. 맞다, 그러고 보니 병원에서 있었던 일 아직 결판을 안 냈네."

"무슨 결판?"

"너 나 속여서 샤오쿠이에게 입 맞추라고 했잖아."

아원이 깜짝 놀라며 나를 쳐다봤다.

"이런 머저리! 넌 내가 널 속였다고 생각해?"

"속인 게 아니면 뭔데? 또 무슨 '연정화기, 연기화신'이니 그딴 소리 할 거야?"

"그래, 그건 핑계였지만 네가 샤오쿠이에게 입 맞추지 않으면 샤오쿠이가 안 깨어날 거라는 건 사실이었어."

"무슨 소리야?"

"말했잖아? 젓가락님은 진작 네 소원을 이뤄주었고 샤오쿠이가 안 깨어나는 건 그녀가 원하지 않기 때문이라고."

"그런데 왜 내가 샤오쿠이에게 입을 맞추면 그녀가 깨어나는데? 게다가 입을 맞추지도 않았는데 깨어났다고."

"핀천." 아원의 입가가 올라갔다. "마음에 둔 사람에게 입 냄새와 땀 냄새가 가득한 첫 키스의 추억을 남기고 싶은 여자는 없어. 그래서 네가 자기를 싫어하게 된다면 평생 괴로울 테니."

"그게 무슨 소리……."

내 말이 채 끝내기도 전에 샤오쿠이가 차로 돌아왔다. 나는 질문을 가득 품은 채 서둘러 입을 다물었다.

"어, 샤오쿠이, 어째 작은 쇼핑백 하나뿐이야?"

아원이 조수석에 타는 샤오쿠이에게 물었다.

"제일 중요한 것만 챙겼어요."

"부모님 사진?"

내가 물었다. 동시에 그녀가 아원에게 자신의 인과를 바꿔달라고 해서 예전 인생을 버리지 않을까 생각했다.

"아니요. 부모님은 제 마음속에 있어요."

샤오쿠이가 자기 가슴을 어루만지며 말했다. 그날 밤 저수지에서의 일이 떠올랐다.

"그럼 그건?"

손을 뻗어 쇼핑백을 열어 안을 봤다.

"아! 핀천, 보지 말아요!"

샤오쿠이의 놀란 소리에 너무 경솔했다는 것을 깨닫고 재빨리 손을 떼며 사과했다. 하지만 쇼핑백 안에 있던 물건을 이미 봐버렸다. 내가 준 모자였다.

"나, 나는 네가 이 모자를 마음에 안 들어하는 줄 알고……." 나는 살짝 더듬거리며 말했다. "지난번에 만났을 때 안 쓰고 나와서……."

"……그날 오후에 소나기가 온다고 해서요."

샤오쿠이가 얼굴을 붉히며 말했다.

비가 와서 더러워질까봐……. 그 마음은 내가 아빠에게서 쿠키 상자를 빼앗을 때의 마음과 같았다.

용기를 내서 마음에 담아두었던 말을 했다.

"샤오쿠이…… 나랑 같이 있자."

《무희》의 주인공 오타 도요타로가 떠올랐다. 우유부단함은 불행을 가져올 뿐, 투박하고 무모할지라도 하고 싶은 말은 해야 했다.

내 말투가 너무 덤덤해 전혀 고백 같지 않다고 해도.

"네."

샤오쿠이가 처음 보는 부끄러운 표정으로 미소를 지으며 고개를 끄덕였다.

"출발하시죠, 커플님."

뒷좌석에서 아원이 말했다.

요동치는 마음을 누르고 미소를 지으며 액셀을 밟았다.

나는 샤오쿠이가 앞으로의 인생에 대해 어떤 결정을 내렸는지 모른다. 내가 몇 살까지 살지도 모른다. 아원은 또 몇천 년이 지나야 동료를 집으로 보낼 수 있을지, 그건 더더욱 모른다.

하지만 아무리 큰 어려움이 닥친다고 해도 용기만 있으면 이겨

낼 수 있다는 것, 그건 안다.

낡은 바람막이를 입은, 온 얼굴이 수염으로 덮인 신명 탐정이 용기 있는 자를 도와줄 테니까.

*

해시노어(亥豕魯魚)•

해시(亥豕)는 《여씨춘추(呂氏春秋)》에 나온 말이다. 《사기》를 읽던 사람이 "진나라 군대의 돼지 세 마리가 황하를 건넜다(晉師三豕涉河)"라고 하자 자하가 "그게 아니고 기해 날에 강을 건넜다(己亥涉河)"라는 말이라고 정정해주면서, "'기(己)'와 '삼(三)'이 비슷하고, '해(亥)'와 '시(豕)'가 비슷하다"라고 덧붙였다.

노어(魯魚)는 《포박자》에서 나온 말로, "서책을 세 번 베끼면 '어(魚)' 자가 '노(魯)' 자가 되고, '제(帝)' 자가 '호(虎)' 자가 된다"라고 했다. 글자 형태가 비슷해 베껴 쓰고 판각을 하다 보면 오류가 생긴다는 말로, 전달하는 과정에서 원래의 뜻을 잃는다는 말이다.

• 순서를 바꾸어 노어해시(魯魚亥豕)라고도 함

작가 후기

젓가락님おはしさま

미쓰다 신조三津田信三

내 작품이 처음 번역 출판된 곳은 타이완이었다. 내 작품이 다른 나라에서 번역되어 읽힐 것이라고는 생각지 못했기 때문에 무척 기뻤다. 해외 추리 소설과 공포 소설을 매우 좋아하는 나는 내 작품이 이렇게 다른 나라에서 출판되고 다른 나라 독자들이 읽는다고 생각하니 만감이 교차했다. 그 뒤로 중국, 한국, 태국, 베트남의 출판사도 나에게 출간을 제안했다. 지금 번역중인 작품을 포함해 육십 권이 넘는 작품이 번역 출판되었으니 정말 감사할 따름이다.

이번에 내 소설이 처음 번역 출판된 타이완에서 창작 제안을 받고, 게다가 내가 제일 좋아하는 괴담 단편을 타이완과 홍콩 작가들도 참여해 '젓가락'을 주제로 창작한다고 하니 정말 기대가 되었다. 이렇게 흥미로운 기획에 참여할 기회가 주어진 데 아무리 감사해도 부족할 것 같다.

아쉬운 점이 있다면 언어가 달라 다른 작가의 작품을 읽을 수 없다는 것이다. 출판사 담당자가 각 소설의 줄거리를 설명해주었지만 아무래도 직접 읽는 것만은 못했다. 이 자리를 빌려 일본 출판사가 이 소설집을 번역 출판해주길 진심으로 바란다.

산호 뼈珊瑚之骨

쉐시쓰薛西斯

후기가 한 줄도 써지지 않아 걱정이었다. 후기를 쓰는 건 작가의 천직이 아닐뿐더러 이번에 함께한 작가들은 모두 평소 내가 존경하던 분들이었다. 후기도 그분들 글과 나란히 실린다고 생각하니 불안이 앞섰다. 분량은 얼마나 돼야 할지, 진지하게 써야 할지 가볍게 써야 할지, 다른 사람은 어떤 식으로 후기를 쓸지 알 수 없었다. 나는 어려움에 빠졌다.

켄 폴릿의 《대지의 기둥》에 등장하는 수도원 부원장이 건축가 톰에게 왜 대성당을 짓냐고 물었다. 톰은 여러 가지 생각이 들었지만 결국 한마디로 말했다. "아름다우니까." 나는 이 말이 톰의 후기라고 생각한다. 나도 그런 후기를 쓰고 싶다. 모든 작가가 혼신의 힘을 다해 글을 쓰고, 톰과 같은 후기를 내놓을 것이다.

하지만 이제는 "아름다우니까"라고 하면서 소설을 내놓을 수 없는 시대가 되었다. 우리는 갖가지 방법을 동원해 독자가 성당으로 들어올 이유를 만들어내야 한다. 이번 기획은 독자들의 호기심을 자극할 거리가 많다고 생각한다. 흔치 않은 다국적 작가 진영이 시작부터 궁금증을 자아낸다. 어떤 종류의 협력일까? 세 지역 작가의 소설 스타일은 어떻게 다를까? 제각각 뻗은 이야기를 하나로 모을 수 있을까? 심지어 우리 작가가 다른 작가에게 질 수 없지! 하며 경쟁심을 부추길 수도 있다.

그런데, 훌륭한 선배들 앞에서 나는 어떤 추리 공포 소설을 써낼 수 있을까? 나는 젓가락의 음산하고 공포스러운 전설을 포기하고 공예품으로서의 정교한 면과 '쌍을 이루는' 축복의 이미지를 선택했다. 그리고 아름다움이 추악하기 짝이 없는 공포로 전락하고, 이야기 속에서 탐정과 살인자, 피해자의 위치가 반복적으로 역전되도록 설계했다. 그러면서 산호의 정체도 드러냈다. 타이완, 홍콩, 일본은 모두 물에 가까워 기획 초기부터 '바다'가 테마 후보로 올랐으나 아쉽게 마지막에 탈락했다. 그러나 홍콩에서 나고 자란 홍콩 토박이로서 이야기에 바닷소리를 넣고 싶었다.

소설을 갓 탈고했을 때는 피곤하다는 생각뿐(함께 애써준 편집자에게 감사를!), '협력'이나 '경쟁' 같은 것은 실감이 나지 않았다. 예터우쯔 선생과 미쓰다 신조 선생의 흥미로운 소설을 읽고 나서야 피곤에서 벗어나 독자의 입장에서 이야기의 즐거움에 흠뻑 빠질 수 있었다. 동일한 테마와 제한이 주어졌지만 선택한 방향이 각기 달라 흥미로웠고, 스타일만으로도 세 지역 작가를 어렵지 않게 구별할 수 있었다.

하지만 샤오샹선 선생과 찬호께이 선생이 후반부 대단원의 막을 내리는 것을 기다리면서 방관자에서 다시 참여자로 돌아갔다. 어떤 부분은 내가 시작을 해놓고 다른 사람의 소설을 보면서 "진실이 이거였어!" 하고 감탄하기도 했다. 정말 빈틈없이 훌륭해 덕분에 내 졸작도 빛을 발하는 것 같았다. 이런 창작 형태를 경험해본 적이 없어 그제야 내가 정말 대단한 기획에 참여했다는 것을 실감했다.

혼자 했다면 단색 석재로 된 단출한 성당을 만들었을 테지만 협력하니 재료가 풍부해지고 더 완벽해졌다. 대성당에 스테인드글라스가 생기고, 아치형 천장이 생기고, 첨탑이 생겨 시야가 확 넓어졌다. 참여 작가들과 이런 대담한 기획을 제안한 편집부에 감사한다. 특히 이 과정에서 책임이 가장 막중했을 이는 책임 편집자였을 것이다. 이렇게 훌륭한 건축 공사에 참여할 수 있게 되어 진심으로 감사한다.

덧붙여 나도 사람들이 참여할 이유를 열심히 만들고 있다. 가령 〈산호 뼈〉의 탐정은 나와 만화가 앵무주(鸚鵡洲)가 공동 작업하는 월간《CCC 창작집》의 추리 만화 〈불가지론 탐정〉의 주인공으로 등장할 예정이다. 만화의 탐정이 마음속에 지닌 마지막 일 퍼센트의 유신론은 무엇인지 답을 줄 것이다.

마지막으로 소소한 에피소드를 하나 털어놓자면, 타이완은 '산호 왕국'이라고도 불려 관광지 어디를 가나 산호 공예품점이 있다. 이 이야기를 쓰면서 자주 구경을 갔는데 한번은 분재만 한 크기의 산호 조각을 가리키며 "이건 얼마예요?" 하고 물었다. 그러자 직원이 아주 가벼운 말투로 "그건 500만[•]이에요"라고 대답했다.

얼른 도망가고 싶은 충동을 누르며 미소를 지으면서 직원을 향해 고개를 끄덕였다. 동시에 소설 속 인물들의 산호를 향한 거친 행동이 떠오르면서 어떤 것은 모르는 게 더 행복할 수 있고, 서민의 행복은 바로 이런 소박함에 있다는 생각이 들었다.

• 한화 약 2억 원

저주의 그물에 걸린 물고기 咒網之魚

예터우쯔 夜透紫

이 기획에 참여하게 되어 매우 기쁘면서도 전전긍긍했다. 쟁쟁한 프로들 앞에서 나는 구석에 조용히 앉아 있을 수밖에 없었다. 잘 차려진 일본, 타이완, 홍콩 요리 앞에서 나는 고작 오타쿠의 음식인 인스턴트 라면이나 내놓게 생겼으니 어쩌면 좋단 말인가.

가장 구체적인 예는, 내가 신나서 젓가락을 주제로 제안해놓고 막상 젓가락이 주제로 정해지자 다른 작가들은 이미 구상을 끝냈다고 하는데 정작 나는 아무 생각도 나지 않았다. 그러다 어떤 캐릭터를 메인 시점으로 삼을까를 두고 몇 번 다시 쓰고, 추리의 허점을 수정한다고 다시 쓰기를 몇 번 반복하며, 단편소설 하나를 들고 끝없는 수정의 무간도에 빠져 허우적대다가 인생을 의심하는 지경에 이르렀다.

이 자리를 빌려 나를 추천하는 모험을 한 기획자 루나와 귀중한 의견을 내준 린쩌류(林皟流) 선생님, 나와 함께 길고 긴 수정 지옥을 건너준 책임 편집자 샤오 K에게 진심으로 감사한다. 샤오 K는 매우 친절한 편집자다. 특히 최근 일 년 동안 내가 개인적 사정을 핑계로 마감을 몇 번이나 미룬 것도 이해해주었다. 하지만 원고에 대해서는 가차없었다. 허점이 있는지, 개선해야 할 부분이 있는지 아주 엄격하게 반복 확인하면서 나보다 더 이 이야기에 집중했고, 나를 포기하지 않았다. 그녀의 채찍질로 내 소설은 초고보다 훨씬 짜임새가 생겼고, 완성도도 훨씬 좋아졌다. 이제 나는 초고가 담긴 파일을 열어볼 용기조차 나지 않는다. 그저 흑역사를 삭제해버리고 싶은 마음뿐.

다시 소설 이야기로 돌아와, 다른 작가의 원고를 받기 전까지 우리는 상대가 무엇을 쓰는지 잘 몰랐고, 세 지역 작가가 모인 만큼 시작할 때부터 내가 쓰는 이야기에 반드시 홍콩 현지 전설과 특색이 들어가야 한다는 게 정해져 있었다. 하지만 내가 생각하는 홍콩은 요괴 이미지보다 사이버 펑크한 느낌이 강한 도시였다. 수많은 요괴 전설은 유실되었거나 희미해졌다. 현지의 불가사의한 전설을 찾으면서 동시에 기획에 어울리는 요소를 고려해야 해서 정말 머리가 아팠다. 결국 홍콩 사람이라면 다 아는 신냥탄 전설을 선택했고, 물에 관련된 소재가 다른 작가의 이야기와 연결되기를 바랐다.

이 기획에 참여하면서 나는 예전에 릴레이 소설을 쓴 경험을 살려 앞 주자가 쓴 이야기의 요소를 많이 이용할 수 있기를 바랐다.

하지만 미쓰다 신조 선생의 원고를 받은 뒤 시간과 공간의 차이로 각 캐릭터를 직접적으로 연결할 수 없다는 것을 깨달았다. 게다가 아쉽지만 추리소설의 합리성과 이야기의 완전성만 놓고 생각하는 것만으로도 나의 뇌 용량을 다 써버렸다. 그래서 찬호께이 선생이 내 이야기 속 캐릭터를 발전시키고 다른 이야기 속 캐릭터와 상호작용시킨 것을 보고 환호성을 지르며 얼른 짐을 싸 내 캐릭터를 그 집에서 살라고 보내버렸다(웃음).

끝으로 평소 존경하던 작가들과 '같은 무대에 서게' 되어 영광이고, 진심으로 감사한다.

악어 꿈鱷魚之夢

샤오샹선瀟湘神

처음 릴레이 소설이라는 기획을 들었을 때 바로 관심을 보이긴 했지만 기획의 규모를 실감하지 못했다. 그러다 첫 번째 주자가 미쓰다 신조 선생, 마지막 주자가 찬호께이 선생이라는 말을 들었을 때는 거의 기절할 뻔했다.

미쓰다 신조 선생의 《잘린 머리처럼 불길한 것》은 지금도 가끔 꺼내 읽는 소설이다. 추리 테마가 매우 강한 작품으로 추리 소설 팬이 아니고 왜 이렇게 설계했는지 이해하지 못하는 이에게도 추리 문화의 골든 드롭(Golden Drop)으로 칭해질 만한 작품이다. 찬호께이 선생의 《13·67》 역시 본 순간 경탄을 금할 수 없었다. 구성이 매우 탄탄하고 홍콩 역사 부분도 힘이 넘쳤다. 이 두 작가와 함께 작업하게 돼 흥분되면서도 "와, 내가 정말 이분들과 함께할 자격이 있나?" 하고 소름이 돋았다.

하지만 이 릴레이 소설에서 흥미진진한 부분은 첫 번째와 마지막 소설만은 아니다. 부끄러운 말이지만 나는 쉐시쓰 선생의 작품을 읽은 적이 없다. 하지만 〈산호 뼈〉는 막힘 없는 전개에 엔터테인먼트도 겸비해 다 읽자마자 아내에게 보여주고 친구들에게도 칭찬을 아끼지 않았다. (동시에 아직 홍보 단계가 아니니 주변에는 말하지 말라고 부탁했다.) 예터우쯔 선생도 대단했다. 〈저주의 그물에 걸린 물고기〉는 마치 영화를 보는 것 같았다. 세 편의 소설을 무척 재미있게 읽었지만, 문득 의문이 들었다. 이렇게 반전이 가득하고 구조가 복잡하며 정보량이 많은데 정말 2만 자 안에 마무리 지었다고……? 그래서 나는 슬쩍 글자수를 확인해봤다. 과연! 미쓰다 신조 선생만 애초 계획한 2만 자 규칙을 지켰다. 그렇다면 이야기의 후반부를 맡은 내가 무슨 수로 2만 자 안에서 해결한단 말인가?! 그래 다 덤벼라! 이런 마음으로 작업에 돌입했다!

하지만, 소설은 순조롭게 진행되지 않았다.

릴레이 소설인데 미쓰다 신조 선생만 일부러 미스터리의 여지를 남겨두었을 뿐, 다른 두 작품은 아무리 봐도 그 자체로 하나의 완성품이어서 비집고 들어갈 틈이 없었다! 나는 무척 고심했고, 2018년 연말에 넘기기로 한 원고를 2019년 4월에야 넘길 수 있었다. 그동안의 좌절과 고통은 말로 다 표현하기 힘들다. 내가 마감을 연기하면 출판사도 출간 스케줄이 있으니 다음 작가의 집필 시간이 줄어들 게 뻔했다. 정말 송구스럽기 짝이 없었다.

이야기의 마지막 형태도 내가 예상했던 것과는 달랐다. 처음 구상한 이미지는 이랬다. 시간 배경은 대략 1980년대, 한 소년이 알몸으로 청록색 호수에서 수영하고, 햇빛이 소년의 몸에 흐르는 강물을 비추어 찬란한 금빛이 그의 가늘지만 탄탄한 신체 곡선을 부각한다. 다른 소년은 강변에 서 있고 두 사람은 예전의 비밀에 대해 말한다. 이때 렌즈가 위로 넘어가 호수 면과 소년의 몸을 지나 호수 아래의 폐허를 비춘다……. 처음 내가 쓰려던 것은 낭만적이고 노스탤지어 분위기가 물씬 풍기는 청춘 스토리였다. 그러나 이야기를 수정하는 과정에서 이런 낭만적인 상상은 전부 사라지고 슬프고 애통한 이야기가 돼버렸다. 애초 구상과는 전혀 달라졌지만, 나의 스타일을 잘 보여주는 이야기였다. 그간 나는 기괴한 사회 기능에 대해 써 왔는데, 이 또한 내가 맡은 부분의 핵심 중 하나다. 이 이야기가 성 노동자의 어려움과 고충을 너무 가볍게 다루거나 심지어 낭만적으로 묘사한 것은 아닌가 고민에 빠지기도 한다. 릴레이 소설이라는 제한하에서 나는 내 능력을 다 쏟았지만, 사회적 책임은 다하지 못한 것 같다. 미쓰다 신조 선생의 《유녀처럼 원망하는 것(幽女の如き怨むもの)》이 2019년 하반기에 타이완에서 출판되었는데 마침 성 노동자의 운명이 주제였다. 일본과 타이완은 상황이 다르지만 두 나라의 성 노동자 모두 체제와 사회 가치관의 피해자로, 독자에게 경각심을 불러일으킬 만한 부분이 있었다.

《유녀처럼 원망하는 것》을 언급하니 떠오르는 게 있다. 나는 〈악어 꿈〉을 탈고하고 난 뒤 이 책을 읽었는데 책에 탐정이 진실을 밝히기 위해 유곽의 옛 고객들을 인터뷰하는 장면이 나온다. 그리고 〈악어 꿈〉에서 미쓰다 신조 선생으로 대표되는 작가 M선생도 비슷한 일을 한다……. 예전 릴레이 소설 작업 때도 '각각의 작가가 채택한 요소가 의외로 맞물려 새로운 의미를 탄생시키는' 경우가 있었다. 마치 작가 뒤에 어떤 거대한 손이 전체적인 이야기를 짜는 것처럼. 이야기는 작가의 손을 떠났다가 다시 돌아와 작가의 손을 물어 작가가 이야기 속 일부가 되게 한다. 정말 우리 뒤에 더 높은 차원의 소설가가 있기라도 한 걸까? 경험을 해봐서 그런지 이런 망상을 하지 않을 수 없다.

해시노어亥豕魯魚

찬호께이陳浩基

2017년 여름, 편집자 K에게서 번역 소설 분야에서 벗어나 중국어 오리지널 창작 작품을 출판할 계획이라는 말을 들었다. 당시 K는 '같은 주제로 여러 명의 작가가 공동 집필'하는 단편 모음집 개념을 제안했다. 나는 매우 흥미로워 흔쾌히 응했고, 동시에 대담한 의견도 제시했다. 굳이 중국어권 작가로만 국한할 필요가 있냐는 것이었다. 나는 '좋은 작품은 국경이 없다'고 생각하는 사람이고, 출판사는 번역 소설 출판의 명가였기 때문에 다국적 단편 모음집을 내는 게 더 의미가 있다고 생각했다. 회신에서 이런 제안을 했지만 그렇게 하기엔 걸리는 문제가 많아 정말 할 수 있을지는 미지수였다. 결론적으로 편집자들은 갖가지 기술적 어려움을 극복하고 거물급 소설가인 미쓰다 신조 선생을 라인업에 합류시켰다. 매우 기뻤고, 그들의 능력에 진심으로 탄복했다.

기획 초기, K는 나더러 릴레이 소설의 마지막 주자를 맡아달라고 했다. 물론 나는 마지막 주자의 고충을 익히 알았지만, 어느 정도는 자신이 있어 흔쾌히 승낙했다. 그때 나는 네 명의 소설가가 어떤 이야기를 써도 그것들을 하나로 연결할 수 있을 것이라고 생각했다. '밖으로 한 겹 나가서' 앞선 네 편을 이야기 속 이야기가 되게 하고 아울러 메타픽션 방법으로 각 소설의 요소를 연결하면 일사천리로 써 내려갈 수 있겠지, 하고 생각했다.

너무 순진한 발상이었다.

샤오샹선 선생의 〈악어 꿈〉은 시작부터 메타픽션 요소를 사용해 내가 간계를 부릴 수 없게 만들었다. 미쓰다 신조 선생과 쉐시쓰 선생, 예터우쯔 선생의 훌륭한 이야기를 거의 완벽하게 연결하는 탄탄한 구성이 돋보인 데다 작품에 사회 문화적인 의미도 부여했다. 네 편의 작품을 읽고 나는 놀랍고도 기뻤다. 기뻤던 것은 이렇게 재미있는 작품을 읽을 수 있고 참여까지 할 수 있다는 것 때문이었고, 놀랐던 것은 내가 유한한 시간 안에 흥미로운 결말을 생각해내야 한다는 것 때문이었다. 나는 〈악어 꿈〉이 이미 이야기에 완벽한 마침표를 찍었다는 생각이 들어 내가 어떻게 연결하든 훌륭한 작품에 사족을 붙이는 것 같은 느낌이 들었다.

가장 고민스러웠던 것은 〈악어 꿈〉을 다 읽고 여운이 너무 좋았는데 내가 마지막 장에서, 이미 구원받은 캐릭터를 끌어내 다시 고난을 겪게 할까 싶어서였다. 그건 내 창작 원칙에 위배되는 것이었다. (나는 영화 〈에이리언 3〉의 설정에 매우 반감을 가졌기 때문에 비슷한 짓을 할 수 없었다.) 오랫동안 고민하다 생각을 바꿔 작품의 분위기를 잊고, 공포 미스터리를 포기하고, 다른 각도에서 이 이야기의 마지막 장을 쓰겠다고 결심했다. 〈해시노어〉를 모험과 SF, 희극으로 만들자고. 스필버그가 영화를 찍듯이! '재미있고 흥미로운'에 중점을 두어 독자가 유쾌한 결말을 읽기를 바랐다. 어쩌면 이것이 릴레이 소설의 최상의 맛일 수도 있다. 각 소설은 분명 독립되어 있지만 서로 연결이 되고, 분명 같은 인물인데 조금씩 차이가 있다. 마치 다국적 퓨전 요리, 수박을 넣은 문어 크림수프(이 기묘한 요리를 싱가포르에서 먹어봤는데 의외로 맛있었다)처럼 전혀 어울릴 것 같지 않지만 조화를 이룬다. 분명 이런 독특한 맛에 빠지는 사람이 있을 것이다.

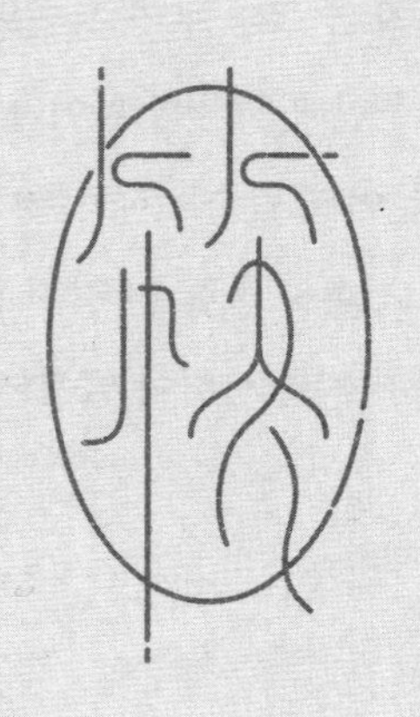

산호 뼈 · 저주의 그물에 걸린 물고기 · 악어 꿈 · 해시노어

중국어 옮긴이 **이현아**

이화여자대학교 통역번역대학원 한중번역학과를 졸업했다. 잡지 및 출판 편집자로 일하다 현재는 전문 번역가로 활동하고 있다. 옮긴 책으로는《마도조사》《미미일소흔경성》《삼체(1)》《천 명의 눈 속에는 천 개의 세상이 있다》등이 있다.

젓가락님

일본어 옮긴이 **김다미**

연세대학교 국어국문학과를 졸업하고 출판 편집자로 일했다. 호세 대학대학원 국제일본학인스티튜트(일본문학 전공)에서 연수생 과정을 수료하고 도쿄에 거주하며 라이터로 일하고 있다. 동인지, 자주自主 출판물을 통해 번역, 집필 등 다방면의 문학 활동을 펼치고 있다.

쾌 // 젓가락 괴담 경연

1판 1쇄 발행 2021년 11월 24일 **1판 2쇄 발행** 2022년 2월 26일

지은이 미쓰다 신조 쉐시쓰 예터우쯔 샤오샹선 찬호께이 **옮긴이** 이현아 김다미
펴낸이 고세규
편집 류효정 장선정 **디자인** 지은혜

발행처 김영사
주소 경기도 파주시 문발로 197(문발동) 우편번호 10881
등록 1979년 5월 17일 (제406-2003-036호)
구입 문의 전화 031)955-3100 **팩스** 031)955-3111
편집부 전화 02)3668-3276, 3295 **팩스** 02)745-4827 **전자우편** literature@gimmyoung.com
비채 카페 cafe.naver.com/vichebooks **인스타그램** @drviche
트위터 @vichebook **페이스북** facebook.com/vichebook
ISBN 978-89-349-8029-2 03820 책값은 뒤표지에 있습니다.

비채는 김영사의 문학 브랜드입니다.